HEYNE

Jeanine Krock

Flügel Schlag

Roman

Originalausgabe

**WILHELM HEYNE VERLAG
MÜNCHEN**

FSC
Mix
Produktgruppe aus vorbildlich
bewirtschafteten Wäldern und
anderen kontrollierten Herkünften
Zert.-Nr. SGS-COC-001940
www.fsc.org
© 1996 Forest Stewardship Council

Verlagsgruppe Random House FSC-DEU-0100
Das für dieses Buch verwendete FSC-zertifizierte Papier *Super Snowbright*
liefert Hellefoss AS, Hokksund, Norwegen.

Originalausgabe 09/2010
Redaktion: Catherine Beck
Copyright © 2010 by Jeanine Krock
Copyright © 2010 dieser Ausgabe by
Wilhelm Heyne Verlag, München,
in der Verlagsgruppe Random House GmbH
Printed in Germany 2010
Umschlagbild: Nele Schütz Design, München
Satz: Christine Roithner Verlagsservice, Breitenaich
Druck und Bindung: GGP Media GmbH, Pößneck

ISBN: 978-3-453-52707-2

www.heyne-magische-bestseller.de

*»Und ich sah einen anderen Engel aufsteigen
vom Aufgang der Sonne her ...«*

Offenbarung 7,2

Wie ein einsamer Tänzer in Trance breitete er die Arme aus und hob das Gesicht dem Himmel entgegen. Die aufgehende Sonne zeichnete messerscharfe Kontraste in die Felsen, und ohne hinzusehen wusste er, dass sein weißes Gewand für wenige Sekunden blutrot leuchten würde, bevor der Tag die Farben der Welt bestimmte. Als es so weit war, ließ er sich im festen Glauben an die Unsterblichkeit rücklings in die Tiefe fallen. Weit unten im Tal, wo die Nacht noch hauste, bremsten dunkle Schatten seinen Flug, genau, wie er es vorausgeahnt hatte. Gleich darauf hätte ein wahrhaft Sehender den Aufstieg des Schattengeborenen in das klare Blau des Sommermorgens beobachten können. Doch außer dem Adler gab es hier niemanden, der dieses Wunder je geschaut hatte.

Grenzenlose Leichtigkeit überwältigte Arian. In keinem anderen Augenblick konnte er sich mehr spüren als im freien Fall, und nirgendwo anders als in diesem heiligen Gebirge am Rande der Welt durfte er es sich gestatten, überhaupt ein Gefühl zuzulassen. Als habe er auf ihn gewartet, gesellte sich der Wind zu ihm. *Kennst du deine Grenzen?*, raunte er und zerrte an seinen Kleidern, als wollte er den verführerischen Versprechungen von Freiheit Nachdruck verleihen. Doch Arian wusste es besser, als einem Luftgeist zu vertrauen. Ein Teil dieses Universums zu sein, bedeutete auch, sich darin verlieren zu können. Sicherheit und Hochmut waren gefährliche Schwestern.

Arian rollte sich im Flug herum und begann seinen Aufstieg in die über ihm aufgespannte Unendlichkeit. Als er viel zu früh wieder festen Boden unter den Füßen spürte, legte sich sofort eine undurchsichtige Maske über sein Gesicht.

»Komm!« Ohne eine Antwort abzuwarten, drehte sich Nephthys um.

Anstatt zu folgen, blieb er einen Augenblick lang stehen und sah ihr nach. Das flüsternde Versprechen ihrer Bewegungen war nicht zu übersehen und doch auf unheimliche Weise kühl. Sie war wahrscheinlich eine der schönsten Frauen, die er je gesehen hatte – ganz gewiss aber war sie die kaltherzigste, und Arian kannte niemanden, der sie überhaupt je berührt hätte. Gerade als sie sich zu ihm umdrehen wollte, setzte er sich in Bewegung. Jeder Wimpernschlag, den er tat, ohne seinen absoluten Gehorsam zu demonstrieren, wie sie ihn von all ihren Kriegern verlangte, war ihm unendlich kostbar. Er ahnte, dass sie ihn nur gewähren ließ, weil es ihr gefiel. Dies war ein altes Spiel zwischen ihnen beiden, das seine Faszination niemals zu verlieren schien.

Wortlos schritt er neben ihr durch die langen Gänge, bis sie nach vielen Drehungen und Wendungen, Treppen und Türen ein geräumiges Büro erreichten. Lautlos schlossen sich die Wände hinter ihnen, und er wusste, was in diesem Raum gesprochen wurde, würde keinen Weg hinausfinden. Hier wurde das Schicksal gemacht, nicht verkündet. Er war einer der Besten, und nichts an ihm verriet seine Gedanken.

Das war auch gar nicht erforderlich, denn Nephthys entging selten etwas. Beste Voraussetzungen für die Herrin der Vigilie, deren Krieger sie als Wächter in die Welt hinausschickte. Und dennoch hatte sie in der langen Zeit, die er nun schon für sie arbeitete, nicht ein einziges Mal erkennen lassen, dass sie von der ungeheueren Abnormität wusste, die sein Inneres beherrschte. Arian senkte den Blick, wie es Brauch war, und wartete.

»Sieh mich an!« Die Art, wie sie ihn betrachtete, ohne auch nur einmal zu blinzeln, erinnerte an ein Reptil auf der Jagd.

Er ließ sich Zeit, dann hob er den Kopf ein wenig höher als notwendig und sah ihr direkt in die Augen. In ihm brach ein Feuer aus, jede Faser seines Körpers schrie gepeinigt auf und verlangte, er solle sich klein machen, fliehen, im hintersten Winkel dieser Welt verbergen; alles tun, um ihrem Zorn zu entgehen. Unwillkürlich nahm er die Schultern zurück. Die Füße leicht auseinander, fest auf dem Boden: Alles an seiner Haltung verriet den Krieger.

»Was soll ich nur mit dir machen?« Nephthys kehrte ihm den Rücken zu und ging ein paar Schritte. Ihre Schultern wirkten steif, als könne sie weder seinen Anblick noch seine Nähe länger ertragen. »Du hättest es mir sagen müssen!«

Arian schwieg.

Er wurde für seine Geduld belohnt, als sie endlich fortfuhr: »Es ist nicht deine Schuld.« Sie hatte die Sterblichen lange studiert und verstand es, Wärme in ihre Worte zu legen.

Doch Arian ließ sich nicht täuschen: Es hatte andere wie ihn gegeben, doch keiner weilte noch unter ihnen. Als er an Gabriel dachte, war der Schmerz kaum noch beherrschbar.

Sein ehemaliger Tutor hatte ihn immer wieder davor gewarnt, sich etwas anmerken zu lassen. Allerdings hatte er auch versprochen, die Emotionen, die Arian zu spüren glaubte, seien nicht mehr als ein Phantom, nur Überbleibsel seines Herzens. Doch anstatt zu vergehen, waren sie stärker geworden und immer schwerer zu ertragen. In diesem Augenblick hasste er es, anders zu sein, und verfluchte seine Gefühle.

»Ganz recht!« Sie fuhr herum, in der Linken das Michaelisschwert.

Arian fühlte kurzes Bedauern; doch schnell wurde daraus Erleichterung darüber, dass es mit dem Versteckspiel endlich ein Ende hatte. Stets hatte er zu verheimlichen versucht, was unter seinesgleichen unverzeihlich war: Emotionen nicht nur lesen zu können, sondern auch selbst zu besitzen. Justitias Schicksal war vergleichsweise harmlos. Ihr waren lediglich die Augen verbunden worden, um ihre Unparteilichkeit zu garantieren. Engel wie Arian dagegen besaßen kein Herz, denn es war ihnen nicht erlaubt, Gefühle zu haben. Diese, so hatten sie früh gelernt, störten die Ordnung.

Das also ist das Ende!

Nephthys hielt in der Bewegung inne. »Es ist dir egal?«

Arian schenkte ihr ein müdes Lächeln. »Wenn es das Schicksal so will.« Seine Worte waren noch nicht verklungen, da fand er sich bereits auf dem Boden wieder. Nephthys ragte über ihm auf, Flammen züngelten vor seinen Augen. »Schutzengel verschwinden ...«

Arian hörte ihr nicht weiter zu, seine Gedanken rasten. Schutzengel gehörten zur unteren Ordnung. Sie wurden zwar regelmäßig von Dämonen geplagt und in ihrer Arbeit behindert, doch so lange er zurückdenken konnte, hatte niemand wirklich versucht, ihnen etwas anzutun.

»... herausfinden. Ich erlaube nicht, dass jemand unsere Grenzen ungesühnt verletzt. Hast du verstanden?« Ohne eine Antwort abzuwarten, stieß Nephthys zu, und Arian stürzte aus dem Himmel.

Dem Untergang geweiht und in der sicheren Gewissheit, dass er diesen Weg zum letzten Mal nehmen würde, beobachtete er seltsam distanziert und zum ersten Mal seit langer Zeit wirklich emotionslos jedes Detail seines eigenen Untergangs. Die züngelnden Flammen der Verdammnis, die seinen Körper auffraßen, die Winde des Schicksals und den Schmerz, der nach ihm griff, um zuletzt auch sein Bewusstsein zu rauben.

I

Juna lauschte. Draußen senkte sich die Nacht über den Garten, und ihre Leselampe zeichnete einen hellen Kreis auf den abgetretenen Teppich unter ihren Füßen. Außer dem Brummen des Kühlschranks in der offenen Küche war nichts zu hören. Aber hatte sie nicht gerade doch etwas gehört?

Da war es wieder. So ein leises klapperndes Klirren, als würden Kleiderbügel aneinanderstoßen. Eine plötzliche Vorahnung beschleunigte ihren Herzschlag. So eindringlich warnte sie ihre innere Stimme davor, der Sache nachzugehen, dass Juna beinahe laut widersprochen hätte. Trotzdem zögerte sie, bevor sie das Buch beiseitelegte und aufstand. Ängstlich war sie nicht. Das durfte man in Glasgow auch nicht sein. Obwohl sie in keiner besonders gefährlichen Gegend wohnte, galt hier wie überall: Wer am Spätnachmittag oder abends allein unterwegs war, tat gut daran, eine gewisse Selbstsicherheit auszustrahlen ... oder wenigstens schnell rennen zu können. Dies zumindest behauptete ihr Halbbruder John, der die Schotten allgemein, aber die Glaswegians ganz besonders verachtete. Sie hatten keinen guten Ruf im restlichen Land. Unberechenbar, wenn nicht gar gefährlich sollten sie sein, grob und laut.

Dass sie ausgerechnet an John denken musste, während sie leise durch den dunklen Hausflur ging, ließ sie frösteln.

Vermutlich würde er sich liebend gern in ihrem Zimmer zu schaffen machen. Zu ihrem dreizehnten Geburtstag hatte er sie auf den Mund geküsst, und ein Jahr später war er eines Nachts an ihrem Bett aufgetaucht und hatte seltsame Dinge gesagt. Erst als sie gedroht hatte, sie würde das ganze Haus zusammenschreien, war er endlich verschwunden. Seither hatte sie sich häufig gefragt, was er in jener Nacht gewollt haben könnte.

Damals hatte sie gefürchtet, er könnte mehr als brüderliche Zuneigung für sie empfinden. Genau dies war kurz zuvor auch einer ihrer Mitschülerinnen passiert. Später schämte sie sich für diese Verdächtigungen. Er machte sich zwar noch heute über den Akzent lustig, der ihre nördliche Herkunft verriet, wenn sie aufgeregt war, aber als sie ihm einmal erzählt hatte, dass die Schüler in der vornehmen Londoner Privatschule, die auch er besuchte, sie deswegen ständig hänselten, hatte er seine kleine Halbschwester in Schutz genommen.

»Niemand spricht schlecht über die MacDonnells!«, forderte er, und seltsamerweise hielten sich fortan die meisten Kinder daran.

George, der auch zu anderen Schülerinnen besonders gemein gewesen war, brach sich kurz darauf ein Bein. Richard, sein bester Freund, kam mit einem blauen Auge zur Schule, und mit Emma, der Tochter eines Abgeordneten im britischen Oberhaus, unter deren Sticheleien sie besonders zu leiden gehabt hatte, wurde Juna irgendwann selbst fertig.

John war nicht unrecht. Er hatte es nie leicht gehabt, seine ehrgeizige Mutter zufriedenzustellen, und außerdem hatte nie jemand mit Sicherheit sagen können, ob er hinter den *Unfällen* ausgerechnet der Schüler steckte, die seine Familie beleidigt hatten.

Juna bemühte sich, die Gedanken an ihren Bruder zu verdrängen. Je näher sie ihrem Zimmer kam, aus dem nun kein Laut mehr drang, desto beunruhigender wurden ihre Fantasien, von denen die eines bewaffneten Einbrechers noch die harmloseste war. Ihr Herz klopfte laut. Wahrscheinlich würde sie es nicht einmal bemerken, wenn der Einbrecher plötzlich laut in die Hände klatschte. *Ich habe keine Angst*, machte sie sich selbst Mut. Nachdem sie eines Abends auf dem Weg vom Bahnhof Queen Street zum Bus von Betrunkenen angegriffen und wahrscheinlich nur durch das Eingreifen einer Unbekannten letztlich mit dem Schrecken davongekommen war, hatte Iris ihr ein paar gemeine, aber wirksame Tricks gezeigt, die sie auf der Straße gelernt hatte.

Der vergessene Besen, über den sie im dunklen Flur beinahe gestolpert wäre, kam ihr gerade recht. Die hölzerne Waffe in einer Hand, öffnete sie mit der anderen die Tür zu ihrem Schlafzimmer.

Tartarus hatte er sich anders vorgestellt. Gewiss würde sich ihm dieser letzte Zufluchtsort für verstoßene Engel doch nicht als der duftende Wäscheschrank präsentieren, in dem er offenbar gelandet war? Trotz der ausgezeichneten Sehkraft, die ihn unter normalen Umständen auch in einem verdunkelten Raum nicht im Stich gelassen hätte, blieb sein Blick verschwommen. Arian versuchte sich aufzurichten und schlug hart mit dem Kopf an. Etwas kitzelte ihn an der Nase, und als er es beiseiteschieben wollte, hielt er ein zartes Spitzengebilde in der Hand, das er jetzt, da seine Sicht wieder frei war, auch deutlich erkennen konnte. Sollte dies etwa seine persönliche Hölle sein: eingepfercht in einen Schrank, mit den Fantasien eines gesunden Mannes ausgestattet, der guten Gewissens behaupten durfte, seit Ewigkeiten keinen Sex mehr gehabt zu haben? Und was, wenn dieser Schrank im Schlafzimmer einer schönen jungen Frau stand ...? Morgens würde sie, ohne ihn zu sehen, hineingreifen und das geblümte Sommerkleid vom Bügel ziehen, das direkt vor ihm hing. Vor dem Spiegel würde sie sich drehen und wenden und, ohne von dem heimlichen Beobachter zu wissen, vielleicht völlig ungeniert weitere Kleider anprobieren. Am Abend käme ihr Freund ...

Ein unbekannter Schmerz durchfuhr ihn. Das Grollen in seiner Kehle erschreckte sogar Arian selbst. War er wirklich eifersüchtig auf eine Fantasie? Es stimmte also: Getrieben von Gelüsten und Gier, hatte er durch den Sturz jegliche Kontrolle über sein Handeln verloren.

Bevor der Engelmacher ihm das Herz herausgeschnitten hatte, war er von einem weisen Lehrer unterrichtet worden. Nicht *was*, sondern *wie* man erträgt, ist wichtig, hörte er ihn sagen, als wäre es gestern gewesen. Jetzt hatte er Gelegenheit, diese Theorie zu überprüfen.

Mit den Fingerspitzen fuhr er über glattes Holz. Die Schranktür war nur angelehnt und schwang auf, Bügel klapperten. Arian hielt die Luft an und lauschte, ob sich etwas regte. Doch das Haus blieb still. Er machte einen Schritt hinaus, ein Dielenbrett knarrte unter seinem Fuß. Wieder verharrte er. Nichts. Oder war da ein leichtes Rascheln zu hören gewesen? Aufmerksam sah er sich um. Wie befürchtet, war er in einem Schlafzimmer gelandet. Jeder Dämon hätte sich in dieser Situation die Seele mit einem deftigen

Fluch erleichtern können, doch kein Wort kam über seine Lippen. Engel durften nicht fluchen. Warum sollten sie einem Unmut Ausdruck verleihen, den sie gar nicht empfanden? Es war auch mehr Überraschung als Verärgerung, die ihn bewegte.

Nephthys hatte ihn, weiß Gott, schon an weit unangenehmere Orte geschickt. So gut immerhin kannte er sich in der menschlichen Welt aus, dass ein fremder Mann im Schrank eines Schlafzimmers selten gern gesehen war, zumindest vom Hausherrn. Arian hatte keine Lust, sich in seinem momentanen Zustand auf eine Auseinandersetzung einzulassen. Er sah sich um. Luftige Gardinen umrahmten zwei Sprossenfenster, ein mit Samt bezogener Sessel stand in der Ecke direkt neben einer altertümlichen Frisierkommode, auf der anstelle von Tiegeln und Töpfen ein Stapel zerlesener Bücher lag. Dem Titelbild nach zu urteilen, war das oberste ein Liebesroman. Seine Lippen kräuselten sich amüsiert. Zuletzt fiel sein Blick auf das riesige Bett aus geschmiedetem Eisen, auf dem zwischen zahllosen Kissen ein Lämmchen thronte, dessen Fell eher räudig als weich wirkte. Hier schlief kein Mann. Arian fühlte sich in diesem romantischen Mädchentraum noch mehr wie ein unwillkommener Eindringling und wollte nur noch unbemerkt verschwinden. Engel, die zur Erde gesandt wurden, kamen dort jedoch ohne weltliche Besitztümer und nur in ihrem Geburtskleid an. Und als er an sich herabsah, hatte sich zumindest in dieser Hinsicht für ihn nichts geändert, egal, zu was ihn seine Begegnung mit dem Michaelisschwert gemacht hatte.

Er spürte Schwindel und stützte sich an der Schranktür ab. Momentan war er in keiner guten Verfassung und vermochte nicht einzuschätzen, was bei seinem Sturz mit ihm geschehen war. Was, wenn er nicht mehr unsichtbar wäre? Er trug keinen Faden am Leib und tat gut daran zu sehen, wie er seine Blöße bedeckte. Im jetzigen Zustand waren seine Sinne gedämpft, wie die eines Betrunkenen.

Dennoch, die leichte Bewegung der Atmosphäre warnte ihn gerade noch rechtzeitig: Jemand näherte sich behutsam, aber zielstrebig der Schlafzimmertür. Jemand, dessen innere Magie ein ungewöhnliches Profil aufwies. Nein, doch nur ein Mensch ... kein Dämon. Aber auch so standen die Chancen schlecht, dass derjenige freundlich auf Arians Eindringen in sein Haus reagieren würde.

Dem Himmel sei Dank! Gerade noch rechtzeitig entdeckte er einen geeigneten Schutz. Sekunden später flog die Tür auf, und eine Furie sprang herein. Sie trug einen Besen in der Hand und sah kampfbereit aus. Arian stand ganz still.

Juna erstarrte. Mit allem hatte sie gerechnet, aber nicht damit, einen halbnackten Mann neben ihrem Bett vorzufinden. Es knackte leise, und ein Knopf sprang auf den Holzfußboden, drehte sich mehrmals um sich selbst. Juna verfolgte mit den Augen seinen Weg unter das Bett, bis er nicht mehr zu sehen war. Der Einbrecher hatte sich nicht vom Fleck gerührt, und weil sie sich absurderweise davor fürchtete, ihm ins Gesicht zu sehen, betrachtete sie stattdessen erst einmal seine Füße: *ebenmäßig, leicht gebräunt, keine Schuhe*, registrierte ihr Gehirn. Ihr Blick wanderte weiter hinauf. Fast beiläufig stellte sie fest, dass ihm der Kilt zu groß war und tief auf den Hüften saß. Ein leichtes Flattern in der Magengegend bewies, dass sie nicht gänzlich immun gegen diese Aussicht war. Junas Blick hielt sich an den Fäden fest, die am Bund aus dem Stoff ragten, bis sie ihren Puls wieder im Griff hatte. Ein Knopf fehlte. Sie hatte ihn längst fester annähen wollen, doch es war ihr immer etwas dazwischengekommen. Sie ertappte sich bei der Vorstellung, wie das mürbe Garn des zweiten Knopfs ebenfalls reißen würde. *Du spinnst,* rief sie sich innerlich zur Ordnung. Des Angestarrtwerdens offenbar müde, streifte der Fremde das ebenfalls reparaturbedürftige Hemd über, das er die ganze Zeit in der Hand gehalten hatte, als habe er jedes Recht dazu.

Alle Furcht war vergessen, und endlich sah sie ihn an. »Hallo!« Juna räusperte sich, konnte aber vor Aufregung nicht weitersprechen.

Der Mann erstarrte erneut, als habe er nicht erwartet, dass sie ihn ansprechen würde.

Was hat er geglaubt? Dass ich wieder hinausgehe, als sei nichts geschehen? Erst jetzt begriff Juna, dass er sie die ganze Zeit ebenso konzentriert gemustert hatte wie sie ihn. Seine Augen leuchteten in dem strahlenden Blau eines klaren Highlandhimmels, und der Kontrast zum nahezu schwarzen halblangen Haar war umwerfend. Doch das Bemerkenswerteste war seine Aura. Hätte sie die Hand ausgestreckt, sie wäre nicht sicher gewesen, ob sie Haut oder etwas Lichtes und weniger Stoffliches unter ihren Fingerspitzen gefühlt hätte.

»Bist du echt?«, platzte es aus ihr heraus.

»Verdammt!« Er zuckte zusammen, als habe ihn der Klang seiner eigenen Stimme überrascht.

Mit einem Fluch hatte sie ebenso wenig gerechnet wie mit den unterschiedlichen Emotionen, die sein Gesicht wie flüchtige Schatten streiften: Erschrecken, Ärger ... schließlich Resignation und gleich darauf nur noch Leere. Junas Herz schmerzte bei diesem Anblick. Doch sofort schalt sie sich eine dumme Gans. Was kümmerten sie die Befindlichkeiten dieses Einbrechers? Und plötzlich hoffte sie, dass er dies auch war: nur ein Eindringling, der glaubte, es gäbe in ihrem Haus etwas zu holen. Sie umfasste den Besenstiel fester.

»Wer bist du?«, fragte er scharf.

Juna wusste, sie hätte verschwinden sollen; die Tür schließen, einfach raus, unter Menschen, egal wohin, nur einfach weit weg von diesem Fremden. Stattdessen blieb sie stehen und entgegnete vehementer als geplant: »Wer ich bin? Jedenfalls niemand, der in fremden Häusern herumschleicht und Kilts klaut!« Sofort bereute sie ihre freche Antwort. Es war vermutlich nicht besonders klug, mit einem auf frischer Tat ertappten Einbrecher zu streiten, der noch dazu einen Kopf größer als sie war und nicht besonders schwächlich wirkte. Misstrauisch umklammerte sie ihre Waffe.

Der Mann vor ihr hielt den Kopf ein wenig schräg, als dächte er nach. Ein kurzes Lächeln erhellte sein Gesicht, was ihm einen jungenhaften Charme verlieh, den sie zuvor nicht an ihm bemerkt hatte. Sie hätte vorsichtiger sein müssen, hätte Hilfe rufen sollen, als noch Zeit dafür war. Unter normalen Umständen mochte der Fremde ein netter Kerl sein, doch er war offensichtlich in Schwierigkeiten, und das machte die meisten Menschen unberechenbar. Warum hörte sie nie auf ihre innere Stimme? Jetzt war es zu spät, um noch fliehen zu können. Schon streckte er die Hand nach ihr aus – da taumelte er plötzlich und stürzte schwer auf die Knie.

»Du bist verletzt!« Juna vergaß alle Vorsicht und verließ ihren strategisch günstigen Platz an der Tür, um ihm aufzuhelfen. Blut hatte das weiße Hemd an der linken Schulter rot gefärbt. Der Fleck wurde schnell größer, und kurz hatte sie die Vision von einer Romanheldin, die beherzt ihre Unterwäsche in Streifen riss, um den Geliebten zu verbinden. Hier war solcherlei Aufopferung natürlich nicht angebracht, denn ihnen stand eine gut ausgestattete Arztpraxis zur Verfügung. Die Frage war nur, wie sie ihn dorthin schaffen sollte. Er war jetzt sehr blass unter seiner leichten Bräune und stützte sich schwer auf ihren Arm, während er sich langsam wieder aufrichtete und ihren leisen Anweisungen widerstandslos folgte. Juna bemühte sich, ihn ihre Verwunderung nicht spüren zu lassen. *Ich sollte dankbar sein, dass er keine Schwierigkeiten macht,* dachte sie und führte den Fremden über den Flur und durch das leere Wartezimmer in den Behandlungsraum. Zweifellos wäre es klüger, ihn einfach vor die Tür zu setzen. Der Tisch aus Edelstahl, auf dem vorwiegend Vierbeiner behandelt wurden, war für einen menschlichen Patienten ungeeignet.

Ihr Blick fiel auf den alten Ledersessel, in dem normalerweise ihr Großvater saß, um bei einer Tasse Tee in der Mittagszeit seine Zeitung zu lesen und nicht selten auch ein Nickerchen zu machen. Aber Duncan MacDonnell war in Kanada. Und er hätte gewiss nichts dagegen gehabt, dass sie dem Unbekannten half, denn gelegentlich verarztete er selbst einen Verletzten, der nicht in seinen Verantwortungsbereich fiel, und scherte sich nicht im Geringsten darum, ob es legal war, dass ein Tierarzt dies tat. Juna schickte er allerdings immer aus dem Zimmer. Mehr als einmal hatte sie heimlich gelauscht, wenn zu später Stunde einer dieser besonderen Patienten behandelt wurde. Meist ging die Initiative von Frauen aus, die ihre Brüder, Söhne oder Freunde herbeischleppten, weil die Ärzte in diesem Stadtteil verpflichtet waren, Verletzungen zu melden, die von Auseinandersetzungen rivalisierender Gangs herrühren könnten. Eine einfache Stichwunde konnte »McVet«, wie sie ihn liebevoll nannten, ebenso gut zusammenflicken.

Jetzt trat Juna also in seine Fußstapfen. Langsam geleitete sie ihren Patienten durch den Raum und half ihm, sich in den Ledersessel zu setzen. Nachdem sie sich die Hände gewaschen, Handschuhe übergezogen und einen Mundschutz angelegt hatte, beugte sie sich über ihn. Von seiner Aura war nun nichts mehr zu spüren, und sie fragte sich, ob sie Opfer ihrer lebhaften Fantasie geworden war. Darüber würde sie später nachdenken.

Der Mann atmete schwer, und die Verletzung an seiner Schulter bildete sie sich nicht ein. Die Blutung war zwar zum Stillstand gekommen, aber die Wunde musste behandelt werden, das stand fest. Behutsam zog sie den blutdurchtränkten Stoff beiseite. Auf der Stirn des Mannes erschien eine steile Falte. Juna hoffte, er würde jetzt keine Schwierigkeiten machen, und überlegte, ob sie ihn mit einer einfachen Injektion ruhigstellen sollte. Sie schob das dichte Haar aus der Stirn und beugte sich erneut über die Verletzung.

»Was tust du da?«

Wieder ganz Medizinerin, erwiderte sie geduldig: »Du hast eine Stichwunde, und die werde ich versorgen!« Um ihren Worten Nachdruck zu verleihen und weil er schon halb aufgestanden war, legte sie ihm die Hand auf die Brust, um ihn zurück in den Sessel zu drücken. Anstelle einer Antwort sackte er plötzlich zusammen, und sein Kopf fiel nach hinten, als habe das Genick es aufgegeben, ihn zu stützen. Erschrocken griff sie nach seinem Handgelenk, um den Puls zu fühlen. Er hatte schöne Hände, warm, kräftig und gerade sehnig genug, dass man ihnen zutrauen konnte, notfalls fest zuzupacken. Die Schwielen auf den Innenflächen zeugten davon, dass er körperliche Arbeit nicht scheute, und bildeten einen merkwürdigen Gegensatz zu den gepflegten, kurzgeschnittenen Nägeln. Das mondförmige Weiß schimmerte wie Perlmutt, und als Juna ihre eigenen, immer ein wenig welligen und of eingerissenen Nägel ansah, konnte sie den Impuls, die Hände hinter dem Rücken zu verstecken, kaum unterdrücken.

Sie schloss kurz die Augen und holte tief Luft. *Du wolltest den Puls fühlen!*, ermahnte sie sich und stellte wenig später zufrieden fest, dass dieser ebenso stabil war wie die Atmung des Mannes. Wahrscheinlich konnte er nur kein Blut sehen und hielt deshalb die Augen fest geschlossen. »Ich würde die Stelle gern betäuben …«, begann sie.

»Nicht nötig, lass mich einfach nur einen Moment hier sitzen, okay?« Als habe er ihr Kopfschütteln gesehen, seufzte er. »Also gut. Aber keine Betäubung!«

Juna war es egal, ob er glaubte, hart im Nehmen zu sein oder nicht. Sobald der Schmerz unerträglich wurde, würde er wahrscheinlich um eine Spritze betteln. *Erstaunlich, wie viele Männer Angst vor einer Nadel haben*, dachte sie belustigt.

Der Stich wirkte relativ frisch, die Wundränder waren glücklicherweise glatt. Was ihr Sorgen machte, waren die schweren Verbrennungen um den Einstichkanal. Woher sie stammten, konnte sie sich beim besten Willen nicht erklären. Juna beugte ihren Patienten vorsichtig nach vorn, warf einen Blick auf seinen Rücken und hielt erschrocken die

Luft an. Wer auch immer ihm diese Verletzung zugefügt hatte, hatte enorme Kraft aufgewendet, denn seine Schulter war glatt durchstoßen worden.

Ihr Großvater hatte erwähnt, dass einige Streetgangs der Gegend früher regelrechte Schlachten mit Claymores, den typischen schottischen Schwertern, geschlagen hatten. Heute konnte man damit nicht mehr so einfach durch die Straßen spazieren, deshalb benutzten die Jungs in der Stadt andere, aber keineswegs weniger tödliche Waffen. Juna erinnerte sich gut an die Geschichte, die Duncan MacDonnell immer wieder gern erzählte: Vor einigen Jahren hatte er in den Highlands einen Mann mit einer ähnlichen Verletzung zusammenflicken müssen, der es mit seiner Rolle als Rob Roy, dem bekannten schottischen Nationalhelden, zu ernst gemeint hatte. Genau genommen war es wohl der Gegner im Kostüm eines berüchtigten Rotrocks gewesen, der seinen Auftritt als Engländer deutlich übertrieben hatte. Immerhin war er vernünftig genug gewesen, nach dem Unfall sofort Hilfe zu holen, und der Doktor hatte den Todfeind des jungen Kriegers, der im wahren Leben sein bester Freund gewesen war, vor Schlimmerem bewahren können. Juna hoffte, dass es in diesem Fall ebenso glimpflich ausgehen würde.

Nachdem sie die Wunde gespült hatte, vergewisserte sie sich so gut es ging, dass keine größeren Blutgefäße, Nerven oder Sehnen verletzt waren. Für eine so frische Verletzung sah alles erstaunlich intakt aus, und Juna hoffte, nichts übersehen zu haben. Nachdem sie die Wunde genäht hatte, legte sie einen Spezialverband auf und spritzte dem Fremden ein Schmerzmittel, von dem sie wusste, dass es ihm eine ruhige Nacht verschaffen würde.

Arian spürte seine Verletzung kaum. Ihre Berührungen wirkten beruhigend, mehr noch: Sie weckten eine Leichtigkeit in seiner Seele, wie er sie nie zuvor empfunden hatte. Ein Engel konnte von Menschen nur gesehen werden, wenn er sich ihnen zu erkennen gab – was natürlich unter allen Umständen vermieden werden musste, denn die wenigsten von ihnen überstanden eine reale Begegnung mit den himmlischen Geschöpfen schadlos.

Merkwürdigerweise gingen die Vigilie als ganz normale Menschen durch, sobald sie ihre Blöße das erste Mal nach ihrer Ankunft bedeckt hatten. Selbst die meisten Dämonen konnten danach keinen Unterschied mehr erkennen, doch bis dahin waren die Neuankömmlinge jedem Angriff schutzlos ausgeliefert. Und die Diener Luzifers hatten eine ausgezeichnete Nase dafür, wo es etwas für sie zu holen gab.

Als Arian Gabriel einmal gefragt hatte, weshalb sie in den ersten Stunden nach ihrer Ankunft praktisch schutzlos und ohne ihre Kräfte waren, hatte dieser behauptet, es hätte etwas mit der biblischen Schöpfungsgeschichte zu tun. Arian schob den Gedanken an seinen ehemaligen Partner schnell beiseite. Er hielt dessen Erklärung ohnehin für unwahrscheinlich. Eher wollte er glauben, dass es sich wieder einmal um einen dieser üblen Scherze handelte, von denen seine Auftraggeber mehr als genug auf Lager zu haben schienen. Normalerweise fand er keinen davon besonders spaßig. Woran es auch lag, er verspürte wenig Lust, sich von einem Dämon töten oder, was noch schlimmer gewesen wäre, versklaven zu lassen. Deshalb hatte er bei seinen Einsätzen auf der Erde schnell eine Strategie entwickelt, um zu zeitgemäßer Kleidung zu kommen, mit der er auch unter Menschen nicht auffiel. *Strategie* war vielleicht ein zu großes

Wort, gestand er sich ein. Ebenso wie Gabriel *lieh* er einfach alles Notwendige von irgendeiner Wäscheleine. Einen Kilt hatte er allerdings noch nie getragen, doch er mochte dieses Kleidungsstück. Es war vielleicht ein bisschen kurz – in früheren Zeiten hatte ein Mann meist dezentere Kleider getragen –, aber die Freiheit zwischen den Beinen fühlte sich angenehm an. Etwas erschrocken bemerkte er, dass eben diese Freiheit auch verräterisch sein konnte. Noch nie zuvor hatte es ihn nach einem Menschenweib gelüstet.

»Fertig.«

»Was ist das?« Irritiert sah er auf seine komplett bandagierte Schulter.

»Nichts, was nicht jeder andere Arzt auch getan hätte. Ich habe einem Verletzten geholfen«, entgegnete sie indigniert. Dankbarkeit hörte sich anders an. Sie mochte ja *nur* Tierärztin sein, aber eine solche Wunde konnten alle Mediziner versorgen, ja, jeder von ihnen war in Notfällen sogar dazu verpflichtet. Der Mann im Sessel ihres Großvaters wirkte jetzt weniger hilflos, und sie überlegte, ob sie ihn ins nächste Hospital schicken sollte. Wahrscheinlich wäre das sogar besser gewesen, aber sie zweifelte daran, dass er freiwillig dorthin ginge. Er sah sie prüfend an, und diese halbbekleidete Männlichkeit machte sie plötzlich nervös. Juna spürte, wie sich ihr Gesicht erwärmte.

»Für eine Ärztin bis du sehr jung.«

Ach das ist es! Sie wusste, was er sah. Früher hatten die Kinder sie Pippi Langstrumpf genannt, weil sie immer ein wenig unordentlich aussah. So sehr sie sich auch bemühte, stets hatte sie ein Loch im Strumpf gehabt oder Gartenerde unter den Fingernägeln. Wie oft hatte Großmutter ihr ein

Blatt aus dem Haar gezogen und dabei lachend gedroht, die kaum zu bändigende Pracht einfach abzuschneiden. Gegen die deutliche Lücke zwischen ihren oberen Schneidezähnen half keine Zahnspange, aber immerhin versöhnte die Fähigkeit, mit ihrer Hilfe einen unglaublich schrillen Pfiff ausstoßen zu können. Leider war es ein selten gefragtes Talent, seit sie erwachsen geworden war. Sie ärgerte sich über den ungläubigen Tonfall seiner Bemerkung. »Tierärztin, wenn du es genau wissen willst!« Ihre Antwort klang eine Spur zu schnippisch.

»Das dürfte das Richtige für mich sein.« Er schien durch sie hindurchzusehen, und es wirkte, als sei er in Gedanken sehr weit fort.

Wer konnte es ihm verdenken? Der Mann musste eine unglaubliche Selbstbeherrschung besitzen, denn während der Behandlung hatte er keinen einzigen Laut von sich gegeben. Nur die kleine Falte, die sich auch jetzt zwischen seinen Augenbrauen gebildet hatte, verriet ihr, dass er versuchte, sich die Schmerzen nicht anmerken zu lassen. Sie dachte schon, er würde nichts mehr sagen, da glättete sich seine Stirn plötzlich. »Wie heißt du?«

Fast hätte sie ihn nicht verstanden, so leise war seine Stimme. Nach kurzem Zögern nannte sie ihm ihren Namen.

»Juna …« Aus seinem Mund klang es wie ein Seufzer. Dann schloss er die Augen, sein Atem wurde ruhiger. Gerade wollte sie sich abwenden, um ihn seinem wohlverdienten Genesungsschlaf zu überlassen, da sagte er: »Es tut mir leid!«

Was genau er bedauerte, erfuhr Juna nicht, denn im gleichen Augenblick hörte sie einen Hund bellen. Lautlos schloss sie die Tür zwischen Wohnküche und Behandlungszimmer, und eine Sekunde später sprang Finn aufgeregt auf sie zu. Sie wandte sich ab, und er verstand ihr Signal. Erwartungsvoll setzte er sich auf die Hinterbeine. Juna konnte nie lange streng bleiben, also warf sie ihm einen Leckerbissen zu und blickte zur Tür.

Gleich darauf kam Iris in die Küche gestürmt, sah Juna an und blieb abrupt stehen. »Du siehst aus, als wäre dir ein Gespenst begegnet!« Sie zog ihren Mantel aus, warf ihn über die Stuhllehne und kam näher.

Juna schüttelte den Kopf. Ihre Freundin hatte ein Talent, haarscharf an der Wahrheit vorbeizuschrammen. Plötzlich fühlte sie sich erschöpft und ließ sich auf einen Stuhl fallen.

»Hey, das ist freaky! Du wirst ja totenblass!« Iris wollte ihr die Hand auf die Schulter legen, da begann Finn leise zu knurren. »Still, du Ungeheuer!« Sie hockte sich hin, um den Hund zu kraulen, der sich schnell beruhigte, hinlegte und dann sogar auf den Rücken drehte, damit sie seinen Bauch streicheln konnte. Juna atmete ein paar Mal tief durch, bis sie sich besser fühlte, und sah dann den beiden zu.

Vor etwa einem Jahr hatte Iris in der Tierarztpraxis von Junas Großvater Duncan MacDonnell gestanden. Im Arm hatte sie ein zitterndes Fellknäuel gehalten und verlangt: »Mach … es heile!«

Juna erinnerte sich, als wäre es gestern gewesen: Sie hätte nicht sagen können, was mehr stank, der Hund, dessen Körper mit getrocknetem Blut überzogen war, oder das Mädchen, das ihn ihr entgegenstreckte. Es war erst wenige Wochen her gewesen, dass sie nach Glasgow gezogen war. Den Geruch von Buckfast, einem hochprozentigen süßen Wein, den zumindest in diesem Stadtteil jeder zu trinken schien, kannte sie allerdings bereits von früheren Aufenthalten. Und sie musste die Flasche nicht sehen, die in der Manteltasche ihrer abendlichen Besucherin steckte, um zu wissen, dass diese reichlich davon getrunken hatte. Gewiss mehr, als ihr guttat, so wie sie schwankend versuchte, im Türrahmen Halt zu finden. »Komm rein! Der Doktor hat gleich Zeit für euch.« Einer plötzlichen Eingebung folgend, fragte sie: »Möchtest du eine Tasse Tee?« Sie wartete die Antwort gar nicht erst ab. Die Sprechstunde war längst vorüber, aber jeder wusste, dass Doktor MacDonnell niemanden abwies, egal, wie spät es war. Juna drehte sich um und ging am Empfangsschreibtisch vorbei durch das Wartezimmer. Eine der Türen führte in den Behandlungsraum der Praxis, die zweite in ihre Wohnküche. Sie nahm die Pfanne vom Herd und drehte das Gas aus. Während sie einen Kessel mit Wasser füllte und drei Tassen aus dem Schrank nahm, sah sie durch die offene Tür, wie sich die späte Besucherin vorsichtig auf einem Stuhl im Wartezimmer niederließ, ohne den Blick nur einmal zu heben.

»Milch, Zucker?«, fragte sie laut, um das Rauschen des Wasserkessels zu übertönen. Als sie keine Antwort erhielt, braute sie den Tee in allen drei Tassen gleich: »Zwei Löffel Zucker und Milch ohne Rahm, nur so kann ein Schotte dieses Gebräu genießen!«, pflegte ihr Großvater auch noch bei der zehnten Tasse des Tages vor sich hin zu murmeln. Als Juna alt genug war, um selbst Tee trinken zu dürfen, tat sie es ihm gleich. Seither war er ihr Heilmittel in fast allen Lebenslagen. Ob sie Bauchschmerzen hatte oder unglücklich war, eine gute Tasse Tee rückte vieles im Leben wieder zurecht.

Doktor MacDonnell nahm sich der beiden Streuner an.

Der Hund, den Iris angeblich in einem Pappkarton gefunden hatte, bestand vorwiegend aus Fell und Knochen. Sein linkes Ohr war nur halb so lang wie das rechte, und der Rücken war von einem bösen Ekzem überzogen. Deshalb wollte er das Tier über Nacht dabehalten. Und seine Rechnung ging auf: Iris weigerte sich, Finn, wie sie den Welpen nannte, allein zu lassen. Also durfte sie ebenfalls bleiben. »Nur bis morgen«, hatte sie verkündet und war auch tatsächlich am folgenden Tag wieder verschwunden. Nicht ohne Jeans und Shirt ihrer Gastgeberin, die sie nach einer ausgiebigen Dusche widerspruchslos angezogen hatte.

Wenige Wochen später kehrte Juna am Ende eines besonders scheußlichen Regentags spät aus Edinburgh zurück, wo sie Tiermedizin studierte. Finn saß unter dem schmalen Vordach ihrer Eingangstür. Er war ziemlich gewachsen und schien genau zu wissen, was er wollte. Bei ihr dauerte es etwas länger, aber nachdem sie vergeblich versucht hatte, ihn ins Haus zu locken und er immer wieder zum Gartenzaun lief, folgte sie ihm bis Crescent Gardens.

»Wohin schleppst du mich denn?«, fragte sie. Normalerweise mied Juna den kleinen Park, der auch tagsüber von Gangs unsicher gemacht wurde, die sich mit Vorliebe auf dem Kinderspielplatz trafen. Der Regen aber hatte heute selbst die Hartnäckigsten unter ihnen vertrieben. »Finn, was ist los?« Sofort hatte sie das Bild einer hilflosen Frau vor Augen, die irgendwo da draußen lag und die nächsten Stunden vermutlich nicht überstehen würde. Sie zögerte nicht. »Bring mich zu ihr!«

Juna würde Iris' Anblick niemals vergessen: ein blutiges Bündel, kaum ansprechbar. »Du holst dir den Tod!« Vor Angst schrie sie fast. Dann versuchte sie vergeblich, das

Mädchen zum Aufstehen zu bewegen. »Himmel, Finn, wenn du doch nur helfen könntest!«

»Finn?« Dicke Regentropfen schlugen auf das Blätterdach über ihnen, Iris war kaum zu verstehen.

Sie musste im Delirium sein, denn plötzlich lachte sie irre und rief: »Ich habe ihn vertrieben! Du bist frei. Hörst du, mein Kleiner? Frei! Er kann dir nie wieder etwas tun.«

Juna tat das Einzige, was ihr einfiel: Sie schulterte Iris und versuchte, sie in Sicherheit zu bringen. Bei jedem Schritt wünschte sie sich sehnlicher, die letzten Trainingsstunden ihres Sportclubs nicht versäumt zu haben. Als das Mädchen schließlich von ihrem Rücken auf den Küchenboden glitt, spürte sie ihre zitternden Muskeln längst nicht mehr, und die feuchte Kälte war jenseits jeder Wahrnehmung ein Teil ihrer Existenz geworden. Finn streckte sich auf den kalten Fliesen aus, legte den Kopf auf die Pfoten und sah zu Juna auf, als erwarte er eine Erklärung von ihr.

Sie hockte sich zu ihm und kraulte ihn hinter dem kurzen Ohr. »Wir kriegen sie wieder hin.« Sie sah zu ihrem Großvater. »Nicht wahr, du kannst ihr helfen?«

Zum Glück schien er genau zu wissen, was zu tun war. Er schrieb ein paar Zeilen und steckte den Zettel in einen Umschlag. Damit schickte er Juna zu einem befreundeten Apotheker, um Medikamente zu holen, wie er sagte. Sein Freund war zwar nicht mehr der Jüngste, aber an diesem Abend hatte er sich besonders viel Zeit genommen, um eine Salbe zusammenzurühren, fand Juna. Als sie schließlich zurückgekommen war, hatte Iris auf dem Sofa in der Wohnküche gelegen und geschlafen. Sie hätte schwören können, dass ihr Großvater sie nur fortgeschickt hatte, um sie aus dem Weg zu haben. Doch aus Erfahrung wusste sie, dass er ihre Fra-

31

gen nicht beantworten würde, sosehr sie ihn auch löchern mochte. Also bekam Finn eine große Portion Futter für seinen heldenhaften Einsatz, ohne den das Mädchen diese Nacht womöglich nicht überlebt hätte, und Juna, die von dem Abenteuer sehr erschöpft war, ging ins Bett.

Am nächsten Morgen erwartete sie eine Überraschung. Die warme Küche war hell erleuchtet, der Tisch gedeckt. Im Herd brutzelten Würstchen, davor stand Iris mit einer Schürze um die Hüften und bereitete Rühreier mit Speck zu.

»So mag ich mein Frühstück!« Connor MacDonnell blinzelte seiner Enkelin zu und goss Sahne ins Porridge. Er sah müde aus, und sie hätte wetten können, dass er die ganze Nacht bei seiner Patientin gewacht hatte. »Gib mir doch bitte den Toast!« Er ignorierte ihren fragenden Blick und schob eine Tasse Tee zu Juna über den Tisch. »Gute Arbeit!«, flüsterte er ihr zu, bevor er Iris herbeirief, die eine riesige Portion auf seinen Teller häufte. »Das ist mein Plan«, sagte er zwischen zwei Bissen. »Da meine Enkelin absolut nicht kochen kann und den ganzen Tag in der Universität oder hinter ihren Büchern sitzt …« Er ignorierte Junas empörtes Schnauben, biss in ein fettes Würstchen und sprach kauend weiter: »… brauche ich dringend jemanden, der mir in der Praxis hilft und den Haushalt schmeißt.« Als Juna protestieren wollte, hob er die Hand. Sie kannte diese Miene. Großvater plante etwas und wünschte keinen Widerspruch. Also schloss sie den Mund, butterte konzentriert ihr Toast und wartete gespannt auf das, was nun kommen würde.

»Iris war so freundlich, mir ihre Unterstützung zuzusagen«, löste er das Rätsel nach einem weiteren Würstchen auf. »Und Finn wird eines Tages einen famosen Wachhund abgeben!« Sprach es, stand auf und wischte die Hände an den ausgebeulten Cordhosen ab. »Auf geht's! Draußen warten die ersten Patienten.« Mit diesen Worten nickte er Iris zu, die ihm lächelnd folgte.

»Okay, wie wäre es jetzt mit einem richtigen Frühstück für dich?« Juna mochte nicht kochen können, aber wie man das Herz eines Vierbeiners eroberte, wusste sie ganz genau. Finns Antwort fiel entsprechend aus: Er wedelte mit dem Schwanz und gab kleine, fordernde Laute von sich. Juna zweifelte, dass der Hund jemals die ihm zugedachte Aufgabe als Wachhund erfüllen würde. Wenn sie sich nicht sehr täuschte, sah sie gerade ein schottischer Setter aus mandelförmigen Augen an. Trotz der unterschiedlich langen Ohren, die ihm ein verwegenes Aussehen verliehen, war er ein reinrassiger Jagdhund, der in der Stadt nichts zu suchen hatte.

Es dauerte nicht lange, und die beiden jungen Frauen wurden Freundinnen. Manchmal gingen sie zusammen aus und stellten schnell fest, dass sie die gleichen Pubs mochten, über die gleichen Dinge lachen konnten und in der Buchhandlung zu ähnlichen Titeln griffen. Nur beim Musikgeschmack unterschieden sie sich. Während Juna lieber melodische Songs hörte, liebte Iris alles, was sperrig und laut war.

Auch ihr Charakter unterschied sich in einem wesentlichen Punkt: Juna mochte niemanden verärgern, während Iris keinem Streit aus dem Weg ging. »Unbritisch« nannte sie eine verärgerte Kundin, weil Iris ihr in wenigen klaren Worten gesagt hatte, was sie davon hielt, wie die Frau mit ihren Hunden umging. Bei den meisten anderen Tierbesitzern zeigte sie ebenfalls wenig Nachsicht, wenn diese ihre Rechnung nicht sofort begleichen wollten. »Kein Geld, keine Behandlung«, war ihr Motto. Andererseits hatte Juna genau gesehen, wie sie Mrs Webster Futterproben verschiedener Hersteller in einen Beutel gepackt und diesen für die alte Dame sogar noch bis zur Tür gebracht hatte. Weder Juna noch ihr Großvater verloren je ein Wort darüber, denn jeder in der Straße wusste, dass die alte Frau den letzten Penny der schmalen Rente für ihre Katzen ausgeben würde.

Die Freundinnen hätten ohne weiteres ihre Kleidung tauschen können, wenn sie den gleichen Geschmack gehabt hätten. Während Juna jedoch besonders im Sommer gern Kleider trug, sah man Iris meist in knappen Shorts, hohen Schuhen und bauchfreien Shirts.

Ein anderes Unterscheidungsmerkmal waren ihre Haare. Juna wunderte sich, warum ihr Großvater niemals eine Bemerkung dazu machte, denn wie aufgeschlossen er auch sein mochte, die Straßenmode junger Leute fand nicht seine Zustimmung.

Iris änderte ihre Frisuren und Haarfarben so häufig, dass man meinen konnte, sie besäße eine Friseurflatrate. Das Gleiche schien für das Tattoostudio in der Duke Street zu gelten. Ihre Arme waren bunt gemustert, und auch an Piercings mangelte es ihr nicht. Das allein war vielleicht noch nicht einmal so ungewöhnlich, aber die Bilder, die ihren Körper schmückten, waren ausschließlich biblischer Natur. Eine blutüberströmte Frau Lot beispielsweise, die von Ungeziefer und Heuschrecken geplagt wurde, war schon ein einigermaßen ungewöhnliches Motiv – so etwas hatte Juna auch in London noch nie zuvor gesehen.

Und es gab noch einen Unterschied. Iris ging regelmäßig zum Gottesdienst. Der Pfarrer von St. Mungo hatte anfangs große Schwierigkeiten, damit klarzukommen. Inzwischen war sie jedoch ein gerngesehenes Mitglied der

Gemeinde und kümmerte sich um Jugendliche aus den Vororten. Juna kam sich neben ihr immer langweilig vor. Sie war von durchschnittlicher Statur, aber immer schon ein wenig zu dünn gewesen, und die heiß ersehnten weiblichen Rundungen hatten sich erst viel später als bei den anderen Mädchen und keineswegs in gewünschter Weise eingestellt. Also gab es wenig Grund, sich ebenso freizügig zu kleiden wie ihre Freundin, die von allem ein bisschen mehr zu haben schien. Zumal Junas Haut milchweiß war und bei der geringsten Sonneneinwirkung die Farbe eines frisch gebrühten Hummers annahm. Letzteres ließ sich vermeiden, doch dann gab es da auch noch diese Sommersprossen, die sich leider besonders auf ihrer Nase wohlzufühlen schienen. Ihre Großmutter hatte immer gesagt, dass jemand mit viel Freude an Farbe Junas Haare geschaffen haben musste, denn sie leuchteten wie ein herbstlicher Laubwald, waren weder richtig rot noch braun, und zwischendrin schienen manchmal blonde Lichter aufzutauchen. Vor allem aber waren sie viel zu schwer und glatt, um sich jemals zu irgendeiner Frisur bändigen zu lassen. Wäre Juna ein modischer Typ gewesen, hätte sie die lästige Mähne längst in Form bringen lassen, doch stattdessen kaufte sie immer mehr Haargummis und band sie einfach zusammen.

Wenn ihr doch mal jemand nachschaute, sah sie meistens weg. Sie war dankbar, dass Iris sie nie dazu ermunterte, mit irgendwelchen Männern zu flirten oder zu tanzen, wenn sie am Wochenende gelegentlich gemeinsam ausgingen. Obwohl sie selbst, davon war Juna überzeugt, an anderen Abenden durchaus nicht abgeneigt war, die Bekanntschaft mit dem anderen Geschlecht zu vertiefen.

»Du kümmerst dich um streunende Katzen, ich übernehme die Kater!«, war ihre Antwort, als sich Juna einmal scherzhaft darüber beklagt hatte.

Dass Iris zwischendurch immer wieder für ein paar Tage oder länger verschwand, wurde von niemandem kommentiert.

»Hier, nimm!« Iris' Stimme und die viel zu heiße Teetasse, die sie ihr in die Hand drückte, holten Juna aus ihrer Erinnerung zurück. Sie bemühte sich, so natürlich wie möglich zu wirken und nicht immer wieder zur Tür zu sehen, hinter der ihr Patient jetzt hoffentlich schlief. Es fiel ihr nicht einmal besonders schwer, denn wer wie sie ein Leben lang Geheimnisse mit sich herumtrug, hatte auch gelernt, diese zu bewahren.

So schnell es eben ging trank sie den Tee aus, streckte sich und gähnte. »Diese erste Woche haben wir ganz gut überstanden, findest du nicht auch?«

»Stimmt. Jetzt sind es nur noch … Was hat der Chef dir gesagt, wie lange er wegbleiben wollte?«

Juna lachte. »Nichts hat er mir gesagt. Du kennst ihn doch.«

»Lässt uns hier einfach sitzen, mit all den Verrückten. Und fährt nach Kanada, um Bären zu jagen.«

»Das würde er nie tun!« Es dauerte einen Augenblick, bis Juna das Zwinkern in Iris' Augen sah. Sie entspannte sich. »Er besucht einen alten Studienfreund, und ich möchte wetten, dass er auch die Bären eher verarzten würde, als auf sie zu schießen.«

»Pass mal auf, er will dich nur testen. Wenn du deine Sache gut machst, dann erbst du den Laden bestimmt eines Tages.«

Juna legte Iris eine Hand auf die Schulter. »Uns will er testen, nicht nur mich. Aber wir sind ja ein gutes Team.«

»Stimmt. Und darum gehen wir jetzt auch besser ins Bett, sonst sind wir morgen zu spät, und der Zerberus aus der Hamilton Road kriegt einen Herzschlag.«

Als sie an die Leiterin des Tierheims dachte, lächelte Juna. *Zerberus* klang nicht nett, aber bei ihr passte der Name. »Das wollen wir auf keinen Fall riskieren! Hast du die Tasche gepackt?«

Die Tierärzte aus der Umgebung wechselten sich damit ab, die unglücklichen Bewohner einer nahe gelegenen Auffangstation für Hunde zu versorgen, und an diesem Wochenende war die MacDonnell-Praxis an der Reihe.

»Gehen wir hinterher frühstücken?« Iris' Augen leuchteten, und Juna hatte nicht das Herz, sie zu enttäuschen.

Jetzt wäre eine gute Gelegenheit gewesen, der Freundin von ihrem merkwürdigen Hausgast zu berichten, aber Juna wäre es wie Verrat vorgekommen. »Wenn es nicht zu lange dauert. Du weißt, am Nachmittag habe ich Notdienst.«

»Mist!«

»Was?«

»Das habe ich total vergessen. Ich habe Jamie versprochen, die Kids zu hüten.«

»Dann wirst du das wohl auch tun müssen.« Juna beneidete Iris keineswegs um die Aufgabe. Jamie hatte sechs Geschwister, auf die er aufpassen musste, wenn seine Mutter Wochenenddienst hatte. Und er war mit seinen zwölf Jahren selbst noch ein Kind.

»Danke!« Iris lächelte und griff nach den leeren Tassen.

»Lass mal, ich mach das schon.« Juna nahm sie ihr aus der

Hand. Iris kochte gern und gut, aber diesen Teil der Hausarbeit hasste sie.

»Du bist ein Schatz. Bis morgen!« Sie ging zur Tür, drehte sich aber noch einmal um. »In der Praxis brennt übrigens Licht. Da sitzt doch hoffentlich nicht noch jemand und wartet auf deine Zuwendung?«

Lachend lief sie hinaus, als Juna ihr mit einem Kochlöffel drohte, um ihre Verlegenheit zu überspielen. Finn, der unter dem Küchentisch leise geschnarcht hatte, sprang auf und rannte hinter Iris her. Die Tür klappte zu, und Juna blieb mit ihrem beunruhigenden Gast allein im Haus zurück. Durch das Küchenfenster konnte sie im Schein der Laterne sehen, wie Iris und der Hund in dem kleinen Gartenhaus verschwanden, in das sie inzwischen gezogen waren. Letzten Sommer hatten sie es gemeinsam renoviert, und nachdem Gerümpel und Staub erst einmal verschwunden waren, erstaunt festgestellt, dass es sogar einen funktionierenden Ofen, ein winziges Bad mit Dusche und eine Küchenzeile gab. Als drüben ein Licht anging, räumte Juna lächelnd den Tisch ab, stellte das Geschirr ins Spülbecken und drehte den Wasserhahn auf.

2

Arian verfolgte das Gespräch der beiden Frauen. Zunächst wartete er besorgt, ob Juna seine Anwesenheit erwähnen würde, und war erleichtert, als sie kein Wort darüber verlor. Seine Fragen aber blieben dabei unbeantwortet. Hatte Juna die Tür absichtlich angelehnt, um ihm auf diese Weise zu signalisieren: *Sieh her, ich habe nichts zu verbergen!* Etwas Wissendes hatte in ihrem Blick gelegen, während sie ihn unverhohlen gemustert hatte – als wäre sie und nicht er unsichtbar. Angst hatte er bei ihr nicht bemerkt. Gewiss, anfangs hatte sie unentschlossen gewirkt, überrascht. Sobald sie aber seine Verletzung bemerkt hatte, war alle Unsicherheit verschwunden, und sie war zielstrebig und sehr sachlich vorgegangen. Nur eben überhaupt nicht typisch für jemanden, der noch kurz zuvor einem vermeintlichen Einbrecher mit nicht mehr als einem alten Besen bewaffnet gegenübergestanden hatte.

Nach seinem Sturz war nichts mehr so wie zuvor. Äußerlich war er zwar der Gleiche geblieben, aber in seinem Inneren brannte ein Schmerz, der ihm fremd war. Natürlich bestand die Möglichkeit, dass Nephthys ihn zur Strafe für seine Unvollkommenheit degradiert hatte. Fast hätte er laut gelacht. Womöglich zu einem Schutzengel! Bereits der Gedanke ließ ihn schaudern. Eine solche Idee würde ihr ähnlich sehen – sie hatte sich ihm gegenüber stets milder gezeigt als bei allen anderen ihrer Wächter, und dennoch meist eine Bestrafung gefunden, die nur auf den ersten Blick harmlos wirkte. Doch in diesem Fall hätte sie gewiss nicht die Entführungen erwähnt. Im Gegenteil, seine Chefin galt als äußerst verschwiegen. Hinter vorgehaltener Hand sagte man ihr allerdings nach, sie liebe es, das Schicksal zu manipulieren. Ein schwerwiegender Vorwurf, wenn man bedachte, dass nur einige Wenige das Recht und die Weitsicht zu diesem riskanten Eingriff in den Lauf der Welt besaßen. Alles hing miteinander zusammen, und wenn das feine Gespinst, das den Kosmos zusammenhielt, nur minimal verändert wurde, konnte dies unabsehbare Folgen haben. Arian traute ihr jedoch zu, über den erforderlichen Weitblick zu verfügen. Tatsächlich wusste aber auch er nicht, welche Macht sie wirklich besaß. Und obwohl er annahm, dass sie ihn und seine Arbeit im Laufe der Zeit zu schätzen gelernt hatte, zweifelte er keinen Augenblick daran, dass sie nicht zögern würde, ihn eiskalt als Köder zu verwenden, auch wenn dies sein Ende bedeuten würde. Als er genauer darüber nachdachte, erschien ihm dies sogar sehr wahrscheinlich – schließlich hatte er ihr lange sein größtes Geheimnis verschwiegen. Nephthys ließ sich nicht täuschen. Wer es versuchte, wurde hart bestraft. Nicht nur, weil sie absoluten Gehorsam verlangte, sondern auch, weil niemand eigene Wege beschritt, ohne wenigstens eine Spur Emotionen in sich zu haben. Etwas, das seinesgleichen nicht erlaubt war. Wie aber war sie dahintergekommen, dass er Gefühle nicht nur sehen konnte, sondern selbst besaß?

Arian hätte gern gewusst, wer ihn verraten hatte. War es Gabriel gewesen, der vor ihm aufgeflogen und aus Elysium verbannt worden war? Äonen lang hatten sie Seite an Seite gearbeitet und sich immer aufeinander verlassen können. Natürlich blieb es bei einer solchen Nähe nicht aus, dass man Einblick in die Geheimnisse des anderen gewann. Sie hatten nie darüber gesprochen, denn schon dies hätte sie verraten können, aber Arian war sicher, dass auch Gabriel mehr Herz besaß, als es einem Wächter zustand. Leicht hätte jemand ihren Einklang im Kampf, ihre Fähigkeit, ohne viel Worte zu wissen, was der andere als Nächstes tun würde, als das erkennen können, was es war: Freundschaft. War womöglich der *Gerechte*, den sie in ihrem letzten gemeinsamen Auftrag vor einem Dämon gerettet hatten, der Verräter gewesen? Wenn man bei irgendwelchen Engeln sicher sein konnte, dass sie sich ohne Wenn und Aber an einmal gesetzte Regeln hielten, so unsinnig diese auch sein mochten, dann waren es die Gerechten. Es hieß, dass sie ihre Kämpfer unvorstellbaren Qualen unterzogen, um sicherzugehen, dass nicht der Funken eines Gefühls in ihnen zu finden war. Doch um die Lösung dieses Rätsels würde er sich später kümmern.

Nephthys tat nie etwas ohne Hintergedanken. Ganz sicher gab es einen Grund dafür, dass er in Junas Haus gesandt worden war. Also würde es für ihn von Vorteil sein, möglichst viel über die Bewohner und die Welt, in der sie lebten, zu erfahren.

Nebenan in der Küche war es inzwischen ruhiger geworden. Wasser plätscherte, Geschirr klirrte, jemand summte. Juna. Dann waren Schritte zu hören, gleich darauf das leise Rascheln ihres Kleides, das er als Erstes wahrgenommen hatte, bevor sie in ihr Zimmer gestürmt war, um ihn als vermeintlichen Einbrecher auf frischer Tat zu stellen.

Er schloss die Augen. Genau genommen hatte sie ein so

leichtsinniges Verhalten an den Tag gelegt, dass er beim Gedanken daran, was hätte geschehen können, hätte sie an seiner Stelle einen gewaltbereiten Dieb entdeckt, ein äußerst unangenehmes Ziehen im Magen spürte.

»Schläfst du?« Juna beugte sich über ihn, und er konnte die Wärme ihres Körpers spüren, so nahe war sie.

Sie gab einen Laut von sich, wie er ihn noch nie zuvor gehört hatte. Es war, als fordere dieses ahnungslose Geschöpf ihn auf, seinen viel zu lange verleugneten Instinkten zu folgen. Aber sie hatte keine Ahnung, worauf sie sich einließ. Würde er den Dingen ihren Lauf lassen, wäre er keinen Deut besser als die Gefallenen der ersten Stunde, deren ungezügelte Lust ihr Verderben geworden war.

Juna war jetzt ganz nahe. Er sah sie an. Nein, sie hatte ein besseres Schicksal verdient, als von ihm ins Unglück gerissen zu werden. »Keine Sorge, ich werde jetzt gehen.« Er wollte sich aus dem Sessel erheben, da erinnerte ihn stechender Schmerz in der linken Schulter daran, was geschehen war. Keine normale Wunde, sondern eine ganz andere Verletzung als jene, die er sich im Laufe der Zeit schon häufiger eingehandelt hatte. Würde sie ebenso schnell heilen?

»Das ist nicht dein Ernst!« Bedeutungsvoll blickte Juna auf sein einziges Kleidungsstück. »Natürlich bleibst du hier. Du kannst auf dem Sofa schlafen. Ich habe dir ein paar Decken hingelegt. Und morgen kannst du mir erklären, was du halbnackt in meinem Zimmer zu suchen hattest …« Als er etwas sagen wollte, hob sie eine Hand. »Wir reden morgen darüber. Ich muss früh aufstehen. Wenn *du* ausgeschlafen hast, bin *ich* bestimmt längst zurück.«

Das Sedativ, das sie ihm injiziert hatte, blieb bei einem

Engel wirkungslos, aber das konnte seine süße Tierärztin nicht wissen. Vermutlich war sie deshalb so zuversichtlich, dass ihr von ihm in dieser Nacht keine Gefahr drohen würde. Unter halb geschlossenen Lidern sah er sie an und nickte.

»Vielleicht suche ich dir dann sogar ein paar passendere Kleidungsstücke heraus.« Ihr Lächeln nahm den Worten viel von der Strenge. »Im Flur, rechts neben dem Eingang, ist ein kleines Bad. Es ist eigentlich nur für Praxisbesucher …« Juna versuchte, ein Gähnen zu unterdrücken. »Brauchst du noch was?« Als er verneinte, drehte sie sich um und sagte im Hinausgehen: »Gute Nacht!« *Enttäusch mich nicht.*

Arian war nicht sicher, ob sie die Worte tatsächlich ausgesprochen hatte. *Eine unangenehme Überraschung wird sich nicht vermeiden lassen*, dachte er zynisch, während er langsam aufstand, um das Sofa auszuprobieren. Es war überraschend bequem, und die Decke duftete, als käme sie direkt aus Junas Kleiderschrank.

Irgendwo im Haus schlug eine Uhr. Mitternacht.

Er legte sich zurück und versuchte, Ruhe zu finden.

Es war sieben Uhr und vierunddreißig Sekunden, als Juna das Haus verließ. Arian hatte jede ihrer Bewegungen registriert, in der Nacht und dann nach dem Aufwachen vor etwa einer Stunde.

Als drei Stunden später der Fremde einen Schlüssel ins Türschloss steckte, wusste Arian in Sekundenbruchteilen, mit was er es zu tun hatte. Die wichtigste Information: kein Dämon. Außerdem war der Mann zu jung, um Junas Großvater zu sein. War er vielleicht ihr Freund? Spannend würde es werden, sobald sie sich im Flur begegneten. Würde der

Mann ihn sehen können? Soeben noch für alle Welt sichtbar, lösten sich Arians Konturen auf, bis niemand außer einigen wenigen Auserwählten seine Gegenwart bemerkt hätte. Lautlos erhob er sich.

Der Mann hatte inzwischen die Haustür geöffnet und trat in den Flur. »Juna?« Die Stimme tönte laut durch das verlassene Haus. Als er keine Antwort erhielt, sprach er mit sich selbst. »Ausgezeichnet, ganz, wie ich es mir gedacht habe.« Zielstrebig eilte er zum Hinterausgang und verriegelte die Tür von innen. Anschließend machte er kehrt und ging direkt an Arian vorbei, der in der offenen Küchentür stand und jede seiner Bewegungen genau beobachtete. Plötzlich rieb der Eindringling die Hände aneinander, als fröstele er, während sich seine Schritte verlangsamten.

Arian war alarmiert. Für diesen Sterblichen mochte er unsichtbar sein, doch gänzlich unbemerkt war er nicht geblieben, was wahrscheinlich bedeutete, dass seine Kräfte noch nicht vollständig wiederhergestellt waren. Immerhin aber hatten sie ihn nicht verlassen.

Zuversichtlich, doch gewarnt folgte er dem Mann mit ausreichendem Abstand die Holztreppe hinauf. In der oberen Etage stand zur Rechten eine Tür offen. Nachdem Arian einen Blick hineingeworfen hatte, war er sich sicher, dass hier normalerweise der Großvater wohnte. Gespannt darauf, wie es weitergehen würde, betrachtete er den Fremden genauer. Dieser trug einen Anzug, der dem teuren Schneider, aus dessen Hand er zweifellos stammte, alle Ehre machte. Doch offenbar wusste sein Träger Qualität nicht zu schätzen, denn sonst hätte er sich bestimmt mehr Mühe mit der Pflege der ebenfalls handgearbeiteten Schuhe gegeben. Das Leder wirkte stumpf, und über den linken Schuh zog sich eine unansehnliche Schramme. Die Hände des Eindringlings waren ständig in Bewegung, und obwohl Arian das Gesicht nicht sehen konnte, wusste er, dass sich die wasserblauen Augen unruhig hin und her bewegten. Normalerweise fühlte sich kein Mensch in der Nähe von Engeln unwohl, ganz egal, ob sie unsichtbar waren oder in Menschengestalt erschienen. Man musste eine dunkle Seite besitzen, um so zu reagieren, wie der Eindringling es getan hatte.

Je länger Arian ihm bei seiner Suche zusah, desto deutlicher wurde, dass er allen Grund hatte, ihn oder jeden anderen Abgesandten der ewigen Gerechtigkeit zu fürchten. Er verlor keine Zeit, zog Schubladen auf, durchwühlte jede und fluchte lästerlich, sobald er erkannte, dass sich keine Wertgegenstände darin befanden. Dabei ging er äußerst systematisch vor, und Arian war sich bald sicher, dass er es mit einem Dieb zu tun hatte, der so etwas nicht zum ersten Mal tat. Zwischendurch hielt er immer wieder inne und lauschte, einmal sah er nervös zur Tür.

Arian erwartete bereits, entdeckt zu werden, als der Mann einen kleinen Schraubenzieher hervorzog und sich an dem alten Stehpult zu schaffen machte, das vor einem der Fenster zum Garten stand. Behutsam schraubte er zwei Beschläge ab.

Interessiert ging Arian näher heran und beobachtete, wie er mit den Fingerspitzen über eine Metallschiene fuhr. Sein triumphierendes Lächeln verriet ihn Sekunden bevor ein verborgenes Fach aufsprang, das einem weniger erfahrenen Einbrecher gewiss längere Zeit verborgen geblieben wäre. Er griff hinein und zog eine Rolle Pfundnoten hervor. »Wusste ich's doch!« Mit flinken Fingern zählte er das Geld und spuckte aus. »Zehntausend Quid! Verflucht, du alter Geizkragen. Das reicht nicht!«

Jemanden zu bestehlen, den man kannte – und davon ging Arian inzwischen aus –, war nicht unbedingt das, was man sich unter einem liebenswerten Charakter vorstellte. Er war neugierig, was der Mann als Nächstes vorhatte – nur aus diesem Grund hielt sich Arian weiterhin verborgen. Auf dem Rückweg ins Erdgeschoss hätte er sich wahrscheinlich nicht einmal die Mühe machen müssen, unsichtbar zu bleiben. Die Gier hatte den Mann blind und taub für seine Umgebung gemacht; polternd lief er die Treppe hinab. Nach einem Sprung über die letzten drei Stufen, der verriet, dass er sich in diesem Haus auskannte, steuerte er direkt auf Junas Zimmer zu und ging hinein. »Opas Liebling hat bestimmt auch etwas Schönes für mich …« Mit diesen Worten öffnete er eine der Schranktüren und betrachtete einen Augenblick lang die ordentlich gefalteten Kleidungsstücke, als überlege er, wo er mit seiner Suche beginnen sollte. Schließlich fing er an, in Junas Unterwäsche zu wühlen. Es dauerte nicht lange, bis er etwas gefunden hatte. Mit einem Umschlag in der Hand ging er zum Fenster, um ihn dort zu begutachten. Dabei versetzte er dem Lämmchen auf Junas Bett im Vorbeigehen einen Schlag, so dass das Stofftier durch den Raum flog. »Tja, meine Liebe, du hättest das Haushaltsgeld doch besser einer Bank anvertrauen sollen.« Sein Diebeszug war offenbar beendet. Er nahm eine beachtliche Menge Geldscheine heraus, zerknüllte den Umschlag und warf ihn aufs Bett. Dabei streifte sein Blick den Nachtschrank. »Sieh mal an, wenn das nicht Omas Schmuckkästchen ist. Das Zeug kann ich besser gebrauchen als du!« Damit griff er nach einer antiken Schatulle, warf den Deckel achtlos zurück und steckte einige glitzernde Schmuckstücke ein.

Arian, der alles von der Tür aus beobachtet hatte, beschloss, nun doch etwas zu unternehmen. Was Menschen taten, war ihm zumeist herzlich gleichgültig gewesen – und auch jetzt sorgte er sich keineswegs um das Seelenheil des Diebs. Aber er hatte recht konkrete Vorstellungen von dem, was er mit einem Mann machen wollte, der im Begriff war, Juna zu bestehlen. Dieser Schmuck mochte vielleicht nicht allzu kostbar sein, doch er schien ihr besonders am Herzen zu liegen. Zumindest schloss Arian dies aus der Tatsache, dass sie ihn nicht in einem Safe, sondern dicht an ihrem Bett aufbewahrte. Dass er Probleme bekommen könnte, weil er seine Kompetenzen überschritt, war ihm egal. Es dauerte nicht länger als einen Wimpernschlag, und er wurde sichtbar.

»Gefunden, was du gesucht hast?« Mit verschränkten Armen lehnte er in der Tür.

»Scheiße!« Erschrocken drehte sich der Mann um und blieb mitten im Raum stehen. »Teufel!«

»Hast du jemand anderen erwartet?« Arian lachte, und der Eindringling zuckte zusammen, als sei er bei mehr als nur einem Diebstahl ertappt worden. Bevor er jedoch etwas erwidern konnte, fragte Arian: »Mit welchem Recht hältst du dich in diesem Zimmer auf?«

Der Mann musterte ihn, bis sich seine Mundwinkel zu einem Grinsen verzogen. »Ein Hausgast, was? Lass mich raten, du bist einer dieser Penner, die Juna ständig zusammenflickt.« Sein Blick glitt über den Verband an Arians Schulter und ruhte dann auf dem Kilt, der immer noch sein einziges Kleidungsstück war. Der Anblick schien ihm nicht zu gefallen. »Du trägst die MacDonnell-Farben?« Die

47

Stimme wurde scharf. »Du bist ihr neuer Lover! Ich gebe dir einen guten Rat, mein Freund: Verschwinde lieber, bevor es zu spät ist.«

Weniger diese rätselhaften Worte als vielmehr der verächtliche Tonfall waren schuld daran, dass Arian beinahe seine derzeit überaus instabile Selbstbeherrschung verlor. Mit mühsam unterdrücktem Ärger sagte er: »Nachdem das geklärt ist, verrate mir doch bitte, wer *du* bist.« Sein Körper spannte sich, bereit zum Kampf. Einem aufmerksameren Gegner hätten die harten Linien in seinem Gesicht verraten, wie viel Mühe es ihn kostete, nicht die Beherrschung zu verlieren. Nur ein winziger Augenblick der Nachlässigkeit hätte genügt, und der Fremde wäre sehr wahrscheinlich angesichts seiner wahren Identität wimmernd vor ihm zusammengebrochen. So groß das Vergnügen auch war, das ihm diese Vorstellung bereitete, seine innere Stimme warnte: *Arian, lass es! Du weißt doch noch nicht einmal selbst, wer du jetzt bist.* Da sprach zweifelsohne die Vernunft, die ihm klarzumachen versuchte, dass er in seiner momentanen Situation andere Sorgen hatte als die Beleidigungen eines Einbrechers. Der nutzte sein Zögern und versuchte, sich an ihm vorbeizudrängen.

Arians Arm schnellte vor, und die Hand schloss sich mit tödlicher Präzision gerade so weit um den Hals des Flüchtigen, dass dessen Protest in einem gurgelnden Laut unterging. »Wer. Bist. Du?« Er lockerte leicht den Griff, um dem anderen eine Antwort zu ermöglichen.

»Jo…« Der Rest ging in einen Hustenanfall unter. »Ich bin John«, versuchte der Dieb es noch einmal, und der Tonfall verriet, dass er damit seine Anwesenheit und sein Tun legitimiert sah.

»Dann hör mir gut zu, John! Du legst jetzt das Geld und den Schmuck zurück, und dann will ich dich hier nie wieder sehen!« Dabei gab er ihm einen Stoß, der ihn bis auf das Bett zurücktaumeln ließ.

»Welches Geld?«, versuchte sich John herauszureden und rieb sich die Kehle. »Ich habe nichts genommen, was mir nicht sowieso zusteht.«

Arian sah ihn starr an.

»Schon gut!« Er sprang auf, griff in die Hosentasche und zog etwas Glitzerndes hervor, das sich bei genauerem Hinsehen als Diamantcollier entpuppte. Mit verächtlicher Miene warf er die Juwelen in die Schatulle zurück. Zwei Ohrringe und eine Anstecknadel folgten. »Zufrieden?«

»Das Geld!« Arian legte gerade genug von der Macht, die ihm innewohnte, in seine Stimme, dass John erneut zurückwich.

Mit zitternden Fingern zog er die Scheine aus seiner Tasche und hielt sie ihm hin.

Arian sah ihm in die wasserblauen Augen. »Ich frage nicht noch einmal: Was hast du hier zu suchen?«

»John ist mein Bruder.«

Er hatte Junas Ankunft nicht gespürt, und als er jetzt herumwirbelte, fiel ihr Blick auf das Geld in seiner Hand. »Was geht hier vor?«

John erholte sich erstaunlich schnell von der Überraschung. Mit ausgestreckten Armen ging er auf sie zu und blieb erst stehen, als Finn neben ihr unüberhörbar zu knurren begann. »Hallo Schwesterchen. Sag nicht, der Typ wohnt hier!« Er warf einen vielsagenden Blick auf Arians Kilt. »Er wollte mit unserem Geld verschwinden!«

Juna sah ihn an. »Stimmt das?«

Arian hätte ihrem nichtsnutzigen Bruder am liebsten den Hals umgedreht. Doch aus Junas Blick und Haltung las er, wie die Situation auf sie wirken musste: Sie hatte ihn für einen Einbrecher gehalten und dennoch nicht nur seine Wunde versorgt, sondern ihm auch noch Obdach für die Nacht gewährt. Damit nicht genug, hatte sie ihm sogar so weit vertraut, ihn allein in ihrem Haus zurückzulassen. Und nun behauptete ihr Bruder, er habe Arian beim Stehlen erwischt. Die Erklärung, die ihm schon auf der Zunge gelegen hatte, schluckte er herunter und schwieg.

Juna sah von einem zum anderen. Ihr Bruder war ein gut aussehender Mann. Mittelgroß, schlank, mit dem *Gesicht eines Engels*, wie ihre Mitschülerinnen immer geseufzt hatten, wenn sie um eine Einladung zum Tee regelrecht bettelten. Und dies keineswegs, weil sie Juna zu ihrem Freundeskreis zählten.

Die Mädchen taten es nur, weil jede von ihnen hoffte, es würde ihr gelingen, John MacDonnell für sich zu interessieren. Schon früh war er sich dieser Wirkung auf Frauen bewusst gewesen und hatte sie schamlos ausgenutzt. In letzter Zeit allerdings, fand Juna, hatte er einiges von seinem Charme verloren. Seine Anspannung entging ihr nicht. Für jemanden, der so großen Wert auf ein gepflegtes Erscheinungsbild legte, sah er regelrecht mitgenommen aus. Seine blonden Haare waren ungekämmt, die Seidenkrawatte hing schief. Das halbe Lächeln, das zu sagen schien: *Sieh mich an, kann so jemand lügen?*, verfehlte allerdings auch dieses Mal seine Wirkung nicht. Mit großen Augen sah sie Arian an: »Ich habe dir vertraut!«

Die Traurigkeit, die in diesen Worten mitschwang, ließ sein Herz nicht unberührt. *Enttäusche mich nicht!*, hatte sie ihn am Abend zuvor mit leiser Stimme gebeten, und ihm war klar gewesen, wie schwierig es werden würde, diese Bitte zu erfüllen. Dass er allerdings dermaßen schnell in Ungnade fallen würde, bestürzte ihn. Er wandte sich von Juna ab. Mitfühlende Worte, davon war er überzeugt, hätten sie nur noch mehr verletzt.

Aber er hatte nicht mit Junas Überlebenswillen gerechnet. Erstaunt beobachtete er, wie sich ihr Körper straffte und die Augen schmal wurden. Sie wies ihm tatsächlich die Tür. »Raus! Alle beide raus hier. Ich will keinen von euch jemals wiedersehen!«

Arian gehorchte ohne Widerspruch. In ihrer Stimme klang eine so wütende Verzweiflung mit, die jeden Menschen unberechenbar machen konnte, und in dieser Situation wären Erklärungsversuche ohnehin sinnlos. Schweigend verließ er das Haus und schloss leise die Tür hinter sich.

John folgte ebenfalls dem Befehl seiner Schwester, die immer noch wie eine Rachegöttin wirkte, obwohl sie vermutlich am liebsten geweint hätte. Er machte ein paar Schritte, dann blieb er jedoch vor ihr stehen und sah zurück zum Bett, auf dem die Pfundnoten verstreut lagen, die er so dringend benötigte. »Das ist verdammt viel Geld. Du solltest solche Summen nicht im Haus aufbewahren. Gib es mir, ich bringe es für dich zur Bank.«

Juna stellte die Schmuckschatulle zurück, deren Inhalt sie gerade kontrolliert hatte, und sah John wortlos an.

»Okay, okay. Aber ich könnte das Geld im Moment wirklich gut gebrauchen. Nächste Woche hast du es zurück, ganz bestimmt.«

»Die Brosche«, war ihre einzige Antwort, und er kannte seine Schwester gut genug, um zu wissen, dass es keinen Sinn hatte, weiter zu bitten. Ärgerlich griff er in die Hosentasche und legte ihr das Schmuckstück in die ausgestreckte Hand, wobei er absichtlich die Nadel tief in das Fleisch drückte. Juna ließ sich nichts anmerken. Mit dieser verdammten Selbstbeherrschung hatte sie ihn auch früher schon fast zu Weißglut gebracht. Am liebsten hätte er vor Wut und Enttäuschung geschrien. Die Brosche war antik und hätte ihm bestimmt ein paar Hundert Pfund gebracht. Einzeln wären die Steine vielleicht sogar noch mehr wert. Er würde zurückkommen müssen, und zwar bald. Und dann würde ihn niemand davon abhalten, sich zu nehmen, was ihm zustand. An der Haustür blieb er noch einmal stehen. »Weiß Großvater eigentlich, dass du sein Highlander-Kostüm an wildfremde Männer verleihst?«

»John!«

»Oh, ich vergaß, dein Ruf und was die Leute von unserer Familie denken, das war dir ja sowieso immer schon egal.«

Endlich eine Reaktion. Zufrieden lächelnd genoss er den Anblick ihrer funkelnden Augen, dann drehte er sich um und schlug die Haustür schwungvoll hinter sich zu.

Juna rannte ins Bad und drehte die Dusche weit auf. Ohne auf ihre Kleidung zu achten, stellte sie sich unter den eisigen Wasserstrahl, bis der Schmerz in ihrem Inneren allmählich von der Kälte überdeckt wurde. Irgendwann gaben ihre Knie nach, und sie ließ sich willenlos an den Fliesen heruntergleiten. Nur mühsam brachte sie die Kraft auf, nach oben zu greifen und mit zitternder Hand das Wasser abzudrehen.

Anstatt seiner Wege zu gehen – jetzt, da er offenbar wieder ungesehen unter den Menschen wandeln konnte –, nutzte Arian seine Fähigkeit, um John zu folgen. Erneut unsichtbar und an die Hauswand gelehnt, hatte er nach seinem Rausschmiss überlegt, was er nun tun sollte. Plötzlich war ihm aufgegangen, was ihn seit der Auseinandersetzung mit Junas Bruder irritiert hatte: Die ganze Zeit war kein Schutzengel aufgetaucht, und man sollte doch meinen, dass seine Hand an Johns Kehle eine konkrete Bedrohung dargestellt hatte. Vielleicht glaubte Junas Bruder, unverwundbar zu sein, und sein Schutzengel war der gleichen Meinung. Möglicherweise aber – und sein Instinkt verriet Arian, dass dies der Fall war – wachte überhaupt kein Schutzengel über John. So etwas kam vor und konnte verschiedene Gründe haben.

Auch Menschen, die keine reine Weste hatten, wurden von Schutzengeln bewacht. Anderenfalls hätten die himmlischen Helfer ziemlich wenig zu tun gehabt. Doch wenn sich ein Sterblicher bewusst mit dem Bösen eingelassen hatte, konnte es vorkommen, dass er eines Tages buchstäblich *von allen guten Geistern* verlassen wurde. Möglich, dass Arian sich nicht geirrt hatte, als er einmal ganz kurz etwas sehr Dunkles in Johns Aura zu spüren geglaubt hatte.

Vielleicht war Johns Schutzengel aber auch den Entführern zum Opfer gefallen, und Nephthys hatte ihn nicht zu Juna, sondern zu ihrem Bruder gesandt. Auch wenn ihm diese Möglichkeit überhaupt nicht gefiel, durfte er sie nicht ignorieren. Natürlich konnte es auch sein, dass Johns Beschützer einfach nur einem anderen Schützling hatte zur Seite stehen müssen. Auch dies konnte geschehen und wurde, sofern es fatale Folgen hatte, in himmlischen Kreisen gern als *bedauerlicher Unglücksfall* bezeichnet.

Es gab zu wenige Schutzengel, und täglich wurden mehr Menschen geboren. Hinzu kam, dass sich nicht viele Verstorbene eigneten, eine solch selbstlose Aufgabe zu übernehmen. Ohnehin kamen die wenigsten auf die Idee, ein Engagement zum Wohl anderer zu zeigen – nicht einmal, wenn ein Todesengel sie am Ende ihrer irdischen Existenz mit der Nase darauf stieß. Mehr als Hinweise zu geben, war den himmlischen Betreuern Verstorbener allerdings nicht gestattet. Zum Schutzengel missioniert wurde niemand.

Dabei war es bestimmt nicht der schlechteste Job. Anders als ihre höhergestellten Kollegen behielten Schutzengel ihre empathischen Fähigkeiten. Nächstenliebe war eine Herzensangelegenheit jenseits von Recht und Ordnung. Am ehesten fanden sich noch Engel, die bereit waren, über Kinder zu wachen, aber himmlische Begleiter, die sich freiwillig um Verbrecher und Unholde kümmerten, waren rar. Tragisch, denn ihre erfolgreiche Arbeit stellte die einzige Chance für reuige Sünder dar, am Ende vielleicht doch nicht ihren ansonsten sicheren Platz in der Hölle einnehmen zu müssen.

Arians Schulter schmerzte, als beherberge sie tausend Höllen, während er Junas Bruder unbemerkt die Straße entlang folgte. Er hielt nicht viel von diesen *Resozialisierungsengeln*, wie seinesgleichen sie hinter vorgehaltener Hand gelegentlich nannten. Selbstverständlich erledigten sie einen ehrenhaften Job, aber nur wenige – Engel wie Menschen – wussten dies zu schätzen. Niemand sprach es laut aus, doch die meisten fragten sich, wozu es ein ordentliches Fegefeuer gab, wenn sich jeder mir nichts, dir nichts bereits zu Lebzeiten reinwaschen konnte?

John reihte sich an einer Bushaltestelle in die Warteschlange ein. Seine Hände waren in den Hosentaschen vergraben und zu Fäusten geballt. Konzentriert blickte er auf die rechte Schuhspitze, die einen nervösen Rhythmus auf den Asphalt trommelte. Nach langen Minuten kam der Bus, und die Menge rückte vor, um vorn beim Fahrer einzusteigen.

Arian wartete ab, bis John eingestiegen war, und sprang dann unbemerkt auf das Dach des Busses. Unter sich konnte er die Auren der begleitenden Schutzengel sehen. Er blinzelte und blendete dieses etwas irritierende Bild schließlich aus.

Während er ungesehen auf dem Dach mitfuhr, erinnerte er sich, wie Nephthys ihn vor seinem ersten Einsatz auf der Erde gewarnt hatte: »Willst du mit Menschen kommunizieren, musst du es ausschließlich in menschlicher Gestalt tun.«

»Warum?«, hatte Arian, der nie zuvor mit Sterblichen in Kontakt gekommen war, wissen wollen.

»Weil Engel wie du aus Licht geschaffen wurden und in ihrem Inneren die kosmische Kraft tragen, deren Herrlichkeit ein Mensch nicht ertragen kann.«

»Und was geschieht mit gefallenen Engeln?«

Nephthys hatte ihn merkwürdig angesehen, so dass er sich alsbald gewünscht hatte, diese Frage niemals gestellt zu haben. Doch schließlich flüsterte sie: »Sie bleiben, was sie sind. Doch in ihrem Inneren hat sich eine Dunkelheit eingenistet, die so stark ist, dass sie selbst den energetischen Fluss des Universums stören kann.«

Später hatte er herausgefunden, dass Schutzengel ihm durchaus einiges voraus hatten. Sie besaßen die Feinstofflichkeit eines Geistes und konnten Materie wie lebendige Körper gleichermaßen durchdringen. Dafür konnten sie sich einem Menschen nicht zeigen, so wie er es vermochte. Sobald aber Arian in unsichtbarer Form einen Erdenbewohner berührte, konnte dies ganz unterschiedliche Auswirkungen haben: Die einen glaubten ein leichtes Kribbeln zu spüren, andere meinten ein Licht zu sehen. Wieder andere waren so sehr erschrocken, dass im schlimmsten Fall sogar ihr Herz stehen bleiben konnte.

Gabriel hatte es auf den Punkt gebracht: »Das ist wie Feuer – aus der Ferne ist es hübsch anzusehen. Darum sind die Weiber hinter uns her, sobald sie einen von uns erblicken. Gehst du näher heran, wärmt es dich. Deshalb fühlen sie sich in unserer Nähe so entspannt. Berührst du es, verzehrt es dich.«

Normalerweise hatte Arian keine Probleme, in unsichtbarem Zustand einen möglicherweise fatalen *Brand* zu vermeiden, aber öffentliche Verkehrsmittel waren im *großen Weltenbild* augenscheinlich nicht vorgesehen gewesen, und so mied er sie vorsichtshalber ebenso konsequent wie Aufzüge und größere Menschenansammlungen.

Die Fahrt dauerte nicht allzu lang, und John verließ wenige Haltestellen später den Bus. Arian sprang vom Dach und bemühte sich, ausreichend Abstand zu halten, während er ihm durch eine belebte Einkaufsstraße folgte. Hier war es leichter, den Menschen auszuweichen, aber ein- oder zweimal streifte er versehentlich doch jemanden. Zuerst war es die Schulter einer Frau. Sie taumelte, fasste sich jedoch schnell und ging ihrer Wege.

Gleich darauf, als es in einer Seitenstraße knallte und ein älterer Mann abrupt stehen geblieben war, um zu sehen, was los war, konnte Arian nicht mehr rechtzeitig anhalten. Sie berührten einander. Der Mann griff sich ans Herz und stolperte. Immerhin, *er* hatte einen Schutzengel, der Arian mit ein paar deutlichen Handzeichen klarmachte, was er von dessen Ungeschicklichkeit hielt, bevor er sich um seinen Schutzbefohlenen kümmerte. Eine junge Frau wurde auf den Taumelnden aufmerksam und half ihm, sich auf eine Bank zu setzen. Hätte Arian den Mann jetzt mit unsichtbarer Hand berührt, wäre er gestorben – viel fehlte ohnehin nicht mehr.

Dieser Zwischenfall war zweifellos ein weiteres Minus auf seinem Konto. Später würde er seine angelikale Ausstrahlung hoffentlich unter Kontrolle haben, doch jetzt war sie ihm ausgesprochen lästig.

»Alles eine Sache der Konzentration!«, erklang Gabriels Stimme in seiner Erinnerung, und Arian atmete tief durch. Es dauerte länger als üblich, zu seiner gewohnten Kondition zurückzufinden. Daran war ohne Zweifel die pochende Wunde schuld, die ihn immer wieder ablenkte. Wenn bereits die Menschen seine Gegenwart so deutlich spüren konnten, dann hatten Dämonen gewiss auch keine Schwierigkeiten, ihn zu orten.

Prüfend sah sich Arian um. Noch schien er keine unliebsame Aufmerksamkeit auf sich gezogen zu haben. Er presste die Kiefer zusammen und beschleunigte seine Schritte, um John nicht zu verlieren. Glücklicherweise bog dieser soeben in eine ruhigere Seitenstraße ein, die leicht bergauf ging. Bald wurden seine Schritte langsamer. Als er wenige Hundert Meter weiter einen Schlüssel aus der Tasche zog, schnaufte er bereits vernehmlich und lehnte sich kurz an die gläserne Eingangstür eines gepflegt wirkenden Hauses. Nachdem er zu Atem gekommen war, öffnete er sie und steuerte geradewegs auf den Aufzug zu.

Mein Glückstag!, gratulierte sich Arian und verzichtete darauf, das Gebäude zu betreten. Stattdessen breitete er die Flügel aus und versuchte sich an seinem ersten Flug nach dem Sturz. Es tat so gut, sich endlich wieder als ein Ganzes zu fühlen, dass er beinahe laut vor Glück gelacht hätte.

Die menschliche Erscheinung eines Engels unterschied sich auf den ersten Blick nicht von dessen wahrer Gestalt. Lediglich seine Flügel blieben unsichtbar. Doch ohne die Schwingen fühlte sich Arian so unvollkommen wie vor seiner Initiation. Tatsächlich gab es darüber hinaus keine konkrete Erinnerung an die Zeit, bevor er dem Engelmacher vorgestellt worden war, doch das betrübte ihn nicht. Wichtig war das Hier und Jetzt.

Seine Flügel trug er mit Stolz, als wären sie leicht wie eine einzelne Feder. Doch dieser Eindruck täuschte. Kräftige Rückenmuskeln sorgten dafür, dass jeder Flügelschlag ihn vorantrug, lautlos für das menschliche Ohr wie eine Eule auf Beutefang und ebenso präzise wie jeder andere Raubvogel. Anfangs öffnete er seine Schwingen zögerlich, fast so, als überprüfe er den Sitz jeder einzelnen Feder. Dann erhob er sich in die Luft. Es mochte Zufall sein, dass in diesem Augenblick die Sonne hinter einer Wolke hervorkam. Selbst wenn einem Menschen nur der vergleichsweise bescheidene Anblick tanzenden Lichts vergönnt war – dieses Bild schneeweißer Eleganz hätte ihn beeindruckt. Arian hoffte allerdings, dass seine Kräfte so weit wiederhergestellt waren, dass sie ihn vor den Augen eines menschlichen Beobachters verbargen. Es gab acht Balkone mit großen Fenstern, und zum Glück regte sich nur hinter einem davon etwas. Das musste Johns Wohnung sein. Gleich darauf betrat er tatsächlich den Raum.

Arian schwebte lautlos vor dem Haus und sah hinein. John, davon war er überzeugt, würde ihn selbst dann nicht bemerken, stünde er direkt hinter ihm. Für die Welt nicht sichtbar zu sein, gab Arian besonders nach seinem Sturz ein Selbstvertrauen, das er bisher nicht einmal vermisst hatte.

John hatte das Jackett ausgezogen und kickte seine Schuhe quer durchs Zimmer, während er mit ungeduldigen Bewegungen an seiner Krawatte zog. Nachdem er sich ihrer entledigt hatte, ließ er sich rücklings auf einen Sessel fallen und trank einen großen Schluck aus der Cognacflasche in seiner Rechten. Die Möblierung war spärlich, an den Wänden und auf der Auslegware zeigten dunkle Ränder, dass hier vor nicht allzu langer Zeit noch andere Möbel gestanden hatten. Auf dem Sofa lag zusammengerollt Bettzeug, und Arian fragte sich, ob John einen Gast beherbergte oder selbst dort übernachtet hatte. Das Schlafzimmer konnte er von hier aus nicht sehen. John griff nach seinem Handy und wählte eine Nummer. Er hielt das Telefon eine Weile ans Ohr und klappte es dann missmutig zusammen. Offenbar hatte er niemanden erreicht. Danach blickte er mit zusammengekniffenen Augen zum Fenster, und Arian verspürte einen erstaunlichen Impuls, sich zu verbergen. *Du bist unsichtbar!*, tadelte er sich.

John hustete und nahm einem weiteren Schluck aus der Flasche. Dann schaltete er den Fernseher an, legte die Füße auf eine niedrige Kiste, die ihm als Tisch diente, und sah mit leerem Blick auf die bunten Bilder, die über den Bildschirm zuckten.

Arian wartete, doch ihm wurde bald klar, dass es hier nichts mehr zu sehen gab. Sofern ihn seine wiedererwachenden Sinne nicht täuschten, hielten sich in dem Haus zwar weitere Bewohner auf, doch niemand besaß ein auffälliges Profil. Die einzige Spur eines Schutzengels, die er entdecken konnte, führte von einem der angrenzenden Balkone auf das Dach. Dieser Besuch hatte nicht John gegolten. Erneut meinte Arian eine beunruhigende Leere zu spüren, die von dem Mann ausging. Doch angesichts des misslungenen Diebstahls und der Tatsache, dass er das Geld dringend zu brauchen schien – der Zustand der Wohnung sprach Bände –, war dies keine Überraschung. Mit einem gemurmelten: »Wir sehen uns wieder!«, verließ Arian seinen Beobachtungsposten und landete wenig später unbemerkt auf den Treppenstufen der Tierpraxis. Er war erschöpft, hatte zu früh das Haus verlassen und womöglich damit sogar dessen Bewohner in Gefahr gebracht. Sollte ein Dämon seine Gegenwart bemerkt haben, waren Menschen in seiner Nähe nicht sicher. Die Eingangstür ließ sich ohne weiteres öffnen. Vorsichtig trat er in den Hausflur. Mehr noch als die leisen Geräusche verriet ihm seine Intuition, dass sich Juna allein in der Küche aufhielt. Mit dem Rücken zur Tür stand sie dort, vor sich ein großes Messer, mit dem sie offenbar kurz zuvor Gemüse geschnitten hatte. Die Hände lagen bewegungslos auf der Tischplatte. Ihr Haar hing als langer Zopf den schmalen Rücken hinab, den sie sehr gerade hielt. Obwohl die Schultern ihre Anspannung verrieten, vermittelte die gesamte Erscheinung das Bild ruhiger Konzentration und hatte doch gleichzeitig etwas anrührend Verlorenes. Vermutlich lag es daran, dass sie den Kopf leicht schräg hielt, während sie aus dem Fenster blickte und einen kleinen Vogel beobachtete, der ein Bad in einer Wasserschale nahm. Arian räusperte sich.

Ohne den Kopf zu wenden, sagte sie: »Du bist zurück.«

»Ja, ich …« Er wusste nicht weiter. Was hätte er auch sagen sollen? Dass sie ihm jede Sekunde, die er von ihr getrennt war, gefehlt hatte? Dies zuzugeben – wenn auch nur vor sich selbst –, dazu war er noch nicht bereit. Dass er darauf hoffte, sehr bald einen Auftrag zu erhalten? Sie hätte es nicht verstanden, denn dieser Auftrag würde vermutlich beinhalten, ein paar Dämonen zu töten. Und dass er, bliebe eine Nachricht von Nephthys dieses Mal aus, nicht wusste, wie es für ihn weitergehen würde? Diese Sorge würde er bestimmt niemandem anvertrauen.

»Es tut mir leid!«

»Weil du mir geholfen hast?«

Jetzt drehte sie sich um und sah ihn an. »Ich hätte wissen müssen, dass John mich bestehlen wollte. Ich habe dich zu Unrecht beschuldigt.« Mit ihren hochgezogenen Schultern wirkte sie so erschöpft, als wäre ihr Bruder nicht die einzige Sorge, die auf ihr lastete. Finn, der offenbar ebenso gern bei Juna lebte wie bei seiner eigentlichen Besitzerin Iris, erhob sich von seinem Liegeplatz und drängte sich dicht an sie. Dabei ließ er Arian nicht für eine Sekunde aus den Augen, als habe er noch nicht entschieden, ob er es mit Freund oder Feind zu tun hatte.

Arian mochte Gefühle besitzen, doch sie zu zeigen, hatte er noch nicht gelernt. Dennoch versuchte er sich in einer unbekannten Disziplin. »Du hast vollkommen normal reagiert. Gestern hast du mich in deinem Schlafzimmer vorgefunden, die Türen zum Kleiderschrank standen weit offen, und heute stehe ich mit deinem Ersparten in der Hand an der gleichen Stelle. Was hättest du anderes denken sollen? Schließlich ist John dein Bruder.«

»Eben. Und deshalb hätte ich gleich wissen müssen, wer das Geld genommen hat.« Sie klang resigniert.

Arian wollte schon einen Schritt auf sie zugehen, ungelenk, weil er nicht wusste, wie man tröstete – da klärte sich ihr Blick, und ein unbeschreiblich warmes Lächeln brachte ihr zartes Gesicht zum Leuchten. »Sosehr ich den Anblick eines leicht bekleideten Mannes in meiner Küche auch genieße, finde ich doch, es wird Zeit, dass du dir etwas Vernünftiges anziehst.« Jetzt lachte sie wirklich. »Ich habe heute Notfallsprechstunde, und wenn es auch meinen Patienten nichts ausmachen dürfte, könnten ihre Menschen möglicherweise auf seltsame Gedanken kommen, wenn sie dich so sehen.« Sie ging zur Treppe und drehte sich noch einmal um. »Komm!«

Es war besser, wenn er Abstand hielt, denn seine Gedanken waren alles andere als rein, während er ihr langsam die Treppe hinauf folgte.

Oben angekommen, sah sie sich um, als wolle sie sich vergewissern, dass er noch da war. Sie wies auf eine Tür, die er bisher nicht geöffnet hatte. »Alles zum Frischmachen findest du im Bad. Ich suche dir inzwischen etwas zum Anziehen heraus.« Nach einem letzten prüfenden Blick sagte sie eher zu sich selbst: »Irgendetwas Passendes wird sich hoffentlich finden, die Geschäfte machen erst morgen wieder auf.«

3

Mit einem Tuch wischte Arian über den beschlagenen Badezimmerspiegel und sah hinein. Seine linke Schulter schien äußerlich verheilt. Mit zusammengebissenen Zähnen bewegte er den Arm. Erst vor und zurück, dann langsam kreisend. Er ließ sich besser bewegen als noch einige Stunden zuvor, und zum Glück waren auch Hand und Finger voll funktionsfähig. Arian fühlte sich noch etwas steif, aber das würde sich mit der Zeit geben. Dass das lodernde Feuer erlöschen würde, das sich in der Schulter eingenistet zu haben schien, wagte er nicht zu hoffen. Jede Bewegung war ein Echo des ursprünglichen Schmerzes, und dieses Andenken an seine Begegnung mit dem Michaelisschwert würde ihm vermutlich noch lange erhalten bleiben. Und noch ein weiteres Souvenir war dazu angetan, ihn den Sturz niemals vergessen zu lassen: ein fremdartiges Geflecht aus Formen und Linien zog sich über seine Schulter und um den linken Oberarm. Der Unterschied zu einer Tätowierung bestand darin, dass sich die Farben je nach Lichteinfall veränderten, wodurch der Eindruck entstand, unter seiner Haut krieche etwas Lebendiges herum. Juna hatte darauf bestanden, noch einmal nach seiner Wunde zu sehen. *Später* war das einzige Zugeständnis, das er ihr abgewinnen konnte. Er freute sich nicht darauf, dieses Phänomen vor ihr zu verbergen.

Arian sah sich um und fand schließlich in einem Schubfach, was er suchte: frisches Verbandsmaterial. Das würde ihn vorerst vor neugierigen Blicken schützen. Er stützte beide Hände auf das Waschbecken und schaute tief in den Spiegel hinein. »Komm schon, Nephthys! Schick mir endlich deinen Boten!«

Juna bereitete sich für die Sprechstunde vor. Gerade zog sie den weißen Kittel über, da läutete es bereits an der Tür. »Es ist offen!«, rief sie und ging nach einer Weile in den Flur, um nachzusehen, warum niemand hereinkam. Mrs Stewart stand mit leicht geöffnetem Mund im Hausflur, ihren Pudel an der Leine, und rührte sich nicht von der Stelle. Zum ersten Mal, seit sie ihre Nachbarin und deren Pudel Rosie kannte, blieben beide stumm. Sie sah sich nach dem Anlass für dieses erstaunliche Verhalten um und musste sich beherrschen, nicht ebenfalls zu starren. Ihr Hausgast ging auf eine Art die Treppe herunter, die es einfach unmöglich machte, ihn zu ignorieren. Die Jeans ihres Großvaters, die er in den letzten Jahren nicht mehr getragen hatte, war etwas zu groß, aber der breite, ebenfalls längst ausrangierte Gürtel hielt sie sicher auf Arians Hüften. Das weiße T-Shirt dagegen saß wie eine zweite Haut. Die schwarzen Haare wellten sich bereits, obwohl sie von der Dusche noch feucht glänzten und man Kammspuren sah. Obwohl Arian frisch rasiert war und seine Haut glatt und *irgendwie küssenswert* wirkte, wie Juna fand, sah er aus wie ein nur vorübergehend gezähmter Pirat. Seiner Wirkung auf die beiden Frauen schien er sich gar nicht bewusst zu sein. Er lächelte freundlich und ging in die Hocke, um den Pudel unterm Kinn zu kraulen. »Na, was fehlt dir denn, My Love?« Rosie wedelte mit dem seltsam frisierten Schwanz und warf sich gleich darauf auf den Rücken. Mrs Stewart seufzte. »Wenn sich doch mal einer so nett nach meinem Befinden erkundigen würde!«

Juna hatte etwas Ähnliches gedacht, doch nach dieser Bemerkung hätte sie sich lieber die Zunge abgebissen, als ihre Sehnsüchte laut auszusprechen. »Kommen Sie«, sagte sie stattdessen und freute sich über den neutralen Klang ihrer Stimme. »Ich sehe mir Ihren Hund an.«

»Wer ist das?« Mrs Stewarts Flüstern war unüberhörbar.

Arian reichte ihr die Hand. »Entschuldigen Sie, ich habe mich noch gar nicht vorgestellt. Ich heiße Arian.« Er zwinkerte Juna zu. »Ich bin ein Freund der Familie.«

Mrs Stewart kicherte wie ein Teenager. Als sie ins Behandlungszimmer eilte, wo Juna bereits auf sie wartete, war ihr das Bedauern anzusehen. *Ein Freund der Familie? Was hatte er sich dabei gedacht?*

Mrs Stewart wohnte nur ein paar Häuser weiter und kam seit Juna denken konnte mit einem Zwergpudel namens Rosie in diese Praxis. Besonders gern fand sie sich sonntags ein und blieb auf eine Tasse Tee. Die derzeitige Rosie war erst vier Jahre alt und ein Rüde, doch Mrs Stewart war sehr traditionsbewusst. Bereits ihr erster Hund habe diesen Namen getragen, und sie würde mit dieser Gepflogenheit nicht brechen, bloß weil der Züchter ihr dieses Mal ein männliches Tier aufgeschwatzt hatte. Dem Hund fehlte glücklicherweise selten etwas. Trotzdem horchte Juna sein kleines Herz ab, während Mrs Stewart aufgeregt hin und her trippelte. »Ich habe den jungen Mann noch nie hier gesehen.«

»Er gehört zur Familie meiner Stiefmutter, die Londoner

Seite«, beeilte sich Juna zu erklären und schämte sich, weil sie dem Mann damit keinen Gefallen getan hatte. Die meisten Leute hier kannten ihre Stiefmutter, und Johns arrogante Auftritte hatten auch nicht eben dafür gesorgt, dass eine Freundschaft mit ihm eine besonders gute Referenz gewesen wäre. Sie sah in Rosies Ohren. *Arian*. Sein Name wollte ihr nicht mehr aus dem Kopf gehen. Der Hund leckte ihr mit seiner kleinen pinkfarbenen Zunge über den Handrücken, er schien die Behandlung zu genießen.

»Ist er …« Sein Frauchen ging wieder zu ihrem Flüsterton über. »Ist er Engländer?« Unruhig sah sie zu der zweiten Tür des Behandlungszimmers, die angelehnt war und direkt in die Wohnküche der MacDonnells führte. Sie mochte, wie viele Schotten, die Bewohner aus den südlichen Landesteilen nicht besonders.

»Alles in Ordnung mit ihm.« Juna tätschelte Rosies runden Bauch und setzte ihn auf den Boden. »Eine Tasse Tee?« Früher oder später würde sie die Neugier ihrer Nachbarin ohnehin befriedigen müssen, und Arian schien sich seit ihrer ersten Begegnung erstaunlich gut erholt zu haben. Wer so dreist schwindelte, dem geschah es nur recht, Mrs Stewarts geschickter Fragetechnik ausgesetzt zu werden. Niemand in der Gegend hatte Geheimnisse, von denen Emily Stewart nicht wenigstens wusste, dass es sie gab. Doch wenn es Juna gelang, das Gespräch ein bisschen zu lenken, würde sie selbst die eine oder andere Information erhalten. Sie folgte der Nachbarin also in die Küche und stellte erstaunt fest, dass bereits Wasser in dem elektrischen Kessel brodelte. Hatte Arian sie belauscht?

Der Tisch war schnell gedeckt. In einer Hand hielt Juna einen Teller mit kleinen Kuchen, von denen sie immer einige für Mrs Stewarts Besuche im Küchenschrank aufbewahrte, in der anderen die Teekanne. Eben angelte sie mit dem Fuß nach einem Stuhlbein, um sich setzen zu können, da stand Arian schon bereit, um ihr den Stuhl zurechtzurücken. Sie setzte sich. »Danke.« Bisher hatten sich nur Kellner in italienischen Restaurants ihr gegenüber so aufmerksam gezeigt.

Mrs Stewart gab ein Glucksen von sich, wobei sie ein bisschen wie eine Henne wirkte, die ihre Kükenschar beobachtete. Juna war sich nicht sicher, ob diese wohlwollenden Laute den Törtchen oder Arians Höflichkeiten galten, der zwei kleine Kuchen auf einen Teller legte und ihn der alten Dame reichte.

»Aus London kommen Sie also? Dann sind Sie sicher ein Freund von John?« Das Verhör war eröffnet.

»Wenn Sie Junas Bruder meinen, ihm bin ich heute zum ersten Mal begegnet.«

Mrs Stewart schien mit dieser Antwort zufrieden zu sein, denn sie nickte. Juna war froh, dass Arian nicht erwähnte, unter welchen Umständen er ihren Bruder angetroffen hatte. Die Nachbarin würde einen solchen Zwischenfall ganz sicher bei der erstbesten Gelegenheit ihrem Großvater erzählen, und der hätte sich nur wieder aufgeregt. Es war ja nichts passiert, also konnte sie Johns peinlichen Auftritt für sich behalten.

»Und was führt Sie nach Glasgow?« Mrs Stewart biss in ihr zweites Törtchen, und Juna trank einen Schluck Tee, während sie sich leicht vorlehnte. Diese Antwort interessierte sie mindestens ebenso sehr.

»Ich bin beruflich in der Stadt.«

»Aha, Sie haben also einen Job? Das ist gut. Sehr gut.«

Arian war amüsiert. Offenbar vermutete die Frau, er sei Junas neuer Freund, und wollte sich über seine Verhältnisse informieren. Es freute ihn, dass es im Leben seiner unfreiwilligen Gastgeberin ganz offensichtlich auch nettere Menschen gab als ihren diebischen Bruder. Da ihm nicht entgangen war, dass Juna sehr genau zuhörte, bemühte er sich, mit seinen Antworten möglichst nahe an der Wahrheit zu bleiben: »O ja, es ist eine feste Anstellung.« Das war nicht übertrieben. Nephthys mochte ihn degradiert haben, doch so lange er nichts Gegenteiliges von ihr hörte, blieb er weiterhin seinen Aufgaben als Vigilie verpflichtet. Man konnte in diesem Zusammenhang getrost von einer Lebensstellung reden.

»Aha, und was tun Sie so … beruflich?« Die Befragung war also noch nicht beendet.

Arian wandte sich wieder Mrs Stewart zu. »Ich bin in der Sicherheitsbranche tätig.«

Von Juna kam ein erstickter Laut. Sie stand auf und stellte die leeren Teller zusammen. »Ich glaube, wir haben unseren Gast genug gequält.«

Die alte Dame sah auf ihre kleine goldene Armbanduhr. »Du lieber Himmel, wie die Zeit vergeht!« Mühsam erhob sie sich. »Komm, Rosie. Es ist Zeit für deinen Spaziergang.« Der Hund schien der gleichen Meinung zu sein, denn er lief freudig wedelnd voraus.

Als Juna ihnen die Haustür aufhielt, tätschelte Mrs Stewart ihren Arm: »Pass gut auf ihn auf. Dieser Mann ist ein Engel!«

In der Küche klirrte Porzellan.

»Gewiss, das ist er.« Juna schloss die Tür und ging zurück, um nach dem Grund des Lärms zu sehen. Die Scherben der

68

Teekanne waren bis in den Flur gesprungen, und als sie Arian mit einem unglücklichen Gesichtsausdruck dastehen sah, musste sie lachen. »Nicht so schlimm! Das Ding gibt es für ein paar Pfund in jedem Supermarkt. Wir haben noch andere.« Dann drückte sie ihm Kehrbesen und -schaufel in die Hand und lief zurück, um eine Frau mit Korb einzulassen, aus dem es laut miaute. Die kranke Katze war schnell behandelt. Ihr folgte noch ein Kanarienvogel, der sich einen Nähfaden ums Bein gewickelt hatte, und es dauerte eine ganze Weile, bis der kleine Kerl befreit war.

So ging es den ganzen Nachmittag, und Juna begann sich zu fragen, ob an diesem Sonntag alle Tiere Glasgows krank geworden waren.

Währenddessen nutzte Arian die Zeit, um neue Kräfte zu sammeln. Es dauerte nicht lange, bis er die Quelle tief in sich selbst wiederfand. Behutsam öffnete er sich dem Licht, und schließlich floss die kosmische Energie ungehindert durch seinen Körper. Die Erleichterung trieb ihm fast die Tränen in die Augen. Arian wurde klar, wie sehr er gefürchtet hatte, durch die Verbannung aus Elysium auch den Zugang zu den Kräften des Universums verloren zu haben. Keiner der ihm bekannten Engel schien genau zu wissen, welche Veränderung mit den gefallenen Engeln, seien sie nun in Gehenna oder auf der Erde, vor sich ging. Man hätte die Verstoßenen selbst fragen müssen, und niemand schien sich jemals diese Mühe gemacht zu haben. Als der letzte Patient des Tages fröhlich bellend das Haus verließ, fühlte er sich erfrischt und fast wie neugeboren.

Kurz darauf kam Juna zu ihm. Sie hielt sich nicht lange mit Diplomatie auf, sondern stellte die Fragen, die ihr bereits seit gestern Abend auf der Seele brannten. »Warum bist du so in meinem Schlafzimmer gewesen?« Sie machte eine vage Handbewegung, um seinen gewissermaßen paradiesischen Zustand, womit der Mangel an Kleidung, nicht sein Aussehen gemeint war, anzudeuten. »Und was hast du gesucht?«

Arian hatte keine Ahnung, warum er ausgerechnet bei ihr gelandet war. Möglicherweise hatte Nephthys ihn zu ihr gesandt, damit er dort ihrem Bruder begegnete. Doch das konnte er natürlich nicht sagen. Sie hätte ihn für verrückt erklärt und dieses Mal endgültig hinausgeworfen. Es lag ihm jedoch viel daran, ihr Vertrauen zu gewinnen. »Ich wollte dich nicht bestehlen, das musst du mir glauben.«

Sie runzelte die Stirn. »Merkwürdigerweise tue ich das. Aber ein bisschen mehr musst du mir schon erklären.«

Damit hatte er gerechnet, und Arian versuchte sich an einer Erklärung, die nicht allzu weit von der Wahrheit entfernt war. Engel durften nicht lügen. Diente die Beugung der allgemein anerkannten Realität, auch *Wahrheit* genannt, jedoch dem Erhalt des kosmischen Gleichgewichts, dann war sie zulässig. Zumindest hatte er bisher nach diesem Prinzip gehandelt, ohne dafür bestraft zu werden. Solche Dinge wurden nicht diskutiert. Hier lag ganz klar eine Ausnahmesituation vor, entschied er. »Ich kann mich nicht richtig erinnern.«

Juna reagierte erwartungsgemäß: Sie kreuzte die Arme vor der Brust und sah ihn streng an.

Also legte er die Stirn in Falten und sprach stockend weiter: »Da war ein Streit. Jemand hatte eine Waffe.« Sie sah ihn erwartungsvoll an. Wie die Geschichte weitergegangen war, würde er ganz bestimmt nicht erzählen – jedenfalls keinem Menschen, der ihm sowieso nicht geglaubt hätte. »Und als ich wieder zu mir kam, hast du mir den Besen unter die Nase gehalten, bevor ich wusste, was geschehen war.«

Juna war mit dieser Antwort nicht zufrieden, aber sie wusste, dass Opfer von Gewalt manchmal Schwierigkeiten hatten, sich an die auslösenden Ereignisse zu erinnern. Es hatte sogar schon Fälle gegeben, in denen Verletzte nach einem Verkehrsunfall zur nächsten Bushaltestelle gegangen waren, um ihre Fahrt mit öffentlichen Verkehrsmitteln fortzusetzen. Also bemühte sie sich, ihre Neugier im Zaum zu halten und stattdessen Trost zu spenden. »Das ist der Schock – eine schwere Verletzung kann eine vorübergehende Amnesie auslösen. Du wirst dich später bestimmt wieder erinnern.«

Arian verzichtete darauf, ihr zu erklären, dass er seine Begegnung mit dem brennenden Michaelisschwert und den darauf folgenden Sturz herzlich gern für immer aus seinem Bewusstsein gestrichen hätte. Glücklicherweise schien sie sich für ihre Amnesie-Theorie zu erwärmen. Unerklärliches zu verdrängen, war eine zuweilen sehr nützliche Eigenschaft der Menschen. Ob das Vergessen auch funktionieren würde, wenn ihr Berufsethos ins Spiel kam, daran hatte er seine Zweifel. Bestimmt würde sie gleich nach seiner Wunde fragen und verlangen, danach zu sehen. *Aber vielleicht wacht ja neuerdings auch ein Schutzengel über mich.* Die Vorstellung war vollkommen absurd, doch er hätte schwören können, dass sie gerade den Mund öffnen wollte, um ihn zu einer Untersuchung zu drängen, als ihr Handy klingelte.

»Okay, ich komme!« Juna unterbrach die Verbindung. »Ein Notfall, ich muss fort …«

Sie wirkte unentschlossen, und Arian bot ohne zu überlegen an: »Kann ich etwas tun?«

»Ein roter Milan scheint verletzt zu sein. Die Tierrettung wollte ihn fangen, da ist er mit letzter Kraft auf einen Baum geflogen.« Juna lachte. »Könntest du zufällig fliegen, wärest du bestimmt eine große Hilfe!«

Arian widerstand der Versuchung. Für ihn wäre es ein Leichtes gewesen, ihr unsichtbar zu folgen und die arme Kreatur zu retten. Es würde sie glücklich machen. Seine Aufgabe jedoch war eine andere. Was bedeutete schon dieser kurze Augenblick der Euphorie im Seelenleben einer Sterblichen gegen seine Mission? *Alles,* flüsterte eine innere Stimme, doch er befahl ihr zu schweigen. »Hast du noch irgendwelche Brüder, die hier unvermutet auftauchen könnten?«

Ihr war anzusehen, wie verunsichert sie war. Natürlich, am Morgen hatte Juna ihn zwar allein im Haus zurückgelassen. Doch da hatte er auch noch schwer verletzt auf seinem provisorischen Krankenlager gelegen. Jetzt dagegen stand ein vitaler Mann neben ihr, von dem sie nicht wissen konnte, was er im Schilde führte.

Arian bot ihr einen Ausweg an. »Ich muss herausfinden, was mit mir geschehen ist. Ich habe da eine vage Erinnerung …«

Ihre Erleichterung wich rasch Besorgnis. »Ist das nicht leichtsinnig?«

Er zuckte mit der gesunden Schulter. »Vielleicht, aber irgendetwas muss ich tun. Ich weiß ja nicht einmal genau, wer ich eigentlich bin.«

72

Juna verstand ihn besser, als sie jemals zugeben durfte. Auch sie quälte die Frage nach ihrer Herkunft. Und natürlich hatte er Recht: Er musste herausfinden, was geschehen war, und in sein altes Leben zurückkehren. Vielleicht warteten irgendwo eine Frau und Kinder, krank vor Sorge um ihn. Sie legte ihm ihre Hand auf den Arm. »Sei vorsichtig.«

Bevor sie das Haus verließen, drückte sie ihm ein paar Scheine und etwas Kleingeld in die Hand. »Für den Bus.« Juna redete schnell weiter. »Gib es mir einfach später wieder. Und ... bitte, mach dir keine Gedanken. Du kannst bei uns bleiben, bis du weißt, wohin du gehörst.«

Arian beobachtete, wie sie in ihr kleines Auto stieg. Gleich darauf schoss es aus der Parklücke zwischen zwei größeren Fahrzeugen hervor. Er sah ihr nach, bis sie in der nächsten Seitenstraße verschwunden war, dann ging er in die andere Richtung davon, und niemand sah, wie er mit dem Licht verschmolz und zu einem gloriosen Geschöpf wurde, dessen Anblick ebenso betörend wie tödlich sein konnte.

Wenig später landete er unbemerkt im Schatten eines alten Steinhauses und trat gleich darauf in seiner menschlichen Gestalt hervor. Mit diesem Ort fühlte sich Arian verbunden, denn hier hatte er das erste Mal als Engel britischen Boden betreten: Damals, als es noch keine Kirche gegeben hatte, lange bevor die Römer eine kleine Siedlung am Clyde gegründet hatten. Er schlenderte zwischen zwei Baumreihen über den gepflasterten Platz und blieb vor dem hohen Westeingang stehen. Es wäre ein Leichtes gewesen, in die Kirche hineinzugelangen, doch er hatte kein Interesse daran.

»Das wurde aber auch Zeit.«

Der Engel, der vor ihm erschien, als sei er durch eine verwunschene Pforte aus einer anderen Welt getreten, hatte seine Flügel vor Arian verborgen. Das dunkle Haar war kürzer, als er es in Erinnerung hatte, und fast schien es, als sähe er einen silbernen Hauch darin.

Äußerlich unterschieden sie sich auf den ersten Blick kaum voneinander. Doch wer genauer hinschaute, sah die Unterschiede. Arians Körper wirkte geschmeidig und biegsam wie der eines Leichtathleten, während der andere Mann schwerfälliger aussah. Doch dieser Eindruck hatte schon manchen Gegner das Leben gekostet. Arian kannte wenige geschicktere und ausdauerndere Kämpfer als ihn. Dennoch war er im letzten Jahr von einem geheimen Einzeleinsatz nicht mehr zurückgekehrt und ganz sicher der Letzte, den hier anzutreffen er vermutet hätte. Tatsächlich hatte er nicht einmal geglaubt, ihn überhaupt wiederzusehen.

»Gabriel!« Das plötzliche Verschwinden seines einstigen Weggefährten hatte für ihn nur eine Deutung zugelassen: Gabriel musste im Kampf gegen die Dämonen unterlegen und von ihnen versklavt worden sein. Dass er nun frei und scheinbar unverändert vor ihm stand, beunruhigte Arian. War der Freund tatsächlich gefallen? Instinktiv wich er einen Schritt zurück.

Über Gabriels Gesicht huschte ein Schatten; gleichzeitig legte sich ein frostiger Schleier über den warmen Sommertag. Unbeeindruckt hob er beide Hände, als wollte er seine friedfertigen Absichten demonstrieren. »Sie hat dich also erwischt. Was ist passiert?« Mitgefühl schwang in seiner Stimme mit – etwas, das der Wächter Gabriel niemals gezeigt hätte.

»Warum schickt Nephthys niemanden?« Die Frage war so drängend, dass Arian sie ohne nachzudenken, wie aus alter Gewohnheit stellte. Danach hätte er sich am liebsten auf die Zunge gebissen. Woher sollte ein gefallener Engel noch Einblick in die Pläne der Vigilie haben?

Es war nicht ungewöhnlich, dass einige Zeit verging, bis ein Vertreter der himmlischen Bürokratie auftauchte, um zur Erde gesandte Wächter-Engel mit allem auszustatten, was sie brauchten. Das konnte zuweilen etwas dauern: Die ehemalige Todesgöttin Nephthys, die den Befehl über alle Einsätze dieser Vigilie hatte, war nicht unumstritten. Es gab Kräfte, die sie und ihre Agenten in der Ausübung ihrer Pflichten zu behindern versuchten. Und damit meinte er keineswegs die Schergen Luzifers. Doch bisher hatte er immer früher oder später erhalten, was er benötigte.

In der Vergangenheit waren es Waffen oder ein Pferd gewesen. Die Zeiten änderten sich natürlich, und deshalb hatte man ihm in den letzten Jahren zusammen mit Hintergrundinformationen über seinen Einsatz auch Schlüssel zu einer Wohnung übergeben und – mit etwas Glück – sogar zu einem schnellen Auto.

Arian fand das nur fair, schließlich verfügten ihre Gegenspieler, die Dämonen, immer über die neueste Technologie und eigneten sich allen erdenklichen Luxus an, indem sie die ursprünglichen Besitzer unbekümmert versklavten oder einfach umbrachten. Keine Frage, dass Engeln diese Option nicht offenstand: Sie mussten mit dem zurechtkommen, was man ihnen an Unterstützung zugestand. Wie ungerecht ihm dies erschien, hatte Arian niemals offen gesagt. Ein Engel hinterfragte seine Berufung nicht.

Gabriel sah ihn durchdringend an, dann brach er sein

Schweigen. »Sie hat dir nichts gesagt? Ach, was frage ich? Natürlich überlässt sie die Drecksarbeit wieder einmal anderen.«

Arian war schockiert. Gabriel redete wie ein Dämon. »Was soll das heißen?«

»Nephthys wird dir keinen Boten schicken, nie wieder.« Er zeigte nach oben, wo sich lange Wolkenbänder über den Himmel spannten. »Die da oben werden in Zukunft nicht einmal erlauben, dass auch nur dein Schatten ihre weißen Roben berührt.«

Sekundenlang sah Arian Elysium vor sich. Die Ruhe, die Eleganz seiner Bewohner und das ewige Weiß. Zum ersten Mal in seiner gesamten Existenz fragte er sich, ob das Vorhandensein von Gefühlen, das ihn insgeheim immer ein wenig stolz gemacht hatte, nicht letztlich ein Fluch war. Warum sonst hätte ihn der Frieden im Elysium auf die Nerven gehen sollen?

Gabriel schwieg, doch er warf ihm einen Blick zu, in dem Arian Verständnis, ja Mitgefühl zu lesen glaubte.

Arian riss sich zusammen. »Und was ist mit den Schutzengeln?«

»Was soll damit sein?«

»Nephthys hat gesagt, sie würden verschwinden …«

»So, hat sie das? Nun, dann wird es wohl auch stimmen.« Gabriel schien nicht sehr beunruhigt. »Du bist jetzt ein Gefallener, mein Freund. Was interessiert es dich, was mit diesem nervtötenden Geflügel geschieht? Sie sind doch nur Menschen in einem anderen Aggregatzustand.« Er spuckte aus.

»Diese Frage kannst du nicht im Ernst stellen. Ohne ihren Einsatz wäre die Menschheit verloren. Warst du es nicht, der mir das immer und immer wieder gepredigt hat?«

Ein zynischer Ausdruck erschien um Gabriels Mund. »Manchmal frage ich mich, ob ich es wirklich bedauern würde, wäre die Welt wieder menschenleer. In Hunderttausenden von Jahren hat keiner von uns so viel Schaden angerichtet wie diese jämmerliche Rasse in ein paar Jahrhunderten.« Er lachte. »Und dein Schutzengelproblem löste sich auch von selbst.«

»Ich kann nicht glauben, dass ich diese Diskussion mit dir führe. Von allen Engeln ausgerechnet mit dir!« Arian begann, auf und ab zu gehen. »Angenommen, du hättest Recht und mich ginge die Sache nichts mehr an – warum habe ich dann meine Kräfte behalten?«

»Sei doch froh, dass du auf nichts verzichten musst. Und stell dir vor: Es werden mit der Zeit sogar noch ein paar andere hübsche Talente hinzukommen, verlass dich drauf!« Gabriel wirkte auf einmal abwesend. »Weißt du, so schlimm ist es gar nicht, zu den Verstoßenen zu gehören. Klar, Elysium ist futsch ...« Er schien auf etwas zu lauschen, das nur er hören konnte. Dann wandte er seine Aufmerksamkeit wieder dem Gespräch zu: »Dir kann niemand verbieten, deine Nase in Sachen zu stecken, die dich nichts angehen. Aber überleg dir genau, was du tust. Du bist ganz auf dich gestellt und hast kein Backup von der *Firma* mehr. Und Arian ...« Jetzt sah er ihn direkt an. »Bilde dir nicht ein, dass irgendetwas von dem, was du tust, dir jemals wieder den Rückweg ebnen wird. Selbst wenn Nephthys es erlauben würde, die *Gerechten* geben niemandem eine zweite Chance.« Jedes Wort spuckte er aus, als wollte er den unangenehmen Geschmack auf seiner Zunge loswerden, den die Erwähnung der Gerechten hinterließ. Arian öffnete den Mund, um zu antworten, aber Gabriel schnitt ihm das Wort ab. »Keine Zeit mehr zum Plaudern.« Und dann war er weg. Einfach so.

Entgeistert sah Arian auf die Stelle, an der Gabriel eben noch gestanden hatte. Unter Engeln war es verpönt, sich auf diese Weise davonzumachen. Vielmehr handelte es sich dabei um eine typische Eigenschaft von Dämonen. Allerdings hinterließen diese eine Spur. Arian atmete tief durch die Nase ein. *Kein Schwefel!* Nur die mächtigsten Dämonen verstanden sich auf ein gänzlich spurloses Verschwinden. Was auch immer aus Gabriel geworden war, ein Herrscher Abaddons war er sicherlich nicht. Womöglich gehörte diese Form des Ortswechsels zu den erwähnten neuen Fähigkeiten. *Warum nicht!* Er hatte die Höllenfürsten schon immer um ihre Talente beneidet. Gepaart mit den guten Absichten der Engel, hätte man damit viele Probleme des Universums lösen können.

Plötzlich sah Arian seinen Weg ganz klar vor sich: Er würde das Rätsel der verschwundenen Schutzengel lösen und die Verantwortlichen zur Rechenschaft ziehen, wie er es immer getan hatte. Ganz egal, ob er ein Gefallener war oder nicht. Er mochte nicht frei von Fehlern sein, doch Trägheit gehörte nicht zu seinen Sünden, und er ahnte, dass ihm wenig Zeit blieb. Also entschloss er sich zu tun, was er schon immer am besten gekonnt hatte: Informationen sammeln, angreifen und kämpfen. Und vielleicht gelang es ihm sogar, Gabriel auf den rechten Weg zurückzuführen. Wie viel Sünde konnte er schon in so kurzer Zeit seit seinem Verschwinden auf sich geladen haben? Endlich von der Last der Ungewissheit befreit, wandte er sich nach Westen, um seine erste Aufgabe zu erfüllen.

Wenig später stellte er fest, dass sich seit seinem letzten Besuch zumindest in diesem Teil der Stadt nicht viel verändert hatte. Mit schnellen Schritten überquerte er den roten Asphalt des Platzes, den man George Square nannte. Dabei vermied er es, den Weg der wenigen Menschen zu kreuzen, die heute unterwegs waren. Er erinnerte sich noch gut an die Jahre, als dieser Ort kaum mehr als eine mit schmutzigem Wasser gefüllte Senke gewesen war, in der man Pferde geschlachtet hatte. Die Glaswegians hatten ihn zwar nach George III., dem dritten hannoverschen König benannt, mit einer Statue geehrt wurde hier jedoch Sir Walter Scott. Im Vorbeigehen gönnte er dem berühmten Dichter und den ihn umgebenden, prächtigen viktorianischen Häusern kaum mehr als einen flüchtigen Blick, bevor er sein Ziel ereichte. Die unauffällige Eingangstür im Schatten eines weitaus beeindruckenderen Portals war kürzlich gestrichen worden, was Arian ein wenig verwunderte. Die meisten Menschen nahmen diese Tür nicht einmal wahr, denn sie wurde von einer einzigartigen Magie geschützt. Nur ein auserwählter Kreis wusste, dass sich hier der Zugang zu einer exklusiven Welt befand.

Er trat ein und stieg ein paar Stufen hinauf. Die Halle durchquerte er so lautlos, wie es nur ein schwebender Engel vermochte. Jemand hatte diesen Weg, den Arian heute äußerst ungern zurücklegte, einmal im Scherz als Erster-Klasse-Eingang zur Verdammnis bezeichnet. Und zumindest die Innenarchitekten von Gehenna mochten hier ein Wörtchen mitgeredet haben. Die klassischen Säulen aus rotem Granit, polierter Marmor an den Wänden, kostbare Bodenfliesen und ein bogenförmiger Durchgang zu verborgenen Räumen – all dies war zu mächtig und erdrückend, um einladend zu wirken. Der kurze Schmerz, der ihn mitten in der Halle jedes Mal zur Vorsicht gemahnte, wenn er die Grenzen von Zeit und Raum durchschritt, traf ihn heute besonders heftig, so dass er beinahe ins Taumeln geraten wäre. Er atmete tief durch, um sich zu sammeln. Unbewusst legte er seine Hand über die Stelle, an der ihn das Michaelisschwert für immer gezeichnet hatte. Sollte dies eine Warnung sein und ihn darauf vorbereiten, dass andere wissen würden, was mit ihm geschehen war? Es gab nur einen Weg, es herauszufinden. Nachdem er eine kunstvoll gefertigte Klinke aus Ebenholz herabgedrückt hatte, schwang die Tür lautlos auf und gab den Blick auf die frivole Pracht eines viktorianischen Etablissements frei. Der einzige Unterschied zu den luxuriösen Bordellen der Vergangenheit war, dass nicht die Körper schöner Frauen oder Knaben feilgeboten wurden: Die Ware, mit der man hier handelte, hieß *Information*. Doch vielleicht war der Unterschied gar nicht so groß. Leises Stimmengemurmel begrüßte ihn, doch die meisten Sessel, die man locker um niedrige Tische gruppiert hatte, waren leer. Der Barkeeper rechter Hand sah herüber. In der einen Hand ein Leinentuch, in der anderen ein Glas, stand er bewegungslos da. Engel gehörten augenscheinlich nicht zu seinen Stammgästen. Arian fühlte das Kribbeln auf der Haut, das ihn immer dann warnte, wenn jemand herauszufinden versuchte, wer oder was er war. Schließlich nickte der Keeper kurz, als Zeichen dafür, dass er mit dem Ergebnis seiner Prüfung zufrieden war, und wandte sich wieder seinen Gläsern zu. Aus dem Augenwinkel beobachtete Arian, wie einer der Gäste zur Zeitung griff. Erst jetzt bemerkte er, wie angespannt er gewesen war. Die Tür fiel hinter ihm ins Schloss, und der dicke Teppich schluckte jedes Geräusch, als er in seiner menschlichen Gestalt auf eine verdeckte Nische zuschritt.

»Zwei Engel sitzen auf einer Wolke. Fragt der eine …« Den Rest brauchte er nicht zu hören, um zu wissen, dass er richtig war. Alle Personen am Tisch blickten gleichzeitig auf. Der Erzähler hielt inne und hustete kurz. Er ließ ein Knurren hören, das weniger Hartgesottene in die Flucht geschlagen hätte. Als sich die Frau neben ihm herüberbeugte und die Hand auf seinen Arm legte, verstummte er widerstrebend und rutschte tief in seinen Sitz, ohne den Eindringling für eine Sekunde aus den Augen zu lassen.

Arian zeigte ein schmales Lächeln. Lycantropen reagierten nervös, wenn ihnen jemand eine strahlende Zahnreihe präsentierte. Dem Wolfspaar gegenüber saß ein Wesen, dessen weißes Haar mehr über seine Natur verriet als seine ausdruckslose Miene. Sein Gesicht war das eines Zwanzigjährigen. Selbst die Augen verrieten ihn nicht, während er einen Punkt irgendwo an der Wand fixierte und bemüht war, die Raumtemperatur nicht sinken zu lassen. Dabei lauerte ein Lächeln in seinen Augenwinkeln, das ausgereicht hätte, die Welt in eine Eishölle zu verwandeln. Der vierte in der Runde war ein Vampir, dessen Reptilpupillen keinerlei Emotionen preisgaben. Langsam ließ er den Blick über die anderen magischen Kreaturen in seiner Gesellschaft gleiten. Den Neuankömmling schien er dabei nicht zu beachten. Arian ließ sich nicht beirren. Er wartete.

Als ganz offensichtlich niemand gewillt zu sein schien, als Erster das Wort zu ergreifen, am allerwenigsten der Neuankömmling, stand der Weißhaarige schließlich auf und bedeutete Arian, ihm zu folgen. Sie traten durch eine unscheinbare Tür in das traditionell britische Büro eines einflussreichen Mannes.

Kaum hatte er das feine Klicken des Schlosses gehört, fuhr eben dieser Mann herum. »Was willst du?« Er war eine der wenigen magischen Kreaturen in diesem Refugium, die sehr genau wussten, was Arian war, und das auch nur, weil dieser ihm vor sehr langer Zeit einmal das Leben gerettet hatte. Dies bedeutete jedoch keineswegs, dass sie Freunde waren. *Geschäftspartner* beschrieb ihre Beziehung am besten. Der Feenprinz Cathure verstand es normalerweise bestens, seine wahren Gefühle zu verbergen. Vollständig gelang ihm dies momentan allerdings nicht. Arian fragte sich, ob Cathure fürchtete, er wäre gekommen, um seine Schulden einzutreiben, und gab sich keine Mühe, den mächtigsten Vertreter der Feenwelt in diesem Teil der Erde etwas anderes glauben zu lassen.

Die meisten magischen Wesen waren mit dem Konzept der Selbstlosigkeit nicht vertraut. Sie empfanden es als unheimlich, in der Schuld eines anderen, mächtigeren Geschöpfes zu stehen. Ihre Welt bestand aus einem komplizierten Geflecht von Beziehungen, Gefälligkeiten und Abhängigkeiten. Das Fehlen von Emotionen aber machte Engel in ihren Augen zu sehr viel gefährlicheren Gegnern, als der schlimmste Dämon es je sein konnte – eine Karte, die auszuspielen Arian mit einer Perfektion verstand und die ihn in der Tat zu einem nicht zu unterschätzenden Feind machte. »Die Stadt ist unruhig.« Es war keine Frage, sondern eine Feststellung.

»Die üblichen Schwierigkeiten unter Menschen.« Cathure klang gleichgültig.

»Tatsächlich?«

»Glasgow ist nicht New York oder São Paulo. Ja, ein paar Messerstechereien gibt es schon. Aber die Gangs bleiben meist unter sich ...«

Arian ahnte das Zögern mehr, als dass er es hörte. »Aber jetzt greift es um sich, habe ich Recht?«

»Was willst du?«

»Ich will eine Auflistung aller ungewöhnlichen Ereignisse der letzten Wochen: Gewalt, Mord und vor allem magische Aktivitäten.«

»Warum fragst du nicht deine eigenen Leute?«

Nun musste Arian auf der Hut sein. Der andere durfte nicht einmal ahnen, dass seine *Leute* neuerdings womöglich einige Etagen tiefer lebten, als man es von Engeln erwarten würde. »Fakten reichen mir nicht, ich will jede Information haben.«

»Also gut.« Er sah Arian scharf an. Dann öffnete er die Türen zu einem kleinen Balkon. »Morgen.«

Arian nickte ihm zu, trat hinaus und verschmolz mit dem Abendlicht.

Die Flügeltüren schlossen sich hinter ihm, und Cathure blickte nachdenklich durch die Scheiben hinaus. Der Himmel stand in Flammen, und es gab keinen Grund anzunehmen, dass dieses faszinierende Schauspiel gute Zeiten ankündigte. Arians Besuch hatte ihn mehr beunruhigt, als er sogar vor sich selbst zugeben mochte. Und irgendetwas an dem Wächter war ihm merkwürdig vorgekommen. Er legte einen Finger auf die Lippen. Es war richtig zu kooperieren. Und mit ein wenig Glück käme er hinter das Geheimnis des Engels, in dessen Schuld er dann nicht mehr stünde. Der Geist eines wahrhaftigen Lächelns huschte über sein Gesicht.

Draußen in den Straßen flammten die letzten Laternen auf, und die Farbe der Stadt verließ diese Welt, bis der nächste Morgen sie erneut zum Leben erwecken würde. Er drehte der abendlichen Demonstration himmlischer Pracht den Rücken zu und verließ das Büro.

Erst nachdem sein Gastgeber den Raum verlassen hatte, erhob sich Arian tatsächlich in die Nacht. Mit kräftigen Flügelschlägen wandte er sich gen Osten, um zu Junas Haus zurückzukehren. Je länger er sich in dieser Stadt bewegte, desto überzeugter war er davon, dass sich ein großes Übel in den beleuchteten Straßen unter ihm ausbreitete.

4

Arian trat durch die offene Hintertür in die Wohnküche und erstarrte. »Was ist das?« Mit zwei langen Schritten hatte er den Raum durchquert. Den gepressten Tonfall konnte Juna nicht überhören.

Sie folgte ihm neugierig, während sie sich die vom Spülen noch feuchten Hände an der Jeans abwischte. Arian hielt etwas in den Händen und sah sie vorwurfsvoll an. Bei genauem Hinsehen erkannte sie, dass es sich um eine längliche Schachtel handelte, die mit orientalisch anmutenden Ornamenten verziert war. Auf der Vorderseite befand sich ein Riegel. »Was ist denn passiert?« Sie zeigte auf die Schachtel. »Sieht irgendwie wertvoll aus, woher …?«

Arian unterbrach sie scharf. »Das frage ich dich. Sie stand dort auf der Anrichte!« Sofort bemühte er sich um einen ruhigeren Ton. »Juna, hast du diese Schatulle angefasst?«

»Nein. Glaub mir, ich sehe sie zum ersten Mal!« Sie streckte die Hand aus.

Arian machte einen Schritt zurück.

»Bist du okay?« Nun klang sie besorgt.

Er sah ein, dass er so nicht weiterkommen würde. »Entschuldige, ich weiß nicht, was in mich gefahren ist. Ich nehme an, dieses Kästchen hat eine Erinnerung ausgelöst.« Er wich ihrem erwartungsvollen Blick aus. Arian konnte in einer solchen Situation einfach nicht lügen, und allmählich begann er diesen Umstand ehrlich zu bedauern. Dabei wäre jeder andere Engel wahrscheinlich stolz auf seine Ehrlichkeit gewesen, hätte ihm ein solches Gefühl zur Verfügung gestanden. In diesem Augenblick wünschte er sich nichts sehnlicher als ein Wunder, das dafür sorgte, sie den Zwischenfall vergessen zu lassen.

Das Telefon klingelte.

Juna zögerte kurz, eilte dann aber hinaus. Arian dagegen wartete keine Sekunde. Er ließ die Schatulle hinter seinem Rücken verschwinden und verließ das Haus so schnell, dass kein menschliches Auge die Bewegung bemerkt hätte. Im Garten sah er sich suchend um und entdeckte einen kleinen Verschlag, der früher vielleicht einmal Hühner beherbergt hatte. Arian öffnete die schmale Holztür und fand einen Platz zwischen den Gartengeräten. Ebenso schnell, wie er hinausgelangt war, kehrte er in Junas Küche zurück. In der Praxis hörte er ihre Stimme, sie telefonierte noch. Auf gar keinen Fall würde er eine Botschaft aus Gehenna, dem Wohnsitz dämonischer Engel – denn das war es, was er hinter dieser äußerst dramatischen Verpackung vermutete – in diesem Haus öffnen.

Auf seinem Weg hierher hatte er beschlossen, sich von Juna zu verabschieden und anderswo Quartier zu nehmen. Morgen würde er Cathure treffen, und gewiss wäre es möglich, mit ihm ein Arrangement zu treffen. Glasgow gehörte zum Verantwortungsbereich des Feenprinzen, und Aufruhr unter den Menschen brachte auch immer Störungen in der magischen Welt mit sich. Es lag also auch in seinem Interesse, dass jemand das Geheimnis der verschwundenen Schutzengel möglichst dezent und rasch aufklärte.

Die Schatulle war für Arian bestimmt, und das hieß,

irgendjemand wusste, wo er sich aufhielt. Womöglich hatte Gabriel doch Recht. Statt eines Boten der Vigilie war ihm nun eine Nachricht aus der Schattenwelt gesandt worden. Es war keineswegs die erste, die er erhielt – die dunkelsten aller gefallenen Engel versuchten immer wieder, ihre ehemaligen himmlischen Gefährten in Versuchung zu führen. Niemals zuvor hatte er ein solches *Angebot* jedoch in Gegenwart eines Menschen erhalten, und er mochte gar nicht darüber nachdenken, was geschehen würde, sollte Juna das Interesse des Absenders geweckt haben. Sein erster Impuls war, sofort zu verschwinden und eine breite Spur zu legen, um von Juna und ihrer Familie abzulenken. Doch dann entschied er sich zu bleiben, um sie schützen oder notfalls in Sicherheit bringen zu können. Sollte sie durch ihn in den Fokus einer dunklen Macht geraten sein, dann war er es ihr schuldig, rechtfertigte er sich vor einer inneren Stimme, die nach den Gründen für sein Bleiben fragte. Doch insgeheim ahnte Arian, dass er einfach nicht gehen *wollte*. Er fühlte sich in Junas Gegenwart wohl, fast ein wenig leichtsinnig und … ja, auch irgendwie glücklich. Arian schüttelte den Kopf. Endlich die eigenen Gefühle nicht mehr sogar vor sich selbst leugnen zu müssen, um sich nicht versehentlich zu verraten, war verwirrend und wunderbar zugleich.

Als Juna das Telefonat beendet hatte, erkundigte sie sich, ob er etwas Neues über die Gründe seiner Amnesie herausgefunden habe. Er verneinte – und hatte dabei nicht einmal gelogen. Aber natürlich täuschte er sie doch, und das gefiel ihm ganz und gar nicht. Erstaunlicherweise sagte sie nichts mehr über seinen Fund. Fast, als habe sein Wunsch ausgereicht, sie dessen Anblick tatsächlich vergessen zu lassen. Obwohl ihr Verhalten durchaus seine Neugier weckte, hütete er sich, die Schatulle noch einmal zu erwähnen. Stattdessen fragte er nach dem Raubvogel, und Juna berichtete begeistert von der Rettungsaktion, die glimpflich verlaufen war. Iris war hinzugekommen und hatte das verletzte Tier in die Auffangstation gebracht.

»War gar nicht so einfach, weil Finn unbedingt mitfahren wollte.« Nun wusste Arian, warum sich der Hund noch nicht gezeigt hatte. »Das am Telefon war übrigens Iris.« Juna erzählte, dass sich die Freundin spontan zu einem Ausflug in die Highlands entschlossen hatte, wo sie ein paar Freunde besuchen wollte. »Dort kann der arme Finn endlich wieder rennen. Er ist wirklich nicht für ein Leben in der Stadt geschaffen.«

»Tut Iris so etwas häufiger?« Arian ließ es beiläufig klingen, doch der Wächter in ihm wartete ungeduldig auf eine Antwort. Alles Ungewöhnliche in Junas Tagesablauf interessierte ihn.

»Ständig. Ihren Namen hätte niemand passender aussuchen können. Sie hat so viele verrückte Ideen wie ein Regenbogen Farben.« Kurz fasste sie zusammen, wie Iris in ihre Familie gekommen war. »Manchmal kommt es mir vor, als wäre sie die Ältere von uns beiden. Dabei ist sie gerade erst achtzehn geworden.«

»Wie kommst du darauf?«

»Sie muss damals auf der Straße viel erlebt haben. Ihre Augen wirken oft so … alt. Ich meine nicht, dass sie verlebt aussieht, sondern … irgendwie wissend.« Juna lächelte verlegen. »Klingt verrückt, oder?«

Arian fand das gar nicht verrückt, vielmehr fragte er sich besorgt, was Juna in seinen Augen lesen würde. Iris, nahm er sich vor, würde er nach ihrer Rückkehr genauer unter die

Lupe nehmen. Doch jetzt war sie erst einmal fort, und darüber war er keineswegs traurig.

Sie unterhielten sich lange. Juna hatte zwischendurch Kerzen angezündet und eine Flasche Wein geöffnet. Während Arian kaum an seinem Glas nippte, trank sie bereits das zweite Glas. Als sie von den Tieren erzählte, deren Heilung ihr Lebensinhalt war, strahlten ihre Augen im lichten Grün des Goldsteins. Zu Beginn hatte sie immer wieder ihr Haar zu einem Zopf gedreht, um es zu bändigen – ein aussichtsloses Unterfangen. Sehr wahrscheinlich bemerkte sie nicht einmal, was ihre Finger da taten. Finger, die aussahen, als gehörten sie einer eleganten Pianistin, die verführerische Melodien spielte. Doch sobald Juna von ihrer Arbeit sprach, lagen ihre Hände auf dem Tisch. Sie beugte sich leicht vor und sah Arian direkt an. Ihre Leidenschaft für die Kreatur berührte ihn, und er wünschte, selbst auch etwas von dieser Begeisterung in sich zu spüren. Früher hätte er Junas Emotionen einfach nur analysiert und in seiner inneren *Datenbank* abgelegt. So jedenfalls würde ein Neurologe sein annähernd viertausend Jahre altes Gehirn in Ermangelung eines besseren Vergleichs vermutlich nennen. Alles, was um ihn herum geschah, war nicht mehr als verwertbare Information. Gefühle, Stimmungen … sein Verstand analysierte jede Kleinigkeit und bewahrte die Eindrücke für den späteren Gebrauch auf.

»Ich langweile dich!«

Er schenkte ihr ein Lächeln, von dem er annahm, dass es sie beruhigen würde. »Wenn es nach mir ginge, könnten wir die ganze Nacht hier sitzen. Aber du siehst müde aus …«

Das unterdrückte Gähnen gab ihrer Antwort etwas Sinnliches. »Schon so spät!«, war ihr Kommentar nach einem

Blick auf die Uhr. Sie leerte ihr Glas und stand auf. »Das Sofa kennst du ja schon!« Kichernd wies sie auf die Küche. »Wenn du Hunger hast, bedien dich. Ansonsten wünsche ich dir eine gute Nacht!« Ihre Schritte wirkten unsicher, als sie an ihm vorbei zur Tür gehen wollte. Plötzlich drehte sie sich noch einmal um. »Danke!«

Arian stockte der Atem. Juna stand jetzt ganz nah vor ihm, und ihr süßer Duft weckte beunruhigende Fantasien. Seine Finger zitterten leicht, als er langsam die Hand nach ihr ausstreckte. *Nur einmal!*, flehte er lautlos. Nur einmal wollte er ihre zarte Haut berühren, die Linie ihrer Wangenknochen nachzeichnen und erfahren, ob ihre Lippen so weich waren, wie sie aussahen. Sie sah so verführerisch aus, wie sie mit weit geöffneten Augen zu ihm aufsah. Verträumt wie ein Reh, das vom Scheinwerferlicht fasziniert die Flucht vergisst. Arian wusste nicht, was er tat, als er den Kopf senkte, bereit, den schneller werdenden Atem von ihren leicht geöffneten Lippen zu trinken. Benommen von den zärtlichen Gefühlen und der Sehnsucht, die sein Herz überfluteten. *Jetzt!*

Und dann drehte sie den Kopf zur Seite. Sein Traum blieb unerfüllt. Eine winzige Berührung, kaum mehr als die Illusion eines flüchtigen Kusses und doch so elektrisierend, dass er impulsiv nach ihr greifen, sie nie mehr loslassen wollte.

»Gute Nacht!«

Das Reh war geflohen, bevor er verstand, was gerade geschehen war. Er folgte ihr nicht. Unfähig, sich zu bewegen, blickte er lange Zeit auf die geschlossene Tür zu ihrem Zimmer.

Endlich, als ihr regelmäßiger Atem ihn aus der Verantwortung des Bewachers entließ, verließ er lautlos das Haus und zog die Schatulle aus ihrem Versteck hervor. Lautlos verschmolz er mit dem Licht des Mondes, öffnete seine Schwingen und flog in die Nacht hinaus.

Als er den Turm der Kathedrale erreicht hatte und sich auf den Steinen der Balustrade niederließ, war er noch immer erschüttert. Wie konnte es sein, dass Juna nach so kurzer Zeit Gefühle in ihm weckte, die er bisher noch nicht einmal gekannt hatte? Natürlich hatte sie ihm von Anfang an gut gefallen, und der gemeinsam verbrachte Abend war wunderbar gewesen. Ein Abend unter Freunden, etwas, das er bisher ebenfalls noch niemals hatte genießen dürfen. Warum aber gab er sich damit nicht zufrieden? Wieso musste er Juna auch mit einer Leidenschaft begehren, die sie offensichtlich verstört hatte? Sobald er die Augen schloss, glaubte er, noch immer das Flattern ihres furchtsamen Herzen zu hören und sogar ihre Furcht schmecken zu können. *Nephthys, was habe ich getan, dass du mich so sehr strafst?*

Doch wie immer schwieg sie, und am Himmel über ihm schienen sich die Sterne mit ihrem Funkeln über ihn zu amüsieren. Arian ahnte, dass er trotz allem zu Juna zurückkehren und damit ihrer beider Untergang einleiten würde. Nicht nur gefallene Engel wurden von den Gerechten verfolgt – auch ihre menschlichen Partner befanden sich in großer Gefahr. Er wusste nicht, was an Juna so außergewöhnlich war – außer ihrem bezaubernden Äußeren natürlich und dem fröhlichen, mitfühlenden Wesen –, aber sein Instinkt warnte ihn, dass sie ein Geheimnis in sich trug, das sie in große Gefahr bringen würde, sollte es sich je offenbaren. Und seine Nähe würde früher oder später dazu führen, dass die Gerechten auch sie genauer unter die Lupe nahmen. Umso wichtiger war es, dass er das Rätsel um die verschwundenen Schutzengel schnell löste. Je eher er Glasgow verließ, desto besser war es für sein Seelenheil und Junas Sicherheit.

Er zog die Schatulle hervor, und sie öffnete sich wie von Geisterhand. Ein einfacher, aber wirkungsvoller Zauber, der sicherstellte, dass sich die Botschaft nur demjenigen erschloss, dem sie zugedacht war. Nephthys, die einst eine mächtige Göttin gewesen war, wandte ihn immer an, aber auch einige Dämonen verstanden sich auf diese Art von Magie. Obenauf lag ein Umschlag. Als er ihn aufriss, fiel ihm anstelle eines Briefs eine lange, elegant geformte weiße Feder entgegen. Es gelang ihm gerade noch, sie aufzufangen, bevor der Wind sie davontrug. Er wusste sofort: Diese Feder stammte aus der Schwinge eines Schutzengels. Und der blutige Kiel war Beweis genug, dass er sich nicht freiwillig von ihr getrennt hatte.

Der restliche Inhalt hätte ihn kaum mehr überraschen können. Er zog eine Geldbörse heraus und sah hinein: Kreditkarten, etwas Bargeld. Wie bei jedem Auftrag. Dieses Mal allerdings blieb der Auftraggeber im Dunkeln, und Arian fragte sich, wer aus der Welt der Schatten und Dämonen ein Interesse daran haben könnte, ihn bei der Suche nach den verschwundenen Engeln zu unterstützen. Mit wem würde er einen Pakt eingehen, nähme er dessen Auftrag an? Das wertvolle Kästchen wog schwer in seiner Hand, noch schwerer aber war die Entscheidung, die er zu treffen hatte. Schließlich steckte er die Feder ein – sie würde ihm vielleicht noch mehr verraten, später. Das Portemonnaie aber legte er zurück. Sein Blick fiel auf den Eingang zum Glockenturm, und einen Wimpernschlag später ging er bereits die ausgetretenen Stufen einer schmalen Wendeltreppe hinab. Keine Tür versperrte ihm den Weg, denn mit Einbrechern aus luftiger Höhe hatte gewiss niemand gerechnet. Im Mittelschiff angekommen, überlegte Arian kurz, ob sich in der Sakristei ein noch besseres Versteck finden könnte. Er blickte ganz nach oben, wo sich die eleganten Bögen der gotischen Säulen trafen. Plötzlich erinnerte er sich an einen ganz besonderen Platz und folgte den Stufen bis in die untere Kirche. Hier war das Gewölbe niedriger, wirkte geradezu gedrungen, wie um zu zeigen, dass eine große Last auf ihm ruhte. Zielstrebig schritt Arian an den kompakten Säulen vorbei und durchquerte den Raum bis zum östlichen Ende. Dabei sah er immer wieder nach oben. *Ich wusste, dass es hier irgendwo war!*

Mit einem zufriedenen Lächeln erhob er sich in die Luft, die Schwingen weit ausgebreitet. Obwohl es physikalisch eigentlich unmöglich schien, dass selbst mächtige Schwingen wie die seinen einen erwachsenen Mann tragen konnten, schwebte er langsam zur Decke hinauf, bis seine Fingerspitzen einen der sorgfältig modellierten Scheitelsteine berührten. Der Mechanismus, den einer der Kardinäle eingebaut hatte, als diese Kathedrale noch katholisch gewesen war, funktionierte immer noch. Der untere Teil des Scheitelelements war nur ein Aufsatz. Er schwang lautlos auf.

Arian legte die Schatulle in die Mulde dieses genialen Verstecks, und tatsächlich passte sie gerade so hinein. Erneut betätigte er den verborgenen Hebel, und der Aufsatz schwang zurück, bis nichts außer einer haarfeinen Linie verriet, welches Geheimnis sich in der Decke dieses Gewölbes verbarg.

Ebenso unbemerkt, wie er das Haus verlassen hatte, kehrte Arian zurück. Junas Tür war nur angelehnt, und er warf einen Blick in ihr Zimmer, um sich zu vergewissern, dass es ihr gutging. Jedenfalls war dies die Erklärung, die er für sich selbst fand. Der Stoff ihres Shirts hatte sich fest um die Taille gewickelt, wie Nachthemden es gern tun und damit zum Unbehagen eines unruhigen Schläfers beitragen. Juna lag auf der Seite. Die Hände wie zum Gebet gefaltet, die Knie leicht angezogen, wirkte sie ungemein verletzlich. Einem Impuls folgend, breitete er das herabgerutschte Betttuch wieder über ihr aus, als böte es Schutz gegen die Gefahren der Nacht. Gerade als er sich umdrehen wollte, setzte sie sich auf und schrie. Arian zuckte zurück, als sei er geschlagen worden. Was hatte er auch in ihrem Schlafzimmer verloren? Er wollte sich entschuldigen, eine Erklärung finden, bis er sah, dass ihre Augen geschlossen waren und die Augäpfel unruhig hinter ihren Lidern hin und her irrten.

Was auch immer sie erschreckt hatte, es war in ihrem Kopf erschienen. Sie schien in einem furchtbaren Traum gefangen zu sein. Tränen quollen unter ihren Wimpern hervor, sie schluchzte immer wieder: »Nein!«

Unsicher zögerte Arian einen Augenblick lang, bevor er sich zu ihr auf die Bettkante setzte. Erst wollte er nur ihre Hand halten, doch angesichts der Verzweiflung, die auf ihn zugerast kam wie eine Springflut, zog er Juna schließlich in die Arme. Hilflos strich er immer wieder über ihren Kopf, während er den zarten Körper umschlungen hielt, wie man es bei einem Kind tut, dessen untröstliches Weinen jedes Herz berührt.

Allmählich beruhigte sie sich und lag schließlich ganz still an seiner Schulter. »Danke!«

94

Arian war nicht sicher, ob er ihre Stimme tatsächlich laut gehört hatte. Da sie die Augen immer noch geschlossen hielt, legte er sie langsam zurück in ihre Kissen, breitete ein zweites Mal die Decke über ihr aus und ging leise hinaus. Für einen kurzen Augenblick hatte er geglaubt, ein alles verzehrendes Feuer in ihr zu spüren, wie kein Mensch es besitzen sollte. Eine Kraft, die ihm vertraut war und gleichzeitig so fremd, dass er sie nicht zuverlässig identifizieren konnte. *Vielleicht,* überlegte er, *ist dies etwas, das nur Menschen innewohnt.* Ihre ureigene Energiequelle, die sie vorantrieb und nicht ruhen ließ, bis ihre knapp bemessene Zeit auf Erden vorüber war. Wie sollte er das wissen? Noch nie war er einer Frau so nahe gekommen wie Juna. Als er sie noch einmal prüfend betrachtete, wies nichts darauf hin, dass er in ihrer Seele etwas anderes finden würde als warmherzige Anteilnahme und eine beunruhigende Portion Naivität.

Am nächsten Tag nutzte Arian die Praxisstunden, um Cathure am George Square aufzusuchen. Den Weg hätte er sich sparen können, denn der Feenprinz konnte nicht mehr berichten als das, was die Schlagzeilen der Zeitungen längst verkündeten: Die Verbrechensrate war in den vergangenen vier Wochen um zwanzig Prozent angestiegen, und die Bürger forderten von ihren Politikern mehr Sicherheit und strengere Gesetze. Cathure stimmte ihm jedoch zu, dass man diese Entwicklung nicht ignorieren durfte. Er versprach, weitere Erkundigungen einzuziehen, und sie einigten sich darauf, ihre Zusammenarbeit vorerst geheim zu halten.

Als Arian zurückkehrte, verabschiedete Juna gerade ihren letzten Patienten.

Sie hätte gern gefragt, was er in ihrem Zimmer zu suchen gehabt hatte, überlegte es sich aber anders. Noch nie war sie den Fängen ihrer furchtbaren Träume so schnell entkommen wie letzte Nacht. Er hatte sie gehalten und ihre Tränen getrocknet, wie der liebevolle Freund, den sie sich immer gewünscht hatte. Und das Beste war, dass er heute Morgen kein Wort über das verloren hatte, was ihr rauer Hals ihr verriet: Sie hatte wahrscheinlich mal wieder das ganze Haus zusammengeschrien. Eine Woche nachdem sie hierhergezogen war, hatten besorgte Nachbarn sogar die Polizei gerufen. Die Erinnerung ließ sie unwillkürlich schaudern, doch Juna riss sich zusammen und verkündete: »Jetzt gehen wir einkaufen!«

»Ich …« Arian wollte protestieren. Doch ihr erwartungsvolles Lächeln ließ ihn zustimmen. Erst als er hörte, wohin sie wollte, zögerte er. Cathure hatte den Ort erwähnt. In der Buchanan-Galerie war es auffällig häufig zu Zwischenfällen gekommen, und vor einigen Tagen hatte es dort nach einer Schießerei sogar mehrere Verletzte gegeben. Bisher war der Gebrauch von Schusswaffen in Glasgow unüblich, und daran, dass es jemals eine gewalttätige Auseinandersetzung dieses Ausmaßes mitten in der eleganten Einkaufszone der Stadt gegeben hätte, konnte sich niemand erinnern. Er sah an sich herab. »In Ordnung. Wenn du darauf bestehst, komme ich natürlich mit.«

»Wir könnten auch bei der Polizei vorbeigehen. Vielleicht wirst du schon irgendwo als vermisst geführt. Ein Hotel vielleicht, oder deine …« Juna verstummte. Es war ihr peinlich, seine Familie ins Gespräch zu bringen, und wenn sie ehrlich zu sich selbst war, wollte sie gar nicht wissen, ob er eine Frau oder Freundin hatte. Natürlich, ewig konnte er nicht auf ihrem Sofa schlafen – leider. Noch nie hatte sie sich in fremder Gesellschaft so wohlgefühlt. Besonders bei gut aussehenden Männern wurde sie normalerweise noch schüchterner, als sie ohnehin schon war. Eigentlich hätte seine Gegenwart sie vollständig lähmen müssen, doch das Gegenteil war der Fall: Gestern Abend hatte sie ihm Gedanken anvertraut, die sie nicht einmal mit Iris teilte. Zugegeben, der Wein hatte einen nicht unerheblichen Anteil daran gehabt, aber Arian wirkte so interessiert, als wäre es ihm wirklich wichtig, was sie zu sagen hatte.

Ihr Talent im Umgang mit Menschen war schon immer recht bescheiden gewesen, und seit Iris aufgetaucht war, überließ sie ihr die meisten *Feindkontakte*, wie die Freundin es gern nannte. Häufig verstand sie die Menschen nicht, denn sie verfolgten ihre Ziele auf eine Weise, die Juna nicht mochte, hatten Hintergedanken und sendeten eigentlich immer widersprüchliche Signale aus. Bei Tieren war das anders. Sie kannten keine bösartigen Tricks und Täuschungen und gaben, ohne Gegenleistungen zu erwarten, Trost ... so, wie Arian es getan hatte. Deshalb war sie froh, dass er nicht auf ihren Vorschlag, die Polizei einzuschalten, eingegangen war.

Sie würde einen Vorwand finden, um ihn in einen Klamottenladen zu locken, und die Sachen, die ihm gefielen, anschließend einfach heimlich kaufen. Vielleicht würde sie behaupten, dass sie John gehörten. Die beiden waren etwa gleich groß.

Arian genoss es, mit ihr gesehen zu werden, und ein neues Gefühl bahnte sich einen Weg in sein Bewusstsein: Stolz.

Er entdeckte, dass er stolz auf seine attraktive Begleiterin war, an deren Seite er bestens gelaunt die Shopping-Galerie betrat. Die Geschäfte liefen offenbar gut. Menschen flanierten, eilten, schlenderten, blieben vor Schaufenstern stehen oder kamen schnellen Schrittes aus den Läden heraus, verfolgt von lauter und je nach Branche äußerst unterschiedlicher Musik. Aus dem Souterrain stiegen Düfte verschiedener Landesküchen herauf, und überall sah Arian Leute, die tranken oder aßen. Mannigfaltige Auren menschlicher Existenz begegneten ihm: Träume, Sehnsüchte, Ängste. Eilig bemühte er sich um Schutz. Weil er die Menschen nicht leiser drehen konnte wie ein Radio, griff er auf mentale *Ohrenstöpsel* zurück, eine harmlose Magie, die störende äußere Einflüsse dämpfte und ihm in der Vergangenheit immer gute Dienste geleistet hatte. Aber natürlich gab es einen Nachteil: Dämonische Aktivitäten waren schwerer zu entdecken. Jedenfalls, bis er sich an die Situation gewöhnt hatte. All diesen Schwierigkeiten zum Trotz blieb er an Junas Seite, während sie voranschritt, als wisse sie genau, wohin sie wollte. Neben dem typischen Glasgow-Akzent hörte er unterschiedliche Dialekte und Sprachen. Juna hatte ihn in einen babylonischen Konsumtempel gelockt.

Plötzlich blieb sie stehen. »Hier würde ich mich gern etwas umschauen!« Sie wies auf ein Geschäft mit zahlreichen Schaufenstern. Sein Schweigen wertete sie offenbar als Zustimmung, und so folgte er ihr hinein. »Sieh dich doch einfach um. Ich komme dann später nach!« Und schon war sie in der Dessousabteilung verschwunden. Offenbar rechnete sie damit, dass er ihr nicht folgen, sondern stattdessen den Verlockungen der Männermode erliegen würde. Nichts lag ihm ferner. Um sie nicht zu enttäuschen, sah sich Arian pflichtschuldig um.

Nach einer Weile bemerkte er, dass ein Verkäufer ihm misstrauische Blicke zuwarf. Offenbar verhielt er sich nicht unauffällig genug. Also beobachtete er andere Kunden und stellte fest, dass die meisten früher oder später etwas aussuchten und damit zur Kasse gingen. Doch er hatte kein Geld und konnte ihrem Beispiel nicht folgen. Andere verschwanden hinter einer Pendeltür und kamen umgezogen wieder hervor, verschwanden erneut, sahen aus wie vorher und gingen fort. Die meisten wirkten nicht besonders glücklich, während sie sich ihren Begleiterinnen präsentierten.

Ihm war klar, dass er nicht viel länger in den geliehenen Jeans und dem zu kleinen T-Shirt herumlaufen konnte. Also suchte er sich eine Hose und Hemden heraus, die aussahen, als könnten sie passen. So hatte er es in den letzten Jahren immer gehandhabt; Eitelkeit gehörte nicht zu seinen Lastern. Früher reichte aus, was er sich direkt nach dem Sturz irgendwo *geliehen* hatte. Mit dem Beginn der Neuzeit war die Bekleidungsfrage wichtiger geworden, und Arian hatte gelegentlich sogar einen Schneider aufsuchen müssen, um passende Garderobe zu finden. Mit den entsprechenden Zahlungsmitteln war dies nie ein Problem gewesen, und in den letzten Jahren fand sich in den Unterkünften, die alle Wächter für die Zeit ihres Aufenthalts auf der Erde benutzten, meist passende Garderobe. Arian hatte sich nie Gedanken darüber machen müssen. Nun befand er sich jedoch in einer anderen Situation. Ein offizieller Auftrag existierte nicht, und damit fehlten auch Wohnung und Geld. In Angelegenheiten des täglichen Lebens war offensichtlich seine

Kreativität gefragt. Dabei kam ihm zugute, dass Überwachungskameras Engel und alles, was sie bewegten, selbst dann nicht aufnahmen, wenn sie für das menschliche Auge sichtbar waren. Als er sich unbeobachtet glaubte, verband er sich mit dem Licht und wurde unsichtbar. Der Rest war ein Kinderspiel. Blitzschnell zog er sich um, und im Nu materialisierte er sich wieder hinter einem Regal.

»Bist du jetzt den Verlockungen der menschlichen Welt verfallen?«

Arian fuhr sprungbereit herum, obwohl er die Stimme sofort erkannt hatte. »Gabriel. Was machst du hier?«

Sein Expartner sah ihn prüfend an. »Das Gleiche wie du.«

»Einkaufen?« Arian glaubte ihm kein Wort.

»So kann man es auch nennen.« Gabriels Gesichtsausdruck wurde ernst.

Arian schwieg und wartete auf weitere Erklärungen. Er hoffte, dass Juna noch viel Zeit in möglichst weit entfernten Abteilungen verbringen würde.

»Hallo, das sieht gut aus.«

Warum hatte er sie nicht kommen hören?

»Willst du uns nicht vorstellen?« Gabriel musterte Juna interessiert, und für Arians Geschmack klang seine Stimme eine Spur zu sanft.

Nicht zum ersten Mal lag ihm ein Fluch auf der Zunge. Doch anstatt ihn auszusprechen und damit noch tiefer in einem Sumpf aus weltlichem Laster zu versinken, zwang er sich zu einem Lächeln, als er sich zu Juna umdrehte und betont neutral sagte. »Das ist Gabriel.«

»Wie wunderbar! Du hast jemanden gefunden, der dich kennt!« Sie zwängte sich zwischen dem Kleiderständer und

Arian hindurch und machte damit seinen Versuch zunichte, sie so gut wie möglich vor den Augen eines Wesens zu verbergen, dem er einst alles anvertraut hätte … mit Ausnahme einer Frau. Er hätte sich selbst ohrfeigen können. Natürlich freute Juna sich, dass mit Gabriel nun jemand auf den Plan getreten war, der ihn offenbar kannte und Licht in das Dunkel seiner Vergangenheit bringen konnte. Bedauerlicherweise handelte es sich dabei um Arians größten Alptraum. In seiner Panik glaubte er bereits zu hören, wie seine Lebensgeschichte von Gabriel offenbart wurde, als dieser lachte. Ein Lachen, das ihm bisher sympathisch und vertrauenswürdig vorgekommen war, doch in diesem Augenblick glaubte er, Verrat und Bosheit darin zu hören. Hilflos nahm er die Worte des anderen Engels wahr, ohne sie wirklich zu verstehen. »… auf der Durchreise. Der Mann hat kein Zuhause und lebt die meiste Zeit aus dem Koffer.«

»Aber die Amnesie …« Sie klang nicht vollständig überzeugt, und Arian gratulierte Juna insgeheim zu ihren Instinkten. Um einem Engel zu misstrauen, bedurfte es einer ausgezeichneten Intuition, die Menschen normalerweise fehlte. Sie war wirklich etwas Besonderes, und idiotischerweise machte ihn das glücklich.

»Das ist nach einem schrecklichen Erlebnis verständlich.« Der Humor in Gabriels Stimme widersprach seinen Worten deutlich. »Er wird darüber hinwegkommen, mach dir keine Sorgen.« Er zwinkerte Arian zu. »Bisher hat sich mein Kollege immer als Überlebenskünstler erwiesen.«

»Du bist auch in der Sicherheitsbranche?« Man konnte förmlich sehen, wie sich Juna gegen die Bilder von coolen Spionen und Agenten in ihrer Fantasie wehrte.

»Aber ja! Hat er das nicht erwähnt? Wir waren seit Ewigkeiten Partner, nur eine Wendung des Schicksals ist schuld daran, dass wir uns so lange nicht gesehen haben. Aber das ist ja nun Geschichte, wir werden wieder ein Team. Habe ich recht, Arian?«

»Das wird sich noch herausstellen!«

In diesem Augenblick spürte er es. Gabriel musste die subtile Verschiebung in der Atmosphäre ebenfalls wahrgenommen haben. Alle Heiterkeit war aus seinem Gesicht verschwunden. Er hob das Kinn und wirkte wie ein ausgezeichnet trainierter Jagdhund. Mit gespanntem Körper und konzentriertem Blick nahm er die Witterung auf. Dabei wäre es gar nicht nötig gewesen, denn in diesem Augenblick sahen sie eine junge Frau durch das Geschäft rennen, der ein Mann dicht auf den Fersen war. Im Laufen zog er eine Waffe und schoss.

Die Frau machte noch zwei, drei Schritte, dann blieb sie stehen, als wollte sie sich nach ihrem Verfolger umsehen. Doch stattdessen gaben ihre Knie nach, sie stürzte zu Boden. All dies schien wie eine präzise Zeitlupenaufnahme abzulaufen. Juna schrie, während die Frau fiel. Sie wollte zu ihr laufen, aber Arian hielt sie fest und zog sie hinter die Kleiderständer. *Irgendetwas stimmt hier nicht!*

Gabriel hatte seine lautlose Nachricht erhalten. »Ich kümmere mich darum! Bring du dein Mädchen in Sicherheit.« Damit warf er ihm etwas zu und rannte los.

Arian flüsterte: »Komm, wir müssen hier raus. Dieser Typ ist verrückt!«

Sicherheitsleute tauchten auf, drängten Neugierige zurück und verschlossen die vorderen Eingänge. Die Leute protestierten, einige wehrten sich, eine ältere Frau schlug mit ihrem Schirm nach den Männern, ein Kind weinte.

Inmitten des Tumults stand regungslos der Schütze, mit hängenden Schultern, die Waffe immer noch in der Hand. Was auch immer hier gerade geschah, Arian konnte nur darauf hoffen, dass Gabriel irgendwie Ordnung in das Chaos bringen würde. Er nahm Junas Hand und lief mit ihr geduckt zum nächsten Notausgang. Als er die Tür öffnete, schrillte der Alarm ohrenbetäubend. Juna schreckte zurück.

»Kümmere dich nicht darum. Weiter!«

Aber es war schon zu spät. Die Deckenbeleuchtung flimmerte, und die Tür schlug hinter ihnen zu. Ein Wachmann mit entsicherter Pistole tauchte vor ihnen auf. »Stehen bleiben!«

Sofort stellte sich Arian schützend vor Juna.

Trotz der schrecklichen Situation und obwohl sie nun auch noch von einem nervösen Wachmann bedroht wurden, fühlte sich Juna in Arians Nähe sicher – auch dann noch, als eine merkwürdige Veränderung mit ihm vorging. Er wirkte konzentriert, aufs Äußerste angespannt, aber keineswegs aufgeregt. Fast, als fühle er sich in seinem Element. Von dem aufgeräumten Mann, der ihre Lust auf Shopping mit freundlicher Ironie kommentiert und gutmütig mit ihr jedes zweite Schaufenster betrachtet hatte, war nichts mehr übrig, und plötzlich konnte sie sich gut vorstellen, dass er tatsächlich Soldat, Agent oder sonst jemand war, wie es Gabriel angedeutet hatte. Auf jeden Fall ein Mann, den man besser nicht verärgerte.

Arians Stimme war tiefer geworden und klang, als sei sie nicht für dieses Gebäude geschaffen. Seine Präsenz füllte den gesamten Flur aus, jede Ecke, jede Nische. »Geh!« Dieses eine Wort reichte aus, um eine geradezu unheimlich anmutende Panik im Gesicht des Wachmanns auszulösen. Hatte er eben noch grimmig und zu allem entschlossen gewirkt, begann er jetzt plötzlich zu blinzeln. Der Lauf der Waffe zitterte in seiner Hand.

Fasziniert beobachtete Juna von ihrem sicheren Platz hinter Arian, wie ihm eine einzelne Träne über das Gesicht lief. Die Lippen wurden nahezu weiß und bewegten sich in einem lautlosen Gebet, und dann steckte er wie in Zeitlupe die Pistole zurück in ihr Holster, drehte sich um und ging davon. Einfach so. Anfänglich waren seine Schritte langsam, beinahe wie fremdbestimmt, doch dann wurden sie schneller, bis er zum Schluss rannte und am Ende des Gangs fast stürzte, während er panisch an der Klinke einer Stahltür riss, sie endlich öffnete und aus ihrem Blickfeld verschwand.

Der Spuk war vorüber. Sprachlos trat Juna vor Arian und sah ihn an.

»Nicht jetzt!« Arian zog sie durch eine weitere Tür ins Freie.

Obwohl sie vorgehabt hatte, eine Erklärung zu verlangen, schwieg sie vorerst. Als sie den Hinterhof des Shopping-Centers überquerten, fiel irgendwo hinter ihnen ein Schuss, gefolgt von einem dumpfen Aufprall.

»Iris?« Juna blinzelte gegen das Sonnenlicht. Die Gasse vor ihnen war jedoch menschenleer. »Ich hätte schwören können, dass ich dort hinten gerade meine Freundin gesehen habe.« Sie schüttelte den Kopf, als hoffte sie, damit die Gedanken ordnen zu können. Iris wanderte in diesem Augenblick durch die Highlands und konnte gar nicht in Glasgow sein.

Arian, der wusste, was geschehen war, ließ nicht zu, dass sie sich umdrehte. Nicht zum ersten Mal hörte er das schreckliche Geräusch eines aus großer Höhe herabstürzenden Menschen. Wenige von ihnen konnten Engel wie ihn und die unermessliche Energie ihrer strahlenden Erscheinung ertragen. Nur für Sekunden hatte er sein wahres Gesicht gezeigt, und doch war es zu viel für den Mann gewesen. Hätte ihm ein Schutzengel zur Seite gestanden, hätte dieser das Schlimmste verhindern können. Doch niemand war gekommen, um der armen Seele beizustehen. Arian betete, dass sie trotzdem ihren Weg finden würde. Er konnte nichts tun, wollte er Juna nicht allein lassen oder seine wahre Identität vor ihr enthüllen. Er drängte zur Eile. Das Auto stand nicht weit entfernt in einer Seitenstraße, und alles, woran er dachte, war, Juna in Sicherheit zu bringen. Unausgesprochen hing sein Versprechen in der Luft, später alles zu erklären. Allerdings hatte Arian bisher keine Ahnung, wie er das tun sollte, ohne zu viel von sich preiszugeben und sie noch tiefer in Ereignisse hineinzuziehen, die viel zu gefährlich für sie waren. Schlimmstenfalls würde er ihr die Erinnerung an die letzten Tage nehmen müssen.

Doch die Frage war, ob er sie überhaupt ungeschützt zurücklassen durfte. Kein Schutzengel war aufgetaucht, um sie vor der realen Gefahr, in der sie sich befunden hatte, zu bewahren. Wusste ihr Schutzengel, dass ein Wächter ausreichend Macht besaß, um seinen Schützling vor weiteren Gefahren zu bewahren? Vielleicht war er auch verschwunden wie der ihres Bruders?

Während der Fahrt schwiegen sie, und als sie wenig später in ihre Straße einbogen, stand dort ein kleiner Lieferwagen. Der Fahrer war ausgestiegen und klingelte an der Tür.

»Halt hier an der Ecke an!«

»Aber …«

»Bitte, Juna! Halt an und bleib im Auto sitzen. Wenn etwas Ungewöhnliches geschehen sollte, fährst du auf der Stelle weg. Okay?«

»Das ist doch nur ein Postbote. Was ist hier eigentlich los?«

»Das erkläre ich dir später.« Nicht, wenn er es vermeiden konnte. Arian sprang aus dem Wagen und joggte bis zum Gartentor der Tierarztpraxis, dabei sah er sich nicht einmal um. »Hallo! Kann ich Ihnen helfen?«

Erleichtert sah der Fahrer ihn an. »Ich dachte schon, es ist keiner da.« Leichter Vorwurf schwang darin mit. »Sind Sie …« Weiter kam er nicht.

»Das ist für die Praxis.« Arian nahm ihm das Päckchen ab und berührte ihn dabei wie zufällig. Nichts. Der Mann war, was er zu sein schien: ein einfacher Zusteller, der lediglich seinen Job machte.

Arians Anspannung ließ etwas nach. Eilig unterschrieb er die Empfangsbestätigung und fragte sich, ob es der Bote überhaupt bemerken würde, wenn er anstelle einer unlesbaren Unterschrift einfach drei Kreuze malen würde. Offenbar nicht. Der Mann sah kaum auf das zerkratzte Display, nahm den Stift entgegen, bedankte sich und sprang in seinen Transporter.

Juna hatte nicht im Auto gewartet. Warum auch? Der Bote kam regelmäßig und brachte Medikamente. Diese hatte sie heute Mittag bestellt. Im Vorbeigehen nahm sie Arian die

Schachtel aus der Hand. »Auf die habe ich schon gewartet. Es gibt da ein paar Dinge, die ich gern erklärt hätte.« Sie ging an ihm vorbei.

Als sie aus dem Auto hatte beobachten müssen, wie er erneut über ihr Leben bestimmt hatte, ohne sie zu fragen, ob sie damit überhaupt einverstanden war, hatte sie endlich erkannt, dass sie so nicht weitermachen durfte. In den letzten Tagen war ihr ein Einbrecher gewissermaßen vor die Füße gefallen, den sie dann auch noch – der Himmel mochte wissen, warum – beherbergt hatte. Zu allem Überfluss hatte sie sowohl das an sich schon bemerkenswerte Auftauchen Arians als auch seine anschließende Anwesenheit vor ihrer Mitbewohnerin und besten Freundin verheimlicht. Und das, obwohl sie doch wohl ein Recht darauf hatte zu erfahren, wer da neuerdings auf dem Sofa übernachtete. Juna war vertrauensselig bis zur Idiotie gewesen, hatte gerade eine Gewalttat aus nächster Nähe erlebt und war anschließend auch noch selbst bedroht worden. Wenn man die letzten Tage mit klarem Kopf betrachtete, wirkten sie bereits so absurd, dass sie sich fragte, wer verrückt geworden war: Sie selbst oder der Rest der Welt?

In ihrer Stadt gab es keine Schießereien. Zugegeben, gelegentlich hatten die Gangs mal Ärger miteinander und waren dabei nicht zimperlich, aber Schusswaffen in der Einkaufszone? Niemand hätte vor vierzehn Tagen geglaubt, dass dies möglich sein könnte. Und jetzt war es bereits zum zweiten Mal passiert.

Auch wenn die Nachrichten über immer brutalere Gewalttaten in den letzten Wochen erschreckend zugenommen hatten, hatte sie bestimmt nicht damit gerechnet, eines Tages in den Lauf einer entsicherten Pistole blicken zu müssen. Von diesen unerklärlichen Ereignissen einmal abgesehen, ängstigte sie am meisten, dass die kleine Stimme der Intuition in ihrem Inneren diesem merkwürdigen Fremden immer noch blind vertraute. Sie konnte nur hoffen, dass es nicht ihre Libido war, die ihr Denken bestimmte. Erfreut stellte sie fest, dass wenigstens dieser Gabriel keine vergleichbare Wirkung auf sie hatte. Obwohl er ebenso dunkelhaarig und etwa gleich groß wie Arian war, hätte sie die beiden niemals verwechseln können. Wo Arian so geschmeidig wirkte, dass sich der Vergleich mit einem Panther geradezu aufdrängte, war Gabriel ihr eher vorgekommen wie ein Bär: ohne jegliche Mimik und auf den ersten Blick mit seinen breiten Schultern und der auffällig muskulösen Figur fast ein bisschen behäbig wirkend. Aber die Menschen liebten Bären – jedenfalls bis zu dem Augenblick, in dem sie sich vor einem in Sicherheit bringen mussten. Im letzten Jahr hatte Juna dabei geholfen, einen Braunbären im Zoo zu behandeln. Dieser Tag würde ihr immer im Gedächtnis bleiben. Das Tier war unglaublich schnell gewesen, als es ohne erkennbare Vorwarnung angriff, um dann ebenso plötzlich wieder umzukehren und den Eimer mit Fisch zu plündern, den Juna vor Schreck hatte fallen lassen. Sie nahm sich vor, auf der Hut zu sein, sollte sie diesem Gabriel noch einmal begegnen.

Doch für Erinnerungen hatte sie keine Zeit. Ihr Verstand war offenbar endlich zurückgekehrt und verlangte Antworten. »Bitte!« Sie machte eine ironische Verbeugung.

Arian schenkte ihr dieses seltene halbseitige Lächeln, das die Symmetrie seines Gesichts auf atemberaubende Weise störte. Folgsam betrat er das Haus und gestattete ihr für wenige Sekunden, seine Gestalt unbeobachtet zu betrachten. Wer auch immer diesen Mann erschaffen haben mochte, er hatte ein Meisterwerk vollbracht. Sie genoss den Anblick in dem Wissen, dass es das letzte Mal war. Die Chancen standen denkbar schlecht, dass er plausible Erklärungen für die Ereignisse der letzten Tage fände, da war sie ganz sicher. Er würde lügen, Ausreden vorbringen … so wie die meisten Menschen, und dann wäre sie gezwungen, ihn hinauszuwerfen. Wenn sie ehrlich zu sich selbst war, konnte sie nicht einmal die richtigen Fragen stellen, ohne ihr eigenes Geheimnis zu verraten. Frustriert folgte sie ihm in die Küche.

»Was möchtest du wissen?« Er würde ihre Erinnerung manipulieren müssen. Bei sensiblen Menschen wie Juna blieben jedoch immer Spuren einer Begegnung mit seinesgleichen erhalten, egal, wie behutsam er vorging. Beantwortete er jedoch alle Fragen zufriedenstellend, blieb ihr immerhin die innere Unruhe des Wissenwollens erspart und damit ihr Seelenfrieden erhalten. Schon jetzt litt Junas Seele unter der Last ihrer neuen Erfahrungen. Sie durfte nicht noch mehr belastet werden. Engel wie er mochten Defizite in ihrer eigenen Gefühlswelt haben – im Lesen von Emotionen anderer blieben sie unübertroffen. Vampire beispielsweise beherrschten die Kunst des Gedankenlesens meisterhaft, aber er hatte festgestellt, dass Engel die Geschöpfe dieser Welt auf eine völlig andere Weise wahrnahmen. Sie sahen eine Bewusstseinsebene, in der die Voraussetzungen für Gedanken erst geschaffen wurden. Dies hatte ihnen den Ruf eingebracht, Ereignisse vorhersagen zu können – doch in Wirklichkeit war das leider allzu selten der Fall. Seherische Fähigkeiten hätten Arian in dieser Situation aber ohnehin nicht weitergeholfen.

Seine warme Stimme beruhigte ihre flatternden Nerven, und während Juna Tee zubereitete, dachte sie, wie unheimlich er noch vor kurzem angesichts der Bedrohung durch den Wachmann geklungen hatte. »Wer bist du?« Sie drehte sich um, den Krug aus Steingut, in dem sie ihren Tee aufbewahrte, in den Händen. »Und vergiss die Amnesie!« Kaum waren die Worte ausgesprochen, gab sie einen merkwürdigen Laut von sich, und es dauerte ein paar Sekunden, bis Arian begriff, dass sie ein Lachen unterdrückte. Arian musste einfach mitlachen, und als sie sich wieder beruhigt hatte, sagte sie: »Du weißt schon, was ich meine!«

Die beklemmende Stimmung der letzten Minuten war verflogen. *Jetzt oder nie!* Er sah ihr tief in die Augen. »Ich habe nicht gelogen. Ich bin ein Wächter.«

»Aha!« Juna goss heißes Wasser über den losen Tee und trug die Kanne zum Tisch. Er folgte mit den Bechern. Mit dieser Reaktion hatte er nicht gerechnet. Sie stellte Milch und ein paar Kekse daneben und setzte sich ganz vorn auf die Kante ihres Stuhls. »Und was tut so ein Wächter, außer in Kleiderschränken zu sitzen und gelegentlich eine Tierärztin in Not zu retten?«

»Würdest du mir glauben, wenn ich dir sage, dass wir das Gleichgewicht der Welt bewahren?«

Sie dachte an seine überwältigende Präsenz, während er sie vor dem Angreifer beschützt hatte. So verrückt es klang – sie glaubte ihm. »Gut. Und wie macht ihr das genau?«

»Das ist schwierig zu erklären …«

Sie lehnte sich auf ihrem Stuhl zurück. »Ich habe Zeit.«

Arian atmete tief durch. »Ich gehöre zu den Vigilie. Wir sind eine Gruppe von Engeln …«

»Engel?« Junas Finger ballten sich zur Faust.

Arian hätte sie gern getröstet, aber er wagte nicht einmal, seine Hand auf ihre zu legen, um sie zu beruhigen. Also sprach er weiter und hoffte, dass seine beruhigenden Kräfte, die normalerweise bei den meisten Menschen funktionierten, auch bei Juna ihre Wirkung tun würden. »Unsere Aufgabe ist es, überall auf der Welt darauf zu achten, dass das Böse nicht die Oberhand gewinnt.«

»Dann macht ihr einen lausigen Job!«

Arian seufzte. »Es ist ein wenig komplizierter.«

Juna trank einen Schluck Tee, stellte die Tasse zurück und sah ihn erwartungsvoll an.

»Wir sind ausschließlich für dämonische Aktivitäten zuständig.« Als sie erneut etwas sagen wollte, hob er die Hand. »Lass es mich erklären. Dämonen, jedenfalls die mächtigsten unter ihnen, sind gefallene Engel.«

Nun unterbrach sie ihn doch. »Wie die Engel aus der Bibel? Haben sie wirklich Eva verführt, den Apfel zu essen?«

»Ich ahne, wo du das gelesen hast. Und bevor du weiterfragst: Ich war nicht dabei. Da du aber bereits von der traurigen Geschichte gefallener Engel gehört hast, kannst du dir bestimmt vorstellen, dass dies kein Thema ist, über das in Elysium gern gesprochen wird.«

»Entschuldige.«

Arian lächelte sie beruhigend an. Sie sollte nicht glauben, dass ihre Fragen ihn verärgerten. Das taten sie auch nicht. Er hatte nur noch nie zuvor einem Menschen erklären müssen, wer – oder besser was – er war. »Unsere Aufgabe ist es, dämonische Aktivitäten zu unterbinden und die Abgesandten Luzifers zurück nach Gehenna zu schicken. Dass es trotzdem so viel Schreckliches auf dieser Welt gibt, liegt daran – ich muss es leider sagen –, dass der Mensch auch ohne teuflische Einflüsterungen ein beachtliches Repertoire an Boshaftigkeiten mitbringt. Darum existieren neben den dunklen, also den gefallenen Engeln, die nach Gehenna verbannt sind, auch noch Dämonen ursprünglich menschlicher Herkunft.«

»Dann werden besonders gute Menschen auch zu Engeln?«, fragte Juna und dachte dabei an ihre Großmutter, die sie liebevoll aufgezogen hatte, bevor sie viel zu früh gestorben war.

Arian ahnte ihre Gedanken und lächelte. »Einige werden zu Schutzengeln.«

»Aber ein Schutzengel bist *du* nicht.« Keine Frage, eine Feststellung.

»Nein. Glaubst du denn tatsächlich, dass es sie gibt?« Arian war verblüfft.

Ihre Mimik verriet, dass sie hin- und hergerissen war zwischen dem Wunsch, ihm zu vertrauen, und einem weiteren Gedanken, der sie offenbar sehr beschäftigte. Sie griff über den Tisch zur Kanne und schenkte neuen Tee ein. Als sich die Milch schließlich in einem Strudel mit der dunklen Flüssigkeit verbunden und ihr ein karamellfarbenes Aussehen verliehen hatte, legte sie den Löffel beiseite und sah ihn an. Offenbar hatte sie einen Entschluss gefasst. »Ich weiß, dass es Schutzengel gibt. Weil ich sie sehen kann«, fügte sie trotzig hinzu.

»Wie bitte?«

»Du glaubst mir nicht.« Juna stand auf, der Stuhl rutschte geräuschvoll über den Küchenboden. Sie stützte sich auf dem Tisch ab, beugte sich weit vor und studierte seine Gesichtszüge. Nichts, nicht einmal das Zucken eines Augenlids verriet, was er dachte. Die aristokratische Nase, die hohen Wangenknochen, das entschlossen wirkende Kinn – alles war meisterlich geformt. Da saß dieser Mann und behauptete, ein Engel zu sein, was an sich ja schon lachhaft schien, und dann sah er auch noch so aus. Der Gipfel aber war: *Ihr* wollte er nicht glauben, was sie sah.

Nur ungern riss sich Juna vom Anblick seines sinnlich geschwungenen Mundes los. »Hier ist unser Gespräch beendet.«

»Bitte setz dich wieder.« Er lege seine Hand auf Junas Finger. Sie waren ganz kalt, und Arian drückte sie sanft.

Die unerwartete Berührung löste ein merkwürdiges Flattern in ihrem Bauch aus, kraftlos ließ sie sich auf den Stuhl zurücksinken.

»Es ist wirklich so. Sie sind nicht immer da, sondern nur, wenn wir in Gefahr sind. Die Frau in dem Geschäft hatte beispielsweise keinen Schutzengel. Das musst du doch auch gesehen haben.« Plötzlich wurden ihre Augen ganz groß. »Was hat das zu bedeuten?«

Er zog ihre Hand zu sich herüber, drehte sie um und strich sanft mit dem Daumen über die Innenfläche. Die Wärme seiner Finger fühlte sich so gut an, dass es sie nicht gewundert hätte, hätte sie zu schnurren begonnen. Arians beruhigende Laute, deren Sinn sie nicht begriff, taten ein Weiteres. Das Denken fiel ihr auf einmal schwer. »Ist das einer eurer Tricks?«

Seine linke Augenbraue hob sich, und Juna hätte sich für diese Frage ohrfeigen können. Warum fühlte sie sich in seiner Nähe immer so behütet, dass all die seit Jahren antrainierten Schutzmechanismen versagten und sie nicht nur vollkommen irrational handelte, sondern ausplapperte, was ihr gerade in den Sinn kam? »Natürlich. Warum frage ich? Du bist ein Engel.« Es war unfassbar, dass eines der Lichtwesen, die fast ihr gesamtes Leben begleitet hatten, plötzlich neben ihr sitzen sollte – und sie hatte ihn nicht erkannt. Und doch hegte zumindest ihr Herz keinen Zweifel daran, dass er die Wahrheit sagte.

»Woher weißt du, dass es Schutzengel sind, die du siehst?« Er war keineswegs so ruhig, wie er klang, und fragte sich, ob sie ihn bei ihrer ersten Begegnung etwa erkannt und bereits da für einen Schutzengel gehalten hatte. Vielleicht war er, anders als geglaubt, für normale Menschen unsichtbar gewesen, und ihr erstaunlicher Mut lag genau darin begründet, dass sie sich nicht vor ihm gefürchtet hatte, weil sie seine wahre Herkunft erahnt hatte.

Wenn es stimmte, was sie sagte, verfügte Juna über eine außerordentlich seltene Gabe, und er musste herausfinden, wie groß ihr Talent wirklich war. Schon allein, um sie vor sich selbst zu schützen.

Schutzengel waren friedliche Geschöpfe, von ihnen drohte ihr keine Gefahr. Aber es gab andere magische Wesen, die sich nicht gern in die Karten sehen ließen, und wer ihnen in die Quere kam, hatte allen Grund, sich um sein Leben zu sorgen. Im Laufe seines langen Daseins als Wächter der Menschen hatte er von nicht mehr als vielleicht einem halben Dutzend Engelsehern gehört, und immer hatte es Schwierigkeiten mit ihnen gegeben. Natürlich musste er nach seinem Sturz ausgerechnet bei ihr landen und nun auch noch seine wahre Identität ausplaudern. Die Erinnerung einer Engelseherin zu manipulieren, hatte er nie gelernt. Es wäre ihm jedoch ein Leichtes gewesen, sie zu töten und anschließend die Realität ihrer Umgebung entsprechend zu verändern. Ihre Familien würden sie vermissen, aber ihren Tod als etwas ganz Natürliches hinnehmen. Zumal ihre Gabe nicht selten einige Generationen übersprang, bevor sie wieder zutage trat. Um seinesgleichen zu schützen, hätte er genau dies tun müssen.

Juna spürte, dass ihn dunkle Gedanken bewegten, und entzog ihm ihre Hand. Sofort fühlte sie sich allein, als fehle ihr etwas Wichtiges. Beinahe hätte sie den Arm wieder nach Arian ausgestreckt, um die Wärme zurückzuholen, doch dann besann sie sich, hob das Kinn und schob ihr Haar ungeduldig zurück.

»Ob du mir glaubst oder mich für verrückt hältst, es ändert nichts. Ich bin während meiner ersten Lebensjahre hier in diesem Haus aufgewachsen. Mutter …« Sie zögerte. »Ich kenne meine Mutter nicht. Sie hat mich bei meinen Großeltern abgegeben, weil sie wusste, dass ich es hier gut haben würde.« Junas Stimme klang trotzig. Sie sprach nicht gern über ihre Vergangenheit.

Arian hätte sie gern in den Arm genommen, doch sie saß hoch aufgerichtet auf ihrem Stuhl und wirkte geradezu unberührbar. Er erinnerte sich daran, wie ärgerlich ihr Bruder geworden war, als er Arian im Kilt der Familie gesehen hatte, und fragte sachlich: »MacDonnell ist der Name deiner Familie?«

»Ja. Und die MacDonnells waren immer gut zu mir. Auch Papa!« Juna wischte sich mit dem Ärmel über die Nase.

»Kurz nachdem ich von Glasgow nach London zog, fing es an. Meine Großmutter war krank geworden und konnte sich nicht mehr um mich kümmern. Großvater dachte, so sei es am besten für mich, dabei hätte ich mich um sie gekümmert.« Ihre Stimme wurde ganz weich, während sie sich erinnerte. »Anfangs dachte ich, es wäre etwas mit meinen Augen nicht in Ordnung. Ich ging zum Arzt, aber der wusste auch nicht, wer sich da in meinem Augenwinkel herumtrieb. Er tat ganz besorgt, und als ich nach Hause kam, hatte meine Stiefmutter einen ihrer *Herzanfälle*. Die bekommt sie immer, wenn ihr etwas nicht passt.« Juna trank einen Schluck. Bisher hatte sie zwar noch keine Spur von Verachtung in Arians Gesicht entdeckt, aber das würde sich spätestens dann ändern, wenn er alles über sie wusste. Das, so beschloss sie in diesem Augenblick, durfte nicht geschehen. Sie atmete tief durch und sprach weiter. »Die Pfarrer waren auch keine große Hilfe. Einer bot immerhin einen Exorzismus an.« Sie lachte bitter. »Ich glaube, meine Stiefmutter fand die Idee reizvoll. Glücklicherweise ist Vater nicht katholisch und verbot diesen *Unfug*, wie er es nannte. Er wollte die Sache auf sich beruhen lassen, aber damit konnte er sich bei ihr nicht durchsetzen – wie immer. Stattdessen schleppte sie mich von einem Psychologen zum nächsten. Erfolglos. Etwa ein Jahr später beschloss Vater, für das Parlament zu kandidieren. Offenbar fand meine Mutter, ein verrücktes Kind passe nicht in das Bild des erfolgreichen Politikers, und die Sitzungen wurden von einem Tag auf den anderen eingestellt. Die Ärzte war ich los, aber die Erscheinungen nicht. Sie wurden immer deutlicher, und nachdem die Religion mir nicht helfen konnte, versuchte ich es mit einer wissenschaftlichen Erklärung. Schnell fand ich Bücher, in denen über Menschen berichtet wurde, die ähnliche Beobachtungen gemacht hatten. Sie nannten diese Wesen *Engel*. Fast alle von ihnen lebten nicht mehr oder saßen in psychiatrischen Anstalten. Besonders beruhigend war diese Aussicht nicht gerade. Also behauptete ich, die *Erscheinungen* nur ein- oder zweimal gehabt zu haben. Nämlich, nachdem ich auf dem Spielplatz von der Schaukel gefallen war. Natürlich glaubte mir niemand, aber immerhin war das Thema für die Erwachsenen erledigt.

Später, als meine Oma schon längst nicht mehr lebte, verbrachte ich meine Ferien bei Großvater in Glasgow. Seltsamerweise fragte er mich, ob ich denn die Engel immer noch sehen würde. Wahrscheinlich hatten meine Eltern ihm von meinem *Problem* erzählt. Ich war wütend, wollte ihn aber auch nicht anlügen. Er war der Erste, der das alles nicht schlimm fand.«

Obwohl er bisher keine Beweise dafür hatte, vermutete Arian, dass Junas Gabe aus der Familie ihres Vaters stammte und zumindest für den Großvater keine große Überraschung gewesen war. Warum hätte der Mann sonst eine so verständnisvolle Reaktion gezeigt?

Er sah Juna lächeln, während sie sich offenbar an das Gespräch erinnerte. »Er meinte, dass es doch nicht verkehrt sei, seinen Schutzengel sehen zu können. Dann wisse man wenigstens, ob er seine Sache gut machte. Das klang angenehm pragmatisch, aber auch ein bisschen, als habe er Zweifel an der Kompetenz der Schutzengel.«

Von Arian kam ein Geräusch, das sehr nach einem trockenen Husten klang.

Juna sah auf, besorgt, dass sie zu viel preisgegeben hatte. Doch er wirkte völlig ernst.

Erleichtert beeilte sie sich, den Rest zu erzählen. »Dass ich über die Arbeit meines eigenen Schutzengels nichts sagen konnte, weil ich ihn nie gesehen hatte, verschwieg ich lieber. Wahrscheinlich liegt es ohnehin daran, dass ich nie in einer gefährlichen Situation war.« *Gefährlich für mich,* fügte sie in Gedanken hinzu. »Nur einmal, aber da hat mir Iris so schnell geholfen, dass es für einen Schutzengel nichts zu tun gab.«

Die steile Falte zwischen seinen Augenbrauen glättete sich sofort, als sie ihn ansah, und Juna glaubte, sich getäuscht zu haben. »Mit der Zeit konnte ich die Wesen immer besser erkennen, und später habe ich sogar ein paar Mal versucht, Kontakt mit ihnen aufzunehmen. Bis einer von ihnen ärgerlich wurde.«

»Was meinst du mit *ärgerlich?*«

»Na ja, er sagte, ich dürfe nicht weiter versuchen, mit ihnen zu reden und auch niemandem von meiner Gabe erzählen. Sehr witzig! Diese Lektion hatte ich vor langer Zeit gelernt. Er nannte es Gabe, mir schien es eher wie ein Fluch. Wie auch immer, dieser Engel war anders. Unheimlich. Er sparte nicht mit Drohungen, und ich hatte schreckliche Angst. Und trotzdem, als er vor mir stand, hätte ich alles gegeben, um seine Flügel berühren zu dürfen. Sie waren so … unglaublich formvollendet, dass es in dieser Welt wahrscheinlich nichts Vergleichbares gibt. Du siehst, ich bin ein Freak.«

Arian ging nicht darauf ein. »Er hatte Recht. Niemand darf von deinen Fähigkeiten erfahren. Versprichst du mir das?«

Er fragte sich, wer dieser Engel gewesen sein mochte, der sie gewarnt hatte.

»Aber warum …?«

»Es gibt Kräfte …«, hob er an. »Willst du es wirklich wissen?« Als er sah, dass Juna langsam nickte, sprach er weiter: »Also gut. Eine sehr traditionelle Gruppe unter den Engeln – und die ist nicht klein – ist der Auffassung, dass eine Fähigkeit, wie du sie besitzt, die Schutzengel in Gefahr bringt.«

»Warum? Ich tue ihnen doch nichts.«

»Ich sollte dir das gar nicht erzählen …« Arian beugte sich zu ihr hinüber, bis seine Lippen fast ihr Haar berührten. »Dämonen können Schutzengel nicht sehen. Aber wenn sie einen von ihnen erwischen, verlangen sie einen hohen Preis.«

»Du meinst, sie nehmen Schutzengel als Geiseln?« Juna war empört.

»Genau.« Das Gespräch bewegte sich gefährlich schnell auf die momentane Situation zu. »Bitte sei mir nicht böse, aber mehr kann ich nicht sagen.« Schon alles andere hätte er niemals einer Sterblichen erzählen dürfen. Schnell fragte er: »Gibt es noch etwas, das du mir erzählen möchtest?«

Ihr Blick ging an ihm vorbei, als sähe sie aus dem Fenster, dabei drehte sie unaufhörlich die Zuckerdose zwischen den Fingern. Plötzlich stellte sie die Tasse auf den Tisch und schaute Arian direkt in die Augen. »Nein, warum?«

Ihr Lächeln kam eine Viertelsekunde zu spät, und er war sicher, dass sie log. Dennoch verzichtete er darauf, nachzufragen. Irgendwann würde sie ihm ihr Geheimnis anvertrauen, damit hatte es keine Eile. Doch es gab ein paar

Dinge, die sie wissen sollte. »Der Engel, der dich gewarnt hat, war kein Schutzengel.«

»Was war er dann? Auch ein Wächter, so wie du?« Ein Geräusch kam aus ihrer Kehle, von dem er nicht sagen konnte, ob es ein Lachen oder ein Schluchzen war. »Wie viele Sorten, ich meine Rassen … Also, ich meine, wie viele Engel gibt es eigentlich?«

»Stell dir vor, du müsstest die Blätter eines riesigen Waldes zählen, und wenn du am Ende angekommen bist, haben die ersten Bäume längst neue Zweige gebildet. Einige Blätter sind nachgewachsen, andere herabgefallen.«

Ihr Mund formte ein erstauntes O. »Dann sind wir Menschen also in der Minderheit. Und ihr seid alle … wie soll ich sagen … von Anfang an dabei?«

Er musste lachen. »Sagen wir es mal so: Es gibt Engel, die sich nicht mehr an die ersten Tage ihres Daseins erinnern können.«

»Aber du gehörst nicht dazu?«

»Nein.« Ebenso wie Juna sprach Arian nicht gern über seine Vergangenheit. Zudem verschwieg er, wie viel Glück sie gehabt hatte, nicht die Aufmerksamkeit eines *Gerechten* auf sich gezogen zu haben. Wer auch immer sie gewarnt hatte, es war ganz bestimmt niemand der Alae – oder Gerechten – gewesen, die von den anderen Engeln spaßhaft, aber sehr zutreffend auch manchmal *Die Selbstgerechten* genannt wurden und deren militantes Auftreten wahrscheinlich die menschlichen Visionen vom Herannahen der apokalyptischen Reiter ausgelöst hatte. Er lachte bitter. »Ich hatte einen strengen Lehrer und genügend Zeit, meine *Kollegen* kennenzulernen. Glaubst du mir nun, dass ich kein Einbrecher bin?«

»Natürlich. Ich dachte, das hätten wir längst geklärt.« Sie hatte ihn zwar nicht als Engel erkannt, ihr Unterbewusstsein jedoch schien gewusst zu haben, dass sie ihm vertrauen konnte. Doch warum vertraute er ihr? Die einzig vernünftige Antwort, die Juna in den Sinn kommen wollte, ließ sie erbleichen. Was, wenn er es gar nicht tat und sich ihr nur offenbart hatte, weil ihr Tod bereits beschlossene Sache war?

Er bemerkte die Veränderung in ihr sofort. »Juna, hab keine Angst! Niemand wird dir etwas tun.«

5

Nach ihrem Gespräch hatte Juna nicht damit gerechnet, dass Arian bleiben würde. Als er sie zum Essen einlud, war sie so verblüfft, dass sie ohne nachzudenken zusagte. »Wohin gehen wir?«

»Lass dich überraschen.«

»Du kennst dich also in Glasgow aus?« Es gab so viele Dinge, die sie gern über ihn gewusst hätte.

Obwohl sie sich große Mühe gab, konnte sie keine Flügel sehen. Besaßen Wächter vielleicht gar keine? Oder war das womöglich ein sensibles Thema? Besser, sie sagte nichts. Stattdessen legte sie in Gedanken eine Liste mit Fragen an, die sie ihm irgendwann stellen wollte. Für längere Gespräche fehlte ihr ohnehin gerade der Atem, weil sie Schwierigkeiten hatte, mit ihm Schritt zu halten.

Arian bemerkte es und ging langsamer. »Entschuldige. Ja, ich hatte hier früher einmal zu tun. Das ist allerdings schon eine Weile her.«

Sie fragte sich, in welchen Zeiträumen Engel dachten. In Gedanken setzte sie die Frage nach seinem Alter auf ihre Liste, strich sie aber gleich wieder. Die Vorstellung, jemanden zu kennen, der womöglich Jahrhunderte wie andere Stunden zählte, war gleichsam aufregend und unheimlich.

»Da sind wir.« Sie standen vor einem Café. »Komm, du wirst überrascht sein!«

Und das war sie tatsächlich. Sie durchquerten das Café, das schöner war, als es von außen den Anschein gehabt hatte, und steuerten auf eine Wendeltreppe zu. Mit jeder weiteren Stufe überdachte Juna ihren zukünftigen Fitnessplan. Sehnsüchtig schielte sie zum Aufzug, der lautlos an ihnen vorüberglitt. Oben angekommen, fühlte sie sich wie ein erhitzter Trampel, während Arian, von Kopf bis Fuß neu eingekleidet, sehr lässig und vor allem geradezu unanständig frisch aussah. Die Frau am Empfang streifte sie mit einem prüfenden Blick, und Juna hätte schwören können, dass sich ihr Mund zu einem mitleidigen Lächeln verzog. Arian dagegen genoss ihre volle Aufmerksamkeit, und sogleich wurden sie durch den Wintergarten zu ihrem Tisch geleitet. Der Ausblick über die Lichter der Stadt entschädigte Juna sofort. »Wahnsinn! Ich habe nicht gewusst, dass es hier so tolle Restaurants gibt. Woher ...?«

Arian zuckte mit der Schulter. »Intuition?«, schlug er vor und ließ sich die Speisekarte reichen.

Nachdem sie bestellt hatten und vor jedem ein gut gekühltes Glas Wein stand, hielt sie das Schweigen nicht mehr aus. »Kannst du überhaupt ...« Sie machte eine Geste, als erwarte sie, dass er den Satz für sie beendete. Arian sah sie erwartungsvoll an, und Juna wurde rot, weil ihre Gedanken unvermittelt in eine erotische Richtung abgedriftet waren.

Er fand ihre Verlegenheit hinreißend. Normalerweise machten Frauen keine Umschweife, wenn sie ihm ihre Wünsche signalisierten, deren Erfüllung er jedoch ablehnen musste. Ein Engel, der sich mit Menschen näher einließ, hatte harte Strafen zu erwarten, doch Arian war niemals zuvor wirklich in Versuchung geraten. Zu behaupten, es sei schon eine Weile her, dass er mit einer Frau intimeren Kontakt hatte, wäre die Untertreibung des Millenniums gewesen.

Andererseits war er ja nun ein Verstoßener – galten nun also andere Regeln? Er spürte dieses Feuer in seinen Adern, das ihn immer heimsuchte, wenn er an Juna dachte. An ihr Haar, den kühnen Schwung ihrer Lippen und den vollendet modellierten Übergang ihrer Hüften zu einer Taille, die er mit etwas Mühe gewiss mit beiden Händen hätte umspannen können. Wie es sich wohl anfühlen würde, wenn er sie an sich zog und sich ihre Brüste an seinen Körper schmiegten – wie zwei herrliche Geschöpfe, die verehrt und angebetet werden wollten, bevor sie ihm gestatteten, die Geheimnisse ihrer Besitzerin weiter zu erforschen.

Juna war die Veränderung in seinen Augen nicht entgangen, die königsblau strahlten. Ihr Puls beschleunigte sich deutlich, kleine Flammen züngelten in ihrem Inneren und plötzlich auch auf dem Tisch. Die Kerze war umgefallen, und Juna erstickte das Feuer mit einer Serviette.

Ein Kellner kam herbeigerannt und brachte eine neue Tischdecke. Dabei entschuldigte er sich so oft, dass man beinahe glauben konnte, es sei wirklich seine Schuld gewesen.

»Ist noch einmal gutgegangen!« Arian sah sie aufmerksam an.

Wie Recht er hatte. Schon wieder stieg verräterische Wärme in ihre Wangen. Sie wollte zu einer Erklärung ansetzen, aber er legte seine Hand auf ihre glühenden Finger. Juna dachte, sie müsste sie schnell wegziehen, damit nicht alles noch schlimmer würde, aber in ihrem Inneren breitete sich eine angenehme Ruhe aus, und nach wenigen Atemzügen hatte sie sich wieder im Griff.

Er lächelte. »Du wolltest mich etwas fragen.«

Der Kellner ersparte ihr die peinliche Situation, nachfragen zu müssen, worauf sich Arian bezog. Er stellte einen Brotkorb auf den Tisch und servierte ihnen mit den Worten: »Eine kleine Aufmerksamkeit der Küche!«, ein appetitanregendes, elegant komponiertes Amuse-Gueule. »Unsere Zander-Lachs-Terrine an schwedischen Dill-Wölkchen. Guten Appetit!«

Arian bedankte sich, dann griff er nach seinem Besteck. »Klingt das nicht verführerisch?«

Sein unverschämtes Lächeln sorgte dafür, dass sie ihn einfach nur entzückt anstarrte.

Schließlich brach er das Schweigen. »Nun, was wolltest du wissen?«

»Was? Ich meine …« Sie verhaspelte sich und zeigte mit der Gabel auf seinen Teller. »Essen. Kannst du essen?«

Seine Pupillen weiteten sich, dann begann er zu lachen, und schließlich fiel sie ein. Als sie sich beruhigt hatten – Juna musste sich sogar die Augen mit der Serviette abtupfen –, sagte Arian: »Ich kann, aber ich muss nicht. Erschreckt dich das?«

»Überhaupt nicht. Ich hatte mich nur gewundert, weil ich dich bisher noch nicht essen gesehen habe.« Sie schaute betreten drein. »Ich bin eine schlechte Gastgeberin, oder?«

»Mach dir keine Gedanken. Niemand, der noch einigermaßen bei Sinnen ist, bietet Einbrechern ein Lunchpaket an.«

»Oder ein Bett …!«

»Auch das nicht. Was mich zu der Frage bringt: Warum hast du es trotzdem getan?«

»Du hast mich verzaubert«, bot sie an. *Nicht zu fassen, ich flirte mit einem Engel!* Juna drehte eine rotbraune Haarsträhne um ihren Zeigefinger und senkte den Blick.

»Tatsächlich? Dann war es ja vielleicht Vorsehung.«

Schweigend beobachtete Arian, wie sich erneut zarte Röte auf ihren milchweißen Wangen ausbreitete. *Ahnt dieses Menschenkind überhaupt, dass es der Standhaftigkeit eines Heiligen bedarf, um nicht von ihr verzaubert zu sein?* Bemüht, die fremdartigen Gefühle zu ignorieren, riss er sich schließlich von dem Anblick los.

»Gibt es wirklich so etwas wie Bestimmung?« Juna sah von ihrem Teller auf.

»Glaube mir, ich habe lange gedacht, dass dem nicht so wäre. Aber die Vergangenheit hat mir immer wieder das Gegenteil bewiesen.« Er kannte sogar jemanden, der Freude daran hatte, die Fäden des Schicksals zu ziehen, doch das verschwieg er.

Sie trank einen Schluck. »Mir wäre es lieber, meine Entscheidungen selbst zu treffen. Auch wenn es bestimmt nett wäre, die Schuld einer unbekannten Macht in die Schuhe zu schieben, wenn mal etwas schiefgeht.«

Er stimmte ihr aus vollem Herzen zu und genoss die Unterhaltung ebenso sehr wie das exzellente Essen. Erstaunlicherweise machte es ihm heute Spaß, so zu tun, als sei er ein ganz normaler Mensch − es gelang ihm sogar, die Sorge um die Schutzengel für kurze Zeit zu vergessen.

»Da du nun deine Identität zurückhast … was wirst du als

Nächstes tun?« Sie merkte nicht, dass sie den Atem anhielt, während sie auf seine Antwort wartete.

Zurück in der Realität, dachte Arian. Laut sagte er: »Ich bin nicht ohne Grund in der Stadt.«

»Ach ja, die Vorsehung. War es auch Vorsehung, dass du ausgerechnet in meinem Schlafzimmer gelandet bist?«

»Wer weiß?«

Juna war ein kleines bisschen erschrocken. Konnte es sein, dass er zurückflirtete?

Arian griff nach ihrer Hand, und seine Stimme klang ernüchternd sachlich, als er sagte: »Glaub mir, ich möchte dich da nicht mit hineinziehen. Aber im Laufe der Jahre habe ich gelernt, dass es keine Zufälle gibt, auch wenn es uns manchmal so vorkommt. Der Kosmos ist vielschichtiger, als wir uns das vorstellen können, und auf eine beunruhigende Weise hängt alles zusammen.«

Sie war überrascht, dass ein Engel dies für beunruhigend hielt, aber ihr erging es ebenso. »Du meinst, es gibt keinen freien Willen?«

Arian hatte lange ergebnislos darüber nachgedacht, aber er blieb ihr eine Antwort schuldig, weil in diesem Augenblick die Kellnerin mit der Rechnung kam. Juna hatte damit gerechnet, bezahlen zu müssen. Doch er zückte wie selbstverständlich seine Geldbörse, und sie erkannte in ihr den Gegenstand wieder, den Gabriel ihm zugeworfen hatte.

Während sie das Restaurant verließen, wollte sie ihn dazu befragen, doch er kam ihr zuvor und öffnete das Portemonnaie. »Nur Dollars und Kreditkarten, wie du siehst. Gabriel

128

muss es nach unserem letzten Job aufgehoben haben …« Er schien in Erinnerungen zu versinken. Seine Miene verriet, dass sie in irgendeiner Weise schmerzhaft waren. Juna verstummte und hing ihren eigenen Gedanken nach. Als Arian an der nächsten Straßenecke plötzlich ihren Arm festhielt, zuckte sie zusammen. »Hörst du das?«

Sie lauschte. Erst war außer den Geräuschen der Stadt nichts zu hören. Der Wind hatte den Inhalt einer umgeworfenen Abfalltonne mit sich gerissen und über die menschenleere Straße verteilt. Er raschelte mit Papier, eine Plastiktüte schwebte in den Rinnstein. Juna zog ihre Jacke enger um den Körper. Ihr schien, als sei die Nacht bis eben noch viel wärmer gewesen. Sie hob den Kopf und konzentrierte sich. Ihr Blick fiel auf eine der Straßenlaternen, die anders als ihre farblosen Nachbarinnen einen orangefarbenen Ring auf den Asphalt malte und damit der Dunkelheit einen melancholischen Anstrich verlieh. Der Lichtschein wurde auf einmal schwächer, erholte sich für wenige Sekunden, als würde ein lebendiges Wesen nach Luft ringen. Vergebens. Als entweiche alle Energie aus dem gläsernen Körper, war schließlich nur noch ein feines Glimmen darin zu sehen. Und dann hörte sie es: ein Schrei, so hoch, wie kein menschliches Wesen ihn jemals hätte ausstoßen können. Im selben Augenblick traf sie der fremde Schmerz wie ein Blitzschlag. »Es kommt von dort hinten!« Der Finger, mit dem sie auf das dunkle Gebäude am Ende der Straße zeigte, zitterte.

Niemals zuvor hatte sie etwas Ähnliches erlebt. Sicher, die Jungs von der Tierrettung witzelten gelegentlich, Juna sei besser als jeder Spürhund, so zuverlässig führten ihre Instinkte sie zu Tieren in Not. Doch auch wenn sie mit ihren Patienten stets mitlitt, war es doch mehr Anteilnahme als ein wahrhaftiger Schmerz, den sie verspürte. Nun jedoch war alles anders. Hätte Arian nicht direkt neben ihr gestanden und konzentriert in die Ferne gelauscht, sie hätte geglaubt, selbst angegriffen worden zu sein.

»Lauf! Lauf, so schnell du kannst!« Arian schob sie in die entgegengesetzte Richtung und gab ihr einen Stoß.

Juna rannte los … bis ihr von Schmerz und Panik geblendeter Verstand allmählich wieder zu funktionieren begann. Ihre Schritte wurden langsamer, schließlich blieb sie stehen. Jemand war in Not und sie rannte davon?

Juna drehte sich um, lauschte. Nichts.

Die Schreie waren verstummt, Arian war nirgendwo zu sehen. Die Stille beunruhigte sie nicht nur, sie begann, ihr regelrecht auf die Nerven zu gehen. Und dann begriff sie, dass sie überhaupt nichts mehr hörte. Nicht den Wind, der eben noch durch die Straßen gefegt war, nicht die Stadt, in der sie sich befand. Es schien, als wäre die Zeit stehen geblieben.

Verunsichert machte sie einen Schritt nach vorn. Kein Laut war zu hören, als ihr Absatz den Boden berührte. Sie schnalzte mit der Zunge, das Geräusch schien ihren Mund nicht zu verlassen, aber immerhin hörte sie überhaupt etwas und wusste, dass mit ihren Ohren alles in Ordnung war. Etwas Unheimliches ging vor sich.

Doch anstatt Arians Befehl zu folgen und sich in Sicherheit zu bringen, ging sie zurück. Erst langsam, dann immer schneller. Schließlich rannte sie und blieb erst kurz vor dem alten Backsteinbau, in dem Arian verschwunden sein musste, stehen. Leicht vorgebeugt, die Hände auf den Oberschenkeln abgestützt, versuchte sie, ihren Atem unter Kontrolle zu bringen. Das Herz schlug ihr bis zum Hals; es war ein Gefühl, als wollte ihr jemand die Kehle zudrücken. Zu dieser Angst gesellte sich auch noch die Sorge um Arian. Sie atmete konzentriert durch die Nase ein und ließ den Luftstrom durch den Mund entweichen, bis ihr Herz wieder gleichmäßig und kraftvoll schlug. Erst da wagte sie es schließlich, sich dem Durchgang zum Innenhof zu nähern.

Der Schein der orangefarbenen Straßenlaterne hatte vor der Dunkelheit nahezu kapituliert und war ihr kaum eine Hilfe, während sie sich behutsam vorantastete. All ihre Sinne waren aufs Äußerste angespannt, jederzeit bereit, den Fluchtbefehl zu geben. Der Innenhof wurde schwach vom Mondlicht erleuchtet. Die rauen Betonplatten zeigten tiefe Risse, aus denen Grasbüschel und kleine Sträucher wuchsen.

Immer noch war sie von einer bedrückenden Stille umgeben, die ihr das Gefühl vermittelte, als schwebe sie durch die Schwerelosigkeit, unfähig, sich genau zu orientieren. *Beste Alptraumqualität*, dachte Juna und war versucht, sich zu kneifen, um zu sehen, ob sie erwachen würde.

Den schmalen Lichtstreifen, der weit von ihr entfernt auf den Boden fiel, hätte sie beinahe übersehen. So leise wie möglich überquerte sie den Innenhof, bis sie den verräterischen Lichtschein erreichte. Eine Tür, nur angelehnt!

Behutsam drückte sie dagegen, und der abblätternde Lack verursachte ihr eine Gänsehaut, die über ihre Arme lief, bis sie zum Vorboten unheimlicher Ereignisse zu werden schien. Die Tür schwang auf, und Juna trat mitten ins Inferno. Weißes Licht explodierte vor ihren Augen, blitzschnell schützte sie sie mit den Händen und presste sich flach an die raue Backsteinmauer. Als sie vorsichtig die Hände sinken ließ, rechnete sie mit dem Schlimmsten.

Stattdessen fand sie sich in Dunkelheit wieder. Niemand stand bedrohlich vor ihr, bereit, sie für ihre Neugier zu bestrafen. Tatsächlich war auf den ersten Blick überhaupt nichts zu sehen. Erst allmählich gewöhnten sich ihre Augen an das Dämmerlicht. Zum Glück schien ihre Anwesenheit unbemerkt geblieben zu sein, und ihr Instinkt riet ihr, dass es am besten für sie war, wenn dies auch weiterhin so bliebe. Fauliger Geruch stieg ihr in die Nase, und sie wollte gar nicht wissen, was in den finsteren Winkeln dort drüben verweste. Der Boden unter ihren Füßen war vermutlich überdeckt von einer Patina, die in den letzten hundert Jahren gewachsen sein musste. Er schien alles Licht zu verschlucken und fühlte sich klebrig an. Juna wusste von ihren Einsätzen als Tierretterin, dass es hier am Fluss viele dieser Gebäude gab, die seit Jahren dem Verfall preisgegeben waren. Ihre Besitzer interessierten sich einfach nicht mehr für sie. Vielleicht, weil die Abrisskosten höher gewesen wären als die Steuern, die sie zu zahlen hatten, und weil sie hofften, eines Tages gutes Geld für ihre Ufergrundstücke zu bekommen, so wie in anderen Städten auch. Diese ehemalige Fabrik war offensichtlich zuletzt als Lager genutzt worden, das jetzt allerdings so gut wie leer war. Nur in der Mitte standen noch wenige, mit einer dicken Staubschicht bedeckte Paletten. Die helle Kunststoffumhüllung der Waren wirkte dennoch zwischen den Relikten der alten Industrieanlage merkwürdig deplatziert. Weiter oben befand sich eine Galerie, auf die man über rostige Treppen gelangte. Von der Decke hingen Haken an langen Eisenketten, und obwohl sie in der Dunkelheit fast nichts sehen konnte, vermutete Juna, dass sie einst dazu gedient hatten, schwere Gegenstände durch die Halle zu transportieren. Erst jetzt nahm sie wahr, dass sich die vorherige Stille zugunsten eines Grollens, das entfernt an Donner erinnerte, verabschiedet hatte. Seit wann? Es klang unheimlich … und ebenso beunruhigend wie das helle Geräusch aufeinanderprallenden Metalls, das nun hinzukam.

Und dann tauchte er plötzlich wie aus dem Nichts auf. Arian stand auf dem Geländer der Galerie, als wäre es dort oben so sicher wie auf festem Untergrund. Ihm gegenüber, auf der anderen Seite der Halle, bemerkte sie eine Bewegung.

»Du bist zu spät, Wächter!«, höhnte eine körperlose Stimme aus den Schatten.

Arian antwortete mit einem Lachen, das Juna noch stärker frösteln ließ. Und dann sprang er.

Als habe Schwerkraft für beide keine Bedeutung, trafen sich die Kontrahenten in der Raummitte, weit über Junas Kopf. Schwerter schlugen gegeneinander, so dass Funken stoben. Geschmeidig wich Arian einem Vorstoß seines Gegners aus. Fast beiläufig wirkten seine Bewegungen – selbst als er angriff und den anderen nur knapp verfehlte, geschah es mit einer Leichtigkeit, als nähme er die ganze Auseinandersetzung nicht ernst. Doch Juna hatte nur Augen für das herrlichste Paar Flügel, das sie jemals gesehen hatte. Die perlmuttfarbenen Schwingen zauberten einen Lichtkranz, als leuchteten sie von innen. Sein Gegner spiegelte dieses Wunder mit Dunkelheit. Auch er besaß Flügel, doch sie waren schwarz und schienen das Licht um ihn herum zu absorbieren, so dass er in der Dunkelheit kaum zu erkennen war. Ein Vorteil, den er offensichtlich nicht zu nutzen verstand, denn Arians nächster Angriff war so präzise wie der vorherige und brachte ihn erneut in Bedrängnis. Der Mann erkannte seine Lage, wich zurück und war plötzlich verschwunden. Juna gab unwillkürlich einen Laut des Erstaunens von sich.

»Hast du schon genug?« Arian lachte. Der Klang seiner Stimme durchschnitt das Zwielicht wie eine Guillotine. Sie wäre um ihr Leben gerannt, wenn nicht eine kleine Stimme in ihrem Inneren geflüstert hätte: *Das ist Arian, dein Engel! Vor ihm musst du dich nicht fürchten!* Vielleicht wäre sie dennoch geflohen − wie er es ursprünglich von ihr verlangt hatte −, hätte sie nicht im selben Moment ein leises Wimmern hinter sich gehört. Sie fuhr herum, auf alles gefasst.

Ein schwaches Leuchten hinter einer großen Kiste zu ihrer Linken, das vorher nicht da gewesen war, erregte sofort ihren Argwohn. War dies eine Falle? Juna, die noch nie einer Kreatur in Not den Rücken gekehrt hatte, zögerte dennoch keine Sekunde. Vorsichtig und jederzeit fluchtbereit näherte sie sich der Lichtquelle. Was sie dort fand, ließ ihren Atem stocken. Ein Mädchen, ängstlich zusammengekrümmt, die Blöße mit ein paar weißen Stofffetzen spärlich bedeckt und blutüberströmt. Als sie Juna sah, hob sie schützend die Arme, als erwarte sie, von ihr geschlagen zu werden.

»Mein Gott, wer hat dir das angetan?« Juna ignorierte ihre augenscheinliche Furcht, kniete sich vor ihr auf den Boden und zog sanft ihre Hände herab, bis sie das Gesicht sehen konnte. Eine tiefe Wunde zog sich von der Stirn über die Wange bis zum Hals. Sie sah aus, als sei sie schon mehrere Tage alt, und auf den ersten Blick waren keine weiteren Verletzungen zu erkennen. Dennoch leuchtete das Gewand rot von frischem Blut − ebenso wie Junas Hand, mit der sie sich am Boden abgestützt hatte.

Anstatt sich helfen zu lassen, versuchte das Mädchen, sie zurückzustoßen. »Geh weg«, flüsterte sie eindringlich. »Bitte, geh!« Kurz schienen sich ihre Konturen aufzulösen, als wolle sie ihrem eigenen Rat folgen und in eine andere Dimension entfliehen. Fasziniert beobachtete Juna, wie die Wunde weiter heilte, und plötzlich begriff sie. Vor ihr saß ein Schutzengel, und aus einem unerklärlichen Grund gelang es ihm nicht, unsichtbar zu werden. Jeder andere Mensch hätte ihn auch gesehen. »Schone deine Kräfte.« Mitleidig blickte sie das Mädchen an. »Ich will dir helfen.« Ein Blitz erhellte die Halle für Sekunden. Dann legte sich unheimliche Stille über die neue Dunkelheit. *Wir müssen hier raus!*, dachte Juna panisch und versuchte, den Engel auf die Beine zu ziehen.

»Was haben wir denn da?«

Sie fuhr herum und stellte sich instinktiv vor das Mädchen. Der Mann vor ihr war auch ohne seine Flügel eine furchteinflößende Erscheinung. Wellen aus Hass und maliziöser Bosheit gingen von ihm aus, und ihre Knie zitterten immer heftiger, je näher er kam. Er bewegte sich langsam, sah sie nicht einmal an und verhielt sich für einen Angreifer geradezu nachlässig, als wisse er genau, dass sie nicht fliehen würde.

Und auf einmal kehrte das Licht zurück. Der gleißende Schein übersinnlicher Energie blendete Juna. Sie hörte einen Schrei und erkannte ihre eigene Stimme. Ängstlich wich sie zurück. Gerade noch rechtzeitig, bevor das Zischen einer Klinge das Unfassbare verhieß. Das Licht wurde schwächer, Arian trat daraus hervor und ragte wie ein Racheengel über seinem Gegner auf, der nun leblos am Boden lag. Blut tropfte von seinem Schwert.

Junas Zähne schlugen aufeinander, sie zitterte am ganzen Körper, und Arian war sofort bei ihr. »Es ist vorbei!« Behutsam nahm er sie in die Arme und versperrte mit seinem warmen Körper den Blick auf den Getöteten.

Doch Juna fürchtete sich vor diesem Arian, der so anders war als der, den sie bisher kennengelernt hatte. Sie entwand sich seiner Umarmung und wollte zu dem Mädchen eilen, das mit weit aufgerissenen Augen zu ihnen aufsah.

»Bleib!«

Dieses eine Wort von Arian genügte, und ihr Körper verweigerte den Gehorsam. Es schien, als wäre sie plötzlich in einer Statue gefangen. Sie konnte sich nicht einmal mehr spüren. Hilflos musste sie zusehen, wie das Mädchen zu fliehen versuchte. Mit zwei Schritten war Arian an Juna vorbei und hielt das Mädchen fest.

»Tu mir nichts!«, jammerte sie und versuchte sich loszureißen. Doch es war deutlich, dass sie zu geschwächt war, um sich seinem Griff zu entwinden. Wahrscheinlich hätte sie auch unverletzt keine Chance gegen ihn gehabt.

»Was wollte der Dämon von dir?«

Statt einer Antwort begann sie zu schluchzen.

Arian schüttelte sie ungeduldig, was das Weinen nur verstärkte. Er seufzte. »Hör doch auf zu weinen! Ich tue dir ja nichts, aber ich muss wissen, was geschehen ist.«

Es war zwecklos. Sie zitterte am ganzen Körper, und aus ihrem Mund kamen nur kleine Klagelaute, die Juna so sehr ans Herz gingen, dass ihr ebenfalls die Tränen in die Augen stiegen. Sie fragte sich, warum Arian nicht begriff, dass er auf diese Weise nichts von ihr erfahren würde. Entsetzt beobachtete sie, wie er die Hand auf die Stirn des Mädchens legte, das unter der Berührung erschlaffte. Arian beugte sich herab, bis sich ihre Lippen berührten, dann küsste er den zierlichen Schutzengel. Merkwürdigerweise missfiel Juna dieser Anblick ebenso sehr wie seine vorherigen Grobheiten. Sie hörte ein eifersüchtiges Knurren und begriff Sekunden später, dass es aus ihrer Kehle stammte. Die Glut dieser fremdartigen Emotion befreite sie aus ihrer Versteinerung … aber es war zu spät. Die beiden Engel wurden von Arians Licht eingehüllt, und voller Verwunderung beobachtete sie, wie sich eine Wolke aus winzigen Sternen herauslöste, langsam zur Decke schwebte und in die Nacht verschwand, ohne dass das Dach über ihnen ihr Einhalt gebieten konnte.

Arian blieb allein am Boden zurück. Er sah zornig aus, und als sie seinem Blick folgte, wusste sie, warum. Die Stelle, an der sein dunkler Gegner eben noch ausgestreckt gelegen hatte, war leer. Seine Augenbrauen zogen sich zusammen. »Zur Hölle …!«

Bevor sie sich fragen konnte, ob dies ein Fluch oder eine Feststellung gewesen war, kam Arian, das blutige Schwert noch immer in der Hand, direkt auf sie zu. In einer anderen Situation hätte Juna seine sinnlichen Bewegungen und diese überirdische Ausstrahlung bestimmt bewundert. Doch je näher er ihr kam, desto mehr fürchtete sie sich vor ihm. Vergeblich suchte sie nach einem Funken Gefühl in seinen Augen, die nachtblau und damit beinahe ebenso furchterregend waren wie die des Dämons wenige Sekunden zuvor. Das war nicht der Mann, den sie kennengelernt hatte. Dies war ein gnadenloser Krieger, und er machte ihr Angst. Doch sie wollte sich nicht einschüchtern lassen.

In diesem Augenblick begriff Juna, dass sie ihre eigenen Dämonen nur besiegen konnte, wenn sie sich ihnen stellte.

Und Arian besaß die Antworten auf Fragen, die sie bereits ihr ganzes Leben lang gequält hatten: Warum war sie anders als andere Menschen? Und warum konnte sie Engel sehen, wenn sie mit ihrer Fähigkeit nichts anfangen durfte? Es war schließlich nicht seine Magie, die sie an der Flucht hinderte, es war der Hunger nach Antworten, der sie stark genug machte, ihrem Schicksal entgegenzutreten. Es gelang ihr sogar, sich zu einem Lächeln zu zwingen. Nur ein ganz leichtes Beben ihrer Unterlippe verriet etwas von ihren wahren Gefühlen.

Arian ahnte, welche Emotionen in ihr tobten. Für ihn waren sie so klar erkennbar, als trügen sie farbige Namensschilder. Er hätte sie aufzählen und in Prozenten angeben können. Das Bild vor seinem geistigen Auge war beeindruckend wie ein abstraktes Kunstwerk, und für einen Engel, der keine Gefühle haben durfte, ebenso verwirrend. Natürlich hatte sie Angst und war schockiert, aber er spürte auch eine erstaunliche Akzeptanz und das Verlangen nach Antworten. Ganz klein, kaum sichtbar, flackerte eine Emotion auf, die schon wieder unsichtbar war, bevor er sie deuten konnte. Juna hatte in diesem Lagerhaus eine Magie gesehen, die kein Mensch schadlos verkraftete. Er hatte ihr diese Erfahrung ersparen wollen, dabei aber offensichtlich ihren Drang, den Dingen auf den Grund gehen zu wollen, unterschätzt. Jeden anderen Menschen hätte er umgehend von den schrecklichen Erinnerungen befreien können. Doch sie würde den Rest ihres Lebens nicht vergessen, was gerade geschehen war. Sie war eine Engelseherin, und Arian war sich nicht sicher, ob es überhaupt jemanden gab, der Juna die Erinnerung nehmen konnte.

Er machte einen weiteren Schritt auf sie zu, wollte ihr Trost spenden, wo es keinen gab. Sie wich erneut zurück. Doch dann ging ganz plötzlich eine Wandlung mit ihr vor: Sie ballte die Hände zu Fäusten und hob das Kinn, bis ihre Blicke sich trafen. Kampfbereit stand sie da, brachte sogar ein Lächeln zustande und verlangte mit erstaunlich ruhiger Stimme nach einer Erklärung.

»Später kannst du mich alles fragen, aber jetzt müssen wir fort von hier!« Er sagte es nicht nur, um Zeit zu gewinnen. Arian hatte den Mann auf der Straße schon vorher gespürt, aber ignoriert, weil er keine Gefahr für ihn darstellte. Nun jedoch kam er näher, und eine zusätzliche Komplikation war das Letzte, was er in diesem Augenblick gebrauchen konnte. Wäre er allein gewesen, hätte der Mann in wenigen Sekunden nichts als eine leere Lagerhalle vorgefunden.

Doch Junas Anwesenheit verkomplizierte alles. Schließlich entschied er sich, ihr die Wahrheit zu sagen. »Dort draußen ist jemand. Frag jetzt nicht und tue einfach, was ich dir sage.« Ihr Zögern kostete wertvolle Sekunden. »Bitte!«

Da ergriff Juna seine ausgestreckte Hand und ließ sich von Arian zum Ausgang geleiten. Bevor sie die Straße betraten, legte er einen Finger auf ihre Lippen und bedeutete ihr, in den Schatten der Toreinfahrt zu warten. Langsam näherte sich ein alter Ford, der mit halb heruntergekurbeltem Fenster schließlich unter der kaputten Laterne anhielt. Im Innenraum leuchtete die Glut einer Zigarette auf, dann flog sie aus dem Fensterspalt auf den Asphalt und rollte wie ein winziger Feuerball in den Rinnstein. Ganz offensichtlich war hier ein reichlich gedankenloser Beobachter am Werk. Der erhöhte Herzschlag überzeugte Arian, dass der Mann im Auto wenig Erfahrung damit hatte, seine Nächte auf verlassenen Straßen zu verbringen. Im Nu war er bei ihm, riss die Tür auf und prallte zurück. Bei dem Fahrer, der wieselflink aus dem Auto sprang, handelte es sich um niemand anderen als John. »Was hast du hier zu suchen?« Arians Stimme war kaum mehr als ein Zischen.

»Du!« John klang nicht weniger feindselig. »Das könnte ich dich auch fragen.« Dann huschte ein wissendes Grinsen über sein Gesicht. »Ich wusste gleich, dass du keine reine Weste hast. Was ist es? Lass mich raten … Weiber kriegt einer wie du umsonst. Sind es Wetten? Nein, dafür ist der hübsche Junge zu vornehm.« Er drückte Arian den ausgestreckten Zeigefinger in die Brust. »Das Glücksspiel hat dir das Genick gebrochen, hab ich Recht?«

»Ein gutes Stichwort …« Arian verspürte das überwältigende Bedürfnis, dem schmierigen Kerl den Hals umzudrehen. Aber einmal abgesehen davon, dass Engel nicht einfach herumlaufen und irgendwelche Menschen umbringen durften – auch wenn es sich um so widerliche Vertreter ihrer Art handelte wie bei diesem Exemplar –, spürte er plötzlich Junas Blick im Rücken. Sie liebte ihren Bruder ungeachtet seiner charakterlichen Defizite. Selbst wenn sie es nicht täte, würde sie ihm nie verzeihen, wenn er den Kerl vor ihren Augen umbrachte. Also legte er seine Hand auf Johns Stirn, der vor Überraschung keine Gegenwehr zeigte, und flüsterte Worte in einer uralten Sprache.

Johns Augenlider flatterten, dann sackte er in sich zusammen. Arian fing ihn auf und setzte ihn ins Auto, ohne Rücksicht darauf zu nehmen, dass er dabei mit dem Kopf gegen das Lenkrad schlug. Kaum hatte er die Tür zugeworfen und sich umgedreht, lief ihm Juna bereits über die Straße entgegen.

»Wer ist das?«, wollte sie wissen, aber ihre Worte klangen dumpf an Arians Brust, der sie fest an sich gezogen hatte, um ihr damit den Blick auf das Fahrzeug zu versperren.

»Niemand!« Ehe sie etwas entgegnen konnte, hatte er bereits die Schwingen ausgebreitet und sich in den Nachthimmel erhoben.

Schon als Kind hatte sich Juna gewünscht, fliegen zu können. In ihren Träumen war sie dahingeglitten, warmer Sommerwind hatte mit ihrem langen Haar gespielt, und großer Frieden war über sie gekommen, während sie die Landschaften unter sich betrachtet hatte. Sie war eins mit den Elementen geworden, und das Glücksgefühl hatte weit bis in den Alltag hineingestrahlt. Jetzt erlebte sie einen Alptraum. Wie von einem Katapult abgeschossen hatte es sich angefühlt, als Arian sie regelrecht von den Füßen gerissen hatte. Pfeilschnell hatten sie die Wolkendecke durchstoßen und waren dabei komplett durchnässt worden. O ja, und Wind gab es hier oben zur Genüge. Er zerrte an ihrem Kleid, pfiff in ihren Ohren und biss eisig in ihre Haut. Die Finger, mit denen sie sich an Arians Mantel festkrallte, wurden allmählich steif vor Kälte, und neue Visionen verdrängten endgültig die Bilder ihrer Kindheit: Panik überrollte sie bei der Vorstellung, sich nicht mehr festhalten zu können, nass und hilflos seinem Griff zu entgleiten und in die Tiefe zu stürzen. Jedes Mal, wenn sie das Echo des kraftvollen Flügelschlags in ihrem Körper spürte, glaubte sie, ein Stück weiter aus seiner Umarmung zu gleiten. Bilder drängten sich auf: von ihrem zerschmetterten Körper, den man dort unten irgendwo finden würde, vielleicht erst nach Tagen, zerrissen von wilden Tieren und bis zur Unkenntlichkeit entstellt. Juna rief sich zur Ordnung. Unter ihnen breiteten sich die Vorstädte Glasgows aus, wilde Tiere traf man dort höchstens in Menschenform an.

Arian, der in diesem Augenblick mehr Macht denn je ausstrahlte, entsprach nicht ihrer Vorstellung von einem Engel. Diese himmlischen Beschützer hatte sie bisher fast ausschließlich als nahezu geisterhafte Geschöpfe kennengelernt, und von den wenigen, die diesem Bild nicht entsprachen, hatte nicht einer über diese geradezu greifbare Aura aggressiver Männlichkeit verfügt. Dennoch fürchtete sie sich nicht mehr vor ihm. Im Gegenteil, ihr gefiel sein fester Griff um ihre Taille; in seinen Armen fühlte sie sich sicher … zumindest, solange sie am Boden blieben. Und selbst wenn ihre Intuition sie vollständig im Stich gelassen hätte, hätte er es auch dem dunklen Engel überlassen können, ihr etwas anzutun. Dabei hätte er sich nicht einmal selbst die Hände schmutzig machen müssen, für den Fall, dass er jemandem über sein Handeln Rechenschaft abzulegen hatte. *Außerdem hat er mir versprochen, mich zu beschützen.* Wem sollte man auf dieser Welt noch Glauben schenken dürfen, wenn nicht einem Engel?

Sie öffnete die Augen, als Arian ihr einen sanften Kuss auf den Hals hauchte. Oder war es der Wind gewesen? Auf einmal konnte Juna viel besser sehen, die Farben des Tages blieben verborgen, aber die klare Nacht besaß einen ganz besonderen Zauber. Sie waren höhergestiegen. Über ihnen spannte sich ein dunkles Firmament, an dem so viele Sterne glitzerten, dass man schon glauben konnte, sie hätten die südliche Hemisphäre erreicht. Doch die bekannten Sternbilder verrieten ihr, dass sie gen Norden unterwegs waren. Juna konnte sich gar nicht sattsehen an der nächtlichen

Pracht, die den Bewohnern stark besiedelter Gebiete seit langer Zeit schon vorenthalten blieb, weil künstliche Lichter und der Dunst der Städte sie verhüllte.

Ein vorsichtiger Blick hinab verriet ihr, dass sie inzwischen das Stadtgebiet verlassen hatten. Nur noch vereinzelt waren winzige Lichtnester zu erkennen. Die Erde hatte ihr mitternächtliches Gewand übergestreift. Unter ihnen zogen einzelne Wolken dahin, denen das helle Mondlicht silberne Konturen geschenkt hatte. Sie sahen weich und einladend aus, als hätte Frau Holle ihre kostbarsten Federbetten zum Lüften ausgelegt, und schienen, ganz wie echte Daunen, im Licht zu wachsen.

»Wie wunderbar!«, flüsterte Juna und zuckte erstaunt zusammen, als Arians Atem ihr Ohr streifte.

»Du solltest es erst im Sonnenlicht sehen!«

Dabei umrundete er eine Wolke, und Juna begriff, dass sie zur Erde hinabglitten. Während sie sich noch auf eine holprige Landung vorzubereiten versuchte, entließ Arian sie bereits aus seinen Armen.

Überrascht drehte sie sich um, verschränkte die Arme vor der Brust und sah Arian trotz allem herausfordernd an. »Lass dir nicht einfallen, mich noch einmal so zu verschleppen.« Als er nichts erwiderte, sondern stattdessen in die Ferne lauschte, sah sie sich um. Aber eigentlich gab es nicht viel zu sehen. Der Mond hielt sich hinter einer Wolke versteckt, und das bisschen Licht, das er dennoch abgab, reichte gerade, um im Umkreis von einigen Metern Moos und struppige Heide zu erkennen. Felsbrocken lagen herum, als hätte sie ein Riese bei seinem letzten Besuch verstreut. Einer davon war riesengroß und warf unheimliche Schatten. Sie hatte allerdings im Augenblick wenig

Sinn für die geologischen Besonderheiten dieses wenig einladenden Ortes. Juna fror in ihrer nassen Kleidung und zog die Strickjacke fester vor der Brust zusammen. Wer hätte gedacht, dass es so abkühlen würde? Der Wetterbericht hatte am Nachmittag etwas ganz anderes behauptet. Von einem herrlichen Sommerabend war die Rede gewesen. Der Radiomoderator hatte Witze über einen zu erwartenden Babyboom im kommenden Frühjahr gemacht und nach jedem Song, den er gespielt hatte, anzügliche Vermutungen angestellt, auf welche Weise die Glaswegians diese Nacht in den Parks und Gärten verbringen würden. »Wo sind wir überhaupt?«

»In Sicherheit.«

»Aha.« Sie machte einen Schritt auf ihn zu, blieb mit dem Absatz in einem Büschel Heidekraut hängen und geriet ins Straucheln. Arian war sofort bei ihr und fing sie auf, bevor sie vollends stürzte.

Wäre sie nicht so erschrocken gewesen, hätte sie sofort gewusst, dass es nicht ihr harmloser Fehltritt war, der ihren Puls beschleunigte, sondern seine Nähe. Seine athletische Gestalt schmiegte sich auf verstörend intime Weise an ihre viel sanfteren Formen, als wären sich ihre Körper niemals fremd gewesen, und sie brachte nicht die Kraft auf, sich aus der Umarmung zu befreien. Ihr Verstand konnte mit dieser Entwicklung nicht Schritt halten. Zwar sah sie trotz der Dunkelheit deutlich, wie sich Arians Kopf langsam zu ihr herabsenkte, nahm das Kitzeln wahr, das seine dunklen Haare auslösten, als sie ihre Wangen berührten, aber Junas Verstand war wie gelähmt und konnte keine Verbindung zwischen seinem Verhalten und dem, was nun kommen würde, herstellen. Als ihre Lippen eine sanfte Berührung spürten, reagierte sie im ersten Augenblick überhaupt nicht. Doch dann durchströmte sie in Sekundenschnelle eine Flut verstörender Gefühle, erhitzte ihren Körper auf bisher unbekannte Weise und weckte ihn damit aus seinem Dornröschenschlaf. Instinktiv schmiegte sie sich an Arian, als habe sie eine Ewigkeit auf diesen Kuss gewartet.

Er strich ihr Haar beiseite, legte eine warme Hand in ihren Nacken und zog sie noch näher zu sich heran. Sie seufzte in seine geöffneten Lippen hinein, und da schien plötzlich irgendetwas zu zerbrechen. Als habe er sein bisheriges Dasein in einer Hülle aus Glas verbracht, die nun zerbarst wie das Eis eines herabstürzenden Gletschers: Vorschriften und Verbote, Enthaltsamkeit und die ständig unterdrückten Gefühle wurden hinweggerissen von einer Urkraft, der sich niemand in diesem Universum ewig widersetzen konnte. Und ehe er begriff, was mit ihm geschah, hatte das kosmische Engelsfeuer das Vakuum erobert und die Macht über ihn gewonnen. Aggressiv hielt er Juna mit seinem harten Körper gefangen, sein Kuss war fordernd und dominant bis zur Grenze des Erträglichen.

Und dennoch verlangte die Frau in seinen Armen mehr, drängte sich ebenfalls an ihn, schob ihre Hände unter den Mantel, erwiderte jede Berührung seiner Zunge mit einem Gegenangriff, bis sie sich beide im Strudel einer nie zuvor gekannten Erregung verloren, die ihre Körper mit schwindelerregender Leidenschaft überflutete und das Denken unmöglich machte.

Ganz plötzlich war es vorbei. Der unerwartete Verlust ließ Juna taumeln. Dankbar griff sie nach Arians Arm, bis sie das

Gleichgewicht wiedererlangt hatte. »Lauf!«, hörte sie ihn flüstern. »Lauf, so weit du kannst!«

Dabei war es längst zu spät, um an Flucht zu denken. Auf dieser Welt existierte kein Ort, an den sie sich vor ihm hätte retten können. Welche Richtung sie auch eingeschlagen hätte, sie wäre in die Tiefe gestürzt, in eine Dunkelheit, die so dicht war, dass es kein Entkommen aus ihr gab. Von ihm ging das einzige Licht in ihrem Kosmos aus. »Niemals!« Aus Angst, er würde seinem eigenen Rat folgen und entfliehen, klammerte sie sich an seinen Ärmel.

Der Mond hatte seine Wolkendecke abgeworfen und tauchte ihre Gestalt in silbernes Licht. Nie hatte Arian ein exquisiteres Geschöpf gesehen. Der Anblick erwärmte seine Seele und schenkte ihm kostbare Momente. Sein Herz schmerzte, als würde es wachsen wollen, zurückgewinnen, was doch endgültig verloren war. Voller Verwunderung lauschte Arian den verheißungsvollen Stimmen in seinem Inneren, die von Liebe sprachen, von Erfüllung und Freiheit. Schnell gesellten sich jedoch andere hinzu. Sie mahnten ihn zur Vorsicht und warnten vor teuflischen Machenschaften.

Er hielt beide Hände an den Kopf, befahl der ohrenbetäubenden Kakophonie einzuhalten. Zurück blieb schließlich die Erkenntnis: Man mochte ihn und die anderen Unvollkommenen verstoßen haben, weil die verbliebenen Gefühle ihre Urteilskraft beeinträchtigten – die wahre Liebe jedoch habe keiner der Gefallenen jemals wiedergefunden, hieß es in Elysium. Arian hatte bisher niemals Grund gehabt, daran zu zweifeln. Und Juna verdiente etwas Besseres als einen halbherzigen Bastard ohne Vergangenheit und

Zukunft wie ihn. Auch wenn sie nichts über seine Welt wissen konnte, so war doch klar, was ein gefallener Engel für sie bedeutete: ein Dämon, ein Abgesandter Luzifers – was auch immer. In jedem Fall eine niedere Kreatur, die ihrer nicht würdig sein konnte.

Aber Arian war schwach. *Nur diesen einen Kuss*, bettelte seine Seele, und schließlich kapitulierte die warnende Stimme in ihm. In diesem Augenblick *fiel* der mächtige Engel Arian zum zweiten Mal, und dieser Sturz, das ahnte er, war endgültig. Er zog sie erneut an sich und trank von ihren Lippen süße Hoffnung und den Glauben an das Gute, wie ein Dürstender in der Wüste. Und die Erdentochter öffnete sich seinem Begehren wie ein Quell verbotener Köstlichkeiten.

6

Juna sah die Qual in Arians Gesicht, und obwohl sie seine Zurückweisung verletzt hatte, legte sie ihm in einer tröstlichen Geste die Hand auf die Wange. Seine Haut fühlte sich weicher an, als sie erwartet hatte. Der Bartschatten kribbelte ein wenig unter ihren Fingerspitzen. *Gerade richtig*, dachte sie und erinnerte sich, wie ihn die Kellnerin im Restaurant angeschmachtet hatte. Aber er gehörte ihr. *Mein Engel!*

Er mochte sie an den unwirtlichsten Ort Schottlands verschleppt haben, doch nun waren sie hier. Allein. Zu zweit. Und Juna hatte nicht vor, sich diese einmalige Gelegenheit entgehen zu lassen.

Arian – allein der Name klang in ihren Ohren geheimnisvoll und verführerisch. »Arian!« Entzückt beobachtete sie seine Reaktion. Hoch aufgerichtet stand er da, fast wie ein Gott kam er ihr in diesem Augenblick vor. Noch nie hatte sie eine so erhabene Gestalt gesehen, und sie konnte sich nicht vorstellen, dass es ein formidableres Wesen geben könnte als diesen Mann … Einen Atemzug später schimmerten seine Flügel im Mondlicht. Arian breitete die herrlichen Schwingen aus, als wisse er genau um ihren Zauber. Sprachlos betrachtete Juna die Herrlichkeit. Ein Anblick, von dem sie immer geträumt hatte … das wurde ihr in dieser Nacht klar. Als er sie umfasste und in seinen Zauber einhüllte wie in eine andere Welt, rührte sie sich nicht. Juna verlor den Boden unter den Füßen, doch furchtlos und stolz hob sie den Kopf und öffnete die Lippen. Arian enttäuschte sie nicht. Sein Kuss weckte ihr Feuer, aber sie fürchtete sich nicht mehr, sondern gab seinem Drängen nach, öffnete sich ihm und ließ sich von ihrer Lust davontragen. Während er ihre Brüste umfasste, als wäre das seidene Sommerkleid kein Hindernis, schlang sie die Beine um seine Hüften. Juna wollte ihm nahe sein, sich an seinem herrlichen Körper reiben und seine Hitze spüren. Voller Genugtuung nahm sie sein Stöhnen zur Kenntnis, als sie endlich einen Weg gefunden hatte. Der Gürtel ließ sich zwar nicht so schnell öffnen, wie sie es sich wünschte, aber Juna war kreativ genug, das Hindernis zu umgehen und zu finden, wonach es sie gelüstete.

Dem Himmel sei Dank! Nicht nur dank ihrer Flügel waren männliche Engel ihren irdischen Geschlechtsgenossen körperlich durchaus überlegen. Junas Finger tasteten sich langsam vor, während Arians Lippen genau die Stelle an ihrer Kehle fanden, die …

Sie schluckte. Arian unterschied sich *mächtig* von allem, was sie in ihrem kurzen Sexleben kennengelernt hatte! Seine Zähne kratzten leicht über die zarte Haut ihres Nackens. »Oh, bitte!« Gleichzeitig fanden beide Hände den Weg unter Junas Kleid. Eine streichelte ihre Hüften, dass sie glaubte, zerspringen zu müssen. *Wie macht er das nur?* Sie entschied, dass diese Frage später beantwortet werden konnte, und öffnete ihre Knie unter dem fordernden Druck der anderen Hand. Ihr feuchtes Höschen widerstand seiner Gewalt kaum eine Sekunde. Es dauerte nicht viel länger, und sein suchender Finger hatte ihr Geheimnis gelüftet.

Junas Laute waren Wegweiser genug. Erst seufzte sie unter den forschenden Berührungen, dann schrie sie ihre Lust heraus und drängte sich dichter an ihn. »Bitte!«, flehte sie und legte selbst Hand an, für den Fall, dass er nicht verstand. Er lachte zufrieden, umfasste ihre Hüften und drang so tief in sie ein, dass Schmerz und Lust in dieser Vereinigung ein untrennbares Band knüpften. Juna kam sofort. Arian folgte ihr auf dem Weg in die Unendlichkeit.

Die Welt schien sich um sie beide zu drehen … und dann kam der Schock. Arians Schwingen falteten sich zusammen, bis sie hinter seinen breiten Schultern selbst für eine Sehende wie Juna nicht mehr zu erkennen waren. Sie gaben den Blick auf einen Raum frei, in dem alles weiß war: die Decken und Wände, ein riesiges Sofa, alle anderen Möbel – ja sogar der Boden. Durch die hohen Fenster fiel das Mondlicht ungehindert herein und gab diesem eigentümlichen Nichts einen silbernen Anstrich. Eine unglaubliche Vermutung drängte sich Juna auf: »Sind wir im Himmel?«

Nicht Arian, der sich ebenfalls überrascht umsah, beantwortete ihre Frage, sondern Gabriel. »Man könnte es beinahe annehmen, nicht wahr? Aber nein, dies ist ein ganz und gar irdisches Quartier, wenn auch die Miete durchaus astronomische Ausmaße hat. Seid ihr wieder präsentabel?« Gleich darauf kam er um die Ecke geschlendert, als wäre dies sein Zuhause: die Hände in den Taschen einer ausgebeulten Hose, das dunkle Haar nachlässig zusammengebunden, wirkte er auch heute nicht wie ein Engel, jedenfalls nicht wie einer von der guten Sorte.

Juna fand, dass er weit mehr Ähnlichkeit mit einem Dämon hatte, aber vielleicht gab es ja Kooperationen zwischen Himmel und Hölle?

»Hoppla, habe ich gestört?«

Juna strich ihr Kleid glatt und war froh, dass niemand sehen konnte, dass sie darunter nichts mehr trug. Dabei warf sie einen Blick auf Arian, der so kühl und beherrscht wirkte, wie sie ihn noch nie erlebt hatte. Ihr Herz sank.

Gabriel sog Luft durch die Nase ein und lachte. »Tut mir leid.« Danach gönnte er ihr keinen Blick mehr, sondern musterte stattdessen eindringlich Arian.

»Alle Achtung, ich hätte nicht gedacht, dass du dich so schnell arrangierst!« Lässig warf er sich auf das Sofa, breitete die Arme aus und legte den Knöchel eines langen Beins über das andere, so dass Juna nicht umhin konnte, die silbernen Beschläge in Form von Totenköpfen an seinen Stiefeln zu bemerken. Gabriels Stimme ließ ihre Nackenhärchen auf eine neue, ziemlich unangenehme Art vibrieren. Er klang wie der dunkle Engel, der sie bedroht hatte. Instinktiv suchte sie bei Arian Schutz, der unerwartet kühl reagierte. »Juna!«, warnte er und wich einen Schritt zurück.

Wieder mischte sich Gabriel ein. »Warum so wankelmütig? Ich dachte, ihr beiden seid euch bereits einig geworden.«

Juna begriff nicht, was er damit meinte, aber Arian fand endlich aus seinem offensichtlichen Schockzustand heraus und ging drohend auf Gabriel zu. »Warum sind wir hier?«

»Keine Ahnung. Vielleicht hattest du das Bedürfnis, ein gemütlicheres Plätzchen für eure Zweisamkeit zu finden als den luftigen Sitz dort oben auf dem Ben Nevis.« Er zwinkerte Juna zu, die ihm mit einem erschrockenen Blick antwortete. »Keine Sorge, euer Geheimnis ist bei mir sicher.«

Sie sah von einem Mann zum anderen. »Ich glaube, allmählich seid ihr mir mehr als nur eine kurze Erklärung schuldig!« Ihre Stimme verriet nichts von der Unsicherheit, die sie befallen hatte.

»Dein Freund da«, Gabriel klopfte neben sich auf das Polster, »hat dir wohl noch nicht viel über sich erzählt? Ich hole das gern nach, wenn du möchtest. Mach schön Platz, es kann eine Weile dauern.«

»Du vergreifst dich im Ton, *mein Freund*!« Arian verschränkt die Arme vor der Brust und sah ihn drohend an. »Sag, was du zu sagen hast, und dann verschwinde.«

Als Gabriel sah, dass Juna seiner Einladung nicht folgen wollte, zog er einen Schlüsselbund aus der Hosentasche und legte ihn auf einen niedrigen Tisch neben dem Sofa. Dann stand er auf. »Also gut. Ich habe ein bisschen nachgeholfen, weil es aussah, als könntet ihr ein Zimmer gebrauchen. Wie hätte ich wissen sollen, dass ihr gleich beim ersten Mal so abenteuerlustig sein würdet.« Er zwinkerte Juna zu, die schnell zur Seite sah.

Ehe Arian ihn erneut zurechtweisen konnte, wandte er sich ihm zu, und jeglicher Humor verschwand aus seinem Gesicht. »Spaß beiseite. Ich bin hier, um dich zu warnen. Nach dem Zwischenfall in der Lagerhalle ist deine Verbindung zu der Kleinen kein Geheimnis mehr. Ich kann kaum glauben, dass du sie da reingezogen hast.«

Juna sah ihn erschrocken an. »Was habe ich damit zu tun?«

»Das frage ich mich auch …« Er kam ganz nahe und streckte die Hand aus, um sie ihr auf ihre Stirn zu legen.

»Gabriel!«, warnte Arian. Es klang eher wie ein Grollen.

»Oh, schon gut. Dann erzähl du ihr den Rest eben selbst.« Er schob eine der großen Terrassentüren auf. Bevor er hinaustrat, drehte er sich noch einmal um. »Den Seelen im Einkaufszentrum konnte niemand mehr helfen. Sie sind verloren.« Ohne eine Antwort abzuwarten, schwang er sich auf das Geländer der Dachterrasse. Nur kurz sah Juna silberfarbene Schwingen aufblitzen, dann war er fort.

Erleichtert drehte sie sich zu Arian um, der grimmig aus dem Fenster starrte.

»Kannst du mir bitte erklären, was das sollte?« Als Arian nicht antwortete, versuchte sie es mit Humor. »Und ich habe immer geglaubt, alle Engel hätten weiße Flügel.«

Langsam drehte er den Kopf in ihre Richtung, aber Juna hatte das Gefühl, dass er sie nicht einmal richtig wahrnahm. »Nein«, sagte er schließlich. Und dann, als täte ihm sein harscher Ton leid: »Nein, das haben sie nicht, und ich fürchte, Gabriel hat Recht. Ich hätte dich da niemals reinziehen dürfen. Bitte setz dich.«

Mit klopfendem Herzen kauerte sie sich in eine Ecke des Sofas, zog die Knie bis zum Kinn und schlang die Arme um ihre Beine.

Arian ließ sich am anderen Ende nieder, um möglichst viel Abstand zu halten. Wenn er ihr jetzt erzählte, wer er wirklich war, würde sie ihn verachten und sich fürchten. Doch mit der Aussicht, die ihm dieser Platz gewährte, hatte er nicht gerechnet: Junas Kleid war hochgerutscht, und der Anblick ihrer zarten Haut beschleunigte unwillkürlich seinen Atem. Als sie den Saum des Kleids so weit wie möglich herunterzog und langsam die Füße zurück auf den Boden stellte, entfuhr ihm ein Seufzer. Ob aus Erleichterung oder Enttäuschung, hätte Arian selbst nicht sagen können. Er fühlte sich wie ein Junge, den man dabei ertappt hatte, wie er durchs Schlüsselloch spähte und dort Dinge sah, die nicht für seine Augen bestimmt waren. Schnell blickte er zur Seite und räusperte sich. »Wenn jemand von uns auf die Erde gesandt wird, dann ist der Ort, an dem er landet, oftmals ein Hinweis auf die Aufgabe, die er zu erfüllen hat.«

»Ich verstehe, ich kann …«

»Du tätest gut daran, mich ausreden zu lassen«, unterbrach er sie schärfer als beabsichtigt. »Ich bin nur geblieben, um herauszufinden, weshalb man mich in dein Haus geschickt hat. Bisher habe ich wahrlich nichts Besonderes an dir bemerkt.« Er betonte jedes Wort, und der verletzte Ausdruck in ihren Augen schmerzte ihn. *Denk dran: Du darfst nicht darüber sprechen!*

Sie senkte den Blick, und er konnte nur hoffen, dass seine lautlose Nachricht bei ihr angekommen war. Er verstand sich selbst nicht mehr. Hätte ihm jemand vor wenigen Tagen vorausgesagt, was heute geschehen würde, er hätte denjenigen zum Duell gefordert. Er hatte sich wie ein zügelloses Ungeheuer gebärdet, die wilde Kraft von Leidenschaft und Hingabe auch noch genossen. Natürlich war es unverzeihlicher Egoismus gewesen, der ihn alles hatte vergessen lassen. Niemand durfte davon erfahren. Schlimm genug, dass Gabriel wusste, was geschehen war – woher, war ihm vollkommen rätselhaft.

Sein Blick streifte Juna, und als er ihre weichen Lippen sah, die ihn an ihre entzückten Laute erinnerten, die schließlich seine Selbstbeherrschung zum Einsturz gebracht hatten, ging ein Beben durch seinen Körper. Es fiel ihm schwer, sich zu konzentrieren. Er rief sich zur Ordnung, atmete tief durch, und schließlich half ihm die Disziplin, mit deren Hilfe es ihm gelungen war, seinen Makel so lange vor Nephthys und den anderen zu verbergen, auch mit diesen unbekannten Emotionen zurechtzukommen.

In kürzester Zeit hatte er einen Schutzkreis um sich gezogen. Ein weiteres Mal würde es niemandem gelingen, sie heimlich zu belauschen. Ob sie in ihrer neuen Bleibe sicher waren, würde sich noch herausstellen. Als er weitersprach, klang seine Stimme unbeteiligt: »Mit dem Zwischenfall in der Lagerhalle habe ich nicht gerechnet, das war ein Fehler. Warum bist du nicht weggelaufen, wie ich es dir gesagt habe?« Er fuhr sich mit der Hand durch das schwarze Haar. Die Frage war rhetorisch, er hätte wissen müssen, dass sie ihm nicht gehorchen würde. Juna war eben nicht wie die anderen. »Aber da du es doch getan hast, kann ich dir ebenso gut sagen, was dort geschehen ist: Jemand hat versucht, einen Schutzengel zu töten.«

»Das Mädchen!«, unterbrach sie ihn. »Wer tut so etwas … und warum?«

»Das ist genau die Frage, die ich mir auch stelle. Bisher wussten wir nicht mehr, als dass seit geraumer Zeit in Glasgow immer mehr von ihnen verschwinden. Jetzt muss ich davon ausgehen, dass sie umgebracht werden.« Er sah sie durchdringend an. »Die Einzigen, die ein Interesse daran haben könnten, sind Dämonen.« Als Juna ihn ratlos ansah, bemühte er sich um eine einfache Erklärung. »Ihr Menschen habt ein hohes negatives Potenzial. Viele von euch schaffen es nicht, den Einflüsterungen des Bösen zu widerstehen, selbst dann nicht, wenn ihr euch ehrlich bemüht.«

»Heißt das etwa, ein Mensch ohne Schutzengel ist seinen Trieben hilflos ausgeliefert?« Das Bild, das Arian von ihrer Spezies zeichnete, war wenig schmeichelhaft. Bisher war sie überzeugt gewesen, dass jeder Mensch grundsätzlich erst einmal die Freiheit besaß, seine Entscheidungen selbst zu treffen. Zugegeben, dabei hatte die Gesellschaft, in der er lebte, normalerweise auch ein Wörtchen mitzureden. Schließlich gab es manche Regeln aus gutem Grund.

Er unterbrach ihre Überlegungen. »So einfach ist es nicht, aber im Prinzip hast du Recht.«

»Aber dann müsste *das Böse*, oder wer auch immer ein Interesse daran hat, Menschen zu Untaten zu verführen, doch ständig versuchen, die Engel an ihrer Arbeit zu hindern. Warum ist die jetzige Situation dann so ungewöhnlich?«

Er lachte, aber es klang nicht fröhlich. »Schutzengel sind unsichtbar. Auch für Dämonen. Aus eigener Kraft gelingt es ihnen nicht, sie zu erwischen.«

»Tatsächlich? Das ist gut.« Doch dann dämmerte Juna, was das für sie bedeutete. »Und weil *ich* sie sehen kann, denkst du, ich hätte etwas damit zu tun?« Fassungslos starrte sie ihn an. »Das arme Mädchen! Wie kannst du so etwas Abscheuliches von mir denken?« Die Erlebnisse der vergangenen Stunden waren einfach zu viel für sie gewesen. Eine Träne rollte über ihre Wange, eine zweite folgte, und schon weinte sie hemmungslos.

Arian hatte nur getan, was er am besten konnte: klare Fragen stellen, Möglichkeiten abwägen. Wie sollte er sonst zu den richtigen Ergebnissen kommen? Ihre heftige Reaktion war ihm völlig rätselhaft, er hatte doch gerade gesagt, dass er sie nicht für schuldig hielt, die Schutzengel verraten zu haben. Warum weinte sie bloß?

Einen Wimpernschlag später war er bei ihr. Tränen gehörten zu den wenigen Dingen, die er überhaupt nicht ertragen konnte. Mehr als einmal hatte er von seinen Mitstreitern verständnislose Blicke geerntet, sobald er versucht hatte, eine solche Reaktion bei den emotional leider ziemlich instabilen Erdbewohnern zu vermeiden oder ihnen Schmerz zu ersparen. Stets war es ihm gelungen, sein Handeln logisch zu begründen – zumindest hatte er bisher angenommen, dass dem so war. *Wahrscheinlich hat Nephthys schon lange gewusst, dass mit mir etwas nicht stimmt,* dachte er und stellte fest, dass es ihm im Augenblick herzlich gleichgültig war.

Arian beugte sich vor und summte Juna magische Engelgesänge ins Ohr. Das hatte auch in der Nacht funktioniert, als sie von schrecklichen Alpträumen heimgesucht worden war. Zu seiner großen Erleichterung beruhigte sie sich auch dieses Mal. Sie schnüffelte noch ein wenig, kramte in ihrer Jackentasche und zog ein zerknittertes Taschentuch hervor, mit dem sie sich schließlich resolut die letzte Träne aus dem Augenwinkel wischte. Es bedurfte Arians gesamter Selbstdisziplin, sie nicht zu küssen. Erschöpft lehnte er sich zurück.

Nach seinem Sturz hätte es leichter für ihn sein müssen, seine Gefühle zu kontrollieren – schließlich musste er sie nicht einmal mehr verbergen. Doch genau das Gegenteil war der Fall. Die Emotionen berührten ihn nicht wie früher nur gelegentlich, sondern waren in den vergangenen Tagen zu ständigen Begleitern geworden – eine Gesellschaft, auf die er im Moment sehr gut verzichten konnte. Aber sie ließen sich nicht einfach abstellen, auch wenn er sich das gewünscht hätte. Allmählich kam es ihm vor, als verliere er seit seiner Verbannung aus Elysium unentwegt wertvolle Zeit damit, sie zu bändigen. Ja, fast schien es ihm, als könne er seither überhaupt keinen klaren Gedanken mehr fassen.

Die verwirrenden Signale, die Juna aussandte, die ungezügelte Leidenschaft, ihre sanfte Hingabe und jetzt ihre Tränen – all das setzte ihm unerwartet hart zu, und Arian sehnte sich seit viertausend Jahren das erste Mal wieder nach ein paar Stunden Schlaf. Er war so sehr mit sich selbst beschäftigt, dass es eine Weile dauerte, bis er begriff, dass sie angespannt neben ihm saß und über seine Schulter hinweg zum Fenster blickte.

»Was ist?« Er drehte sich um und sprang auf.

Gabriel hockte wie ein spitzbübischer Teufel auf dem Geländer und winkte ihm zu, bevor er sich rückwärts fallen ließ und aus ihrem Blickfeld verschwand. Juna stieß einen Schrei aus. Erschreckt hielt sie die Hand vor den Mund. Dann sah sie Arians starren Gesichtsausdruck und begann zu kichern. »Er ist doch auch ein Engel, ihm kann überhaupt nichts passieren.« Eine Spur Hysterie lag in ihrer Stimme. Arian konnte es bestens nachvollziehen. Sie hätte Gabriel gar nicht entdecken dürfen, er hatte nämlich in seiner für Menschen unsichtbaren Form auf dem Geländer gesessen. Von einer Sterblichen, die in der Lage war, einen Vertreter der Vigilie zu sehen, hatte er seit mehr als zweitausend Jahren nicht gehört. Vorsichtig fragte er: »Was genau hast du in der Lagerhalle beobachtet?«

Juna fand seine Gedankengänge ziemlich sprunghaft und wünschte, er hielte sie wieder im Arm, statt wie ein Tiger im Käfig vor dem Fenster auf und ab zu gehen. »Meinst du den Schutzengel oder den Kampf?«

»Welchen Kampf?« Arian wurde blass.

»Gab es denn mehrere? Ich meine den, bei dem du mit diesem gruseligen Kerl unter der Decke hingst …«

Blitzschnell beugte sich Arian vor und küsste sie. Nicht als Mann, so wie vorhin auf dem Berg, auf den er mit ihr geflohen war, weil er selbst die Weite gebraucht hatte, um zur Ruhe zu kommen, sondern als Abgesandter des Himmels. Später würde sie sich wieder an alles erinnern, weil Seher immun gegen diese Magie waren.

Sein Kuss brachte Ruhe in die Seelen, konnte diese zuweilen sogar befreien. Arian war in dieser Kunst immer besonders talentiert gewesen und hatte deshalb den geschändeten Schutzengel so schnell in seine himmlische Heimat zurückschicken können. Dort würde sich hoffentlich jemand um das bedauernswerte Geschöpf kümmern.

»Ist das Sternenstaub?«, unterbrach Juna seine Gedanken und sah verwundert auf die winzigen Partikel, die vor dem Dunkel der Fenster glitzerten wie echte Sterne an einem tropischen Nachthimmel.

»Es ist schon spät!« Er erhob sich und reichte ihr die Hand.

Juna blinzelte verschlafen. Draußen ging gerade die Sonne auf und tauchte die Welt in unschuldiges Morgenrot. Alles um sie herum wirkte fremd, und das Erste, was sie neben sich im Bett liegen sah, war Arians sündhaft makelloser Körper. Er lag ausgestreckt da, ein Kissen im Arm, und wäre da nicht seine Präsenz gewesen, die Juna mangels einer besseren Bezeichnung Aura nannte, hätte sie geglaubt, er sei tot, so still lag er.

Seine Muskulatur war sorgfältig modelliert, aber sie hatte keine Ähnlichkeit mit den schweren Muskelmassen, die bei täglichen Besuchen eines Fitnessstudios geformt wurden. Arian wirkte trotz der breiten Schultern schlank, die Knochenstruktur langgestreckt und elegant. Die Proportionen seiner Gliedmaßen waren ausgewogen. Seine Haut sah unglaublich glatt aus und hätte ihn jünger erscheinen lassen müssen, und der goldene Schimmer, den sie von Anfang an bewundert hatte, war natürlich und keineswegs der Sonne zu verdanken. Wie lange hätte ein Bildhauer gebraucht, um diese Vollendung zu erreichen? Ein ganzes Leben, ein Millennium, die Ewigkeit?

Trotz all dieser Attribute besaß er keinerlei Ähnlichkeit mit einer dieser androgynen Männergestalten, die die Laufstege bevölkerten und neuerdings ein weit verbreitetes Schönheitsideal verkörperten. Selbst im Schlaf strahlte er eine ziemlich unheilige Männlichkeit und Kraft aus, die Juna magisch anzog, obwohl sie noch vor wenigen Tagen geschworen hätte, dass ihr Äußerlichkeiten bei einem Menschen vollkommen gleichgültig waren. Doch neben ihr ruhte kein Mensch, sondern ein Engel. Als sie ohne nachzudenken die Hand nach ihm ausstreckte, um über die zusammengefalteten Flügel zu streichen, zitterten ihre Finger. Juna zog sie hastig zurück. Sie wollte ihn noch nicht wecken, wollte seinen Anblick noch etwas länger ungestört genießen. *Niemand, der einigermaßen bei Verstand ist, könnte dieser Versuchung widerstehen*, versuchte sie sich selbst zu beruhigen.

Und dann fiel ihr Blick auf die Schwertwunde – oder vielmehr auf die Austrittsstelle neben seinem Schulterblatt. Dabei kam ihr in den Sinn, wie nachlässig sie gewesen war, den Heilungsprozess nicht regelmäßig zu kontrollieren. Nicht einmal den Verband hatte sie gewechselt, gestand sich Juna schuldbewusst ein, obwohl sie ahnte, dass Arians Magie an dieser *Vergesslichkeit* nicht ganz unbeteiligt sein dürfte. Er hatte ihr erzählt, wie leicht es für Engel war, einen Menschen zu manipulieren. Die Vorstellung, wie eine Marionette an unsichtbaren Fäden geführt zu werden, hatte sie entsetzt, bis er ihr versprach, diesen Zauber nicht auf sie anzuwenden. Warum sie ihm glaubte, wusste Juna selbst nicht genau zu erklären. *Vielleicht*, überlegte sie beim Anblick des Schlafenden, *liegt es daran, dass auch er mir vertraut.* Arian so ungeniert zu betrachten verletzte genau genommen dieses Vertrauen. Leise meldete sich ihr Schuldbewusstsein, doch Juna tat das Gefühl schließlich mit einem Schulterzucken ab. *Eine erwachsene Frau,* dachte sie, *darf doch wohl einen Mann in Ruhe betrachten, neben dem sie die ganze Nacht geschlafen hat.* Ihr Gewissen war damit keineswegs beruhigt, doch der Anblick einer Tätowierung, die unter dem verrutschten Verband hervorsah, lenkte sie ab. Anstelle einer Narbe bedeckte ein kunstvolles Muster die Schulter. Filigrane Ornamente schlängelten sich bis zum Oberarm und über die Schulter hinweg auf den Rücken, wo sie zweifellos auch die Austrittsstelle des Schwerts bedeckten. Dies allein war schon bemerkenswert genug, denn Juna wusste von Iris, dass ein Tattoo gewissenhaft gepflegt werden musste und erst nach einigen Wochen oder Monaten aussehen konnte wie dieses.

Wirklich erstaunlich fand sie allerdings, dass es sich wie ein lebendiges Wesen verhielt. Die Motive auf Iris' Körper wirkten in ihrer Farbigkeit lebhaft genug, aber hier hätte sie nicht einmal sagen können, welche Farbe das Muster hatte – nur dass es sich wie ein schlafendes Tier unter seine Haut zurückgezogen hatte. Ehe sie noch nachdenken konnte, beugte sie sich vor, um genauer sehen zu können … und schrak sofort mit einem kleinen Schrei zurück, als Arians Arm hervorschoss und sie gefangen nahm.

»Guten Morgen!« Seine sinnliche Stimme brachte die Schmetterlinge in ihrem Bauch vollends in Aufruhr, bis sie das Feld für etwas sehr viel Gefährlicheres räumten. Wie geschmolzene Lava breitete sich die Leidenschaft in ihr aus und erweckte Regionen in ihrem Körper, die sie viel zu lange ignoriert hatte. Dem Blick nach zu urteilen, den er ihr unter halb geschlossenen Lidern zuwarf, wusste Arian ganz genau, was er damit anrichtete. Ein Lächeln männlicher Selbstzufriedenheit umspielte seine Lippen, bevor er sie plötzlich auf den Rücken drehte und unter sich gefangen hielt. Quälend lange betrachtete er ihr Gesicht, als sähe er es zum ersten Mal.

Und in gewisser Weise war es auch so. Eine Frau, die es schaffte, einen Engel zu bezaubern, war es wert, dass er ihr seine gesamte Aufmerksamkeit schenkte. Als fürchtete er, sie würde sich in nichts auflösen, nahm er jedes Detail ihres Gesichts in sich auf: Die elegant geschwungenen Augenbrauen unter einer hohen Stirn, die leicht schräg gestellten Augen, die sich ebenso wie ihre Haare nicht für eine eindeutige Farbe entscheiden konnten. Die wie von zarter Hand modellierten Konturen ihres Gesichts. Ihre Lippen waren weich und voll und lockten wie reife Beerenfrüchte. Sie öffneten sich erwartungsvoll und enthüllten eine Lücke zwischen den oberen Schneidezähnen, deren Anblick Arian stets aufs Neue entzückte. Dieser winzige Fehler ließ die scheinbare Vollkommenheit erst wirklich greifbar werden. Junas schneller werdender Atem verriet die Ungeduld, mit der sie darauf wartete, was er als Nächstes tun würde. Es gab noch so viel mehr zu entdecken, aber Arian begnügte sich vorerst mit dem Naheliegenden und küsste sie. Die Begehrlichkeit, die sie in ihm entfachte, beunruhigte ihn, aber als sich ihre Lippen berührten, vergaß er alle Bedenken und gab sich ganz seiner Leidenschaft hin. Das beinahe brutale Verlangen, mit dem er ihren Mund eroberte, hätte Juna erschrecken müssen – stattdessen antwortete sie mit einem Hunger, der dem seinen in nichts nachstand. Ihre Fingernägel bohrten sich in seine Schultern und verursachten dort einen exquisiten Schmerz, der seinen Körper entflammte und das Urbedürfnis des Jägers in ihm weckte, sie zu besitzen, als *sein* zu markieren und nie wieder freizugeben.

Junas Blut rauschte in ihren Ohren, eine alles versengende Hitze breitete sich rasend schnell unter ihrer Haut aus. Das Adrenalin beschleunigte ihren Atem, bis sie beinahe hyperventilierte. Sie drehte den Kopf, um Luft zu holen, da sah sie es. Mit einem Schrei versuchte sie, ihn zurückzustoßen. »Arian, nein!«

Erschrocken folgte er ihrem Blick und begriff sekundenlang nicht, was er sah: Flammen, so hoch, dass sie beinahe die Decke berührten, umgaben das Bett. Er sprang auf, zog sie mit sich und hatte schon seine Schwingen geöffnet, um sie in Sicherheit zu bringen, da sank das Feuer in sich zusammen, bis eine letzte Flamme züngelte und schließlich ebenfalls verschwand. Rund um das Bett blieb ein schwarzer Ring zurück, und Arian zögerte nur kurz, bevor er sie beide auf die entgegengesetzte Seite des Raums transportierte. Für ihn gab es keinen Zweifel, dass er für den Ausbruch des Engelsfeuers verantwortlich war. Wie hatte er auch glauben können, sie ungestraft lieben zu dürfen?

Das Entsetzen in Junas Augen bestätigte ihn nur. Schnell

ließ er sie los, brachte ausreichend Abstand zwischen sie beide, und als sie den Mund öffnete, um Fragen zu stellen, ließ er sie nicht zu Wort kommen. »Ich begleite dich zur Praxis.«

Juna wandte ihm den Rücken zu und sah aus dem Fenster über die erwachende Stadt hinweg, bis zum Horizont, wo die Highlands begannen. Natürlich war sie über seine Worte erleichtert. Hätte er geahnt, wer für den Ausbruch der Flammen verantwortlich war, hätte er bestimmt unangenehme Fragen gestellt. Vielleicht glaubte er, Gabriel habe sich einen Spaß mit ihnen erlaubt. Hatte er sie nicht auch gestern heimlich beobachtet? Ihm traute Juna jede Bosheit zu, und vielleicht ging es Arian inzwischen ebenso.

Eine zarte Blüte Hoffnung wurzelte in ihrem Herzen, doch Juna weigerte sich, sie weiter zu nähren. Arians Küsse mussten ihr den Verstand geraubt haben, dass sie sich mit ihm eingelassen hatte. Sie, eine Ausgeburt der Hölle, und er, ein Engel. Welch ein Wahnsinn! Diese deutliche Warnung war gerade noch rechtzeitig gekommen.

Im Grunde konnte sie froh darüber sein. Ihr Herz jedoch weigerte sich beharrlich, Freude zu empfinden. Juna versuchte, ihre Enttäuschung mit einem Schulterzucken abzutun. Immerhin wollte Arian sie nach Hause bringen. Dafür sollte sie ihm vermutlich dankbar sein, denn sie hatte keine Ahnung, wo sich diese Luxuswohnung befand. Bei ihr im Eastend gab es so etwas jedenfalls nicht. »Ja, bitte. Bring mich zurück.« Juna war erleichtert, dass ihre Stimme nicht verriet, wie es in ihrem Inneren aussah.

Sie versuchte, ihr Kleid glattzustreichen. Ein aussichtsloses Unterfangen; dieser Seidenstoff nahm es übel, wenn man die ganze Nacht darin schlief. Auf der Suche nach ihren Schuhen ging sie ins Schlafzimmer zurück. Sie standen ordentlich nebeneinander unter einem Stuhl. Juna konnte sich gar nicht mehr daran erinnern, sie hierhergestellt zu haben. Aber sie war so müde gewesen, wahrscheinlich hatte sie im Halbschlaf einfach alles automatisch so gemacht, wie sie es immer vor dem Schlafen tat: die Kleidung ordentlich aufhängen, ein kurzer Besuch im Bad, abschminken, Zähne putzen … Ihr Haarband fand sie auf der Kommode. Es lag da wie ein grünes Tier, so fremd zwischen all dem lichten Weiß, wie auch sie sich fühlte.

Juna ging zum Fenster und blickte hinaus, ohne wirklich etwas zu sehen. Sie drehte sich erst um, als ein kurzes »Komm!« sie aus ihren Gedanken riss. Arian stand vollständig bekleidet an der Tür, in seiner Hand den Schlüssel, den Gabriel gestern auf dem Tisch zurückgelassen hatte.

Froh darüber, dass ihr kein weiterer Flug bevorstand, folgte sie ihm in den Aufzug. Er drückte den untersten Knopf. Verlegen standen sie nebeneinander und blickten auch noch geradeaus, als es nichts mehr zu sehen gab, weil sich die Türen lautlos geschlossen hatten.

»Juna, ich …«, begann Arian, während sein Blick starr auf die roten Zahlen gerichtet war, die bei jedem Stockwerk aufleuchteten.

Sie unterbrach ihn eilig: »Du musst nichts sagen, ich verstehe schon. Es ist nett, dass du mich noch begleitest.«

Dann öffnete sich die Tür, und sie verstummten. Ein Mann mit Handy stieg ein und warf ihnen einen kritischen Blick zu, bevor er sich weiter seinem Telefonat widmete. Er trug einen tadellos sitzenden Anzug, und seine gesamte Aufmachung verriet, dass er zu den Besserverdienenden gehörte. Offenbar war er es nicht gewohnt, in seinem Haus am frühen Morgen auf Leute wie sie zu treffen. Juna entdeckte eine zerzauste Person im Spiegel, die nur entfernte Ähnlichkeit mit der Juna hatte, die gestern Abend noch zuversichtlich in ihre Zukunft geblickt hatte, bevor die Seifenblase der Hoffnung geplatzt war. Dem Sommerkleid sah man deutlich an, dass sie darin geschlafen hatte, und ihre Haare hatten sich wie jeden Morgen mit einer Kopfkissenfrisur gegen sie verschworen. Manche Männer fanden das vielleicht sexy, der Fremde neben ihr im Aufzug gehörte ganz offensichtlich nicht dazu. Arians Aufmachung wirkte ebenfalls wenig vertrauenerweckend. Wann hatte er sich von einem sonnigen himmlischen Boten in diesen finsteren Krieger verwandelt? Er sah aus, als hätte Gabriel seine Garderobe zusammengestellt. Und das hatte der andere Engel womöglich sogar getan, ging ihr plötzlich auf. Zumindest indirekt, denn woher hätte Arian die Sachen haben sollen, wenn nicht aus einem Schrank in der Wohnung, die sie gerade verlassen hatten?

Zum ersten Mal nahm sie ihre Umgebung bewusst wahr, und ihr wurde klar, dass nicht nur das Penthouse, in dem sie übernachtet hatten, äußerst luxuriös war, sondern sogar der Lift vornehmer wirkte als der Salon ihrer anspruchsvollen Stiefmutter. *Ein schönes Pärchen sind wir. Kein Wunder, dass der Mann so deutlich auf Abstand bedacht ist. Eine Dusche hätte uns sicher auch nicht geschadet.* Sie kräuselte die Nase. *Riecht es hier nach Rauch?* Neue Flammen waren zum Glück nirgends zu sehen.

Verwundert registrierte sie, dass der Aufzug nicht im Erdgeschoss hielt, wie sie vermutet hatte, sondern gleich weiter in die Tiefgarage fuhr. Als sich die Türen endlich öffneten, war die Erleichterung des Anzugmanns geradezu greifbar. Er steckte sein Handy ein und eilte davon. Erst dachte sie, es sei sein Wagen, dessen Rücklichter mit einem zwitschernden Geräusch aufleuchteten, aber Arian steuerte direkt darauf zu und öffnete ihr die Tür. »Woher wusstest du, dass hier ein Auto steht?«

Er hielt die Schlüssel hoch, während er das Fahrzeug umrundete, und sie glaubte so etwas wie »Es ist immer gleich« zu hören. Seine *immer gleiche* Routine entpuppte sich als eine außerordentlich komfortable Luxuslimousine. In einer ähnlichen hatte sie zuletzt gesessen, als sie London endgültig den Rücken gekehrt und der Fahrer ihres Vaters sie zum Flughafen gebracht hatte. *Wahrscheinlich wollten sie sichergehen, dass ich auch wirklich aus ihrem Leben verschwinde*, dachte sie in einem Anfall von Bitterkeit.

Dass Juna behauptete, Engel sehen zu können, war lediglich der Tropfen gewesen, der das Fass zum Überlaufen gebracht hatte. Obwohl diese Analogie in diesem Fall wenig angebracht zu sein schien, denn ihr wirkliches Problem hing mit einem anderen Vertreter der Elemente zusammen: Wann immer ihre Gefühle zu überschwänglich wurden, begann irgendetwas in ihrer Nähe zu brennen. Und wie jeder unglückliche Teenager hatte sie häufig unter Gefühlsschwankungen gelitten. Irgendwann konnte ihr Vater seine Versicherung nicht mehr davon überzeugen, dass sie eben eine ungeheure Pechsträhne hatten. Doch dies war sicher nicht der Grund für die hysterischen Ausbrüche ihrer Stiefmutter gewesen, die verlangt hatte, *der Feuerteufel* müsse sofort ihr Haus verlassen.

Sie war gern gegangen, dieses Mal sogar in der Gewissheit, dass niemand die Polizei oder später sogar Privatdetektive auf ihre Spur setzte, um ein kleines Schulmädchen wieder nach Hause zu bringen. Juna war so häufig fortgelaufen, dass sie sich im Nachhinein wunderte, dass das Jugendamt nicht eingeschritten war. Doch ihre Ausbrüche gehörten der Vergangenheit an. Sie wusste nicht, wie ihr Großvater die Geduld aufgebracht hatte, sie zu lehren, beides voneinander abzukoppeln, aber er besaß eben nicht nur eine glückliche Hand mit Tieren, sondern augenscheinlich auch im Umgang mit Menschen. In langen Sitzungen hatte sie schließlich gelernt, sich auch stärkere Emotionen zu erlauben, ohne gleich das Zimmer in Flammen aufgehen zu lassen. Bis heute. Juna hatte ihr Höllenfeuer bereits seit ihrer ersten Begegnung mit Arian in sich wachsen gespürt, und es war leichtsinnig gewesen zu glauben, sie könne die Elemente bezwingen. Warum ausgerechnet ein Engel ihre schlechtesten Eigenschaften wieder zum Vorschein brachte, darüber konnte sie nur spekulieren. Doch im Grunde war es auch unwichtig. Nach diesem Zwischenfall musste er sie mindestens ebenso verachten wie sie sich selbst. Sie würden sich nie wieder sehen, und das war bestimmt auch besser so.

Und du glaubst, du könntest wirklich wieder zur Tagesordnung übergehen?, fragte die kleine Stimme in ihrem Inneren ketzerisch. »Ich habe keine andere Wahl!«

Sie hatte es laut ausgesprochen, und Arian warf ihr einen merkwürdigen Blick zu. Doch er stellte keine Fragen. *Auch gut!*

In ihrer Straße angekommen, bestand er darauf, sie ins Haus zu begleiten. Kaum hatte sie die Tür aufgeschlossen, kam ihr bereits Finn entgegengesprungen. Sie hockte sich hin und vergrub ihr Gesicht im dichten Fell des Hundes, der entgegen seiner Natur ganz still hielt und alles mit sich geschehen ließ.

»Guten Morgen, wo warst …? Oh – hallo!«

Iris war von ihrem Ausflug in die Highlands zurückgekehrt, und ganz offensichtlich hatte sie Arian entdeckt, der jetzt hinter Juna in der Tür stand. Sie verabschiedete sich mit einem Seufzer von ihrem tröstenden Fellknäuel und stand auf. Iris' Gesichtsausdruck war in jeder Hinsicht bemerkenswert. Zuerst hatte ihr Mund leicht offen gestanden, als habe sie eine Erscheinung, aber dann begann sie zu lachen, wobei ihre Augen spitzbübisch blitzten. Ebenso plötzlich wurde sie wieder ernst, und Juna gelang es nur mit Mühe, dem Impuls zu widerstehen, sich umzudrehen.

Zweifellos hatte Arian etwas mit diesem Gefühlsumschwung zu tun. Sie glaubte spüren zu können, wie die Gedanken zwischen den beiden hin- und herflogen. »Kennt ihr euch?« Sie straffte die Schultern. Ohne eine Antwort abzuwarten, versuchte sie, sich an Iris vorbeizudrängen. *Wo sollen sich die beiden schon begegnet sein?* Doch dann erinnerte sie sich, dass Arian erwähnt hatte, schon häufiger in Glasgow gewesen zu sein.

Iris hielt sie am Arm fest. »Hiergeblieben! Nein, wir kennen uns nicht. Wärest du wohl so freundlich, uns vorzustellen?«, sagte sie betont ruhig.

Als sich die Haustür schloss, überkam Juna Panik, und sie drehte sich um. Doch da stand er und füllte den geräumigen Flur mit seiner Präsenz aus. Für einen Augenblick glaubte sie Arians Flügel sehen zu können, und merkwürdigerweise fand sie diese Vorstellung tröstlich. Es war ohnehin allein ihre Schuld, dass es zwischen ihnen nicht funktionieren konnte. Arian war ein Engel, ein Lichtwesen … sie hatte es mit eigenen Augen gesehen.

Das unheilige Feuer in ihrem Inneren dagegen konnte nur aus einer sehr viel dunkleren Abteilung der Weltordnung stammen. Was hatte sie sich nur dabei gedacht, sich von ihm küssen zu lassen? Juna mochte sich gar nicht ausmalen, was geschehen wäre, hätte er ihr Geheimnis entdeckt. Sie dachte an das Schwert, mit dem er den dunklen Engel bekämpft hatte. Wie leicht wäre es für ihn, sie damit zu töten. Es grenzte ohnehin an ein Wunder, dass er nicht erkannt hatte, von wem der Flammenring rund um das Bett gestammt hatte. Sie würde ihn nie wiedersehen, und gewiss war es das Beste, obwohl schon der Gedanke daran intensiver schmerzte als die Höllenfeuer in ihrer Seele.

Leise, als traue sie ihrer Stimme nicht, sagte sie seinen Namen. Was hätte sie auch sonst sagen sollen? Vielleicht etwas wie: *Arian ist ein Wächterengel. Ich habe ihn in meinem Schrank gefunden, und übrigens – er küsst wunderbar!* Ihr Blick blieb an seinen Lippen hängen, und die Erinnerung entfachte erneut das Feuer. »Iris ist eine Freundin, sie wohnt und arbeitet bei uns. So, und jetzt genug der Höflichkeiten. Entschuldigt mich bitte, ich habe zu tun.« Ohne sich noch einmal umzusehen, floh sie in ihr Zimmer und schlug die Tür hinter sich zu.

Einen Augenblick lang hatte Arian geglaubt, sie hätte ihre Furcht vor ihm verloren. Aber er musste sich getäuscht haben. Auf den Schmerz, den diese Erkenntnis auslöste, war er nicht gefasst gewesen. Er presste die Kiefer zusammen und starrte hinter ihr her. Die Versuchung, ihr zu folgen, war so groß, dass er unwillkürlich einen Schritt nach vorn machte.

Wenn sie in dieser Stimmung ist, lässt man sie lieber in Ruhe. Die weibliche Stimme in seinem Kopf holte ihn in die Realität zurück. Er hatte sich also nicht getäuscht. Diese Iris war keineswegs, was sie zu sein vorgab. Arian musterte sie eingehend. Was er sah, war ein Mädchen mit silbergrauer Igelfrisur, üppigem Silberschmuck, der viel zu schwer für ihre Ohren zu sein schien, und Piercings in Nase und Augenbraue, die den koboldhaften Charme ihres jungen Gesichts merkwürdigerweise noch zu unterstreichen schienen. Bis zu den schweren Stiefeln war sie weiß gekleidet, und Arian war nicht sicher, ob dies ihrem Job als Tierarzthelferin geschuldet war oder einem Modetrend. Ihre Arme standen in auffälligem Kontrast zu dieser eigentümlichen Blässe: Sie waren komplett mit alttestamentarischen und mythologischen Szenen bedeckt und leuchteten in einer Farbigkeit, die er bei Tätowierungen selten gesehen hatte. Ruhig ließ sie die Musterung über sich ergehen, bis sein Blick zurück in ihr Gesicht glitt. Ein Lächeln umspielte ihren Mund, doch es erreichte die Augen nicht. Sie leuchteten grau wie ein verregneter Novemberhimmel. Seine Vermutung bestätigte sich: *Du bist ihr Schutzengel!*

Bingo. Hat ein bisschen gedauert, Wächter. Iris legte den Kopf schräg, so dass ihre Ohrringe leise klirrend aneinanderschlugen, und verschränkte die Arme vor der Brust. *Ich habe sie noch nie so aufgelöst erlebt. Was ist passiert?*

Arian gab ihr eine kurze Zusammenfassung der Ereignisse, wobei er wohlweislich die intimeren Momente ausließ.

Sie weiß, was … wer du bist? Ich kann nicht fassen, dass du sie in die Sache hineingezogen hast.

Er konnte es nicht mehr hören. *Dir wird ihr außerge-*

wöhnliches Talent sicher nicht entgangen sein! Iris schrak zurück, und er bemühte sich, die Schärfe aus seiner Stimme zu nehmen. *Wenn dir eine andere Erklärung einfällt, wie der Dämon es schaffen konnte, die Schutzengel zu enttarnen, dann bin ich ganz Ohr. Es muss ein Engelseher dahinterstecken.*

Du glaubst, Juna hat etwas damit zu tun? Du bist ja nicht ganz richtig im Kopf! Sie kann keiner Fliege etwas zuleide tun.

Ich muss diese Dinge nicht mit dir diskutieren. Jetzt war Arian wirklich wütend. Die Sorge um Juna brachte offenbar nicht seine besten Charaktereigenschaften zum Vorschein, und einem so aufsässigen Schutzengel wie dieser Iris war er auch noch nie begegnet. Ehe sie begriff, was er vorhatte, hatte er eine Hand auf ihre Stirn gelegt. »Ruf mich sofort, wenn dir etwas merkwürdig vorkommt!« Seinem Befehl, denn nichts anderes waren diese Worte, verlieh er mit einem mentalen Energieschub Nachdruck, der Iris in die Knie gehen ließ. Arian fasste sie grob am Arm, bis sie das Gleichgewicht wiedergewonnen hatte, dann drehte er sich um und verließ grußlos das Haus. Ein weniger strenges *Pass gut auf dich auf!* schwebte durch Iris' Kopf, dann war er endgültig fort.

Iris starrte auf die Stelle, an der er eben noch gestanden hatte, betrachtete die letzten Spuren seines Lichts und fragte sich, ob er jemals zurückkommen würde. »Bastard!« Mit einem Seufzer wandte sie sich um und klopfte an Junas Zimmertür. Sie wollte mehr über Arian herausfinden, und was eignete sich besser dazu als ein Gespräch unter Frauen?

7

Das Geheimnis wäre bei ihm sicher gewesen, aber sie hatte sich ihm nie anvertraut. Als der Ältere war es seine Pflicht, sie zu beschützen, und das hatte er getan – solange es ihm möglich gewesen war. Der Nekromant studierte die Fotografie, auf der eine junge Frau abgebildet war, als erwarte er von ihr die Antworten, die er seit seiner Jugend suchte. Früher hatte sie es regelmäßig geschafft, ihn zu verunsichern. Erst hatte er geglaubt, sie mit zärtlichen Gesten von seinen Qualitäten überzeugen zu können, danach versuchte er es mit Provokation … später mit Ironie. Sogar in das unwirtliche Glasgow war er ihr zuliebe gezogen.

Na gut, hier übertrieb er vielleicht ein wenig. Sein Boss hatte ihn hierher versetzt und es seine *letzte Chance* genannt, nachdem er die Unregelmäßigkeiten in den Abrechnungen entdeckt hatte. Der langjährigen Freundschaft zu seinem Vater habe er diesen Großmut zu verdanken. *So ein Unsinn. Politischer Einfluss ist alles, was der scheinheilige Kerl will.* Und ein Gefallen wie dieser kostete.

Inzwischen war es ihm völlig egal, was sie dachte.

Er drehte ihr Bild um. Kaum lag es mit der Vorderseite nach unten auf der Kommode, fühlte er, wie sein Atem freier wurde. Vielleicht, weil ihr Blick nicht mehr auf ihm ruhte, vielleicht aber erleichterte ihn auch die Erkenntnis, dass er eine Entscheidung getroffen hatte, die sein Leben verändern sollte.

Er nahm das Buch in die Hand und wog es darin, als ließe sich dessen Bedeutung am Gewicht festmachen. Ein ganzes Jahr hatte es gedauert, bis er gefunden hatte, was er suchte. Jedes verdammte Antiquariat im Land hatte er durchsucht, Kontakte zu den merkwürdigsten Leuten aufgenommen. Selbst ernannten Druiden, Hexen und tatsächlich magisch Begabten war er dabei begegnet, und schließlich war er sogar bereit gewesen, einem Tipp zu folgen, der ihn in die USA führen sollte.

Und dann hatte er diese unbezahlbare Sammlung dunkler Beschwörungen ausgerechnet bei Ebay entdeckt und für wenige Pfund ersteigert. Eine glückliche Fügung, denn just an diesem Tag waren zwei Vertreter seines Buchmachers bei ihm aufgetaucht und hatten ihm unmissverständlich klargemacht, dass ihr Boss Geld von ihm erwartete. Die Schläge, die der Preis für einen weiteren Aufschub gewesen waren, spürte er heute noch. Seine Familie half ihm längst nicht mehr. Der Großvater hatte ihn bei seinem letzten Besuch sogar vor die Tür gesetzt und gedroht, die Polizei einzuschalten, sollte er noch einmal auftauchen und um Geld bitten. Damit war es jetzt vorbei. Bald würde man ihn – den jeder unterschätzte – um Mildtätigkeiten bitten. Und er würde sich für alles revanchieren, was man ihm angetan hatte.

Doch, und hier kehrte sein Realitätssinn vorübergehend zurück, dafür musste zuerst einmal seine magische Anrufung gelingen. Immer wieder hatte er den alten Text durchgelesen, um sich die Reihenfolge der Handlungen und die Beschwörungsformeln genau einzuprägen. Trotzdem zitterten jetzt seine Hände, als er die Tesco-Tüte mit dem Salz aufriss.

Während er dem komplizierten Ritual Schritt für Schritt folgte, wuchs jedoch allmählich sein Selbstvertrauen. Bisher ging alles glatt. Der Raum wurde trotz der mächtigen Kirchenkerzen, die er in allen vier Ecken aufgestellt hatte, erwartungsgemäß dunkler; kein Geräusch drang mehr von draußen herein.

Das Kratzen der Kreide auf dem Boden klang wie das Zischen von Schlangen, und die Atmosphäre veränderte sich, als senke sich ein Tuch, gewoben aus Finsternis und Versprechungen, über ihn.

Der Nekromant sprach eine weitere Formel, umrundete das magische Symbol aus Blut und Erde gegen den Uhrzeigersinn und entzündete Räucherwerk in Kupferschalen, die er – wie alles andere in diesem Raum – exakt nach den vier Elementen ausgerichtet hatte.

Er begann im Osten, beugte sich über die Schale und blies darüber, bis das Feuer hochloderte und der Geruch von Galbanum aufstieg. In das nächste Gefäß streute er einen Ring aus frischer Erde, damit die Flamme nicht entkommen konnte. Kaum war sie entzündet, stieg ihm der harzige Duft des Storaxbaums in die Nase. Seine Augen begannen zu tränen, so dass es ihm nicht schwerfiel, eine Träne in die Räucherschale fallen zu lassen, die er im Westen aufgestellt hatte. Er wartete und schritt erst weiter, als sich der Duft von Myrrhe ausgebreitet hatte und seine angespannten Nerven beruhigte.

In der letzten Schale warf er jeweils eine winzige Prise Salpeter und Schwefel auf die glühende Holzkohle. Das Feuerwerk erschien ihm wie aus einer anderen Dimension, und kurz darauf kündete das schwere Aroma wertvollsten Weihrauchs davon, dass der heilige Kreis nun geschlossen war. Er fühlte sich vollständig im Einklang mit den Elementen, und was konnte dies anderes bedeuten, als dass sie seine Pläne wohlwollend begleiten würden? Mit ruhiger Stimme, die eine Oktave tiefer zu sein schien als seine eigene, sprach er die letzte Formel, blickte gen Norden und wartete.

»Willst du mich mit dem Gestank gleich wieder vertreiben, Johnathon …?«

Die Frage klang spöttisch, und er fuhr herum. Der Fremde, den er in der Tür erblickte, entsprach ganz und gar nicht seinen Erwartungen. Abgesehen davon kam er aus der falschen Himmelsrichtung! »Wie bist du hier hereingekommen?«, fragte er wütend. Dass der Mann seinen Namen kannte, gefiel ihm nicht.

»Ein Mensch steht besser, wenn er den Rücken zur Wand hat.« Der Akzent war eindeutig französisch. John fand diese Froschfresser seit jeher überheblich und unangenehm, und der hier schien keine Ausnahme zu sein. Sein Gesicht konnte er leider nicht erkennen, weil sich der affektierte Kerl ein Spitzentaschentuch davorhielt. Daher auch die undeutliche Aussprache. Das weiß gepuderte Haar einer Perücke war zum Zopf gebunden, und wäre John nicht so wütend gewesen, hätte er zugeben müssen, dass diese Frisur bestens zum Rest der Erscheinung passte. Das Rüschenhemd wirkte in seinen Augen allerdings ebenso weibisch wie die Kniehosen, die der Mann zu einer langen Brokatjacke mit breiten Aufschlägen trug. Seidene Strümpfe und glänzende Schnallenschuhe ergänzten das Bild. Die blutrote Weste, zusammen mit einem Rubinring in der Größe eines

Wachteleis, waren die einzigen Farbtupfer an dieser Erscheinung.

John hielt ein Schwert in der Hand, das er extra für das Ritual gekauft hatte. Jetzt umklammerten seine Finger den Griff fest. Feine Schweißperlen erschienen auf seiner Stirn, als sei die Raumtemperatur in den letzten Sekunden um mehrere Grade gestiegen. Er hatte zwar keine Ahnung, mit wem er es hier zu tun hatte, aber der von ihm gerufene Dämon war es bestimmt nicht. »Verschwinde!«

Mit einer eleganten Bewegung schlug der Geck die mindestens fünflagige Spitzenkaskade an seinem Handgelenk zurück und steckte das Taschentuch in den Ärmel. »Wenn sich der Herr bitte entscheiden könnte.« Mit seinem überlangen Gehstock aus glänzendem Ebenholz wies er auf die Reliquien magischer Aktivitäten. »Du hast dir so viel Mühe gegeben, mich zu erreichen. Nun, da bin ich!«

»Du willst der Marquis sein?« John ließ das Schwert sinken und sah ihn erbost an, dann brüllte er: »Ab mit dir in dein Dreieck!«

»Welch eine Lebensenergie, superb!« Der Marquis, oder wer er auch war, gab sich blasiert, und John hob erneut drohend die Klinge. »Schon gut.« Er löste sich in einem teuflischen Wirbel auf, der sich in den Boden zu bohren schien. »Ist es so recht – *Meister*?« Der Dämon erschien in dem für ihn vorgesehenen magischen Polygon und räusperte sich.

Schwefelgeruch hing in der Luft. John musste husten und wandte sich instinktiv nach Süden, wo die mit schweren Stoffen verhängten Fenster waren. »Wer bist du?«

»Wen hast du denn erwartet?«

»Ich habe niemand Geringeren als den mächtigen Marquis, den Herrn über dreißig höllische Legionen, genannt …«

Der Dämon unterbrach ihn hastig. »Warum so förmlich? Du musst wohl mit mir vorliebnehmen, und weil ich schon mal da bin, frage ich dich zum zweiten Mal: Was ist dein Begehr?« Der Dämon neigte den Kopf erst nach links, dann nach rechts und wieder zurück. Jede seiner Bewegungen wurde von einem Knacken begleitet, das bei jedem Beobachter unwillkürlich Nackenschmerzen hervorrufen musste. »Arthrose«, seufzte er.

John war gerade erst dreißig und hatte kein Verständnis für die Leiden alter Leute, ob sie nun nebenan wohnten, wie der Rentner, der ihn ständig mit seinem Gejammer belästigte und verlangte, dass er Botengänge für ihn erledigte, oder ein mutmaßlicher Dämon im Historienkostüm.

»Komm du erst mal in mein Alter, und ich schwöre dir, deine Knochen werden sich auch zu Wort melden.« Er wurde ernst, und plötzlich veränderten sich seine Pupillen zu schmalen, senkrechten Schlitzen. »Mamona. Für nichts anderes als schnöden Mammon ruft man mich?«

»Woher …? Ich rufe, wen und wann ich will.« John hätte am liebsten mit dem Fuß aufgestampft. Diese Beschwörung verlief absolut nicht so, wie er es sich vorgestellt hatte, und er fühlte, wie sich seine Zeit mit dem Dämon dem Ende zuneigte. »Wer bist du wirklich?«, fragte er ein wenig hilflos.

»Was glaubst du denn?« Sein Gegenüber richtete die Augen in gespielter Verzweiflung zur Zimmerdecke. »Und ich dachte, es sei allgemein bekannt, dass ich nur die Wahrheit spreche. Hast du deine Bücher nicht ordentlich studiert?«

Damit hatte er, ob absichtlich oder nicht, Johns Vater exakt zitiert und so den Finger direkt in die Wunde gelegt.

John schäumte vor Wut. So etwas ließ er sich nicht mehr sagen! Er richtete das Schwert auf das magische Dreieck, das den Gerufenen gefangen hielt, und murmelte ein paar Worte. Sofort sprangen heiße Flammen empor und schlossen ihn ein.

»Also gut.« Der Dämon hob die Hände. »Du willst Geld – das sollst du haben. Aber ich brauche auch etwas von dir. Gib mir eine Locke von deinem Haar.«

»Wozu soll das gut sein?«, fragte John misstrauisch.

»Mir ist zu warm zum Denken.« Er tupfte sich mit seinem Taschentuch die Stirn ab und blickte vielsagend auf die Flammen, die immer noch seine Füße umzüngelten.

John löschte sie mit einer Handbewegung.

»Sehr freundlich.« Er steckte sein Taschentuch wieder ein und deutete eine höfische Verbeugung an. »Für jedes Haar bekommst du einen Beutel voller Taler.«

Das hörte sich sehr nach einem Märchen an, fand John, aber der Dämon verschränkte die Arme vor der Brust und sagte: »Keine Haare, kein Geld.« Als John immer noch zögerte, wies er mit dem Stock auf die Messingschalen. »Wenn das Feuer erlischt, bin ich fort.« Im gleichen Augenblick begann die Flamme im Osten zu flackern.

John zögerte. Die Flamme im Süden erstarb.

»Hey!«

Das Nordlicht zischte – und verglomm.

»Also gut.« John riss sich ein Büschel Haare aus und reichte es ihm, wobei er genau darauf achtete, ihn nicht zu berühren. Blitzschnell zog er seine Hand zurück.

Erfreut bemerkte er, dass die Finger des Dämons zitterten, als er nach den Haaren griff. Wen auch immer er mit seinem

Ritual beschworen hatte – er glaubte nicht eine Sekunde lang, dass er tatsächlich dem Marquis gegenüberstand –, derjenige hielt seinen Teil des Paktes besser ein, sonst würde er ihn morgen erneut herbeizitieren, so lange, bis sich ihm der Höllengesandte unterwarf. »Morgen ist das Geld auf meinem Konto!«, verlangte er barsch.

Die seltsame Erscheinung verbeugte sich. »Natürlich, ich halte meine Versprechen. Und falls du mehr brauchen solltest …« Er wedelte mit Johns Locke, bevor er sie in sein Tuch einschlug und in der Westentasche verschwinden ließ. »Jetzt, da ich dein Diener bin, kannst du mich jederzeit auch ohne diesen Hokuspokus erreichen.«

»Wie das?«, fragte John überrascht.

»Indem du die Hände aneinanderreibst, dich auf ein Bein stellst und siebenmal *Kikeriki* rufst.«

»Du spinnst!«

»Ich hätte mir jemanden mit etwas mehr Sinn für Humor gewünscht.« Nach diesen kryptischen Worten drehte sich der Dämon wie ein Derwisch, lachte und war verschwunden. Heißer Wüstenwind raste durch den Raum und löschte die Kerzen und jede einzelne Flamme in den Schalen in der gleichen Reihenfolge, wie John sie entzündet hatte. Er gab einen jammernden Laut von sich.

Freu dich deines Lebens, mein Freund! Lache, du hast das große Los gezogen, wie es selbst einem erfahrenen Nekromanten nur selten gelingt. Sobald du mich brauchst, bin ich bei dir. Die Stimme in seinem Kopf klang spöttisch.

John blieb verunsichert zurück. Doch dann riss er sich zusammen, verwischte die Spuren seiner magischen Aktivitäten, so gut es ging. Dabei entdeckte er, dass bei der Übergabe eines seiner Haare zu Boden gesegelt war. Es lag direkt auf der Linie des Dreiecks, in das er den Marquis gebannt hatte. Der Schreck ließ ihn innehalten, doch dann beruhigte sich John und sprach in die Leere hinein: »Wenn du gekonnt hättest, wärst du auch abgehauen. Habe ich Recht?« Doch niemand antwortete ihm.

Als John am nächsten Tag seine Kontoauszüge holte, waren alle Bedenken vergessen. Die Kredite waren ausgeglichen, und dennoch befand sich das Konto im Plus. Sogar deutlich. Sicherheitshalber hob er alles ab. *Was man hat, hat man,* dachte er übermütig und machte sich auf den Weg zu seinem Buchmacher. Den beiden bulligen Kerlen, die ihm bereits einen Hausbesuch abgestattet hatten, steckte er je einen schottischen Hunderter in die Brusttasche. »Ihr sollt auch nicht leben wie Hunde.« Dem Buchmacher warf er die Geldbündel auf den schäbigen Schreibtisch. »Bin ich wieder im Geschäft?«

Der Mann sah erst das Geld und danach John an. Dann streckte er eine haarige Pranke aus. »Willkommen im Club, mein Freund!«

Eine Sekunde lang glaubte John, die Stimme des Dämons gehört zu haben. Aber das war Unsinn. Er lachte und schlug ein. »Wo das herkommt, gibt es noch mehr. Lasst die Spiele beginnen!«

Am Ende des Tages zeigte sein Konto einen leichten Gewinn, und er wusste, er würde wiederkommen. Seine Glückssträhne hatte gerade erst begonnen.

Nach drei Wochen war klar, dass sich John geirrt hatte. Unruhig tigerte er in seinem Apartment auf und ab. Die Schulden waren höher als je zuvor, und abgesehen von dem

Buchmacher hatte er jetzt auch noch den unangenehmen Besitzer eines illegalen Spielkasinos am Hals. Er hätte auf seine innere Stimme hören und nach Monte Carlo reisen sollen, dann hätte er sein Geld wenigstens in eleganter Umgebung und bei strahlendem Sonnenschein und nicht in einer Hinterhausspelunke verloren. Zu allem Überfluss war das leerstehende Haus, in dem er den Dämon beschworen hatte, abgerissen worden. Nun musste er sich einen neuen Platz suchen, um ihn herbeizuzitieren. Immerhin besaß John Verstand genug, keine schwarzmagischen Rituale in seiner Wohnung zu vollführen.

»Sorgen?« Der höllische Dienstbote trat mit einem gezierten Schritt aus der Windhose, in der er offenbar zu reisen pflegte, und gab sich den Anschein eines besorgten Freundes.

»Du! Wie bist du hier hereingekommen?«

Der Dämon machte eine vage Geste. Sein Rubin fing das Sonnenlicht ein, und John konnte den Blick nicht von dem Schmuckstück abwenden. Sein Besucher zog den Ring vom Finger und hielt ihn gegen das Licht. »Ein wunderbares Stück, nicht wahr? Alte Handwerkskunst und das Blut von hundert Jungfrauen. So etwas wird heute gar nicht mehr hergestellt.« Als er Johns ungläubigen Blick auffing, lachte er und steckte den Ring wieder zurück an den Finger. »Ach, ich vergaß. Du hast keinen Humor.«

»Jedenfalls nicht einen so schrägen.« John fühlte sich unwohl und griff schnell zur Schere, um sich eine weitere Haarsträhne abzuschneiden. Doch der Dämon hob die Hand, und er hielt mitten in der Bewegung inne.

»Also gut, genug des höflichen Geplänkels – ich vergaß, dass wir uns in der westlichen Hemisphäre befinden. Ihr habt hier einfach keine Freude an einem gepflegten Verkaufsgespräch. Immer muss alles so schnell gehen, als säße euch der Teufel im Genick.« Erwartungsvoll sah er John an. Als dieser keine Miene verzog, erstarb sein Lächeln. »Kommen wir zum Geschäft. Du brauchst Geld.«

»Ich will deinen Namen wissen.« In allen Quellen war zu lesen, dass es wichtig war, den Namen des Dämons zu kennen, den man sich zu Diensten machen wollte. Dies, so hieß es, verleihe einem Macht über die Kreatur. Da er immer noch daran zweifelte, den richtigen Dämon beschworen zu haben, wollte John nun wissen, mit wem er es zu tun hatte.

Da waren sie wieder, diese Kopfbewegung und das scheußliche Knacken, die John schon beim letzten Mal Schauer über den Rücken gejagt hatten. »Natürlich. Jetzt, da wir Freunde sind, sollten wir uns einander vorstellen. Wie unhöflich von mir.« Mit ausgestreckter Hand kam der Dämon auf ihn zu. »Du kannst mich Nácar nennen.«

John wich einen Schritt zurück und verschränkte die Arme. Ganz bestimmt würde er keinem Dämon die Hand geben. »Das ist nicht dein Name!«

»Woher willst du das wissen?« Der Dämon blickte zu Boden und schüttelte den Kopf, als sei er über Johns Misstrauen enttäuscht. Doch plötzlich blickte er auf und starrte ihn durchdringend an. »Versuch keine Spielchen mit mir, Johnathon Arthur!« Gleich darauf nahm er erneut seine manierierte Haltung ein und wedelte mit dem Taschentuch.

»Wie …?« John hatte Mühe, ruhig zu bleiben, aber Nácar unterbrach ihn, und er verstummte.

»Dir eilt ein gewisser Ruf voraus. Wusstest du das nicht, Johnathon Arthur …?«

185

»Liest du meine Gedanken?« Die Sache wurde immer unheimlicher.

»Ach, das ist doch gar nicht notwendig. Man sieht dir deine Furcht auch so recht gut an. Und natürlich hast du allen Grund dazu.« Als John ihn entsetzt ansah, lächelte er. »Keine Sorge, ich habe dich ins Herz geschlossen.« Der Dämon klopfte sich auf die Brust. »Was man bedauerlicherweise nicht von dem sympathischen Spielclubbetreiber behaupten kann.« Seine Halswirbel knackten missbilligend. »Hast du gewusst, dass er sehr interessiert an der Quelle deines Reichtums ist?«

»Die wirst du ihm bestimmt nicht verraten.« Es war schon schlimm genug, dass er sich mit einem Dämon herumschlagen musste, der im Kostüm des achtzehnten Jahrhunderts herumlief und weit weniger Unterwürfigkeit zeigte, als die magischen Bücher versprochen hatten.

»Aber ganz im Gegenteil! Da ich ja nicht von jedem Sterblichen verlangen kann, dass er in den geheimen Wissenschaften so bewandert ist wie du, mein Freund, wird die Quelle eine Ausnahme machen und den nach Wissen Dürstenden aufsuchen.«

»Von mir aus. Dann kannst du ihn ja gleich bezahlen.«

»Eine exzellente Idee. Ich danke dir, Meister!«

Irritiert sah er ihn an. Wofür dankte der Kerl ihm? Doch das war eigentlich unwichtig, solange er ihm mehr Geld beschaffte. »Was willst du dieses Mal für deine Dienste?«

»Sehr gut. Du fängst an, unsere geschäftliche Beziehung zu begreifen.« Erneut zuckte sein Kopf, Halswirbel knackten, dann fuhr er fort: »Du könntest mir deine Seele verkaufen.« Lauernd sah Nácar ihn an.

John hatte nie an die Existenz einer Seele geglaubt, ebenso

wenig wie an Schutzengel oder -geister. Letztere allerdings hatte er mehr als einmal mit eigenen Augen gesehen, vielleicht gab es also auch Seelen, und in diesem Fall würde er sich gewiss nicht für ein paar lausige Pfund von seiner trennen. Der Dämon schien sehr interessiert an ihr zu sein.

»Nein.«

»Nein? Dann hast du gewiss etwas anderes, das du mir geben kannst?« Nácar zog sich zurück und stieß so plötzlich vor wie eine Klapperschlange. »Ein Geheimnis vielleicht?«

»Welches Geheimnis? Ich habe keins!« John fühlte sich unwohl. Niemand außer ihm selbst konnte von seinem verborgenen Talent wissen. Er hatte sich nie einer Menschenseele anvertraut.

»Aber mir wirst du dich doch anvertrauen, nicht wahr?«

»Du liest meine Gedanken! Ich kann dich in meinem Kopf spüren.« Deutlich nahm er eine fremde Präsenz in seinen Gedanken wahr, und das Bild einer dunklen Gestalt, die sich über seine Erinnerungen beugte, um sie zu durchwühlen, drängte sich ihm auf. Entsetzt rief er: »Verschwinde! Ich befehle es dir!«

Nácar verbeugte sich, und gleich darauf war die Stelle, an der er gestanden hatte, leer.

Dass es nach Schwefel roch, bildete sich John gewiss nur ein. Dennoch eilte er zum Balkon und öffnete die Türen. Frische Nachtluft strömte herein, sein Kopf wurde wieder klarer. Es war ein Fehler gewesen, sich mit den höllischen Mächten einzulassen. Aber wenn er keine weiteren Wünsche äußerte, musste ihn Nácar in Ruhe lassen. Keine Ware, kein Handel.

Erleichtert, eine einfache Lösung gefunden zu haben, schloss er die Türen wieder, holte die magischen Bücher hervor und schaltete den Laptop ein. Mal sehen, ob sich nicht irgendetwas über den Dämon finden ließ, mit dem man ihn notfalls vertreiben konnte. Und morgen würde er zu Großvater gehen und ihn um das Geld bitten. Der alte Mann besaß mehr als genug davon, auch wenn man das bei seinem Lebensstil nicht erwartete. Notfalls konnte er ihm eben sein Erbe im Voraus auszahlen.

Bis weit nach Mitternacht hatte er zu dem Namen Nácar nur eine Quelle gefunden, und diese verwies auf den Marquis. Also war die Beschwörung doch gelungen. John konnte sich nicht so recht darüber freuen. Inzwischen wäre ihm ein geringerer Dämon sehr viel lieber gewesen.

Immerhin galt der Marquis als zuverlässig, und – auch wenn es in diesem Zusammenhang absurd klang – er stand in dem Ruf, nicht zu lügen. Zweifellos einzigartig für einen Höllenfürsten, dem dreißig Legionen unterstellt sein sollten. Das waren ebenso viele, wie einst ein römischer Kaiser befehligt hatte. Kein Wunder, dass man ihm großes Kampfgeschick nachsagte, er verfügte über eine Menge Sparringspartner. Doch eine Schwäche schien er zum Glück zu haben: Zumindest wurde in mehreren unabhängigen Quellen behauptet, der verstoßene Engel – denn nichts anderes sei dieser Dämon – habe versucht, in den Himmel zurückzukehren und sei kläglich gescheitert. *Vielleicht*, überlegte John, *lässt sich daraus etwas machen.* Dass er nämlich längst nicht so viel Macht über *seinen* Dämon besaß, wie die Quellen ihm vorgegaukelt hatten, war ihm inzwischen bewusst.

Nach einer kurzen Nacht und einem vergleichsweise ewig dauernden und ziemlich unerfreulichen Tag im Büro machte er sich auf den Weg zur Tierarztpraxis seines Großvaters ... und verließ beide wenig später schäumend vor Wut.

Keinen Penny wollte der alte Geizhals rausrücken, und als John auf sein Erbe hingewiesen hatte, hatte er ihn ausgelacht.

»Was lässt dich glauben, dass du überhaupt etwas erbst?«, hatte er gefragt und ihn einfach vor die Tür gesetzt.

John hatte gewalttätige Fantasien entwickelt, aber die ganze Zeit war einer dieser widerlichen Schutzengel herumgeschwebt und hatte mit einem Schwert herumgefuchtelt. Diese Kreaturen, das wusste John aus eigener Erfahrung, mochten aussehen, als könnten sie niemandem ein Haar krümmen, dabei konnten sie durchaus unangenehm werden, wenn es darum ging, ihre Menschen zu beschützen. Einer hätte ihn sogar fast einmal geschlagen.

Dabei hatte John dem Mädchen nichts tun wollen. Schließlich war es ihre Idee gewesen, mit ihm an diese einsame Stelle im Park zu gehen, um ein bisschen Spaß zu haben. Vollmond, ein warmer Sommerabend und das leise Wellenplätschern am See – alles war perfekt gewesen, und selbst er hatte die Szenerie romantisch gefunden ... bis ihm der Ast auf den Kopf gefallen und sie schreiend davongelaufen war. Warum sie es sich anders überlegt und sich plötzlich gegen seine Zärtlichkeiten gewehrt hatte, konnte er bis heute nicht begreifen.

Sein eigener Engel war da weit weniger engagiert. Ein kleiner, fauler Kerl, nie zur Stelle, wenn man ihn brauchte. Während der Dämon ihn heimgesucht hatte, war er jedenfalls nicht aufgetaucht. Die Abwesenheit seines Schutzengels konnte natürlich auch bedeuten, dass dieser Nácar ihm nicht gefährlich werden konnte. John mochte jedoch nicht so recht daran glauben.

Deshalb entschloss er sich, erst einmal die Angelegenheit

mit dem Kasinobesitzer zu klären. Ein unangenehmer Typ, der ihm ohne mit der Wimper zu zucken auch einen Killer auf den Hals schicken würde. Da war es allemal besser zu verhandeln. Auf dem Weg dorthin holte er sich einen Kontoauszug und staunte nicht schlecht, als er sogar etwas mehr darauf entdeckte, als er dem Mann schuldete. »Nácar sei Dank!«

Im Kasino war um diese Zeit noch nicht viel Betrieb. John überlegte kurz, ob er ein Spielchen wagen sollte. In einem Anfall ungewohnter Einsicht beschloss er jedoch, erst einmal seine Schulden zu begleichen. Oder wollte er sich nur die Schmach ersparen, an der Kasse zurückgewiesen zu werden und keine Jetons zu bekommen? Fröhlich pfeifend durchquerte er die Halle und klopfte an die gut gesicherte Tür, hinter der sich das Büro des Kasinobetreibers befand.

»Ich hoffe, du bringst das Geld!«, begrüßte dieser ihn und machte sich nicht die Mühe, hinter seinem Schreibtisch hervorzukommen.

Das hatte vor wenigen Wochen noch ganz anders ausgesehen – da war John als neuer Kunde mit Champagner begrüßt worden.

»Im Prinzip schon. Ich habe es jetzt allerdings nicht dabei.« Er sah ihn direkt an, denn es war immer gut, Augenkontakt mit seinem Gegner zu haben. Dummerweise hatte er ihn unterschätzt, denn er sprang auf und hielt John im Nu am Kragen. Diese Beweglichkeit hätte er dem schweren Mann niemals zugetraut.

»Hör genau zu, du kleiner Scheißer! Du hast mir geschworen, das Geld bis heute in bar zu bringen, und ich lasse mich nicht gern verarschen.«

190

Obwohl er versuchte, sich aus dem Griff zu befreien, gelang John nur ein hilfloses Rudern mit den Armen. Er war nie ein Freund körperlicher Ertüchtigung gewesen – ganz im Gegensatz zu seinem Gläubiger, der seine Karriere als Boxer im Rotlichtmilieu begonnen hatte. »Lass mich los!«, keuchte er. »Du bekommst ja dein Geld. Wenn du mich jetzt erwürgst, kann ich es auch nicht mehr besorgen.«

»Woher willst du es denn *besorgen*?«

Nácars Warnung fiel ihm ein. Ahnte der Kasinochef etwas von seiner besonderen Beziehung zu dem Dämon? »Was glaubst du? Von der Bank natürlich.«

Der Mann ließ ihn so plötzlich los, dass er taumelte. »Ich habe etwas anderes gehört.«

John fand Halt an der Schreibtischkante und richtete sich auf. »Weißt du was? Mir ist scheißegal, was du hörst.« Er griff in die Brusttasche und zog den Scheck hervor. »Hier ist dein Geld, und nun lass mich in Ruhe.«

Er sah zu, wie der andere einen verborgenen Knopf unter dem Schreibtisch bediente. Eine Tür öffnete sich, und Babette, die ihn an seinem ersten Abend im Kasino eine Handvoll Jetons gekostet hatte, kam herein. Fasziniert bewunderte er ihren Hüftschwung. Bei dem Gedanken daran, wie sie ihre langen Beine auf seine Schultern gelegt hatte, wurde er sofort hart. Das Luder hatte gestöhnt, seinen Namen geschrien und geschworen, dass es ihr noch nie jemand so gut besorgt hätte wie John.

Heute allerdings würdigte sie ihn keines Blickes, fast so, als habe sie ihn noch nie gesehen. Sie nahm den Scheck entgegen und entschwebte mit dem Versprechen, so schnell wie möglich zurück zu sein.

»Du bleibst hier, bis ich weiß, ob er gedeckt ist.«

»Wenn du mir nicht glaubst!« John warf sich in einen ledernen Sessel und schlug ein Bein über das andere. »Ich hoffe, deine Kleine kommt heute auch so schnell«, sagte er anzüglich und freute sich, als er sah, wie sich die Fäuste des Boxers unwillkürlich schlossen.

Es waren riesige Fäuste – der Mann trug seinen Beinamen nicht ohne Grund. Offenbar fiel es ihm nicht so leicht, sein Pferdchen zu teilen. *Gut zu wissen.*

Als Babette tatsächlich kurz darauf zurückkehrte, verging ihm allerdings das Lachen.

»Nicht gedeckt«, sagte sie lapidar und zerriss den Scheck vor seinen Augen.

»Das ist nicht wahr!« Im Nu war er bei ihr und umfasste ihren Arm, bis sich seine Finger tief in das weiße Fleisch bohrten. Sie log. Noch vor einer halben Stunde hatte er die Zahlen auf seinem Kontoauszug mit eigenen Augen gesehen. Nur weil die Bank noch geschlossen war, hatte er das Geld nicht sofort abgehoben, wie er es beim letzten Mal getan hatte. Außerdem spuckte ein Geldautomat solche Summen nicht aus. Welches Spiel spielte Nácar da mit ihm?

»Lass sie los!«

John sah auf und blickte direkt in die Mündung einer 44er Magnum. *Scheiße!* Doch anstatt dem Befehl zu folgen, zog er Babette blitzschnell zu sich heran und drehte ihr den Arm auf den Rücken, so dass sie vor Schmerz aufschrie. Die Hand an ihrem Hals, schob er sie als Schutzschild zwischen sich und die Waffe.

»Du kommst hier nicht raus, bevor ich mein Geld zurückhabe!«, drohte der Boxer, bewegte sich aber nicht weiter auf ihn zu, um seine Geliebte nicht zu gefährden. »Mäuschen, bleib ganz ruhig!«, warnte er.

Vergebens. Sie trat John mit ihrem spitzen Absatz auf den Fuß und biss ihm gleichzeitig in den Unterarm. Mehr vor Überraschung als vor Schmerz stieß er einen Schrei aus und verpasste ihr einen kräftigen Stoß. Sie stolperte nach vorn, direkt in die Arme ihres Geliebten. Als der sie auffangen wollte, geschah es: Ein Schuss löste sich.

Im ersten Augenblick konnte John nur denken, dass das Geräusch viel lauter war, als er es aus den einschlägigen Krimis kannte. In seinen Ohren pfiff es schrill, und er sah – nun beinahe taub – fassungslos zu, wie sie quälend langsam zu Boden glitt, als wäre die Zeit ebenfalls von diesem unerhörten Vorfall beeinflusst worden. Die Hand auf den Leib gepresst, einen erstaunten Ausdruck im Gesicht, krümmte sie sich schließlich wie ein Neugeborenes in ihrem Blut. Der Schütze stand regungslos da und ließ es geschehen.

Der Schock, dachte John. *Das ist der Schock, und gleich bricht hier die Hölle los.* Ein stechender Schmerz breitete sich in seinem Kopf aus, fast so, als würde etwas in ihn eindringen wollen. Sein Körper wehrte sich vergeblich. Doch als er der fremdartigen Energie schließlich erlaubte, sich in seinem Bewusstsein auszubreiten, verschwand der Schmerz so rasch, wie er gekommen war. Es blieb ihm keine Zeit, darüber nachzudenken. Panisch blickte er sich um – da sah er ihn.

Regungslos stand der Schutzengel am Fenster und betrachtete den zusammengesunkenen Körper. Gleichsam distanziert schien er Babettes Sterben zu beobachten, als warte er darauf, dass diese unangenehme Angelegenheit vorüberginge, damit er sie auf ihrem vorerst letzten Weg begleiten und sie später einem Todesengel übergeben konnte.

»Tu doch was!«, brüllte John, der schlagartig aus seiner Schockstarre erwacht war. »Warum stehst du da nur rum? Du musst sie retten, verdammt nochmal. Das ist dein Job!«

Der Engel sah zu ihm herüber und betrachtete ihn ausdruckslos. *Ich kann nichts tun. Ihre Zeit ist gekommen.*

Er sah jung aus, kaum älter als sechzehn oder siebzehn. Was wusste so einer schon vom Sterben? John stürzte nach vorn und ergriff die Pistole, die dem Boxer aus der Hand zu gleiten drohte.

Ein zweiter Schutzengel erschien. Er erfasste die Situation mit einem Blick, schob den Boxer aus der Schussrichtung und begleitete ihn zu einem Stuhl, wo er zusammensackte. Dabei ließ er John keine Sekunde unbeobachtet, bis ihn irgendetwas abzulenken schien. Seine Augen zuckten nervös zu seinem Kollegen, der jedoch den Kopf schüttelte.

»Grüß Gott, die Herren. Ich bitte um Vergebung für mein ungebührliches Eindringen. Lassen Sie sich bitte nicht stören!«

John erkannte die Stimme sofort. Er fuhr herum. »Nácar! Was machst du hier?«

»Dich vor einer Dummheit bewahren, was sonst?« Der Dämon sah von John zu den Schutzengeln, die erstaunlicherweise keine Anstalten machten, sich vor ihm zu verbergen. Im Gegenteil: Es gesellte sich ein dritter hinzu. Die langen Haare ungewaschen, mit Baggyjeans und Baseballcap, sah er überhaupt nicht wie ein Schutzengel aus. Er kaute auf irgendetwas herum, als ginge ihn das Geschehen nichts an. Erst als einer seiner Gefährten ihn mit dem Ellbogen anstieß, wurde er auf die prekäre Situation, in der sich John befand, aufmerksam. Hastig stellte er sich neben ihn und blickte den Dämon drohend an.

Doch der lachte nur. »Keine Sorge, auf den da passe ich schon auf. Du kannst dich um deine anderen Subjekte kümmern.« Dabei tätschelte er Johns Arm.

»Sie wollen ihr nicht helfen!« Johns Stimme klang ungewohnt schrill, und er konnte selbst hören, wie nahe er einer ausgewachsenen Hysterie war.

»Du solltest dich lieber um deine eigene Sicherheit sorgen.« Vielsagend blickte der Dämon auf die Waffe in seiner Hand. »Gib sie mir!«, sagte er sanft und warf dem Schutzengel einen warnenden Blick zu. Doch John starrte nur auf die junge Frau am Boden, deren Atem immer rasselnder ging. Er rührte sich nicht.

Nácar verlor endlich die Geduld und schnauzte ihn an: »Gib die Waffe her, oder willst du damit erwischt werden? Den Schuss hat man auch draußen gehört, und deine Fingerabdrücke sind drauf. Was glaubst du, wie lange es dauert, bis die Security hier auftaucht?«

Wie zur Bestätigung hörte man heftiges Klopfen an der dicken Eichentür, die das Büro von den Kasinoräumen trennte. Gedämpft klangen Rufe zu ihnen herein: »Boss, was ist los? Macht auf, oder wir treten die Tür ein.«

John blickte seinen Schutzengel fragend an, doch der starrte immer noch entsetzt den Dämon an und bemerkte seine Not überhaupt nicht. Zögernd übergab er die Waffe schließlich Nácar.

Der nahm sie an sich, ergriff Johns Arm und zerrte ihn in einen Strudel aus Wind und Feuer, bis er ohnmächtig wurde.

Sein höllischer Beschützer legte ihn ab und kehrte noch einmal an den Tatort zurück. Er drückte dem Kasinobesitzer die sorgfältig von Fingerabdrücken befreite Pistole in die Hand und verschwand – wohlwissend, dass ihm dieses Mal Johns besorgter Schutzengel folgte.

Kaum hatten sie Johns Wohnung erreicht, ergriff der Dämon die Flügel des unvorsichtigen Engels am Ansatz. Wie gelähmt ließ der alles mit sich machen, und es dauerte nicht lange, bis seine Kleider in einem Bündel am Boden lagen.

Nácar sagte beinahe väterlich: »Was denkst du dir eigentlich, so vertrauensselig hinter deinem Schutzbefohlenen herzustolpern?« Ohne eine Antwort abzuwarten, legte er ihm die Hand auf die Stirn. »So, so. Du möchtest also lieber Musik hören und *abhängen*, als ständig auf Abruf zu sein und idiotische Sterbliche zu bewachen? Pasiel, mein Freund, ich fürchte, das nimmt kein gutes Ende mit dir.« In seiner Hand erschien ein Seil, das er beinahe beiläufig, wie im Spiel, um die Schwingen des Engels schlang.

Pasiel verfolgte jede Bewegung mit den Augen, war jedoch unfähig, auch nur den kleinen Finger zu rühren – geschweige denn zu fliehen. »Du bist ein Dämon. Warum hast du uns gesehen?«

Locker hielt Nácar das Seil in einer Hand, während er ihn umrundete. »Eine kluge Frage.«

Er lief eine zweite Runde, bis der Engel so weit eingeschnürt war, dass er die Arme nicht mehr bewegen konnte. »Gibt es solchen Mangel an Schutzengeln, dass sie jetzt schon euch einsetzen? Oder warst du für meinen Johnathon Arthur verantwortlich, weil er ein besonders schwerer Fall ist?«

Abermals ging er eine Runde, dann beugte er sich vor und flüsterte seinem Gefangenen ins Ohr: »Ich hatte zwei Gehilfen.« Er lachte. »Dich und deinen Schützling. Ihr seid ein gutes Team.«

»Aber … wie?«

»Hast du es nicht bemerkt?« Als Pasiel ihn fragend ansah, nahm er den Rundgang mit tänzelnden Schritten wieder auf. »Dieser John ist etwas ganz Besonderes, aber von euch hat das keiner gesehen. Ich schon. Und ich habe Großes mit ihm vor.« Er zog so plötzlich an dem Seil, dass Pasiel mehr vor Schreck als vor Schmerz aufschrie. »Still, mein Kleiner. Still!« Nácar atmete tief ein, als läge ein appetitlicher Duft in der Luft, und kam näher, bis seine Nase fast den Nacken des Engels berührte. »Rieche ich da etwa Emotionen?« Blitzschnell leckte er ihm über das Gesicht. »Mhm, köstlich!« Dann machte er zwei Schritte zurück und zog am Seil, als prüfe er seine Schnürung. »Ich hätte da eine Idee«, sagte er beinahe beiläufig und fuhr mit der Verknotung fort. »Du weißt natürlich, was mit Engeln geschieht, die Gefühle haben?«

Die Tränen in Pasiels Augen waren ihm Antwort genug.

»Es ist nicht schön, verstoßen zu werden, das kannst du mir glauben! Ich weiß, wovon ich rede. Ich war einer der Ersten.« Als habe er sich in seinen Gedanken verloren, widmete er sich wortlos seiner Aufgabe, den Engel zu einem handlichen Paket zu schnüren.

Schließlich gab er Pasiel seine Stimme wieder, die er ihm zuvor genommen hatte, weil er – anders als die meisten seiner dämonischen Kollegen – Schreien und Wehklagen hasste. Noch schlimmer fand er es aber, durch dummes Geschwätz bei der Arbeit gestört zu werden. Und diese kunstvollen Verschnürungen waren sein ganzer Stolz. Stundenlang konnte er sich damit aufhalten, ein Opfer in jeder Hinsicht einzuwickeln und in immer neuen Positionen zu fixieren. Manchmal hängte er es aus purem Vergnügen für ein paar Tage oder Wochen in seinen Gemächern auf und freute sich an der herrlichen Kunst, die er geschaffen hatte. Menschen blieben natürlich nicht so lange frisch, aber Engel wie dieser schon. Und alle paar Jahrhunderte gelang ihm ein besonderer Fang, und er erwischte einen Nachtmahr. Einmal war ihm sogar eine Fee ins Netz gegangen, die ihm seither als Apprentice diente … sofern er nicht anderweitig Verwendung für ihren Körper hatte. Es war eine ungewöhnlich begehrenswerte Fee, und Frauen waren Nácars zweite Leidenschaft. Immerhin hatte er einst seine Seele für eine Nacht mit diesen wunderbaren Geschöpfen verkauft, und anstatt es ihnen übelzunehmen, verehrte er sie. Letzteres war allerdings sein gut gehütetes Geheimnis.

»Wer … wer bist du?« Pasiels Stimme zitterte.

»Meine Manieren lassen zu wünschen übrig, ich bitte um Vergebung.« Nácar deutete eine höfische Verbeugung an. »Ich bin der erste General des großen Marchosias, auch unter dem Namen *der Marquis* bekannt. Meine Freunde nennen mich Nácar. Willst du mein Freund sein, kleiner Pasiel?«

Der Engel starrte ihn nur an. Natürlich hatte er von dem Marquis gehört und wusste, dass auch dessen Generäle über große Macht verfügten. Was er nicht geahnt hatte, war, dass sie sich frei unter den Menschen bewegen konnten.

Dämonologie war eines der wenige Fächer gewesen, das ihn interessiert hatte. Er hatte sich beim Skaten das Genick gebrochen und war anschließend vor die Entscheidung gestellt worden, in die Hölle geschickt zu werden oder zukünftig als Schutzengel zu arbeiten. Damals hatte er nur eine vage Vorstellung davon gehabt, was das Fegefeuer be-

deutete, aber nach einem kurzen Video, in dem die zu erwartenden Qualen recht plastisch dargestellt worden waren,
hatte er sich für den Schutzjob entschieden. Dass man ihm
dafür das Herz herausschneiden würde, hatte er erst später
erfahren.

Die freiwilligen Schutzengel durften ihre Gefühle behalten. Aber Pasiel und seinen Mitrekruten, vorwiegend Klein-
kriminelle wie er selbst, traute man offenbar nichts Gutes
zu. Da war es allemal besser, wenn sie einfach nur die Regeln befolgten, ohne sich womöglich mit moralischen Entscheidungen herumquälen zu müssen.

Im Grunde war ihm das ganz recht gewesen. Außer Hass,
Wut und manchmal auch Angst hatte er in seinem kurzen
Leben sowieso kaum etwas gefühlt.

Man müsse sich das Gutsein erarbeiten, hatte ihr Lehrer
gesagt, als irgendwann jemand gefragt hatte, warum die
Engelmacher ihnen nicht gleich alles erforderliche Wissen
einhauchten, wenn sie später sowieso ihre Herzen heraus-
rissen. Außerdem sei die Abteilung unterbesetzt und seine
Mitarbeiter völlig überlastet, weil es immer mehr Menschen
gebe und man mit der Produktion von Schutzengeln gar
nicht mehr nachkomme.

Produktion, dieses Wort hatte er wirklich verwendet, und
Pasiel – der diesen neuen Namen gar nicht mochte –, Pasiel
fand plötzlich, dass die Dämonen eigentlich zu beneiden
seien.

Sie hätten das Böse im Blut, hieß es. Aber das hatte man
ihm ja zu Lebzeiten auch unterstellt.

Zwar hatte er auf die Erde zurückkehren dürfen, aber er
hatte immer größere Mühe zu verbergen, dass ihm sein Job
überhaupt nicht gefiel. Sein Boss begann bereits zu argwöh-

nen, dass die Engelmacher bei Pasiel geschlampt hatten. Dies kam in letzter Zeit immer häufiger vor, und es wurde gemunkelt, dahinter stecke Methode. Nachbessern ging im Engelmachergeschäft angeblich nicht, und wäre er aufgeflogen, dann wäre er doch in der Hölle gelandet.

Jemandem wie diesem Bondage-Dämon zu dienen, war sicher kein reines Vergnügen, aber möglicherweise das kleinere Übel und ganz bestimmt besser als bis zum Jüngsten Gericht im Tartarus, einer speziellen Hölle, in der angeblich die meisten gefallenen Engel eingekerkert waren, zu sitzen.

Ob er sein Freund sein wolle, hatte der Dämon ihn gefragt, und der unglückliche Pasiel antwortete schließlich: »O ja!«

Ehe er noch blinzeln konnte, fand er sich unter der Decke hängend in einem Raum wieder, der an eine leergeräumte Speisekammer erinnerte. Trotz der schwachen Beleuchtung glaubte er in einer Ecke dunkle Bündel hängen zu sehen.

»Bedenke deine Wünsche gut, sie könnten in Erfüllung gehen!« Der Dämon klang erschreckend fröhlich ... ebenso wie die heiteren Volksweisen, die auf einmal in ohrenbetäubender Lautstärke erklangen.

Als Pasiel begriff, dass er nun wirklich in der Hölle gelandet war, befand sich Nácar bereits auf dem Weg zurück zu seinem Johnathon Arthur, den er nach dem Zwischenfall im Spielkasino ruhiggestellt hatte.

Johns seltenes Talent mochte ihm vielleicht keine Rückkehr nach Elysium bescheren, aber vielleicht würde er mit seiner Hilfe die Legion zurückerobern können, die er bei der Auseinandersetzung mit einem Gegner des Marquis durch einen unglücklichen Fehler verloren hatte. Danach war sein Leben in Gehenna, der Welt der Dämonen, alles andere als angenehm gewesen. Doch Nácar hatte immer ein zusätzliches Ass im Ärmel, und derzeit sah es ganz danach aus, als habe er die höchste Karte gezogen.

Das Haarbüschel, das er immer bei sich trug, ermöglichte es ihm, die Dinge durch Johns Augen zu sehen. Deshalb hatte Nácar nach dem unglücklichen Schuss auch so schnell zur Stelle sein können. Was er dort vorfand, hatte ihn kurz sprachlos gemacht. Er hatte keine Ahnung von Johns geheimem Talent gehabt, bevor er die Schutzengel dank dieser außergewöhnlich seltenen Gabe selbst sehen konnte.

Diesen Engelseher hat der Himmel geschickt! Nácars Lippen verzogen sich, als er über seinen eigenen Witz lachte. Die Chance galt es zu nutzen. Zuallererst war es jedoch erforderlich, dass er sich diese Kostbarkeit endgültig sicherte.

Anders als die meisten Dämonenfürsten suchte er sein Personal nicht unter den Magiern und Hexen. Er bevorzugte schlichtere Gemüter mit einem natürlichen Hang zum Bösen, die vielleicht nicht so schnell lernten, ihm aber dafür stets hingebungsvoll dienten. Ein einziges Mal hatte er eine Ausnahme von seiner Regel gemacht, und was war dabei herausgekommen? Ein ambitionierter kleiner Geck, dessen Ehrgeiz einen Krieg ausgelöst hatte und der zu allem Überfluss sein erlerntes Wissen mit Nácars größtem Feind teilte und von diesem, als sei das alles nicht genug, in den Dämonenstand erhoben worden war.

»Johnny!«, flüsterte eine sanfte Stimme. »Wach auf!«

John, entlassen aus dem unnatürlichen Schlaf, in den der Dämon ihn versetzt hatte, öffnete die Augen. »Babette! Was tust du hier?« Er hatte nur eine vage Erinnerung an die Ereignisse im Kasino, aber der Anblick seiner Gespielin vom Vortag, sterbend auf dem schmutzigen Teppich im Büro des Boxers, gehörte dazu.

»Ich bin gekommen, um mich von dir zu verabschieden.« Sie streckte beide Arme aus und ergriff seine Hände, als sei er es, der des Trosts bedürfe.

John ließ es geschehen. »Es tut mir leid!« Tränen standen in seinen Augen. »Ich wollte das nicht, ehrlich! Es war ein Unfall.«

Mit wachsendem Entsetzen hörte er ihre nächsten Worte: »Ich kann dir nicht verzeihen«, sagte sie mit einer Stimme, die besser zu Liebesgeflüster gepasst hätte. »Das müssen andere tun.« Ihre Stimme wurde leiser. »Nur wenn du wirklich bereust, gibt es noch eine Chance.«

»Aber ich bereue es. Ich bereue es ganz fürchterlich. Bitte …«, flehte er. »Bitte sage mir, was ich tun muss.«

»Du musst ihm folgen und ewige Treue schwören. Er ist der Einzige, der dir helfen kann.« Ihre Erscheinung schien sich aufzulösen.

Als er nach ihrem Handgelenk fasste, um sie zurückzuhalten, griff er ins Leere. »Wem soll ich folgen?«

Wie eine Melodie schwebte ihre Stimme durch den Raum. »Dem dunklen Engel. Er allein kann dich ins Licht führen. Vertrau ihm.« Und damit war Babette verschwunden.

Nácar war gerade rechtzeitig gekommen, um die herzzerreißende Szene mitzuerleben. Ohne Zweifel war er Zeuge des stümperhaften Versuchs geworden, seinen neuen Schützling auf den rechten Weg zurückzuführen. Wahrscheinlich steckte der Schutzengel der Verstorbenen dahinter. Wer da als *dunkler Engel* bezeichnet wurde, wusste Nácar zwar nicht, aber er hatte keine Skrupel, von der Situation zu profitieren. Anstatt ihn, wie ursprünglich geplant, mit leeren Versprechungen zu ködern, breitete er seine Schwingen aus und ließ John einen Hauch seiner einstigen Pracht sehen.

Der reagierte wie erwartet. Hin- und hergerissen von einer Skepsis, die in den Fundamenten des menschlichen Überlebenswillens wurzelte, und dem Wunsch nach Schutz und Anleitung vertraute er seine Zukunft und damit auch sein Leben dem dämonischen Verführer an.

Gut drei Monate später lehnte sich Nácar zurück und tupfte die elegant geschwungenen Lippen mit einer gestärkten Leinenserviette ab. Sein Tag war außerordentlich erfolgreich verlaufen. Er hatte bestens gespeist und durfte sich über die Gesellschaft einer schönen Frau freuen, die noch nicht ahnte, dass sie heute ihre Seele an ihn verlieren würde.

Seine Mundwinkel hoben sich, und wer ihn nicht kannte, sah in diesem Augenblick nichts als einen ausgeglichenen Mann, der sich seiner ungewöhnlich attraktiven Ausstrahlung sehr wohl bewusst war und dabei genau die Spur an Arroganz zeigte, die ihn für seine weiblichen Begleiterinnen unwiderstehlich machte.

In den vergangenen Wochen hatte er sich dank Johns Talent wunderbar unterhalten. Sobald er einen Schutzengel durch dessen Augen sah, war es ihm ein Leichtes, den Ahnungslosen auszuschalten. Nach diesem ersten Schritt zum Niedergang der schutzlos gewordenen Menschen war es meist nur eine Frage der Zeit, bis deren Seelen ausreichend korrumpiert waren, um von Nácar geerntet zu werden.

Natürlich musste er zuweilen Rückschläge einstecken. Es gab immer wieder Menschen, die auch ohne ihre himmlischen Aufpasser aufrecht durchs Leben gingen und keine bemerkenswerten Sünden auf sich luden.

Die meisten jedoch gebärdeten sich wie der Abschaum, zu dem sie in seinen Augen auch gehörten: korrupt, egoistisch und rücksichtslos. Ihm war es vollkommen rätselhaft, warum diese unvollkommenen Kreaturen geschaffen worden waren. Etwa nur, um sie anschließend mithilfe von Schutzengeln vor ihren inneren Abgründen zu bewahren?

Vielleicht aber nur, um Abwechslung in das Spiel des Daseins zu bringen, dachte er. Die Dinge waren eben so, wie sie waren, und den großen Plan durchschaute niemand von ihnen, vielleicht inzwischen nicht einmal mehr der Erfinder selbst.

Nácar wollte sich nicht beklagen. Ihre Existenz war sein Glück, und er verstand es bestens, seine Genesung selbst vor dem Marquis zu verbergen.

Dabei kam ihm der Umstand zur Hilfe, dass dieser immer noch nicht besonders gut auf ihn zu sprechen war. Deshalb zitierte er Nácar höchst selten herbei, und dann auch nur, um ihn vor seinen hämisch grinsenden Konkurrenten eine unbedeutende Aufgabe zu übertragen.

Vor nicht allzu langer Zeit hatte er sich darüber noch geärgert. Jetzt war er froh, seine Pläne weitgehend ungestört vom höfischen Leben Gehennas verfolgen zu können. Niemand ahnte, dass er einen Weg auf die Erde gefunden hatte und sich von den schweren Verlusten rasch erholte.

Gemeinsam mit der Legion, die er für den Marquis befehligt hatte, war ihm ein großer Teil seiner Magie abhanden gekommen. Um überhaupt wieder auf die Beine zu kommen, hatte er jedes einzelne Stück aus seiner Sammlung geschnürter Leiber um eine dunkle Seele erleichtern müssen und dennoch seine Heilung damit nur langsam vorantreiben können. Doch dank des Engelsehers ging es ihm inzwischen deutlich besser, und dabei hatte die Zeit der Ernte gerade erst begonnen.

Seine Macht wuchs ebenso rasch wie seine Sammlung an Schutzengeln. Zu Beginn hatte er die kleinen Biester umgebracht, um sich an ihrer Seele zu laben. Aber bald begriff er, welchen außerordentlichen Schatz sie darstellten, und beschloss, die schönsten Exemplare fortan zu sammeln.

John allerdings machte ihm in letzter Zeit ein wenig Sorgen. Natürlich hatte er ihn nicht nur ewige Treue schwören lassen, sondern den leichtsinnigen Engelseher bei dieser Gelegenheit auch gezeichnet, also mit einem der drei dämonischen Siegel versehen, und damit den Anspruch auf seine Seele geltend gemacht. Mit dem dritten Zeichen gehörte der Mensch dann endgültig dem Dämon und musste ihm mindestens neunundneunzig Jahre dienen.

Ein Gezeichneter konnte sich zwar theoretisch freikaufen, in der Praxis gelang dies jedoch selten, weil die dämonischen Verträge eben immer einen Pferdefuß hatten.

John trug Nácars erstes Zeichen in Form einer Schlange, die sich um seinen linken Knöchel wand, und der Dämon erinnerte sich amüsiert an den empörten Aufschrei, als John die Tätowierung entdeckte. Er erklärte ihm, dass sie nur ein Unterpfand dafür sei, dass er auch wirklich seine Schulden zurückzahlte, und hatte damit noch nicht einmal die Unwahrheit gesagt.

Ahnungslos, dass er bereits ein Drittel seiner Seele verkauft hatte, ging John seinem gewohnten nutzlosen Zeitvertreib nach. Er wettete auf Pferde oder den Wetterbericht der nächsten Woche, er wettete auf den Ausgang von Fußballspielen und darauf, wann der Thronfolger seine Verlobung bekanntgeben würde. Er verwettete buchstäblich seinen Kopf und – das erfreute Nácar ungemein – versuchte so gut es ging zu vermeiden, ihn um Hilfe zu bitten.

Natürlich hatte der Dämon eine Lösung parat: Er bot an, ihn für die Engelseherdienste zu bezahlen. Das sei ein faires Geschäft, erklärte er John, der anfangs moralische Bedenken geäußert hatte, und versprach, die Schutzengel am Leben zu lassen.

John willigte ein, fest davon überzeugt, sie wären nun Geschäftspartner.

Neuerdings hatte es ihm der Genuss von Kokain angetan. Eine Droge, die besonders im Spiel zu Selbstüberschätzung und leichsinnigen Einsätzen verführte.

All dies hätte ausgereicht, um ein zweites Siegel als Zeichen der Dankbarkeit zu fordern, doch Nácar wusste nicht, ob eine engere Bindung Einfluss auf Johns Talent haben würde. Und deshalb musste er ihn so lange gewähren lassen, wie er nicht riskieren wollte, dass sein wichtigstes Werkzeug stumpf wurde.

8

rian eilte durch die Straßen. Den Regen spürte er ebenso wenig wie den aufkommenden Wind, der seinen Mantel blähte wie das dunkle Segel eines Piratenschiffs. Die Schultern hochgezogen, die Hände tief in den Taschen vergraben, stemmte er sich gegen die Elemente, bis er begriff, was er da tat. Sofort verlangsamten sich seine Schritte, und er absorbierte die Energie, die von der Natur so großzügig verschenkt wurde. Cathure hatte ihn diesen Trick gelehrt. Nicht gegen, nur mit den Elementen gewann man eine Schlacht.

Arian ließ sich von einer besonders heftigen Böe emporheben und wurde eins mit dem Wind, der ihn seinem Ziel entgegentrug, wie er es seit Tausenden von Jahren getan hatte. Kurz darauf landete er auf dem Balkon vor Cathures Hauptquartier in der Stadt. Die Türen öffneten sich von selbst, und ein Windstoß wehte ihn herein wie Blätter im Herbststurm.

»Netter Trick.« Cathure schloss die Fenster hinter ihm und zog die Vorhänge zu.

»Habe ich bei dir gelernt.«

»Oh, tatsächlich?« Der Feenprinz neigte den Kopf, um anzudeuten, dass er die Anerkennung seiner Fähigkeiten durchaus zu schätzen wusste. Seiner Erfahrung nach hielten sich die Engel für die Krone der Schöpfung und bedienten sich der Talente ihrer Mitgeschöpfe, als sei es ihr gutes Recht. Natürlich ohne jemals Dank dafür zu zeigen. Arian war eine Ausnahme. Und natürlich die Schutzengel, aber die zählten nicht. Sie waren so fixiert auf das Wohlergehen ihrer Menschen, dass sie den Kontakt zu anderen Kreaturen vermieden, wo es nur ging.

»Die Wohnung habe ich dir zu verdanken, schätze ich.« Cathure lächelte.

Niemand war perfekt, und Arian konnte sich gewiss nicht damit rühmen, ein begnadeter Diplomat zu sein. Andererseits – wie sollte ein Engel diese Fähigkeit auch entwickeln? Sie erforderte Fingerspitzengefühl und eine gehörige Portion Empathie. Beides waren Eigenschaften, die man den himmlischen Kämpfern nicht mitgegeben hatte. Ihre verstoßenen Brüder und Schwestern taten sich schwer, überlebenswichtige Fertigkeiten zu erwerben, was allein schon ausreichte, ihnen den Ruf einzubringen, arrogante und selbstgefällige Zeitgenossen zu sein, die man besser mied. Darin unterschieden sie sich nicht von den Kindern des Lichts, die sie einmal gewesen waren.

Cathure war einer der wenigen seiner Art, die sich über derlei Vorurteile hinwegsetzten, weil er ähnlich wie die Engel seine Entscheidungen stets emotionslos traf. Niemand, der sich von Gefühlen leiten ließ, blieb so lange an der Macht wie er. Bei seinen Entscheidungen war es ihm nie um seinen eigenen Vorteil gegangen. Stattdessen hatte er stets das Überleben seines gesamten Volkes im Auge gehabt, auch wenn ihm das durchaus nicht immer Sympathien bei allen Feen einbrachte.

Gabriel, dessen Auftauchen in seiner Stadt er argwöhnisch beobachtete, war ihm niemals ganz geheuer gewesen. Seine Bitte, Arian das luxuriöse, aber mit großer Sorgfalt und viel magischem Können geschützte Penthouse auf unbestimmte Zeit zu überlassen, hatte Cathure überrascht. Gabriel hatte sich schon immer besser als jeder andere Engel, den er je getroffen hatte, darauf verstanden, die Beweggründe für sein Handeln zu verschleiern. Und so war es nicht nur seine Sympathie für Arian, die Cathure dazu bewegte, dem Wächter das luftige Refugium zu überlassen, das er normalerweise als Gästehaus nutzte, sondern auch eine gehörige Portion Neugier.

Cathure wusste, dass beide bis vor kurzem ein Team gewesen waren. Dass sich Gabriel für Arian verwandte, war ungewöhnlich, und dass sie immer noch Kontakt hielten, bestärkte ihn in seinem Wunsch, sich Arian jetzt noch genauer anzusehen – auch wenn er damit Gefahr lief, sich seinen Unmut zuzuziehen.

O ja, er war dunkler geworden, sein engelhafter Freund. Aber nicht die Aura war es, die ihre Farbe geändert hatte – obwohl Cathure auch darin eine leichte Veränderung zu entdecken glaubte, trübte kein Schatten den erhabenen Glanz.

Eine Tatsache, die ihm Rätsel aufgab. Er fragte sich, ob Engel – gefallen oder nicht – überhaupt wussten, wie ihre Auren beschaffen waren. Man musste Schicht für Schicht abtragen, bis das reine, wahre Licht einer Seele sichtbar wurde. Und hier war es, wo Cathure neuartige Schwingungen bemerkte. Er gehörte zu den wenigen Wesen in dieser Welt, die das Talent besaßen, mehr aus dieser visualisierten Ausstrahlung lesen zu können, als auf den ersten Blick sichtbar wurde. Ein Talent, das ihm schon häufig das Leben gerettet hatte.

Die Gefühle, die er immer schon in Arian zu sehen geglaubt hatte, schienen nicht nur stärker geworden zu sein, sie waren regelrecht in Aufruhr geraten. So sehr, dass er sich ein Schmunzeln verkneifen musste, als sich ihm die Quelle dieser Veränderung offenbarte.

Er speicherte diese Beobachtung wie alle anderen auch, um sie zu einem späteren Zeitpunkt nutzen zu können, sollte es jemals erforderlich werden. Als er bemerkte, dass sich Arian unter seinem prüfenden Blick allmählich unwohl fühlte, ließ er es vorerst dabei bewenden und machte eine einladende Geste. »Sei mein Gast, solange du willst.«

»Danke.« Nie zuvor hatte sich Arian bei diesem Wort so merkwürdig gefühlt wie jetzt. Natürlich hatte er sich auch früher schon bedankt, weil andere es ebenfalls taten und es erwartet wurde. Konnte es etwa echte Dankbarkeit sein, die er nun empfand? Ihm war klar, dass der Feenprinz ihn genau beobachtete. Und er wusste sehr wohl, dass Cathure eine besondere Form der Empathie beherrschte, über die er gern mehr erfahren hätte. Doch das musste warten.

Der Prinz verschränkte die Arme vor der Brust. »Unter einer Bedingung allerdings.«

Aha! Da war sie wieder, diese unsägliche Eigenart der magischen Kreaturen, für jeden Gefallen, jede Geste der Sympathie eine Gegenleistung zu verlangen.

Arian tat gut daran, sich rasch an diese Gepflogenheiten zu gewöhnen, sollte er in Zukunft in ihrer Welt leben müssen.

Es war wie ein riesiges Spiel. Man sammelte Reichtümer an, um sie zum richtigen Zeitpunkt klug zu investieren. Im Grunde war ihm ein solches Handeln zuwider, obwohl er alle

Voraussetzungen mitbrachte, um erfolgreich mitzuspielen. Man sagte ihm nicht ohne Grund nach, er verfüge über ein selbst für Wächter bemerkenswert ausgeprägtes Talent, langfristig angelegte Strategien zu entwickeln und dabei flexibel genug zu sein, diese spontan zu ändern – was selten nötig war.

Jetzt aber hatte er anderes im Sinn, und plötzlich sehnte er sich nach Juna und nach den Augenblicken bedingungsloser Hingabe, die er mit ihr erlebt hatte. In den wenigen Tagen seit seinem Sturz schien sie ihm gleichsam Anker und Refugium geworden zu sein. Er wappnete sich gegen die unerfreuliche Forderung, die Cathure mit Sicherheit gleich stellen würde, und fragte so neutral wie möglich: »Und deine Bedingung lautet …?«

Dieser erlaubte sich ein feines Lächeln: »Die Wahrheit. Eigentlich eine Selbstverständlichkeit für deinesgleichen, sollte man meinen.«

»Und du hast Zweifel daran, dass ich …«

»Nein«, unterbrach ihn Cathure rasch. Ein Zeichen dafür, dass er Arian nicht beleidigen wollte, obwohl er sich entschieden hatte, ganz offen mit ihm zu sein. »Aber du hast dich verändert, und ich trage die Verantwortung für das Wohlergehen meiner Stadt. Merkwürdige Dinge gehen hier vor, da hattest du ganz Recht. Aber ich verstehe nicht, warum man dich geschickt hat.« Dabei blickte er Arian direkt in die Augen, als könne er darin seine wahren Beweggründe lesen. »Sie haben sich nicht verändert. Noch nicht!«, fügte er unnötigerweise hinzu. Er wusste ebenso gut wie Arian, dass das einzigartige Blau verschwinden würde, je länger er dem Elysium fernblieb – fast, als wären es die himmlischen Weiten, die diese Farbe produzierten und an ihre Bewohner abgaben.

Anstelle einer Antwort ging Arian im Raum auf und

ab – etwas, das er früher niemals getan hätte. Als ihm sein merkwürdiges Verhalten bewusst wurde, blieb er sofort stehen. »Ich war immer ehrlich zu dir, das weißt du.«

Cathure senkte zur Bestätigung den Kopf.

»Glaub mir, es gibt viele Wege, die Unwahrheit zu sagen, ohne dabei die Sünde der Lüge zu begehen. Und ich habe jeden davon unzählige Male beschritten, wenn es die Situation erforderte. Aber ich war nie Sklave meiner Herkunft, und ich schwöre, dass ich dich nie belogen habe. Nicht, weil ich nicht anders konnte, sondern weil ich es so und nicht anders wollte. Und daran wird sich auch in Zukunft nichts ändern, egal, wie sie für mich aussehen wird.« Mit diesem letzten Satz, der aus seinem Mund bitter klang, hatte er bestätigt, was der Feenprinz offenbar längst geahnt hatte.

»Ich habe eure Regeln nie verstanden. Es ist einfach, gerecht zu sein, wenn man keine Wahl hat. Nur wer sich täglich frei für den richtigen Weg entscheidet, beweist seine Redlichkeit.« Cathures Stimme hatte einen warmen Klang angenommen. Er ahnte, dass es den Engel große Überwindung gekostet hatte, aufrichtig zu antworten.

»Was auch immer!« Arian fand es schwierig, mit der unerwarteten Sympathie umzugehen, und tat, was die meisten in dieser Situation tun würden: Er zog sich ein Igelgewand über, um sich vor allzu großer Nähe zu schützen. Er wusste nicht, dass sich Emotionen nicht von spitzen Stacheln abhalten ließen. »Nun, da du mein Geheimnis kennst, kannst du mir sicher ein paar Fragen beantworten.«

Cathure lachte, und dieses ungewohnte Geräusch inmitten der Stille seines Büros vertrieb alle Schatten des Misstrauens zwischen ihnen. »Du lebst dich schnell ein. Was willst du wissen?«

Wenig später beugten sich beide über eine Karte der Stadt und ihrer Umgebung, auf der Cathure mit roter Farbe die Orte eingezeichnet hatte, an denen kürzlich dämonische Energie zu spüren gewesen war. Anfangs versuchte Arian vergeblich, ein Muster zu erkennen, bis er die sorgfältig notierten Daten verglich. Er zeigte auf den Ring rund um Glasgow. »Der Dämon weitet seinen Aktionsradius beständig aus, aber er verlässt die Region nicht. Wenn er, wie ich vermute, von irgendjemandem beschworen wurde, dann war dieser Jemand klug genug, ihn zu binden. Wie gut ihm das gelungen ist, wird sich noch herausstellen. Es sieht aus, als sei er stärker geworden.«

Cathure zeigte auf einen dicken roten Punkt mitten in der Merchant City, einem alten Teil der Stadt. Hätte man einen Zirkel angesetzt, wäre noch deutlicher geworden, dass sich die anderen Orte kreisförmig darum gruppierten. »Bingo! Hier ist er zum ersten Mal aufgetaucht.«

Arian richtete sich auf. »Dann müssen wir dort mit der Suche beginnen. Häufig kehren sie zum ersten Portal zurück, weil es am durchlässigsten ist.«

»Du wirst nichts finden. Die Gebäude in dieser Straße wurden kürzlich abgerissen. Sie standen lange leer. Deshalb hat der Nekromant wahrscheinlich sein Ritual dort abgehalten.« Er verstummte und rieb sich das Kinn. »Heißt das etwa, dass der Dämon nicht mehr nach Gehenna zurückkehren kann?«

»Nicht unbedingt.« Arian beugte sich abermals über die Karte. »Siehst du, es gibt immer wieder Tage, an denen es ruhig bleibt. Ich vermute, da war er *zu Hause*.«

»Wenn du Recht hast, handelt es sich um keinen unbedeutenden Dämon.«

Cathure war nicht leicht zu beunruhigen, aber die Vorstellung, dass sie es mit einem Dämonenfürsten zu tun haben könnten, der problemlos von einer Welt in die andere wechseln konnte, erschreckte auch ihn. So gesehen war es keine Überraschung, dass ausgerechnet Arian geschickt worden war, um der Sache auf den Grund zu gehen. Er galt trotz seiner relativen Jugend als einer der Besten, und zusammen mit Gabriel war er beinahe unschlagbar gewesen. »Trotzdem sehe ich den Zusammenhang mit den verschwundenen Schutzengeln nicht. Nicht einmal ein Herzog von Abaddon könnte sie so ohne weiteres ausfindig machen.«

»Er muss einen Gehilfen haben. Und ich ahne auch schon, wer das sein könnte.« Arian klang dermaßen grimmig, dass Cathure unwillkürlich vom Tisch zurücktrat. Als er sich gefasst hatte, klingelte ein Handy. Arian machte keine Anstalten, es hervorzuholen, bis Cathure sagte: »Das ist dein Telefon!«

»Niemand kennt die Nummer!« Mit Ausnahme von Gabriel, der ihn bestimmt nicht anrufen würde.

Doch dann erinnerte er sich, wie er Juna unbemerkt einen Zettel in die Tasche gesteckt hatte, der ihr dank einer kleinen Manipulation in die Hände fallen würde, sobald sie in Not war. Er zog das Handy hervor. »Juna!« Er sah Cathure dankbar an, der ans Fenster getreten war, um ihm Raum zu geben.

»Bleib, wo du bist! Nein, auf keinen Fall.«

Sosehr sich Cathure auch bemühte, er konnte die Stimme am anderen Ende nicht hören. »Juna, bitte …!« Frustriert starrte Arian auf das Display. »Sie hat aufgelegt!«

»So sind die Frauen. Du wirst dich daran gewöhnen müssen.« Cathure drehte sich schmunzelnd um, wurde aber schnell wieder ernst. »Was ist geschehen?«

»Ihr Schutzengel ist verschwunden. Sie glaubt, dass Iris etwas zugestoßen ist.«

»Okay, korrigiere mich, wenn ich etwas Falsches sage: Die Anruferin behauptet, den Namen ihres Schutzengels zu kennen. Außerdem glaubt sie zu wissen, dass er sich in Gefahr befindet? Ich muss sagen, dieses Mädchen interessiert mich.« Als er Arians Gesichtsausdruck bemerkte, senkte er rasch den Blick und betrachtete seine außergewöhnlich langen Fingernägel, als sähe er sie zum ersten Mal. »Schon gut, ich frage nicht weiter. Geh, mein Freund, und steh der Dame in Not bei!«

Dieser Aufforderung hatte es offenbar nicht bedurft, denn als er aufblickte, war Arian verschwunden. Nichts wies darauf hin, dass er durch eine der Türen gegangen sein könnte. Engel verfügten nicht über die Fähigkeit, einfach zu verschwinden. Dämonen allerdings schon. Cathures Nasenflügel blähten sich. »Immerhin stinkt es nicht nach Schwefel«, murmelte er. »Es besteht noch Hoffnung.«

»Arian!« Juna fuhr herum. Eben hatte sie ihr Handy zusammengeklappt, da stand er auch schon mitten in ihrer Küche. »Entschuldige, ich wollte nicht … Aber ich wusste nicht …!«

»Du hast genau das Richtige getan! Was ist passiert?« Arian umfasste ihre Ellbogen und führte sie zu einem Stuhl. »Setz dich, du bist ganz blass!« Er füllte ein Glas mit Wasser und drückte es ihr in die Hand. Dann hockte er sich vor sie hin, legte die Hände auf Junas Knie und forderte sie mit sanfter Stimme auf: »Erzähl mir, was geschehen ist.«

»Wir haben uns unterhalten. Das war ja auch nötig. Wie konnte sie mir verschweigen, wer sie ist?«

Arian hob eine Augenbraue.

»Okay, ich weiß. Schutzengel geben sich normalerweise nicht zu erkennen, stimmt's? Aber dass sie einfach so unter uns gelebt hat. Wie eine …« Das Wort *Sterbliche* wollte ihr nicht über die Lippen.

»Juna, darüber können wir später sprechen. Warum glaubst du, ihr sei etwas zugestoßen?«

»Natürlich.« Juna trank einen Schluck Wasser und starrte in das Glas, als sähe sie die Ereignisse darin vor sich. »Finn musste raus. Sie wollte nur schnell einmal um den Block gehen – das dauert keine zehn Minuten. Als sie nach einer halben Stunde noch nicht zurück war, habe ich mir Sorgen gemacht und bin ebenfalls rausgegangen. Vor der Tür saß Finn, allein. Er hatte etwas im Maul. Erst habe ich nicht darauf geachtet, aber dann hat er es ausgespuckt.« Sie zog ein Taschentuch hervor und schlug die Ecken vorsichtig auseinander. »Das sind Federn!«

Arian nahm ihr das Tuch mit dem unförmigen Klumpen vorsichtig aus der Hand und betrachtete ihn eingehend. Dann begann er zu lachen. »Taubenfedern. Euer Hund hat seinem Jagdinstinkt nachgegeben, fürchte ich.«

Zuerst sah Juna ihn fassungslos an, als begriffe sie nicht. Doch dann begann auch sie zu kichern. »Tauben? Du meine Güte, die sind Finn schon immer ein Dorn im Auge gewesen.« Sie drohte dem Hund, der hervorkam, als er seinen Namen hörte, mit dem Zeigefinger. »Du Lump! Was hast du da gemacht?« Juna stand auf, nahm Arian die Federn aus der Hand und warf sie zusammen mit dem Taschentuch in den Müll. »Der arme Vogel. Ich hoffe, er war bereits tot.«

216

»Macht Iris das häufiger? Einfach so verschwinden, meine ich.«

Juna wurde wieder ernst. »Das kommt vor. Aber sie liebt Finn abgöttisch und würde ihn nie allein lassen. Meinst du, ihr ist doch etwas passiert?«

»Ich glaube nicht.« Er rieb sich mit der Hand übers Kinn. Das kratzende Geräusch erinnerte ihn daran, dass die letzte Rasur schon eine Weile zurücklag. »Ich kann es nicht mit Bestimmtheit sagen, aber ich möchte schwören, sie ist mehr als nur ein einfacher Schutzengel. Dass sie hier mit dir, mit euch zusammenlebt, ist ganz und gar ungewöhnlich. Angesichts deiner Fähigkeiten allerdings durchaus sinnvoll.«

»Oh. Darüber habe ich noch gar nicht nachgedacht. Es ist kein leichter Job, auf mich aufzupassen, schätze ich.«

Arian zwinkerte ihr zu. »Es ist schrecklich!« Dann wurde er wieder ernst. »Ich bin kein Schutzengel, mir fehlt der Vergleich. Und Engelseher sind sehr, sehr selten. Jemanden wie dich habe ich noch nie kennengelernt.«

Dass er damit nicht nur ihre seherischen Talente meinte, mochte er sogar vor sich selbst nicht zugeben. Er fühlte sich leicht und glücklich in ihrer Nähe, aber wie hätte er ihr das erklären sollen, wenn er doch selbst nicht genau begriff, was mit ihm vorging? Iris beneidete er allerdings keineswegs um ihre Aufgabe. Sie trug eine große Verantwortung. Umso mehr, als Juna sehr wahrscheinlich nicht ihr einziger Schützling war.

Als er diese Vermutung laut äußerte, sagte Juna: »Das würde einiges erklären. Weshalb sie so häufig plötzlich verschwindet beispielsweise, und vielleicht auch ihre seltsamen Stimmungsschwankungen.«

Aus alter Gewohnheit reagierte Arian nicht sichtbar auf

diese interessante Information, speicherte sie jedoch gewissenhaft in seinem Gedächtnis ab. Der Schutzengel hatte also Stimmungsschwankungen? Er würde der Sache nachgehen. Doch dafür war später auch noch Zeit.

Junas Nähe hätte sein Herz schneller schlagen lassen, wäre es noch intakt gewesen. Aber auch so wurde ihm wärmer, und sein Atem schien schneller zu gehen. Er schob sie zum Sofa, das ihm in den ersten Nächten als Bett gedient hatte, setzte sich und zog sie zu sich auf den Schoß. Vielleicht war es an der Zeit, seine verwirrenden Gefühle genauer zu untersuchen. Gespannt wartete er auf ihre Reaktion. Nach dem Zwischenfall im Penthouse, als irgendwie sein Engelsfeuer außer Kontrolle geraten war, hatte er schon geglaubt, sie verloren zu haben.

Als sie sich nun aber wie selbstverständlich an ihn schmiegte, legte er die Arme um ihren schmalen Körper und lehnte sich weit zurück, bis sein Kopf auf der Rückenlehne lag und er die Decke über sich betrachtete wie einen Sternenhimmel. Das Glücksgefühl, Juna im Arm halten zu dürfen, war einfach überwältigend. Er betrachtete ihren einladenden Mund und beobachtete, wie sich ihre Lippen öffneten, ihr Atem schneller ging. Die Zungenspitze aufblitzen zu sehen, mit der sie sich die Lippen befeuchtete, war zu viel für Arian. Er zog sie näher zu sich heran und küsste sie.

Junas Herzschlag schien sich mit jeder Sekunde zu verdoppeln, die Arian verstreichen ließ, ohne sie zu küssen. Worauf wartete er? Das Verlangen in seinen Augen war überdeutlich, aber dennoch wagte sie nicht, den ersten Schritt zu tun. Ahnte er, dass sie die Ursache des Feuers in seinem

Schlafzimmer gewesen war? Zögerte er deshalb, oder hatte er Angst, etwas Verbotenes zu tun?

Sie konnte nicht gerade von sich behaupten, besonders bibelfest zu sein, aber im Buch der Christenheit war eindeutig die Rede davon, was mit Engeln geschah, die sich mit *Menschenfrauen* einließen. Gabriel schien zu wissen, dass es zwischen ihnen weit mehr als nur Küsse gegeben hatte. Würde er Arian verraten?

Wenn er mich nur endlich küssen würde, dachte sie und war selbst überrascht, wie sehr sie sich nach Arians Zärtlichkeiten sehnte. *Bitte!*

Der Gedanke war noch nicht zu Ende gedacht, da gehorchte er endlich ihrem lautlosen Flehen. Seine Berührungen waren so zart, dass sie anfangs kaum mehr spürte als einen Hauch auf ihrer Haut. Juna schloss die Augen und konzentrierte sich auf seine Lippen, die ihren Mund liebkosten. Er hauchte kleine Küsse in ihre Mundwinkel, folgte der Linie ihres Kiefers bis zum Ohr. Nie zuvor hatte sie geahnt, wie wunderbar sich das anfühlen würde. Sein Atem spiegelte ihr eigenes wachsendes Verlangen. Woher wusste er von dieser empfindlichen Stelle oberhalb ihres Schlüsselbeins? Juna wollte mehr. Ein Stöhnen kam ganz tief aus ihrer Kehle, sie legte ihre Hand in sein Genick und zog ihn tiefer zu sich herab.

Überall da, wo Arians Lippen ihre Haut berührten, begann sie zu prickeln, als erweckten seine Zärtlichkeiten sie zum allerersten Mal zum Leben. Juna bog sich ihm entgegen. Seine Hände strichen über ihren Rippenbogen, weiter hinab bis zur Taille, wo sie den Saum ihres T-Shirts erreichten, sich auf die nackte Haut schlichen und bisher ungekannte Gefühle auslösten. Ganz langsam, als fürchte er, sie könne jederzeit protestieren, schob er das Hemd hoch, und ehe sie wirklich begriff, was er vorhatte, hatte er es ihr schon ausgezogen. Die kühle Luft war ein Schock besonderer Art und fachte die Flammen, die über ihren Körper tanzten, nur noch weiter an, bis sich ihre Brüste spannten und nach Freiheit sehnten. Dabei war sie froh, ihren BH für *besondere Anlässe* angezogen zu haben. Doch lange blieb ihr nicht für diese Überlegung, denn Arian schob die zarte Spitze beiseite, bis sich der Inhalt der kostbaren Verpackung als völlig neue Auslage präsentierte. Erwartungsvoll sah sie zu ihm auf, und das Begehren, das sie in seinen Augen las, machte sie stolz.

Letzte Nacht hatte sie ein so überwältigendes Verlangen danach gehabt, ihn endlich in sich zu spüren, dass sie diesen zügellosen Hunger so schnell wie möglich befriedigen musste. Ihm war es nicht anders ergangen, und ihre Begegnung war kurz und fast gewalttätig gewesen. Doch dieses Mal war alles anders – sie würde sich Zeit lassen, seinen Körper zu erkunden, und es sah ganz danach aus, als habe er die gleichen Pläne.

»Arian!«

All seine Selbstdisziplin ging mit dem Hauch ihres Atems verloren, der seine Wange streifte, als sie seinen Namen so zärtlich aussprach, wie es noch nie zuvor jemand getan hatte. Mit einem Aufstöhnen gab er dem Verlangen nach und beugte sich über ihre linke Brust, deren Form er mit seinen Fingerspitzen erkundete. »So perfekt!« Er konnte nicht genug von ihr bekommen, küsste ihre zarte Haut und betrank sich an ihrem Duft, der so einzigartig war wie Juna selbst. Eine exquisite Mischung aus Kamelie und exotischen

Blüten, die ihm zusammen mit dem herben Aroma ihrer
Erregung beinahe den Verstand raubte. Während er ihr half,
sich aus ihrem Rock zu schlängeln, knöpfte sie mit fliegenden Fingern sein Hemd auf. Der Rest ihrer Kleidung landete auf dem Boden, seine Jeans folgte gleich darauf. Mit
fiebriger Hast flogen seine Hände über ihren Körper, bette-
ten sie wie eine anbetungswürdige Kostbarkeit auf weichen
Kissen, bevor er ihre schlanken Beine auseinanderdrückte
und sich zwischen sie kniete. Sie fühlte keine Scham, präsentierte sich ihm selbstbewusst, ohne den Blick von ihm zu
wenden und gab ihm ihrerseits zu verstehen, dass ihr gefiel,
was sie sah. Arian, der sich nie Gedanken über sein Äußeres
gemacht hatte, genoss es, für sie begehrenswert zu sein. Zu
wissen, dass sie ebenso nach seinen Zärtlichkeiten hungerte,
steigerte seine Erregung ins Unermessliche, und er wünschte
sich nichts mehr, als sie zu besitzen und ihr mit seinem
Körper, seiner Seele und seiner Kraft zu dienen. Langsam
streckte er die Hand aus, um ihren Bauch zu berühren,
der erwartungsvoll vibrierte. Sie legte ihre Hand auf seine
Finger und machte sich gemeinsam mit ihm auf den Weg
hinab, über das weiche Haar ihrer Scham, tiefer, bis sie die
kleine Knospe fanden und Juna ihm zeigte, wie er sie berühren sollte.

Arian lernte schnell, und er war kreativ. Als er sich seiner
Zunge besann, registrierte er zufrieden das leichte Zittern,
das ihre weißen Schenkel erbeben ließ. Er küsste die geschwollenen Lippen und trank den herben Nektar ihrer
Erregung, bis er sein Ziel fast erreicht hatte und sie sich ihm
stöhnend entgegenbog. Als er merkte, dass sie nicht mehr
weit von einem lustvollen Höhepunkt entfernt war, hätte er
beinahe die Beherrschung verloren, hätte sie am liebsten bei

den Hüften gepackt, um tief in ihren Körper einzudringen. Um sie zu besitzen, wie er es gestern getan hatte. Immer und immer wieder, bis sie gemeinsam ein Paradies betreten würden, von dem er niemals zu träumen gewagt hatte. Mit einem Stöhnen zwang er sich zur Disziplin.

Sie aber schien dies als Provokation zu empfinden, setzte sich auf und drückte ihren überraschten Liebhaber in die Kissen. Juna strich mit der flachen Hand über seine breite Brust, und er spiegelte jede ihrer Berührungen. Wenn sie mit ihrer kleinen Zunge über den empfindlichen Hof seiner Brustwarzen fuhr, tat er es ihr nach, wobei er sich Zeit ließ, ihre festen rosigen Knospen zu kneten und zu küssen. Als er entdeckte, dass jede zarte Berührung unter ihren Brüsten ein wollüstiges Stöhnen hervorrief, quälte er sie lachend, bis Juna ihn anflehte, von ihr abzulassen.

Sie revanchierte sich, indem sie küssend der schmalen Linie immer dunkler werdenden Haars über seinen Bauch folgte. Atemlos genoss er ihre zarten Liebkosungen, bis sie zwischen seinen Beinen entdeckt zu haben schien, wonach sie gesucht hatte. Erst war Arian erschrocken, als sie begann, seine Hoden sanft zu massieren. Doch bald verlor er nahezu den Verstand unter ihren geschickten Händen.

»Juna, bitte!« Er glaubte, sterben zu müssen, wenn er sie nicht sofort besitzen konnte.

»Komm!«

Darauf hatte er gewartet. Er schob ihre Knie weit auseinander und drang mit einem nahezu animalischen Grollen in sie ein. Juna war mehr als bereit für ihn. Sie schlang ihre Beine um seine Hüften, und er glitt noch tiefer hinein. Er genoss ihre feuchte Hitze und das glückliche Seufzen, als er sie komplett ausfüllte, weiter dehnte, bis sie flüsterte, mehr ginge nicht. Er begann sich langsam in ihr zu bewegen, während seine schlanken Finger diese entzückende Stelle suchten, deren Berührung seine Geliebte ganz offensichtlich an den Rand des Wahnsinns brachte. Arian war selbst nicht weit davon entfernt, als er nun im gleichen Rhythmus wie ihr galoppierender Pulsschlag sie beide in ungeahnte Sphären der Ekstase trieb, bis sie aufschrie und sich ihr Körper unter ihm wand, wieder und wieder. Keuchend sank sie zurück, und er pumpte das Elixier der Leidenschaft und des Lebens in sie hinein, bis beide endlich befriedigt innehielten. Schwer atmend verharrte Arian noch einen Augenblick lang in der warmen Sicherheit ihrer Umarmung und ließ sich dann erschöpft neben Juna auf das Sofa sinken.

Zu ihrer Überraschung hielt dieser Zustand nicht lange an, und als sie während eines leidenschaftlichen Kusses gemeinsam vom Sofa rollten, lachte sie. »Das können wir auch bequemer haben.«

Arian hob Juna auf und trug sie in ihr Zimmer, wo er vor dem Bett stehen blieb und sie küsste.

Juna hatte inzwischen keine Sorge mehr, dass sie zu schwer für ihn sein könnte. Arian hielt sie mit derselben Leichtigkeit, mit der er sie in der letzten Nacht gehalten hatte, während sie … Bei dem Gedanken an ihre leidenschaftliche Begegnung wurde ihr ein wenig schwindelig. »Du kannst mich jetzt runterlassen!«

»Vielleicht. Wenn du mich ganz lieb darum bittest!«

Sie beschloss, dass Küsse das beste Mittel waren, um ihn gefügig zu machen, und es dauerte nicht lange, da konnte sie sich nicht mehr erinnern, wer dieses Mal damit begonnen hatte, eine harmlose Neckerei in eine erregende Angelegenheit zu verwandeln.

Juna lauschte auf Arians gleichmäßigen Atem, schlängelte sich vorsichtig aus seiner Umarmung und ging so leise wie möglich ins Bad.

Eine Minute länger, und meine Blase wäre geplatzt! Erleichtert wandte sie sich dem Spiegel zu und schrak zurück. Wäre da nicht dieses bisher unbekannte Gefühl zufriedener Schwere in ihrem Körper gewesen, der Zustand ihrer Haare hätte mit Sicherheit verraten, was sie in den letzten Stunden getan hatte. Oder ihr Mund.

Mit den Fingerspitzen berührte sie ihre geschwollenen Lippen und lächelte bei dem Gedanken an Arians Küsse und all die anderen Dinge, die er …

Das leise Vibrieren ihres Handys holte sie aus ihrem Tagtraum, bevor er richtig begonnen hatte. Irgendwann im Laufe des Nachmittags waren sie in ihr Schlafzimmer umgezogen, nachdem sich das Sofa und – sie errötete bei dem Gedanken daran, dass sie nicht einmal die Vorhänge zur Straße zugezogen hatten – der Behandlungstisch in ihrer Praxis als zu unbequem erwiesen hatten. Das Handy war verstummt, und sie sah sich suchend um. Auf gut Glück versuchte sie es mit dem Wäschekorb, und tatsächlich: Da lag es. *Vier Anrufe. Hoffentlich ist kein Notfall dabei!* Rasch betätigte Juna die Kurzwahl. Sie hatte zwar keinen Notdienst mehr, aber viele ihrer Kunden hatten sich daran gewöhnt, dass sie Tag und Nacht für die Tiere da war. Die erste Nachricht kam von Iris: »T'schuldige, ich musste plötzlich weg. Ein Notfall. Finn sitzt vor der Tür, bitte lass ihn gleich rein, ja?«

In der nächsten Nachricht bat Iris um Rückruf. Sie mache sich Sorgen um Finn. »Hast du ihn reingelassen? Es tut mir leid.«

Der nächste Anruf war ebenfalls von Iris. »Juna, ich habe wenig Zeit. Mach genau, was ich dir sage. Geh zu Arian und bleib bei ihm …«

An dieser Stelle knisterte es in der Leitung, und ein Pfeifen bohrte sich schmerzhaft in Junas Ohr. »Iris? Bitte, sag doch etwas!« Obwohl sie wusste, dass es nur eine Ansage auf ihrem Anrufbeantworter war, hoffte sie auf eine Antwort.

»Pass gut auf Finn auf … ich liebe euch!« Dann war die Leitung tot.

Sie wusste, dass etwas Schreckliches passiert sein musste. Iris wurde nie sentimental. Mit Herzklopfen wartete Juna darauf, dass die elektronische Ansage, die die Nachricht Nummer vier ankündigte, endlich endete.

»Hi, Juna! Stell dir vor, ich habe gestern diesen unglaublich süßen …« Eine ehemalige Kommilitonin, die sie regelmäßig über ihre neuesten Eroberungen auf dem Laufenden hielt.

Endlich hätte Juna selbst einmal etwas zu berichten gehabt, aber dafür war wohl kaum der richtige Zeitpunkt. Sie drückte auf Abbrechen und fuhr erschreckt herum.

9

*A*rian erwachte von einem gewissen Gefühl der Leere. Dass er überhaupt eingeschlafen war, grenzte schon an ein Wunder. Engel schliefen fast nie. Andererseits …

Die Erinnerung an die Aktivitäten der letzten Stunden zauberte ein zufriedenes Grinsen auf seine Lippen. Engel hatten auch keinen Sex. *Welch ein Unglück!* So gesehen war es vielleicht gar nicht so erstaunlich, dass er kurz eingenickt war.

»Juna?«

Mit allen Sinnen analysierte er jegliche Bewegung und alles Leben, oder was als solches gelten wollte, in seiner Umgebung, wie es die Gewohnheit eines jeden Wächterengels war. Alles schien friedlich. Der Hund schlief in seinem Korb, Juna befand sich im Bad. Ihr Herz schlug gleichmäßig, sie wirkte so glücklich, dass er unwillkürlich lächeln musste, denn ihm erging es nicht anders. Alles war in Ordnung … bis ihn plötzlich kurze, harte Wellen erreichten, die von höchstem Stress kündeten. Was tat sie dort – etwa telefonieren? Junas Puls schoss in schwindelnde Höhen und im Nu war er aus dem Bett gesprungen, um ihr zur Seite zu stehen.

»Iris. Ihr ist etwas zugestoßen!«

Behutsam nahm er ihr das Telefon aus der Hand und führte sie zurück ins Schlafzimmer, wo sie sich aufs Bett fallen ließ und ihn ängstlich ansah. Arian hörte den Anrufbeantworter noch einmal ab. Als er Iris' Nachricht gehört hatte, runzelte er die Stirn. Das Verhalten des Schutzengels irritierte ihn. Wäre sie überfallen worden, hätte sie ganz gewiss keine Zeit mehr gehabt, Anrufe zu tätigen. Er hatte gesehen, wozu der Dämon fähig war, und bezweifelte, dass sie eine Chance haben würde, sollte sie versuchen, sich ihm in den Weg zu stellen. Möglicherweise hatte sie etwas beobachtet und war dabei in Schwierigkeiten geraten. Wie auch immer – er würde ihr helfen müssen. Als er Junas erwartungsvollen Blick auf sich spürte, seufzte Arian.

Wenig später landete er auf dem Balkon vor Cathures Büro, in seinen Armen eine sehr blasse Juna. Ob es am Fliegen lag oder daran, dass sie sich Sorgen um ihre Freundin machte, verriet sie ihm nicht. Es war Wahnsinn, sie hierherzubringen, doch er wusste sich nicht anders zu helfen. Gabriel war nicht zu erreichen gewesen – an seiner Stelle hatte er nur eine Frauenstimme am Telefon gehabt, die in sinnlichem Timbre verkündete, dass der Teilnehmer derzeit anderweitig beschäftigt sei. Und irgendjemand musste sich um sie kümmern, während er Iris' Spuren folgte.

Cathures edles Gesicht blieb ausdruckslos, als er von seinen Papieren aufsah und beobachtete, wie sich eine Sterbliche aus der Umarmung des Engels löste und mit großen Augen die wertvolle Einrichtung seiner Räume bestaunte. Und es sprach für eine glänzende Selbstbeherrschung, dass man auch seiner Stimme nicht anmerkte, wie sehr ihn dieser Besuch irritierte. Lediglich seine Nasenflügel bebten kurz, als er den Duft einsog, der ihm bestätigte, was ihre Aura bereits verraten hatte: Diese beiden verband eine ganz besondere Magie.

Rätsel interessierten ihn immer, und deshalb beschloss er, sich anzuhören, was Arian als Erklärung für sein unerhörtes Verhalten anzubieten hatte. Eine Sterbliche in Cathures Räumen, das hatte es noch nie gegeben. Aber wenigstens war der Engel klug genug gewesen, sie nicht auch noch durch den Vordereingang hereinzuschleppen.

»Nun?«, fragte er schließlich.

Arian war erleichtert, dass Cathure ihn nicht sofort wieder vor die Tür setzte. In knappen Worten erklärte er die Situation und musste dabei nicht einmal darauf eingehen, wen er hinter den Ereignissen vermutete. Cathure war kein Dummkopf und würde verstehen, dass Arian vor Juna so wenig Details wie möglich erwähnen wollte.

Juna fühlte sich erschöpft und war dankbar, ein paar Minuten für sich zu haben. Der Fremde hatte sich ihr zwar nicht vorgestellt, aber immerhin einen Platz und sogar ein Getränk angeboten. Letzteres hatte Juna abgelehnt. Nun saß sie in einem bequemen Sessel und betrachtete die beiden Männer, die sich über einen Tisch beugten, auf dem eine große Landkarte ausgebreitet war, und leise in einer fremden Sprache redeten. Es lag auf der Hand, dass ihr Gastgeber Arians Natur kannte. Und dass er selbst kein Mensch sein konnte, war ihr ebenso klar. Zum einen kannte sie niemanden, der so entspannt reagiert hätte, wäre ein Engel auf seinem Balkon gelandet. Zum anderen spürte sie eine übernatürliche Energie in ihm, die Arians nicht ganz unähnlich war. Doch wo der Engel Licht und die Weite des Horizonts in seinen Genen zu tragen schien, ließ dieser Mann sie an Wiesen denken, an smaragdgrüne Seen und lichte Wälder. *Ein Engel ist er jedenfalls nicht*, dachte sie gerade, als er kurz aufsah und ihre Blicke sich trafen. Sie glaubte ein kurzes Flackern in seinen Augen zu sehen – fast, als habe er ihre Gedanken gehört und sei darüber erstaunt.

Doch dann wandte er sich wieder Arian zu, und Juna dachte schon, sie habe sich geirrt, als der Duft von frischer Erde und die Wärme eines Sommertags sie einhüllten. Es war, als glitte sein Lächeln über ihre Haut, und sie gab einen erschrockenen Laut von sich. Arian reagierte sofort. Mit einem ärgerlichen Ausruf stand er plötzlich dicht an ihrer Seite. »Sie steht unter meinem Schutz!«

Jetzt lachte der Mann. »Das ist unübersehbar.« Juna war genervt. Wieso glaubte jeder, dem sie begegneten, dass sie ein Paar waren?

Vielleicht, weil ihr euch so verhaltet?, fragte ihre stets kritische innere Stimme.

Der Mann kam auf sie zu. »Ich bin Cathure.«

Juna blieb sitzen und sah ihn erwartungsvoll an.

»Deine Sinne haben dich nicht getäuscht. Mein Element ist die Erde, Mutter Natur ist meine Herrin.« Er senkte leicht den Kopf, als erkenne er damit deren Hoheit an, und griff dann so schnell nach ihrer Hand, dass weder sie noch Arian reagieren konnten.

Arian mahnte: »Cathure!«

Doch er ließ sich nicht beirren und schloss stattdessen kurz die Augen. Als er sie wieder öffnete, sah sie ihr eigenes Feuer darin. »Solltest du jemals Hilfe brauchen, ich bin immer für dich da!« Damit zog er ein feines Lederband aus der Tasche, an dessen unterem Ende ein merkwürdig geformtes, sehr leichtes Holzstück hing, und legte es um ihren

Nacken. »Trag dieses Amulett stets direkt auf der Haut, und es wird dir helfen, die Wahrheit zu erkennen.«

Juna war sprachlos, und Arian schien es nicht anders zu ergehen. Als er die Hand auf ihre Schulter legte, glaubte sie deutlich seine Überraschung spüren zu können. Vielleicht hätte er etwas gesagt, wenn es in diesem Augenblick nicht geklopft hätte. Schnell verbarg sie das Geschenk unter ihrem T-Shirt, wie Cathure ihr geraten hatte.

Er war blitzschnell an der Tür und öffnete sie einen Spalt. Ihm schien daran gelegen zu sein, dass niemand seine Besucher zu Gesicht bekam. Als er zu ihnen zurückkehrte, wirkte er besorgt. »Es gibt schlechte Nachrichten. In Johnstone hat es Straßenschlachten gegeben. Angefangen hat es mit einer Auseinandersetzung zwischen zwei Gangs. Es gibt mindestens sieben Tote und zahllose Verhaftungen.« Bedeutungsvoll sah er Arian an.

Juna sprang auf. »Das ist hinter Paisley, habe ich Recht? Iris stammt daher. Zumindest hat sie das erzählt, als ich noch nicht wusste …« Hilflos hob sie die Schultern. »Als ich noch nicht wusste, wer sie wirklich ist«, ergänzte sie leise.

»Ich kümmere mich darum.« Arian wollte zum Balkon gehen, aber Juna hielt ihn am Ärmel fest.

»Wo willst du hin? Du kannst mich doch nicht einfach hierlassen.«

»Juna, deshalb sind wir hergekommen. Wenn dieser Dämon deinen Schutzengel entführt hat, dann weiß er auch über dich Bescheid, und er besitzt den Schlüssel zu deiner Seele.«

»Was soll das nun wieder heißen?«

Cathure unterbrach Arian mit einer Handbewegung. »Er

will damit sagen, dass ein Dämon schutzlose Menschen manipulieren kann. Er weckt ihre dunkle Seite und sieht seelenruhig zu, wie sie ins Unglück stürzen. Danach kann er ihre Seele stehlen.«

»Und was tut er damit? Ich meine, außer sie in die Hölle zu verschleppen?«

»Oh, er verschleppt niemanden. Er absorbiert die Seelen, und mit jeder einzelnen wird er stärker. Dieser Dämon ist bereits sehr mächtig. Wenn die Nachrichten stimmen, und daran habe ich keinen Zweifel, dann sät er Gewalt und Niedertracht, um bald eine große Ernte einfahren zu können. Schon jetzt hat sich sein Radius erheblich vergrößert.« Cathure warf Arian einen Blick zu, der zu sagen schien: *Wie kannst du ihr das verschweigen? Unwissenheit ist jetzt die größte Gefahr für sie.*

Ich wollte sie schützen.

Die beiden starrten sich an.

»Hallo! Ich bin auch noch da.« Juna stemmte die Hände in die Taille und sah ziemlich kampflustig aus. »Wenn der Kerl aus der Lagerhalle dahintersteckt, dann sollten wir ihn so schnell wie möglich aufhalten. Ich weiß, dass er gefährlich ist, aber ich lasse Iris nicht im Stich. Bisher hat sie über mich gewacht, und jetzt helfe ich ihr.« Juna verstummte, und die Männer beobachteten, wie eine merkwürdige Veränderung mit ihr vorging. Sie wurde sehr blass, aber Cathure sah an dem warmen Leuchten ihrer Aura, dass es ihr gutging. Mehr als gut. Ihr Energielevel stieg unglaublich schnell. Noch mehr erstaunte ihn, dass er die Quelle dieser Kraft nicht erkennen konnte – bis er auch bei Arian eine Veränderung bemerkte, die dem Engel aber offensichtlich nicht bewusst war. Seine einzige Sorge galt Juna.

Noch war Cathure nicht klar, worin die geheimnisvolle Verbindung bestand, die ohne Zweifel zwischen den beiden existierte. Nur eines war sicher: Sie ging weit über eine Affäre oder auch Liebesbeziehung hinaus. Arian war wahrlich nicht der erste gefallene Engel, der mit einer Sterblichen anbandelte. In seinem langen Leben hatte Cathure viele solcher verbotenen Beziehungen beobachtet. Aber diese war anders. Und er würde auch noch hinter das Geheimnis kommen.

Bis dahin würde er sich allerdings hüten, seine Beobachtungen laut auszusprechen. Es lag nicht in seinem Interesse, dass irgendjemand das Ausmaß seiner eigenen Fähigkeiten kannte. Und er hätte kaum darüber reden können, ohne sich selbst zu verraten.

Juna schien auf etwas zu lauschen. Und plötzlich, fast als sei ein Licht erloschen, war sie wieder sie selbst. »Fragt mich nicht, woher ich das weiß, aber ich hatte immer eine Ahnung, dass etwas nicht stimmt, wenn Iris mal in Schwierigkeiten war, und das ist sie jetzt auf jeden Fall. Aber ich bin sicher: Sie lebt. Worauf warten wir noch?«

Arian musste eine schwierige Entscheidung treffen. Konnte Juna tatsächlich Kontakt zu ihrem Schutzengel herstellen? Dann war sie eine wichtige Unterstützung bei der Suche nach Iris. Andererseits könnte genau dieses Talent sie in Gefahr bringen, sollte der Dämon stark genug sein, um diese Verbindung zurückverfolgen zu können. Das Beste würde sein, er ließ sie nicht aus den Augen. »Also gut, komm her«, sagte er schließlich und zog sie an sich.

Das vergnügte Blinzeln in Cathures Augenwinkeln gefiel ihm gar nicht, aber dafür hatte er jetzt keine Zeit. Arian trat auf den Balkon und breitete seine Schwingen aus.

Es regnete nicht mehr, und manchmal kam sogar die Sonne hervor. Die Auseinandersetzungen zwischen den Jugendlichen und der Polizei waren längst beendet, als sie Johnstone erreichten. Ein Krankenwagen raste mit Blaulicht an ihnen vorbei. Doch darin hätte auch ein x-beliebiger Bürger liegen können – viele kranke Menschen lebten in diesem Glasgower Vorort, denen ärztliche Behandlung erst zuteilwurde, wenn es zu spät war.

Als das Heulen der Sirene in der Ferne verstummte, kam es Juna vor, als hielten die Häuser um sie herum den Atem an. Nichts regte sich, nicht einmal eine Gardine, hinter der ein heimlicher Beobachter hätte warten können. Ganz plötzlich zerriss das ohrenbetäubende Dröhnen eines herannahenden Jets die Stille. Obwohl sich der Flugplatz in der Nähe befand, hatte Juna nicht mit diesem Lärm gerechnet. Sie stellte sich vor, selbst direkt in dieser Einflugschneise zu leben, dieses stille Atmen der Straßen und das Brüllen der Maschinen täglich zu erleben. Schmerz machte sich hinter ihrer Schläfe bemerkbar. Unwillkürlich zog sie ihre Jacke fester über der Brust zusammen und sah sich um.

Iris hatte von Arbeitslosigkeit und Armut erzählt, von täglichen Messerstechereien und davon, dass die Straßen nach Einbruch der Dunkelheit in den Händen von Jugendgangs lagen. Gerade deshalb wäre es nicht weiter verwunderlich, ihren Schutzengel hier anzutreffen.

Doch der kurze mentale Kontakt, den sie vorhin zu spüren geglaubt hatte, wollte sich jetzt nicht mehr einstellen. Hilflos sah sie sich um. Juna hätte mehr Müll auf den Straßen erwartet, auch ausgeschlachtete Autowracks, aber wahrscheinlich ging da nur die Fantasie mit ihr durch. Kein Wunder, wenn man wusste, dass dieser Teil Schottlands zu den sozial benachteiligsten Regionen Europas gehörte – eine Tatsache, die von den Reiseführern wohlweislich verschwiegen wurde. Wer interessierte sich auch für die Ruine von Johnstone Castle, die wie ein hohler Zahn aus dem Wohngebiet herausragte, wenn es Eilean Donan gab, die wahrscheinlich am häufigsten fotografierte Burg, an der zwar praktisch nichts authentisch war, die aber in einer perfekten Highland-Kulisse weiter oben im Norden an der Westküste direkt am Übergang zur Isle of Skye stand. Ehrlich gesagt wäre Juna jetzt auch lieber dort gewesen.

Nachdem sich ihr Herzschlag normalisiert hatte und sie sich auf die Schwingungen in ihrer Umgebung konzentrierte, nahm sie Spuren von Hass und Aggression wahr, die von den gewalttätigen Auseinandersetzungen herrührten. Arian schien von der Atmosphäre ebenfalls nicht unberührt zu bleiben. An der Art, wie er das Kinn hob, erkannte sie, dass er seine Umgebung sehr sorgfältig beobachtete.

Seite an Seite bogen sie um eine Ecke und befanden sich auf einmal mittendrin: Sie sahen aus wie Kinder, aber ihre Wut war die Wut vieler Generationen. Eine Gruppe von fünf oder sechs Jugendlichen rannte an ihnen vorbei, scheinbar ohne sie zu bemerken.

Als sie die Machete in der Hand eines Jungen entdeckte, der kaum älter als vierzehn oder fünfzehn sein konnte, wich Juna erschrocken zurück. Auch andere Kids waren bewaffnet. Sie schlug die Hand vor den Mund. »Himmel, ist das eine Axt?«

Die Verfolger ließen nicht lange auf sich warten. Äußerlich kaum zu unterscheiden, aber zahlenmäßig überlegen und besser ausgerüstet, liefen sie grölend die Straße hinunter und holten schnell auf.

Plötzlich blieb die erste Gruppe stehen und wandte sich um, einer nach dem anderen. Von Panik keine Spur. Arian gab einen Laut von sich, den Juna auch bei größtem Wohlwollen nur als anerkennend zu bezeichnen vermochte.

»Gute Strategie«, hörte sie ihn zu allem Überfluss murmeln und wollte ihn schon zur Rede stellen, da kamen aus einer Parkanlage weitere Jungs angelaufen. Und plötzlich fanden sich die Verfolger in der bedrohlichen Situation wieder, von beiden Seiten eingekesselt zu sein.

Die Entscheidung, ob sie sich der Herausforderung, gegen eine Übermacht antreten zu müssen, stellen oder lieber flüchten sollten, wurde ihnen abgenommen. Es begann mit Drohgebärden zwischen einem Rothaarigen, der seinem Gegner knapp bis zu Schulter reichte, ihm aber um gut zehn Kilo überlegen war, und seinem schlaksigen Counterpart, beide offenbar die Anführer. Der Kleinere hob einen Hammer, den der Lange ihm aus der Hand zu schlagen versuchte. Als das nicht klappte, versetzte er ihm mit der Linken einfach einen Schlag ins Gesicht, so schnell, dass Juna vermutete, er müsse professionelles Training gehabt haben.

Danach ging alles ganz schnell; im Nu fielen die verfeindeten Gangs übereinander her.

»Kannst du nichts tun? Das ist ja fürchterlich!«

Verständnislos sah Arian sie an. »Siehst du nicht, dass sie sich aus freien Stücken so verhalten?«

»Aber … ich dachte, der Dämon hätte seine Hände im Spiel.«

»Ganz sicher hat er das. Kannst du ihn nicht riechen?« Er gab sich die Antwort selbst. »Natürlich nicht, du hast andere Talente.«

Es war nicht seine Schuld, dass Juna sofort an die gemeinsamen Stunden im Bett dachte, und gewiss lag es auch nicht an ihm, dass die Worte sie verletzten. Dennoch zog sie ihre Hand aus der seinen und trat einen Schritt beiseite. Je mehr Abstand zwischen ihnen war, desto besser. Sie spürte, wie die Flammen ins Freie drängten.

»Was soll das?« Unsanft ergriff Arian ihren Arm und zog sie dichter an sich heran. »Willst du etwa, dass man dich sieht?«

Sie kam sich so unnütz vor. Natürlich hatte er dafür gesorgt, dass niemand sie bemerkte. Sie waren hierhergeflogen. *Geflogen!* Warum also sollten sie jetzt nicht unsichtbar sein?

Wenn sie sich konzentrierte, sah sie die Ränder einer schützenden Hülle, die sie beide umgab. Ihr Verstand allerdings weigerte sich zunehmend vehementer, die Erfahrungen der letzten Tage hinzunehmen – sie jemals verarbeiten zu können, schien völlig aussichtslos.

Juna wollte gerade etwas Derartiges äußern, da heulten plötzlich ganz in der Nähe Sirenen auf. Es schien, als habe die Polizei irgendwo auf der Lauer gelegen. Gleich fünf Autos rasten aus beiden Richtungen heran, bremsten und blockierten den Straßenabschnitt an beiden Enden. Schwarz gekleidete Männer sprangen heraus und versuchten die Kämpfenden zu trennen, was ihnen erstaunlich schnell gelang, denn nun wandte sich die ganze Wut der Straßengangs gegen die Ordnungshüter, und eben noch erbitterte Feinde, wehrten sie sich Seite an Seite gegen ihre Festnahme.

Juna verlor das Interesse. Schließlich waren sie aus einem ganz anderen Grund hierhergekommen. Arian schien es ähnlich zu gehen. Hoch aufgerichtet stand er neben ihr und sah konzentriert die Straße hinab, bis er ihren Blick spürte und sie erwartungsvoll ansah.

»Nichts!«, kam sie seiner Frage zuvor. »Aber Iris lebt. Das weiß ich genau«, fügte sie trotzig hinzu.

»Lass uns ein Stück gehen.« Arian ließ seine Hand federleicht auf ihrer Schulter ruhen, und wie immer half ihr diese unvergleichlich zarte Berührung, sich zu entspannen. »Versuch, dich für deine Umgebung zu öffnen. Erinner dich, wie du mit Iris gelacht hast, an irgendein Ereignis, das euch einander näher gebracht hat.«

Unerwartet schwand alle Leichtigkeit, und Juna begriff, dass sie in ihre Welt zurückgekehrt waren.

Die Gegend, stellte sie schnell fest, sah eigentlich gar nicht so übel aus. Sie wirkte viel weniger verwahrlost, als sie es aus Erzählungen erwartet hatte. Die Qualität der Häuser mochte einfach sein, sie wirkten jedoch modern, waren höchstens fünf oder zehn Jahre alt. Wie in Glasgow riss man offenbar auch hier lieber ganze Straßenzüge ab, um sie später neu zu errichten, als den Menschen eine echte Perspektive zu bieten. So waren in den letzten Jahrzehnten viele historische Gebäude in den traditionellen Arbeiterstadtteilen, die man durchaus hätte erhalten können, gesichtslosen Vorstadtsiedlungen gewichen. Dennoch hatte hier und da jemand versucht, die Gleichförmigkeit der Fassaden durch ein paar Blumen im Vorgarten aufzubrechen. Anderenorts jedoch sammelte sich bereits Schrott: ein verrosteter Fahrradrahmen, die Reste eines Kinderwagens …

Von weitem sahen auch sie wie Kinder aus.

Eine Nachwuchsgang! Als sie näher kamen, bestätigte sich dieser Eindruck, obwohl ihre Gesichter jetzt, da sie ihnen direkt gegenüberstand, eigentümlich alt wirkten.

Drei der fünf Jungs mochten kaum älter als elf oder zwölf Jahre sein. Sie trugen die Haare kurzrasiert, ihre dünnen Körper steckten in Trainingsanzügen. Einer bellte ein paar Worte zur Begrüßung. Er sprach Glasgower Dialekt. Die Jüngeren kicherten, wechselten Blicke und kamen rasch näher. Wäre sie allein gewesen, hätte sich Juna gefürchtet. Doch mit Arian im Rücken blieb sie erwartungsvoll stehen. Beide Beine fest auf dem Boden, sachlich. Nur nicht kokett auftreten. Mädchen hatten hier wenig zu sagen, selbst diejenigen, die sich ebenfalls in Gangs organisierten, häufig nicht weniger brutal als die ihrer männlichen Vorbilder.

Damit hatten sie nicht gerechnet. Es war klar, dass sie erwartet hatten, die beiden Fremden einzuschüchtern.

Die beiden Älteren folgten ihrer Vorhut betont lässig, die Augen unablässig in Bewegung, als wären sie Untergrundkämpfer, die ständig mit einem Hinterhalt rechneten, und nicht etwa Schuljungen. *Border Rebels* hatten beide auf ihre Unterarme tätowiert, und sie trugen diesen Namen, der ihnen in einem anderen Stadtteil das Leben hätte kosten können, mit offensichtlichem Stolz. Ebenso die rote Narbe, die sich bei einem von ihnen vom Handgelenk bis zum Ellbogen zog. An der Art, wie er den Arm hielt, erkannte Juna, dass die Verletzung noch nicht sehr lange zurückliegen konnte und offensichtlich tief gewesen war. Sie wusste, dass die Auseinandersetzungen zwischen den Rebels und einer anderen Gang aus Glasgow eine lange Tradition hatten, die bis in die Dreißigerjahre des vergangenen Jahrhunderts zurückreichte. Söhne, Väter, Großväter – alle getrieben von einem Hass aufeinander, an dessen Ursprung sich längst niemand mehr erinnerte.

»Wir suchen einen Schutzengel«, kam Arian ihnen zuvor. Die Stimmung entspannte sich auf einen Schlag.

Die Jungs lachten, alles Gefährliche war verschwunden. »Dein Kerl ist nicht ganz richtig im Kopf, was?«, versuchte sich der Junge mit der Narbe noch in Provokation. Doch als Arian nur grinste, begann auch er zu lachen. »Ich bin Ty, und das sind meine Jungs. Engel haben wir hier länger nicht gesehen.«

»Aber den Teufel!«, ergänzte einer der Jüngeren.

»Halt den Mund, Jelly-Joe!« Ty verpasste ihm eine Kopfnuss.

Der arme Kerl hatte diesen Namen gewiss nicht seiner Figur zu verdanken. Er war dünn wie ein Besenstiel. Bei der zweiten Kopfnuss heulte er empört auf. Einfach so wurden sie wieder zu Kindern. Sie begannen aus dem Nichts zu streiten, redeten immer schneller, bis Arians Stimme dem Chaos ein Ende machte.

»Teufel?«

Furcht kroch in ihre kalten Augen. Der Kleine, den sie Danny nannten, nahm einen letzten Schluck und warf die Buckfast-Flasche an die Mauer, wo sie inmitten eines blutroten Graffiti-Herzens zerschellte. »Er hat sie alle geholt!«

»Schnauze, Danny!«, bellte Ty und sah sich unruhig um, bevor er ganz nah an Arian herantrat. »Wenn du es genau wissen willst, dann warte, bis es dunkel wird.« Ein Schauder lief über den sehnigen Körper, und Juna fühlte das Echo seiner Angst in ihrem Herzen. »Er nimmt sich deine Seele, verstehst du? Ohne die bist du tot!«

»Und heute war er auch hier?« Arian gab seiner Stimme einen beruhigenden Klang.

»Nein!« Danny und Ty starrten sich einen Augenblick lang an.

»Doch. Ich habe ihn gesehen«, flüsterte der Jüngere mit bebender Stimme. »Sieht aus wie ein Typ aus den Bildern.«

»Welche Bilder?« Ratlos sah Juna ihn an.

»Wie früher …« Als er merkte, dass sie ihn immer noch nicht verstand, schlug er mit der Faust in seine Handfläche und wurde lauter. »Im Film, Mann. Mit Königen und diesem Scheiß …« Die anderen lachten.

»Du meinst, er trägt ein historisches Kostüm?«

»Sag ich doch die ganze Zeit!« Er sah zu Arian und verstummte. Nach einer langen Pause sagte er kaum hörbar: »Er kommt schon lange nicht mehr nur in der Nacht.«

Die Jungs rückten bei diesen Worten zusammen wie eine verängstigte Herde Schafe. Offenbar waren dies auch für sie bedrohliche Neuigkeiten.

Arian nickte, als wisse er genau, wovon der Junge sprach. »Wo hast du ihn zuletzt gesehen?«

»Am Castle.«

Fast hätte Juna ihn nicht verstanden, denn er begann, unkontrolliert zu zittern.

»War er allein?« Sie hatte keine Ahnung, wieso sie diese Frage stellte.

»Nein.«

»Schluss jetzt!«

Der Mann, der aus dem Nichts vor ihnen auftauchte, klang, als sei es seine Natur, Befehle zu geben. Wenn er auch mit seinem weißen Gewand ein wenig deplatziert wirkte, umgab ihn eine Aura von Autorität und himmlischer Macht. Juna bemerkte erst, dass etwas nicht stimmte, als sie Arian ansah. Er war nicht wiederzuerkennen. Arroganz und

Verachtung paarten sich zu einer eiskalten Maske. Dieser Anblick ließ sie zweifeln, ob sie den Mann an ihrer Seite überhaupt kannte.

»Begreifst du endlich, worauf du dich eingelassen hast, Weib?«

Es war, als hätte der Fremde ihre Gedanken gelesen. Er sah sie direkt an, ohne zu blinzeln, und hielt ihren Blick gefangen. Ob sie wollte oder nicht, sie musste ihn ansehen, obwohl sie intuitiv begriff, dass er jeden Gedanken, den sie jemals gehabt hatte, lesen konnte, wenn er es wollte. Und er machte keinen Hehl aus seiner Herkunft. Ein Engel reinsten Wassers stand vor ihnen. Der Dämon, dem sie in der Lagerhalle gegenübergestanden hatte, war kein bisschen furchterregender gewesen. Dies also sollte einer von den Guten sein? Da wäre ihr selbst ein gefallener Engel lieber.

Der himmlische Gesandte verzog angewidert die meisterlich geformten Lippen. »Hoffnungslos!« Dann wandte er sich Arian zu. »Ich wusste, dass du herkommen würdest, um die Früchte deiner bösen Saat zu ernten.« Er zeigte auf Danny und Juna. »Sie werden dir bestimmt nicht weiterhelfen.« Er zog ein Schwert aus den Falten seines Gewands hervor, das von innen heraus glühte, als sei es gerade erst geschmiedet worden. Und ehe irgendeiner von ihnen reagieren konnte, hatte er Dannys Kehle mit einer lässigen Bewegung aus dem Handgelenk aufgeschlitzt. Schon sauste die blutige Klinge auf Juna zu. Instinktiv riss sie die Hände hoch, blaue Flammen schossen empor. Bevor das Feuer ihr die Sicht nahm, sah sie seinen Gesichtsausdruck.

»Was, zur Hölle …?«, knurrte er.

Stahl klirrte, und Juna wusste auch ohne ihn zu sehen, dass Arian zu ihrer Verteidigung angetreten war. Die

Flammen wechselten ihre Farbe, züngelten gelb und gleich darauf rot. Danach erstarben sie ebenso schnell, wie sie aufgelodert waren, und mit ihnen verschwand auch die Umgebung aus Junas Blickfeld. Vorboten eines aufziehenden Gewitters verdunkelten den Himmel, und aus dem Augenwinkel sah sie die Jungen davonrennen. Sie wirkten seltsam körperlos, fast wie Gespenster, die schnell mit einer unnatürlichen Dunkelheit verschmolzen.

Der unglückliche Danny jedoch lag direkt vor ihren Füßen. Selbst ohne medizinische Kenntnisse wäre es offensichtlich gewesen, dass kein Mensch noch etwas für ihn tun konnte. Eine geisterhafte Gestalt erschien aus dem Nichts, kniete nieder und legte ihre Hand auf seine Stirn. Juna erhoffte sich insgeheim ein Wunder. Doch nichts geschah. Der Schutzengel schüttelte betrübt den Kopf, ließ seine Hand jedoch weiter liegen. Er murmelte etwas.

Und tatsächlich – Lichter begannen wie winzige Sterne über dem Kinderkörper zu tanzen.

Doch statt, wie sie es bei der Erlösung des Schutzengels in der Lagerhalle gesehen hatte, aufzusteigen und sich mit dem Himmel zu verbinden, schwebten die Lichter unentschlossen über dem Getöteten, änderten ganz plötzlich ihre Richtung und strömten direkt auf den Mörder zu. Wie in Trance hob Juna den Blick und beobachtete, wie Dannys Seele über den Köpfen der beiden Kombattanten schwebte, als wäre sie unsicher, was nun zu tun sei.

Der fremde Engel blickte auf und lachte. Zu Junas Entsetzen fuhr die Seele in diesem Augenblick durch seinen geöffneten Mund in ihn ein. War dies etwa gar kein Engel, sondern der Dämon, den sie suchten? Doch ihr blieb keine Zeit, darüber nachzusinnen.

Sie hatte Arian schon kämpfen sehen. Da war jede seiner Bewegungen beiläufig, fast spielerisch gewesen. Hier sah es anders aus. Er wirkte aufs Äußerste angespannt und hochkonzentriert, während er seinen Gegner taxierte und auf eine Chance zum Angriff wartete.

Dieser, offenbar gestärkt durch seine Seelenmahlzeit, stand ihm in nichts nach. Zwei kampferprobte Krieger, die einander umrundeten, zum Sprung bereit und zweifelsohne zum Letzten entschlossen. Jeden Augenblick erwartete sie, dass sich die beiden in die Lüfte erhoben und, mythologischen Fabelwesen gleich, einen tödlichen Tanz um ihre Territorien begannen. Doch stattdessen geschah das Unerwartete. Gerade noch schimmerten seine Federn in reinstem Perlmutt vor dem verdunkelten Himmel, dann wurden Arians Flügel nahezu unsichtbar und schmiegten sich dicht an seinen Rücken.

»Hast du Angst, sie zu verlieren?«, fragte der fremde Engel höhnisch.

Statt einer Antwort bewegte Arian seine Schwerthand, als wollte er das Gelenk noch einmal lockern. Das Fauchen der Klinge jagte Juna einen eisigen Schauer über den Rücken, und sie ahnte, dass dieser Kampf auf Leben und Tod ausgefochten werden würde.

Der andere Engel folgte Arians Beispiel wie sein leibliches Spiegelbild, dann schloss auch er seine Schwingen, die ihm bis zu diesem Augenblick das Aussehen eines wütenden Schwans gegeben hatten. Dass er nicht zum Scherzen aufgelegt war, lag dennoch auf der Hand.

Was tust du hier?

Juna fuhr herum. *Iris!* Sie wäre ihrer Freundin am liebsten erleichtert um den Hals gefallen, hätte diese nicht vor ihr gestanden wie die moderne Inkarnation von Jeanne d'Arc. Eine geschlagene, erschöpfte Jeanne d'Arc allerdings. Ihre Flügel, die Juna zum ersten Mal sah, wirkten zerzaust und schmutzig, der linke hing ein wenig tiefer und war bedeckt mit blutigen Stellen, an denen Federn fehlten. So also sah ihre Beschützerin als Engel aus.

Wieder fragte sich Juna, wie es ihr gelungen war, ihre wahre Identität so lange zu verheimlichen. Vielleicht waren ihre Talente doch nicht so großartig, wie Arian ihr weiszumachen versuchte? Doch es gab drängendere Probleme. *Was ist passiert?*

Iris stützte sich schwer auf ein Schwert, lang genug, um als Gehstock missbraucht zu werden. Wie sie damit kämpfen konnte, war schwer vorstellbar.

Juna nahm an, dass sie selbst es nicht einmal mit beiden Händen hätte führen können. Aber von himmlischen Waffen verstand sie nun wirklich nichts.

Das erzähle ich dir ein andermal, beantwortete Iris ihre Frage. Mit der Linken griff sie nach Junas Hand und zog sie von den Männern fort, die das Lauern inzwischen zugunsten eines tödlichen Schwertkampfs aufgegeben hatten.

Kaum hatte Iris sie berührt, verschwamm die Umgebung vor Junas Augen, und im Nu befand sie sich auf einem Rasenstück, vor ihr die Ruine, die unschwer als Johnstone Castle zu erkennen war.

Sie waren zurück in der Realität. *Aber immer noch in einer Welt, die sich von der der meisten Menschen deutlich unterscheidet*, dachte sie und blickte sich ängstlich um, als erwarte sie jeden Augenblick, den nächsten Angreifer zu sehen.

»Der Dämon ist längst verschwunden!« Iris stand neben ihr, nun wieder in ihrer menschlichen Form und zum Glück auch unbewaffnet. Sie ließ sich ebenfalls ins Gras sinken, um sich erschöpft an die alte Mauer zu lehnen.

»Du meinst, er kämpft gegen Arian?«

Iris gab einen Laut von sich, den man unmöglich für ein Lachen halten konnte. Dann hob sie die Hand und bedeutete ihr zu schweigen.

Die Zeit rann dahin, und Junas Sorge wuchs mit jedem Körnchen, das in der Sanduhr ihres Lebens hinabfiel. Der laue Sommerwind, das Zwitschern der Vögel, alles gaukelte einen Frieden vor, den sie nicht empfand. Schließlich hielt sie es nicht mehr aus. Sie ergriff ihre Freundin an beiden Schultern und schüttelte sie. »Sag mir, was dort vorgeht!«

Sanft befreite sich Iris aus ihrem Griff. »Ihr habt weit größere Probleme, als ich gedacht habe. Sieht so aus, als seien die Gerechten hinter euch her.« Sie blickte Juna durchdringend an. »Ich vermute, Arian hat es dir nicht gesagt?«

»Was soll er …«

»Sie meint, dass ich einer der Verdammten bin.« Arian war aus dem Nichts erschienen und streckte die Hand aus, um Juna aufzuhelfen. Voller Entsetzen starrte sie auf seine blutverschmierten Finger, so dass er schließlich den Arm sinken ließ und einen Schritt zurücktrat.

Es dauerte einige Sekunden, bis Juna begriff, was der Ausdruck von Schmerz, den sie in seinen Augen las, bedeutete. Rasch sprang sie auf. »Was redest du da?« Sie warf Iris einen fragenden Blick zu, doch ihr Schutzengel schüttelte nur den Kopf. »Arian! Was hat der Dämon mit dir gemacht?«

Er wandte sich ab und sah in die Ferne. Seine Stimme klang flach, von dem warmen Timbre, das ihren Puls regel-

mäßig beschleunigte, war nichts zu hören, als er leise sagte:
»*Ich* bin der Dämon. Wenn der Himmel mich bisher nicht
verstoßen hat, dann wird er es am heutigen Tag mit Sicherheit tun. Ich bin ein gefallener Engel, Juna.«

»Ist es …« Sie suchte nach Worten.

Da sahen die Gottessöhne, wie schön die Töchter der Menschen
waren, und nahmen sich zu Frauen, welche sie wollten.

Sie wusste, wie die Geschichte ausgegangen war. »Ist es
meine Schuld?«

Neugierig blickte Iris auf, und es war ihr anzusehen, dass
sie ahnte, was zwischen Arian und Juna vorgegangen war.
Schließlich sagte sie in die Stille hinein: »Natürlich nicht.«

»Warum glaubst du das?« Junas Stimme zitterte.

»Weil er Gefühle hat, Schätzchen.« Sie stemmte die
Fäuste in die Taille und blinzelte wütend eine Träne fort.
»Engel haben kein Herz. Wir dürfen nichts fühlen, wenn
wir unsere Arbeit tun.«

»Aber du …«

»Erwischt!« Wider Erwarten klang Iris amüsiert.

Und als Juna Arian ansah, hätte sie trotz der verwirrenden
Situation beinahe laut gelacht, denn Iris' erstaunliches Eingeständnis schien ihn vollkommen aus der Bahn geworfen
zu haben. Sie riss sich zusammen und erkundigte sich ruhig:
»Und wo liegt das Problem? Ihr seid doch nicht böse.« Sie
sah von einem zum anderen und fügte mit festerer Stimme
hinzu: »Ich wüsste es, wenn es so wäre. Ganz bestimmt
wüsste ich das.«

Beide schwiegen.

Schließlich sprach Arian, und sein milder Ton gefiel ihr
ganz und gar nicht. »Die Welt kann man nicht nur in Gut
oder Böse aufteilen. Ihr Menschen habt das längst erkannt.«

»Das erzähl mal am Sonntag in meiner Kirche!«, murmelte Juna.

»Glaubst du, sie würden mich dort sprechen lassen?«

Juna musste unwillkürlich grinsen, als sie sich vorstellte, wie der Pfarrer reagieren würde, wenn sie Arian vorstellte: ... *und das ist mein Freund. Er ist übrigens ein gefallener Engel.* Sie riss sich zusammen. »Okay, also kein Schwarz oder Weiß. Und dieser Typ hat das anders gesehen. Stimmt's?«

»Einfach ausgedrückt: Ja. Michael hat vor langer Zeit beschlossen, die alte Ordnung müsse um jeden Preis erhalten werden. Nicht wenige sind ihm auf diesem Weg gefolgt. Sie nennen sich *Die Gerechten.*«

»Wohl eher die *Selbstgerechten.*« Juna gab einen abfällig klingenden Laut von sich. Von dieser Sorte gab es auch unter den Menschen viel zu viele. Und wie sehr hatte sie unter ihnen gelitten, wie oft hatte sie sich anhören müssen, dass ihre Kräfte satanischen Ursprungs waren! Bei dem Gedanken an die Exorzismen, die sie hatte ertragen müssen, begann sie zu zittern. Das Grauen hatte sich tief in ihre Seele gebrannt.

Arian war sofort bei ihr. »Sie werden dir nichts tun.«

Die Beteuerung mochte überzeugend klingen, doch Juna hatte etwas anderes gesehen. »Warum hat er dann den Jungen getötet?«

Iris sah Arian an, als wollte sie sagen: *Ich hätte dir gleich sagen können, dass sie nachfragt.* Sie hielt sich jedoch zurück und schwieg.

»Was ist? Der Junge hat den Dämon gesehen. War er etwa auch einer von uns? Ein Engelseher, meine ich?«, ergänzte Juna vorsichtshalber. Wer wusste schon, ob Engel es übelnahmen, wenn man sich versehentlich mit ihnen auf eine Stufe stellte. »Will dieser Gerechte etwa auch meine Seele verschlingen, so wie er es bei ihm getan hat?«

Die beiden Engel blickten einander an. Keiner schien ihr antworten zu wollen.

Endlich rang sich Arian zu einer Entgegnung durch. »Die Gerechten wollen die Geschichte rückgängig machen und alle Spuren der Gefallenen tilgen. Auch wenn dies bedeutet, dass Unschuldige sterben.«

»In ihren Augen sind alle Gaben, die die Menschheit von uns empfangen hat, unrein.«

»Aber heißt es nicht, dass der Mensch all seine Erkenntnisse den abtrünnigen Engeln zu verdanken hat? Dann wollen sie uns wieder auf den Stand von Urmenschen zurückschicken? Das ist doch verrückt.«

»Am liebsten wäre ihnen vermutlich eine Welt ohne Menschen, und manchmal denke ich …« Als Arian sie strafend ansah, verstummte Iris. Dann sagte sie: »Du darfst nicht alles glauben, was in den Büchern steht. Die Menschen haben sich ihren *Fortschritt* ganz allein eingebrockt. Von uns stammen allein eure magischen Fähigkeiten. Und davon ist ja bei den meisten sowieso herzlich wenig übrig geblieben«, fügte sie leise hinzu, bevor sie wieder diesen abwesenden Gesichtsausdruck bekam, von dem Juna inzwischen wusste, was er bedeutete: Irgendeines ihrer Schäfchen war mal wieder in Schwierigkeiten geraten. Sie beneidete ihre Freundin nicht um ihren Job.

10

Nácar gab dem kunstvoll gefesselten Bündel einen Stoß mit der Schuhspitze und beobachtete, wie es an dem dünnen Seil hin und her schwang. Er liebte all diese menschlichen Errungenschaften, mit denen sie sich tiefer und tiefer ins Unglück brachten. Nun war ein Nylonseil per se nichts Verwerfliches, aber wie viel feiner konnte er damit die Knoten knüpfen, wie herrlich schmerzhaft waren die Verletzungen, die sich ein Widerspenstiger damit selbst zufügen konnte, und wie außerordentlich ästhetisch die verschiedenen Farben auf nackter Haut.

Der Schutzengel, seine neueste Errungenschaft, stöhnte. Nácar ging um ihn herum und presste ihm unerwartet eine Hand auf den Mund. Mit der anderen verschloss er die Nasenlöcher. Es dauerte nicht lange, da begann sein Opfer zu zappeln. Er drehte den Kopf von rechts nach links, erst langsam, dann immer heftiger. Der Körper bäumte sich auf, bis die Seile tief in die Haut eindrangen, die ganze Kreatur ein lautloser Schrei. Lange würde er nicht mehr durchhalten. Die panischen Bewegungen ließen allmählich nach.

Nácar nahm eine Hand wieder fort, griff hinter sich in die Schale, in der zahllose Gummibälle lagen. Der Engel versuchte derweil verzweifelt, die Lungen mit Sauerstoff zu füllen, und riss dazu den Mund weit auf. Blitzschnell stopfte Nácar den Ball hinein und fixierte ihn mit einem Klebeband, das er mehrfach um den Kopf des Wehrlosen schlang, ohne sich darum zu kümmern, wie viel von dessen wunderbarem Haar damit verklebt wurde. Danach hängte er ihn zu den anderen.

Seine einst mit Sündern gefüllte Kammer beherbergte nun ausschließlich himmlische Kreaturen. In den ersten Tagen hatte er sie einfach nur gefesselt und weggehängt. Doch heute störte ihn die Unordnung plötzlich. Er schnippte mit den Fingern und drehte sich um. Unter der Decke hing ein goldfarbener Vogelkäfig, der zum Bersten gefüllt zu sein schien. Wenn er sie nicht brauchte, hielt er seine Apprentice darin. Ein qualvolles und viel zu enges Gefängnis. Nigella hätte unter seinem ausgestreckten Arm problemlos hindurchspazieren können, aber sie war alles andere als ein Rabe, für den der Käfig einst gefertigt worden war. Sie besaß ja nicht einmal Flügel. Dafür verfügte sie über andere Talente, mit denen sie Nácar immer wieder zu unterhalten verstand.

Die außerordentliche Fähigkeit, die sie nun eindrucksvoll demonstrierte, war ihrer marinen Herkunft geschuldet. Nigellas Haut glitzerte im Licht der Kerzen wie Milliarden Wassertröpfchen. Ihre Konturen lösten sich auf, und sie floss erst langsam, wie zäher Sirup, dann immer schneller durch die Gitterstäbe, bis nichts mehr von ihr übrig war als eine Lache am Boden.

Einen Wimpernschlag später jedoch erhob sich ihre zarte Gestalt aus dem Wasser, und Nigella verbeugte sich vor Nácar, wie er es ihr beigebracht hatte. Die Fee umgab ein sanftes Leuchten, das ihn immer wieder in Erstaunen versetzte, denn von einem Wassergeist, der sich so lange in seiner Welt hielt, hatte man noch nicht gehört. Sicherlich lag es an seiner guten Pflege. Wie alle Feen war sie eine sinnliche und einfallsreiche Gespielin. Zur Belohnung schenkte er ihr deshalb nach besonders befriedigenden Nächten eine Stunde in einem Pool, den er zuvor mit klarem Quellwasser gefüllt hatte. Wenn sie in ihrem Element war, wirkte sie so glücklich, dass Nácar manchmal glaubte, sie bringe ihm zumindest ein wenig Sympathie entgegen. Seltsamerweise erfreute ihn diese Vorstellung, und er ließ sich den Luxus gern einiges kosten, zumal ihre außerordentlichen Talente ihn beim alljährlichen Wettbewerb der Apprentice regelmäßig gewinnen ließen. Sein Wassergeist war begehrt, und manch ein Dämon hatte schon versucht, ihn zu stehlen. Nun waren allerdings nicht übersinnliche Gaben gefragt, sondern eher häusliche. »Du wirst mir das hier sortieren!«

Er verließ den Raum, denn es gab keinen Grund, auf eine Antwort zu warten.

Sie würde den Befehl selbstverständlich ausführen. Für ihn gab es dringlichere Geschäfte zu erledigen.

Die letzte Seelenernte war sehr erfreulich ausgefallen. Es wurde immer schwieriger, seinen Appetit zu stillen, denn je mehr Seelen er trank, desto hungriger schien er zu werden. Doch heute fühlte er sich gesättigt und zufrieden und wäre fast kein zweites Mal zurückgekehrt, wie es ihm zur Gewohnheit geworden war, weil er sichergehen wollte, nichts übersehen zu haben. Nicht nur vor den Engeln musste er sich in Acht nehmen. Je schneller seine Kräfte zurückkehrten, desto größer wurde die Gefahr, dass der Marquis von seinen Plänen Wind bekam, und das durfte nicht geschehen. Noch fühlte er sich nicht stark genug, um seinen mächtigen Herrn herauszufordern.

Nun war er froh, zurückgekehrt zu sein, denn von seinem Platz auf der alten Burgruine beobachtete er ganz erstaunliche Dinge. Da war diese Sterbliche, die mit ihrem Schutzengel plauderte, als sei es die normalste Sache der Welt. Der weibliche Schutzengel wiederum machte sich nicht einmal die Mühe zu verbergen, was er war. Sie saß zwar in Menschengestalt dort, aber kein magisches Wesen hätte ihre wahre Natur übersehen können. Anderenfalls hätte Nácar sie auch gar nicht bemerkt. Im Gegensatz zu den meisten anderen ihrer Kollegen wirkte diese himmlische Aufpasserin selbstbewusst. Nácar mochte sich irren, aber jede ihrer Bewegungen machte den Eindruck, als sei sie durchaus kampferfahren.

Irgendetwas stimmte da nicht, aber er kam nicht dahinter, was es war. Und als der Wächter, mit dem er sich schon einmal hatte herumschlagen müssen, auftauchte, wuchs sein Ärger noch. In die Gedanken der Sterblichen einzudringen, versuchte er gar nicht erst. Darin besaß Nácar kein großes Geschick. Auf einmal jedoch wusste er zumindest, warum sie ihm so bekannt vorkam. Nicht nur hatte sie den Wächter schon bei ihrer unglücklichen Begegnung in der Halle am Fluss begleitet, nein, viel besser: Er hatte ihr Foto in Johns Wohnung gesehen. Der selbsternannte Dämonenbeschwörer hatte zwar versucht, es vor ihm zu verbergen, aber damit selbstverständlich Nácars Interesse erst recht geweckt. Äußerlich gab es zwischen den beiden keine auffällige Ähnlichkeit, und er war davon ausgegangen, eine von Johns Freundinnen dort abgelichtet zu sehen, doch jetzt erkannte er im Schwung ihrer Augenbrauen und in der Art, wie sie beim Reden ihre schlanken Hände bewegte, die Verwandtschaft der beiden. Das Beste war: Ihr Umgang mit den himmlischen Mächten bewies, dass diese sie förderten, anstatt einen Engelseher, wie sonst üblich, sofort zu vernichten. Und es zeigte ihm noch etwas viel Interessanteres: Sie verfügte über weit größere Kräfte als John. Kein Wunder, dass er versucht hatte, ihre Existenz vor ihm zu verheimlichen. Er musste wissen, dass sie ihm überlegen war und Nácar das Interesse an ihm verlieren würde, sobald er erst einmal seine Schwester besaß.

Offenbar hatte diese traurige menschliche Existenz immerhin ausreichend Verstand, um zu wissen, dass sein Schicksal ganz an das Wohlwollen des Dämons, seines Herrn und Gebieters, geknüpft war. In Nácars Dienste zwang ihn längst nicht mehr nur Geld, das er mit dessen Hilfe immer noch täglich verspielte. Ob John wollte oder nicht, mit dem nächsten *Gefallen* würde er sich noch fester an ihn binden. Doch zuvor gab es noch etwas Wichtigeres zu tun.

Nácar drehte sich um und verließ seinen Beobachtungsposten.

»Arian, dieses Feuer ...« Juna wusste nicht so recht, wie sie ihr Geständnis beginnen sollte. Verlegen drehte sie sich zur Seite und fuhr fort, den Medikamentenschrank zu überprüfen, obwohl der Zettel, auf dem Iris die Nachbestellungen notiert hatte, gut sichtbar auf ihrem Schreibtisch lag.

In jungen Jahren hatte sie eine recht umfassende religiöse Erziehung genossen, doch ihr Interesse war nie besonders groß gewesen und ihr Wissen dementsprechend recht spärlich. Nichtsdestotrotz glaubte sie die Situation der beiden Engel immerhin halbwegs verstanden zu haben. In einer Welt, in der es nur zwei Zustände gab, nämlich *Gut* oder

Böse, konnten Geschöpfe, die beide Seiten in sich vereinten, nicht erwünscht sein. Aber es gab sie nun einmal, und Iris' Existenz bewies, dass sie sich irgendwo in diesem Weltgefüge eingerichtet hatten. Arian dagegen, das konnte sie deutlich spüren, hatte seinen Platz noch nicht gefunden. Zu frisch war die Verletzung, die seine Verbannung aus Elysium hinterlassen hatte. Auch wenn die äußerliche Wunde verheilt sein mochte, spurlos war sie nicht verschwunden. Er war ein Gezeichneter und würde sich damit arrangieren müssen. Was bedeutete dies nun für sie selbst? Einem Engel, dem reinsten aller Wesen, hätte sie ihr Geheimnis niemals anvertraut. Doch jemand wie Arian würde sie verstehen.

Iris jedenfalls, der sie alles gebeichtet hatte, war erstaunlich verständnisvoll gewesen und hatte ihr geraten, sich Arian ebenfalls anzuvertrauen.

Bevor Iris sie beide nach ihrer Rückkehr in die Praxis allein gelassen hatte, hatte sie ihr aufmunternd zugezwinkert und damit sicher gemeint, sie solle nicht länger zögern. Und natürlich hatte sie Recht. Wenn sie Arian nicht verlieren wollte, musste Juna aufrichtig mit ihm sein. Also begann sie noch einmal: »Was das Feuer betrifft, das gelegentlich in unserer Nähe ausbricht …«

Doch er ließ sie nicht ausreden. »Es ist meine Schuld. Das Engelsfeuer gehört zu den Dingen, die uns bleiben, auch wenn wir in Ungnade fallen.«

»Du meinst, Engelsfeuer und Dämonenfeuer stammen aus der gleichen Quelle?«

»Aus der gleichen Quelle?« Arian sah sie verdutzt an. »Darüber habe ich noch nie nachgedacht. Aber wenn du es so formulieren willst: Ja, das tun sie wohl.«

Vor Aufregung vergaß Juna, dass sie eigentlich ein Geständnis ablegen wollte. »Aber dann ist es … wie soll ich sagen? Es ist neutral!«

Zögerlich antwortete Arian. »Mag sein. Aber das macht es nicht weniger tödlich.«

»Aber verstehst du denn nicht? Es ist wie ein Messer. Eine Waffe, keine Frage. Aber wer immer es führt, ist ganz allein verantwortlich dafür, ob er Schaden anrichtet oder etwas Nützliches damit tut. Er verfügt über einen freien Willen. Und wenn ein Dämon mit dem Feuer tötet, dann ist er böse. Wenn ein anderer es aber benutzt, um jemanden zu schützen, dann kann es doch nicht verwerflich sein, oder?« Ein Funken Hoffnung begann in ihr zu glimmen. Der Gerechte hatte sie zwar als dämonische Helferin bezeichnet, doch vielleicht stimmte das gar nicht. Vielleicht besaß sie ihre Kräfte aus einem bestimmten Grund. »Nur aus welchem?«, fragte sie sich leise. Da in diesem Augenblick ihr Handy vibrierte, bemerkte sie Arians verwirrten Gesichtsausdruck nicht.

Ruf mich an. J. Eine Nachricht von John. Sie drückte sie weg, dabei fiel ihr Blick auf die Uhr im Display. »So spät! Ich hätte längst die Praxis öffnen müssen.«

Arian hörte kaum zu und fragte sich stattdessen, wo Iris blieb. Er hätte freie Hand gebraucht, um der Spur des Dämons folgen zu können, dessen Anwesenheit er in der Ruine so deutlich gespürt hatte, als hätte dieser gut sichtbar neben ihm gestanden. Es war der gleiche gefallene Engel gewesen, der ihm schon in der alten Lagerhalle entwischt war. Doch in Junas Gegenwart hatte Arian kein Risiko eingehen wollen. Wieder hatte er eine Chance vertan, ihm mit einem

Schwertstreich das Handwerk zu legen. Allerdings – so einfach würde es nicht werden. Bereits bei ihrer ersten Begegnung hatte er beachtliche Geschicklichkeit im Kampf bewiesen. Kein ernsthafter Gegner, aber auch nicht zu unterschätzen. Inzwischen jedoch, fürchtete Arian, hatte er deutlich an Kraft hinzugewonnen. Aber er war auch arrogant, ansonsten hätte er sich niemals so nahe an ihn herangewagt, wie er es eben getan hatte. Selbstüberschätzung führte häufig zum Fall. Und diesen Fehler wollte er nicht begehen. Niemals hätte er Juna nur in Iris' Begleitung in Johnstone zurückgelassen. Schon gar nicht, nachdem die Gerechten von ihrer Existenz wussten.

»Hallo? Jemand zu Hause?«

Junas spöttische Frage riss ihn aus seinen Gedanken. »Du weißt, dass du in eurem Haus nicht mehr sicher bist.« Arian hatte geredet, ohne nachzudenken, und ihre Reaktion ließ ihn hastig einen anderen Weg einschlagen. Er trat einen Schritt näher. Ihr Puls beschleunigte sich, doch auch er blieb nicht unbeeindruckt von der einladenden Wärme, die ihr Körper ausstrahlte. Seine Stimme klang weicher als geplant. »Ich könnte mir eine weitaus nettere Beschäftigung vorstellen.« Er zog sie an sich.

Juna zögerte nicht, ihre Arme um seinen Nacken zu legen. Sie sah zu ihm auf, in ihren Augen glitzerte der Übermut. »Und woran hattest du da gedacht?«

Er küsste sie und genoss ihre rückhaltlose Leidenschaft. Ihre Küsse schmeckten süßer als Ambrosia und ließen ihn für lange Minuten vergessen, wer er wirklich war. Dann aber unterbrach sie ihren Kuss und stemmte die Hände gegen seine Brust. Ratlos sah er sie an, nicht bereit, seine anschmiegsame Geliebte gehen zu lassen.

»Geh nicht fort«, bat sie mit vor Leidenschaft dunkler Stimme.

Erotische Fantasien überfluteten seine Gedanken. Wie hätte er ihr irgendeinen Wunsch abschlagen können? Solange er bei ihr war, würde er niemals erlauben, dass ihr etwas zustieß. Erst als sie sich aus seiner Umarmung wand und nach dem Kittel griff, den sie während ihrer Sprechstunden trug, wurde Arian klar, dass sie ihn reingelegt hatte. Er hielt sie am Arm fest und verlangte noch einen Kuss. Dann ließ er sie gehen, und schon bald füllte sich das Wartezimmer mit animalischen Patienten und ihren Menschen.

»Ich könnte hier ein bisschen Hilfe gebrauchen.« Juna drehte sich zu Arian um, der durch die Tür sah, um herauszufinden, von wem das dämonische Heulen stammte, das seit einigen Minuten beständig lauter wurde.

»Behandelst du auch Gestaltwandler?« Sein Gesichtsausdruck sollte vermutlich harmlos wirken, die Hundebesitzerin jedoch schnappte hörbar nach Luft, als sie sah, wer da gesprochen hatte.

Juna runzelte die Stirn. Immerhin war die Frage nicht ganz unberechtigt, bedachte man, dass Arian und Iris Engel waren und sie erst vor wenigen Stunden jemanden kennengelernt hatte, von dem Arian behauptete, er sei ein Feenprinz. »Bist du ein Werwolf?«, fragte sie den Neufundländer, der zitternd auf dem Behandlungstisch saß. Er verstummte und legte den Kopf schräg, als müsste er über die Frage nachdenken. Auf einmal schüttelte er sich, und seine Besitzerin verlor das Gleichgewicht. Im Nu war Arian bei ihr und fing sie auf. Mit einem Seufzer sank die Frau, die Juna noch nie in ihrer Praxis gesehen hatte, in seine Arme und warf ihm kuhäugige Blicke zu. Zumindest kam es Juna so vor. »Arian?«

Er geleitete die Schwächelnde zum Sessel und wandte sich endlich dem pelzigen Patienten zu. »Was fehlt ihm denn?«, fragte er über die Schulter.

»Nichts.« Die Besitzerin errötete. »Ich meine, wir wollten nur einmal vorbeischauen, um …«

Juna winkte ab. Ähnliche Erklärungen hatte sie heute schon ein paar Mal gehört. Offenbar hatte es sich herumgesprochen, dass Arian in ihrem Haus ein und aus ging, und wenn sie nicht alles täuschte, dann hatte die Redseligkeit ihrer Nachbarin Mrs Stewart einen nicht unerheblichen Anteil daran, dass die vorwiegend weiblichen Tierbesitzer der Umgebung so großes Interesse an der Gesundheit ihrer Lieblinge zeigten.

»Halt ihn mal fest!«, wies sie Arian an und flüsterte dem Hund zu: »Keine Sorge, ich horche dich nur ab.« Die Herztöne gaben wie erwartet keinen Anlass zur Sorge, und nach ein paar Minuten war die Untersuchung beendet. »Ihr Hund ist kerngesund. Allerdings könnte er etwas mehr Bewegung und deutlich weniger Leckerchen vertragen«, erklärte sie der Besitzerin und gab sich keine Mühe, den vorwurfsvollen Unterton zu unterdrücken.

Arian hob die fünfundsiebzig Kilogramm Lebendgewicht so mühelos vom Tisch, als hielte er ein Plüschtier im Arm, und Juna stellte ohne mit der Wimper zu zucken eine saftige Rechnung aus. Letzteres verhinderte allerdings nicht, dass im Wartezimmer lautes Tuscheln und Raunen anhob, nachdem die Frau aus dem Behandlungszimmer gegangen war.

Juna verdrehte die Augen, während sie den Metalltisch

desinfizierte. »Es tut mir leid.« Sie schämte sich für ihre Geschlechtsgenossinnen, und ein klein wenig auch für ihre Eifersucht.

»Was tut dir leid? Dass der Hund gesund war?« Arian schmunzelte.

»Klar, dir gefällt es natürlich, wenn dir alle Frauen zu Füßen liegen.«

»Mich interessiert nur diese eine!« Blitzschnell hatte er sie an sich gezogen, um seine Behauptung mit einem leidenschaftlichen Kuss zu bestätigen. Es dauerte nicht lange, bis Juna jeglichen Widerstand aufgab und alles um sich herum vergaß. Ein Räuspern ließ sie schließlich auseinanderfahren.

»Wie ich sehe, hast du Wichtiges zu tun.«

»Gabriel!« Arian wirkte nicht glücklich, als er den Engel in der Tür lehnen sah.

Hinter ihm reckten die Wartenden die Hälse, und jemand flüsterte unüberhörbar: »Jetzt sind es schon zwei!« Lachen ertönte. »Für den Anblick lohnt sich das Warten allemal.«

»Ladys!« Arian schob Gabriel beiseite und stand nun an seiner Stelle in der Tür zum Warteraum. »Die Sprechstunde ist beendet. Bei Notfällen wenden Sie sich bitte an die Tierklinik in Broomhill. Die Nummer steht in jedem Telefonbuch.«

»Werden Sie auch dort sein?«, hörte Juna eine freche Stimme fragen. Andere kicherten.

Gabriel mischte sich ein. »Raus!« Wie um den harten Befehl zu mildern, war seine Gestalt für einen kurzen Augenblick in weiches Licht gehüllt. Stühle wurden gerückt, das Klicken von Hundepfoten auf Linoleum war zu hören.

Juna erwachte aus ihrer Schockstarre und drängte sich an Arian vorbei. Sie erreichte die Haustür gerade noch rechtzeitig, um die Frauen fröhlich schwatzend die Straße entlanggehen zu sehen. Keine kam ihr besonders bekannt vor, aber jede hatte augenscheinlich irgendein Tier bei sich. Sie sah einen Vogelkäfig, zwei Katzenkörbe und Hunde in verschiedenen Größen. Ein Mann auf der anderen Straßenseite blieb stehen und sah der merkwürdigen Prozession hinterher. Schnell schloss Juna die Tür und lehnte sich dagegen. Sie hatte es geahnt. Sobald man sich mit einem Mann einließ, kehrte dieser früher oder später den Macho heraus. Was bildete er sich ein? Und das Schlimmste war, dass eine unbelehrbare Stimme ihr zuraunte, dass nicht Arian, sondern Gabriel die Schuld an dieser irritierenden Austreibung trug. Er war ihr von Anfang an nicht geheuer gewesen. Sie spürte Wut in sich aufsteigen. Keine gute Sache, besonders in geschlossenen Räumen.

Juna atmete ein paar Mal tief durch, bis die alles verschlingende Hitze in ihren Adern wieder verschwunden war. Dann kehrte sie in den Behandlungsraum zurück, wo die beiden Männer in einer fremdartigen Sprache leise miteinander diskutierten. Auch wenn sie nichts verstehen konnte, war ihr klar, dass sie stritten. Sehr gut. Doch so leicht sollten sie nicht davonkommen.

»Wenn ich mal unterbrechen darf!« Es dauerte einige Sekunden, bis sie die Aufmerksamkeit der beiden hatte. »Vielleicht ist Leuten wie euch das Konzept des Geldverdienens nicht ganz klar. Aber ich erkläre es euch gern: Wir hier auf der Erde ernähren uns nicht von Manna und Hallelujah. Hier muss man arbeiten, um das alles«, mit einer Handbewegung schloss sie Haus und Praxis ein, »bezahlen zu können.« Am liebsten hätte sie mit dem Fuß aufgestampft. »Ist euch bewusst, dass ihr gerade meine Lebensgrundlage verscheucht habt?«

Während Gabriel sie kalt betrachtete, glaubte sie bei Arian eine Spur von Verständnis zu entdecken. Seine Worte jedoch widerlegten diesen Eindruck sofort. »Keines der Tiere war krank.«

»Komm mir nicht so.« Natürlich hatte er Recht, und sie hätte den Frauen nicht den vollen Preis für eine kurze Untersuchung berechnen sollen. Aber sie schienen mehr als bereit zu sein, ihren Tieren den Stress eines Arztbesuchs zuzumuten, nur um mit Arian flirten zu können. Da war es nur recht und billig, dass sie dafür auch ordentlich bezahlten. Während sie nach einer Rechtfertigung suchte, machte sie einen strategischen Fehler: Sie sah zu Arian hinüber. Sofort schlug ihr Herz schneller. Sie war nicht besser als die Meute Hyänen, die er aus dem Wartezimmer vertrieben hatte.

»Mach dir keine Sorgen um die Frauen. Sie können sich an nichts erinnern.«

»Du hast ihre Gedanken manipuliert? Und was gibt dir das Recht, so mit Menschen umzuspringen?«

»Jetzt mal langsam«, mischte sich Gabriel ein. »Du verkennst die Situation. Während du munter dabei bist, Arian noch tiefer reinzureißen, läuft da draußen ein Dämon herum, der stündlich stärker wird, indem er Sterblichen die Seelen raubt. Er setzt sich über alle Regeln hinweg und tut weiß Gott was mit den Schutzengeln. Und ich möchte wetten, auch diesmal hat einer von euch seine Finger im Spiel.« Er sah aus, als wollte er ausspucken, doch dann kam nur ein Wort über seine Lippen: »Engelseher!«

»Das ist es, was du wirklich übelnimmst, oder?«

»Juna!«, mahnte Arian. Doch sie ignorierte ihn und konzentrierte sich ganz auf Gabriel. »Die Seelen sind dir doch völlig gleichgültig, und das Schicksal deiner Kollegen schert dich einen Dreck. Aber es stinkt dir, dass es Menschen gibt, die eure feine Fassade durchschauen! Wahrscheinlich bist du auch einer von diesen … *Selbst*gerechten!«

Ohne sie zu beachten, fragte er Arian: »Woher weiß sie von den Gerechten?«

Juna hätte ihn am liebsten geschüttelt. Wenn er sie nicht gerade beleidigte, tat er so, als wäre sie Luft. »Vorhin hat einer versucht, mich umzubringen, falls du es wirklich wissen willst. Aber das hat er bereut.« Stolz sah sie Arian an, der gar nicht glücklich über den Verlauf des Streits zu sein schien. »Man sollte meinen, dass die himmlischen Kräfte zusammenhalten würden, wenn dieser Dämon wirklich eine solche Bedrohung darstellt. Stattdessen bringt ihr euch lieber gegenseitig um.«

Sie war nicht ganz sicher gewesen, ob Arian den Gerechten wirklich getötet hatte. Ein wenig Abschreckung hätte gereicht, wäre es nach ihr gegangen. Auch wenn der Gerechte den armen Jungen umgebracht hatte – er war immerhin ein *Engel*. Arians Schweigen bestätigte ihren Verdacht jedoch. Schnell verdrängte sie den Gedanken, dass ihr Liebhaber auch eine dunkle Seite besaß. Stattdessen wandte sie sich wieder Gabriel zu. »Warum kümmerst du dich eigentlich nicht um das Problem?«

Er verschränkte die Arme vor der Brust. »*Ich* habe keinen Auftrag!«, verkündete er mit finsterer Miene, und sie hatte den Eindruck, dass er diesen Umstand bedauerte. Gern hätte Juna ihn gefragt, warum er sich dann ständig einmischte, aber sie kam nicht mehr dazu.

»Ich bin sicher, Nephthys weiß dein Engagement zu schätzen«, unterbrach Arian kühl die Diskussion. »Die Gerechten sind in der Tat auf uns aufmerksam geworden. Es wäre in unser aller Sinne, wenn sie keine Gelegenheit erhielten, meine Suche nach dem Dämon zu stören. Er war in Johnstone, daran gibt es keinen Zweifel.«

Arian erwähnte nicht, dass es dem Dämon gelungen war, sich, anfangs von ihm unbemerkt, in seine Nähe zu schleichen. Auch wenn es ihm nicht gefiel, darin musste er Gabriel Recht geben: Die Jagd und eine Liebesaffäre schlossen sich gegenseitig aus. Wie sollte er dem Dämon auf die Schliche kommen, wenn er sich pausenlos um Junas Sicherheit sorgte? Er brauchte sie nicht einmal anzusehen. Die Zartheit ihrer Gesichtszüge, die fein geschwungene Nase, die ihrem Profil etwas rührend Verletzliches gab, all das hatte sich tief in sein Gedächtnis eingebrannt. Juna durfte nichts geschehen.

Als hätte sie seinen Wunsch nach einer Lösung erahnt, schlenderte Iris herein. »Ein Gipfeltreffen der verlorenen Seelen?« Sie stellte sich breitbeinig hin, die Hände in den Taschen ihrer verwaschenen Jeans, und sah von einem zum anderen. »Habe ich etwas verpasst?«

»Nein, gar nichts. Der *Herr* hier wollte gerade gehen!« Juna machte eine Kopfbewegung zu Gabriel, der ihre Worte mit einem Schnaufen quittierte.

Arian hatte keine Lust, sich weiter an diesem Geplänkel zu beteiligen. »Iris, egal was passiert – du bleibst bei Juna. Verstanden?« Ohne eine Antwort abzuwarten, wandte er sich an seinen ehemaligen Kampfgefährten. »Wenn du dich schon in mein Leben einmischst, dann kannst du mir jetzt auch bei der Suche helfen. Komm!«

Er verließ den Raum, und zu seiner Überraschung folgte Gabriel ihm widerspruchslos. Sich nach Juna umzuschauen, wagte Arian nicht. Er hätte es nicht über sich gebracht, sie in Iris' Obhut zurückzulassen, hätte er sie noch einmal angesehen. Er musste darauf vertrauen, dass sie seine Beweggründe verstehen würde.

Weit davon entfernt, irgendetwas zu begreifen, fragte Juna Iris: »Sind die immer so?«

Die Freundin lachte und begann die Rechnungskopien zu sortieren, die Juna achtlos auf dem Schreibtisch gesammelt hatte. »Gute Geschäfte. Was war hier los? Ist eine Epidemie ausgebrochen?«

»So etwas in der Art.«

»Dachte ich mir schon. Bei einem solchen Assistenten.« Nachdem sie den letzten Ausdruck kontrolliert und auf einen Stapel gelegt hatte, sah sie auf. »Nun mach dir mal keine Sorgen. Er wird den Drachen töten und als strahlender Held heimkehren.«

»Ich mache mir keine …« Juna brach ab. Sie wusste gar nicht so genau, was sie fühlte. *Verwirrung* traf es vermutlich am besten. Sie legte die Hände hinter sich auf den Behandlungstisch, und mit einem kleinen Hopser saß sie auf der kühlen Stahlfläche. Allmählich klärte sich der Nebel in ihrem Kopf. Sie ließ die Beine baumeln, wie sie es schon als Kind getan hatte, wenn sie über etwas nachdachte, dankbar für die Zeit, die Iris ihr zum Antworten ließ. »Ja. Nein. Ach …!« Als sich Juna selbst sprechen hörte, musste sie lachen. »Ich bin verliebt.«

»Ach nein!« Das Lächeln nahm Iris' Worten die Schärfe. »Selbstverständlich bist du das.«

»Aber ich verstehe nicht …«

»… warum er so ist, wie er ist.« Iris lehnte sich vor. Die Ellbogen auf dem Schreibtisch, stützte sie den Kopf auf die gefalteten Hände. »Du hast den Gerechten heute kennengelernt. Es mag dir merkwürdig vorkommen, aber diese Gerechten unterscheiden sich gar nicht so besonders von den Wächtern.«

»Aber ich dachte, sie hätten alle keine Gefühle.«

»Das sollen wir glauben. Und vielleicht war es früher auch einmal so. Aber spätestens, seit damals die Abtrünnigen nach mehr Freiheiten verlangten, habe ich so meine Zweifel daran.«

»Du warst dabei?« Juna mochte sich nicht ausmalen, wie alt Iris sein musste, um den Fall der Engel miterlebt zu haben, der der Legende nach zur Entstehung der Hölle geführt hatte.

Iris setzte sich auf. »Fakt ist, dass sie sehr wohl Gefühle haben. Was ihnen fehlt, ist das Mitgefühl.«

»Ist dir klar, was du da beschreibst? So klingt das Profil eines typischen Hasstäters: nicht älter als dreißig, männlich, heterosexuell, ohne die Fähigkeit, sich in andere Lebenssituationen hineinzudenken.«

»In der Aufzählung fehlt noch einiges, zumindest, wenn es um Menschen geht. Entscheidend ist aber der letzte Punkt. Selbst wenn sie es könnten, würden die meisten dieser Engel es gar nicht wollen, denn sie haben ein festes Weltbild, an dessen Richtigkeit praktisch keiner von ihnen zweifelt. Sie sind gehorsam und führen ihre Befehle aus.«

»Ich weiß. Um das zu erreichen, reißt man den – wie sagt ihr? – Novizen das Herz heraus. Sie sollen gerecht entscheiden, ob jemand gut oder böse ist.«

»Nicht gerecht. Neutral.« Iris klang sehr sachlich, doch Juna war überzeugt, das Feuer der Emotion hinter ihrer Fassade brodeln zu sehen. »Vor dem ewigen Gericht bekommst du keine Gerechtigkeit. Du bekommst ein Urteil.«

»Und das ist euer Dilemma.« Juna verstand allmählich. Eine Rechtsprechung ohne Empathie mochte korrekt sein, sie wurde dem Leben jedoch selten gerecht. Die Fähigkeit, sich in die zu beurteilende Person einzufühlen, konnte ebenfalls zu Fehlurteilen führen. »Bedeutet das, es gibt keinen gerechten Gott?«

Iris riss entsetzt die Augen auf. »Natürlich nicht!« Dann lehnte sie sich zurück. »Das muss jeder für sich selbst herausfinden.«

»Ja, super! Das kommt mir irgendwie bekannt vor.« Als Juna noch zur Kirche gegangen war – bevor sie dort versucht hatten, ihren *Teufel* auszutreiben –, hatte sie diesen Satz häufig am Ende einer Diskussion über den Glauben gehört.

»Ob es dir gefällt oder nicht, so sehe ich die Sache jedenfalls.«

»Mag sein. Aber kann Arian dann wirklich lieben, wie er mir versichert hat? Oder bin ich nur eine Trotzreaktion auf ein paar Tausend Jahre Enthaltsamkeit?«

Jetzt lachte Iris laut. »So kommt es einem vor, oder? Ich meine die Sache mit der Enthaltsamkeit. Man sollte nicht meinen, dass jemand, der unberührt in die Dienste der Ewigkeit berufen wurde, ein derartig talentierter Liebhaber sein kann. Zumal, und das darf ich dir versichern, ein Wächter tatsächlich keine Gelegenheit hat, irgendwelche Erfahrungen in Liebesangelegenheiten zu machen.«

»Unberührt?« Als Iris zu einer Erklärung ansetzte, unterbrach Juna sie eilig. »O warte! Das will ich gar nicht genauer wissen.«

Doch ihre Freundin ließ es sich nicht nehmen zu erklären, dass es auch hier Ausnahmen von der Regel gab. »Und wenn ich mir Arian so ansehe, dann bin ich ziemlich sicher, dass *er* dazugehört.«

Junas Handy meldete eine neue Nachricht und enthob sie so einer Antwort. »Mir ist nach einer richtig langen Dusche«, teilte sie Iris mit und sprang vom Behandlungstisch.

»Dann geh ich mal mit dem Hund raus. Wo ist er überhaupt?« Iris pfiff, und Finn kam herbeigerannt.

»Ich hoffe, du setzt ihn nicht wieder vor der Tür ab und verschwindest.« Juna drohte spaßhaft mit dem Finger, aber beide wussten, dass sie es ernst meinte.

Iris beugte sich vor und kraulte Finn hinter den Ohren. Dabei murmelte sie etwas, das wie *Als hätte ich eine Wahl!* klang.

In ihrem Zimmer sah Juna auf das Handydisplay: drei Kurznachrichten und zwei Anrufe.

Zuerst der Anrufbeantworter, entschied sie. »Bitte, das ist jetzt kein Scherz. Ich bin in diesem Castle, du weißt schon, dieser Haufen Steine, den Dad kaufen will. Ich bin gestürzt. Kann nicht mehr auftreten. Bitte, komm so schnell du kannst, ja?«

Obwohl sie immer noch wütend auf John war, machte sie sich Sorgen. Ihr Mitleid hielt genau bis zur nächsten Nachricht: »Das ist jetzt echt nicht witzig. Ich weiß, dass du dein Handy wegen der Viecher immer dabeihast. Okay, wenn es wegen neulich ist … also, es tut mir leid. Ach, Scheiße, hol mich hier raus! Es wird bald dunkel.«

Sie konnte sich noch gut an Baltersan Castle erinnern. Es war kaum mehr als eine Ruine, und nachdem ihr Vater sie besichtigt hatte, war ziemlich klar gewesen, dass er sie nicht kaufen wollte. Hatte er es sich doch anders überlegt und John noch einmal dorthin geschickt? Glasgow lag etwa eine Stunde entfernt, und sie fragte sich, ob es nicht besser war, die Polizei anzurufen, um ihn retten zu lassen … oder einen Krankenwagen. Aber wenn er in Schwierigkeiten war – was man bei ihm getrost annehmen durfte –, dann war es sicherer, selbst hinzufahren. Auf Arians Rückkehr wollte sie nicht warten. Die beiden hatten sich überhaupt nicht gemocht, und er würde nicht verstehen, warum Juna so weichherzig reagierte, wenn es um ihren nutzlosen Bruder ging.

Die Haustür schlug zu. »Ich bin wieder da!« Iris hielt sich offenbar an Arians Anweisung und hatte den armen Finn nur kurz bis zum Park geführt. »Wollen wir kochen?« Ohne eine Antwort abzuwarten, begann sie mit Töpfen zu klappern. Die Arbeitsteilung war ohnehin klar: Iris würde ein wunderbares Gericht zaubern und Juna dafür später den Abwasch erledigen. Sie lächelte, als kurz darauf fröhliches Pfeifen aus der Küche erscholl. Ob Arian zum Abendessen wiederkäme? *Hoffentlich ohne Gabriel.*

Kaum hatte sich dieser Gedanke geformt, wurde ihr klar, wie absurd es war, darüber nachzudenken, ob ein Engel seine Dämonenjagd unterbrechen würde, um an den sprichwörtlichen Herd zurückzukehren. *Wann bin ich dermaßen spießig geworden?*, fragte sie sich, klappte ungeduldig ihr Handy auf und wählte Johns Nummer. Erst als sie wieder auflegen wollte, erklang die weibliche Stimme seines Anrufbeantworters, die freundlich darum bat, nach dem Signalton eine Nachricht zu hinterlassen. Kaum war der verklungen, fauchte sie: »Du bist wohl verrückt geworden, mich einfach so durch die Gegend zu scheuchen!« Sie dämpfte ihre Stimme. »Idiot! Ich rate dir, ernsthaft verletzt zu sein, sonst kannst du was erleben!«

So leise wie möglich schlich sie auf bloßen Füßen durch den Flur, um Iris nicht auf sich aufmerksam zu machen. An der Tür erwartete ihr Hund sie. »Du musst hierbleiben, Finn.« Aber er ließ sich nicht überzeugen und antwortete mit einem leisen Winseln. »Also gut, aber du bist still. Hörst du?«

Vorsichtig zog sie die Haustür hinter sich zu. Danach stieg Juna in ihre Stiefel und rannte zum Auto.

Die untergehende Sonne malte blassrosa Streifen auf die langgezogenen Wolkenbänder am Horizont. Es würde längst dunkel sein, wenn sie Baltersan Castle erreichte.

Nachdem sie an der Ausfahrt 22 auf den M77 abgebogen war, hatte sie zum ersten Mal Gelegenheit, nach ihrem Handy zu tasten. Stadtauswärts war der Verkehr auch um diese Zeit noch ziemlich dicht, und die langgezogene Baustelle, durch die sich die Fahrzeuge jetzt quälten, machte es nicht leichter, Glasgow zu verlassen. In ihrer Handtasche fand sie nichts, und als Finn ein strenges *Wuff* von sich gab, blickte sie gerade noch rechtzeitig auf, um zu sehen, dass vor ihr ein Lastwagen aufgetaucht war, der seltsam schlingerte. Sie gab die Suche auf, überholte den Wagen und trat das Gaspedal durch.

Es wurde immer dunkler, und allmählich kamen ihr erste Zweifel, ob ihr übereilter Aufbruch klug gewesen war. Doch deutlicher hätte Gabriel gar nicht sein können, als er ihr vorwarf, die Suche nach dem Dämon zu behindern. Arian fühlte sich für ihre Sicherheit verantwortlich, was durchaus schmeichelhaft war, auch ohne das verwirrende Gefühl in ihrem Bauch, das anhob, sobald sie an ihn dachte. *Als würden winzige Engelsflügel darin flattern*, dachte sie und schalt sich gleich darauf ein Schaf. Als Veterinärmedizinerin wusste sie genau um die Mechanismen der Anziehungskraft zwischen den Geschlechtern, und das, was in ihr geschah, ließ sich physiologisch erklären.

Nur wollte sie das gar nicht. Am liebsten hätte sie sich einfach nur zurückgelehnt und Arians Zärtlichkeiten genossen. Juna zwang sich, zurück auf die Straße zu sehen. Ob Iris sie finden würde, wenn ihr jetzt etwas zustieße? Bestimmt, schließlich war sie ihr Schutzengel. Zwar ein äußerst merkwürdiger, aber nichtsdestotrotz ein Schutzengel. Möglicherweise würde sie aber eines Tages auch zu spät kommen und ihren leichtsinnigen Schützling nicht mehr retten können. Ebenso wie der zarte Engel in Johnstone, der nur erschienen war, um die Seele des ermordeten Jungen freizulassen.

Aber womöglich war dessen Zeit einfach reif gewesen? Juna runzelte die Stirn. Über Sterben und Vorbestimmung wollte sie jetzt nicht nachdenken.

Immerhin saß ihr Bruder seit mehreren Stunden in einer Ruine fest, und sie hatte seine Nachrichten einfach ignoriert. Eine leise Stimme in ihr warnte, dass es durchaus Gründe dafür gab, dies auch jetzt zu tun. Juna wusste, dass sie gut daran getan hätte, ihrer Intuition zu folgen und an der nächsten Ausfahrt kehrtzumachen.

John mochte ein Idiot sein – mehr noch: Er hatte versucht, sie zu bestehlen. Aber er war immer noch ihr Bruder. Früher, als sie neu in die Familie gekommen war, war er es gewesen, der sie wie eine verschollene Schwester begrüßt hatte – beinahe so, als wäre er froh gewesen, endlich jemanden gefunden zu haben, mit dem er über alles reden, dem er alles anvertrauen konnte.

Juna hatte ihn zurückgewiesen. Nicht absichtlich, aber sie war damals ein schüchternes Mädchen gewesen, und der Umzug in eine neue Welt ohne ihre geliebten Großeltern war nicht leicht für sie gewesen. Er hatte ihr geholfen, wenn sie in Schwierigkeiten geraten war, was ziemlich schnell geschah, denn damals hatte sie ihre Kräfte längst nicht im Griff gehabt und ahnte nicht, dass sie über einzigartige Fähigkeiten verfügte, die andere Menschen verwirrten und bestürzten. John hatte ihr beigestanden, wenn die anderen Kinder über sie lachten, und einmal hatte er sogar die Schuld auf sich genommen, als ihre Gardinen im Kinderzimmer in Flammen aufgingen, weil Juna ihre Gefühle nicht im Griff hatte. Zu welchem Zeitpunkt oder aus welchem Grund sich ihr Verhältnis so grundlegend verändert hatte, wusste sie nicht. Sosehr sie sich bemühte, sie konnte sich an keinen konkreten Anlass erinnern, der ihren einstigen Verbündeten zu einem erbitterten Gegner gemacht hatte. Und dennoch fühlte sie sich verpflichtet, ihm jetzt zu helfen.

»Wir sind doch Geschwister!« Selbst ihre eigene Stimme konnte sie nicht ganz überzeugen, doch immerhin brachte sie Juna zurück in die Gegenwart. Gerade passierte sie den Flughafen Prestwick. Der Verkehr war inzwischen abgeflaut, und sie suchte erneut nach dem Handy, um Iris eine Nachricht zu schicken. Es musste doch irgendwo sein.

Und dann fiel es ihr ein: Sie hatte das Telefon vorhin einfach auf das Bett gepfeffert – und da lag es immer noch. *Großartig!* Wie sollte sie jetzt John in der finsteren Ruine aufstöbern? Nun galt ihre Suche der Taschenlampe, die sie ins Auto gelegt hatte, nachdem sie einmal zu einem Notfall gerufen worden war und dabei ewig gebraucht hatte, um die angegebene Hausnummer in einer unbekannten und schlecht beleuchteten Straße zu finden. Endlich ertasteten ihre Finger etwas Längliches, Kühles. Da war sie … und funktionierte sogar noch, wie ein kurzer Test ergab. Schnell knipste sie das Licht wieder aus.

Kurz vor Baltersan Castle befand sich das Dörfchen Maybole. Vielleicht würde sie dort eine Telefonzelle finden, von der aus sie Iris anrufen und beruhigen könnte. Gewiss würde die Freundin nicht annehmen, ein Dämon habe sie samt Hund und Auto verschleppt, aber natürlich war es nicht gerade nett gewesen, einfach ohne ein Wort aus dem Haus zu schleichen. Dass Iris sie auf jeden Fall daran zu hindern versucht hätte, Johns Hilferuf zu folgen, verdrängte Juna in diesem Augenblick.

Die einzige Telefonzelle in Maybole war defekt, und so stieg sie wieder in ihr Auto, um die letzten Meilen zur Burgruine zu fahren. Dort parkte sie am Straßenrand, denn eine Zufahrt gab es nicht. John musste über den schmalen Pfad vom Bauernhof weiter südlich zum Castle gegangen sein, sein Auto war nirgendwo zu sehen.

»Komm, Finn!«

Der Hund sprang heraus und sah sie erwartungsvoll an. Er war immer für ein Abenteuer zu haben, und ein nächtlicher Lauf durch ein Getreidefeld gehörte offenbar dazu.

Der Mondschein tauchte die Landschaft in silbernes Licht, und die hoch aufgerichtete Silhouette von Baltersan hob sich deutlich gegen den Sternenhimmel ab. Es war eine klare Nacht, und trotz der sommerlichen Temperaturen, die tagsüber geherrscht hatten, lag nun kühler Tau auf den Gräsern. Die leichten Schuhe boten kaum Schutz; schon nach wenigen Schritten bekam Juna nasse Füße.

Finn hatte den Zaun, der unerwünschte Besucher von der Ruine fernhalten sollte, bereits erreicht und hob den Kopf. Offenbar hatte er eine Witterung aufgenommen.

Juna fand das Loch im Drahtgeflecht schnell wieder, durch das sie auch bei ihrem ersten Besuch geschlüpft war.

»John?«

Keine Antwort.

Sie ging die Anhöhe hinauf, bis sie das Mauerwerk erreichte. Behutsam tastete sie sich vor. Der Mond erhellte diese Seite der Ruine nicht, sie lag im Schatten. Steine rollten unter ihren Füßen, und um das Gleichgewicht zu halten, schloss sie ihre Augen. Plötzlich endete die Mauer. Sie versuchte sich zu erinnern: War hier ein Zugang gewesen? Ihre Finger fühlten an dem rauen Stein entlang bis zu einer Kante. Juna öffnete die Augen und lachte erleichtert auf. Vor ihr lag die Hügellandschaft in silbernem Licht, sie hatte das Ende des Gebäudes erreicht. Erleichtert bog sie um die Ecke. Hier war es zwar heller, einen Zugang konnte sie aber auch nicht finden.

Ihr Hund drängte sich jetzt dichter an ihr Bein und blieb nicht mehr stehen, um zu schnüffeln. Hatte er die Spur verloren?

Etwas Weiches berührte ihre Wange. Fast hätte sie aufgeschrien, obwohl sie in derselben Sekunde wusste, dass es nur ein Blatt gewesen war. Welch seltsame Ängste eine einsame Nacht hervorbrachte!

Auf ihrer weiteren Suche bog sie um die nächste Hausecke und erreichte endlich die Maueröffnung, nach der sie die ganze Zeit gesucht hatte. Wieder rief sie Johns Namen – leise, als wolle sie niemand anderen aufscheuchen. Aber wer sollte außer ihrem Bruder sonst noch hier sein? Allmählich kamen ihr Zweifel, ob sich außer ihr und dem Hund überhaupt jemand in der Ruine befand. Trotzdem zögerte sie, den Spalt in der dicken Grundmauer zu betreten, als befände sich hinter diesem schmalen Zugang eine andere Welt.

Finn setzte sich auf die Hinterbeine, nicht zögerlich, sondern nachdrücklich. Als wollte er sagen: *Mach, was du willst. Ich gehe da nicht rein.*

»Oh, komm schon!« Juna knipste die Taschenlampe an, die sie die ganze Zeit wie eine Waffe mit steifen Fingern umklammert gehalten und trotzdem vergessen hatte, und folgte dem zuckenden Lichtstrahl ins Innere der Burgruine, die wie ein hohler Baum in den Nachthimmel ragte. Durch die fehlenden Etagen schien der Mond und erhellte niedrige Mauerreste. Juna erinnerte sich an ihre erste Besichtigung, während derer sie sich gefragt hatte, warum alles so erstaunlich aufgeräumt wirkte, fast, als habe jemand gefegt.

Ein Rascheln riss sie aus ihren Gedanken. Gleich darauf erklang ein Stöhnen.

»John! Wo bist du?« Sie lief in die Richtung, aus der die Geräusche gekommen waren. Jede Nische, jeden Mauervorsprung leuchtete sie ab, bis der Lichtkegel endlich eine regungslose Gestalt erfasste, die unter dem mächtigen Gewölbe des alten Küchenkamins lag.

»John?« Am liebsten wäre Juna auf ihn zugestürzt, aber die stets präsente Stimme in ihrem Unterbewusstsein warnte sie, dass dies eine Falle sein könnte.

Sehr langsam näherte sie sich dem am Boden Liegenden.

Er schien sie nicht zu bemerken, jedenfalls rührte er sich nicht.

Dann ein Geräusch. Hinter ihr.

Juna fuhr herum, und der Lichtstrahl zuckte wild übers Mauerwerk.

Dämonenaugen leuchteten ihr entgegen und kamen schnell näher. Sie unterdrückte einen Schrei, wich zurück … bis ihr endlich auffiel, dass es sich um einen kleinen Dämon handeln musste. Genau genommen reichte er ihr gerade einmal bis zum Knie, an das er sich jetzt mit seinem weichen Pelz drückte.

»Finn! Hast du mich erschreckt!«

Der glühäugige Verfolger hechelte vernehmlich und trabte zu dem am Boden liegenden Bündel. Es folgten feuchte Schmatzgeräusche, dann erklang Johns harte Stimme: »Verdammt, halt mir das Vieh vom Leib!«

Juna beugte sich über ihren Bruder, ergriff seine Arme und schob ihn in eine Sitzposition. Dabei streiften ihre Finger etwas Glattes, Rundes.

»Du bist gefesselt!«

»Was du nicht sagst.«

Sie verabscheute seine schneidende Ironie. »Ich kann auch wieder gehen!«

»Das glaube ich kaum. Bei all deinen Talenten sollte man meinen, du hättest auch ein wenig Verstand mitbekommen. Denk nochmal nach!«

Juna richtete sich auf. Sie stieß mit dem Fuß gegen etwas, das scheppernd über den Boden rutschte und dabei zu leuchten begann. »Dein Handy.«

»Lass es liegen!«

Sie gehorchte und lehnte sich kurz an die alten Steine,

um etwas Solides zu spüren, etwas, das ihr half zu verstehen. Dann lauschte sie.

Nichts. Kein Laut war zu hören. Nicht das Rascheln einer Feldmaus auf der Suche nach Nahrung, kein Nachtvogel, nicht einmal der Wind. Und mit einem Mal begriff sie, dass genau dies die Quelle ihrer Furcht war.

Nirgends gab es absolute Stille, nicht einmal nachts in den Highlands. Immer war irgendetwas zu hören, und wenn es nur das eintönige Rauschen des Blutes in den überempfindlichen Ohren war. Sie hörte nichts und begriff endlich, dass Magie im Spiel sein musste. John hatte sie in eine Falle gelockt.

II

»Möchtest du uns nicht vorstellen, Jonathon Arthur?«
Eine Flamme schoss empor, und aus ihr trat ein
Mann. Nicht irgendein Mann, das erkannte Juna sofort.
Der Dämon aus der Lagerhalle stand vor ihr. Keine Flügel
und nicht einmal eine besonders gefährliche Ausstrahlung,
nur eine merkwürdige Drehung des Kopfes, gefolgt von
einem lauten Knacken.

»Arthrose«, diagnostizierte sie, ohne nachzudenken, und
es knackte erneut. »Was willst du von uns?« *Iris, Hilfe!* Ihr
Schutzengel würde bestimmt merken, dass sie in Gefahr
war, sie musste auf Zeit spielen.

Der Dämon kam näher, und während seine Höllen-
flamme die Szenerie in trügerisch weiches Licht tauchte,
blieb eine Hälfte seines Gesichts im Schatten. Sie stand mit
dem Rücken zur Mauer und beobachtete gleichsam unbeteiligt, wie er die Hand nach ihr ausstreckte und an ihr Kinn
legte, um ihr Gesicht zu inspizieren.

»Schön und klug, das ist mein Mädchen. Lieber Freund,
du hast nicht zu viel versprochen.«

»Ich habe nichts dergleichen gesagt.« John versuchte, sich
aufzurichten, rutschte aber auf halber Höhe wieder zu Boden.

Juna glaubte ihm sofort. Komplimente über ihr Aussehen
waren gewiss das Letzte, das ihm im Zusammenhang mit
ihr einfallen würde.

279

Sie spürte den prüfenden Blick des Dämons wie eine unangenehme Berührung, die tiefer ging als nur unter die Haut. Jetzt war sie da, die Angst, und ihr Fluchtinstinkt meldete sich lautstark zu Wort. Juna zitterte unter der Anstrengung, nicht zurückzuzucken. Sie hatte den Dämon in Aktion erlebt. Er war ein wildes Tier, und sie tat gut daran, ihn nicht zu provozieren.

Er ließ sie los, offenbar war seine Überprüfung vorerst abgeschlossen. »Du weißt, wer ich bin?«

»Nein. Aber du scheinst darauf zu brennen, es mir gleich anzuvertrauen.«

»Frechheit wird dir nichts nützen. Denk noch einmal nach!«, verlangte er und klang ein bisschen, als sei er beleidigt.

Eitelkeit steht ganz oben auf der Liste der Todsünden. Wie passend, dachte Juna und spürte einen Funken Hoffnung. Er hatte eine erste Schwachstelle offenbart. Sie schüttelte den Kopf und sah ihn mit weit aufgerissenen Augen an. »Nein, wirklich. Ich habe keine Ahnung.« Sie hoffte, nicht übertrieben zu wirken. Ihre schauspielerischen Talente waren bestenfalls mittelmäßig.

»Nun gut, ich will deiner Erinnerung auf die Sprünge helfen.« Ehe sie zurückweichen konnte, hatte er seine Hand auf ihre Stirn gelegt, und sofort sah sie den ängstlichen, verletzten Schutzengel vor sich. *Sie wusste, wenn sie sich jetzt umdrehte, würde er dort stehen. Wellen aus Hass und Bosheit gingen von ihm aus, und ihre Knie zitterten. Er hatte keine Eile, als wisse er genau, dass sie nicht fliehen würde.*

»Dämon!« Juna riss sich los und spuckte das Wort voller Widerwillen aus, als ob bereits die Erwähnung einen unangenehmen Geschmack auslöste.

»Sehr gut.« Der Dämon strich sich über das Kinn, und

die Haut unter seinen Fingerspitzen klang trocken. Sofort entstand das Bild rauer Schlangenschuppen vor ihrem geistigen Auge. Noch immer hatte sie keine Gelegenheit gehabt, sein Gesicht genauer zu betrachten, und vielleicht war das auch ganz gut so. »Man kennt mich als Nácar. Und weil ich das Gefühl habe, dass wir in Zukunft viel Zeit miteinander verbringen werden, ist es nur recht und billig, wenn du mir auch deinen Namen verrätst.«

»Sag nichts!«

In ihrem Entsetzen hatte Juna John vergessen und zuckte beim Klang seiner Stimme zusammen.

Nácar wischte Johns Warnung mit einer ungeduldigen Handbewegung beiseite. »Mein Täubchen, mach dir keine Gedanken. Früher oder später finde ich ihn heraus.« Zweifellos sah er die Angst, die es nun doch geschafft hatte, sich einen Weg in ihre Augen zu bahnen. Er wirkte erfreut. »Eine interessante Familie, überaus talentiert. Und ihr seid wirklich Geschwister?«

»Halbgeschwister.« John spie die Worte im selben Augenblick hervor, in dem Juna bat: »Lass ihn gehen. Er hat nichts damit zu tun.«

Völlig unerwartet begann Nácar zu lachen, und sein tiefer Bariton klang keineswegs unsympathisch. »Aber Täubchen, er hat alles damit zu tun. Weißt du denn nicht, dass dein lieber Bruder ein Nekromant ist?«

John, ein Magier der dunklen Künste? »Das glaube ich nicht!«

»Natürlich mangelt es ihm an Finesse, aber ein gewisses Gespür für die guten Dinge im Leben kann ich ihm nicht absprechen. Immerhin war er es, der mich in diese Welt geholt hat.«

Sie keuchte. »Das ist nicht wahr!«

»Erzähl es ihr, Johnathon Arthur. Und vergiss nicht, den Deal zu erwähnen, den du mir angeboten hast.«

Und als könne er sich diesem Befehl nicht entziehen, zählte John seine ruchlosen Taten mit monotoner Stimme auf.

Als er seinen Verrat an den Schutzengeln gestand, schrie sie: »Du lügst. Du konntest nie Engel sehen! Erzähl ihm, wie du dich über mich lustig gemacht hast, als ich dir mein größtes Geheimnis anvertraut habe!«

Noch heute konnte sie sein Lachen hören. Und auf einmal wusste sie: An diesem Tag hatte ihre Entfremdung begonnen. Danach hatte sich ihr Verhältnis grundlegend geändert. Jetzt ahnte sie, dass es Eifersucht gewesen war, die ihn immer weiter von ihr entfernt hatte. Er war noch nie gut mit Konkurrenz zurechtgekommen.

Eine Träumerin hatte er sie genannt, und als sie auf ihrer Geschichte beharrte, hatte er sie gewarnt: *Du wirst in der Klapsmühle enden, wenn du jemandem diesen Unfug erzählst.*

An jenem Tag hatte sie ihr Feuer zum ersten Mal bewusst eingesetzt.

Du bist wahnsinnig!, hatte John gebrüllt und war voller Angst aus dem Zimmer gestürzt. Jetzt schwieg er, und sie wusste, dass der Dämon nicht gelogen hatte.

»Warum?« Ein Kloß formte sich in ihrem Hals. »Warum tust du so etwas Schreckliches?«

»Geld, Täubchen. Dein Bruder ist ein Spieler. Ein erstaunlich glückloser obendrein. Nicht wahr, mein Freund?« Nácar lachte erneut, und Juna vermutete, dass er an Johns Pechsträhne nicht unbeteiligt war.

»Du hast ihn dazu verleitet!« Sie spürte die Hitze in sich aufsteigen.

»Keineswegs. Er schafft es ganz allein, sich immer wieder in Schwierigkeiten zu bringen.« Nácar gab dem am Boden Liegenden einen Tritt.

Doch John kannte ihn inzwischen gut genug und ließ keinen Schmerzenslaut hören, um seine sadistische Lust nicht zu schüren.

Ausgerechnet diesen Zeitpunkt wählte Finn, um auf sich aufmerksam zu machen. Knurrend kam er aus der Dunkelheit gerannt. Der Dämon hob den Arm, ein Schwert erschien in seiner Hand.

»Rühr meinen Hund nicht an!«

Ein zufriedenes Lächeln erschien auf seinem Gesicht. »Iris, wo warst du nur so lange?« Er fuhr herum und wehrte Iris' Angriff ab. Stahl traf auf Stahl.

Finn wich bellend zurück, und Juna musste mit ansehen, wie sich ihr Schutzengel und Nácar ein tödliches Duell lieferten.

Der Dämon attackierte schnell und brutal. Seine Faust traf Iris am Kinn, so dass sie zurücktaumelte. Doch dann nahm sie den Schwung ihres Sturzes auf, machte einen Salto rückwärts und nutzte den Sprung zu einem Gegenschlag. Schwer von ihrem gut platzierten Fuß getroffen, taumelte Nácar zurück, schüttelte sich und griff erneut an.

Schnell wurde klar, dass die beiden Gegner so gut wie ebenbürtig waren. Was Iris an Kraft fehlen mochte, machte sie durch ihre Geschicklichkeit wett. Der Dämon kämpfte immer wütender, und plötzlich erkannte Iris ihre Chance. Sie wirbelte herum und zog ihm das Schwert quer durchs Gesicht. Nácar heulte auf, schoss pfeilschnell in die Höhe und tauchte gleich darauf hinter Iris auf, die den Kopf noch in den Nacken gelegt hatte, um zu sehen, wohin er so plötzlich verschwunden war.

Juna dachte nicht nach. Sie sprang vor, um ihn beiseitezustoßen und damit den tödlichen Streich abzulenken. Doch sie kam zu spät.

Mit größter Präzision bohrte sich die Klinge in Iris' Rücken. »Lauf!«, flüsterte sie im Fallen.

Juna konnte sich vor Entsetzen nicht rühren und musste tatenlos zusehen, wie Nácar eine Kugel aus Feuer formte, das seiner Handfläche zu entspringen schien.

»Wir sehen uns in Gehenna«, fauchte er und warf das komprimierte Feuer auf die am Boden Liegende. Sofort breitete es sich über ihren gesamten Körper aus.

Silberne Tränen rollten über Iris' Gesicht, als sie flüsterte: »Verzeih mir!«

Danach begannen die kleinen Sternenlichter aufzusteigen, die Juna inzwischen zu hassen begonnen hatte – schließlich bedeuteten sie das Ende einer irdischen Existenz.

»Warum hast du das getan?«, schluchzte sie und fiel auf die Knie.

»Hör auf zu jammern!« Nácar packte sie grob an ihren Haaren und riss sie auf die Füße. »Du solltest mir dankbar ...«

Doch Juna hörte nicht mehr, was er noch sagte. Zu überwältigt war sie von der Erkenntnis, die ihre unfreiwillige Intimität ihr beschert hatte. »Gefallen!«, flüsterte sie. »Du bist ein ...!«

Sein wütendes Zischen hätte ausgereicht, sie verstummen zu lassen. Der Schmerz, den seine Hand in ihrem Haar verursachte, raubte ihr für einen Augenblick fast den Verstand. Sie spürte seinen Atem an ihrem Ohr, als er drohte: »Sprich es aus und du bist tot!«

Hinter ihm entfalteten sich seine Schwingen, er umfasste ihre Taille und schoss mit Juna im Arm empor, bis fast in die Wolken. Sie hörte noch Johns Stimme aus der Ferne: »Hey, und was wird aus mir?«

Danach war nichts als Leere.

Seit drei Tagen saß sie hier fest. Es kam ihr allerdings viel länger vor, und als der Abend des dritten Tages anbrach, konnte sie dies nicht wissen, sondern nur vermuten, weil ein Tablett mit Abendessen vor ihr stand. In einem Raum gefangen, der kein Fenster besaß, verbrachte sie einen Großteil ihrer Zeit damit, die leicht klaustrophobischen Zustände zu kontrollieren, die sie immer wieder heimsuchten. Ihr war nichts Persönliches geblieben, außer dem Piercing, das sie sich in einem Anfall von Abenteuerlust vor einiger Zeit hatte machen lassen.

Arian hatte gelacht, als er den winzigen Engel zum ersten Mal gesehen hatte, der in einem Ring an ihrem Bauchnabel saß wie in einer Schaukel.

Arian, hilf mir.

Ihre Jeans, selbst das Shirt hätten ihr jetzt Trost und vor allem Schutz geboten. Und wahrscheinlich war genau das der Grund, warum man ihr alles abgenommen und durch ein Kleid ersetzt hatte, das den Namen kaum verdiente, so kurz war es. Die Höschen wären besser in einer Erotikshow aufgehoben gewesen, aber darauf zu verzichten, fiel ihr nicht ein. Sie war gewiss nicht prüde, in dieser Kleidung jedoch fühlte sie sich ausgeliefert und noch verletzlicher. Merkwürdigerweise trug sie auch Cathures Amulett noch. Bisher hatte es ihr allerdings herzlich wenig geholfen. Viel Magie konnte nicht in dem Holzstückchen stecken, anderenfalls hätte der Dämon es ihr bestimmt nicht gelassen.

Zugegeben, Juna musste weder Hunger noch Durst leiden, und eine Gefängniszelle in der Hölle hatte sie sich weniger komfortabel vorgestellt, aber allmählich begannen ihre Nerven ernsthaft zu rebellieren.

Wenn sie sich jetzt schon auf die Rückkehr der jungen Frau freute, deren Gesicht das Erste gewesen war, das sie nach ihrer Ohnmacht gesehen hatte, dann konnte sie nur hoffen, dabei nicht aufs falsche Pferd zu setzen. Immerhin: Nácar war nicht wiederaufgetaucht, er musste sie abgeliefert haben und sofort wieder aufgebrochen sein, um seine Spuren zu verwischen. Arian würde trotzdem nicht lange brauchen, um herauszufinden, was geschehen war, davon war sie überzeugt. Was er mit John angestellt hatte, sollte er ihn in den Ruinen gefunden haben, mochte sie sich gar nicht vorstellen. Und der arme Finn! Schnell verdrängte sie die Bilder von einem umherstreunenden Hund, der abgemagert und hungrig nach seinem Zuhause suchte. Gut, dass Iris dieser Anblick erspart blieb.

Was für ein Unsinn! Würde ihr Schutzengel noch leben, dann ginge es Finn gut. *Und wer trägt die Schuld an all dem Unglück? Ich.* In besonders dunklen Stunden fand Juna, dass sie es verdient hatte, in der Hölle zu landen.

Sie schloss die Augen, um zu weinen, aber keine Träne floss, um ihr die ersehnte Erleichterung zu bringen. Als sie seinen Namen flüsterte, brannten ihre Augen: *Arian.*

»Er wird dich nicht hören können«, sagte eine leise Stimme.

»Was?« Juna setzte sich abrupt auf. »Aber du weißt, dass ich versuche, mit jemandem Kontakt aufzunehmen. Wer weiß das noch?« Sofort bemühte sich Juna, Arians Bild aus ihren Gedanken zu verbannen. Sie machte sich Vorwürfe. Hatte sie ihn womöglich mit ihren mentalen Hilferufen gefährdet?

Vor ihr stand ihre Wächterin. Sie war ähnlich luftig bekleidet wie sie selbst und lächelte müde. »Niemand hört die Schreie der Verdammten. Auch kein so schöner Engel wie er.«

Täuschte sie sich, oder erschien ein verträumter Ausdruck im Gesicht der Frau? Arians Aussehen wollte sie aber ganz bestimmt nicht mit ihr diskutieren. »Verdammt? Was meinst du damit?« Juna betete, dass die Frau nicht wieder in ihr trauriges Schweigen verfallen würde, wie sie es bisher immer getan hatte, sobald Juna sie angesprochen hatte. Sie bemühte sich, ihre Aufregung zu verbergen, und nannte ihren Namen. Ein wenig zögerlich zwar, denn Iris hatte ihr erklärt, welche Kraft den Namen der Dinge und ganz speziell der Lebewesen innewohnte. Nicht ohne Grund hatte der Dämon wissen wollen, wie sie hieß. Doch hier konnte sie vielleicht Vertrauen gewinnen. Würde die Fremde ihrer Offenheit mit einer ehrlichen Antwort begegnen? Ohne ihre Anspannung zu verraten, fragte sie: »Und wie heißt du?«

Die Frau schwieg. Doch als Juna schon nicht mehr mit einer Antwort gerechnet hatte, sagte sie: »Nigella«, und sah sich sofort um, als erwarte sie, dass jemand in der Tür auftauchen und sie strafen würde. Ihre Stimme klang wie das Plätschern einer Quelle, und Juna dachte, dass sie eines der bezauberndsten Geschöpfe gewesen wäre, denen sie jemals begegnet war, hätte der gesenkte Kopf das Bild einer todtraurigen Kreatur nicht noch verstärkt. Ihre Bewegungen waren sparsam, auf das Nötigste reduziert, und ihre Blicke hatten sich bisher höchstens einmal zufällig getroffen.

Juna sah ihre Chance und hoffte, dass diese erstaunliche Sinneswandlung länger anhalten würde. Nigellas Mut wirkte zerbrechlich wie ein winziger Flakon kostbarer Essenzen. »Ein schöner Name.«

Sie konnte nicht widerstehen und streckte die Hand aus, um das schwarze Haar zu berühren, das leicht vor- und zurückschwang, sobald sich die Frau bewegte.

Eine erschreckend klare Vision ließ sie innehalten: ein Sommertag am Meer. Sie schob die Gardine ihres kühlen Hauses beiseite und blickte auf weiße Schaumkronen, die auf den Wellen tanzten wie Papierschiffchen, aber auch auf die Felsen einer Vulkaninsel, die sich wie ein Scherenschnitt gegen das helle Blauviolett des Morgenhimmels abhoben.

Woher war das gekommen? Juna fragte sich, ob sich ihr in dieser Szene eine Erinnerung Nigellas an bessere Zeiten offenbart hatte. Erschrocken ließ sie die Hand sinken, obwohl Nigella ganz ruhig dasaß und sie mit neu erwachtem Interesse betrachtete, als wisse sie ganz genau, was die Menschentochter gerade gesehen hatte.

Juna schüttelte den Kopf, um die fremden Bilder loszuwerden. Wenn sie Nigella überreden wollte, ihr zur Flucht zu verhelfen, musste sie so viel wie möglich über sie erfahren.

Der Kontrast zwischen Nigellas Haar, der hellen Haut und dem zartblauen Kleid, das sie trug, war so bezaubernd, dass Juna überzeugt war, es nicht mit einer normalen Sterblichen zu tun zu haben. Ein Engel oder Dämon, wie sie ihn bisher in Gestalt von Nácar kennengelernt hatte, war sie allerdings nicht, das wusste Juna sofort, als ihre Fingerspitzen nicht ganz zufällig die schmalen Finger der anderen streiften. Dennoch weckte sie eine Erinnerung. Waren sie sich vielleicht schon einmal begegnet? Ausgeschlossen! »Wer bist du?« Sie bemühte sich um einen beiläufigen Ton.

Nigella sah auf, und der Schatten legte sich erneut über ihre edlen Züge. »Ich danke Nácar, dass ich ihm dienen darf.«

Jetzt bloß nichts Falsches sagen!, ermahnte sich Juna und zählte lautlos bis drei. »Du machst da einen großartigen Job, wenn ich das sagen darf. Das könnte ich nie. Weißt du, ich bin Tierärztin«, fügte sie ein wenig zusammenhanglos hinzu, weil ihr keine weiteren Komplimente einfallen wollten. Als sie an die Praxis dachte, brach beinahe ihre Stimme, und die nächsten Worte kamen von Herzen: »Ich würde alles darum geben, einen Weg zurück zu finden.«

»Ach wirklich?« Nigella wirkte überrascht. »Aber Nácar sagt …« Eine feine Röte erschien auf ihren Wangen, und sie sprach nicht weiter.

Plötzlich dämmerte es Juna. »Du glaubst doch nicht etwa, dass ich scharf auf deinen Job bin?« Sie unterdrückte gerade noch ein abfälliges Schnauben. Offenbar lag Nigella etwas an ihrer Position in diesem dämonischen Haushalt, und sie wollte sie nicht beleidigen. Dennoch sprudelten die nächsten Worte aus ihr heraus: »Da mach dir mal keine Sorgen. Lieber würde ich tot unter der Decke hängen, als dem Kerl zu Diensten zu sein.«

Erschrocken stammelte Nigella: »Du weißt davon?«

Was diese Reaktion hervorgerufen haben könnte, blieb ein Rätsel, denn sie griff nach dem Tablett mit dem Abendessen, das Juna kaum angerührt hatte, und floh aus dem Raum.

Juna hätte sich ohrfeigen können. Warum musste sie auch immer aussprechen, was ihr in den Sinn kam? Aufgewühlt sprang sie auf und flehte bestimmt zum millionsten Mal, Arian möge sie hören. »Bitte hol mich hier raus!«

»Hat dir meine Nigella nicht erzählt, dass strahlende Ritter hier keinen Zugang haben?« Nácar stieß sich vom Türrahmen ab, in dem er gelehnt hatte, und schlenderte wie beiläufig zu Juna herüber, die ihn verbittert ansah. Dieses ständige unangekündigte Auftauchen ihrer Kerkermeister begann ihr mächtig auf die Nerven zu gehen.

»Nein, das hat sie nicht. Sie spricht überhaupt recht wenig. Ich weiß ja nicht einmal, wo ich bin.«

»Was glaubst du denn? Du bist in Gehenna.« Als er ihren ratlosen Blick bemerkte, fuhr er fort: »Unser Refugium im Hades. Ihr Menschen schafft euch eine eigene Hölle, aber wir wurden in diesen Teil der Unterwelt verbannt …«

»Also habe ich Recht – du bist ein gefallener Engel.« Fast hätte sie hinzugefügt: »Wie Arian.« Aber dann wurde ihr klar, dass die beiden nichts gemein hatten. *Nicht einmal ihre Flügel*, dachte sie, als das plötzliche Erscheinen von Nácars Schwingen einen deutlich spürbaren Windstoß erzeugte. Bei Licht betrachtet war nicht viel von den glänzenden Rabenflügeln übrig, die sie zu sehen geglaubt hatte. Im Gegenteil – als sie genauer hinschaute, wirkten sie wie aus dicker schwarzer Haut geschaffen. Fetzen lösten sich hier und da, dazwischen klebten Reste der ehemaligen Befiederung. Unangenehm berührt sah sie beiseite.

Die Flügel verschwanden hinter seinem Rücken. »Jemand wie er käme gar nicht herein. Und sollte es ihm doch gelingen, dann wär's das für deinen Liebsten. Glaubst du, eure Welt wäre, was sie ist, wenn jeder hier herausspazieren könnte, wie es ihm gefällt? So nützliche Idioten wie deinen Bruder, die einem eine Freifahrkarte verschaffen, findet man selten.«

Juna zuckte zusammen. John hatte sie vollkommen vergessen! »Was hast du mit ihm gemacht? Er ist kein schlechter Mensch!«

»O doch, das ist er! Und deshalb hat er auch eine große Karriere vor sich ... sofern er dieses Abenteuer hier überlebt. Keine Sorge, ich bin zuversichtlich. Er wird willig und unbeschadet zu mir zurückkommen.«

»Warum bist du dir da so sicher?« Juna konnte nicht anders, sie musste sich vergewissern, dass ihr Bruder noch am Leben war.

»Erstens hat er keine andere Wahl. Und was sagt man noch gleich über Katzen ...?«

»Sie haben sieben Leben und egal, wohin das Schicksal sie schleudert, sie fallen immer auf die Füße.« Juna sprach hastig, bevor er wieder den Kopf schräg legen und damit dieses abscheuliche Knacken auslösen konnte. »Aber wenn er dir wirklich so ergeben ist, wie du behauptest, warum hast du ihn dann fesseln müssen?«

Nácar gab einen fauchenden Laut von sich, der sie daran erinnerte, dass sie es hier nicht mit einem Menschen zu tun hatte. Selbst wenn er einst ein Engel gewesen sein sollte, wovon sie nicht mehr vollständig überzeugt war, dann war er schon damals eine gefährliche Kreatur gewesen. Wie viel schrecklicher musste er als Dämon sein, wenn selbst die Engel ihn fürchteten? Es war ganz deutlich: Das Thema behagte ihm nicht, und sie war klug genug, ihn nicht weiter zu reizen. Womöglich hatte John einen Weg gefunden, sich seinem Einfluss zu entziehen.

Als Nácar sah, wie sie den Kopf senkte, beruhigte er sich. Er trat einen Schritt näher und hob ihr Kinn an. »Was kümmert mich dein Bruder, wenn ich dich haben kann.« Seine obsidianfarbenen Augen glänzten wie frisch polierter Lack.

Sie konnte ihr eigenes blasses Gesicht darin erkennen, aber nichts über ihn erfahren.

Er lächelte, als ahnte er ihre Enttäuschung. »Wir werden noch ausgiebig Gelegenheit haben, uns näher kennenzulernen. Aber jetzt wirst du mir einen Gefallen tun, nicht wahr? Und wenn alles zu meiner Zufriedenheit läuft, dann darfst du dir auch etwas wünschen. Vielleicht schenke ich dir sogar die Freiheit deines Lovers.«

Juna sah ihn entsetzt an. »Du hast uns beobachtet!«

Nácar wirkte belustigt. »Vielleicht hätte ich das tun sollen. Womöglich hätte ich noch etwas lernen können, was meinst du?« Mit der Hand strich er sich über den Schritt und gab ein wollüstiges Stöhnen von sich. »Aber nein, ich denke, ich habe ein bisschen mehr Erfahrung vorzuweisen als ein frisch gefallener Engel.« Ihm schien diese Beschreibung zu gefallen. »Unberührt, wie der neue Schnee.« Er kicherte. »Du musst dich schrecklich gelangweilt haben.«

Sein Lachen versiegte. »Komm her, Schätzchen!«

Sie konnte sich nicht dagegen wehren und machte den ersten Schritt, dann einen zweiten. Als ginge sie dies alles nichts an, sah sie, wie er den Arm nach ihr ausstreckte, spürte seine Hand in ihrem Nacken und ließ sich widerstandslos von ihm heranziehen. Es war nicht unangenehm, die Wärme eines starken Körpers zu spüren. Sie sah zu ihm auf und versank in seinem gütigen Lächeln. Ein Licht hüllte sie beide ein, und der Wunsch, ihm zu dienen, bestimmte auf einmal Junas gesamtes Denken und Fühlen. Ihr bisheriges Leben, Iris' Tod – alles verblasste in ihrer Erinnerung. Selbst die Küsse waren nur noch eine entfernte Ahnung, ebenso wie die Leidenschaft Arians, als er ihr seine geschundene Seele zu Füßen gelegt hatte. Sie öffnete die Lider, sah ihr eigenes Feuer in den dunklen Augen ihres Gegenübers, und bevor er reagieren konnte, sprang sie zurück. »Niemals!«

Sie sah nicht einmal, wie er ausholte, und war vollkommen unvorbereitet auf den Schmerz, den sein Schlag hervorrief. »Du wirst tun, was ich von dir verlange!«

»Ich verrate niemanden ... und wenn du mich erschlägst.«

»Das gefällt dir also?« Erneut schlug er zu, und Juna stürzte zu Boden. »Steh auf!«

Sie versuchte rückwärts kriechend zu entkommen, benommen, aber nicht willens, seine ausgestreckte Hand zu ergreifen. Das Bett gebot ihrem Fluchtversuch Einhalt. Nácars Griff in ihrem Haar war grob, und er riss sie brutal zu sich empor.

Sollte ich hier jemals wieder lebend herauskommen, werde ich sie abschneiden. Der Dämon stand jetzt so dicht vor ihr, dass nicht einmal mehr eine Hand zwischen ihre Körper gepasst hätte, um ihn zurückzustoßen. Ihre Kniekehlen berührten die Bettkante, und ihr blieb nichts anderes übrig, als diese Nähe zu ertragen, wollte sie nicht wie eine reife Frucht nach hinten stürzen und sich ihm regelrecht darbieten. Ihre Unterlippe zitterte, und sie schmeckte Blut, als sie unbedacht mit der Zunge darüberfuhr. Ein zufriedener Ausdruck huschte über sein Gesicht, und während er ihren linken Arm auf den Rücken drehte, dass sie vor Schmerz am liebsten geschrien hätte, umfasste er sie von der anderen Seite und rieb sich wollüstig an ihr. Juna erkannte schnell, wie aussichtslos ihr Versuch war, dennoch wehrte sie sich mit aller Kraft gegen ihn. Wie eine Würgeschlange hielt Nácar sie umfangen und ergötzte sich an ihren verzweifelten Versuchen, sich zu befreien.

»Ich wusste, dass wir beide viel Spaß haben würden«, grunzte er, und sie hätte schwören können, dabei zwei Zungenspitzen zu sehen.

»Ich will nicht stören …«

Eine körperlose Stimme erreichte mit diesen vier Worten, was Junas gesamte Gegenwehr nicht geschafft hatte.

Nácar zischte in ihr Ohr: »Halt den Mund!« Dann gab er ihr einen Stoß und wirbelte herum. Als er den Neuankömmling mit einer tiefen Verbeugung begrüßte, klang er ganz anders. »My Lord!«

Jede andere Anrede hätte Juna auch überrascht. Natürlich, sie kannte sich mit den höllischen Gepflogenheiten nicht aus, doch das war gar nicht nötig, um die Macht erahnen zu können, die den Besucher umfing wie eine zweite Haut. Nur im Kampf und im Bett hatte sie Arian auf ähnliche Weise erlebt: selbstbewusst, ohne den geringsten Zweifel an seiner Überlegenheit und bis in die Fingerspitzen von einer geheimnisvollen Kraft erfüllt. Doch wo sich Arian stets bemüht hatte, sie nicht zu erschrecken, machte sich dieser gefallene Engel der ersten Stunde – und es gab für sie keinen Zweifel, dass sie es mit einem solchen zu tun hatte – um niemanden Sorgen. Zuallerletzt um eine unbedeutende Sterbliche in den Räumen seines Untergebenen.

Merkwürdig erleichtert über sein offenkundiges Desinteresse senkte sie den Kopf, um nicht beim Starren erwischt zu werden. Doch unter den sittsam niedergeschlagenen Lidern beobachtete sie jede Bewegung des mächtigen Dämons. War er der geheime Auftraggeber Nácars, der die Entführung der Schutzengel befohlen hatte? Hastig bemühte sie sich, ihre Gedanken in harmlosere Bahnen zu lenken. Wie sie es gelernt hatte, stellte sie sich einen wirbelnden Strudel vor, der jeden Satz, jedes Wort mit sich in die Tiefe ihres Inneren saugte, bis sich oben an der Oberfläche nichts mehr befand, was ein Gedankenleser ihr hätte stehlen können.

Vermutlich war es dieses Vakuum, das den aristokratischen Dämon zu ihr herübersehen ließ. Er betrachtete sie eingehend und ignorierte dabei Nácars Bemühungen, seine Aufmerksamkeit zurückzugewinnen. Die wenigen Sekunden, die diese Inspektion dauerte, beunruhigten ihr Herz mehr als Nácars Entführung und seine Belästigungen zusammen. Das wissende Zwinkern brachte sie schließlich vollständig durcheinander.

»Möchtest du mir etwas sagen?« Seine Stimme glitt schmeichelnd über ihre Haut, und zu ihrem Entsetzen spürte sie das zarte Flattern von Schmetterlingsflügeln in Regionen ihres Körpers, die sie einem solchen Ungeheuer niemals offenbaren würde. »Ja!« Sie erkannte ihre eigene Stimme in diesem kehligen Laut nicht wieder. Schon teilten sich ihre Lippen zu einer zweifellos beschämenden Antwort, da sprach der Dämonenlord weiter, ohne den Blick von ihr zu wenden. »Es gibt da ein paar Dinge, über die ich mit dir sprechen möchte.«

Und ehe sie begriff, dass Nácar und nicht sie gemeint war, legte er eine Hand auf Nácars Schulter, und die beiden verschwanden. Es roch so sehr nach Schwefel, dass sie niesen musste.

»Ekelhaft, nicht wahr?« Nigella reichte ihr ein Taschentuch.

Juna nahm es dankbar entgegen. Eines musste sie diesem Nácar lassen, er schien größten Wert auf kostbare Textilien zu legen. Die Bettwäsche war aus bestem Leinen, und das Tuch, in das sie sich nun schnäuzte, besaß nicht nur ein Monogramm, es war auch weicher als jedes Papiertaschentuch, das sie kannte. »Danke. Ja, ein scheußlicher Geruch. Warum ist mir das vorher nie aufgefallen?«

»Sie können ihn verbergen, wenn sie es darauf anlegen.«

»Aha!« Dabei atmete sie tief durch die Nase ein, weil ein neuer Geruch ihre Sinne reizte. Von dem Schwefel keine Spur mehr, stattdessen schwebte der Duft einer frischen Meerbrise durch den Raum, ein bisschen fischig vielleicht, aber deutlich besser als das, was die Dämonen absonderten. »Woher …?« Und dann begriff sie. »Du bist …« Sie verstummte.

Was sollte sie auch sagen? Dass sie Nigella für jemanden der gleichen Art, Rasse – was sagte man da eigentlich? – hielt, wie den merkwürdigen Mann, in dessen Obhut Arian sie unbedingt hatte lassen wollen? Sie entschied sich für eine diplomatische Annäherung. »Du wirst mir vielleicht nicht glauben, aber gerade bin ich jemandem in Glasgow begegnet, an den du mich irgendwie erinnerst. Obwohl er eine erdverbundenere Ausstrahlung besaß.« Sie griff in ihr Dekolleté und zog das Holzstück hervor, das bisher niemand bemerkt zu haben schien. »Du kennst nicht zufällig jemanden, der solche Dinge verschenkt?«

Stumm blickte Nigella auf das Amulett. Langsam streckte

sie die Hand danach aus, und Juna sah, dass die eleganten Finger mit den gepflegten Nägeln zitterten. »Cathure!«, hauchte sie und fiel zu Boden.

»Nigella, hallo? Das ist nun nicht gerade das, was ich mir unter einer freudigen Reaktion vorstelle.« Juna tätschelte die Wange ihrer Wärterin und fragte sich, wie sie in diese absurde Situation geraten konnte.

»Mein Seelengefährte.« Die Tränen in Nigellas Augen sprachen Bände, und Juna verzichtete vorerst darauf, die Frage zu stellen, die ganz vorn auf der Zungenspitze wartete: *Warum hat er dich dann nicht längst hier herausgeholt?* Stattdessen erkundigte sie sich: »Was …« Als Nigella mit einem merkwürdigen Gesichtsausdruck aufsah, korrigierte sie sich hastig. »Wer bist du?«

»Ich vergebe dir.«

Das war zwar äußerst freundlich, aber gebeten hatte sie nicht darum. Juna verkniff sich eine schnippische Antwort und zog lediglich die linke Augenbraue hoch.

Doch Nigella ignorierte ihre Signale oder verstand sie vielleicht einfach nicht. »Ihr Menschen seid nicht gerade für eure diplomatischen Talente bekannt. Obwohl …« Sie legte den Kopf schräg. »Deine Frage könnte ich zurückgeben. Irgendetwas ist merkwürdig an dir.«

»Herzlichen Dank.« Juna drehte sich schon halb zum Gehen, hielt dann aber inne. Schließlich wollte sie mehr erfahren, und wohin hätte sie auch gehen sollen?

Nigella bemerkte nichts und machte eine Handbewegung, die vermutlich sagen sollte, dass sie später darauf zurückkommen würde. »Ich will deine Neugier befriedigen. Wir sind Sheevra. Du kennst uns vielleicht besser unter der Bezeichnung *Fee*.«

Junas Begeisterung hielt sich in Grenzen. Bisher hatte sie noch nicht viel Gutes über die Bewohner der verwunschenen Hügel gehört, deren Existenz kein aufrichtiger Schotte oder Ire bestreiten würde. Erst Cathure, nun Nigella. Ihren kritischen Freunden aus dem Süden hätte sie nun mit Überzeugung sagen können, dass es Feen tatsächlich gab … falls sie jemals wieder Gelegenheit dazu bekäme. »Kennen dürfte übertrieben sein. Ich habe von euch bisher ebenso wenig sicher etwas gewusst wie von der Existenz dieser verdammten Dämonen.« Juna hörte die Bitterkeit in ihrer eigenen Stimme. Und als sie die steile Falte zwischen Nigellas Augenbrauen entdeckte, beeilte sie sich zu erklären: »Natürlich habe ich einiges über Feen gelesen. Ich habe nur niemals vermutet, einem von euch leibhaftig zu begegnen.« Wie hätte sie auch all die Ereignisse voraussehen können, die ihr Leben in den vergangenen Tagen völlig auf den Kopf gestellt hatten?

»Wie kommt es, dass du das Amulett nicht vorher gesehen hast?«

»Es offenbart sich nur, wenn sein Träger dies wünscht. Hat Cathure dir nichts dazu gesagt?«

Juna schüttelte den Kopf, aber andere Dinge erschienen ihr wichtiger. »Ich nehme an, er weiß nicht, wo du dich befindest?«

»Nein.« Nigella schluckte und rang sichtbar um Fassung. »Wir hatten Streit.«

»Und danach bist du nicht mehr zurückgekehrt. Wie schrecklich für ihn!«

Eine Träne lief über Nigellas Gesicht.

»Und natürlich auch für dich!«, sagte Juna schnell. »Ihr lebt unter der Erde, heißt es. Doch deinen Freund habe ich in einem schicken Büro in Glasgow getroffen. Wie kann das sein?«

»Ihm gehört die Stadt.«

Aha. Sie beschloss, auch dieses Thema nicht weiter zu vertiefen. »Wie bist du bloß hier gelandet? Du hast doch nicht etwa versucht, Nácar zu beschwören?« Kaum hatte sie den Satz beendet, wurde ihr klar, dass sie erneut ein Thema angeschnitten hatte, das Nigella nicht behagte.

Jedes Mal, wenn sich die Fee über irgendetwas aufregte, erschien ein bläulicher Schimmer auf ihrem Gesicht. Ihr Gespräch entwickelte sich allmählich zu einer Bootstour am Rande der Arktis: überall Eisberge, von denen man nie wusste, wie sie unterhalb der Oberfläche beschaffen waren. Junas Körper reagierte, als stünde sie in einer kalten Polarnacht am Bug eines Expeditionsschiffs. Sie machte eine abwehrende Handbewegung, um die viel zu realen Fantasien zu vertreiben. »Egal. Viel wichtiger ist: Wie kommen wir hier raus?«

»Gar nicht.«

Juna ließ sich von dieser entmutigenden Antwort nicht beirren. »Es muss einen Weg geben. Schließlich geht Nácar auch nach Belieben ein und aus.«

Nigella sprang auf und stemmte die Hände in die Hüften. »Ich sitze seit einhundertneunundfünfzig Jahren, drei Monaten und sieben Tagen hier fest. Glaubst du, ich hätte nicht schon alles ausprobiert, um dem Sadisten zu entkommen?«

»Wow! Das ist … eine lange Zeit. Aber jetzt sind wir zu zweit, es wird uns bestimmt etwas einfallen.« Juna überlegte. »Dein Element ist das Wasser, richtig?«

»Wie bitte?«

»Nun, Cathure duftete nach Wald, frischem Erdboden

und Kräutern. Er sagte, sein Element sei die Erde. Du dagegen hast einen ganz anderen Duft. Irgendwie maritim.« Sie wollte den Fischgeruch, der während des Gesprächs ein bisschen stärker geworden zu sein schien, lieber nicht erwähnen.

»Das stimmt! Ich habe noch nie von einem Menschen gehört, der uns riechen kann. Andererseits …« Nigella sah sie durchdringend an. »Du bist nicht normal.«

Jetzt hätte es an Juna sein sollen, beleidigt zu reagieren. Aber die Fee lag ja gar nicht so falsch. Und als Juna überlegte, welches Element sie sich selbst zuordnen würde, fiel ihr nur eines ein: Feuer. Kein Wunder, dass sie mit Nigella nicht warm zu werden schien. Sie würde die Fee im Wettstreit einfach verdampfen.

»Oder ich lösche dich aus.«

Mist! Juna hatte vergessen, ihre Gedanken zu verbergen.

»Keine Sorge, ich bin nicht so empfindlich, wie du anzunehmen scheinst.« Nigella schob eine Hand auf Junas Arm, und sofort legte sich die Anspannung. »Und ich kann deine Gedanken auch nur enträtseln, wenn du besonders aufgeregt bist. Übrigens: Kompliment. Den Marquis hast du recht nett ins Leere laufen lassen. Leider hast du damit auch seine Aufmerksamkeit erregt. Ich würde mich nicht wundern, wenn er versucht, dich Nácar abzuschwatzen.«

»Sie handeln mit Gefangenen?«

»Aber ja. Wann immer Dämonen etwas Besonderes entdecken, müssen sie es besitzen. Dafür gehen sie fast jedes Risiko ein. In diesem Fall würdest du den Marquis aber kaum etwas kosten. Nácar steht tief in seiner Schuld.« Sie sah Juna durchdringend an. »Aber dein Feuer kann es nicht sein, was die beiden an dir interessiert. Was ist es dann?«

Juna zögerte. Sie wusste so gut wie nichts über Nigella. So wenig, wie sie sich in dieser neuen Welt auskannte, hätte sie auch eine Dämonin sein können. Hieß es nicht, der Teufel sei listig und verschlagen? Unwillkürlich berührten ihre Fingerspitzen den Talisman, der an ihrem Hals baumelte, und sie erinnerte sich an Cathures Worte, als er ihr das Lederband umgelegt hatte. *Es wird dir helfen, die Wahrheit zu erkennen.* Sie umfasste das trockene, warme Holz.

Gleich darauf glitten kühle Finger über ihre Hand. »Öffne deine Sinne«, flüsterte Nigella.

Erst geschah nichts, und Juna wollte schon aufgeben, da sah sie es vor sich: eine menschenleere Bucht. Immer neue Schaumkrönchen adelten die heranrollenden Wellen. Tausende trugen zärtliche Küsse herbei. Großer Frieden und Wärme gingen von dieser Szene aus.

Doch plötzlich teilte sich die See, und eine Göttin entstieg ihr mit leichtem Schritt. Sie glitzerte in der Sonne wie Abertausende winzige Perlen, als trüge sie ein wiesengrünes, durchscheinendes Gewand über ihrer seeblauen Haut. Auf einer Mähne aus Seetang thronte eine Korallenkrone. Juna hielt den Atem an. Wie in einer gewagten Kamerafahrt schien sie sich nun auf die Nixe zuzubewegen, bis sie tief in ihre Seele blicken konnte. Ohne länger zu überlegen, warf sie die Vision über Bord. Sie wollte die Geheimnisse der Fee nicht kennen.

»Ich kann Engel sehen. Schutzengel, um genau zu sein.«

Überrascht ließ Nigella sie los, und ihre Hand flatterte zum Mund. »Sag mir, dass du nichts mit Nácars jüngsten Machenschaften zu tun hast!«

»Natürlich nicht!«

Juna erzählte von den Entführungen und ihrer eigenen

Verschleppung. Dabei schönte sie auch die Rolle ihres Bruders nicht. Die Erinnerung an Iris' Tod ließ sie schließlich verstummen.

Die Fee legte einen Arm um ihre Schulter und führte sie aus dem Raum, der für drei Tage ihr Gefängnis gewesen war, als müsse sie sich nicht mehr um die Befehle ihres dämonischen Kerkermeisters kümmern. »Die Besprechungen mit dem Marquis können ewig dauern. Die Zeit sollten wir nutzen, damit du dich in seinen Gemächern zurechtfindest, falls ich einmal anderweitig … gebunden sein sollte.«

Viel gab es nicht zu sehen. Ihr Weg führte sie durch eine mittelalterliche Halle, an deren Wänden Fackeln loderten. Der Boden war mit Stroh bedeckt, und in einem großen Kamin brannte ein mächtiges Feuer. In der Mitte des Raums stand ein riesiges Bett. Daneben hing ein goldfarbener Vogelkäfig an einer langen Kette, nach dessen Bewohner Juna jedoch vergeblich Ausschau hielt. Augenscheinlich war der Vogel ausgeflogen.

»Alte Gewohnheiten sterben langsam. Seine letzten großen Erfolge hatte er mit dem Schwarzen Tod. Zuweilen stellt er in dieser Halle die Schlüsselszenen seines Wirkens nach.«

Juna sah sich um. Die Kulisse würde zeitlich passen. Gerade wollte sie etwas sagen, da hörte sie einen Klagelaut. »Was ist das?« Juna sah sich neugierig um und machte Anstalten, auf eine hölzerne Tür zuzugehen, hinter der sie das Geräusch zu hören geglaubt hatte.

Nigella drängte sie voran. »Komm weiter, komm weiter! Es gibt nichts zu sehen.«

Juna vergaß die geheimnisvolle Tür, als sie sich den Dämon vorstellte, der sich davon unterhalten ließ, wie Men-

schen um ihn herum in einer Art pervertierten Prozessions-
spiels qualvoll starben. Sie bemühte sich, dieses Bild zu
verdrängen, und fragte sich, wie sie solch widerliche Fantasien entwickeln konnte. Färbte die Umgebung etwa schon
auf sie ab? *Wahrscheinlich sehe ich nur das, was auch tatsächlich
hier stattfindet.* Beruhigend fand sie diesen Gedanken nicht.

Ein erneutes Jammern riss sie aus ihren Gedanken, und
sie sah sich noch einmal nach der Tür um. Doch sosehr sie
auch lauschte, nun blieb alles still. Wahrscheinlich hatten
die angespannten Sinne ihr einen Streich gespielt.

Schnell folgte sie Nigella, die bereits weitergeeilt war. Um
nichts in der Welt wollte sie allein in dieser Halle des Schre-
ckens zurückbleiben. Sie betraten einen wesentlich freund-
licheren Säulengang, der sich zu ihrer Rechten in einen
Garten öffnete. Die großen Steinplatten unter ihren Füßen
reflektierten die Wärme eines mediterranen Sommertags.
Üppige Oleandersträucher wogten sanft im aufkommenden
Abendwind, der den Duft von Zitronen und Lavendel mit
sich trug. Sie war vom Mittelalter direkt in die Antike gelangt, und als sie am Ende durch hohe Türen in einen Spie-
gelsaal eintraten, bei dessen Anblick der Sonnenkönig vor
Neid erblasst wäre, dachte sie, nichts könne sie mehr überraschen. Doch danach folgte sie Nigella in eine gemütliche
Bauernküche. Ein erstaunter Laut entfuhr ihr. Die Luft war
schwer von Wohlgerüchen aller Art, und unter der Decke
hingen zahllose Bündel unterschiedlichster Kräuter zum
Trocken.

Bevor sie fragen konnte, erhielt sie bereits eine Antwort.
»Bis vor kurzem besaß Nácar noch einen weiteren Apprentice, der darauf bestand, in seiner eigenen Küche arbeiten zu
dürfen.«

»Und der war Bäcker?« Juna lief von dem köstlichen Duft frischen Brotes das Wasser im Mund zusammen.

»Hexenmeister. Möchtest du etwas trinken? Meine Kehle ist wie ausgedörrt.« Nigella füllte zwei Gläser mit Wasser aus einem Krug und reichte ihr eines. »Dann ist dieser Arian, nach dem du gerufen hast, dein Schutzengel?«

Juna trank und verschluckte sich. »Nein, er …« Sie hustete. Während sie nach Atem rang und sich die Tränen aus den Augenwinkeln wischte, fragte sie sich, ob sie Arians Natur enthüllen durfte. Doch dann erinnerte sie sich, dass eine Fee weit mehr über die magische Welt wusste, als sie selbst sich je hätte träumen lassen. Vielleicht konnte sie ihr helfen, mit Arian Kontakt aufzunehmen. »Er ist Wächter.«

»Und dein Geliebter?«

Juna wollte schon verneinen, da blickte sie in das wissende Gesicht der Fee und zuckte entschuldigend mit den Schultern. »Er kam eines Tages aus meinem Schrank. Was hättest du getan?«

Nigella lachte ihr Quellenlachen, bis ihr die Tränen kamen: Rosa schimmernde Perlen, die sie mit einer ungeduldigen Handbewegung auffing und in ihre Tasche steckte. »Vermutlich auch zugegriffen.« Dann wurde sie ernst. »Euch muss etwas ganz Besonders verbinden. Das erklärt natürlich, warum dein Feuer …«

Ihr blieb keine Zeit, mehr zu sagen. Nácar tauchte auf, umhüllt von einem wenig dezenten Schwefelgeruch, und er gab sich keine Mühe, seine schlechte Laune zu verbergen. Mit drei langen Schritten war er bei Juna, ergriff mit einer Hand ihr Genick und schüttelte sie wie eine kleine Katze. »Ihr bringt mir nur Ärger! Erst dein verdammter Bruder und nun du.«

Nigella wollte eingreifen, doch er schleuderte sie mit einer einzigen Handbewegung gegen die Wand. »Du vergisst dich!«

Ihre unvergleichliche Fähigkeit, im richtigen Augenblick die Form ihres Elements anzunehmen, rettete sie davor, mit zertrümmerten Knochen am Boden liegend zu enden. Sie richtete sich langsam auf und sah wortlos zu, wie der Dämon Junas leicht bekleidete Gestalt kritisch von oben herab musterte. »Keine Ahnung, warum er dich haben will. Aber sein Wunsch ist mir Befehl.«

Der Klang seiner Stimme erschreckte sie mehr als seine Brutalität. Bisher hatte er eine unerschütterliche Souveränität ausgestrahlt, doch jetzt glaubte sie fast so etwas wie Panik herauszuhören. »Du wirst nur sprechen, wenn du gefragt wirst. Hast du mich verstanden?« Er unterstrich jeden seiner Sätze mit einem weiteren Schütteln, und Juna glaubte, ihr Kopf müsse gleich platzen. »Ob du mich verstanden hast?«

Mehr als ein Wimmern brachte sie nicht zustande, doch das schien ihm auszureichen.

»Gut. Und damit das auch so bleibt, gebe ich dir noch ein kleines Geschenk mit auf den Weg.«

Das Letzte, womit sie gerechnet hatte, war, geküsst zu werden. Vor Schreck ließ sie ohne Widerstand zu, dass seine Zunge tief in ihren Mund eindrang. *Sie ist wirklich gespalten!*, dachte Juna. Danach spürte sie glücklicherweise nicht mehr viel und hoffte nur, es möge aufhören. Als er sie endlich von sich schob, schmerzten ihre Lippen, als seien sie von einer ätzenden Substanz benetzt. Etwas Glitschiges lag auf ihrer Zunge, und bevor sie es ausspucken konnte, war es tief in ihren Hals geglitten. Unwillkürlich musste sie schlu-

305

cken, und das Ding rutschte die Speiseröhre hinab, wo es ein Brennen hinterließ wie hochprozentiger Schnaps. Gleichsam breitete sich das höllische Gefühl erst in ihrem Magen und von dort aus in ihrem gesamten Körper aus.

»Wenn du die Schutzengel erwähnst, wird dein Bruder sterben!«, hörte sie Nácars Stimme wie durch einen Nebel, und das Letzte, was sie sah, war Nigellas mitleidiger Blick.

Die Hitze in ihrem Körper betäubte ihr Denken, und selbst die Dunkelheit, in die sie langsam glitt, konnte den Schmerz nicht lindern. *Nun bin ich wirklich in der Hölle angekommen.*

Danach war endlich Stille. Ein schwefelgesottenes Nichts.

12

efällt dir Cathures Penthouse nicht?« Gabriel landete neben Arian auf dem Balkon vor Johns Apartment.

Scharf entgegnete er: »John ist Junas Bruder.«

»Und was soll mir das sagen? Außer einem beklagenswerten Geschmack in Sachen Namensgebung?«

Arian konnte sich ein Grinsen nicht verkneifen, jetzt, da er seine Gefühle frei zeigen durfte. »Die Namen sind ein bisschen unglücklich gewählt, nicht wahr?« Entschuldigend sagte er schnell: »Sie sind Halbgeschwister. Trotzdem ist es nicht auszuschließen, dass John ebenfalls über außergewöhnliche Fähigkeiten verfügt. Und bei ihm bin ich überzeugt, dass er sie zu keinem guten Zweck einsetzen würde.«

»Während deine Juna natürlich über jeden Zweifel erhaben ist.« Gabriel faltete seine Flügel zusammen und lehnte sich an das Geländer.

»Mir *gefällt* dein Ton nicht.« Arian sah ihn scharf an. Nicht zum ersten Mal fragte er sich, ob der Verlust seiner himmlischen Privilegien den Freund verändert hatte oder ob er selbst früher einfach nur blind für dessen Fehler gewesen war.

Gabriel hob die Hand, als wolle er ihn beschwichtigen. »Es war nur eine Frage.« Er drückte das Balkonfenster ein und stieg hindurch, ohne sich um die mörderischen Glaszacken zu kümmern. »Worauf wartest du? Lass uns nachsehen, was dieser Johnny zu verbergen hat.«

»Das wäre auch weniger auffällig gegangen.« Arian folgte seinem ehemaligen Partner und Vorgesetzten, den er noch nie derartig nachlässig erlebt hatte. Gabriel hatte immer darauf bestanden, so wenige Spuren wie möglich auf der Erde zu hinterlassen. Er nahm sich vor, Gabriels Geheimnis zu ergründen, sobald er Juna gefunden und das Schutzengelproblem gelöst hatte. Langweilig würde es ihm vorläufig auch als verstoßener Engel nicht werden.

Doch trotz gründlicher Suche fanden sie keinen einzigen Hinweis auf dämonische Aktivitäten.

Gabriel hatte ihm nach einer kurzen Untersuchung das Feld überlassen und beobachtete Arian nun mit vor der Brust verschränkten Armen. »Mein Bruder, du bist auf dem besten Wege. Von deinen neuen Gefühlen, so überwältigend sie auch sein mögen, aber lass dich nicht verführen.« Danach verschwand er lautlos.

Du bist wirklich eine große Hilfe … Bruder! So hatte Gabriel ihn seit ihrem Wiedersehen nicht mehr genannt. Sie waren nicht verwandt, aber unter den Vigilie war dies eine übliche Anrede.

Die Suche hatte nichts ergeben außer einer zerbrochenen Fensterscheibe. Sollte hier ein Abgesandter Gehennas am Werke gewesen sein, dann hatte er es mit einem Meister seines Fachs zu tun, der sich darauf verstand, seine Spuren selbst vor ihm zu verbergen. Um dem Kerl auf die Schliche zu kommen, brauchte er eine gute Idee!

Wenn Arian Ruhe zum Nachdenken haben wollte, flog er häufig zu der Kathedrale in Glasgows Osten. Er konnte sich nicht erinnern, sich jemals hilfloser gefühlt zu haben –

nicht einmal damals, als Nephthys ihn aus seiner Traumwelt gerissen und ihm eröffnet hatte, wer sein Vater war. Er erinnerte sich plötzlich wieder, als sei es gestern gewesen: Sie hatte ihn vor die Entscheidung gestellt, und er entschied sich, ohne lange nachzudenken, für ein Leben in Elysium. Seinen Vater hatte er niemals kennengelernt, und Nephthys hatte seine Herkunft danach nie wieder auch nur mit einem einzigen Wort erwähnt. Bis zu dem Tag, an dem sie ihn als das, was er immer schon gewesen war, gebrandmarkt hatte: ein Außenseiter.

Und nun war er auch noch ein von den himmlischen Mächten Verstoßener. Ohne echte Freunde und, was momentan viel schwerer wog: ohne die leiseste Ahnung, wie er weitermachen sollte. Junas Bruder war seine einzige Spur gewesen, und so ganz traute er dem Mann auch jetzt noch nicht. Die Wohnung hatte harmlos genug gewirkt, aber wenn er John das nächste Mal traf, würde dieser erklären müssen, was er am Abend bei den Lagerhäusern zu tun gehabt hatte.

Arian blickte über die Dächer, weiter, als ein Sterblicher hätte schauen können, nach Westen, wo die Sonne Irland küsste, bevor sie sich für diesen Tag verabschiedete. Über der Stadt lag eine merkwürdige Ruhe. Es schien ihm, als atme sie besonders flach, um keine unliebsame Aufmerksamkeit zu erregen.

Er dachte daran, wie er nach seinem Sturz hierhergekommen war, um Trost zu suchen und Antworten zu finden. *Der Auftrag!* Er drehte die Schatulle, die er endlich wieder aus ihrem Versteck geholt hatte, in Händen, als könne ihr Äußeres bereits eine Antwort geben. Schließlich öffnete er sie und nahm die Geldbörse heraus, um sie noch einmal zu

309

untersuchen. Etwas Bargeld, Kreditkarten, ein Schlüssel, der wahrscheinlich zu dem Apartment gehörte, dessen Adresse auf einem Zettel stand; nicht das Penthouse. Weitere Hinweise entdeckte er nicht.

Gedankenverloren drehte er die Münze, die aus der Geldbörse gerutscht sein musste, zwischen den Fingern, warf sie in die Luft und fing sie geschickt wieder auf. Und plötzlich sah er es. Wie hatte er übersehen können, dass es sich nicht um heute übliche Währungen handelte, sondern um ein offensichtlich antikes Stück? Doch das Rätsel wurde noch größer, als er entdeckte, wer auf der Münze abgebildet war. Kein König oder Kaiser zierte die goldene Scheibe mit den unregelmäßigen Kanten, sondern das zarte Profil einer Frau. Und auf der Rückseite: Das Siegel der Wächter.

»Nephthys!«

Der Wind trug den Namen davon, kaum dass er über seine Lippen gekommen war. Seit jeher gab sie jedem ihrer Wächter eine solche Vigilie-Münze mit auf die Reise, bevor sie ihn zu einer neuen Aufgabe zur Erde sandte. Und auf wundersame Weise sorgte dies dafür, dass es Nephthys Kriegern niemals an irdischen Gütern mangelte.

Unwillkürlich berührte er mit den Fingerspitzen seine Schulter, in der noch immer das Feuer des Michaelisschwerts brannte, auch wenn äußerlich nur das Muster einer Tätowierung geblieben war. Der Schmerz, der ihn seither begleitete, ließ keinen Raum für Zweifel. Er war ein Gezeichneter, und wie allen Verstoßenen vor ihm blieb auch Arian der Weg zurück nach Elysium verwehrt. Warum also dieser himmlische Auftrag?

Doch bevor er dieses Rätsel löste, war ihm Juna ein paar Antworten schuldig. Sie versuchte, etwas geheim zu halten,

310

und es wurde Zeit, dass er herausfand, was es war. Er öffnete die Schwingen und vertraute sich seinem Element an.

Das Haus war leer. Er musste es nicht betreten, um zu wissen, dass irgendetwas nicht stimmte. Lautlos schwebte er zum Hintereingang – er war nicht verschlossen. Unbemerkt glitt Arian hindurch. Der Leichtsinn der Bewohnerinnen ärgerte ihn. Nicht nur Dämonen konnten zwei allein lebenden Frauen gefährlich werden.

Junas Zimmer war dunkel, doch aus der Küche fiel ein Lichtstrahl durch die angelehnte Tür. Er schob sie auf und blickte hinein. Der Raum war warm, und ein gedeckter Tisch wirkte so einladend, als ob die Gäste gleich um die Ecke kommen würden. Kurz huschte ein Lächeln über sein Gesicht. Hatten sie mit seiner Rückkehr gerechnet und ein Gedeck für ihn aufgelegt? Doch irgendetwas war geschehen.

Arian begann mit seiner Suche in der Praxis, wo der Anrufbeantworter stand. Junas klare Stimme verkündete Öffnungszeiten und die Bitte, im Notfall eine 24-Stunden-Tierklinik anzurufen. Er erinnerte sich, wie sie diesen Text neu aufgesprochen hatte, und glaubte noch ihr Lachen zu hören, weil sie sich derartig verhaspelt hatte, dass sie die Aufnahme mehrfach abbrechen musste. Ein Anruf war zwar verzeichnet, aber außer einem aufgeregten Bellen im Hintergrund und dem Freizeichen, nachdem aufgelegt worden war, ergab diese Spur nichts Neues.

In den Praxisräumen war nichts weiter zu entdecken, also ging Arian in den Flur. Die Hundeleine, die sonst immer an einem Haken neben der Tür hing, fehlte, und er schöpfte Hoffnung.

Wenn es um Juna ging, schienen seine Gefühle stets zu Extremen zu neigen. Er machte sich Sorgen um ihre Sicherheit und hätte sie am liebsten an einem geheimen Ort versteckt. Gleichzeitig liebte er sie für die unbekümmerte Art, mit der sie das Leben und ihr Schicksal annahm und ganz besonders für das hingebungsvolle Engagement Tieren gegenüber. Für ihre Schützlinge war sie der wahre Engel. Während er bestenfalls den Schmerz dieser Kreaturen lindern konnte – für Wunder waren andere zuständig –, verstand sie sich auf eine bemerkenswerte Heilkunst. Es war noch nicht lange her, da hatte man kranke Tiere geschlachtet oder erschlagen – heute gab es Menschen wie Juna. Vielleicht war diese Welt doch nicht verloren.

Er zögerte nur kurz, bevor er die Klinke zu Junas Zimmer niederdrückte. Der Raum weckte Erinnerungen an unglaubliche Stunden, die er hier mit ihr verbracht hatte. Sie war nicht nur in ihrer Arbeit hingebungsvoll und (hier stöhnte er leise) *überirdisch*. Ihr einzigartiger Duft umhüllte ihn und damit auch die darin verbliebenen Spuren ihrer gemeinsamen Leidenschaft. Arian nahm einen Schal, den er auf dem Bett entdeckte, und vergrub das Gesicht darin. Er atmete das erregende Aroma ihrer Haut, das ihn an nächtliche Landschaften erinnerte, an brennende Lust und den Rauch würziger Flammen. Überwältigt von seinen Fantasien ließ er sich aufs Bett fallen, starrte an die Decke und glaubte, ihren biegsamen Körper an seiner Seite zu spüren, ihre Schenkel, die sich ihm bereitwillig öffneten und preisgaben, was ihn paradiesischer dünkte als das Elysium selbst. Ohne nachzudenken, ließ er die Hände über seinen Körper gleiten und stellte sich vor, wie sie sich über ihn beugte und zärtlich küsste; wie sich ihre Fingerspitzen einen

Weg unter den Hosenbund suchten und dabei wie zufällig seine Erektion berührten. *Juna!*

Die Luft um in herum schien zu vibrieren ... und plötzlich wurde ihm bewusst, dass es nicht die Luft, sondern irgendetwas neben ihm war, das diesen merkwürdigen Laut von sich gab, der seit einiger Zeit an seiner Konzentration zerrte. Ihr Handy!

Benommen richtete er sich auf und starrte ohne zu begreifen auf das erleuchtete Display, das kurz darauf den Eingang einer Nachricht verkündete. Er drückte eine Taste, und die Verbindung zum Anrufbeantworter wurde aufgebaut. Die neue Nachricht war vollkommen belanglos. Eine Frauenstimme verlangte, zurückgerufen zu werden, weil ihre Katze das Futter viel zu schnell herunterschlinge. Doch die nächste Stimme elektrisierte ihn, und je mehr er hörte, desto wütender wurde er. Ihr nutzloser Bruder hatte Juna fortgelockt, und Arian verspürte den dringenden Wunsch, ihm auf der Stelle den Hals umzudrehen.

Er flog geradezu aus dem Haus, schwang sich in die Lüfte, ohne sich Gedanken zu machen, ob ihn jemand dabei beobachten könnte, und erinnerte sich erst daran, sich vollständig unsichtbar zu machen, als er die Lichter der Stadt bereits hinter sich gelassen hatte und in Richtung Südwesten flog. Zuerst landete er auf dem verbliebenen Turm der Ruine.

Das Meer war nicht mehr weit, die nächtliche Luft satt vom salzigen Aroma, das sich mit dem Duft der Wiesen rund um Baltersan Castle paarte. In der Ferne erkannte er eine Ortschaft. Die Straße dorthin war befahren, und Scheinwerfer schnitten helle Kegel in die Nacht.

Unter ihm rührte sich nichts, aber als er sich stärker konzentrierte, hörte er zwei Herzschläge. Der eine gleichmäßig, aber außergewöhnlich schnell, der andere ruhiger, jedoch mit regelmäßigen Aussetzern, was klang, als stolpere dieses Herz auf einem irren Trab durch sein Leben.

In Arian keimte Hoffnung auf. Befanden sich etwa Juna und Finn dort unten? Dies würde bedeuten, dass John nicht bei ihnen war. Entweder hatte er sie in eine Falle gelockt, ohne selbst aufzutauchen, oder er war bereits wieder fort. Der Gedanke daran, welchen Grund er für dieses merkwürdige Verhalten haben könnte, ließ Arian die Fäuste ballen. Er lauschte erneut. Mehr war nicht zu hören, und Junas Nähe hätte er eigentlich spüren müssen. Der metallische Geruch von Blut, den er wahrzunehmen glaubte, beunruhigte ihn. Dennoch blieb er äußerlich vollkommen gelassen. Es waren zwar keine guten Anzeichen, doch das konnte auch heißen, dass hier hohe Magie im Spiel war, die ihm ein Trugbild vorgaukelte. Sein einziger Trost: Selbst der begabteste Dämon dürfte Schwierigkeiten gehabt haben, seine Ankunft zu bemerken. Leider war nie vollständig auszuschließen, dass er selbst etwas übersah. Emotionen, das ahnte er inzwischen, konnten auf der Jagd außerordentlich störend sein.

Schließlich besann sich Arian auf seine Talente und wurde im Nu wieder zu dem präzisen Krieger, der selbst den Himmel nicht fürchtete, sobald er eine Mission zu erfüllen hatte.

Lautlos sprang er auf einen tiefer gelegenen Mauervorsprung und lauschte. Feldmäuse suchten im hohen Gras nach Futter. Im Gebüsch weiter links kauerten sich Hasenkinder eng an ihre Mutter. Arian hatte inzwischen die Reste der ersten Etage erreicht, und der doppelte Herzschlag war direkt unter ihm zu hören. Von einem Dämon keine Spur.

Von hier aus blickte er durch die weggebrochene Decke direkt in die unterste Ebene, in die kaum ein Lichtstrahl des Mondes reichte. Wie ein Schatten nutzte er die stetige Brise von der See, um unbemerkt hinabzugleiten, und fand sich gleich darauf in fast vollständiger Dunkelheit wieder. Ein leises Knurren wies ihm den Weg, und in ihm wuchs die Hoffnung, Juna und ihren Hund unverletzt zu finden.

Schnell hatten sich seine Augen an die Dunkelheit gewöhnt und durchdrangen sie mühelos, während er dem Herzschlag folgte, ohne einen Fuß auf den staubigen Boden zu setzen.

»Du!«

Vor Enttäuschung hätte er sich am liebsten auf John gestürzt, der in eine Ecke gedrückt stand und sich auch jetzt nicht rührte. Der Grund war schnell ausgemacht: Sein Hosenbein war zerfetzt, das Bein darunter auch. Daher also der Blutgeruch! Vor John saß Finn und machte auch jetzt keine Anstalten, seinen Posten aufzugeben, obwohl die Ohren verrieten, dass er jede von Arians Bewegungen registrierte. John hob schützend die Arme vors Gesicht, woraufhin sich sein vierbeiniger Bewacher halb erhob und lauter knurrte.

Er wich weiter in seine Ecke zurück. »Ich habe nichts damit zu tun!«

Arian trat näher und kraulte Finn hinter einem Ohr, bis sich der wachsame Setter leicht an sein Knie lehnte.

»Womit?« Arians Stimme klang weit weniger mörderisch, als ihm zumute war. Offenbar gelang es ihm allmählich, die bedauerlicherweise meist zur Unzeit tobenden Emotionen besser zu verbergen. John zuckte dennoch zusammen wie unter einem Peitschenschlag, und das gefiel Arian. »Rede!«

315

Allmählich ging John auf, dass dieser lästige Freund seiner Schwester mehr war als ein arroganter Schönling, der es offensichtlich nur darauf angelegt hatte, ihm die Tour zu vermasseln. Immerhin wirkte der Typ kontrollierter als bei ihrer letzten Begegnung.

Zu welchen Abscheulichkeiten der Dämon fähig war, wusste er dagegen inzwischen nur allzu gut, und auch seine Drohung hatte er nicht vergessen: *Ein Wort über deine Verbindung zu mir, und du darfst die Hölle von ganz unten kennenlernen!* Keine verlockende Aussicht. Besser also, er ließ sich schnell etwas einfallen. »Ich bin so froh, dass du hierhergefunden hast ...«, begann er stockend und wartete darauf, dass der Mann seinen Namen preisgeben würde. Damit hätte er ihn bereits so gut wie in seiner Gewalt.

»Arian.«

»Wie ich sehe, bist du kein Freund großer Worte.« Ebenso gut hätte er mit einer Steinskulptur sprechen können. Als er begriff, dass keine Reaktion zu erwarten war, fuhr sich John mit der Hand durchs Haar. Der Name war immerhin schon etwas.

Finn knurrte, und er zuckte zurück.

Nácars Abgang hatte John schockiert. Natürlich wusste er, dass sein *Geschäftspartner* nicht ungefährlich war, aber er hatte geglaubt, dass ihr Handel in letzter Zeit von Geben und Nehmen bestimmt worden war. Niemals zuvor war die ursprüngliche Herkunft des Dämons deutlicher geworden. Die Beute im Arm, mit riesigen Flügeln, dass John schon dachte, sie würden die Ruine zum Einsturz bringen, war er aufgestiegen wie ein alles vernichtender Todesengel. John war froh gewesen, dass zumindest ein lebendiges Wesen mit ihm zurückgeblieben war. Doch als er sich nach dem Hund umgesehen hatte, war dieser ebenfalls verschwunden gewesen. Und er konnte es dem Köter nicht einmal verdenken. Natürlich hatte er nicht ernsthaft angenommen, er würde ihm dabei behilflich sein, seine Fesseln zu lösen, aber ein wenig Gesellschaft in der Dunkelheit wäre ihm durchaus willkommen gewesen. Also hatte er sich die Zeit damit vertrieben, an einhundertvierundvierzig nackte Brüste zu denken und sich schon mal testweise als Märtyrer zu fühlen. Soweit es seine Fantasien im Ruinieren lieblicher Jungfrauen betraf, war er auch außerordentlich erfolgreich. Das Seil an seinen Handgelenken gab sich dagegen spröde, und als er es endlich unter Zuhilfenahme einer geeigneten Mauerkante gelöst hatte, ließ er sich erschöpft zu Boden sinken.

Der dämliche Köter wollte ihm allerdings keine Ruhe gönnen. Er kam von irgendwoher angerannt und begann, seine Hände zu lecken. John spürte die raue Zunge kaum und ließ ihn gewähren, bis das Gefühl allmählich in die seit Stunden abgeschnürten Hände zurückkehrte … und damit der Schmerz sowie die Erkenntnis, dass es sein Blut war, das über die Fingerspitzen zu Boden tropfte und an dem sich das einohrige Ungeheuer gerade labte. Panisch hatte er nach ihm getreten.

Das Ergebnis waren zwei zerfetzte Hosenbeine, eine pochende Bisswunde in der Wade und eine gefühlte Ewigkeit Strammstehen. Von Letzterem schien er erlöst zu sein, obwohl er bisher wenig Freiraum hinzugewonnen hatte. Auf jeden Fall würde er in die Klinik gehen müssen, um sich gegen Tollwut behandeln zu lassen. So gesehen war das Auftauchen von Junas Freund letztlich ein großes Glück.

Finn ließ sich zu Arians Füßen nieder, dann legte er die weiche Schnauze auf die Pfoten. Arian erlaubte sich ein kurzes Lächeln, das ebenso schnell verschwand, wie es gekommen war.

»Wo ist Juna?« Er klang fast, als interessiere ihn die Antwort darauf nicht.

»Was weiß ich? Hör mal, ich würde jetzt gern ins Krankenhaus und diese Bisse behandeln lassen. Außerdem ist es spät. Ich weiß nicht, wie es dir geht, aber ich habe einen Job zu verlieren, wenn ich nicht pünktlich im Büro sitze.«

So ganz stimmte das nicht, denn den Job hatte er seit ein paar Tagen nicht mehr. Selbst Nácars Macht war offenbar nicht groß genug, um seinen Chef, der ihm ebenfalls wie ein Vertreter der Hölle vorgekommen war, dazu zu bewegen, John weiter zu beschäftigen. Aber das musste er ja diesem Schönling nicht auf die Nase binden, der sich den Anschein geben wollte, als sei er einer von ihnen. Als ließe sich ein begnadeter Nekromant wie er so leicht täuschen! Dieser Typ war nicht nur reich, seiner Sprache nach zu urteilen, stammte er auch aus Kreisen, zu denen selbst Johns adlige Familie keinen Zutritt hatte. Von so jemandem ließ er sich bestimmt nicht zurückhalten.

Er wollte einen Schritt nach vorn machen, aber seine Beine schienen gelähmt zu sein. *Tollwut!*, war sein erster Gedanke, aber das konnte einfach nicht sein. Er versuchte sich zu konzentrieren, und plötzlich begriff er. »Du bist auch einer von denen!« Angewidert spuckte er aus.

Es mochte ein Fehler gewesen sein, sich mit Nácar einzulassen, aber immerhin ging er nicht mit Dämonen ins Bett, wie seine liebreizende Schwester es offenbar tat. Gleich und gleich gesellte sich eben gern. Er hatte nicht vergessen, wie in der Hand des Dämons plötzlich ein Feuerball erschienen war. Schade um diese Iris. John wusste es zu schätzen, wenn eine Frau einen leichten Hang zur Gewalttätigkeit besaß. Iris hatte gekämpft wie ein Profi, und dennoch hatte Nácars Feuerball sie buchstäblich pulverisiert.

Gehörte nicht genau so ein Feuer zu Junas teuflischen Talenten? Vielleicht hatte sie nie wirklich Engel, sondern immer nur Dämonen gesehen. Wie er sie hasste. All das wäre nicht geschehen, wenn sie ihm das bisschen Geld und den Schmuck der Großmutter gelassen hätte. Aber nein, sie wollte alles für sich selbst. Ihre Gabe, das Geld – einfach alles. Das Schicksal war am Ende doch auf seiner Seite: Jetzt saß endlich auch die feine Juna einmal in der Klemme. Es geschah ihr ganz recht.

Arian war so schnell bei ihm, dass John nicht einmal Zeit hatte, Genugtuung darüber zu empfinden, dass er offensichtlich mit seiner Vermutung ins Schwarze getroffen hatte: Junas Freund war kein Mensch.

»Und wer, denkst du, bin ich?«

»Dämon!« John spuckte ihm das Wort ins Gesicht und nahm erstaunt das kurze Zögern wahr, bevor sich der eiserne Griff an seinem Hals lockerte. Doch er hatte sich zu früh gefreut.

»Was weißt du über Dämonen?«

Die Stimme an seinem Ohr klang drohend, und er beeilte sich zu sagen: »Nichts. Lass mich los! Ich weiß gar nichts.«

»Wo ist Juna?« Arian verlieh seinen Worten Nachdruck, indem er sich drohend vorbeugte und John das Engelsfeuer sehen ließ, das heiß in ihm loderte.

Er konnte Johns Angst ebenso riechen wie das Blut aus seiner Wunde – eine Verletzung, die sein Mitgefühl hätte wecken sollen. Doch nun, da er auch diese Emotion tatsächlich hätte empfinden können, fühlte er nichts dergleichen. Nur die Sorge um Juna quälte ihn, und ein beängstigend rasch anschwellendes Gefühl, das er alsbald als Wut identifizierte. Johns Furcht hatte noch einen weiteren Effekt, mit dem er nicht gerechnet hatte: Seine Gedanken und Erinnerungen schienen sich auf einmal vor ihm auszubreiten wie auf einem reich gedeckten Tisch. Doch es war nichts Schönes an diesem Anblick. Er sah den Verrat und die heimliche Genugtuung, wenn ein weiterer Schutzengel enttarnt war. Er sah aber auch Elend, Furcht und die mörderische Kraft der Sucht, die Johns Handeln bestimmte. Erschüttert sah er Iris' Tod. Und zum Schluss entdeckte er unter all der Bosheit und Gier doch ein wenig Mitleid mit seiner Schwester, die sich nun in den Händen des Dämons befand.

Hätte daneben nicht die weit größere Flamme der Missgunst gelodert, Arian hätte angesichts dieser verlorenen Seele womöglich Bedauern empfunden. »Du hast sie verraten, und jetzt neidest du ihr das grausame Schicksal, dem du sie ausgeliefert hast?« Angeekelt stieß Arian den Verräter von sich. Es gab keinen Grund, ihn zu schonen. »Wer hat sie entführt?«

Anstelle einer Antwort presste John die Lippen zusammen. *Sein* Dämon spielte in einer ganz anderen Liga. Jedenfalls glaubte er dies bis zu dem Augenblick, als er aus einem merkwürdigen Zustand zwischen Traum und Wirklichkeit erwachte und sich an einem Ort wiederfand, der nichts mit der alten Burgruine gemein hatte.

Arian hatte entschieden, Finn nicht allein zurückzulassen. Selbst für ihn war es nicht ganz einfach, John und den Hund zu transportieren, also hatte er beide kurzerhand in Trance versetzt, bis sie Cathures Gästehaus in Glasgow erreichten. Auf der Terrasse legte er seine Last ab: den Hund sehr behutsam und voller Sorge, das Tier verängstigt zu haben, John dagegen weniger rücksichtsvoll. Er weckte die beiden und schob seine Geisel vor sich in den großen Salon, Finn trottete hinterher. Um ihn hätte er sich keine Sorgen zu machen brauchen. Als sei nichts Bemerkenswertes geschehen, nahm er die Bewachung des Gegners wieder auf.

Arian betrachtete das Tier nachdenklich, während er zum Hörer griff, um Cathure sein Problem zu schildern.

»Geh nicht fort!«

Damit zog er sich in den Nebenraum zurück, um dort ungestört sprechen zu können. Je weniger John wusste, desto größer waren seine Überlebenschancen. Juna hätte sich gewünscht, dass er ihren Bruder schonte.

Es dauerte nicht lange, bis es klopfte. Zwei ungewöhnlich schlanke, hochgewachsene Männer mit schlohweißem Haar standen vor der Tür. Um in der Öffentlichkeit nicht allzu sehr aufzufallen, hatten sie es im Nacken zusammengebunden, was ihre fein modellierten, hochmütigen Gesichter allerdings nur betonte. Arian wusste es besser, als sich von ihrer eleganten Erscheinung täuschen zu lassen, und beobachtete jede ihrer Bewegungen, während sie das Apartment betraten.

Cathure hatte nicht nur jemanden geschickt, sondern war gleich selbst mitgekommen und erschien so unerwartet und aus dem Nichts vor John, dass dieser einen erschreckten Schrei ausstieß.

»Nehmt ihn mit!«

Die Männer eskortierten ihren Gefangenen wortlos

hinaus, ohne sich die Mühe zu machen, ihm Fesseln anzulegen, als wüssten sie genau, dass er es nicht wagen würde zu fliehen. Cathure ging zu Arians Überraschung vor Finn in die Hocke und kraulte den Hund sanft hinter dem zu kurzen Ohr. »Da bist du also.«

»Er gehört dir?«

Cathure erhob sich. »Finn gehört niemandem. Wie kommt es, dass er bei dir ist?«

»Er lebt bei Juna und Iris.« Den Namen von Junas Schutzengel auszusprechen, fiel ihm nicht leicht. Er fühlte sich für ihren Tod verantwortlich. Auf Cathures Frage hin fasste er mit wenigen Worten die Ereignisse zusammen.

»Die Angelegenheit wird sehr persönlich, meinst du nicht …?«

»Das ist mir gleich!«

Arian würde den Dämon zur Strecke bringen, und wenn dies bedeutete, dass er dafür bis zum Ende der Zeit in Gehenna gefangen wäre, dann sollte es so sein. Er sah, dass seine heftige Reaktion Cathure beleidigt hatte. »Entschuldige. Du hast natürlich Recht. Aber durch mich ist Juna in Gefahr geraten.«

Cathures Haltung entspannte sich, obwohl er weiter Skepsis ausstrahlte.

Natürlich wusste Arian ebenfalls, dass Junas außerordentliche Fähigkeiten, da sie nun einmal bekanntgeworden waren, ihr nie wieder ein unbeschwertes Leben in Sicherheit erlauben würden. »Ich werde sie beschützen.« Arian hatte zu sich selbst gesprochen. Es war ein Gelübde.

Cathure hatte John in ein Gefängnis bringen lassen, das nicht nur tief unter der Erde lag, sondern einer anderen

Welt angehörte. Die Wände glitzerten, als seien sie mit Eis überzogen und von einem geheimnisvollen Licht durchdrungen. Eine feine Melodie lag in der Luft. Arian erkannte sein Element und wusste, dass sich der Wind als mysteriöser Flötenspieler präsentierte. Cathures Haare wehten in der leichten Brise, die ihnen entgegenwehte, und seine Gewänder blähten sich, während er rasch voranschritt. Seit seiner Begrüßung war ihm der Hund nicht mehr von der Seite gewichen. Er trabte neben ihm, als habe er nach langer Suche endlich seinen Herrn wiedergefunden, und Arian war ganz froh, dass ihm auf diesem Weg die Verantwortung für das Tier abgenommen wurde. Endlich erreichten sie ihr Ziel. Cathure legte seine Hand auf einen Felsvorsprung, und eine bis dahin unsichtbare Tür schwang mit leisem Zischen auf. Arian folgte ihm in einen großen Raum. Er wirkte kühl und steril, eher wie ein Sektionssaal, in dem es auch gleich eine Schrankwand zur Aufbewahrung der Körper gab.

Arian, der sich nicht zum ersten Mal in einer Pathologie befand, war allerdings überrascht, dass die einzelnen Kammern von durchsichtigen Türen verschlossen waren. Es widersprach seinem Schamgefühl, die Verstorbenen gewissermaßen auszustellen. Andererseits war dies gewiss praktisch für die Mitarbeiter.

Er rief sich zur Ordnung. Das Feenreich funktionierte nach anderen Gesetzmäßigkeiten als die Welt der Menschen, und was er hier sah, bedurfte der Erklärung. *Später.*

Er hatte John entdeckt, der auf einem einfachen Stuhl saß. Neben ihm zischte eine bläuliche Flamme aus einer großen Schale steil empor, und auf einem Tischchen lag Werkzeug, das für die Nekropsie zu grob wirkte. Die Fesseln bemerkte er erst, als sich John bei seinem Anblick loszureißen versuchte. Was auch immer Junas Bruder ihm sagen wollte, es blieb, dank eines Knebels von der Größe eines Tennisballs, unverständlich.

»Muss das sein?«, fragte er Cathure, der anstelle einer Antwort die linke Augenbraue leicht hob. Natürlich, er hatte um Unterstützung gebeten, also musste er die Feen nun auch gewähren lassen. »Er darf nicht sterben.«

Cathure nickte und gab der Fee, die den Raum mit einer Wasserschüssel in den Händen betreten hatte und nun auf seinen Befehl zu warten schien, ein Zeichen. Sie kniete vor dem Gefangenen nieder, der sie mit weit aufgerissenen Augen anstarrte. Dann trennte sie seine Hosenbeine mit einer schnellen Bewegung auf und warf den vom Hund zerfetzten Stoff beiseite. Mit einem feinporigen Schwamm reinigte sie seine Beine vom getrockneten Blut. Seiner Reaktion nach zu urteilen, schien ihm dies keine allzu großen Schmerzen zu bereiten. John gab die Gegenwehr auf, doch sein Körper blieb bis aufs Äußerste gespannt.

Plötzlich zuckte die Fee zurück. Sie sprang auf und stieß dabei die Schüssel um. Vom Blut rot gefärbtes Wasser ergoss sich über den Boden, doch Arian sah nur die Viper, die sich nach der erfolgreichen Attacke auf die Fee wieder träge um Johns Fessel wickelte. Und direkt daneben, am anderen Bein, prangte der Flügel eines Greifvogels.

»Der Marquis.« Cathure hatte den Namen des Dämons gleichzeitig mit Arian ausgerufen.

Jeder Dämon besaß drei Symbole, mit denen er ein Opfer zeichnen und als persönlichen Besitz markieren konnte. Viele hatten sich für gefährliche Tiere entschieden, doch die wenigsten besaßen die Macht, diese notfalls zum Schutz ihrer Sklaven zu animieren. Marchosias, den die meisten nur als *Der Marquis* kannten, gehörte dazu.

Eine männliche Fee näherte sich lautlos, und Arian erkannte in ihm einen der Männer, die John hierhergebracht hatten.

Cathure flüsterte ihm etwas zu und wandte sich dann an seinen Gast. »Wenn du willst, werden wir ihn weiter befragen. Aber wir müssen Vorkehrungen treffen, um meine Leute nicht zu gefährden.«

Arian warf John einen finsteren Blick zu und folgte Cathure hinaus, weitere endlose Gänge entlang, bis sie schließlich durch eine Tür traten und er sich im Büro des Feenprinzen wiederfand. Er ließ die Ereignisse unkommentiert und glitt in den Sessel, in dem zuletzt Juna bei ihrem gemeinsamen Besuch gesessen hatte. »Was weißt du über ihn?«

Cathure ließ sich in dem anderen Sessel nieder und schlug ein Bein über. »Nicht viel. Ein gefallener Engel der ersten Stunde, soweit ich weiß. Er gilt als geschickter Kämpfer, und es gibt Gerüchte, er habe versucht, nach Elysium zurückzukehren.«

»Davon habe ich auch gehört. Und dass er häufig in Auseinandersetzungen mit seinesgleichen verwickelt sein soll. Offenbar hat er Ambitionen, in Gehenna voranzukommen.« Arian lehnte sich vor und sah aus dem Fenster.

Schließlich unterbrach Cathure seine Gedanken. »Aber würde er das Risiko eingehen, die Weltordnung zu gefährden, indem er Schutzengel entführt?«

»Und die Gefallenen tötet, anstatt sie zu rekrutieren.« Als sein Gegenüber erstaunt aufsah, berichtete Arian von Iris' Tod.

»Ungewöhnlich.« Cathure legte die Fingerspitzen aneinander. »Und was willst du nun tun?«

»Ich gehe zu ihm und befreie Juna.« Arian sprang auf und ging mit langen Schritten zum Fenster. Draußen hatte der Himmel eine rötliche Farbe angenommen. Über den Städten war die Nacht niemals vollständig dunkel.

Durch die geschlossenen Scheiben konnte er den ersten Vogel singen hören. Bald würde die Sonne aufsteigen und neues Leben in diese Welt bringen. Juna hatte einmal erzählt, wie sehr sie den Sonnenaufgang liebte. In Gehenna herrschte ewige Nacht. Sein Entschluss stand fest: Er würde zum Marquis gehen und ihm seine Dienste für ihre Freiheit anbieten. Arian hatte keine andere Wahl.

»Das ist Wahnsinn. Du kommst nie wieder frei.« Cathure stand plötzlich neben ihm und sah ebenfalls hinaus.

»Du weißt es also.«

»Dass du bei deiner Chefin in Ungnade gefallen bist? Natürlich weiß ich das. Ich verstehe nur nicht, warum Gabriel dich nicht unterstützt. Wart ihr nicht Partner?«

»Ja.« Arian beließ es bei diesem einen Wort.

Cathure ging zu seinem Schreibtisch, als wäre ihm die Nähe eines zu allem entschlossenen Kriegers der Vigilie unangenehm, und setzte sich auf die Kante. »Vielleicht weiß ich einen Weg. Gib mir ein paar Stunden Zeit.«

Es dauerte drei Tage, bis er sich meldete. Drei lange Tage, in deren Verlauf Arian nichts unversucht gelassen hatte, mehr über Junas Verbleib herauszufinden.

Doch John schwieg beharrlich, und schließlich hatten die Feen ihn mitsamt seiner Dämonenzeichen in einer der gläsernen Boxen eingefroren.

13

»Hat er es kaputt gemacht?« Die Stimme klang hell und verspielt.

»Natürlich nicht. Niemand würde dem Marquis ein Geschenk machen, das nicht geht«, sagte jemand anders mit mehr Ernsthaftigkeit.

»Aber Nácar hat es doch gestoh…«

»Still! Es lauscht.«

Juna öffnete die Lider … und erblickte Diana, die im Begriff war, ihren Speer in einen prachtvollen weißen Hirsch zu stoßen. Schnell setzte sie sich auf. Zu schnell. Ihr Kopf schmerzte, wie meistens, wenn sie sich nach einem langen Arbeitstag für ein paar Minuten hinlegte. Sie kniff die Augen kurz zusammen und blickt erneut nach oben. Der Hirsch blutete. Eines war klar: Diese beiden hatten nicht zu ihr gesprochen.

Sie ließ sich rücklings in die Kissen fallen und stöhnte. Dann blinzelte sie noch einmal. Das Tier war unversehrt, und seltsamerweise tröstete sie der Anblick animalischer Kraft und Grazie. Viel Zeit blieb ihr nicht, um die barocke Malerei zu bewundern. Ihre Matratze senkte sich, als würde irgendetwas auf das Bett klettern. Juna richtete sich schnell wieder auf und zog vorsichtshalber die Beine bis unter das Kinn. Das Etwas hockte am Fußende ihres Lagers. Es war schwer zu beschreiben.

Einen Wimpernschlag lang dachte sie, ein Ungeheuer suche sie heim. Als sie genauer hinsah, war dieses *Es* eine schwarze Panther-Frau.

Ihr Gesicht wirkte, als sei sie mitten in der Transformation zwischen Mensch und Tier stecken geblieben. Die Katzenschnauze war kurz und verlieh ihm den Ausdruck eines schmollenden Kindes, die gewölbte Stirn unterstrich den kindlichen Charakter noch.

Das Herz wäre Juna beinahe vor Schreck stehen geblieben, als nun ein zweites Wesen neben dem ersten Platz nahm. Sie waren sich zum Verwechseln ähnlich. Mit ihren athletischen Körpern ähnelten sie wohlgeformten Balletttänzerinnen. Das glänzende Fell einer gut genährten Katze ließ sie exotisch und vertraut zugleich erscheinen. Beide saßen vollkommen still und betrachteten Juna mit mandelförmigen Augen, ohne auch nur einmal zu blinzeln.

»Es ist hübsch.« Die erste gab ein leises Fauchen von sich und hielt den Kopf dabei schräg.

Juna erkannte ihre Stimme. Sie gehörte der vermutlich jüngeren der beiden Unbekannten.

Die andere strich mit der Handfläche über ihr rechtes Ohr. Danach betrachtete sie ihre langen Krallen, und Juna zuckte zurück.

»Es hat Angst!« Die Katzenfrau lachte entzückt und robbte näher. Es klang wie ein aufgeregtes Schnüffeln, als sie schnell durch ihre kleine schwarze Nase atmete, dabei zitterten die weit aufgefächerten langen Barthaare, und ihre Schwanzspitze zuckte.

Juna rutschte bis zur Rückwand ihres Lagers und bemühte sich, die Katzendämonen nicht länger anzustarren. Sie senkte den Blick und blinzelte.

»Oh!«, sagte die erste wieder und klang ein wenig enttäuscht. »Ich glaube, es will nicht spielen.«

Juna hatte keine Ahnung, wo sie gelandet war. In einer speziellen Hölle für Tierärzte vielleicht. Aber warum? Zuletzt hatte sie eine nächtliche Autofahrt unternommen und dabei bereits ein schlechtes Gefühl gehabt, als wäre es ein großer Fehler, allein auf die Reise zu gehen. Warum sie diese unternommen hatte und was danach geschehen war, blieb im Dunkel ihres Gedächtnisses verschollen. Das filigrane Konstrukt ihrer Erinnerungen kam ihr merkwürdig vor, fast, als zöge ein Nebel hindurch, der in einigen Bereichen umso undurchdringlicher wurde, je näher sie ihnen kam. Sie wischte sich über die Stirn, sah auf und blickte direkt in zwei längliche Pupillen.

»Es sieht traurig aus.«

Das war genug. »Ich bin kein *Es*!« Ihre Stimme klang wie ein Fauchen. Offenbar passte sie sich bereits dem hiesigen Konversationston an.

Die neugierige Katzenfrau zog sich sofort zurück, ihr Schwanz schlug ein paar Mal hin und her. Plötzlich stand sie auf, mehr Frau als Katze, und begann zu lachen.

»Du hast also eine Stimme. Wunderbar.« Sie wandte sich an ihre Begleiterin. »Zum Baden bleibt keine Zeit. Hol die Kleider.« Und als die andere zögerte, klatschte sie in die Hände und rief: »Schnell, schnell! Der Marquis wartet nicht gern.« Sie nahm Juna an der Hand, von den Krallen war jetzt nichts mehr zu sehen, und auch ihr Gesicht wirkte menschlicher. Ihre Gestalt war es ohnehin, und der Jumpsuit, den Juna ursprünglich für ihren Pelz gehalten hatte, zeigte viel Figur und eine Taille, so schmal, dass sogar Junas Hände beinahe ausgereicht hätten, sie zu umfassen.

Juna wurde zu einem Tisch geführt, und es war klar, dass sie sich auf den zurechtgerückten Stuhl setzen sollte. Was blieb ihr anderes übrig, als sich zu fügen? So unauffällig wie möglich sah sie sich um. Dort drüben befand sich eine Tür, aber obwohl sie es nicht hätte begründen können, sagte ihr Gefühl, dass sie nicht der Ausweg aus dieser Situation war. Blitzschnell kniff sie sich. Und es tat weh! Kein Traum also, vielmehr ein Alptraum der Sorte *Aufwachen-ist-keine-Option*. Vielleicht wäre es nicht verkehrt, mehr über ihre beiden Gesellschafterinnen zu erfahren. Sie wirkten ein wenig wie das grausame Katzenpaar Si und Am aus Aristocats, das stimmte schon. Doch mit Tieren kannte sich Juna aus … hoffte sie zumindest.

»Ich bin Juna«, sagte sie freundlich und bemühte sich, ihrer Stimme einen weichen Klang zu geben, der nichts von ihrer Furcht verriet. »Und ich war noch nie hier … glaube ich.«

Irgendetwas hatte sie vergessen. Juna meinte fast sehen zu können, wie ihre Erinnerung um eine Ecke floh, bevor sie tatsächlich greifbar wurde. *Ich muss mich auf das Naheliegende konzentrieren.* Sie spürte den fragenden Blick der Katzenfrau. »Kannst du mir sagen, wo ich bin?« Vielleicht war es nicht weise, sich auszuliefern, indem man eine Schwäche zugab. Es stellte sich nur die Frage, welche Alternativen sie hatte. Schweigen und Abwarten gehörten nicht dazu.

»Du bist beim Marquis, natürlich!« Eine stolze Antwort.

»Und wer ist …?«

»Es kennt den Marquis nicht!« Die andere Katzenfrau, eher ein Katzenmädchen, wie Juna bei näherem Hinsehen feststellte, kam mit einem fahrbaren Kleiderständer zurück.

»Bébête, du hast die Schuhe vergessen.«

»Schuhe?« Das Mädchen sah sich orientierungslos um, bis plötzlich ein Strahlen ihr Gesicht erhellte. Ihre Schwanzspitze vibrierte, mit einem Satz machte sie kehrt und sprang davon. Juna konnte sich Bébêtes Charme schwer entziehen und sah ihr lächelnd nach.

»Bitte entschuldige meine Schwester, sie ist manchmal noch ein Kind. Ich bin übrigens ZinZin.« Sie nahm eine Bürste und fuhr mit langen, gleichmäßigen Strichen durch Junas Haar. »Du hast ein schönes Fell. Wenn ich fertig bin, wird es glänzen wie kochendes Gold«, schnurrte sie.

Juna fand den Vergleich ein wenig beunruhigend, aber als sie das vulkangraue Kleid sah, das die beiden für sie ausgesucht hatten, vergaß sie alles andere. ZinZin hielt ihr Haar, während Bébête ihr den kühlen schweren Stoff etwas ungeschickt überzog. Gleich darauf schmiegte es sich an ihren Körper, und heiße Panikwellen durchfluteten sie, weil es ihr auf einmal vorkam, als verändere es sie keineswegs nur oberflächlich. Das fremdartige Material schien in ihre Poren einzusinken und zu einer zweiten Haut zu werden. Doch dann fühlte sie ihr Amulett und entspannte sich. Zu sehen war das schmale Holz nicht, denn ihr Kleid war hochgeschlossen, mit langen durchbrochenen Ärmeln, durch die ihre helle Haut silbern schimmerte. Es schloss sich wie eine Fessel um Junas Fußknöchel.

»Darin kann ich keinen Schritt gehen!«

Die Schuhe, die man ihr zugedacht hatte, entpuppten sich als eine Kombination aus Plateausohlen und einem schwindelerregend hohen Absatz, die zu tragen das Geschick eines Artisten verlangte. Doch das wirklich Abenteuerliche daran waren die schmalen Bänder, mit denen sie offenbar befestigt werden sollten. Die Katzenschwestern ließen sich nicht beirren, und Juna bemerkte eine gewisse Ungeduld in ZinZins Verhalten. Beinahe so, als fühle sie sich von irgendetwas gehetzt. Sie kniete nieder und hielt ihr den Schuh hin. »Komm schon, sie machen spektakuläre Beine.« Sie ergriff Junas Fuß und schob ihn in das Gewirr aus Schnüren und Knoten. Im Nu stand sie wieder auf und fuhr sich mit der Pfote über das rechte Ohr. »Jetzt lauf mal ein Stück.«

Wider Erwarten war es kein Problem. Im Gegenteil, Juna fühlte sich gut, geradezu sexy, ihr Gang erhielt durch die Schuhe eine sehr erotische Komponente. Die Bänder reichten bis über ihre Knie und gaben erstaunlicherweise Halt. Nach ein paar Schritten bemerkte Juna die Schuhe kaum noch. Sie war nun ein gutes Stück größer als ihre beiden felinen Stylistinnen. Sie hob den Kopf und hätte sich gern in einem Spiegel betrachtet. Wahrscheinlich bestand sie nun wie ein Fohlen hauptsächlich aus Beinen.

Der Saum bewegte sich um ihre Fußgelenke wie Algen in der Strömung, und ein beunruhigend langer Schlitz über dem linken Bein gab bei jedem Schritt den Blick auf die kunstvolle Verschnürung ihrer Schuhe frei. ZinZin und Bébête ergriffen je eine ihrer Hände und führten sie hinaus in eine Welt, wie Juna sie noch nie zuvor gesehen hatte.

Einer Königin gleich, die vom Balkon ihres Palasts hinunterschaute, stand sie auf der Brücke. *Die Farben des Himmels*, war ihr erster Gedanke. Vom Blau eines klaren Sommertags über das zarte Rosé des Sonnenaufgangs bis zum dramatischen Violett, das den Tag am Horizont verabschiedete, war alles vorhanden, floss ineinander, veränderte sich laufend, schwebte, züngelte, floss dahin wie ein träger Fluss.

Sie hätte sich darin verlieren können. Doch ZinZin drängte sie, weiterzugehen. Bébête tollte vor ihnen her. Mal schlich sie wie ein Stubentiger auf der Jagd, mal sprang sie wie eine Akrobatin und vollführte Salti in der Luft, doch immer landete sie lautlos auf ihren Füßen, auch mal auf allen vieren, die nun wieder großen Katzenpfoten glichen.

Juna folgte ihr. Sie schritt den Steg hinunter und sah all das Licht, ohne zu begreifen, woher es kam. Die Wände befanden sich weiter hinter jenem Punkt im Raum, an dem sie sie erwartet hätte. Mit den Farben veränderten sich ständig die Dimensionen. Mal fühlte sie sich beinahe beengt in einem winzigen Raum, dann wieder gaukelte ihr dieses Spiel der Sinne unendliche Weite vor. Sie hätte springen und rennen können vor Freude, schritt rasch voran auf der Suche nach neuen Eindrücken, jetzt schon süchtig nach der Schönheit, nach einer neuen Wirklichkeit. Natur und Physik tanzten zu den Klängen traumhafter Magie. Einmal stolperte sie und suchte Halt an der Wand neben sich. Diese Wand, so lernte sie, war keine Wand. Ein Nichts. Leere. ZinZin griff nach ihr, bevor sie in die Unendlichkeit stürzen konnte.

Vorsichtiger ging sie weiter und entdeckte den feinen Streifen, der ihnen den Weg wies. Lichte Linien warnten vor klaffenden Abgründen. Kam man ihnen zu nahe, ertönte ein heller Laut, fremdartig und knapp unter der Hörschwelle. Und sie begriff, dass sie beim Übertreten der Grenzen ins Nichts stürzen würde, und diese Schranke würde dazu pfeifen. Neugierig drang sie immer weiter in den Lichterzauber vor.

Vom Farbspiel geblendet, bog sie schließlich in eine dunklere Region ab. Für ihre Augen war das blasse Zwielicht eine Erholung, ihre Stimmung allerdings sank um einige Grade. Mit dem Licht schwand auch die Euphorie, und als sie bemerkte, dass die Katzenfrauen verschwunden waren, entstand ein mulmiges Gefühl in ihrer Magengegend. »ZinZin?«

»Was haben wir denn da?« Anstelle der Katzenfrau antwortete ihr eine Männerstimme.

O nein, nicht schon wieder!, dachte Juna. »Sehe ich aus wie eine Neutrum?« Sie sah sich suchend um, konnte aber nichts erkennen außer einem merkwürdigen Flimmern der Luft. Dies war die einzige Vorwarnung, dann stand er vor ihr. Etwas kleiner als sie – dank ihrer hohen Schuhe –, schwer und mit einer schmutzigen Fellhose bekleidet, die aussah, als habe er sich kürzlich in etwas Klebrigem gewälzt. Seine Haut schien er hastig mit Ruß geschwärzt zu haben, und der Oberkörper war dicht mit gekräuseltem schwarzen Haar bedeckt, das über die Schultern wuchs und vermutlich auch den Rücken bedeckte. Was der Bart von seinem Gesicht erkennen ließ, passte bestens zu seiner übrigen Erscheinung und war wenig vertrauenerweckend. Sie wünschte, ihre Begleiterinnen hätten sie nicht allein gelassen. Die beiden hatten keineswegs ihr Herz erobert, aber im Vergleich zu diesem … Ungeheuer waren sie die niedlichsten Kätzchen, die Juna jemals kennengelernt hatte.

Langsam wich sie zurück, doch er folgte, indem er jede ihrer Bewegungen imitierte wie ein Spiegelbild. *Wenn ich so aussähe, würde ich mich in den nächsten Abgrund stürzen!* Mit seinen deformierten Füßen mochte er nicht besonders flink sein, aber die Chancen zur Flucht standen dank ihrer unmöglichen Absätze dennoch nicht besonders gut. Langsam humpelte er näher und machte ekelhafte Kussgeräusche, dabei wackelten übergroße Ohren, und sie hätte schwören können, dass die Hörner, die zwischen seinen dunklen Locken hervorwuchsen, rot glühten. Besser, sie brachte ihn schnell auf andere Gedanken!

Juna öffnete den Mund, um ihm irgendwas – egal, was – zu erzählen, während sie sich so unauffällig wie möglich ins Licht zurückbewegte, da stieß sie gegen eine weiche Wand. Erschrocken fuhr sie herum: »Verflucht!«

»Du sagst es, Schätzchen.« Der Kerl hinter ihr war das genaue Spiegelbild ihres Verfolgers und nach der kurzen Kollision mindestens ebenso erregt. *Igitt, sind das etwa Satyrn?* Was sie anfangs für eine Pelzhose gehalten hatte, war überhaupt kein Kleidungsstück. Und jetzt tauchten auch noch ein dritter und ein vierter auf, die bis auf ihre noch größeren Nasen eine erschreckende Ähnlichkeit zum ersten Satyr hatten.

»Kommen hier alle Monster im Doppelpack?«

Der Alptraum hatte einen vorläufigen Höhepunkt erreicht, als der zweite Angreifer nun nach ihr griff, während sich der erste schwer atmend weiter näherte. Juna geriet in Panik. Ihr Herz raste, und von einer Sekunde zur anderen war das Feuer da. Sie riss ihren Arm aus der Umklammerung einer haarigen Hand, drehte sich wie ein Derwisch, und die Flammen wuchsen zu einem schützenden Kreis, in dessen Mitte sie schließlich zitternd stehen blieb. Doch nicht etwa, weil sie geschwächt gewesen wäre. Das Feuer nährte sich zwar von ihrer Energie, aber anders als sonst schien es irgendwo eine unerschöpfliche Quelle zu geben, die die immer höher lodernden Flammen unaufhörlich fütterte. Ob sie die Satyrn in die Flucht geschlagen hatte, konnte Juna allerdings nicht sagen. Aus den Augenwinkeln sah sie bizarre Schatten jenseits des Infernos, die sich wie in Zeitlupe um sie herum bewegten, als suchten sie nach einem Schlupfloch, um zu ihr zu gelangen. *Arian*, flehte sie. *Juna!* Suchend sah sie sich um. Hatte er ihren Hilferuf gehört?

Unerwartet teilte sich das Inferno, und sie erblickte eine dunkle Silhouette, die sich ihr näherte. *Arian*. Ihr rettender Engel war gekommen. Sie legte ihre Finger in die Hand, die er ihr entgegenstreckte, und als sie seine kühle Haut berührte, kehrte das Feuer zu ihr zurück, als habe es in Juna nun endlich seinen Meister gefunden. Ihr Körper, den sie immer als Gefäß für diese unbeherrschbare Macht betrachtet hatte, nahm die züngelnden Flammen auf wie ein lange vermisstes Kind, ließ sie erst noch frei tanzen und umfing sie dann, bis Frieden eingekehrt war. Doch anders als sonst bettete er sie dieses Mal nicht an einem geheimen Ort, wo sie bis zum nächsten Ausbruch ruhig schlummern durften. Stattdessen fühlte Juna einen Sog, und der Ball aus Energie, der ihre zerstörerische Kraft nährte, raste ihren Arm hinab, über eine plötzlich unauflöslich erscheinende Verbindung, und fuhr in ihren Retter. Dessen Pupillen weiteten sich, und er schien zu taumeln. Ganz kurz nur, aber es reichte aus, um sich von ihm loszureißen. Schnell versteckte Juna ihre brennenden Hände hinter dem Rücken. Doch es war zu spät. Zwar linderte die kühle Leere vorübergehend ihren Schmerz, schnell aber folgte schneidende Kälte. Ihre Zähne schlugen aufeinander.

»Was tust du da?«

Ihre Stimme mutete ihr selbst fremd an und klang so zerbrechlich, wie sie sich fühlte. Einer Eisskulptur gleich, die jeden Augenblick zerschellen konnte und zu winzigen glitzernden Kristallen zerfiel. Staunend sah sie ihren Worten nach, die wie auf Schneeflocken davonschwebten. Wo zuvor die Farben des Himmels regiert hatten, hatte nun ein majestätischer Gletscher das Zepter übernommen. Das Karussell der Illusionen nahm neue Fahrt auf. ZinZin und Bébête, die neben ihr standen, als seien sie nie fort gewesen, trugen nun das silberne Fell der Schneeleoparden. Wortlos entführten sie Juna in eine zauberhafte Weite, und sie konnte sich nicht sattsehen an den Lichtern, den Blau- und Grüntönen, die ihr Inneres durchdrangen, bis sie ein Teil von ihnen geworden war.

Am Ende ihres Wegs überquerten sie einen tiefen Abgrund, der vielleicht nur in ihrer Fantasie existierte, und das ständig wechselnde Licht gaukelte ihnen einen riesigen Saal vor. Zwei weiß gedeckte Tische, so lang, wie Juna sie noch nie gesehen hatte, bildeten darin ein Spalier. Männer und Frauen saßen daran, aßen, tranken und blieben doch durch das Fehlen jeglicher Farbe unwirklich wie Gespenster. Sie betrieben Konversation, das sah man an ihrer Gestik und der Art, wie sich ihre silbernen Häupter einander zuwandten. Leise Musik erklang, deren fremdartige Töne einmal anschwollen, bald darauf aber wieder nahezu verstummten, und trotz einer zarten Melodie, die das Herz berührte, merkwürdig körperlos wirkten, wie die Töne einer Glasharfe. Ansonsten hörte Juna jedoch nichts. Kein gesprochenes Wort störte den Zauber, und kaum jemand beachtete sie oder ihre Begleiterinnen, die wortlos zur Eile mahnten und den Gang entlang ihrem eigentlichen Ziel entgegenstrebten, das sie trotz ihrer guten Augen merkwürdigerweise nicht genau erkennen konnte, bis sie direkt davor abrupt zum Stehen kam, weil ZinZin ihren Arm ergriff und sie zwingen wollte, niederzuknien.

»Bist du verrückt geworden?« Juna wehrte sich. »In diesem Outfit kniet man doch nicht!«

Ein tiefes Lachen antwortete ihr, und als sie aufsah, stand ein Mann vor ihr, der so gar nicht in diese Eiswelt passen wollte. Dafür war er viel zu real und – ihr fiel kein anderer Begriff ein – viel zu *heiß*.

»Der Marquis«, sagte ZinZin kaum hörbar so dicht neben ihrem Ohr, dass sie die langen Schnurrhaare an der Wange kitzelten. Ein wenig abgelenkt beobachtete Juna, wie der Mann langsam die Treppe herabschritt, an deren unterem Ende sie stand. Er bewegte sich mit der Selbstsicherheit eines Siegers. Im Gegensatz zu seinem blonden Haar, das wie vom Wind zerzaust aussah und ihm dennoch äußerst kleidsam bis zum Kinn reichte, wirkte seine Kleidung nicht nur kostbar, sondern vielmehr so, als gäbe es jemanden, der allein für ihre Pflege zuständig war. Der schwarze Rollkragenpullover zu einer dunklen Hose bestätigte ihren ersten Eindruck. Dieser Mann trat wie jemand auf, der um seine Macht wusste und … um seinen Wert. Zweifellos attraktiv genug, um unter günstigeren Umständen Junas Interesse zu erregen, weckte er nun aber eher zwiespältige Gefühle.

In diesem ganzen Alptraum schien er auf den ersten Blick der Einzige zu sein, der leidlich normal wirkte, andererseits fand sie seinen prüfenden Blick außerordentlich beunruhigend. Das Lachen hatte seine Augen niemals erreicht, und sie fragte sich, ob es das überhaupt je tun würde. Die *Spiegel seiner Seele* glitzerten meergrün wie die See einer exotischen Inselwelt. Rasch sah sie beiseite und wusste selbst nicht, warum. Vielleicht wollte sie einfach nicht sehen, was sich hinter dieser strahlenden Fassade befand.

Er reichte ihr die Hand. Zum zweiten Mal an diesem

Tag, denn Juna erkannte in ihm ihren Retter … und den
Dieb ihres Feuers! Instinktiv trat sie einen Schritt zurück.
Die Katzenfrauen folgten geschmeidig ihrer Bewegung, um
an ihrer Seite zu bleiben.

»Ich habe es nicht gestohlen. Sieh selbst!«
Seine Stimme glitt wie Seide über ihre Seele, und obwohl sie ahnte, dass er es darauf anlegte, ihr Vertrauen zu
gewinnen, folgte sie seiner Bitte und blickte auf. Eine Kugel gefüllt mit knisternder Energie tanzte vor ihren Augen,
und ehe Juna reagieren konnte, ließ er den Feuerball in ihre
Handfläche fallen. Blitzschnell fuhren die Flammen ihren
Arm hinauf und schossen mit ungezähmter Gewalt durch
ihre Adern, so dass sie erschrocken nach Luft rang. Zu
ihrem Erstaunen lächelte der Mann, als sei ihm ein besonders guter Trick gelungen. Die harten Züge wurden weicher, und das Lächeln verlieh ihm beinahe ein jungenhaf-
tes Aussehen.

»Du musst lernen, es zu beherrschen, sonst verbrennt
es dich eines Tages.« Er nahm ihre Hand, und das Feuer
zog sich zurück wie ein Tier, das sich erschöpft vom wilden
Spiel zum Schlaf zusammenrollt. »Komm!«

Juna fühlte sich wie in einer Traumsequenz, die sich nicht
entscheiden konnte, ob sie beruhigen oder ihr Angst machen und zu einem Alptraum anwachsen wollte. Unfähig,
den Ablauf der Ereignisse zu beeinflussen, fühlte sie sich
wie der Zuschauer eines längst abgedrehten Films über ihr
eigenes Leben. War es das, wovon Menschen erzählten, die
auf der Schwelle zum Tod ihr eigenes Sterben hatten beobachten können? Die einzige, wiewohl bewegende Emotion, die sie wahrnahm, war ZinZins Missbilligung von
Bébêtes Verhalten. Das Katzenmädchen lief ihnen auf allen

vieren voraus und verschwand in einem riesigen Nomaden-
zelt, bevor irgendjemand reagieren konnte. Ihren Begleiter
schien dies, anders als die vor dem Eingang postierten Wachen, zu belustigen.

Ach, wäre Arian doch hier!

Ein Laut riss sie aus ihren Träumen. »Was hast du gesagt?«

»N… nichts!« Juna reagierte ungewohnt sensibel auf
Stimmungen. Sein Ton schmerzte, als glitte ein scharfes
Messer durch ihren Leib. Sie hatte Mühe, mit ihm Schritt
zu halten.

Als wisse er, was sie empfand, klangen die nächsten Worte
wie das Schlaflied einer liebenden Mutter. »Sei ganz ruhig,
Kleines! Niemand will dir etwas tun.«

Immerhin schien der Film ihres Lebens noch ein bisschen weiterzulaufen, und Juna glaubte ihm bereitwillig. *Wer
ist Arian? Warum ist er nicht bei dir, wo du dich so sehr nach
seinem Geleit sehnst?* Waren dies ihre oder seine Worte?

Sie hatte keine Zeit, darüber nachzudenken, und der eisige Span des Zweifels setzte sich unbemerkt in ihrer Seele
fest, während eine Märchenkulisse aus Tausendundeiner
Nacht ihre Sinne betörte. Die Wachen schlugen Felle beiseite, die den Eingang vor neugierigen Blicken schützten.
Weihrauch und Amber begrüßten sie zusammen mit einer
wohligen Wärme, die Juna wünschen ließ, ein ähnlich luf-
tiges Gewand tragen zu dürfen wie die zierlichen Geschöpfe, die das Feuer schürten, Wein einschenkten und die
Lagerstatt mit kostbaren Fellen polsterten, bevor sie sich,
kleinen Blumenelfen gleich, flatternd zurückzogen.

»Nimm Platz!«

Selbst wenn sie gewollt hätte – seinen Anordnungen

konnte sie sich nicht entziehen. Juna sank nieder und streckte sich auf den bunt bestickten Daunenkissen aus. Er folgte ihr, die Lider halb geschlossen, das blonde Haar wirr, als habe er bereits eine wüste Nacht hier verbracht.

»Sag mir, wer du bist«, flüsterte eine Juna, die ihr vollkommen fremd war.

»Das weißt du doch längst!«

»My Lord Marquess ...« Die andere gurrte diese drei Worte, und Juna schämte sich dafür, dass ihr gemeinsames Herz schneller zu schlagen begann. Langsam streckte sie den Arm aus und zeichnete die Linie seines Gesichts nach. Ihre Fingerspitzen berührten federleicht sein Kinn und flatterten bald tiefer, um weitere Regionen zu erkunden.

Er legte den Kopf schräg und betrachtete sie. Als sie die Kuhle unterhalb seiner Kehle berührte, gab er einen sinnlichen Laut von sich, der sie mit Befriedigung erfüllte. War es Juna selbst oder das fremde Wesen, das von ihr Besitz ergriffen hatte? Sie wusste nicht, wer von ihnen sich vorbeugte, um einen Kuss auf seine Lippen zu hauchen. Er erstarrte. Dann lief plötzlich ein Beben durch seinen Körper. Scharf sog er die Luft durch die Nase ein und sah sie an, als wolle er ihre Seele lesen. Diesen smaragdgrünen Blick, der sich mit einer atemberaubenden Intensität auf sie heftete, konnte sie nicht lange erwidern. Beschämt sah Juna beiseite und begegnete ZinZins süffisantem Lächeln. Die Katzenfrau rollte sich auf den Rücken, und ihre Schwester rieb den Kopf an ihrem Bauch. Es war nicht richtig, was sie hier tat und empfand!

»My Lord ...«

»Was?« Eben noch ein sinnlicher Gefährte, stand er nun hoch aufgerichtet da. Seine gesamte Aufmerksamkeit galt dem Eindringling, der es gewagt hatte, ihre Zweisamkeit zu stören. Der Zauber war gebrochen. »Bete zu unserem Herrn, dass es eine wirklich wichtige Nachricht ist, die du mir überbringst!« Dies war seine andere Seite.

»My Lord.« Der Mann verbeugte sich tief und überreichte ein Kuvert, das der Marquis ungeduldig aufriss. Schnell überflog er die Zeilen. »Ruf den Rat zusammen. Jetzt.«

Ohne sich noch einmal umzudrehen, verließ er das Zelt.

Bébête schnurrte. »Ich wusste gleich, dass sie die Richtige für ihn ist. Und sie hat das Feuer!« Sie machte einen Buckel, legte den Kopf schräg und sah Juna direkt an. »Obwohl mir beinahe das Herz stehengeblieben ist, als du es entfacht hast. Weißt du nicht, dass es verboten ist?«

»Wie hätte ich mich denn sonst gegen die Ungeheuer wehren sollen?«

»Ach ja, das war bedauerlich. Du hättest auf keinen Fall in die Schatten gehen dürfen. Hat dein Herr dir denn überhaupt nichts beigebracht?« Sie machte eine abwertende Handbewegung und stolzierte mit hoch erhobenem Schwanz davon.

»Wie meint sie das?«

ZinZin hob träge ihren Kopf von einem seidenen Kissen. »Man merkt, dass du neu hier bist. Der Marquis hat das Feuer in seinem Palast verboten. Wer gegen seine Anweisungen verstößt, wird hart bestraft. Aber das weißt du natürlich.«

»Nichts weiß ich. Und weil wir gerade dabei sind: Wer, bitte schön, soll mein *Herr* sein?«

»Werd doch nicht böse. Jetzt gehörst du ja dem Marquis.« ZinZin sah sie mitleidig an. »War es sehr schrecklich bei Nácar?«

»Ich weiß nicht, er hat mich …« Tränen brannten plötzlich in ihren Augen, als ihr vielleicht zum ersten Mal seit der Entführung wirklich bewusst wurde, dass etwas ganz Unglaubliches mit ihr geschehen war und kein Wecker der Welt sie aus ihrem Alptraum befreien konnte. »Ich war drei Tage bei ihm.« Ihre Stimme brach unter den Emotionen, die mit ihren Tränen hervorbrachen. »Arian.«

»Still! Du darfst niemals den Namen eines anderen mit Zuneigung aussprechen. Der Marquis duldet das nicht.«

Juna duckte sich und sah nach allen Seiten, um zu sehen, ob jemand in der Nähe war, der sie gehört haben könnte. Und als hätten ihre Worte einen Teil des Nebels vertrieben, der ihre Erinnerungen verborgen hielt, wusste Juna auf einmal, dass sie Arian liebte und dass er ihre einzige Hoffnung war.

Jetzt weinte sie noch mehr, denn Nigellas Warnung war ihr wieder eingefallen. Er durfte sie hier nicht suchen, ein gestürzter Engel, der Gehenna betrat, konnte seine Hölle nicht mehr verlassen. Es sei denn, er verschrieb sich dem Bösen oder riss für einen kurzen Ausflug in die Welt der Menschen Ahnungslose und Unschuldige ins Verderben. Aber Arian, das wusste sie ganz genau, träumte insgeheim von einer Rückkehr ins Elysium. Ihre Schultern zuckten, so sehr erschütterte sie die Erkenntnis, dass sie dazu verdammt war, wer weiß wie lange hier auszuharren. Und an allem war nur ihr Bruder schuld. »Sollte ich dich irgendwann einmal zwischen die Finger bekommen, John«, schwor sie, »dann gnade dir Gott!« Ein leises Grollen war alles, was sie hörte, bevor die Katzenfrauen mit gesträubtem Fell davonstoben.

»Was …?« Unvermittelt stand der Marquis vor ihr. »Strapazier nicht meine Geduld!« Die Lippen schmal, mit einer steilen Falte zwischen den Augenbrauen, wirkte er bei weitem nicht mehr so anziehend wie noch vor wenigen Minuten. Doch es blieb ihr wenig Zeit, sich zu fragen, warum sie ihn bis zu diesem Augenblick für das geringere Übel im Vergleich zu Nácar gehalten hatte. Seine Finger schlossen sich fest um ihre Oberarme, und er sah aus, als hätte er sie am liebsten geschüttelt. »Hast du eigentlich eine Ahnung, mit wem du deine Spielchen spielst?«

Stumm schüttelte sie den Kopf. Was hätte sie auch sagen sollen? Schon die Katzenfrauen waren über ihre Ahnungslosigkeit erstaunt gewesen. Aber war es ihre Schuld, dass dieser verfluchte Dämon nichts Besseres zu tun gehabt hatte, als sie sofort weiterzureichen? Wie hatte sie auch glauben können, hier würde es ihr besser ergehen als Nigella, die schon eine unfassbar lange Zeit in Gehenna gefangen gehalten wurde!

»Lass sie los!«

»Arian!« Juna schrie auf.

Lange Krallen bohrten sich in ihre Schultern, dann erhielt sie einen heftigen Stoß und flog durch das Zelt … gegen eine Trennwand, die ihren Sturz glücklicherweise auffing, so dass sie nur leicht benommen, aber unverletzt am Boden liegen blieb. Alles um sie herum schien sich aufzulösen.

Sie hatte nur kurz geblinzelt, und auf einmal war es da: das größte Paar Flügel, das sie jemals gesehen hatte. Lackschwarze, dichte Federn bedeckten jeden Zentimeter der halb geöffneten Schwingen. Wäre die Situation eine andere gewesen, hätte sie diese vollendete Schönheit bewundern können. Der Marquis sah Arian mit schmalen Augen an.

»Und wer bist du?« Seine Stimme hatte nichts mehr von

dem seidigen Klang, mit dem er Juna noch vor kurzem umgarnt hatte. Er kam näher heran und taxierte seinen unerwarteten Besucher von allen Seiten.

Arian blieb scheinbar unbeeindruckt stehen, die Arme hingen locker herab. Nur das leichte Vibrieren der Federn verriet seine Anspannung. Beide wussten, dass er auf einen Angriff blitzschnell reagieren würde. Der Marquis hob die Hand, als wollte er die perlenfarbenen Schwingen berühren, die nicht weniger beeindruckend waren als seine eigenen.

Wie Tag und Nacht, dachte Juna. Arian, der immer ein wenig wie ein verwegener Pirat aussah, und ihm gegenüber der blonde Dämon mit dem kühlen Aussehen eines nordischen Rachegottes.

»Was verschafft mir die Ehre, einen *edlen* Krieger der Vigilie in meinem bescheidenen Heim begrüßen zu dürfen?« Die Worte waren abfällig gemeint, und dennoch glaubte Juna einen bitteren Unterton herauszuhören. Fasziniert von der Eleganz der beiden vortrefflichen Geschöpfe setzte sie sich auf und wartete auf Arians Antwort.

»Ich bin gekommen, um dir ein Geschäft vorzuschlagen.«

»Nein, das darfst du nicht!« Juna hatte aufgeschrien, bevor sie wusste, was sie tat.

Arian warf einen Blick in ihre Richtung, aber weil er eine dunkle Sonnenbrille trug, konnte sie nicht sicher sein, ob er tatsächlich mitleidig schaute, wie sie zuerst angenommen hatte. *Du musst mir vertrauen!* Seine Stimme in ihrem Kopf gab ihr Mut, und sie lächelte ihn zittrig an.

Dem Marquis war dieser kurze Austausch nicht entgangen. Ungläubig sah er Arian an. »Dafür riskierst du alles?«

»Ich lasse mir nicht gern nehmen, was mir gehört.« Arians Worte klangen hart. Ein Engel hätte sicher andere Gründe genannt. Er jedoch versuchte nicht einmal, den Dämon über seine Identität zu täuschen. Zweifellos wusste dieser ganz genau, dass er ein Verstoßener war – so wie er selbst.

»Willst du behaupten, ich hätte sie *gestohlen*?« Er machte einen Schritt auf Arian zu, der fragend eine Augenbraue hob, als erwarte er jeden Augenblick, dass der Marquis etwas Unüberlegtes tun würde.

Aber womöglich war der Vorwurf des Diebstahls unter Dämonen auch ein Kompliment. Juna verzichtete auf weitere Spekulationen, sie wollte gar nicht wissen, was in diesen Kreisen gang und gäbe war. Was sie bisher gesehen hatte, reichte ihr.

»Nein, das will ich nicht.«

Die Spannung, die in der Luft gelegen hatte, ließ deutlich nach, und Juna atmete tief ein – ihr war nicht bewusst gewesen, den Atem angehalten zu haben.

»*Du* hast sie nicht gestohlen, aber einer deiner Generäle.«

»Ach ja? Und was habe ich damit zu tun? Ich habe sie legal erworben und hatte bisher nicht einmal Gelegenheit, die Ware zu prüfen.« Ein sardonisches Lächeln huschte über sein Gesicht. »Du glaubst doch nicht, dass ich mir das entgehen lasse?« Das letzte Wort war noch nicht verklungen, da hatte er Juna schon aus ihrer Ecke gezerrt und hielt sie nun mit einem Arm fest an sich gepresst. Zärtlich strich er mit der anderen Hand über ihr Haar – in einer Weise, wie man es bei seinem Lieblingstier tun würde. »Wenn ich es mir genau überlege, dann habe ich in der kurzen Zeit bereits außerordentliche Zuneigung zu deiner Kleinen entwickelt.« Er machte Anstalten, sich mit ihr im Arm zum Gehen zu wenden.

»Ich habe etwas, das für dich wertvoller ist.«

»Und was soll das sein?«

»Informationen.«

Worauf wollte Arian hinaus? Sosehr sie sich auch das Gehirn zermarterte, sie wusste nicht, was er meinte.

Der Marquis ließ Juna los. »Setz dich da hin!«

Sie gehorchte.

»Was für Informationen?«, wollte er wissen.

Und dann erzählte Arian eine abenteuerliche Geschichte von verschleppten Schutzengeln und einem Dämon, der sich in der Welt der Menschen nahezu ungehindert bewegte und Seelen sammelte wie andere Muscheln am Meer.

Als er geendet hatte, sah Juna ihn ungläubig an. Welch eine schreckliche Vorstellung! So schrecklich, dass sie glaubte, sie hätte diese armen Schutzengel selbst gesehen. Aber das war natürlich nicht möglich. Oder doch?

Eine Erinnerung erwachte in ihr und versuchte, sich einen Weg an die Oberfläche zu bahnen. Sie hob beide Hände an die Schläfen. Diese Kopfschmerzen brachten sie fast um den Verstand. Woher waren sie so plötzlich gekommen?

Wie durch eine dicke Wand hörte sie eine Stimme. Der Marquis. »Und du glaubst, wir wüssten nicht davon, wenn jemand versucht, die Ordnung zu gefährden?«

»Oh, natürlich wisst ihr es.« Arian zog einen Brief hervor, der genauso aussah wie das Schreiben, das der Dämon erhalten hatte. »Einer deiner Männer kümmert sich um die Aufklärung. Aber er wird nichts herausfinden, bevor es zu spät ist.«

»Und woher willst du das wissen?«

Jetzt lachte Arian. »Erst der Deal. Ich will das Mädchen und freies Geleit für uns beide. Außerdem ist sie in Zukunft für euch tabu.«

»Und hast du sonst noch Wünsche?« Der Dämon verschränkte die Arme vor der Brust. »Bist du sicher, dass du weißt, mit wem du es zu tun hast?« Seine Stimme klang so kalt, dass Junas Hände zu zittern begannen.

Arian zeigte sich weniger beeindruckt. »Wie soll ich dich nennen? My Lord, oder doch lieber Luc…?«

»Ich sollte dir die Haut abziehen lassen für deine Unverschämtheiten. Glaubst du, einer wie du kann hier einfach ein und aus gehen, wie es ihm gefällt? Du bist gefangen, wie wir alle! Und wenn du jemals einen Weg hinaus finden solltest, dann wirst du gejagt. Von deinen Vigilie-Freunden und von den Gerechten.«

»Keine Neuigkeiten. Willst du nun wissen, wer dahintersteckt?« Arian verschränkte ebenfalls die Arme, und die beiden starrten sich an, ohne auch nur einmal zu blinzeln.

Juna stiegen schon beim Zusehen Tränen in die Augen. Erstaunlicherweise war es der Marquis, der das Schweigen zuerst brach. »Ich habe dafür keine Zeit. Wer ist es?«

»Unser Deal?«

Der Dämon lachte, und es klang wie ein heiseres Bellen. »Bist du sicher, dass du in der richtigen Branche bist? Seelenhandel wäre sicherlich etwas für dich. Also gut. Wenn du mir den Mann bringst, lasse ich die Kleine gehen.«

Arian sah ihn schweigend an.

»Okay. Solange sie lebt, soll niemand von uns ihr ein Leid antun, sofern ich es verhindern kann. Aber für dich kann ich nicht mehr tun, als dir einen Job anzubieten. Und das ist schon mehr, als die meisten Neuankömmlinge erwarten dürfen.«

»Wenn das alles ist, dann bring mich zu deinem Chef!«

»Bist du verrückt geworden? Er empfängt selbst seine

Befehlshaber höchstens einmal im Millennium.« Er sah einen Wimpernschlag lang aus, als sei auch dies für seinen Geschmack schon zu häufig.

»Mich wird er sehen wollen.«

»Was macht dich da so sicher?« Anstelle einer Antwort senkte Arian die Brille mit den undurchsichtigen, dunklen Gläsern gerade weit genug, um ihm einen Blick in seine Augen zu gestatten. Was auch immer der Marquis darin gesehen hatte, es bewegte ihn dazu, seinen Standpunkt noch einmal zu überdenken.

Juna bemerkte das kurze Flackern in seinen grünen Augen, bevor er seine Schwingen dicht an den Körper faltete und einige Male auf und ab schritt.

Arian schob die Brille an ihren Platz zurück und wartete geduldig.

Schließlich blieb der Dämon stehen. »Also gut. Aber dafür bist du mir einen Gefallen schuldig.« Er streckte die Hand aus, und Arian schlug ein.

14

ácar. Was soll der Aufzug?«

Juna musste zugeben, dieser Marquis verstand es, mit Stil zu verlieren. Er hatte nicht gezögert, Arians Wunsch, der wie ein Befehl geklungen hatte, zu erfüllen und Nácar herbeizitiert. Es dauerte nicht lange, und ihr Entführer erschien in einer Wolke aus Schwefel und zu ihrer Belustigung mit seidenen Kniehosen und einem Rüschenhemd bekleidet. Auf dem Kopf trug er eine gepuderte Perücke, die auf dem Weg hierher verrutscht sein musste und ihm jetzt das linke Auge verdeckte. Orientierungslos sah er sich um und rückte dabei seine Zweitfrisur zurecht. Dabei erkannte er seinen Herrn. Sofort verbeugte er sich tief. »My Lord! Vergebt mir, ich habe nicht damit gerechnet, noch einmal gerufen zu werden.« Er zeigte auf Juna. »Stimmt etwas nicht mit ihr?«

»Ich soll dich von John grüßen!«

Nácar fuhr herum. »Du!« Zu spät erkannte er seinen Fehler.

»Und was hat dir dieser John darüber hinaus noch auf den Weg gegeben?«, fragte der Marquis, der offenbar beschlossen hatte, Arians Spiel mitzuspielen.

»Dass er versucht hat, den mächtigen Heerführer, auch bekannt als Marquis, zu beschwören, aber an seiner Stelle ein Dämon im Kostüm erschienen sei, der sich als *Marquis* ausgegeben habe und auch so gekleidet war.«

»Stimmt das?«

»Nichts davon ist wahr! My Lord, ihr müsst mir glauben …«

Der Marquis ließ ihn nicht ausreden. »Lass uns hören, was er noch über diesen Menschen zu sagen hat.«

»Herzlichen Dank«, sagte Arian ironisch. »John wurde von dem Dämon dazu gebracht, seine Fähigkeiten einzusetzen. Dazu sollte man vielleicht wissen, dass John ein Engelseher ist. Kein besonders begabter und auch nicht trainiert, aber für die Pläne unseres Freundes hier reicht sein bescheidenes Talent.« Arian legte Nácar den Arm um die Schulter, als wären die beiden beste Freunde. »Ich hatte den Auftrag, die Angelegenheit aufzuklären, und bin dabei auf ihn gestoßen.« Er verschwieg wohlweislich, dass es ziemlich lange gedauert hatte, bis er hinter Johns Geheimnis gekommen war.

»Sieh mal an, wer hätte das gedacht …« Der Marquis musterte Arian mit neu erwachtem Interesse.

Juna hörte gebannt zu. Niemals hätte sie sich träumen lassen, dass ausgerechnet John ein wunderbares Talent wie das Engelsehen besaß. Wie schön es sein musste, seinen Schutzengel kennenzulernen. Iris hätte sich bestimmt über sie lustig gemacht, hätte sie ihr von diesem lang gehegten Wunsch erzählt.

»Wer ist Iris?«

Erschrocken hielt sie sich eine Hand vor den Mund. Alle drei sahen zu ihr. Arian ungläubig, der Marquis etwas ratlos und der Dämon in Seidenhosen eindeutig erfreut.

Arian unterdrückte den Impuls, zu ihr zu eilen. Irgendetwas musste mit ihr geschehen sein, sie konnte doch unmöglich ihre beste Freundin vergessen haben. Vielleicht hatte der Schock, ihren Tod mit ansehen zu müssen, einen teilweisen Gedächtnisverlust ausgelöst. Als hätte ihre Seele entschieden, indem sie ihn ignorierte, bliebe der Schmerz aus. In ihrer jetzigen Situation war dies möglicherweise ein Vorteil. Später wäre noch Zeit genug, ihr das zweifellos schreckliche Erlebnis behutsam ins Gedächtnis zurückzurufen. Jetzt gab es nichts, das er für sie tun konnte, ohne seine Mission zu gefährden. Er wandte sich von Juna ab. »Wie dem auch sei. Den Rest der Geschichte kennen wir.«

»Kannst du diese abenteuerlichen Behauptungen beweisen?« Nácar klang derart selbstzufrieden, dass er nicht bemerkte, wie sein Chef ihn musterte.

»Die Schutzengel leben noch.« Arian wusste, dass er sich mit seiner Behauptung auf unsicherem Terrain bewegte. Aber John hatte behauptet, die Engel wären nicht getötet worden. Stattdessen seien sie *an einen sicheren Ort* gebracht worden. Gesehen habe er diesen allerdings nie. Mehr war nicht aus ihm herauszubringen. Die tätowierten Male, mit denen er an den Dämon gebunden war, hatten sich als außerordentlich haltbar erwiesen und sogar der Magie der Feen widerstanden. Was für Arian ein weiterer Beweis gewesen war, wie weit Nácars Pläne bereits fortgeschritten waren. Er wusste inzwischen von dem peinlichen Verlust einer ganzen Legion, den Nácar zu verantworten hatte, und von dessen Ehrgeiz, diesen Makel nicht nur loszuwerden, sondern endlich selbst eine wichtigere Position in der Hierarchie der Unterwelt einzunehmen. Er habe es dem Marquis offenbar nie verziehen, dass er zu einem der mächtigsten Heerführer aufgestiegen war, obwohl er von Anfang an nichts anderes im Sinn gehabt hatte, als eines Tages wieder ins Elysium zurückzukehren, erfuhr Arian aus seinen Quellen. Dafür hatte er zwar ein paar Gefallen einfordern müssen, aber dies waren ihm die Informationen wert gewesen.

Während seiner Tätigkeit für die Vigilie war er immer wieder einmal gefallenen Engeln begegnet, die sich entschieden hatten, unter Menschen zu leben. Sie waren zwar gezwungen, sich verborgen zu halten, um der Aufmerksamkeit der Gerechten zu entgehen, aber Arian hatte nie den Auftrag erhalten, ihnen dieses bescheidene Glück zu nehmen. Und er sah auch keinen Grund dazu. Stattdessen hielt er lockeren Kontakt zu einigen und hatte immer mal wieder einen wertvollen Tipp bekommen.

Arian hatte lange geschwiegen und dabei Nácar nicht aus den Augen gelassen, der inzwischen unruhig von einem Fuß auf den anderen trat und schließlich die Stille unterbrach: »Wenn das alles war, dann würde ich jetzt gern wieder nach Hause gehen.«

»Etwas dagegen, wenn wir dich begleiten?«

»My Lord! Wirklich, das geht zu weit. Wo kommen wir denn da hin, wenn jeder dahergelaufene Grünschnabel in unserem Heim ein und aus gehen könnte?«

Der Marquis empfand wenig Sympathie für plumpe Anbiederungen. Er winkte seinen beiden Katzen, die inzwischen zurückgekehrt waren und das Schauspiel an Junas Seite neugierig verfolgten. »Ihr bringt die Kleine.« Dann legte er Arian die Hand auf die Schulter, dem er es hoch anrechnete, dass er bei dieser Berührung nicht einmal mit der Wimper zuckte. »Wollen wir?« Ohne eine Antwort abzuwarten, schickte er Nácar mit einer Handbewegung voraus und folgte ihm gemeinsam mit Arian in dessen Quartier.

Kurz darauf erschienen ZinZin und Bébête, in ihrer Mitte eine wachsbleiche Juna. Schnell wandte Arian den Blick ab. Es fiel ihm zunehmend schwerer, die Konzentration zu bewahren und nicht zu ihr zu eilen, um sie endlich in die Arme zu schließen.

»Wo sind wir hier?« Neugierig wanderte Juna um einen goldenen Vogelkäfig herum, der an einer langen Kette von der Decke des mittelalterlichen Gewölbes hing.

Auf einmal war der Marquis bei ihr, und ehe jemand reagieren konnte, hielt er sie an sich gepresst und küsste sie. Nácar gab einen erstickten Schrei von sich. In seiner Hand erschien eine Kugel aus Höllenfeuer, und schon holte er aus, um sie auf Juna zu werfen, da spürte er den kalten Stahl von Arians Schwert unter dem Kinn und erstarrte lange genug, um den Katzen Gelegenheit zu geben, sein Feuer an sich zu nehmen und es mit ihren Pfoten zu ersticken.

»Würdest du mir bitte erklären, was du da tust?« Arians Stimme blieb erstaunlich ruhig, dafür dass ihn die Eifersucht durchbohrte, als sei er in sein eigenes Schwert gestürzt.

Der blonde Dämon wandte sich langsam um und schob Juna von sich, die in ZinZins Arme floh. Er sah ins Leere und sagte schließlich: »Das wollte ich schon die ganze Zeit tun.«

Es war offensichtlich, dass Arians Geduld an einem sehr dünnen Faden hing. Deshalb verzichtete er auf weitere Kommentare – damit hätte er auch nur zugegeben, dass der Kuss für ihn irgendwann mehr als nur Mittel zum Zweck geworden war und er sich in der warmen Süße von Junas Mund hätte verlieren können. Für einen Herrscher der Unterwelt war dies eine beunruhigende Erfahrung, über die er jedoch später nachdenken würde. »Er hat ihr den Mund verschlossen.« Er wandte sich zu Juna um, und vielleicht war es ein Glück, dass Arian seinen Gesichtsausdruck nicht sehen konnte, als er sie erstaunlich sanft fragte: »Erinnerst du dich jetzt wieder?« Ohne eine Antwort abzuwarten, sprach er über seine Schulter weiter. »Du kannst ihn loslassen. Er wird sich brav hinsetzen und uns nicht mehr stören. Nicht wahr, mein Freund?«

Arian hatte die Szene mit wachsendem Ärger beobachtet und bemerkte erst jetzt, dass Blut über seine Hand lief. Angeekelt stieß er den Dämon von sich.

Nácar stolperte, fing sich jedoch rasch wieder. »Jawohl, My Lord!« Er schlurfte zu einer hölzernen Bank und ließ sich darauf nieder.

»So, Kleine, und jetzt erzähl uns, was du weißt.«

Juna berichtete, wie Nácar Iris getötet hatte. Dabei liefen ihr Tränen über die Wangen, und Arian sehnte sich danach, seine Geliebte zu halten, sie zu streicheln und ihre Tränen fortzuküssen, bis sie ihm dieses gewisse Lächeln schenkte, das ihn hoffen ließ, er werde dank ihrer Hilfe sein Herz wiederfinden.

»Und wo sind die Engel?« Der Marquis war zunehmend ungeduldiger geworden; und seine Frage kam schärfer als beabsichtigt. Gelinde gesagt wäre es sehr unglücklich, wenn man die Gefangenen nicht schnell fände. Ihre Überlebenschancen in Gehenna waren nicht besonders gut, und er würde sich für jeden einzelnen Tod verantworten müssen. Es gab wenige Tabus in seiner Existenz, aber Schutzengel gehörten dazu. Sie wurden von allen anderen als jüngere

Geschwister behandelt, und jeder, ob gefallen oder nicht, fühlte sich auf seltsame Art für sie verantwortlich. Außerdem war Nácar sein Vasall, und er trug Verantwortung dafür, dass seine Leute ordentliche Arbeit leisteten und keine eigenen Wege gingen. Schon deshalb war er es eigentlich, der Arian einen Gefallen schuldete.

Aber so weit ging sein Gerechtigkeitssinn nicht, dass er dies freiwillig zugegeben hätte. Mit der Erfüllung seiner Wünsche war dieser merkwürdige Engel gut bedient, befand er und schob alle weiteren Zweifel beiseite.

Juna hatte keine Ahnung, wo der Dämon seine Gefangenen untergebracht hatte. Doch dann erinnerte sie sich, wie Nigella auf ihre Frage nach der geheimnisvollen Tür reagiert hatte. Sie stand auf und drehte sich langsam um sich selbst, um den Raum noch einmal in sich aufzunehmen. Da! Dort hinten konnte es sein.

Juna lief quer durch die Halle, ihre felinen Begleiterinnen folgten ihr lautlos. Doch was sie für eine Tür gehalten hatte, entpuppte sich als Gemälde. Im Zwielicht war wenig zu erkennen, aber auf dieser Seite musste es sein, sollte ihre Erinnerung sie nicht trügen. Zweifel keimten in ihr, als sie an die Lichtlandschaft im Palast des Marquis dachte.

»Du schaffst das!«

Sie sah sich um.

ZinZin grinste.

»Meinst du?« Sie erwiderte die Sympathiebekundung mit einem zaghaften Lächeln. »Natürlich.« Abrupt blieb sie stehen. »Sieht dies nicht nach einer richtigen Tür aus?«

»Und ob! Dahinter verbirgt sich etwas.« Damit machte die Katzenfrau kehrt und rannte zu ihrem Herrn.

Wenig später stand er neben Arian vor der verschlossenen Tür. Juna hatten inzwischen vergeblich daran gezogen. Ein Schloss gab es nicht.

Der Marquis lauschte, sein kaltes Lächeln berührte kaum die Lippen, bevor er die Hände hob und die Tür regelrecht explodieren ließ. Den Anblick, der sich ihnen dahinter bot, würde Juna niemals vergessen: In mehreren Reihen hingen dort Schutzengel nebeneinander. Eingeschnürt wie Pakete und damit fast bis zur Unkenntlichkeit entstellt, war das einzige deutlich sichtbare Merkmal einer Ordnung die Farbe ihrer Haut. Es begann ganz vorn, mit wächsernem Weiß, und endete mit einem Bündel aus Ebenholz.

»Endlich!« Arian schloss sie in die Arme, und Juna weinte die ihr verbliebenen Tränen.

»Rührend. Aber wir haben noch zu tun«, meinte der Marquis. »Die Angelegenheit bedarf keines großen Publikums. Hier wird jede Hand benötigt, um diese bedauernswerten Kreaturen freizuschneiden.«

Er verteilte scharfe Messer, und zu dritt begannen sie, die Schutzengel zu befreien, während sich ZinZin und Bébête um alles Weitere kümmerten. Als Juna glaubte, ihren Arm vor Schmerzen kaum noch anheben zu können, fragte sie sich, warum der Dämonenfürst, der an ihrer Seite verbissen Seil für Seil durchsäbelte, nicht einfach einen magischen Trick anwandte, um die Verschnürungen zu lösen.

Sie spürte seinen Atem an ihrem Hals, als er flüsterte: »Magie bleibt niemals unbemerkt. Je weniger dort draußen erfahren, was hier geschieht, desto besser für alle Beteiligten.«

Okay, dachte Juna. *Also kein Zauber. Aber Nigella könnte doch eigentlich auch helfen.*

Offenbar hatte der Kuss zwar genügt, um den Fluch von ihr zu nehmen, aber ihr Gehirn war immer noch weit davon entfernt, normal zu funktionieren. Anderenfalls wäre sie bestimmt nicht allein auf die Suche gegangen. Bébête war die Einzige, die ihr Verschwinden zu bemerken schien. Lautlos folgte sie ihrer Spur.

Juna durchquerte den Kreuzgang und all die anderen Illusionen, die Nácar geschaffen hatte, bis sie schließlich die Bauernküche erreichte, in der sie sich sicher und beschützt gefühlt hatte – bis der Dämon auch diesen Frieden mit seinem unerwarteten Auftauchen zerstören musste. »Nigella!« Juna flüsterte den Namen der Fee, die wie eine zerbrochene Puppe auf dem Boden lag. Die gebrannten Fliesen hatten einen Großteil des Blutes aufgesogen, das aus den zahllosen Wunden gesickert war. Bébête, die sich hinter ihr versteckt hielt und nur sehr zögerlich über Junas Schulter schaute, gab einen Klagelaut von sich, und Juna erwachte aus ihrer Starre. Sie hockte sich neben die Fee und weinte lautlos; sie merkte nicht, dass die Katzenfrau davonlief. Wollte dieser Tag denn niemals enden?

»Welch eine Verschwendung.« Der Marquis strich Bébête, die ihren Kopf an seiner Schulter rieb, über den Rücken und schob sie dann beiseite. »Das war sehr brav von dir.«

»Wer ist sie?« Arian war näher gekommen. Er hob Juna auf und stützte sie, bis ihre Beine sie wieder trugen.

»Nácars Apprentice. Eine Wasserfee, soweit ich weiß. Er muss verrückt geworden sein. Unbeschädigt wäre sie ein Vermögen wert.«

Es wird Cathure das Herz brechen! Juna dachte daran, wie glücklich Nigella gewesen war, als sie das Amulett ihres Geliebten bei ihr entdeckt hatte.

»Was hat ...« Begreifen zeichnete sich auf Arians Gesicht ab. Er musste ihre Gedanken gehört haben. *Still! Sag kein Wort.* Arian kniete nieder und untersuchte den mageren Körper am Boden. »Sie lebt! Schnell, wir brauchen Wasser!«

Wie durch einen Schleier beobachtete Juna, wie er die Fee auf den Tisch legte, ZinZin sie entkleidete und ihren geschundenen Körper ohne Rücksicht auf ihre eigene Scheu vor Wasser mit einem Schwamm reinigte.

»Es gibt hier irgendwo einen Pool.« War das ihre eigene Stimme? Jedenfalls musste außer ihr noch jemand die Worte gehört haben, denn das Nächste, was sie sah, war Nigellas schmaler Körper, der im blaugrünen Wasser eines Bassins schwebte. Und dann hörte sie Arian ganz nah an ihrem Ohr sagen: »Ich liebe dich.«

»Rührend. Es wird noch eine Weile dauern, bis sie wieder zu gebrauchen ist. Überlass das meinen Kätzchen. Uns bleibt wenig Zeit, bevor die Anwesenheit der Engel von irgendjemandem entdeckt wird. Und ich fürchte, wir haben ein kleines Logistikproblem.«

»Du hast Recht. Was kann ich tun?«

»Nichts. Wenn ich euch hier herausschaffen soll, dann geht das nur, indem ich euch auf die andere Seite hole.«

»Und wie willst du dorthin gelangen?«

»Meinst du die Frage ernst?« Der Marquis klang belustigt.

»Wir können Nigella doch nicht hierlassen.« Juna sah Arian entsetzt an.

Er legte die Hand an ihre Wange. »Vertrau mir!«

»Ahriman, schütze mich vor den Liebenden!«, sagte der Marquis. Damit war er verschwunden.

»Und jetzt?« Kaum hatte Juna diese Frage ausgesprochen,

360

da schien etwas an ihr zu ziehen. Sie klammerte sich an Arian, der die Arme um sie legte und ihr zuflüsterte: »Hab keine Angst, ich bin bei dir.«

Kaum waren seine Worte verklungen, hüllte sie ein schwereloses Nichts ein.

Aus der Ferne hörte Juna Stimmen: »Du schuldest mir ein bisschen mehr als das. Diese Fee ist eine voll ausgebildete Apprentice. Hast du eine Ahnung, was sie wert ist?«, fragte der Marquis. Er gab einen abfälligen Laut von sich, bevor er weitersprach. »Natürlich nicht. Du weißt nichts. Gar nichts.«

Arians kontrollierte Stimme antwortete ihm. »Und ich hätte schwören können, dass du damals alles dafür gegeben hättest, wieder aufgenommen zu werden.«

»Erstens war das vor deiner Zeit, es ist längst Geschichte. Und zweitens …« Der Dämon lachte. »Du willst doch selbst so schnell wie möglich wieder zurück in den Schoß der Familie. *Vom Himmel hoch da komm ich her!* Das gilt wohl kaum für den Sohn von …«

Metall traf auf Metall. Juna fror. Lieferten die beiden sich etwa einen Schwertkampf?

»Lass es, Arian. Gegen mich hast du keine Chance.«

Ihre Stimmen entfernten sich, und die Kampfgeräusche verstummten. Plötzlich aber klang der Dämon wieder ganz nah.

»Also gut, ich mache dir einen Vorschlag: Du übernimmst Nácars Job, und ich vergesse, dass du einen meiner Generäle kaltgestellt hast. Nein? Wenn du willst, können wir die Sache auch vor dem Tribunal klären. Dann hat deine Kleine allerdings nichts zu lachen, das verspreche ich dir.«

»Du hast mir dein Wort gegeben.«

»Aber ja. Solange sie lebt, soll niemand von uns ihr ein Leid antun, sofern ich es verhindern kann. Lies mal das Kleingedruckte.« Der Marquis lachte.

»Gib mir Zeit.«

»Warum sollte ich das tun?«

»Weil ich über deine Beteiligung an den Ereignissen schweigen werde.«

»Okay. Sprich weiter.«

»Die Seelen der ermordeten Schutzengel kann nur *ich* freisetzen.«

»Also gut. Bis zur Tag-und-Nacht-Gleiche hast du Zeit. Dann trittst du deinen Dienst an.« Ein Rauschen war zu hören, das nur von den Flügeln eines Engels stammen konnte. *Oder eines verstoßenen Engels,* korrigierte sich Juna.

»Einen Rat noch: Lass die kleinen Biester lieber ganz schnell frei. Sonst hast du bald die ganze Pracht des kosmischen Chaos in deiner guten Stube.« Er klang, als bereite ihm diese Idee großes Vergnügen. »Nett hier, übrigens. Es wird mir eine Freude sein, wie versprochen über deine Kleine zu wachen, während du meine Heerscharen zu neuen Siegen führst.«

Das Lachen des Dämons jagte eisige Schauer durch Junas Körper. Sie lauschte, aber sosehr sie sich bemühte, außer ihrem eigenen Atem war nichts mehr zu hören.

Irgendwann musste sie vor Erschöpfung eingeschlafen sein, denn das Nächste, was sie wahrnahm, waren Fingerspitzen, die über ihr Gesicht strichen. Juna schlug die Augen auf und sah Arians Lächeln. »Wie geht es dir?«

Erstaunlicherweise fühlte sie sich gut. Hungrig und sehr

neugierig darauf, was inzwischen passiert war. Als sie ihm das sagte, lachte Arian. »Dir kann geholfen werden. Rühr dich nicht von der Stelle!« Und fort war er.

Erleichtert stellte Juna fest, wo sie sich befand. Die großen Fenster, davor die Dachterrasse und natürlich der Blick über Glasgow … alles bewies, dass sie ins Diesseits zurückgekehrt waren. Sie lief dann doch schnell ins Bad, aber als er zurückkam, saß sie, die Bettdecke bis ans Kinn gezogen und mit einem Handtuchturban, unter dem sich ein paar feuchte Haarsträhnen hervorringelten, in seinem riesigen Bett und sah ihm erwartungsvoll entgegen. »Wie lange habe ich geschlafen?«

»Ewig.« Er lachte, als er sah, wie sich ihre Stirn in Falten legte. »Einen ganzen Tag lang. Aber das war auch nicht anders zu erwarten. Der Marquis hat dich für die Rückkehr in eine Art Trance versetzt.«

»Dann habe ich diese schrecklichen Dinge also nicht geträumt?«

Mitfühlend sah er sie an. »Nein, das hast du nicht.«

»Wie hast du mich überhaupt gefunden?« Sie biss in ein mit Honig bestrichenes Brötchen und seufzte. »Ist das Ambrosia?«

»Welche Frage möchtest du zuerst beantwortet haben?« Arian lachte, doch schnell wurde er wieder ernst. »Du hast mich gerufen.«

»Das konntest du hören?«

»Es war dein Feuer, das mich auf die richtige Fährte gebracht hat. Anfangs hatte ich keine Ahnung, ich wusste ja nichts von deinem kleinen Geheimnis. Aber Cathure wusste es. Erdwesen sind gut darin, die Elemente anderer zu erkennen. Und als erst einmal klar war, dass du irgendwie eine

Möglichkeit gefunden hattest, dein eigenes Feuer über mich zu verstärken …«

»Ich habe was getan?« Juna stellte die Teetasse so heftig ab, dass ein See auf der Untertasse entstand. »Willst du damit etwa sagen, ich hätte dich … angezapft?«

»Nicht ganz. Erinnerst du dich daran, wie du gesagt hast, Engel- und Höllenfeuer kämen aus der gleichen Quelle?«

Sie nickte. »Dann stimmt es also?«

»Zumindest liegt die Vermutung nahe. Ist dir nicht aufgefallen, dass dein Feuer stärker geworden ist?«

Juna dachte an den Angriff der Satyrn und nickte.

»Das dachte ich mir. Offenbar ist dir der Zugang zur Quelle über mich leichter gefallen, und da bist du eben diesen Weg gegangen. Als mir dies klar wurde, musste ich dir nur noch folgen.«

»Aber ich tue das nicht mit Absicht.« Juna erzählte ihm von den Problemen, die sie bereits als Kind gehabt hatte. »Jedes Mal, wenn ich aufgeregt war, fing irgendetwas an zu brennen.« Der Schrecken war ihr noch immer anzusehen. »Mein Großvater hat mir schließlich beigebracht, wie ich meine Emotionen im Griff behalten kann. Es klappt leider nicht immer.«

Liebevoll sah Arian sie an. »Und ich habe mir eingebildet, ich hätte dich vor dem Zugriff des Gerechten geschützt. Das warst du ganz allein.«

»Wenn deine Theorie stimmt, waren wir beide daran beteiligt.« Sie presste sich die Finger auf die Lippen. »Darum hat er mich so angesehen. Er muss es gewusst haben. Ich hätte niemals geglaubt, dass ich so etwas sagen würde, aber ich bin froh, dass er unser Geheimnis nicht mehr ausplaudern kann.«

»Was bringt dich auf diese Idee?«

»Ich dachte …«

»… dass ich ihn getötet habe? Nein. Aber vielleicht hätte ich es besser tun sollen.« Er blickte aus dem Fenster. Nach einem heftigen Regen schob sich jetzt die Sonne hinter prächtigen Wolkentürmen hervor und fand ihren Weg in das Apartment, wo sie das Weiß in einem feuerroten Licht erstrahlen ließ. Eine Vorahnung ließ ihn erschauern. Er zwang sich zu einem Lächeln. »Ich werde dir zeigen, wie man das Feuer bewusst einsetzen kann.« Und er würde herausfinden, woher diese Fähigkeit überhaupt stammte. Engelseher waren gefürchtet, weil sie, wie John, eine Gefahr für seine Art darstellten. Von einem Seher mit Junas zweiter Begabung hatte er noch nie gehört. *John.* Noch so eine Sache, die geklärt werden musste.

»Was ist mit meinem Bruder?«

Und hier kam schon die nächste Frage. Warum konnten sie gegenseitig ihre Gedanken hören? Er suchte so viele Antworten, und keine davon würde man ihm umsonst geben. »Es geht ihm gut.«

Juna war sich nicht sicher, ob sie sich über diese Nachricht freuen sollte. Den Augenblick ihrer Entführung würde sie nie vergessen − als es seine einzige Sorge gewesen war, wie er freikommen konnte, während sie gerade von einem Dämon verschleppt wurde. »Ich hoffe, er kann keinen Schaden mehr anrichten. Er ist zwar mein Bruder, aber es ist so ungerecht. Er lebt, und Iris …« Sie konnte nicht weitersprechen.

Arian stellte das Tablett beiseite und nahm sie in den

Arm. »Dort, wo sie jetzt ist, geht es ihr nicht schlecht.« Zumindest hoffte er, dass es so war – niemand wusste genau, wohin die Seelen getöteter Engel gingen, wenn sie einmal in Ungnade gefallen waren. Und dass Iris kein normaler Schutzengel gewesen war, daran zweifelte er nicht. Arian bedauerte nun, sich nicht eher und intensiver mit Junas himmlischer Begleiterin beschäftigt zu haben. Es gab so einiges, was er sie gern gefragt hätte, allem voran die Frage nach ihrem Auftraggeber. Wer hatte es für erforderlich befunden, Juna ganz besonderen Schutz zuteil werden zu lassen? Dafür war es nun zu spät, doch er würde den gleichen Fehler nicht noch einmal machen.

Stattdessen nahm er sich vor, die ihm verbleibende Zeit mit seiner tapferen Engelseherin zu nutzen, und Küssen gehörte unbedingt dazu. Was als Trost für sie gedacht war, wurde zu Balsam für seine eigene Seele. Sie öffnete sich ihm vertrauensvoll, und es dauerte nicht lange, bis sie seine Leidenschaft hungrig erwiderte.

Engel haben kein Schamgefühl, dachte Juna ein paar Stunden später und sah Arian nach, wobei sie auch nicht viel davon zeigte, denn sie konnte sich kaum vom Anblick seines Hinterns losreißen. Ihr kam eine Idee. Schnell schwang sie die Beine aus dem Bett.

Im Bad befand sich eine riesige Wanne, die sie bereits bei ihrem ersten Besuch liebend gern ausprobiert hätte. Wenn sie schon mit einem gefallenen Engel in *Sünde* lebte, warum sollten sie dann nicht auch um zwei Uhr morgens Champagner trinken? Sie hatte sich noch nicht an das hüllenlose Herumspazieren in einer fremden Wohnung gewöhnt. Zwar konnte niemand von außen in das Penthouse sehen – ein eindeutiger Vorteil, wenn man im höchsten Haus der Stadt residierte. Aber Gabriel beispielsweise konnte jederzeit auf der Terrasse auftauchen. Es wäre nicht das erste Mal. Also streifte sie Arians Morgenmantel über, der ihr beinahe bis zu den Fußknöcheln reichte, und krempelte die viel zu langen Ärmel auf. Vielleicht sollte sie auch ein paar Kerzen suchen, um die passende Atmosphäre zu schaffen und sich damit ins rechte Licht zu setzen.

Arian hatte ihr zwar in den letzten Stunden mehr als einmal gesagt und gezeigt, wie begehrenswert er sie fand, aber sie hätte schon die eine oder andere Stelle ihres Körpers benennen können, die in ihren Augen alles andere als perfekt war. Dabei stellte sie sich vor, wie er den Knoten des Gürtels löste, den weichen Stoff von ihren Schultern schob und sie schließlich einer Meergöttin gleich in den duftenden Schaum der in ein Podest eingelassenen Badewanne stieg.

In diesem Augenblick klingelte es an der Wohnungstür. Sie besaß die Geistesgegenwart, durch den Spion zu blicken, bevor sie öffnete, denn außer dem Hausmeister und Cathure besaß niemand den Schlüssel, um den Aufzug bis zum Penthouse nutzen zu können.

Vor der Tür standen zwei Männer mit einer riesigen Kiste. *Ein Sarg?* An der Wand hinter ihnen lehnte der Marquis. Von Kopf bis Fuß schwarz gekleidet, die Hände in den Hosentaschen vergraben, sah er sie direkt an und zwinkerte ihr zu.

Juna drehte sich um und rief: »Arian, komm schnell.«

15

Vier Monate später

Etwas Schweres lag auf Junas Füßen. Sie wackelte mit den Zehen und erhielt als Antwort ein dunkles Brummen. Wie jede Nacht hatte sich Finn am Fußende ihres Bettes eingerichtet. Und warum auch nicht? Seit Arian fort war, gab es genügend Platz für ein halbes Dutzend einohrige Setter.

Am Tag nach Arians Aufbruch in eine ungewisse Zukunft hatte Finn offenbar beschlossen, die Leitung des Haushalts zu übernehmen. Und anfangs war Juna so sehr mit ihrer Trauer beschäftigt gewesen, dass ihr alles gleichgültig gewesen war. Inzwischen nahm sie seine Einmischung in ihr Leben, wie viele andere Dinge, einfach hin.

»Aufstehen!«

Diesen Befehl kannte Finn. Er sprang aus dem Bett, lief zur Terrassentür und blieb schwanzwedelnd davor stehen.

»Du willst raus? Warte, ich ziehe mir nur etwas an.«

Arian hatte Finn und Juna nahezu jeden Tag zu langen Spaziergängen in den Highlands mitgenommen, und seither dachte der Hund offenbar, Juna könnte ihn auch ohne ihren himmlischen Begleiter von der Dachterrasse unmittelbar in die freie Natur transportieren.

Allein Finn war es zu verdanken, dass die essentiellen Dinge in ihrem Leben noch funktionierten. Seine Bedürfnisse gaben ihren Tagen Struktur und hielten sie zumindest in Bewegung. Wäre es nach Juna gegangen, sie hätte sich ins Bett gelegt und versucht, die Zeit bis zu Arians Rückkehr mit Schlafen zu überbrücken. Dass er zurückkommen würde, daran hatte sie keinen Zweifel.

Ihr Verhältnis zu Cathure war lange Zeit merkwürdig gewesen. Arian erklärte es damit, dass Feen grundsätzlich Schwierigkeiten hatten, ihre Dankbarkeit zu zeigen. Zusammen mit zwei Gehilfen hatte der Marquis Nigella in einem Karton bis vor ihre Haustür geliefert und es Arian und Juna überlassen, Cathure die frohe Nachricht zu überbringen.

Immerhin hatte der Feenprinz im Laufe der darauffolgenden Wochen so viel verlauten lassen, dass sich Nigella inzwischen weitgehend erholt hätte und fortan unter Cathures persönlichem Schutz stünde. Danach hörte sie nichts mehr von ihm.

Als ahnte er, was in Juna vor sich ging, war Cathure vor wenigen Wochen bei ihr erschienen und hatte verkündet, es sei an der Zeit, die Grundregeln der elysäischen Welt zu erlernen. Deshalb hätte er jemanden für sie engagiert.

Es stellte sich heraus, dass ihre Lehrerin Sirona ebenfalls mit einem gefallenen Engel liiert war. Viel Neues wusste sie indes nicht zu berichten, doch sie zeigte sich bei jedem Treffen gut gelaunt, und die Lehrstunden endeten mit Gesprächen über die neueste Popmusik oder die günstigen Angebote in den Boutiquen der *Buchanan-Galerie*.

Trotz ihrer grundverschiedenen Interessen erwuchs aus den regelmäßigen Treffen eine Freundschaft, und Juna erfuhr, dass Sirona noch mehr Menschen mit dem gleichen Schicksal kannte. Ihre quirlige Tutorin war es auch, die ihr half, das Leben schließlich doch wieder selbst in die Hand zu nehmen.

Ihr Großvater war bald nach Abschluss ihres Abenteuers im Sommer aus Kanada zurückgekehrt, und obwohl sie nicht verstehen konnte, warum er dermaßen reserviert auf Arian reagiert hatte, war sie dennoch davon ausgegangen, dass sie ihm weiter in der Praxis helfen würde.

Doch er hatte offenbar andere Pläne und stellte einen jungen Tierarzt ein, was er damit begründet hatte, dass Juna zu emotional für diesen Beruf sei. Sie erkannte ihn nicht wieder und war tief getroffen.

Arians Versuche, sie zu trösten, waren allesamt vergeblich gewesen. Der Großvater war alles, was ihr von der Familie geblieben war, und sie trauerte um seine verlorene Freundschaft wie um den Tod eines geliebten Menschen.

Juna bewunderte, wie gelassen Arian Duncan MacDonnells kaum verborgene Feindseligkeit hinnahm. Sogar als dieser vorgab, nichts über Junas Mutter zu wissen, drängte er den alten Mann nicht weiter. Seine Enkelin war da weniger rücksichtsvoll, aber er behauptete, sich nicht mehr erinnern zu können. Schließlich gab sie es auf, weiter nachzufragen, obwohl sie wusste, dass er der unbekannten Frau wenigstens einmal begegnet sein musste. Auch ihr Vater, der nun wirklich mehr hätte wissen müssen, sagte nichts von Bedeutung. Sie glaubte beiden kein Wort.

Inzwischen arbeitete Juna aushilfsweise in einer örtlichen Tierklinik oder für die Tierrettung. Das Geld, das sie dafür erhielt, reichte aus, die wichtigsten materiellen Bedürfnisse ihres Lebens zu befriedigen. Dazu brauchte es nicht viel, denn die Wohnung mit allem Drum und Dran kostete sie nicht einen Penny, und der Kühlschrank war ebenso gut gefüllt wie ihr Kleiderschrank. Sironas Einkaufsleidenschaft sorgte für beides. Obwohl sich Juna immer wieder dagegen zu wehren versuchte, ignorierte die neue Freundin ihre Einwände und stand mindestens einmal pro Woche mit gefüllten Tüten vor ihrer Tür.

»Ich habe genug Geld, und es macht mir Freude. Was bleibt mir denn sonst …?«, sagte sie und schaute dabei so traurig und verloren, dass Juna es einfach nicht übers Herz brachte, etwas zurückzugeben, obwohl sie durchaus ahnte, dass hier jemand ihre weiche Seite inzwischen sehr gut kannte.

»Wo hast du diesen Wagen aufgetan?« Es war früher Morgen, und Juna warf ihre Reisetasche auf den Rücksitz, weil Finns Körbchen neben einem riesigen Koffer den gesamten Gepäckbereich einnahm. Sie stieg in einen lackschwarzen SUV, um mit Sirona nach London zu fahren. »Der riecht ganz neu.«

»Ist er auch!« Sirona klang zufrieden. »Mein *Engel* meinte, wenn ich schon nicht fliegen wolle«, sie kicherte, »dann sollte es sich zumindest annähernd so anfühlen.«

Sie nannte ihren Freund niemals beim Namen, und Juna hatte den geheimnisvollen irdischen Engel auch noch nie getroffen. Er sei sehr beschäftigt, behauptete Sirona, und es fand sich immer wieder ein neuer Grund, warum er gerade verhindert war. Besonders wild auf eine Begegnung war Juna allerdings ohnehin nicht. Je weniger sie an Engel dachte, desto besser für ihr Seelenheil.

»Warum hast du eigentlich solche Flugangst?« Juna legte den Gurt an und lehnte sich in dem bequemen Sitz zurück. Anders als in ihrem kleinen Auto konnte sie hier sogar die Beine ausstrecken. Luxus hatte manchmal schon etwas für sich.

»Machst du Witze?« Nachdem sich Sirona in den Berufsverkehr eingefädelt hatte, warf sie ihr einen grimmigen Blick zu. »Nichts gegen ein Business-Class-Ticket nach Paris, aber mit ihm? Das muss nicht sein. Erzähl mir nicht, dass du gern fliegst!«

»Na ja, es gibt bequemere Arten zu reisen, als sich an jemanden festzuklammern, während der wie ein Geschoss durch die Wolken zischt.« Sie erinnerte sich an ihren ersten Flug mit Arian.

Und an den Kuss. *Trotz der Dunkelheit sah sie deutlich, wie sich sein Kopf langsam zu ihr herabsenkte, nahm das Kitzeln wahr, das seine dunklen Haare ausgelöst hatten, sobald sie ihre Haut berührten.*

Als ihre Lippen eine sanfte Berührung spürten, reagierte sie im ersten Augenblick überhaupt nicht. Doch es dauerte nicht lange, und eine Flut verstörender Gefühle durchströmte sie, erhitzte ihren Körper und weckte ihn aus seinem Dornröschenschlaf. Instinktiv schmiegte sie sich an ihn, als habe sie eine Ewigkeit auf diesen Kuss gewartet. Arian strich ihr Haar beiseite, legte eine warme Hand in ihren Nacken und zog sie noch näher zu sich heran. Sie seufzte in seine geöffneten Lippen hinein, und irgendetwas schien in ihm zu brechen.

»Arian!«

»Juna, ist alles in Ordnung?«

Nichts war in Ordnung. Rasch wischte sie sich mit dem Handrücken über die Augen. »Natürlich. Es ist nur … Könntest du die Lüftung etwas runterdrehen?«

»Klar!«, sagte Sirona trocken und schaltete die Klimaanlage umständlich aus.

Bis zum ersten Halt nördlich des Lake District sprachen sie nicht mehr viel, jede hing ihren eigenen Gedanken nach. Dann übernahm Juna das Steuer, und weil es ihr an Erfahrung mangelte – bisher hatte sie noch nie eine so weite Strecke mit dem Auto zurückgelegt –, konzentrierte sie sich lieber auf den Verkehr. Und selbst als Sirona wieder selbst fuhr, nachdem sie Birmingham passiert hatten, plauderten sie nur über belanglose Dinge.

Bevor sie London erreichten, machten sie eine letzte Pause, damit Finn noch ein bisschen laufen konnte. Eine Großstadt war kein Vergnügen für einen Hund wie ihn.

»Da sind wir.« Sirona stellte den Motor ab, und die darauf folgende Ruhe war eine Erleichterung. »Die schicken Häuser sind alle ausgebucht, ich hoffe, es macht dir nichts aus, dass wir hier wohnen. Dieses Hotel liegt ja immerhin sehr zentral, und ehrlich gesagt«, sie zwinkerte ihr zu, »mag ich es auch lieber etwas einfacher.«

Kurz zuvor waren sie an mehreren eleganten Geschäften vorbeigefahren, und Juna konnte sich denken, warum ihre kaufsüchtige Freundin diese Gegend so sehr schätzte.

Als *einfach* konnte man das Hotel nicht bezeichnen. Ein Doorman begrüßte sie höflich, wobei er den Zylinder zog. Das Gepäck werde ihnen gebracht, versprach er, öffnete die Tür in ein warm erleuchtetes Foyer und warf den Autoschlüssel einem livrierten Jüngling zu, der ihren Wagen mit einer Miene musterte, die nahelegte, dass er üblicherweise Bentleys parkte und selten Mittelklassewagen mit Vierradantrieb, wie sie die Klientel vom Lande fuhr.

»Willkommen zu Hause!«, sagte Juna mehr zu sich selbst und bereute es beinahe schon, nach London gekommen zu sein. Zu viele Dinge erinnerten sie an die weniger glücklichen Jahre ihrer Jugend.

Ihre Zimmer lagen zum Glück nebeneinander, und Sirona klopfte schon wenige Minuten, nachdem sie in ihrem verschwunden war, an Junas Tür. »Ich springe noch einmal zu Harrods rüber. Möchtest du mitkommen?«

Sie mochte nicht. Juna fühlte sich überhaupt nicht wohl. Genau diese Welt hatte sie mit ihrem Umzug nach Glasgow hinter sich lassen wollen – und ein Besuch in dem zugegebenermaßen faszinierenden Luxuskaufhaus gehörte genau zu den Dingen, die sie früher am meisten gehasst hatte, weil er bedeutete, dass wieder einmal eine neue Schuluniform fällig war. Ihre Stiefmutter hatte dabei jedes Mal einen Weg gefunden, etwas Abfälliges über Junas Figur oder Haltung zu äußern. Da half es auch nichts, wenn die Schneiderin ihr zuflüsterte, sie sei sehr hübsch und *der Rest* käme schon noch. Genau die richtige Bemerkung, um einen unsicheren Teenager aufzumuntern, für den *platte Bohnenstange* noch das Netteste war, was die Mitschülerinnen über sie zu sagen hatten. Die Schneiderin hatte zwar Recht behalten, und Arian schien nichts an ihrer schlanken Figur auszusetzen zu haben, aber das hatte sie damals nicht wissen können.

Juna verdrängte die Erinnerungen und bemühte sich, den scharfen Schmerz zu vergessen, der ihre Brust eng werden ließ, sobald sie an Arian dachte. Sie versuchte ein Lächeln. »Ich bin ziemlich erschöpft.«

Sirona war das Wechselspiel ihrer Miene vermutlich nicht entgangen, denn sie sagte ungewohnt sanft: »Kein Problem. Leg dich ruhig etwas hin. Diese informellen Treffen sind immer anstrengender als die eigentliche Veranstaltung, findest du nicht auch?«

Juna hatte keine Ahnung, was Sirona meinte, und als sie Finns Wassernapf füllte, dachte sie, dass es nicht verkehrt gewesen wäre, sich genauer nach dem Anlass für ihre Reise zu erkundigen. Um irgendwelche Veranstaltungen zu besuchen, die zum Stil ihrer Freundin passten, hatte sie keine geeignete Kleidung eingepackt – eigentlich besaß sie entsprechende Garderobe nicht einmal. Schon in der Hotellobby hatte sie sich gefühlt, als klebte ein Schild mit dem Wort *Landei* auf ihrer Stirn. Und etwas zu sagen hatte sie auch nicht gewagt, damit nur niemand den schottischen Akzent hörte, über den sich ihre Mitschüler früher ständig lustig gemacht hatten.

Sirona dagegen machte sich ganz offensichtlich keine Gedanken um solche Dinge. Sie sprach im breitesten Dialekt der Glaswegians und hatte die Empfangschefin entlang ihrer Nasenspitze hochmütig angesehen, als diese mehrfach nachgefragt hatte, weil sie ihren Namen nicht verstehen konnte. Schließlich hatte ihre Freundin eine dieser Kreditkarten mit spitzem Finger über den Tresen geschoben, von denen Juna wusste, dass sich jedem ihrer Inhaber so ziemlich alle Türen die Welt öffneten.

Der weitere Check-in war dann reibungslos verlaufen, und ihr Gepäck hatte bereits in den Zimmern gestanden, als ihnen ein sehr höflicher Hotelangestellter die Türen öffnete. Sogar der Hundekorb war aufgebaut worden, und Finn hatte sich sofort hineingekuschelt, als wäre er während der gesamten Autofahrt nicht zum Schlafen gekommen.

Juna machte sich Vorwürfe, ihn überhaupt mitgenommen zu haben. Aber sie fand, sie sei es Iris schuldig, sich um ihn zu kümmern, und wenn sie ganz ehrlich war, fühlte sie sich inzwischen sogar regelrecht einsam, wenn sich ihr pelziger Begleiter außer Sichtweite befand.

Nun, da er schlief, setzte sie sich mit gekreuzten Beinen aufs Bett und machte ihre täglichen Entspannungsübungen. Danach fühlte sie sich besser und verzichtete zugunsten einer ausgiebigen Dusche darauf, sich hinzulegen. Sie war gerade dabei, ihre Haare zu frottieren, als ihr Telefon klingelte.

»Könntest du mal rüberkommen, ich brauche dringend deinen Rat.«

Sirona klang sehr aufgeregt, und Juna wickelte rasch ein Handtuch um den Kopf, ermahnte Finn, der verschlafen den Kopf gehoben hatte, brav zu bleiben, und lief über den Gang.

»Ach, da bist du ja. Guck dir das an, wie soll man sich da entscheiden?«

»In der Tat.« Juna blieb wie angewurzelt stehen. »Willst du einen Modesalon eröffnen?«

Mitten in der großzügigen Suite stand eine rollbare Kleiderstange, die sich unter ihrer Last bog. Auf Sofa und Tisch waren zahllose Schuhkartons verteilt, und dazwischen stand neben einer monströsen Bonbonniere und Obst auch Champagner, von dem Sirona ihr ein Glas anbot.

»Nein, danke.« Juna nahm einen Apfel und biss hinein. »Du brauchst also meinen Rat?«, fragte sie mit vollem Mund. »Was für eine Veranstaltung ist es eigentlich, die du besuchen willst?«

»Das Jahrestreffen der Vertriebenen.«

Juna verschluckte sich und hustete.

Sirona reichte ihr eine Serviette. »Und nicht *ich* werde sie besuchen, sondern *wir*. Du wirst mich begleiten.«

»Von wo, bitte schön, bist du vertrieben worden? Aus

einem Beauty Salon? Oder nein, lass mich raten. Du bist doch nicht etwa aus dem St.-Andrews-Golfclub geflogen?« Juna hielt sich die Serviette vor den Mund und kicherte. »Schockierend!«

»Es gibt keinen Grund, so sarkastisch zu werden. Nicht *wir* wurden vertrieben, wie du sehr genau weißt. Unser Verband heißt RFH. Das steht für *Refugees from Heaven.*«

Juna starrte sie einen Augenblick an, bis sie allmählich begriff. »Du meinst …?«

»Genau. Aber nur wir Angehörigen treffen uns. Inkognito, versteht sich. Für unsere Lieben wäre es natürlich viel zu riskant.«

»Und für uns ist es nicht gefährlich?«

»Selbstverständlich ist es nicht ohne Risiko. Aber die da oben«, sie wies mit dem Finger an die Decke, »dürfen nicht grundlos Menschen eliminieren.«

Juna schob einen Schuhkarton beiseite und setzte sich. »Aber es gibt Menschen, bei denen sie durchaus bereit sind, eine Ausnahme zu machen.« Mit Grauen dachte Juna an den unheimlichen Engel, der den kleinen Jungen ohne mit der Wimper zu zucken ermordet hatte.

Sirona wusste nichts davon, und natürlich hatte sie auch keine Ahnung von ihrem feurigen Problem. »Sie werden es verdient haben.«

Juna zweifelte daran, sagte aber nichts dazu. »Seit wann bist du in diesem Club?«

»Noch nicht allzu lange«, gab Sirona zu. »Ach, sei doch keine Spielverderberin. Wenn wir dem Komitee nicht sagen, dass die Gerechten hinter dir her sind, dann wirst du gewiss auch aufgenommen. Und wer kann schon einem eleganten Ball widerstehen?«

Es hätte keinen Sinn gehabt, ihr zu erklären, dass Juna solche Veranstaltungen hasste, weil sie weder ein Vereinsmensch noch eine Freundin großer Roben war. Also schwieg sie.

Sirona blickte nun ernst. »Und außerdem haben wir alle ein ähnliches Schicksal. Wir müssen zusammenhalten. Für die Liebe. Und für die Freiheit!«

Schließlich ließ sich Juna überreden, gemeinsam mit ihr zumindest am heutigen Abend ein Treffen zu besuchen, um sich selbst ein Bild zu machen. Und sie stimmte sogar zu, sich ein elegantes Kostüm von Sirona zu leihen, nachdem die Freundin ihr mit wenigen Handgriffen eine elegante Hochsteckfrisur gemacht hatte.

Interessiert betrachtete sie sich im Spiegel. Arian würde es gefallen. Beinahe glaubte sie, seine Lippen auf der zarten Haut hinter ihrem Ohr zu spüren, und seine Hände, wie sie langsam die Nadeln herauszogen. Eine nach der anderen …

»Für den Hund habe ich einen Tiersitter besorgt.«

Juna ließ die Hand auf der Türklinke liegen und sah sich um. »Ohne Finn gehe ich nirgendwohin.«

Sirona sah sie entsetzt an. »Aber das geht nicht. Das Treffen findet im St. James's Club statt. Hunde sind dort nicht erwünscht.«

»Gut.« Juna machte Anstalten, ihre Kostümjacke auszuziehen. »Dann werden sie auf meine Anwesenheit verzichten müssen.«

»Bitte. Sei doch nicht so streng. Finn wird bestens versorgt, und es dauert auch nicht so fürchterlich lange.«

»Nein?«

»Nur die kurze Vorstellung der neuen Bewerber und danach ein klitzekleines Dinner.«

»Kein Dinner.« Juna zog ihre Jacke wieder an.

Sirona seufzte. »Also gut, kein Dinner. Ich werde einen Tisch hier im Hotel reservieren.«

»Einverstanden. Wenn Finn ins Restaurant darf.«

»Natürlich. Und jetzt lass uns gehen, sonst kommen wir noch zu spät.« Der Hundesitter stand schon vor ihrer Tür und wollte eben die Hand heben, um zu klopfen. Juna schob ihn in ihr Zimmer. »Das ist Finn. Er hat bereits gefressen. Keine Leckerlis, bitte. In etwa einer Stunde muss er Gassi gehen. Haben Sie Beutel? Gut! Meine Handynummer …«

»Natürlich, Madam.«

Sie begann in ihrer Handtasche zu kramen. »Mist. Irgendwo ist der Zettel. Ich habe nämlich ein neues Handy. Wie heißen Sie eigentlich?«

Er reichte ihr seine Karte. »Bitte sehr, Madam.«

Juna sah ihn gehetzt an. »Darauf hätte ich auch kommen können, nicht wahr?« Sie fand ihre Visitenkarte mit aktueller Telefonnummer, erklärte ihm erneut, wie Finn zu behandeln sei, bis aus seinen höflichen Antworten ein *Mhm, mhm!* geworden war. Juna ermahnte ihren Hund ein letztes Mal: »Und du bist schön brav!«

Er gab einen Laut von sich, der ebenfalls verdächtig nach *Mhm, mhm!* klang, und weil ihr Handy inzwischen zum dritten Mal klingelte, verabschiedete sie sich schließlich und rannte den Gang entlang zum Aufzug.

Der Club war nicht weit entfernt, und Juna wurde klar, dass Sirona alles genau geplant haben musste. Nur mit dem Butler, der die schwere Holztür öffnete, die sich bestimmt seit Gründung des Clubs vor gut eineinhalb Jahrhunderten dort befand, hatte sie offenbar nicht gerechnet. Als er erkannte, dass zwei Frauen die Dreistigkeit besaßen, Einlass zu verlangen, schloss er die Tür und blickte nur durch einen Spalt auf sie herab.

»Es tut mir leid, Madam«, sagte er zum dritten Mal mit monotoner Stimme. »Ohne Einladung kann ich Sie nicht einlassen. Dies ist ein exklusiver Club!«

Sirona kochte vor Wut, und man sah es ihr an. »Ich erkläre es Ihnen jetzt ein letztes Mal: Wir werden erwartet. Und ich möchte nicht in Ihrer Haut stecken, wenn der Vorsitzende des RFH herausfindet, wie Sie uns behandeln.«

Es folgten einige handfeste schottische Beleidigungen, von denen Juna hoffte, dass der Doorman sie nicht verstehen würde. Sirona hatte die Neigung, ein bisschen ordinär zu werden, wenn sie sich ärgerte.

Seine Antwort ließ gerade so viel Akzent durchklingen, dass sie wusste, ihre Hoffnung war vergebens gewesen. Sie hatten es mit einem waschechten Highlander zu tun.

Bevor sich Sirona noch mehr blamieren konnte, griff sie ein. »Sir, ich verstehe ihre Situation, aber wir werden tatsächlich erwartet, und es wäre doch wirklich bedauerlich, wenn ein paar Minuten Verspätung uns dermaßen in Schwierigkeiten bringen würden.« Sie fühlte sich heute kontrolliert genug, um ein Experiment zu wagen. Langsam schob sie die Brille mit den getönten Gläsern bis zur Nasenspitze und sah ihm über den Rand hinweg tief in die Augen. Dabei ließ sie gerade so viel von ihrem Feuer erkennen, dass er es nicht übersehen konnte.

Seine Reaktion zeugte von dieser ungeheueren Selbstbeherrschung, die sogar in seinem Berufsstand selten anzutreffen war. Ohne eine Miene zu verziehen, sagte er: »Sehr wohl!«, und öffnete die Tür weit genug, dass es als Einladung verstanden werden konnte. »Darf ich vorangehen?«

»Wie hast du das gemacht?« Bewunderung lag in Sironas Stimme. »Ab jetzt überlass das Reden aber lieber mir. Ich weiß genau, was sie hören wollen.«

Und dann wurden sie auch schon angekündigt. Sieben Augenpaare musterten sie. Nur eines davon gehörte einem Mann.

Sirona stellte sie als ihre Freundin vor und erzählte eine ziemlich verkürzte Version ihrer Begegnung mit Arian, dessen Name allerdings nicht ein einziges Mal fiel.

»Sie möchten also Mitglied bei uns werden? Sind Sie sich der Konsequenzen bewusst?«

Juna sah die Fragerin an, gegen die sie bereits beim Betreten des Raums eine unerklärliche Abneigung gefasst hatte. Die Frau mochte etwa dreißig sein und trug einen exakt geschnittenen Bob, der garantiert gefärbt war. Solch gleichmäßig schwarzes Haar besaß nicht einmal Arian. Alles an ihr wirkte wie gemeißelt, ihre Gesichtszüge waren zu kantig, um schön zu sein. »Nun ja, eigentlich …«

»Wo ist der Engel jetzt?«

Arian hatte ihr beim Abschied eingeschärft, dass außer Cathure niemand wissen durfte, wohin er ging. Juna sah der Frau in die Augen und log. »Ich weiß es nicht.« Sie griff an ihre Brille, um zu prüfen, ob sie ihre Augen zuverlässig verbarg. Es war keine gute Idee gewesen, ihr Feuer zu bemühen, um den Doorman zu beeinflussen. Jetzt war es hungrig und wollte mehr.

»Sie kennen sich noch nicht lange.« Sirona warf ihr einen Blick zu, der ihr vermutlich sagen sollte: *Ich erledige hier das Reden!* Laut sagte sie: »Aber brauchen nicht gerade die Jungen unsere Unterstützung?«

»Du hättest sie gar nicht zu uns bringen dürfen. Was

geschieht, wenn der Gefallene nach Gehenna geht und uns alle verrät?«, fragte die strenge Frau.

Sirona wirkte nicht mehr ganz so selbstsicher, als sie sich Juna zuwandte. »Das würde er doch nicht tun, nicht wahr, Schätzchen?«

Die schwarzhaarige Frau schien Juna mit Blicken durchbohren zu wollen, als könnte sie das Feuer spüren, das unter der dünnen Fassade gezwungener Selbstbeherrschung loderte. »Natürlich überprüfen wir jeden Aspiranten und seinen Engel sorgfältig, bevor wir uns ihnen offenbaren.« Damit schaute sie zu Sirona. »Das hättest du wissen können, wenn du ein bisschen mehr Interesse an deiner Einweisung gezeigt hättest.«

Juna reichte es allmählich. Sie hatte ihre Freundin zwar nur hierherbegleitet, um ihr einen Gefallen zu tun, und war geneigt, ihrer Bauchstimme zu folgen, die sie warnte, sich mit diesen Leuten einzulassen. Doch dies konnte niemand außer ihr wissen, und die Art, wie man sie behandelte, als sei sie eine unwürdige Bittstellerin, ärgerte sie fast ebenso sehr wie der schulmeisterliche Ton, den diese schwarzhaarige Person Sirona gegenüber anschlug.

Bevor sie jedoch etwas sagen konnte, stand der Mann auf, der sie die ganze Zeit gemustert hatte. Er wandte sich seinen Vorstandskolleginnen zu. »Ladys, ich schlage vor, wir besprechen die Angelegenheit ohne weitere Zeugen.«

Außer *Miss Sauertopf*, wie sie die Schwarzhaarige insgeheim getauft hatte, nickten alle Anwesenden, und zustimmendes Gemurmel war zu hören. Mit Genugtuung registrierte Juna, dass der Zug um den Mund der Frau noch ein bisschen säuerlicher wurde.

»Also gut.« Sie hob das Kinn noch ein bisschen höher,

wobei sich ihre exakte Frisur kaum bewegte, und warf ihnen einen giftigen Blick zu.

Du kannst mich mal, du Biest!, dachte Juna und zeigte ihre Zähne bei etwas, das nur schwerlich als freundliches Lächeln durchgehen dürfte.

»Und was ist mit dem Ball?« Sirona gab nicht so schnell auf, wenn es um so wichtige Dinge wie Vergnügungen ging.

»Gedulden Sie sich, liebe Freundin. Wir werden Ihnen unsere Entscheidung rechtzeitig mitteilen.« Der Mann entließ sie mit einer Handbewegung, und nachdem weiteres zustimmendes Gemurmel zu hören war, sagte er zu Juna: »Sie werden jetzt so freundlich sein, draußen auf Ihre Freundin zu warten.«

Das tat sie, und nach einer guten Viertelstunde kam Sirona aus dem Raum, lächelte müde und sagte: »Alles wird gut!«

Wenig später saßen sie in Sironas Suite an einem gedeckten Tisch. Finn war im Restaurant des Hotels unerwünscht – genau, wie Juna es vorausgesagt hatte. Ihn bekümmert das nicht. Solange er zu ihren Füßen liegen und schlafen konnte, schien die Welt für ihn in Ordnung zu sein.

Juna spießte eine Olive auf. »Das war also der Vorstand der *Vertriebenen*?«

»Ja, sie sind ein bisschen steif, aber es gibt auch ein paar wirklich nette Leute im Verein, du wirst sehen …«

»Sofern sie mich aufnehmen. Ich habe das Gefühl, dass sie nicht besonders begeistert von der Idee waren. Warum wollten sie eigentlich gar nicht wissen, wie *mein Engel* heißt?«

»Niemand verrät den Namen seines Begleiters.« Sirona klang schockiert.

»Aber du kennst Arians Namen.« Juna sah auf.

»Weil du ihn mir genannt hast, ja. Aber ich würde ihn niemals ausplaudern.«

Juna legte die Gabel beiseite. »Und mir traust du so viel Verschwiegenheit nicht zu?«

»Ich halte mich nur an die Spielregeln.« Sirona tupfte sich mit der Serviette den Mund ab, bevor sie einen Schluck Wein trank. »Versteh doch, ich musste es ihm schwören. Und außerdem: *Du* erzählst ja auch niemandem, wo sich dein Ari… dein Engel im Moment aufhält.«

Juna setzte zu einer Entgegnung an.

»Nein, sag nichts. Ich habe genau gesehen, dass du vorhin nicht die Wahrheit gesagt hast. Du weißt, wo er steckt.«

Juna hatte sich mehr als einmal gewünscht, sie hätte eine weniger konkrete Vorstellung von dem Ort, an dem Arian nun Frondienste für den schrecklichen Dämonenfürsten leisten musste. »Das führt doch zu nichts.«

»Wahrscheinlich hast du Recht.« Sirona nahm ihr Besteck wieder auf und aß weiter. »Aber ich wette, ich war nicht die Einzige, die deine Schwindelei bemerkt hat. Elsa hat für so etwas einen sechsten Sinn.« So hieß die strenge Frau, und Juna glaubte es ihr sofort. Die finster blickende Elsa hatte so eine Art gehabt, sie anzusehen, als könne sie direkt in ihr Inneres schauen. Andererseits – wenn Elsa vor ihrer Begegnung etwas Negatives über Juna bekannt gewesen wäre, dann hätte sie diesem Treffen doch bestimmt nicht zugestimmt? *Wahrscheinlich interpretiere ich zu viel hinein*, dachte sie.

Arian hätte ganz bestimmt den Grund dafür erkannt,

dass Juna eine unerklärliche Abneigung gegen die Frau gefasst hatte, bevor die überhaupt das erste Wort gesprochen hatte. Er war sehr geschickt darin, die geheimen Wünsche anderer herauszufinden, und Juna hatte ihn mehr als einmal im Verdacht gehabt, Gedanken lesen zu können. Bei ihr tat er es jedenfalls, und sie schätzte es überhaupt nicht, auch wenn er sich dafür regelmäßig entschuldigte und zu erklären versuchte, dass ihm diese Fähigkeit selbst neu und auch ein wenig unheimlich war. Arian behauptete, dass sie mit seiner Verbannung aus Elysium zu tun habe. Juna ahnte, dass er nicht die ganze Wahrheit sagte, doch sie fragte nicht nach, weil sie überzeugt war, dass sie Zeit brauchten, um einander vollständig zu vertrauen. Eines Tages würde er ihr auch erzählen, was er jetzt noch zurückhielt.

Außerdem schienen seine gelegentlichen Besuche in ihrer Gedankenwelt die Verbindung zwischen ihnen auf ganz besondere Weise zu festigen. Immer häufiger hatten sie sich im Laufe der Zeit *blind* verstanden. Nach seiner Abreise hatte Juna mehr als einmal so lebendig von ihm geträumt, als wäre er tatsächlich an ihrer Seite gewesen. Und wenn sie sich diese Begegnungen in einem Raum zwischen den Welten vielleicht auch nur einbilden mochte, so nährten solche Momente der Nähe doch ihre Hoffnung, dass er bald zu ihr zurückkehren würde.

»... und dann nehmen sie dich nicht auf.« Sirona hatte offenbar einen längeren Monolog beendet.

»Wie bitte? Ach so. Das könnte natürlich sein.« Juna kehrte aus ihren Tagträumen zurück und blickte ihre Freundin skeptisch an. Sie sah immer noch nicht so recht ein, warum sie unbedingt Mitglied in diesem RFH-Verein werden sollte, und sagte dies Sirona.

»Es tut doch gut, mal über diese Dinge sprechen zu können. Wenn du erst einmal aus deinem Schneckenhäuschen herausgekrochen kommst, wirst du sehen, dass es großen Spaß macht.«

Über ihre Gefühle wollte Juna außer mit Arian mit niemandem sprechen, und unter guter Unterhaltung verstand sie auch etwas anderes, als einen *Ball der einsamen Herzen* zu besuchen. Sie sah sich im Geiste mit einer Dame mittleren Alters auf dem Tanzparkett ihre Runden drehen. Und falls die Zusammensetzung des Vorstands die Vereinsmitglieder repräsentierte, dann würden morgen kaum Männer als Tanzpartner zur Verfügung stehen. Von Arian wusste sie, dass es nur wenige weibliche gefallene Engel gab. Offenbar benahmen sich die Frauen im Himmel anständiger als ihre männlichen Kollegen.

Doch sie wollte Sirona die Freude nicht vermiesen und behielt ihre Gedanken für sich. Darin war sie wahrlich geübt, und wäre sie nicht gelegentlich impulsiver, als es gut für sie war, hätte Juna es in dieser Disziplin gewiss weit gebracht, wenn vielleicht auch nicht zu derselben Meisterschaft wie Cathure oder Arian. Daran war ganz allein ihr Feuer schuld, und das Schlimmste war: Es ließ sich immer schwerer bändigen.

Am nächsten Morgen machte sie mit Finn einen ausgiebigen Spaziergang im Hyde Park. Ehrfürchtig sahen sie den Reitern hinterher, die auf ihren dampfenden Pferden die Rotten Row hinabtrabten, bevor sie gemeinsam zum Ententeich liefen. Natürlich war Finn viel zu gut erzogen, um dem Federvieh hinterherzuspringen, als es aufgeregt schnatternd vor ihm ins Wasser floh.

Mit rosigen Wangen kehrte Juna ins Hotel zurück, wo man ihr ein geschlossenes Kuvert für Sirona überreichte und mitteilte: »Ms Apollini erwartet sie um 10.00 Uhr in ihrer Suite zum Frühstück.«

Juna sah auf die Uhr und stellte fest, dass ihr noch ausreichend Zeit zum Duschen blieb. Zehn Uhr war ohnehin skandalös früh für ihre Freundin, die normalerweise niemanden empfing, ohne einen Besuch im Spa absolviert zu haben und anschließend von geübten Assistenten geschminkt und frisiert zu werden. Sie hatte von ihrem Paten ein Vermögen geerbt und schien fest entschlossen, das Geld so schnell wie möglich auszugeben.

Pünktlich klopfte Juna an die Tür von Sironas Suite. An den Briefumschlag hatte sie sich in letzter Sekunde noch erinnert und hielt ihn nun in der Hand.

Geld zu haben ist schon eine schöne Sache, dachte sie beim Anblick des Salons. Die Gardinen waren zur Seite gezogen, und das Sonnenlicht tauchte den Raum in weiches Licht. Vor einem Fenster war der gleiche Tisch wie gestern Abend gedeckt, aber nun duftete es verführerisch nach frischen Croissants und Kaffee. Finn lief schwanzwedelnd hinüber und legte die Schnauze auf die schneeweiße Tischdecke.

»Hey, runter da!« Sirona lachte und umarmte Juna zur Begrüßung.

Danach setzten sie sich an den Frühstückstisch, und Finn ließ sich mit einem Seufzer neben Junas Stuhl fallen, wo er bald darauf einschlief, ohne zu ahnen, dass über ihm sogar gebratene Würstchen serviert wurden.

»Oh, dieser Brief wurde für dich abgegeben.«

Sirona sah auf das geschwungene Wappen, das den Umschlag in der linken oberen Ecke zierte, und griff hastig zu.

Mit fliegenden Fingern befreite sie das Schreiben und begann zu lesen.

»Zur Höl…! Sie lehnen deinen Antrag ab!« Sirona sprang auf. »Wo ist mein Handtasche?« Sie lief ins Schlafzimmer. Gleich darauf klirrte Porzellan, und ein saftiger Fluch war zu hören, den selbst Juna nicht genau verstand. Sirona fuhr wild mit ihrem Zeigefinger über die Oberfläche ihres Handys und schimpfte vor sich hin.

»Hey, es ist doch nicht so wichtig!«

»Nicht wichtig?« Sirona warf ihr Handy so schwungvoll auf das Sofa, dass es von dort zu Boden fiel und unter dem Sessel verschwand. »Natürlich ist das wichtig! Was denken die sich eigentlich?« Dann sah sie Juna vorwurfsvoll an. »Ich habe dir gleich gesagt, dass es keine gute Idee war, ihnen zu verschweigen, wo sich dein Engel aufhält. Jetzt glauben sie womöglich, dass er in Gehenna sitzt.« Sie sah Juna aufmerksam an. »Oh. Mein. Gott.« Sie schlug die manikürte Hand vor den Mund und flüsterte: »Sag nicht, dass er wirklich dort ist.«

»Ich habe dir doch gesagt …« Juna verabscheute es zu lügen, aber ihre Loyalität zu Arian kannte keine Grenzen. »Nein, ist er nicht!«

Sirona stürzte auf Juna zu und umarmte sie. »Schon gut. Ich würde auch lieber selbst durchs Fegefeuer gehen, als meinen Engel zu verraten. Du wirst schon wissen, was du tust.« Damit wandte sie sich ab und steckte sich unter Finns aufmerksamem Blick ein fettes Würstchen in den Mund. »Weißt du was?«, sagte sie kauend. »Wir gehen trotzdem hin.«

»Zum Ball? Aber da kommen wir ohne Einladung doch gar nicht rein.« Juna war von der plötzlichen Wendung der

Ereignisse nicht begeistert. Die Veranstaltung besuchen zu müssen, wäre schon schlimm genug gewesen. Sich heimlich einzuschleichen ... das wäre schlichtweg erniedrigend.

»In den Ballsaal kommen wir vielleicht nicht. Die Einlasskontrolle soll schon wegen der Sicherheit ziemlich streng sein, habe ich gehört. Aber niemand kann uns verbieten, im Restaurant des Hotels zu essen und anschließend einen Drink in der Bar zu nehmen. Und ich wette mit dir, im Laufe des Abends werden immer mehr Leute dort aufschlagen und weiterfeiern.«

Juna fragte sich, was selbst die penibelste Kartenkontrolle den Clubmitgliedern helfen sollte, wenn ein Dämon wie Nácar oder gar der Marquis Einlass begehrte. Gegen Mächte der Hölle hatte es selbst ein Krieger der Vigilie wie Arian nicht leicht.

Das konnte sie ihrer Freundin natürlich nicht sagen, denn Sirona hatte keine Ahnung, dass sie letzten Sommer mehrere Tage in Gehenna verbracht hatte. Juna verstand auch nicht, warum es ihr so wichtig war, sie mit diesen Leuten bekanntzumachen. Nach der kurzen Begegnung mit den Vorstandsmitgliedern war sie überzeugt, mit ihnen nichts gemein zu haben. Außerdem war es gefährlich. Was würde geschehen, wenn jemand hinter ihre wohlgehüteten Geheimnisse kam?

Nein, das Beste war, sie hielt sich so weit wie möglich von ihnen fern. Und vielleicht sollte sie ihre Freundschaft mit Sirona ebenfalls noch einmal überdenken. Doch Juna wusste auch, wie viel sie ihr zu verdanken hatte, und bemühte sich um eine nicht allzu abweisende Miene. »Also ehrlich, ich finde das peinlich«, sagte sie leise. »Was ist, wenn uns jemand vom Vorstand über den Weg läuft?«

»Und wenn schon? Ich habe eine ordentliche Summe gespendet. Glaubst du, ich lasse mir von denen meine Londonreise vermiesen?« Sirona war offenbar immer noch aufgebracht. Ohne es zu bemerken, hatte sie inzwischen alle gebratenen Würstchen und eine große Portion Speck verdrückt.

Juna musste wider Willen grinsen. Ihre Freundin würde einen Schreikrampf bekommen, sobald sie merkte, was sie da in sich hineingestopft hatte, und anschließend tagelang klagen, dass ihr nichts mehr passte. Was, soweit Juna das beurteilen konnte, jedes Mal stark übertrieben war, denn an Sironas Figur gab es nichts auszusetzen.

»Natürlich könnte ich dich auch den Highlandern vorstellen. Sie kommen selten nach London, aber ich habe gehört, dass sie großartige Fuchsjagden veranstalten. Du kannst doch reiten?«

Juna nickte und behielt für sich, dass sie diese Form der Freizeitgestaltung nicht besonders schätzte.

Sirona war offenbar beim Abwägen der ihnen zur Verfügung stehenden Möglichkeiten zu einem Entschluss gekommen. »Nein, das bleibt uns immer noch. Jetzt sind wir schon einmal in der Stadt, dann ziehen wir das auch durch.«

Wie Juna befürchtet hatte, gelang es ihr nicht, Sirona von diesem Plan abzubringen, und schließlich fügte sie sich in ihr Schicksal. Immerhin konnte sie durchsetzen, dass die Ballgarderobe wieder zwischen Seidenpapier in den großen Schachteln verschwand, die später jemand abholen würde. Und das war auch schon ein kleiner Fortschritt, tröstete sie sich.

Natürlich musste Sirona *noch ein paar Kleinigkeiten* besorgen, und so ging gegen Mittag jede ihre eigenen Wege.

Während Juna den klaren Herbsttag nutzte, um mit Finn in Hampstead Heath spazieren zu gehen, arbeitete sich Sirona systematisch durch die Londoner Modeläden.

Später übernahm der Hundesitter vom Vorabend die Sorge um Finns Wohlergehen. Juna war immer noch nicht begeistert davon, ihn aus der Hand zu geben. Sie wusste allerdings, dass ihr neugieriger Hund bei den Vorbereitungen für den Abend gestört hätte. Er liebte es, Schuhe, Schals oder Tücher herbeizuschleppen, in der Hoffnung, dafür belohnt zu werden. Leider litt der eine oder andere Gegenstand unter dieser Behandlung.

Während sich Sirona erneut Junas Frisur widmete, wuchs ihre Lust auf ein gemeinsames Dinner in gepflegter Atmosphäre. Sie war so lange nicht mehr ausgegangen. Ungewohnt elegant gekleidet und dank eines neuen Parfums fremdartig duftend, stieg Juna schließlich gemeinsam mit ihrer Freundin in eine dunkle Limousine, die sie zu dem Fünf-Sterne-Hotel brachte, in dem der Ball stattfinden sollte.

Als sie dort ausstiegen, war sie froh, sich für den Hosenanzug aus einem italienischen Modehaus entschieden zu haben, der ihre Figur bestens zur Geltung brachte und trotzdem distinguiert wirkte. Ihre Frisur hatte sich noch nicht gelöst, stellte sie mit einem schnellen Blick in einen der unzähligen Jugendstilspiegel fest, die das Betreten der Hotellobby zu einem einzigartigen Erlebnis werden ließen. Juna musste an einen Jahrmarktsbesuch vor vielen Jahren denken, als sie stundenlang in einem Spiegelkabinett herumgeirrt war. So schlimm war es hier natürlich nicht, und auf den zweiten Blick konnte man sich sehr gut orientieren. Dennoch blieb die Frage, welche Art Mensch der Erbauer des

Hotels gewesen sein musste. Vermutlich ein Voyeur, entschied Juna nach einem weiteren Rundumblick. An manchen Ecken begegnete der ahnungslose Gast unerwartet sich selbst, oder er konnte in dem Café zwischen Palmen sitzend andere Gäste unbemerkt beobachten. Über all dem spannte sich eine Glaskuppel mit einem wunderbaren Mosaik. Eines war sicher – hier langweilte sich niemand so schnell.

Während Sirona an der Rezeption stand, wo sie etwas *zu besprechen habe*, beobachtete Juna die ankommenden Gäste. Eine Drehtür am Eingang entließ immer wieder Menschen in Abendroben, die sich zielstrebig auf den Ballsaal am anderen Ende der Halle zubewegten. Dort winkte sie ein kräftiger Türsteher gelangweilt in Richtung Garderobe durch. Dies war also die Security, von der Sirona gesprochen hatte? *Lachhaft!*

Sie wollte sich schon abwenden, da fesselte eine lärmende Gruppe ihre Aufmerksamkeit. Mittendrin stand Elsa und blickte etwas weniger streng als am Vortag – bis sie plötzlich erstarrte und sich langsam zu drehen begann, als suche sie nach etwas. Oder nach jemandem.

Blitzschnell versteckte sich Juna hinter einer Palme und hoffte, die verräterischen Spiegel würden sie nicht auffliegen lassen, als sie so unauffällig wie möglich an der fast leeren Bar entlang Richtung Aufzug schlenderte, der glücklicherweise ein wenig abseits gelegen und weit entfernt vom Eingang zum Ballsaal zu finden war.

Sirona stieß gleich darauf zu ihr, und gemeinsam fuhren sie hinauf in ein erstaunlich modern eingerichtetes Restaurant.

»Darüber sind nur noch die Apartments. Sehr elegant, aber leider sündhaft teuer. Schade, dass es zu kalt ist, um draußen zu sitzen.« Sirona nahm Juna beim Ärmel und zog sie zu den großen Panoramascheiben, die einen weiten Blick über London boten. »Herrlich! Sogar das Riesenrad kann man von hier aus sehen.« Sie klatschte aufgeregt in die Hände. »Damit fahren wir morgen, versprochen?«

Juna zuckte mit den Schultern, als Sirona ohne eine Antwort abzuwarten dem Empfang zustrebte, wo ein Kellner bereitstand, um sie zu ihrem Tisch zu begleiten. *Dann bemerkt sie wenigstens nicht, dass ich gleich wieder heulen muss,* dachte Juna und wischte sich eine Träne aus dem Augenwinkel, bevor sie ihr folgte. Einen ähnlichen Blick hatte sie gemeinsam mit Arian in dem Glasgower Restaurant gehabt, in das sie trotz der zickigen Rezeptionistin, die Juna bei ihrem ersten Besuch ziemlich verunsichert hatte, im letzten Sommer noch häufiger eingekehrt waren.

Heute mochte das Essen noch besser sein, der Service noch aufmerksamer, doch Juna bekam nicht viel davon mit. Sie musste sich ganz darauf konzentrieren, ihre Freundin nicht merken zu lassen, in welch melancholischer Stimmung sie sich befand. Sirona gab sich so viel Mühe und hatte es wirklich nicht verdient, ihre Abende mit einem Trauerkloß zu verbringen. Schließlich war auch sie häufig von ihrem *Engel* getrennt, und Juna wusste, dass Sirona heimlich die Stunden zählte, bis sie wieder mit ihm vereint war.

Wirst du jemals zu mir zurückkehren, Geliebter? Sie stellte sich vor, wie er in Gehenna für den Marquis kämpfen musste, während dieser sich ein lustiges Leben machte. Vielleicht lag es an diesen finsteren Gedanken, dass sie für einen Augenblick glaubte, den Marquis draußen am Geländer des Dachgartens gesehen zu haben.

Wenn man vom Teufel spricht, ist er nicht weit.

»Wie bitte?«

Sirona sah sich um, und Juna fürchtete schon, sie hätte laut gedacht. Aber dann war es nur der Kellner, der wissen wollte, ob sie ein Dessert wünschten.

»Selbstverständlich.« Sironas Augen leuchteten. »Was empfehlen Sie uns?«

Sie entschied sich für ein flambiertes Lebkuchenparfait, während sich Juna für Ambrosia entschied, das sich dann – wiewohl äußerst schmackhaft – aber doch als ein sahniges Törtchen mit rumseligen Kirschen entpuppte.

Sie plauderten noch ein wenig, doch nach einem Blick auf die Uhr entschied Sirona eine gute halbe Stunde später, dass es jetzt Zeit für einen Drink an der Bar war, und Juna, die sich vom guten Essen und einem Glas Wein beschwingt fühlte, stimmte zu.

Im Aufzug reichte ein Blick in den Spiegel. »Ich fürchte, ich sollte meine Nase nachpudern.«

Sirona kicherte. »Wenn es nur das Näschen ist …«

Möglicherweise hatte die Freundin mehr als ein Glas getrunken, aber an ihrem Gang war, sofern man von dem vielleicht eine Spur zu betonten Hüftschwung absah, nichts auszusetzen.

»Ich geh dann schon mal vor.«

Einige Minuten später und wieder passabel frisiert, eilte Juna zur Bar. Ihre Kostümjacke trug sie über dem Arm, weil sie aus Versehen etwas Wasser daraufgespritzt hatte. Dies tat ihrer eleganten Erscheinung jedoch keinen Abbruch. Selbstbewusst betrachtete sie im Vorbeigehen ihre Spiegelbilder und musste ob ihrer multiplen Eitelkeit lächeln. Die kurzärmelige Seidenbluse betonte den Teint, auf dem nach dem Restaurantbesuch ein natürlicher zartrosa Schimmer lag. Vielleicht war sie ein bisschen zu dünn, ihr Gesicht etwas spitzer als früher. Juna, die ihren Körper – von wenigen Kleinigkeiten vielleicht einmal abgesehen – mochte und ihn auch immer gut behandelt hatte, nahm sich vor, ab sofort wieder Sport zu machen und regelmäßiger zu essen.

Beim Durchqueren der Halle versuchte sie, so gut es ging, einer Gruppe von Ballbesuchern auszuweichen, die dem Ausgang zustrebten. Es war nicht schwer zu ahnen, was die Frauen an die frische Luft lockte – einige hielten ihre Zigaretten bereits in der Hand und konnten es offenbar kaum abwarten, sie endlich anzünden zu dürfen.

Juna sah ihnen hinterher und fragte sich, ob die Haut der Rothaarigen nach der Zigarettenpause das gleiche Blau angenommen haben würde wie ihr ziemlich tief ausgeschnittenes Kleid. Die Temperaturen waren seit gestern gefallen, und selbst für einen Abend im Spätherbst fand Juna es zu kühl.

»Hoppla!«

Ihr Weg war so plötzlich versperrt, als sei eine magische Wand vor ihr erschienen. Nur dass diese Wand bei genauerer Betrachtung warm war, atmete und nun auch starke Arme auftauchten, die Juna festhielten. Sie war zurückgewichen und hatte sich mit dem Absatz in einem der Teppiche verfangen. Als sie den Kopf hob, blickte sie unmittelbar in die smaragdgrünen Augen des dämonischen Marquis. Schnell wandte sie den Blick ab und versuchte, sich aus seinem Griff zu befreien.

»Was machst du hier?« Bemüht, leise zu sprechen, zischte sie die Worte hervor.

»Das könnte ich dich auch fragen.« Seine Stimme klang tiefer als in ihrer Erinnerung. Freundlich lächelte er Juna an, doch seine Augen blieben davon unberührt. Er nickte einer Ballbesucherin zu, die sie über zwei Spiegel neugierig beobachtet hatte. Sofort drehte sich die Frau um und ging davon.

»Ich bin in der Bar verabredet. Mit einer Freundin.«

»Dann bist du nicht hier, um den *Ball der einsamen Herzen* zu besuchen?« Er klang, als flirte er mit ihr und mache sich dabei ein wenig über sich selbst lustig.

Aber Juna wusste, dass mit dem Marquis nicht zu spaßen war. »Würdest du mich bitte loslassen?« Vorwurfsvoll sah sie auf die langen blassen Finger, die ihren ebenso hellen Arm umfasst hielten.

Langsam gab er sie frei. Es wirkte fast, als fürchtete er, sie wollte davonlaufen.

Selbstverständlich wäre es sinnlos gewesen, denn er hätte sie im Nu eingeholt. Eine Szene zu machen, daran hatte sie kein Interesse. Was sie wirklich interessierte, war etwas ganz anderes. »Wie geht es Arian?«

»Ich schätze, es geht ihm gut. Den Umständen entsprechend.«

»Du weißt es nicht?« Ihre Stimme war lauter geworden, und sein Blick mahnte sie zur Vorsicht.

»Ich habe anderes zu tun. Erinnerst du dich nicht mehr? Über dich sollte ich wachen. Ein Wächter, sollte man meinen, wird allein für sich sorgen können. Und deshalb erklärst du mir jetzt bitte, was du hier tust.« Er hatte wieder ihren Arm ergriffen und geleitete sie am Café vorbei, das zum Glück kaum noch besucht war, weiter durch die Halle. Für Außenstehende musste es aussehen, als seien sie ein Paar. Juna ging hoch aufgerichtet neben ihm her. Doch als sie auf die Hotelbar zusteuerten, wurde sie nervös.

»Ich habe es doch schon gesagt. Wir waren hier essen, und dort drin wartet jetzt meine Freundin auf mich. Ich gebe ja zu, ich weiß von dem Treffen der …« Sie wusste nicht genau, was sie sagen durfte, ohne Sirona zu verraten, und sprach schnell weiter. »Aber ich habe kein Interesse an ihnen.«

»Halt dich von diesen Leuten fern!«

Der Dämon schob sie vor sich in die Bar hinein. Juna blieb stehen, denn es dauerte eine Weile, bis sich ihre Augen an das gedämpfte Licht gewöhnt hatten. Dort hinten saß Sirona und unterhielt sich mit einer jungen Frau. Zweifellos ein Mitglied des RFH. Glücklicherweise hatten ihr beide den Rücken zugekehrt und würden Junas Begleiter nicht sehen können. Sie blickte sich nach dem Marquis um, weil sie ihn nach dem Grund seiner Warnung fragen wollte und um ihn anschließend fortzuschicken, doch der Dämon war bereits verschwunden.

»Hier sind wir!« Sironas Stimme klang näher, als Juna vermutet hatte, und tatsächlich stand ihre Freundin plötzlich neben ihr. »Was stehst du denn da wie ein verlorenes Rehkitz?«

»Ich würde lieber nach Hause gehen, mir ist nicht gut.«

Sirona sah sie prüfend an. »Du siehst aus, als hätte dir unterwegs ein Ungeheuer aufgelauert. Du bist ja ganz blass.« Sie zog Juna bis zu einer Sitzgruppe hinter sich her und drückte sie in die weichen Polster. Die andere Frau war verschwunden. »Lauf nicht weg, ich bin gleich zurück.« Sehr bald stand sie mit Wasser und zwei Drinks, die sich bei näherer Betrachtung als Whisky entpuppten, wieder vor ihr. »Slàinte!«

»Danke«, sagte Juna schwach und nippte an ihrem Wasserglas. Ihr war tatsächlich etwas schwindelig gewesen, das kühle Getränk tat ihr gut.

Allmählich erholte sich Juna wieder. Sie schüttelte drei oder vier Mal Hände von Frauen, die Sirona an ihren Tisch winkte, um sie ihr vorzustellen. Alles wirkte ganz normal, Sironas Freundinnen plauderten nett mit ihnen, bevor sie weiterzogen. Von Engeln sprach zum Glück niemand, und fast war sie versucht, ihre heutige Begegnung mit dem Dämon als Produkt einer überreizten Fantasie zu betrachten, als Sirona plötzlich aufgeregt flüsterte. »Dreh dich nicht um. An der Bar steht ein umwerfend attraktiver Mann, und er sieht unentwegt zu uns herüber!« Den Blick, den sie über Junas Schulter warf, konnte man nur als *sinnlich* bezeichnen.

»Du flirtest doch nicht etwa!« Juna lachte. Langsam drehte sie sich um und erstarrte. *Du schon wieder!*

Der Dämon zwinkerte ihr zu. Schnell drehte sie sich zurück.

Sirona bemerkte ihren Stimmungsumschwung nicht, sie plapperte weiter. »Natürlich nicht. Ich bin eine treue Seele. Aber gut genug sähe er aus, um einer von *ihnen* zu sein. Vielleicht solltest du …« Plötzlich stand sie auf. »Oh, guten Abend Elsa. Wie nett.«

Elsa zeigte sich keineswegs begeistert über ihre Anwesenheit. Sie warf Juna einen giftigen Blick zu. »Du möchtest wissen, wer der Mann dort an der Bar ist? Frag doch einmal deine feine Freundin.« Jetzt zeigte sie theatralisch auf Juna. »Die da weiß es ganz bestimmt, nicht wahr, Miss MacDonnell?«

Juna, die ihre Situation auch unangenehm genug fand, ohne zu den beiden aufsehen zu müssen, erhob sich. »Ich

habe keine Ahnung, wovon Sie sprechen.« Langsam ließ sie
den Blick über ihre Widersacherin gleiten, als wollte sie
ihren Wert taxieren. Dieses Flair von Arroganz hatte sie
ihrer Stiefmutter abgeschaut, die eine Meisterin darin war,
jeder anderen Frau das Gefühl zu vermitteln, sie sei nicht
mehr als ein hässlicher Käfer im Staub unter ihren Füßen.
Juna hatte sich als Kind oft genug selbst so gefühlt. Jetzt
kostete sie ihre Überlegenheit aus. »Lass uns gehen, diese
Gesellschaft gefällt mir nicht«, sagte sie zu Sirona, die ihr
ausnahmsweise einmal nicht widersprach.

»Er kommt unmittelbar aus Gehenna, und nach allem,
was ich vorhin gesehen habe, ist er nichts anderes als ihr
dämonischer Liebhaber.« Elsas Stimme zitterte, aber sie
hob triumphierend das Kinn.

Juna spürte das Feuer in sich aufflammen. »Ich rate Ihnen
gut, diese infame Lüge niemals wieder laut auszusprechen!«
Sie merkte nicht, dass sie die Fäuste geballt hatte.

»Es ist keine Lüge!«

Als sie Elsa ansah, wusste Juna, dass sie einen Fehler gemacht hatte. Die Pupillen der Frau weiteten sich beim Anblick des Feuers in Junas Augen, und sie wich einen Schritt
zurück.

»Sie sagt die Wahrheit.« Der Marquis war wie aus dem
Nichts neben Elsa aufgetaucht. Jetzt legte er ihr vertraulich
den Arm um die Schultern und beugte sich herab. »Leider
hatte ich bisher noch nicht das Vergnügen, von dieser Schönen erhört zu werden. Aber vielleicht möchtest du ihren
Platz in meinem … Herzen einnehmen?«

Juna tat die Frau beinahe leid. *Tu ihr nichts*, bat sie, ohne
nachzudenken.

Seine Antwort war ein Befehl. *Geh!*

Sirona bewies mehr Verstand als ihre Freundin, die den Dämon erbost anstarrte. Sie griff nach Junas Hand und zerrte sie zum Ausgang.

Wortlos trennten sich die Freundinnen im Gang vor ihren Hotelzimmern, ohne ein weiteres Wort über den Zwischenfall zu verlieren.

16

*M*orgens hing ein Schild *Bitte nicht stören* an Sironas Zimmertür.

Juna ging mit Finn aus und entschied spontan, ihrem Elternhaus einen Besuch abzustatten. Sofern sich deren Leben nicht überraschend geändert hatte, würde sie ihren Vater mit verschiedenen Zeitungen, aber ansonsten allein beim Frühstück antreffen.

»Miss Juna.« Unzählige Fältchen erschienen im Gesicht des Butlers. Es war nicht zu übersehen, dass er sich freute.

Soweit sich Juna erinnern konnte, war er schon im Haus ihrer Familie angestellt gewesen, als sie dort einzog. Am liebsten hätte sie ihn umarmt, wie sie es als Kind manchmal getan hatte. Stattdessen hielt sie sich an die Konventionen, die ihr zumindest ein warmes Lächeln erlaubten. »Hallo Lane. Geht es Ihnen gut?«

»Danke, Miss.« Er trat beiseite, damit sie mit Finn ins Haus gehen konnte. »Es ist schön, Sie nach so langer Zeit wiederzusehen, wenn ich mir die Bemerkung erlauben darf. Werden Sie länger bleiben?«

»Nein, ich wohne im Hotel.« Fast tat es ihr leid, ihn enttäuschen zu müssen. Er hatte immer alles in seiner Macht Stehende getan, um sie vor ihrer Stiefmutter zu schützen. Eigentlich war er damals fast schon so etwas wie ihr menschlicher Schutzengel gewesen. *Vielleicht wird er eines Tages wirklich einer werden.* Diesen Gedanken fand Juna seltsam tröstlich. »Ist mein Vater zu Hause?«

»Wenn Sie mir bitte folgen möchten, Miss Juna.«

Er hatte also keinen Zweifel, dass der Vater sie empfangen würde. Da er ihre Stiefmutter nicht erwähnte, hieß dies sehr wahrscheinlich, dass sie nicht zu Hause war.

Finn hielt sich unerwartet folgsam an ihrer Seite, während Juna Mantel und Schal ablegte.

Lane öffnete die Tür zum Frühstückssalon, und Juna überschritt mit großen Bauchschmerzen eine Schwelle, die niemals wieder zu übertreten sie sich vor nicht allzu langer Zeit geschworen hatte. »Miss Juna MacDonnell, Sir.«

»Vater!«

Er ließ die Zeitung sinken und sah sie erstaunt an. »Kind, welch eine Überraschung.« Duncan MacDonnell faltete seine Times ordentlich zusammen, wie er es immer tat, und legte sie beiseite. Danach erhob er sich und breitete die Arme aus. »Ich wusste gar nicht, dass du in der Stadt bist. Deine Mutter …«

»Keine Sorge, ich wohne im Hotel.«

Erleichterung zeichnete sich auf seinen Zügen ab. Er sah ihr nicht ins Gesicht, sondern musterte stattdessen den Hund an ihrer Seite.

»So habe ich das nicht gemeint. Du kannst immer bei uns wohnen, aber Bridget … nun ja, sie liebt keine Unruhe in ihrem Haus.«

Juna umarmte ihn. »Das weiß ich doch.«

Ein Lächeln schlich sich in seine Augenwinkel und erinnerte Juna daran, dass ihr Vater allgemein als ein attraktiver, selbstbewusster Mann galt.

Er beugte sich hinab und kraulte Finn hinter den Ohren.

»Na, mein Schöner, wie gefällt es dir in der großen Stadt? Ich wette, du sehnst dich nach der Heide und ein paar ordentlichen Birkhühnern.«

Finn wedelte mit dem Schwanz, und während die Menschen sich setzten, schnupperte er am Hosenbein des freundlichen Mannes. Offenbar zufrieden mit seiner Inspektion, ließ er sich gleich darauf mit einem Grunzen neben Juna fallen.

»Guter Vogelhund.« Richard MacDonnell, der im letzten Jahr zu *Sir* Richard geadelt worden war, schnalzte anerkennend mit der Zunge. »Aber was ist mit seinem Ohr passiert? Ein Jagdunfall?«

Juna zuckte mit den Schultern. »So etwas in der Art.« Sie machte sich nicht die Mühe zu erklären, dass Finn ein Straßenhund war, die Highlands nur von wenigen Besuchen kannte und noch niemals an einer Jagd teilgenommen hatte. Ihr Vater hätte es nicht verstanden.

Der Butler servierte frischen Tee. Als er ein Gedeck auflegen wollte, winkte Juna ab. »Danke, Lane. Ich habe bereits gefrühstückt.«

Sie schenkte sich ihren Tee selbst ein und wartete, bis der Butler die Tür lautlos hinter sich zugezogen hatte, bevor sie sich räusperte und ihren Vater ansah. »Ich möchte mehr über meine Mutter erfahren.«

»Über Bridget? Da gibt es nichts Neues zu erzählen.« Dann sah er sie an und begriff. »Ich weiß nicht, warum du die alten Geschichten wieder aufwühlen willst.« Er presste die Kiefer aufeinander.

»Verstehst du denn nicht?« Juna rang die Hände. Wie häufig hatten sie diese Diskussion schon geführt − dieses Mal jedoch wollte sie sich nicht abweisen lassen. »In mir brennt ein unheimliches Feuer. Ich muss wissen, woher es stammt.«

»Das ist doch Unfug. Du hast als Kind eben gern mit Streichhölzern gespielt. Viele Kinder tun das.«

»Glaubst du das tatsächlich?« Juna nahm die Brille mit den getönten Gläsern ab, die sie neuerdings trug, sobald sie sich in der Öffentlichkeit bewegte. Seit ihrem Aufenthalt in Gehenna schien das Feuer ständig präsent zu sein. Gemeinsam mit Arian hatte sie versucht, es zu bändigen, und bis zu einem gewissen Grad war es ihnen auch gelungen, doch sobald sie sich aufregte oder ärgerlich wurde, loderte es – für jeden aufmerksamen Beobachter deutlich sichtbar – in ihren Augen. Und es wurde immer unberechenbarer.

Arian hatte Juna gebeten, nicht zu verzweifeln. Eines Tages, so versprach er ihr, würde sie ihr Element in den Griff bekommen, so wie auch ihm diese schwierige Aufgabe gelungen war. *So etwas braucht Zeit*, hatte er gesagt und sie geküsst.

Ein unsterblicher Engel mochte diese Zeit haben. Junas Leben war jedoch bedeutend kürzer, und sie brauchte Antworten. Jetzt.

Nur deshalb sah sie ihrem Vater direkt in die Augen und lächelte zufrieden, als er zurückwich. »Also?«

Er wirkte erschüttert.

Konnte es wirklich sein, dass er keine Ahnung gehabt hatte, welches Erbe in ihr schlummerte? *Nein*, entschied Juna. *Er wollte es einfach nicht sehen. So, wie er immer weggeschaut hatte, wenn ihm etwas nicht behagte.*

»Sprich mit deinem Großvater.«

»Herzlichen Dank. Das haben wir …« Sie korrigierte

sich. »Ich habe bereits mit ihm geredet. Aber er behauptet, sich an nichts erinnern zu können.«

»Ja, dann …« Ihr Vater erhob sich.

Juna sprang auf. »Willst du dich wirklich aus der Verantwortung schleichen?« Sie schrie fast. Die sorgsam gehütete Flamme erwachte.

»Achte auf deinen Ton! Ich schleiche mich nicht davon. Ich habe eine wichtige Sitzung im Unterhaus.«

Die Glühbirnen im Kronleuchter flackerten, und die Tür zur Halle sprang auf. »Wer ist meine Mutter, zum Teufel nochmal?« Juna atmete tief durch und ging zur Tür, um sie wieder zu schließen. Dabei bemühte sie sich, ihre Stimme zu dämpfen.

Doch ihr Vater ignorierte diese Bemühungen und sagte kalt: »Diese Sprache dulde ich nicht in meinem Haus!«

Was nun folgte, war eine eindrucksvolle Demonstration der Kräfte, deren Existenz er zu ignorieren versuchte. Eine Stichflamme schoss im Kamin empor und verzehrte im Nu den darin dekorierten Blumenstrauß. Das Porzellan der Vase zersprang, und es blieb nichts übrig, was die Flammen hätte nähren können. Dennoch loderten sie weiter, bis die Ziegel im Schornstein knackten und sogar das Kamingitter zu glühen begann.

Juna legte die Fingerspitzen an die Schläfen und stellte sich ein irdenes Gefäß vor. Als habe es darauf gewartet, sprang das Feuer hinein, und in derselben Sekunde warf sie in Gedanken einen Deckel auf diesen Topf. Die Flammen im Kamin erstarben sofort. Zurück blieben die Spuren ihrer Vernichtung.

Juna setzte die Brille wieder auf. »Willst du etwa behaupten, dass ich das von dir geerbt habe?«

Ihr Vater wirkte erschüttert, dennoch erkannte sie an seinen zusammengekniffenen Lippen, dass er immer noch nicht reden wollte.

Juna sprach jetzt sehr leise, fast wie zu sich selbst. »Mit dem Engelsehen hatte ich mich ja schon abgefunden. Und bevor du das jetzt auch noch abstreitest: John hat diese Fähigkeit ebenfalls geerbt.«

»Nein!« Richard MacDonnell schwankte leicht, schnell setzte er sich auf seinen Stuhl zurück.

»O ja! Und wenn ihn jemand an der Hand genommen und behutsam an diese unfassbare Welt der himmlischen Wesen herangeführt hätte …« Juna stemmte die Arme auf den Tisch und sah ihren Vater über den Rand der Brille hinweg an. »Vielleicht wäre er dann nicht zu dem geworden, was er heute ist. Ein Nekromant und Spieler!« Sie hatte es satt, die Wahrheit aus Rücksicht auf ihre Familie zu verschweigen. »Er wäre dann vielleicht auch nicht aus Angst vor den Elementen, die er rief, seit Wochen untergetaucht. Oder habt *ihr* in letzter Zeit vielleicht etwas von ihm gehört?«

Insgeheim zweifelte sie daran, dass sich John jemals für einen anderen Weg entschieden hätte. Ihr Halbbruder, das hatte sie dank der Ereignisse im letzten Sommer endlich erkannt, war ein Wiesel, ein geborener Intrigant. Ebenso wie seine Mutter, die einstmals sehr hübsche Bridget Shaftesbury, die Richard MacDonnell nur hatte heiraten können, weil er der Einzige gewesen war, der niemals verstanden hatte, dass ihre Familie aus einer Bande von Verrätern und Vorteilsnehmern bestand.

Wie auf ein Stichwort sprang die Tür auf, und Bridget kam hereingestürmt. »Was hast du ihm angetan? Wo ist John?«

»Ich hoffe, er ist in der Hölle, um bis zum Jüngsten Tag darin zu schmoren!«

Juna hatte keine Angst mehr vor den Wutausbrüchen ihrer Stiefmutter, und deren vermeintliche Herzanfälle beunruhigten sie längst nicht mehr. Sie verschränkte die Arme vor der Brust und wartete auf die Beschimpfungen, die zweifellos kommen würden.

Ihr Großvater hatte den Anblick ihrer Stiefmutter, bevor sie zu schreien begann, früher einmal mit dem Bild eines Maikäfers verglichen, der gehörig pumpte, bevor er sich endlich in die Lüfte erhob. Die Erinnerung daran ließ Juna grinsen.

»Du unverschämtes …« Bridget verstummte und starrte zu dem verwüsteten Kamin hinüber. Sie stieß einen schrillen Schrei aus. »Du Feuerteufel!« Dann lief sie hinüber. »Das war Meißener Porzellan!« Aufgeregt sammelte sie die Scherben zusammen.

»Ich … ich habe sie geliebt.« Ihr Vater war kaum zu verstehen, so leise sprach er.

Juna ignorierte Bridgets Schimpftiraden und konzentrierte sich ganz auf ihren Vater. Als er nicht weitersprach, hob sie fragend die Augenbrauen.

»Versteh doch, ich kann dir nichts sagen.« Tränen schimmerten in seinen Augen.

»Bitte!«

»Was flüstert ihr da?« Mit den Scherben in der Hand kam Bridget näher. »Richard, ich rede mit dir!«

Finn hatte sich von den Ereignissen bisher wenig beeindruckt gezeigt und am Fenster gesessen. Jetzt stand er auf und knurrte.

Junas Stiefmutter sah erschrocken in seine Richtung. Sie

fürchtete sich vor Hunden. Sehr zum Bedauern ihres Ehemannes, der ein passionierter Jäger war und jede Gelegenheit nutzte, um zur Vogeljagd aufs Land zu fahren. *Fluchtjäger,* hatte ihn der Großvater genannt.

»Schaff diesen Köter raus. Richard, so unternimm doch etwas.«

»Bitte geh!«, raunte der Vater Juna zu und eilte seiner Frau zuhilfe.

Sie hatte ihren Vater niemals wirklich verstanden, aber er tat ihr leid. Juna gönnte der Stiefmutter keinen weiteren Blick. Mit Finn an ihrer Seite verließ sie den Raum.

In der Halle war niemand zu sehen. Sie konnte es den Hausangestellten nicht verdenken, dass sie sich aus der Schusslinie hielten, wenn *die Lady* einen ihrer Anfälle bekam.

»Hast du gehört? Köter hat sie gesagt.« Junas Finger gruben sich in das weiche Fell hinter Finns halbem Ohr. »Und stell dir mal vor, er hat meiner wahren Mutter versprochen, mir nichts über sie zu erzählen. Das ist so krank!«

Finn gab ein tiefes Brummen von sich, das nichts mit Feindseligkeit, aber ganz viel mit Wohlbefinden zu tun hatte.

»Vielleicht haben sie sich in den Highlands getroffen.«

Als Kind hatte sie sich diese Szene immer wieder ausgemalt. Zwei Menschen begegneten sich in der Wildheit des schottischen Hochlands, erkannten ihre gegenseitige Zuneigung und zeugten ein Kind der Liebe: Juna.

Warum konnte ihr Vater nicht einfach zugeben, was wirklich geschehen war? Und, was noch viel rätselhafter war: Warum hatte ihr Großvater die Wahrheit all die Jahre verschwiegen … und tat es noch immer?

Sie wusste, dass ihr Vater als junger Mann gern für ein paar Tage oder Wochen in den Highlands abgetaucht war. Im Grunde eignete er sich überhaupt nicht für ein Leben in London. Er liebte Hunde. Das sah man ihm an, sobald er einem Vierbeiner begegnete, und er hatte ein Faible für die Jagd. Letzteres hatte sich sogar darin geäußert, dass er gegen das Verbot der Fuchsjagd gestimmt hatte, obwohl Juna wusste, dass er diese britische Tradition insgeheim infrage stellte.

Im Grunde hatte er viel mehr Ähnlichkeiten mit seinem Onkel Richard, nach dem er auch benannt war und der den Stammsitz der Familie verwaltete, als mit seinem liberalen Vater, der sich für ein relativ einfaches Leben in Glasgow entschieden hatte. Es war ein offenes Geheimnis, dass er dem *Clan-Chief* auch finanziell unter die Arme griff, wo es nur ging. Ein Estate wie das der MacDonnells war nicht so ohne weiteres zu bewirtschaften, auch wenn es zuweilen Spenden von ausgewanderten Verwandten aus Übersee gab. Deshalb lebte Großonkel Richard längst im gut zu heizenden Wildhüter-Cottage, statt im zugigen Stammsitz der Familie zu residieren.

Von all dem ahnte ihre standesbewusste Freundin Sirona natürlich nichts. Ihre Vorfahren waren nach Großbritannien eingewandert und hatten hier ihr Glück gemacht. Seit wenigen Wochen besaß die Familie sogar eine Whisky-Destillerie, und Juna bemerkte schnell, dass Sironas nördlicher Akzent seit dem Tag der Vertragsunterzeichnung stärker geworden war.

Der Rückweg ins Hotel war schnell bewältigt. Finn trabte neben ihr durch das Foyer. Juna ging zur Rezeption, um die Rechnung zu verlangen, und erfuhr, dass die bereits beglichen worden war. Wann sie denn das Zimmer zu verlassen gedenke, fragte die Rezeptionistin höflich, und Juna erklärte ihr, dass sie dies mit ihrer Freundin besprechen müsse. »Ah, da kommt sie schon!« Sie ging ihr durch die Halle entgegen.

Sirona sah erschrocken auf – sie wirkte abgehetzt und war merkwürdig blass. »Dem Himmel sei Dank! Du bist noch hier.« Dabei streichelte sie Finn, ohne Juna in die Augen zu sehen. »Ich habe mir solche Sorgen gemacht.«

Juna, der das peinliche Schweigen nach der Szene mit dem Marquis nicht aus dem Sinn gehen wollte, verhielt sich reserviert. »Wir waren spazieren«, sagte sie und verschwieg den Besuch im nicht besonders weit entfernten Elternhaus.

»Wie nett. Ich auch.« Sirona wedelte mit der Hand, wie es ihre Art war. »Wie auch immer, was hast du für heute geplant?«

»Wenn ich ehrlich bin …«

»… dann willst du nach Hause«, fiel Sirona ihr ins Wort. »Kein Problem, hier habe ich sowieso alles erledigt, was zu erledigen war. Dann checken wir jetzt aus, oder?«

Als Juna ihre Börse zückte, legte Sirona schnell ihre Hand darauf. »Du musst noch packen, ich kümmere mich schon darum.«

Juna fand das merkwürdig, denn die Rechnung war ja laut Rezeption bereits beglichen, doch sie machte sich keine weiteren Gedanken darüber, sondern fuhr in ihre Etage hinauf und begann zu packen.

Es dauerte nicht lange, und sie bestiegen das vollgetankte Auto, um Richtung Schottland zu fahren. Sirona hatte sogar für ein Picknickpaket aus der Küche gesorgt.

Als sie die komplizierten Kreisel hinter sich gelassen hatten, hielt Juna es nicht mehr aus. »Wegen gestern …«

»Du musst mir nichts erklären, wenn du nicht willst«, unterbrach Sirona sie rasch.

Juna begriff, dass ihre Freundin Angst vor der Wahrheit hatte, oder vielmehr vor dem, was sie dafür hielt. »Er ist wirklich nicht mein Liebhaber.«

Ein schneller Seitenblick von Sirona streifte sie. »Dabei möchte ich wetten, dass er eine Sünde wert wäre.«

Offensichtlich bemühte sich die Freundin um einen leichten Ton, und Juna ging dankbar darauf ein. »Wahrscheinlich *ist* er die Sünde. Gut genug sieht er bestimmt aus.«

»Und er interessiert sich für dich, das war nicht zu übersehen.«

Juna lachte verlegen. »Aber ich habe kein Interesse. Ein Engel ist fast schon mehr, als eine Frau handhaben kann, findest du nicht auch?«

»Da sagst du was!« Sirona lachte nun auch. »Dann habe ich also Recht – er ist einer von ihnen?«

»Genau.« Insgeheim dachte Juna: *Ich rede schon wie Arian. Bloß nicht schwindeln, aber auch nicht zu viel verraten.*

Sie ließ die Ereignisse des vergangenen Abends noch einmal Revue passieren. Vor einem dunklen Engel wie dem Marquis musste man auf der Hut sein. Juna fragte sich, was er bei diesem Treffen zu suchen gehabt hatte und warum er so ärgerlich auf ihre Anwesenheit reagiert hatte. Diese *Vertriebenen-Organisation* war ihr von vornherein nicht ganz geheuer vorgekommen, und der unangenehme Auftritt von Elsa hatte sie letztlich nur darin bestätigt, sich nicht mit ihnen einzulassen.

Nach dem Eingreifen des Marquis, das hatte sie spüren können, war die Szene vor den Augen der anderen Gäste verborgen gewesen. Inzwischen wusste sie, dass es Dämonen gab, die sich darauf verstanden, die Erinnerung anderer zu rauben. Die mächtigsten unter ihnen verfügten auch außerhalb von Gehenna über große magische Fähigkeiten. Es wäre keine Überraschung für Juna, wenn der Marquis als gefallener Engel der ersten Stunde in der Lage gewesen wäre, die Realität auch für eine größere Gruppe Menschen nach seinen Wünschen zu formen. Seinem Chef, dem mächtigsten Herrn der Unterwelt, jedenfalls sagte man nach, er sei ein begabter Illusionist und Scharlatan.

Junas sechster Sinn war immer schon sehr ausgeprägt gewesen, und in letzter Zeit hatte sie sich angewöhnt, auf ihre Ahnungen zu hören. Auch Arian hatte sie eindringlich gebeten, stets auf ihre Intuition zu hören und nicht immer zu glauben, was sie sah. Nach ihrem Besuch in Gehenna verstand sie, was er damit gemeint hatte.

All dies durfte sie Sirona leider nicht erzählen, und Juna spürte immer deutlicher, wie das Geheimnis zwischen ihnen stand.

Sirona, die nichts von ihren Überlegungen ahnte, stimmte in ihr Lachen ein. »Dein Schutzengel ist er aber nicht, oder?«

»Wie kommst du darauf?« Juna war ehrlich überrascht.

»Na ja, Elsa hat sich nicht gerade von ihrer besten Seite gezeigt, und du sahst auch nicht eben glücklich aus. Ich dachte schon, ihr geht euch an die Gurgel. Er hat Schlimmeres verhindert.«

Juna wollte fragen, was sie über Schutzengel wusste, doch da klingelte ihr Handy.

Die Stimme des Anrufers klang merkwürdig gepresst. »Juna MacDonnell?«

»Ja, das bin ich.«

»Es ist nicht viel, was ich weiß, nur ein Name: Cnoc auf Skye.«

Sie kannte die Stimme und überlegte, woher. »Lane, sind Sie das?« Doch die Leitung war bereits tot.

»Probleme?«, fragte Sirona, ohne sie anzusehen, weil sie gerade mitten in einem Überholmanöver steckte.

»Eher Rätsel. Hast du schon mal was von einem *Cnoc* oder so gehört?«

»Lass mal überlegen. Ist das nicht Gälisch?«

Sirona hatte ein paar Unterrichtsstunden in der Sprache genommen, als ihr Vater vor einiger Zeit die Whiskybrennerei in den Highlands gekauft hatte. Doch bald hatte sie das Unternehmen wieder aufgegeben. *Zu schwierig,* und außerdem spräche auch kaum noch jemand Gälisch.

»Kann sein«, antwortete sie etwas vage.

»Dann heißt es *Hügel.* Ist das alles, was dein geheimnisvoller Anrufer gesagt hat?«

»Skye hat er noch erwähnt.«

»Und wer ist dieser Lane?« Sirona warf Juna einen kurzen Blick zu.

»Der Butler meines Vaters.«

»Aha!«, sagte Sirona, als sei damit alles erklärt.

Zu Hause angekommen, schaltete Juna sofort ihren Computer ein. Es gab viele Einträge zu *Cnocs* und *Skye,* was Juna nicht verwunderte, denn die sagenumwobene Insel vor der westlichen Küste von Schottland hatte keinen Mangel an Hügeln aller Art. Sie war nach einer geradezu endlosen Suche beinahe so weit, Lane anzurufen und um eine Erklärung zu bitten. Doch sie wusste, dass er mit dem Anruf bereits seine Kompetenzen überschritten hatte. Der Butler war immer ein loyaler Mensch gewesen, und dass er überhaupt etwas verraten hatte, grenzte an ein Wunder.

Vermutlich bereute er es längst, denn schließlich hatte er damit nicht nur gegen die Interessen seines Arbeitgebers gehandelt, sondern zudem auch noch zugegeben, gelauscht zu haben. Obwohl das kaum notwendig gewesen sein dürfte. Beschämt erinnerte sich Juna an ihren Wutausbruch. Sie hatte wahrlich laut genug geschrien, um das gesamte Haus über ihre Forderungen in Kenntnis zu setzen.

Ihre Hand schwebte einen Augenblick lang über dem Telefon, dann zog Juna sie zurück. Sie würde Lane nicht in Schwierigkeiten bringen. Stattdessen versuchte sie eine andere Schreibweise und ... wurde fündig. Neben einem Luxushotel in Perthshire entdeckte sie eine Beschreibung: *Knock Castle, auch als Caisteal Chamuis oder Castle Camus bekannt. Hierbei handelt es sich um eine Burg auf der schottischen Insel Skye.*

Juna wurde sehr aufgeregt. Sie war sich sicher, eine erste Spur entdeckt zu haben, und am liebsten wäre sie sofort in ihr Auto gesprungen, um nach Skye zu fahren. Weil sie jedoch feste Schichten in der Tierklinik übernommen hatte, blieb ihr nichts anderes übrig, als zu versuchen, in der nächsten Woche ihren Dienst zu tauschen, um für einige Tage in die Highlands fahren zu können.

Als Juna am folgenden Morgen in der Tiefgarage ihren Stellplatz erreichte, erwartete sie eine unangenehme Überraschung: Einer der Reifen ihres Autos war platt. »Mist! Wie kann das passieren?«

Ärgerlich, weil sie ohnehin schon ein bisschen spät dran

war, fuhr sie mit dem Aufzug wieder hinauf bis zur Eingangshalle. Dort war der Concierge zum Glück gerade damit beschäftigt, eine Glühbirne auszuwechseln. Er verstünde zwar nichts von Autos, sagte er, versprach jedoch, eine Werkstatt anzurufen und für die Reparatur zu sorgen. Ein Service dieser Art gehörte zu den zahllosen Vorteilen des luxuriösen Apartmenthauses, in dem sie nun lebte. Trotzdem hielt sich ihre Begeisterung in Grenzen. Um ein Taxi zu nehmen, hatte Juna nicht genügend Geld bei sich, und dann weigerte sich der erste Busfahrer auch noch, sie einsteigen zu lassen. Sein Bus sei zu voll und der Hund wirke gefährlich.

»Sorry, Herzchen, nicht mit mir.« Sprach es, schloss die Türen und fuhr weiter.

Danach hatte Juna zumindest keine Probleme mit der Kälte mehr, denn sie war ganz und gar damit beschäftigt, die Flammen in ihrem Inneren zu bändigen.

Glücklicherweise hatte der nächste Fahrer weniger Vorbehalte gegen Finn und nahm sie beide mit. Nass und eine gute halbe Stunde zu spät erreichten sie endlich die Tierklinik. Freundlicherweise hatte deren Leiter erlaubt, dass Finn sich dort aufhalten durfte, sofern er das Büro nicht verließ. Die Sekretärin liebte Hunde und kam Juna entgegen.

»Der Chef hat schon nach dir gefragt!« Damit nahm sie Juna die Leine aus der Hand. »Na komm, Finny! Da werd ich dich wohl einmal trockenrubbeln müssen, was? Guter Junge!«

Als sie am Abend nach Hause zurückkehrte, fragte der Concierge zur Begrüßung: »Haben Sie Feinde?«

»Wie kommen Sie denn darauf?«

»Die Werkstatt hat die Reifen gewechselt. Sie müssen in eine Glasscherbe gefahren sein, die sich langsam hineingebohrt hatte. So etwas kommt vor. Danach haben sie sicherheitshalber alles durchgecheckt und dabei einen Defekt an den Bremsen entdeckt.«

Juna seufzte. »Das Auto ist schon ziemlich alt, aber ein neues …« Sie machte eine hilflose Geste.

Der Mann grinste. Ihre beiden Fahrzeuge waren mit Abstand die ältesten und kleinsten Autos, die in der Tiefgarage standen, und auf eigenartige Weise schien sie das zu Verbündeten zu machen. Ansonsten meist mürrisch und wortkarg, blieb der Hausmeister häufiger stehen, um sich mit Juna zu unterhalten, wenn Zeit dazu war. Neulich hatte er ihr sogar geholfen, die große Dachterrasse für den Winter vorzubereiten, und selbst für Finn, der mit seinen schmutzigen Pfoten gern eine Extrarunde in der blitzblanken Lobby drehte, hatte er noch nie ein böses Wort gehabt.

Jetzt blickte er besorgt drein. »Das ist es nicht. Der Meister meint, jemand hat die Bremsleitungen manipuliert.«

»Was?«

»Hören Sie, Miss, wenn das hier im Haus passiert ist, muss ich so etwas der Polizei melden.«

»Machen Sie sich keine Umstände. Das erledige ich schon selbst.« Sie nahm ihren Schlüssel und die Rechnung der Werkstatt entgegen und bedankte sich. Bevor sie in den Lift stieg, drehte sie sich noch einmal um. »Hängen da unten nicht Überwachungskameras? Vielleicht sieht man etwas auf den Aufzeichnungen.«

Er machte ein verlegenes Gesicht. »Leider … die Anlage war defekt.«

»Dann hat es wahrscheinlich auch wenig Sinn, die Polizei

zu informieren.« Sie zuckte mit den Schultern und betrat den Aufzug.

Juna hatte ohnehin kein Interesse daran, von neugierigen Beamten befragt zu werden, aber ihr war nun klar, dass die Sicherheit dieses Gebäudes nicht so hoch war, wie Cathure zu glauben schien.

Nach einem hastigen Abendessen und einer letzten Runde mit Finn kroch sie schließlich erschöpft ins Bett. Kaum hatte sie die Decke bis unters Kinn gezogen, kam Finn nach und kuschelte sich an ihre Füße. Sie kitzelte ihn ein bisschen mit dem großen Zeh, bis er mit seiner rauen Zunge einmal über ihren Fuß leckte. Juna musste lachen, wurde aber schnell wieder ernst.

»Was meinst du, schneiden Dämonen Bremsleitungen durch?«

Eine andere Erklärung war Juna nicht eingefallen, obwohl sie seit ihrer Rückkehr ununterbrochen darüber nachdachte, was der Concierge gesagt hatte. Sie nahm sich vor, mit Cathure zu sprechen, falls noch einmal etwas vorkommen würde. Aber vorerst gab es keinen Grund, den Mann in Schwierigkeiten zu bringen.

Statt einer Antwort gähnte Finn vernehmlich.

»Die Leute in der Werkstatt müssen sich geirrt haben.« Juna schloss die Augen und war kurz darauf eingeschlafen.

Eine Woche später fuhr sie endlich Richtung Norden. Cathure hatte ihr nach Arians Abreise angeboten, sie könne das Auto, von dem sie annahm, dass es zum Penthouse gehörte, fahren. Doch Juna wäre es peinlich gewesen, einen geborgten Luxuswagen zu benutzen. Ganz davon abgesehen, dass sie sich das Benzin gar nicht hätte leisten können und bestimmt als Erstes ein paar Beulen in das edle Blech gefahren hätte.

Während sie sich die Straße am Loch Lomond entlang-kämpfte, bedauerte sie ihre Entscheidung. Finn hechelte aufgeregt, die Scheiben beschlugen unentwegt, und draußen ging die Welt unter … oder eine neue Sintflut sollte das Land überschwemmen. Zumindest gelang dies problemlos an vielen Stellen der A82, auf der sie sich langsamer als geplant in Richtung Norden bewegte. Normalerweise war dies eine auch bei Touristen beliebte Strecke. Doch heute war kaum etwas vom See oder der Landschaft zu erkennen, so dunkel hingen die Wolken vor den Bergen. Und die Scheibenwischer ihres kleinen Autos arbeiteten zwar emsig, aber gegen die Regenmassen, die herunterstürzten, seit sie den Kreisel bei Arden passiert hatte, kamen sie nicht an.

Sirona hatte Juna ausgelacht, als sie von ihren Plänen erzählt hatte. »Bist du verrückt? Um diese Jahreszeit fährt doch niemand nach Skye. Wenn man nicht vom Dauer-regen weggespült wird, weht einen der Sturm ins Meer.«

Juna hatte ihr widersprochen. So verregnet, wie immer behauptet wurde, war selbst die Westküste gar nicht, und das Wetter änderte sich häufig sehr schnell, wie überall am Meer.

Sirona war dabei geblieben. »Vor Mai kriegt mich nie-mand in diese Wildnis. Du hast jetzt so lange nicht gewusst, wer deine Mutter ist, da kommt es doch auf die paar Mo-nate auch nicht mehr an.« Sie hatte vorgeschlagen, im Früh-jahr ein schickes Ferienhaus zu mieten und sich dann ge-meinsam auf die Suche nach ihren Wurzeln zu machen. Doch Juna hatte abgelehnt.

Endlich gab es eine Spur, und sie hatte nicht vor, länger

zu warten. Als sie sich während der Fahrt überlegte, wie und wo sie mit ihren Nachforschungen beginnen sollte, kamen ihr allerdings Zweifel, ob Sirona mit ihrer Empfehlung, besseres Wetter abzuwarten, nicht Recht gehabt hatte.

Kurz bevor sie Ballachulish erreichten, verkündete ein regionaler Radiosender, dass die Nachmittagsfähre wegen eines Maschinenschadens heute nicht auslaufen würde. Jetzt würde sie über die Skye-Brücke fahren müssen, was einen erheblichen Umweg bedeutete. Immerhin hatte Juna die Nachricht noch rechtzeitig gehört. Wenn sie erst in Mallaig am Pier gestanden hätte, wäre das ein riesiger Zeitverlust gewesen.

Ein Schild kündigte das Clachaig Inn Restaurant an. Kurzentschlossen bog Juna ab, um dort eine kurze Rast einzulegen. Sie war ohne Frühstück aufgebrochen, und ihr Magen knurrte. Als sie ausstieg, ließ der Regen nach – viel war dennoch nicht zu sehen, denn die Gipfel der umliegenden Berge verschwanden im Grau der Wolken, und um diese Jahreszeit hatten die kahlen braunen Berge rundherum ohnehin oft etwas sehr Abweisendes. Andererseits gab es kaum Touristen, was Juna eindeutig als Vorteil empfand.

Sie setzte ihre Kapuze auf und rannte schnell zum Restaurant. Am Eingang wartete sie ungeduldig auf Finn, der die Gelegenheit nutzte, gleich mehrere Duftmarken zu hinterlassen. Als sie endlich in das gemütliche Pub eintrat, hörte sie schon an der Sprache der wenigen Gäste, dass sie beide die einzigen *Fremden* waren. Niemand störte sich an dem nassen Hund. Im Gegenteil, die Frau an der Bar brachte Finn sogar eine Schale mit frischem Wasser.

Das Essen war gut, und nachdem Juna den leider etwas trockenen Apfelkuchen, der ihr als Nachtisch empfohlen worden war und vermutlich vom Vortag stammte, mit reichlich Tee hinuntergespült hatte, drehte sie draußen noch eine kurze Runde, bevor sie sich wieder ins Auto setzte und Richtung Fort William aufbrach. Am Ufer des Loch Linnhe wurde die Straße breiter, um den Verkehr zügig durch den Ort zu führen. Heute aber kamen Juna nur wenige Fahrzeuge entgegen, obwohl der auffrischende Wind die Regenwolken vor sich her ins Landesinnere trieb.

Als sie in den Kreisel am Bahnhof einfuhr, erinnerten Supermarktschilder Juna daran, dass es in der kleinen Jagdhütte, die sie für wenig Geld gemietet hatte, nichts zu essen geben würde. Also bog sie auf den Parkplatz ab, um nachzuholen, was sie in Glasgow vergessen hatte: einkaufen.

Mit mehreren gut gefüllten Tüten kehrte sie zurück. Es war jetzt früher Nachmittag, und sie hatten noch fast hundert Meilen vor sich. Das klang nach nicht viel, konnte aber auf den Straßen, die durch die Highlands führten, bei schlechtem Wetter eine Fahrt von drei Stunden oder mehr bedeuten.

Es nieselte zwar im Moment nur noch, aber sie war ganz froh, dass sich der Ben Nevis auch heute in den Wolken versteckte, wie meistens, wenn sie hier vorbeikam.

Auch so musste sich Juna zweimal über die Augen wischen, denn die Erinnerung an ihren allerersten Ausflug mit Arian auf den Gipfel des Bergs tat weh. Sie müsste nur kurz die Lider schließen, und die Erinnerung an den warmen Sommertag und an ihre Verstimmung, als er sie in die kühle Einöde entführt hatte, wäre wieder da. Und plötzlich erwachte ihr Feuer mit einer Kraft, die sie erschrocken nach Atem ringen ließ. All die Leidenschaft, die sie während der kurzen gemeinsamen Zeit füreinander empfunden hatten, schien sich jetzt einen Weg in die Freiheit bahnen zu wollen.

Juna begann zu schwitzen, ihre Hände umklammerten das Lenkrad wie einen Rettungsring. Der Wagen schoss die Straße entlang, vor ihren Augen loderten Flammen … bis sie plötzlich einen stechenden Schmerz im linken Arm spürte. Finn hatte sie gebissen.

»Aua!«

Das Auto schlingerte noch kurz, und ein entgegenkommender Fahrer hupte warnend, der nächste tippte sich an die Stirn, dann war die Gefahr vorbei. Langsam fuhr Juna an den Straßenrand und legte den Kopf aufs Lenkrad. Erst als sie Finns Zunge im Gesicht spürte, sah sie auf.

»Du hast mir das Leben gerettet.« Sie fuhr mit dem Ärmel über ihr nasses Ohr und lachte. Es klang noch ein wenig zittrig, aber bald hatte sie sich so weit gefasst, dass sie weiterfahren konnte.

Bis zur Skye-Brücke kam Juna gut voran, daher war es auch noch nicht ganz dunkel, als sie ihre Unterkunft erreichte. Morgen würde sie eine *Jagdhütte mit sensationellem Blick über den Sund von Sleat* beziehen, doch für die erste Nacht hatte sie sich für eine Bed & Breakfast-Unterkunft entschieden, in der sie am nächsten Tag auch eine Wegbeschreibung und die Schlüssel für ihre Hütte erhalten sollte. Abgelegene Ferienhäuser, so hatte der Vermieter geraten, bezog man besser nicht nach Einbruch der Dunkelheit.

Mrs Brown empfing Juna und Finn herzlich. Sogar ein Hundekörbchen stand bereit, und nach einem köstlichen Abendessen, das am Tisch der Familie serviert wurde, war Juna beinahe versucht, hierzubleiben. Doch vierzig Pfund für eine Übernachtung konnte sie sich auf die Dauer nicht leisten, und außerdem hatte sie die Hütte im Voraus für eine Woche gebucht und bezahlt. Sie war erleichtert, als sie erfuhr, dass deren Besitzer in der Gegend einen guten Ruf genoss.

Er sei zwar ein MacDonald, während man selbst natürlich zu den Browns gehöre, die seit Jahrhunderten an diesem Küstenstrich lebten. Doch er wohne schon ewig hier, und jeder wisse, dass die MacDonalds von Sleat anständige Leute seien.

Dies war für die Browns offenbar Grund genug gewesen, die Schlüsselübergabe zu übernehmen, denn der so gepriesene Vermieter weilte derzeit nicht im Lande.

Am Tisch saß noch ein anderer Gast, der kurz nach Juna angekommen war. Der Fremde hatte helles rotes Haar und war sehr dünn. Als er über den Tisch nach einer Schüssel griff, rutschte der Ärmel hoch, und Juna sah Narben einer schweren Verbrennung auf seinem rechten Arm. Schnell zog er die Manschette wieder herunter. Er sei auf der Durchreise, erzählte er, was bei der Wirtin ein irritiertes Blinzeln auslöste, aber in diesem Augenblick kam der Hausherr hereingepoltert, und sie fragte nicht weiter. Ansonsten zeigte er sich nicht sehr gesprächig. Nur als die Browns nach dem Essen den Weg zu den Hütten beschrieben, schien er aufmerksam zuzuhören.

Vielleicht gefällt ihm die Gegend, und er will selbst einmal hier Ferien machen, dachte Juna.

»Nun erzählen Sie mal von Glasgow. Gibt es dort tatsächlich diesen Weihnachtsmarkt, von dem alle schwärmen?« Mrs Brown sah sie gespannt an.

»Ich werde mal zu Bett gehen.« Der schweigsame Gast legte seine Serviette sauber gefaltet auf den Tisch zurück.

»Morgen geht es früh weiter.« Mit einem gemurmelten Gruß verließ er den Raum, und gleich darauf hörte man seine Schritte auf der Treppe zum ersten Stock.

Juna warf einen nachdenklichen Blick zur Tür, besann sich dann aber auf ihre gute Erziehung und lächelte. »O ja, mit Bratwurst, heißen Waffeln und Glühwein.«

Mr Brown verzog das Gesicht und nahm einen Schluck seines Feierabendwhiskys. »Früher gab es all das Zeug nicht, aber seit meine Heather davon gehört hat, quält sie mich jedes Jahr zu Weihnachten, dass ich mit ihr dorthin fahre.«

»Und in diesem Jahr fahren wir auch!« Sie ignorierte das unwillige Brummen ihres Mannes und stellte noch viele Fragen, die Juna alle geduldig beantwortete. Plötzlich sah sie auf die Uhr. »So spät! Und ich rede und rede. Sie müssen doch müde von der langen Fahrt sein, Mädchen.«

Juna beteuerte, dass ihr die Unterhaltung viel Spaß gemacht habe, und verabschiedete sich zu einer kleinen Runde mit Finn. Als sie das Haus wieder betrat, war bereits alles still, und sie schlichen Seite an Seite die Treppe hinauf in ihr Zimmer.

Am nächsten Morgen schien die Sonne in den kleinen Wintergarten, in dem Mrs Brown für das Frühstück gedeckt hatte. Mr Brown sei schon unterwegs, berichtete sie, und es stellte sich heraus, dass der andere Hausgast ebenfalls früh aufgebrochen war. Juna hatte nichts dagegen – der Mann war ihr unsympathisch gewesen. Wenn sie sich ganz gerade aufsetzte, konnte sie von ihrem Platz am Frühstückstisch das Meer sehen. Beim kurzen Morgengang mit Finn hatte sie festgestellt, dass es weder kalt noch allzu windig war, und sie freute sich darauf, ihr Häuschen zu beziehen und anschließend einen langen Spaziergang zu machen.

Juna hielt sich genau an die Anfahrtsbeschreibung und verstand bald, warum sie so ausführlich formuliert war. Der Weg verlor sich allmählich in der Heide, und jeder Felsbrocken rechts oder links der Spur stellte einen willkommenen Hinweis dar. Ganz so abgelegen hatte sie sich ihre Unterkunft nicht vorgestellt. Eigentlich hatte sie im örtlichen Pub regelmäßig zu Abend essen und dezent Fragen stellen wollen. Nach ihrem Vater, aber besonders nach einer Frau, die ihr ähnlich sah. Zum Verwechseln ähnlich, wenn sie dem Foto Glauben schenken durfte, dessen Kopie gut verpackt in ihrer Brieftasche steckte. Sie hatte es als kleines Mädchen im Zimmer der Großmutter entdeckt und für ein Heiligenbild gehalten. Als sie danach fragte, hatte Großmutter sehr geheimnisvoll getan und gesagt, später, wenn Juna älter sei, würde sie ihr mehr über das Bild erzählen. Doch dazu war es nie gekommen, denn die alte Frau war bald darauf schwer erkrankt und binnen eines Jahres gestorben.

Schnell versuchte Juna, die schmerzhafte Kindheitserinnerung zu verdrängen, und konzentrierte sich wieder darauf, dem kaum noch erkennbaren Feldweg zu folgen.

Schließlich durchquerte sie ein Wäldchen, das sich in eine große Wiese öffnete, und da erblickte sie mitten auf einer kleinen Anhöhe die Jagdhütte. Unspektakulär und wie die meisten neueren Gebäude in den Highlands eher praktisch als schön, wirkte sie jetzt allerdings einladend, denn die Sonne verlieh den grauen Steinen einen warmen Schimmer, und der Himmel spiegelte sich in blanken Fensterscheiben. Juna parkte am Fuß des Hügels, weil sie dem Auto eine Fahrt durch die sandige Heide nicht zumuten wollte.

Also musste sie einige Male hin und her gehen, um Gepäck und Einkäufe ins Haus zu tragen. Finn schien das alles für ein grandioses Spiel zu halten.

»Du könntest eigentlich auch mit anfassen!«, rief sie ihm zu, als er ihr entgegengerannt kam, während sie sein Futter den Berg hinaufschleppte.

Seine Antwort fiel eindeutig aus: Er sprang in die Luft, bellte kurz und verschwand erneut aus Junas Blickfeld.

Bald darauf brannte ein Feuer im Ofen, das die Feuchtigkeit vertreiben sollte, die sich trotz aller Vorkehrungen, die der Vermieter getroffen haben mochte, ins Innere des Häuschens geschlichen hatte. Juna lehnte sich mit einem Glas Wein in der Hand gegen die sonnenwarme Hauswand und blinzelte ins Winterlicht. Wenn sie die Augen zusammenkniff, sah sie in der Ferne ein Schiff über das Meer gleiten. Außer dem Wispern des Windes und dem Vogelgezwitscher, das vom Waldrand hinter der Hütte herüberwehte, war es hier oben völlig still. Finn kehrte von seinem Ausflug zurück und legte sich zu ihren Füßen auf die grob gezimmerte Holzterrasse. Plötzlich wusste Juna, dass es diese Ruhe und der Frieden einer weiten Landschaft waren, die es brauchte, um eine verletzte Seele zu heilen. Tränen stiegen ihr in die Augen, und leise flüsterte sie: »Arian.«

Gegen Melancholie half Bewegung. Entschlossen zog sie ihre Wanderstiefel an, verriegelte die Tür zum Cottage und pfiff nach Finn. Gemeinsam folgten sie dem Fußpfad, der sich nicht weit von ihrem Haus entfernt den Berg hinaufschlängelte.

Vier Stunden später ließ sie sich erschöpft auf einen von zwei Küchenstühlen nieder, die ihr Haus zu bieten hatte.

Die Wanderung war herrlich gewesen, obwohl sie überzeugt war, spätestens übermorgen jeden Knochen zu spüren.

Jetzt aber, nachdem sie das Feuer im Ofen wieder angefacht hatte, genoss sie erst einmal die Wärme und den Duft einer einfachen Suppe, die auf dem Herd brodelte, während daneben das mitgebrachte Brot röstete. An morgen würde sie später denken. Warm in ihre bequemste Hose und einen viel zu großen Pulli eingepackt, der eigentlich Arian gehörte, nippte sie an einer heißen Schokolade. Ihre Füße in dicken Socken gegen Stuhl Nummer zwei gestemmt, sah sie dem Himmel zu, wie er einen frühen Herbstabend mit spektakulären Farben ausklingen ließ, als gäbe es nur diesen Winkel der Welt und unendlichen Frieden.

Später las Juna noch ein wenig beim Schein eines Kerzenleuchters in ihrem mitgebrachten Roman, bis ihr die Augen fast zufielen. Die Liebesgeschichte machte sie melancholisch, aber immerhin war klar, dass dem Paar am Ende eine glückliche Zukunft winkte. Der Ausgang ihrer eigenen Geschichte stand dagegen in den Sternen. Sie löschte jede Kerze gewissenhaft und nahm sich vor, von Arian zu träumen. Danach kroch sie in ihr Bett, das sie, anders als vorgesehen, im Wohnraum auf der breiten Couch eingerichtet hatte, weil das Schlafzimmer nicht beheizbar war.

Am nächsten Morgen konnte sie sich zwar an keinen einzigen Traum erinnern, dennoch fühlte sie sich gut und zuversichtlich, dass ihr diese Reise neue Erkenntnisse bringen würde. Vielleicht kam ihre gute Laune auch einfach daher, dass sie von Sonnenstrahlen geweckt worden war. Der Tag versprach, schön zu werden.

Nach einem schnellen Frühstück schloss Juna das Cottage ab und ging hinab zu ihrem Wagen. Finn, der schon seit Sonnenaufgang ungeduldig gewesen war, lief ihr voraus. Er umrundete das kleine Auto, das wie ein Fremdkörper in der fast unberührten Landschaft stand, rannte dann plötzlich wie ein Wilder auf sie zu und schnappte nach ihrem Ärmel.

Juna kannte das als Aufforderung zum Spiel. Finn hatte sie noch nie gebissen, er konnte seine Kraft erstaunlich gut dosieren. Nur einmal war er mit einem Zahn in ihrem Pullover hängen geblieben und hatte ein Loch hineingerissen.

»Och nein, jetzt bitte keine Hasenjagd!« Juna schloss die Fahrzeugtür auf, stellte ihre Tasche hinein und sah sich um: vom Hund keine Spur.

»Fin-ny … Finn! Hierher!«

Nichts.

Dann sah sie ihn plötzlich wie einen schwarzen Blitz hinter dem Haus auftauchen. Er bellte aufgeregt.

»Hier!«

Aber nichts half, nicht einmal die Hundepfeife, die sie für den äußersten Notfall bei sich trug. Natürlich hätte sie Finn niemals in einer fremden Umgebung allein zurückgelassen, und außerdem war Jagdsaison. So mancher Hund war schon mit Wild verwechselt oder von Jägern erschossen worden, weil sie ihn für einen Räuber hielten.

Also stieg sie den Hügel zum Haus wieder hinauf, denn von dort aus hatte man einen besseren Überblick. Finn saß sehr aufrecht auf der Terrasse und blickte sie aufmerksam an.

»Spinnst du? Du kannst doch nicht einfach weglaufen!«

Seine Rute schlug nervös hin und her, er knurrte, und das

Fell stand ihm so sehr zu Berge, wie Juna es noch nie zuvor gesehen hatte. Sie verschwendete keinen Gedanken darauf, ob sein aggressives Verhalten ihr gelten könnte. Irgendetwas stimmte nicht. Sie sah sich um.

Ein blendender Blitz und ohrenbetäubender Lärm ließen sie zurückweichen. Geblendet schlug Juna die Hände vor das Gesicht.

17

So schnell, wie die Explosion gekommen war, so schnell wurde es auch wieder still. Zurück blieben rauchschwarze Trümmer ihres Autos, die zu löschen sie sich gar nicht mehr die Mühe machte.

Die Szene erinnerte sie an einen Kinofilm.

»Wenn jetzt Wind aufkommt, trägt er die Reste mit sich fort.« Juna setzte sich neben Finn und legte den Arm um ihn. »Du hast es gewusst, oder?« Und dann löste sich ihre Anspannung in einer Flut von Tränen auf.

Als sie endlich wieder einigermaßen klar denken konnte, fasste sie einen Plan. Ihre Wertgegenstände waren verloren. Geld, Kreditkarten und Papiere, alles hatte die Explosion unwiederbringlich zerstört.

Viel wichtiger aber: Irgendjemand meinte es verdammt ernst.

Jetzt war klar, dass die defekten Bremsleitungen kein Zufall gewesen sein konnten. Vielleicht war es besser, wenn der Attentäter glaubte, sein Ziel erreicht zu haben. Sie konnte nur hoffen, dass er nicht irgendwo auf der Lauer gelegen hatte, um ganz sicherzugehen.

Juna fühlte sich unsicher, doch Finn war ihr ein Trost. Er hatte ihr nicht zum ersten Mal das Leben gerettet, und womöglich steckte mehr in dem Hund, als selbst Arian hatte sehen können. Einen Versuch, auf seine außergewöhnlichen

Fähigkeiten zu vertrauen, sollte sie jedenfalls wagen. Was blieb ihr auch anderes übrig?

»Ist er noch in der Nähe?«, fragte Juna leise.

Anstelle einer Antwort schüttelte sich Finn nur und lief auf den Bergpfad zu, über den sie gestern bereits gemeinsam spaziert waren. Nach einigen Metern blieb er stehen und sah sich um.

»Okay, ich komme.«

Juna brach zu einer Wanderung auf, von der sie niemals geglaubt hatte, dass sie so beschwerlich werden würde. Schon als Kind, aber ganz besonders nachdem sie wieder in Schottland Fuß gefasst hatte, gehörte ein Großteil ihrer freien Zeit den Highlands. Einladungen zur Jagd, denen der Großvater zuweilen gefolgt war, hatte sie zwar stets ausgeschlagen, weil ihr das Schießen auf Tiere zuwider war, aber während ihres Studiums hatte sie einer Forschungsgruppe angehört, die sich mit den Vorkommen großer Raubvögel beschäftigte, und schon allein aus diesem Grund waren ihr die abgelegenen Gebiete Schottlands nicht fremd.

Ohne Karte und nur nach dem Sonnenstand war sie allerdings noch nie gewandert, doch warum auch immer: Juna vertraute auf Finns Gespür. Zudem erschien es ihr logisch. Der Attentäter − sofern er nicht irgendwo im Unterholz saß − erwartete, dass sie beide nicht mehr lebten. Warum also sollten sie ihn vom Gegenteil überzeugen und sich erneut in Gefahr bringen, indem sie bekannten Wegen folgten?

Also bezwangen sie gemeinsam zum zweiten Mal den Berg, der sich hinter ihrem Cottage erhob, stiegen heute aber auf der anderen Seite hinab und durchquerten danach ein menschenleeres Tal, das mit wilder Heide bedeckt und von trügerischen Mooren durchzogen war.

Finn führte sie trittsicher über verborgene Wasserläufe, und im unwegsamsten Gebiet fand er noch einen Wildpfad, dem sie folgen konnten. Über ihnen segelte seit Stunden ein Adler auf der Suche nach Nahrung, und ein- oder zweimal stieß er pfeilschnell hinab, um seine Beute zu greifen. Als sie ein Gebiet erreichten, in dem es Bäume und Sträucher gab, sahen sie sogar Hirsche, die friedlich ästen und sich nicht um das merkwürdige Duo kümmerten. Hasen kreuzten ohne Angst ihren Weg, ein paar Schafe schauten ihnen blökend nach, und Finn führte sie nicht nur im Bogen um eine Herde furchteinflößender Highlandrinder, er fand auch die versteckt liegenden Quellen, an denen sie Seite an Seite ihren Durst löschten.

»Bist du sicher, dass du weißt, wohin wir müssen?«

Beinahe vorwurfsvoll sah er sie an.

Juna folgte ihm also weiter und war nicht überrascht, als sie am Ende des Tages im Zwielicht auf der Wiese hinter dem Haus ihrer gestrigen Bed & Breakfast-Pension stand.

»Und jetzt?«

Finn sah sie starr an.

»Keine Reaktion ist auch ein Zeichen.« Juna seufzte. Sie war müde und hungrig und keineswegs sicher, die richtige Entscheidung zu treffen. Aber was blieb ihr anderes übrig, als den Browns zu vertrauen? Sie waren die einzigen Menschen, die sie in der Gegend kannte. »Also gut, komm.«

Erschöpft und vermutlich ziemlich wüst aussehend, klingelte sie an der Tür.

Das freundliche Gesicht ihrer Wirtin erschien. »Willkommen … Oh!« Sie öffnete die Tür weiter. »Um Himmels willen, Mädchen. Was ist passiert?«

Bereitwillig ließ sich Juna in die Wärme des hell erleuchteten Hauses ziehen. Kurz darauf hörte sie Finn schmatzend ein improvisiertes Abendessen herunterschlingen und hielt eine übergroße Tasse mit heißem Tee in beiden Händen. Als sie von dem wohlriechenden Gebräu kostete, schmeckte Juna unter all dem Zucker und reichlich Milch auch Whisky heraus. Sie lächelte. Hier meinte man es gut mit ihr.

»Danke!«

»Was ist passiert?« Mrs Brown stellte ihre Tasse auf den Tisch und sah sie erwartungsvoll an.

Es half nicht, drum herumzureden, also sagte Juna möglich beiläufig: »Mein Auto ist in die Luft geflogen.«

»Um Himmels willen. Wie konnte das passieren?«

»Ich habe keine Ahnung.« Juna erzählte in leicht abgewandelter Form, wie sie die Tür aufgeschlossen und ihre Handtasche hineingestellt hatte, um dann noch einmal zum Haus zurückzukehren.

»Dann war es ein Zeitzünder. Nicht sehr professionell, wenn ich das sagen darf.«

Juna hob erstaunt eine Augenbraue. »Woher …«

»Ich lese Krimis.«

»Ach so, natürlich.« Unvermittelt stahl sich ein Lächeln in ihre Augen. Bei genauerer Überlegung musste sie jedoch zugeben, dass Mrs Brown durchaus Recht haben könnte. Hätte jemand die Explosion aus der Ferne ausgelöst, dann hätte er dies erst getan, wenn sie eingestiegen wäre. Mit der Zündung konnte der Sprengstoff auch nicht verbunden gewesen sein. War dieses Attentat das Werk eines Dilettanten, oder sollte es lediglich eine weitere Warnung sein?

Während sie an einer zweiten Tasse Tee nippte, dachte

sie, dass die Krimileidenschaft ihrer Wirtin gerade recht kam. »Wo ist Mr Brown?«, fragte Juna schließlich.

»Er ist heute Mittag in See gestochen.« Die Wirtin kicherte. »Ist es nicht wunderbar, einen Seemann zum Gatten zu haben?«

Juna war sich nicht ganz sicher, was sie damit meinte, schlug aber ein, als die Frau ihre Hand ausstreckte und sich mit ernster Miene vorstellte: »Heather. Du musst mich Heather nennen. Schließlich arbeiten wir zukünftig zusammen.«

»Ich bin Juna. Ähm … angenehm.« Anfangs hatte sie die Frau für älter gehalten, vielleicht Ende vierzig. Doch wie sie da so vor ihr stand, ein bisschen aufgeregt und mit geröteten Wangen, korrigierte Juna ihre Schätzung um gut zehn Jahre nach unten. Sie sah genauer hin, doch obwohl sie sich sehr bemühte, etwas Engelhaftes konnte sie nicht an Heather entdecken. Wer sie auch war, ihrem neuen Schutzengel dürfte Juna hier nicht begegnet sein. Und auch die Feen hatten sich anders *angefühlt*. Ein Begriff, mit dem Juna versuchte, ihren sechsten Sinn ziemlich ungenügend, aber allgemein verständlich zu umschreiben.

Heather also fühlte sich durch und durch menschlich an, und vielleicht war genau dies ihre herausstechende Qualität. »Du wohnst natürlich erst einmal hier. Nur erzählen dürfen wir niemandem davon.« Heather schien ganz in ihrem Element zu sein. »Hast du Feinde?« Bevor Juna antworten konnte, sprach sie weiter. »Aber gute Freunde hat so ein Mädchen wie du doch sicher auch? Lass mal überlegen – wer könnte dir jetzt helfen?«

Es gab nur einen Namen, der ihr sofort einfiel. »Habt ihr hier irgendwo ein öffentliches Telefon?« Juna dachte an den

Fremden, der vorletzte Nacht ebenfalls in Heathers Pension gewohnt hatte. Was, wenn er das hiesige Telefon verwanzt hatte – oder womöglich die gesamte Pension? *Ich werde offenbar paranoid*, dachte sie.

Cathures Nummer kannte sie auswendig. Immer wieder hatte Arian sie gebeten, die Zahlen aus dem Gedächtnis zu wiederholen, und jetzt war sie ihm dankbar dafür.

Ihr zweiter Gedanke war gewesen, Sirona anzurufen, doch ihre Freundin hatte von einer gemeinsamen Reise nach Paris gesprochen, die sie mit ihrem geheimnisvollen himmlischen Begleiter machen wollte. Und sollte Juna ernsthaft in Gefahr sein, war Cathure vermutlich ohnehin der bessere Ansprechpartner, solange Arian in Gehenna gefangen war.

Heather unterbrach ihre Überlegungen. »Jetzt suche ich dir erst einmal ein paar frische Sachen heraus, und dann gehen wir ins Pub.« Junas skeptischen Blick beantwortete sie, ohne Luft zu holen. »Nicht, was du denkst. Dort gibt es das einzige Münztelefon in ganz Sleat.«

Es stellte sich heraus, dass Heather ebenfalls der Meinung war, Juna solle sich vorerst bedeckt halten, bis sie wussten, ob sich weitere Fremde in der Gegend aufhielten. Ein Einheimischer, davon war ihre neue Verbündete felsenfest überzeugt, hatte das Auto gewiss nicht in die Luft gejagt.

»Ich würde dich auch selbst nach Glasgow bringen, aber Mr Brown kommt erst in der nächsten Woche zurück, und wer soll sich bis dahin um die Pension und die Tiere kümmern?« Heather hatte einen Karton aus ihrem Schlafzimmer geholt, den sie jetzt mitten auf den Tisch stellte. Sie wühlte darin herum und entfaltete schließlich eine Jeans. »Die könnte passen. Du hast ungefähr die Figur meiner

Tochter. Sie lebt in London.« Heather klang stolz und gleichzeitig ein bisschen traurig, eben so, wie nur Mütter klingen können, deren Kinder in die Welt hinausgegangen waren, um dort ihr Glück zu machen.

Nachdem Juna geduscht hatte, zog sie sich an. Die Jeans passte ziemlich gut, sie war ein bisschen weit und hätte länger sein können, aber das fiel nicht weiter auf, denn sie versank fast in einem riesigen, mollig warmen Pullover, der ihr beinahe bis zum Knie reichte. Heather hatte sich entschuldigt und gesagt, er gehöre ihrem Mann, und Mr Brown, wie sie ihn konsequent nannte, war groß und kräftig, mit roten Haaren und einer laut klingenden Stimme; wie man sich eben einen Highlander vorstellte, dessen Vorfahren als gefährliche Nordmänner die Meere unsicher gemacht hatten. Nun trug sie also einen Wikingerpullover, und von ihrer Figur war nichts mehr zu sehen, als sie kurz darauf auf dicken Socken in die Küche zurückkehrte.

Überrascht blickte sie auf den dunklen Mopp, den Heather gerade kämmte. »Was ist das?«

»Je weniger Menschen wissen, dass du überlebt hast, desto sicherer bist du.« Damit stülpte sie Juna die Perücke über und zupfte sie zurecht. »Das Schwarz passt gut zu deinen Augen. Ich frage mich schon die ganze Zeit, welche Farbe sie wirklich haben.«

»Grün. Jedenfalls behaupte ich das immer.« Juna betrachtete sich im Spiegel. »Aber ich fürchte, sie können sich nicht so recht zwischen blassgrün und grau entscheiden.« Sie hoffte inbrünstig, dass Heather niemals die dritte Variante und damit das Feuer erblicken würde.

»Wie das Meer. Sehr praktisch, so kann auch niemand eine exakte Personenbeschreibung abgeben.«

Juna strich sich eine Strähne aus dem Gesicht. Der Anblick war ungewohnt, denn ihr eigenes Haar verbarg sich nun unter einer asymmetrisch geschnittenen Frisur, die sie erstaunlicherweise jünger erscheinen ließ. Die knapp kinnlangen Haare fühlten sich weich und natürlich an, aber sie standen ein wenig ab und gaben ihr ein koboldhaftes Aussehen. »Wem gehört diese Perücke?«

»Meiner Tochter, sie hat sie während ihrer Chemotherapie getragen.« In diesem kurzen Satz lag die ganze Leidensgeschichte einer Familie, und Juna hätte gern etwas Tröstendes gesagt, aber Heather redete hastig weiter: »Sie sagt, so lange, wie sie diese Perücke besitzt, kommt der Krebs nicht zurück. Aber genug davon!« Sie reichte ihr noch eine große Mütze. »Jeder hier kennt die Frisur, damit müsstest du aber nun wirklich gut getarnt sein. Sieh mal, dein Hund erkennt dich auch nicht mehr.«

Tatsächlich schnupperte Finn, der nach einem Verdauungsschläfchen wieder erwacht war, an Junas Hosenbein und wedelte unentschlossen mit dem Schwanz.

»Ich bin es! Komm, wir wollen ausgehen!«

Schließlich entschieden sie sich doch, ihn nach einer kurzen Runde im Garten in der Pension zurückzulassen. Ein einohriger Hund war zu auffällig und hätte Juna womöglich trotz ihrer nahezu vollkommenen Verwandlung verraten.

Gemeinsam fuhren sie zum Pub, und während Heather die wenigen Gäste begrüßte, ging Juna unauffällig zum Münztelefon, das versteckt im Gang zu den Toiletten an der Wand hing. Mit den geliehenen Münzen in der Hand versuchte sie, Cathure zu erreichen.

Nach dem zweiten Klingeln hob er ab, und Juna schilderte so leise wie möglich, was geschehen war.

»Das hast du sehr gut gemacht. Bleib, wo du bist, und lass dich möglichst nicht sehen. Die Hütte ist abgelegen, sagst du?« Er schien einen Augenblick lang zu überlegen, dann stellte er einige gezielte Fragen.

Im Hintergrund hörte Juna plötzlich Nigellas Stimme, die fragte: »Was ist los?«

Es raschelte in der Leitung, als verdecke jemand die Sprechmuschel mit der Hand. Trotzdem hörte Juna, wie Cathure sagte: »Nicht jetzt!«

Das Rascheln hörte auf.

»Juna, bist du noch da? Gut. Ich schicke dir einen Wagen und kümmere mich um den Rest. Geh nicht wieder zu der Hütte, hörst du? Sobald ich dir Bescheid gebe, kommst du auf direktem Weg nach Glasgow. Wir werden dann über alles sprechen. Und … schöne Grüße von Nigella.«

Bevor sie etwas entgegnen konnte, war die Leitung tot.

Sie mochte es nicht besonders, wenn über ihren Kopf hinweg entschieden wurde, aber in diesem Fall – das sah selbst Juna ein – war es vermutlich die beste Entscheidung, Cathure zu vertrauen.

Nachdem sie ins Pub zurückgekehrt war, entdeckte sie Heather an einem Tisch, der außer mit einer Kerze und dem sanften Schein des Kaminfeuers nicht beleuchtet war. Vor ihr standen zwei Gläser.

»Es würde seltsam aussehen, wenn wir nichts trinken.« Sie sprach leise, verhielt sich aber ansonsten ganz normal. »Die Leute hier im Pub sind alle aus der Gegend. Für die lege ich meine Hand ins Feuer.« Sie trank einen Schluck. »Ich mache mir solche Vorwürfe. Gestern habe ich mich nur gewundert, wie jemand behaupten kann, dass er auf der Durchreise sei. Die Straße endet doch in Àird Shlèite.

Wir hätten dich niemals allein zur Hütte rausfahren lassen dürfen.«

»Bitte mach dir keine Sorgen«, sagte Juna und war in Gedanken bereits bei einem anderen Thema. Der Schnappschuss ihrer Mutter hatte zusammen mit allen anderen Dokumenten in ihrer Brieftasche im Auto gelegen. Dennoch wagte sie einen Vorstoß: »Wenn du dein ganzes Leben hier verbracht hast, ist dir dann jemals jemand begegnet, der mir ähnlich sah?«

Heather sah sie prüfend an, sagte aber lange Zeit kein Wort. »Seltsam, dass du danach fragst. Gestern noch habe ich zu Mr Brown gesagt, dass du mir bekannt vorkommst. Er wusste sofort, was ich meine.« Sie stützte die Ellbogen auf den Tisch und faltete die Hände … ein bisschen so, als suche sie nach Halt. »Ich war damals noch Schulmädchen und kann mich nicht mehr so gut erinnern. Ich weiß nur, dass es hieß, eine Künstlerin wäre in das leerstehende Cottage oberhalb vom Gillean Strand eingezogen. Erst wollte das niemand so recht glauben, denn die Gegend …« Heather senkte die Stimme zu einem kaum hörbaren Flüstern. »Die Gegend dort oben soll verwunschen sein. Niemand weiß, wem das Land gehört. Sobald jemand versucht, in das Haus hineinzugehen, soll ein Feuer im Kamin anspringen, das im Nu das ganze Cottage und den Eindringling verschlingt, wenn er sich nicht schnell genug retten kann.« Sie setzte sich wieder auf und rieb die Hände aneinander, als sei ihr kalt. »Unfug, wenn du mich fragst. Schließlich steht das Cottage immer noch dort, und ich schwöre dir, niemand würde denken, dass es schon über dreihundert Jahre alt ist, so gut ist es in Schuss. Zumindest von außen. Hineinzugehen würde ich mich niemals trauen.«

Und das ist auch besser so, dachte Juna, die nun ganz sicher war, auf der richtigen Spur zu sein. »Und weiter?«

»Ach ja, die Frau.«

Heather trank einen Schluck.

Juna bohrte ihre Nägel vor Anspannung tief in den dicken Stoff der geborgten Jeans.

Endlich sprach Heather weiter: »Kaum jemand bekam die Frau zu Gesicht, und was sie da draußen gemacht hat, wusste auch niemand. Anfangs sind immer mal Leute vom Dorf vorbeigegangen, um sich zu vergewissern, ob mit ihr alles in Ordnung war. Aber das Haus war stets verschlossen.«

Juna sah sie aufmerksam an.

»Das mag dir normal vorkommen, aber früher hat in dieser Gegend niemand sein Haus abgeschlossen. Was hätte ein Dieb schon stehlen können? Wir sind keine reichen Leute.« Heather knabberte gedankenverloren an ihren Chips und redete schließlich weiter. »Seltsam war, dass sie stets ein paar Tage nach einem solchen Besuch im Dorf auftauchte. Fast so, als wollte sie sich zeigen, um weitere Nachforschungen zu unterbinden. Und bei einer dieser Gelegenheiten muss sie dort dem jungen MacDonnell begegnet sein. Es heißt, die beiden waren sofort Feuer und Flamme füreinander. In jenem Jahr blieb er den ganzen Sommer und wohnte bei ihr im Haus.«

Juna gab einen erstickten Laut von sich.

Heather schlug die Hände vor den Mund. »Du meine Güte, dass ich nicht gleich darauf gekommen bin. Das war deine Mutter, nicht wahr?«

»Nicht so laut, bitte!« Juna sah sich möglichst unauffällig um, ob sie jemand gehört hatte. Doch im selben Moment knarrte die schwere Eingangstür des Pubs, und zwei Männer kamen herein. Zum Glück bot deren Ankunft auch für die anderen Gäste eine willkommene Abwechslung. Niemand beachtete die beiden Frauen in der Ecke.

Offenbar regnete es, denn der eine Neuankömmling schüttelte sich wie ein Hund, bevor er seine Jacke auszog und über eine Stuhllehne hängte. Der andere ging zur Bar und begann ein leises Gespräch mit dem Wirt. Plötzlich, als habe er ihr Interesse gespürt, drehte er sich um und sah Juna an. Hastig wich sie seinem Blick aus. Irrte sie sich, oder hatte er ihr zugezwinkert?

»Kennst du die beiden?«, fragte sie leise und trank einen großen Schluck. Ihr kam es vor, als sei ihre Kehle plötzlich wie ausgedörrt. Kein gutes Vorzeichen, denn das Feuer kündigte sich nicht selten auf diese Weise an.

»Ich bin nicht sicher, sie kommen mir irgendwie bekannt vor.« Heather kniff die Augen zusammen. »Jetzt weiß ich es! Der an der Bar arbeitet in den Armadale-Gärten. Den anderen habe ich auch schon gesehen.« Sie machte ein nachdenkliches Gesicht. »Aber mir fällt nicht ein, wo das gewesen sein könnte.«

Juna leerte ihr Glas und stand auf. »Ich glaube, es ist besser, wir gehen. Ich möchte Finn nicht so lange allein lassen.«

Juna wollte Heather nicht beunruhigen, aber die Männer kamen ihr sehr merkwürdig vor. Konnte es sein, dass sie von Cathure geschickt worden waren? Doch ihr Telefonat lag noch keine Viertelstunde zurück. Das war doch unmöglich?

Andererseits durfte man die Macht der Feen nicht unterschätzen, hatte sie bei Arians Schnellkurs in jenseitiger Magielehre erfahren. Danach hatte er gelacht und gesagt, Engel seien natürlich das Nonplusultra der Schöpfung. Und nach zahllosen Küssen, die schnell zu weiteren Zärtlichkeiten geführt hatten, war sie geneigt gewesen, ihm diese Überheblichkeit zu verzeihen.

Man könnte fast glauben, mein Element sei nicht das Feuer, sondern Salzwasser! Wie immer, wenn Juna an Arian dachte, musste sie gegen die Tränen kämpfen. Wäre er nicht im Tausch für Nigellas und ihre eigene Freiheit in den Dienst des Marquis gezwungen worden, säße sie jetzt nicht unter solch beunruhigenden Umständen in den Highlands fest und müsste jemanden um Hilfe bitten, der eines Tages gewiss eine enorme Gegenleistung dafür einfordern würde. Denn auch dies wusste sie von Arian: Feen taten nichts ohne Hintergedanken. Und Juna hatte keine Ahnung, wie es um ihren Kontostand bei Cathure bestellt war.

Ausgerechnet auf ihrem Weg zur Tür kam ihnen der Mann entgegen, den Heather als Gärtner erkannt zu haben glaubte. Er nickte ihnen kurz zu, beachtete sie aber ansonsten nicht. Kaum war er vorbei, atmete Juna tief ein und hatte sofort das erdige Aroma in der Nase, das auch Cathure ausstrahlte. Im ersten Augenblick durchflutete sie große Erleichterung, und am liebsten wäre sie hinter dem Fremden hergegangen, hätte ihn angesprochen. Doch wenn er wirklich ein Abgesandter von Cathure war, dann mochte er seine Gründe gehabt haben, unerkannt zu bleiben. Und vielleicht war er ja wirklich einfach nur ein Gärtner, der gerade sein wohlverdientes Feierabendbier trank.

Sie beschleunigte ihre Schritte und eilte hinter ihrer Begleiterin her, die inzwischen fast den Ausgang erreicht hatte.

In der Pension angekommen, begann Heather das Abendessen vorzubereiten. »Wenn bis sechs kein Gast aufgetaucht ist, dann kommt auch keiner mehr.« Sie klang, als sei sie nicht besonders unglücklich darüber, und Juna dachte, dass es sicher kein leichtes Leben war, so gut wie allein eine Pension zu führen. *Mr Brown*, das hatte sie inzwischen erfahren, war Fischer in der vierten Generation und erklärte Touristen das Hochseeangeln oder begleitete sie in der Saison beim Lachsfang. Zwischendurch, wenn zu wenig Touristen kamen und sein Chef, dem auch das Boot gehörte, die Touren allein machen konnte, arbeitete er auf den großen Hochseeschiffen, sofern sie dort Leute brauchten.

Da es Juna unter ihrer Kopfbedeckung allmählich zu heiß wurde, entschuldigte sie sich und ging in ihr Zimmer. Sie hoffte inständig, dass Cathure nicht vergessen würde, Geld zu schicken, damit sie ihre freundliche Wirtin vor der Abreise bezahlen konnte. Über die Frage, ob Feen überhaupt Geld zum Leben benötigten, hatte sie noch nie nachgedacht. Nachdem sie vor dem Spiegel in ihrem Zimmer die Perücke abgesetzt und ihre Haare zu einem festen Zopf geflochten hatte, war sie zu dem Schluss gekommen, dass zumindest Cathure Umgang damit haben musste, denn schließlich gehörte ihm das Haus, in dem sie lebte, und wer Immobilien besaß, hatte Steuern und Rechnungen zu zahlen und nahm in seinem Fall sicherlich auch eine ordentliche Miete ein.

Anderenfalls würde sie eben hoffen, dass sie die Rechnung später bezahlen durfte. Gastfreundschaft wurde in den Highlands zwar immer noch großgeschrieben, aber die Browns lebten von der Vermietung und konnten es sich vermutlich nicht leisten, Streuner wie Juna kostenlos zu verköstigen. Sie würde ihnen auf jeden Fall eine höhere Summe als erforderlich überweisen, auch wenn ihr eigenes Budget nicht besonders groß war. Mit diesen guten Vorsätzen lief sie die Treppe hinunter und kehrte in die Küche zurück.

»Was wollen wir kochen?« Ihre Gastgeberin hatte sich eine blau-weiß gestreifte Schürze umgebunden und stand unentschlossen vor einem riesigen Kühlschrank.

»Ah, ich weiß! Es gibt Aberdeen Angus Cheeseburger mit Cheddar von den Orkneys und einer selbst gemachten Tomatensauce. Du kannst das Grünzeugs waschen, wenn du Lust hast.« Heather zeigte mit einem großen Messer auf den Salat und widmete sich anschließend dem Steak.

»Also stimmt es nun?«, fragte sie wenig später, während sie ihre Tomatensauce abschmeckte.

»Was stimmt?«

»Ist sie deine Mutter?«

Juna antwortete mit einer Gegenfrage. »Weißt du, wie der MacDonnell mit Vornamen hieß?«

»Natürlich, jeder hier kennt den Abgeordneten Robert MacDonnell. Er kommt jedes Jahr für zwei oder drei Wochen zum Wandern nach Sleat. Ich habe manchmal schon gedacht, dass er heimlich darauf hofft, sie eines Tages wiederzutreffen.«

Juna setzte sich schnell, weil sie das Gefühl hatte, dass ihre Knie gleich nachgeben würden. So klärten sich also die geheimnisvollen Reisen auf, die ihr Vater einmal jährlich unternommen hatte. Und Lane hatte ihn all die Jahre gedeckt. Jedenfalls hatte er stets behauptet, drei Wochen mit seinem Chef in einer Jagdhütte im Lake District verbracht zu haben und wenn er der Köchin davon erzählte, hatte er stets so getan, als sei dies eine Strafe für ihn gewesen. Womöglich hatte er stattdessen irgendwo in der Sonne am Strand gelegen.

»Ist mein ... MacDonnell, ist er allein gekommen?«

»O nein, er hat immer einen Freund dabei. So einen großen mit Pferdegesicht, der schrecklich vornehm tut.«

Lane. Juna fragte sich, was Heather noch alles enthüllen würde.

»Nur im Pub, da taut er auf. Aber das liegt daran, dass sich die Jungs einen Spaß daraus machen, ihm extra viel Alkohol in seine Drinks zu mischen. Wenigstens an einem Abend während des Besuchs ist er blitzeblau, und dein Dad – ich meine Mr MacDonnell – muss ihn mit den anderen zusammen ins Bett bringen, damit er seinen Rausch ausschlafen kann. Das Pub besitzt ein kleines Zimmer für solche Fälle.« Heather drehte sich um und sah sie mitleidig an. »Du hattest keine Ahnung, nicht wahr?«

»Nein. Aber es geht mich auch nichts an, wie mein Vater seine Ferien verbringt.«

»Und? Glaubst du, sie ist deine Mutter?«

Die Wärme in Heathers Stimme ließ einen dicken Kloß in Junas Kehle entstehen. »Ich weiß es nicht sicher, aber die Tatsachen sprechen dafür.« Sie hustete. »Was ist aus ihr geworden?«

»Die Leute sagen, sie sei über Nacht verschwunden. Als jemand endlich den Mut aufbrachte und nachsah, ob nicht womöglich etwas Schreckliches geschehen war, war alles fort. Nichts außer zwei Stühlen, Tisch und einem unanständig großen Bett habe er durch das Fenster erspähen können. Hineingegangen ist der Feigling natürlich nicht. Womöglich liegt sie immer noch ...« Heather legte die Brötchenhälften für ihre Burger in den Ofen, um sie anzuwärmen, füllte zwei Gläser mit Leitungswasser und setzte sich zu Juna. Als sie deren Gesichtsausdruck sah, bemühte sie sich erschrocken um eine Erklärung. »So habe ich das nicht gemeint. O Gott, du musst mich für ein herzloses Weib halten. Bitte entschuldige.«

Juna legte eine Hand auf Heathers Finger. »Keine Sorge. Glaub mir, mit Herzlosigkeit kenne ich mich aus.«

Nachdem sich die Frau ein wenig beruhigt hatte, fragte sie sanft: »Und dann? Ist sie jemals zurückgekehrt?«

»Nein, nie mehr.« Heather schüttelte den Kopf. »Das Verrückte ist nur, dass die alte Máire bei allem, was ihr heilig war, geschworen hat, dass genau dieselbe Frau schon während ihrer, also Máires eigener Jugend, in dem Cottage wohnte. Und dass man sich damals erzählte, sie wäre eine Feenprinzessin, die alle einhundert Jahre an denselben Ort kommt, um hier ihre verlorene Liebe zu betrauern.« Ihre Nase kräuselte sich. Heather sah zum Herd, aus dem feiner Rauch aufstieg. »Das Brot!« Sie sprang auf.

Juna lehnte sich auf ihrem Stuhl zurück und schaute ihr zu, als befände sie sich in einer anderen Dimension und könne das Geschehen nur durch einen magischen Schleier beobachten. In ihrem Kopf schwirrten die verrücktesten Vermutungen herum. Sie hatte gewusst, dass es ein Geheimnis um ihre Mutter geben musste. Warum hätten sich ihr Vater und auch ihr Großvater sonst so merkwürdig verhalten sollen?

Könnte ihre Mutter eine Fee gewesen sein und kein Dämon, wie sie in ihren dunkelsten Träumen befürchtet hatte? Aber warum hatte Cathure ihr dann nichts davon erzählt? Er war ein mächtiger Feenprinz, ganz Schottland gehörte zu seinem Reich. Außerdem sagte man, Feen erkannten einander an ihrem besonderen Duft.

Auch Juna besaß diese Fähigkeit. Könnte es sein, dass das

Blut dieser alten Rasse durch ihre Adern strömte? Cathure gab immer nur preis, was man ohnehin selbst herausgefunden hatte. Sie würde ihn fragen müssen, um die Wahrheit zu erfahren, und dann würde sie anschließend noch tiefer in seiner Schuld stehen.

Feen hatten nicht den Ruf, mitfühlende Wesen zu sein. Ohne mit der Wimper zu zucken, entledigten sie sich ihrer Kinder und stahlen im Tausch ein Menschenkind. War eine Mutter, die sie abgegeben hatte wie einen Wechselbalg, diesen Preis überhaupt wert?

Inzwischen hatte die praktische Heather neue Brötchenhälften erwärmt und ein leckeres Abendessen gezaubert. Während sie aßen, vergaß Juna beinahe ihre Sorgen, so köstlich waren die Burger.

Nach dem Essen verabschiedete sie sich bald, um ins Bett zu gehen. Sie war erschöpft. Körper und Seele sehnten sich nach Ruhe und Erholung einer ruhigen Nacht, und wider Erwarten kam der Schlaf, sobald ihr Kopf das Kissen berührte.

Plötzlich verschwand das Gewicht von ihren Füßen, und ein Knurren weckte sie.

»Finn?«, fragte Juna schlaftrunken und streckte die Hand aus, um ihn zu streicheln, bevor sie die Augen ein klein wenig öffnete. Es war absolut finster, und Finn stand mit gefletschten Zähnen auf ihrem Bett. Angst schoss durch Junas Adern und weckte sie endgültig.

»Bleib ruhig, ich will dir nichts tun!«

Juna war es gleich, ob der Mann, zu dem die dunkle Stimme gehörte, sie oder Finn meinte. Sie öffnete den Mund zu einem Schrei …

Eine warme Hand legte sich darüber, und der erdige Geruch, den sie schon im Pub wahrgenommen hatte, wurde geradezu überwältigend stark. Sie dufteten wirklich alle unterschiedlich. Anders als bei Cathure, standen hier das Aroma von Heide, Torf und einem Hauch von Meer im Vordergrund.

Warum sie Düfte analysierte, anstatt zu fliehen, begriff sie in diesem Augenblick ebenso wenig wie das Fernbleiben ihres Feuers, das sich ansonsten manchmal in den harmlosesten Situationen zurückmeldete.

»Mach doch mal das Licht an. Sie sieht im Dunkeln nichts.«

Sofort flammte die Nachttischlampe auf.

Juna erkannte den zweiten Pub-Besucher, den, an den sich Heather nicht genau hatte erinnern können. Und jetzt nahm sie auch seinen Duft wahr: Von ihm stammte der Meeresgeruch. Sein Element musste das Wasser sein.

»Kann ich dich jetzt loslassen, ohne dass du schreist?«

Juna nickte, und die Hand verschwand von ihrem Mund.

»Was habt ihr mitten in der Nacht in meinem Zimmer zu suchen?«

Der Feenmann stellte eine kleine Tasche auf Junas Nachttisch ab. »Der Prinz schickt uns. Du sollst morgen nach Glasgow zurückkommen.«

»Und was ist mit meinen Sachen? Dem Autowrack?«

»Das Haus haben wir ausgeräumt, es ist alles im Wagen. Niemand wird irgendwelche Spuren entdecken.« Er gab einen zufriedenen Laut von sich.

»Das war übrigens eine nette Verkleidung, die du dir da ausgedacht hast«, sagte er völlig überraschend. »Fast hätte ich dich nicht erkannt.« Anerkennung schwang in seiner Stimme mit.

»Danke!«, sagte Juna und meinte damit nicht nur das Kompliment. »Wisst ihr, wer ...«

»Das finden wir noch heraus.«

Der andere tippte sich wie zum Gruß mit zwei Fingern an die Mütze, und fort waren sie. In der zurückgelassenen Tasche fand Juna ein Handy, eine gut gefüllte Börse sowie einen Autoschlüssel. Erleichtert kuschelte sie sich in ihre Kissen und versuchte, noch ein wenig zu schlafen.

Am Morgen lief sie hinaus, um nachzusehen, ob sich ihre Sachen tatsächlich im Auto befanden. Soweit sie es sehen konnte, fehlte nichts. Rasch suchte sie sich passende Kleidung für die Rückfahrt zusammen. Als sie ins Haus zurückkehren wollte, stand Heather verschlafen in der Tür.

»Hey! Ist das dein Ersatzwagen?« Sie kam trotz der kühlen Luft heraus, zog den geblümten Morgenmantel enger um ihre Taille und ging um den SUV herum, dessen schwarz glänzender Lack vom frühen Tau bedeckt war. »Alle Achtung, der ist nicht übel. Wen hast du gestern überhaupt angerufen, deinen Vater?«

Diese Vorstellung war so absurd, dass Juna lachen musste. »Bestimmt nicht. Und Heather, bitte tu mir einen Gefallen.«

»Jeden, Schätzchen, jeden.«

»Sag ihm nicht, dass ich hier war.«

Das Lächeln verschwand aus Heathers Gesicht. »So steht es also mit euch? Wie schade. Von mir erfährt er nichts, und Mr Brown wird auch nichts sagen. Du kannst dich auf uns verlassen.«

Nach dem Frühstück versuchte sie, ihre Unterkunft zu bezahlen, aber Heather wollte nichts davon wissen.

»Das war doch selbstverständlich!« Sie winkte ab und drückte ihr eine Tüte mit Proviant in die Hand.

Schließlich blieb Juna nichts anderes übrig, als eine großzügige Summe unter dem Kopfkissen in ihrem Zimmer zu hinterlassen, wo Heather sie erst nach ihrer Abreise finden würde. Sie verabschiedeten sich wie alte Freundinnen, und Juna sah im Rückspiegel, dass sie noch lange winkte.

Schnell hatte sie sich an das neue Fahrgefühl gewöhnt, und Finn fühlte sich ohnehin überall wohl, wo er sein Lieblingskissen vorfand.

Die Überfahrt nach Mallaig verlief ereignislos, wenn man einmal davon absah, dass sich den wenigen Passagieren der Fähre eine fantastische Sicht auf die Berge bot. Die Luft wehte ihnen kühl um die Nase, und Juna stellte sich, mit Perücke und Hut vor dem Wind bestens geschützt, an die Reling, um sich den Rest ihrer nächtlichen Müdigkeit fortblasen zu lassen. Nachdem die Fähre angelegt hatte, fuhr sie als Letzte der Passagiere ans Land. Hätte sie nicht immer wieder in den Rückspiegel geschaut, um sicherzugehen, dass ihr niemand folgte, die Fahrt wäre ihr wie ein Ausflug vorgekommen. Hinter Fort William klingelte ihr Handy.

Ohne Einleitung fragte Cathure: »Du hättest mir sagen müssen, dass noch jemand in der Pension gewohnt hat.«

»Hör mal, ich hatte einen scheußlichen Tag hinter mir ...«

»Kannst du ihn beschreiben?«

Juna überlegte einen Augenblick. »Mittelgroß, dünn, hellrote Haare.« Sie seufzte. »Das hilft nicht weiter, oder? So sehen dort viele aus. Aber warte ... er hatte eine Brandnarbe auf dem rechten Arm.«

Seine Stimme klang eine Spur freundlicher. »Wir finden ihn.«

»Ich verstehe überhaupt nicht, warum …«

Er unterbrach sie. »Lass das nur meine Sorge sein. Du fährst bis Glasgow durch. Keine Pause und keine Umwege, egal, was passiert.«

»Aber Finn muss …«, wollte sie entgegnen, doch die Leitung war bereits tot. »Hast du gehört? Keine Pinkelpause für uns beide. Wahrscheinlich müssen Feen nie aufs Klo.«

Finns Schnaufen drückte recht gut aus, was auch Juna dabei empfand, derart herumkommandiert zu werden. Aber Cathure hatte ein Wunder vollbracht, und sie tat vermutlich gut daran, seinen Anweisungen zu folgen. Sie drehte sich kurz zu ihrem Hund um, der auf dem Rücksitz saß und hechelnd aus dem Fenster schaute. Als sie wieder auf die Straße sah, passierte es: Eine Gestalt tauchte wie aus dem Nichts vor ihr auf, und sie trat mit voller Kraft auf die Bremse.

18

Arian setzte sich auf die Kante des Felsvorsprungs. Der weite Blick über das Tal hätte jeden anderen Bergsteiger für den anstrengenden Aufstieg entschädigt. Er jedoch ignorierte die Aussicht, beugte sich vor und sah hinab in die Tiefe. Einen ganzen Tag hatte er gebraucht, um hier hinaufzusteigen. Hätte er fliegen dürfen, wäre er in wenigen Minuten auf dem Gipfel gelandet, der sich hinter ihm auftürmte.

Der Auftrag hatte jedoch gelautet: *Die Erde sei dein Element, während du das Land des Drachen bis zum Dach der Welt durchquerst.*

Sein Blick blieb an den schmutzigen Füßen hängen, die über dem Abgrund baumelten. Wie jeden Abend waren sie blutig gelaufen, doch daran hatte er sich gewöhnt, wie auch an das rotbraune Gewand der Mönche, deren Kampfkunst und Bescheidenheit er ebenso bewunderte wie ihren Mut.

Die Luft war hier oben, wo kein Baum mehr wuchs und ihm seit Tagen kein Mensch mehr begegnete, schon deutlich dünner. Doch so viel Engelsmacht war in ihm geblieben, dass ihm der Mangel an Sauerstoff ebenso wenig ausmachte wie die tagelange Wanderung ohne Proviant. Er fühlte keinen Schmerz, und bisher hatte es genügend Flüsse und Bäche gegeben, in denen er sich hatte waschen oder seine Füße kühlen können.

Was ihn am Ziel seiner Wanderung erwarten würde, wusste er nicht. Doch er war bereit, alles zu tun, um Juna wiedersehen zu können, und genau dies war es, was ihm die Nachricht in Aussicht stellte, die er bei sich trug. Vielleicht nicht in so klaren Worten, aber Arian war mit den kryptischen Formulierungen seiner himmlischen Auftraggeber seit Ewigkeiten vertraut und blieb trotz des langen Wegs, den er bereits zurückgelegt hatte, zuversichtlich.

Immerhin musste er vorerst nicht sein Versprechen an den Marquis einhalten, denn so lange, wie er in himmlischen Diensten stand, hatte der Dämon keine Macht über ihn. Es war später Nachmittag, ein klarer Tag neigte sich seinem Ende zu, und die Sonne zauberte wundersame Farben auf die hohen Gipfel der umliegenden Berge. In der Dunkelheit würde selbst er bald nicht mehr sicher vorankommen, und so erhob sich Arian, um nach einem geeigneten Platz für die Nacht zu suchen. Er war keine zwei Schritte gegangen, als ihn ein stechender Schmerz in die Knie zwang.

Juna!

Arian hatte sich von Anfang an zu Juna hingezogen gefühlt. Es hatte nicht lange gedauert, bis er hatte erkennen müssen, dass ein Engel lieben kann, selbst ein halbherzig verstoßener wie er. Juna und er waren auf eine Weise verbunden, die ihm täglich neue Rätsel aufgab. Und mindestens ebenso bemerkenswert wie diese hingebungsvolle Liebe, die er für sie empfand, war noch etwas anderes. Ganz langsam kehrte seine Erinnerung an die Zeit vor seiner fatalen Begegnung mit den Engelmachern zurück. Er war in einer einflussreichen Familie aufgewachsen und hatte das Kriegshandwerk erlernt, wie es Brauch war.

Der sterbliche Arian besaß bereits in sehr jungen Jahren eine besondere Ausstrahlung, und die Frauen lagen ihm zu Füßen. Wer hätte da widerstehen können? Er kostete die Früchte, die das Leben ihm so bereitwillig anbot. Bald haftete dem jungen Krieger der Ruf eines Herzensbrechers an, was seinem Erfolg beim weiblichen und auch männlichen Geschlecht jedoch keineswegs schadete, denn er war ein exzellenter Kämpfer und dabei nicht ungebildet oder unnötig roh. Was ihm noch zum Glück fehlte, war eine eigene Familie – umso mehr, als seit einiger Zeit Gerüchte zu hören waren, die seinen Status infrage stellten. Er sei ein Findelkind, hieß es. Angenommen von der Frau, die er Mutter nannte, weil ihr eigene Kinder versagt geblieben waren – und ohne Argwohn akzeptiert von einem Vater, der glauben wollte, dass er sein Sohn und legitimer Nachfolger war. Tatsächlich besaßen die beiden große Ähnlichkeit: die sonnengeküsste Farbe ihrer Haut, die hochgewachsene Gestalt, selbst die Art, wie sich beide das dunkle Haar aus dem Gesicht strichen, war bemerkenswert ähnlich.

Niemand konnte sagen, wo die Quelle der üblen Reden lag, aber Arian wusste, wie alle anderen Mitglieder des Haushalts auch, dass seine Mutter ihre Schwangerschaft im Hause ihrer Schwester verbracht hatte, die sehr zurückgezogen lebte. Erst als Arians Vater ein knappes Jahr später siegreich heimgekehrt war, kam auch sie zurück und präsentierte ihm den langersehnten Sohn.

Arians Eltern hatten sich vom ersten Tag an geliebt, und diese Liebe war es, die Arian auch für sich selbst suchte. Deshalb zögerte er, die Tochter eines mächtigen Rivalen seiner Familie zur Frau zu nehmen, über die nicht viel Gutes zu hören war, obwohl jedermann ihre Schönheit pries.

Doch der Vater – wiewohl verständnisvoll – drängte auf eine baldige Vermählung, denn der Frieden war gefährdet, und er brauchte Verbündete.

Arian zog sich in die Abgeschiedenheit der heimatlichen Wälder zurück, weil er hoffte, dort zu einer richtigen Entscheidung zu finden.

Er liebte die Jagd, und als er eines frühen Morgens auf der Pirsch war, erblickte er auf der Lichtung vor seinem Lager ein wundersames Tier, das ihm furchtlos entgegentrat. Es besaß die Gestalt eines Pferds und die Schwingen eines Adlers. Arian ließ den bereits gespannten Bogen sinken.

Eine Frau glitt vom Rücken des Pferds und landete leichtfüßig auf dem weichen Waldboden. Sie war in weiße Gewänder von einer Pracht gekleidet, wie sie Arian noch nie zuvor gesehen hatte. Ihr Antlitz strahlte wie polierter Alabaster, und als sie näher kam, bemerkte er, dass auch sie Flügel besaß.

»Deine Zeit ist gekommen, Arian«, sagte sie mit einer Stimme, die wie Honig über Arians Seele floss.

»Wer bist du? Woher kennst du meinen Namen?« Ungeschliffen und rau kam er sich im Vergleich zu ihr vor.

Das geflügelte Pferd schüttelte die lange Mähne, als lachte es über seine Frage, sie aber sah ihn liebevoll an. »Ich bin Nephthys und ich kenne deinen Namen, weil ich es war, die ihn einst für dich ausgewählt hat.«

Und dann erfuhr er Dinge über seinen leiblichen Vater, die so ungeheuerlich waren, dass es ihm die Tränen in die Augen trieb.

»Du hast die Wahl«, sagte sie schließlich. »Er wird bald kommen, um dich in die Dunkelheit zu führen. Damit wäre dein Schicksal besiegelt.«

»Warum erzählst du mir das?«, wollte Arian von der Fremden wissen und hoffte insgeheim auf einen Ausweg. Er hatte niemals daran geglaubt, dass es nur eine Wahrheit geben könne, nur einen Weg zum Ziel, nur ein Glück.

Jetzt lachte sie, als wäre sie erfreut über seine Frage. »Wenn du mir folgst, verspreche ich deinem Volk einhundert Jahre Sicherheit, und ich will dich vor der Finsternis schützen, bis du gelernt hast, es selbst zu tun.«

Ein mächtiges Rauschen hob an, der Himmel schien sich zu verdunkeln, obwohl keine einzige Wolke zu sehen war. Die Bäume knackten und bogen sich wie in einem Sturm, der die Lichtung noch nicht erreicht hatte.

»Schnell! Du musst dich entscheiden, sonst ist es zu spät.«

Arian hatte gezögert, aber als ein erster Luftzug den Saum ihres Kleids anhob und ihm gleich darauf wie heißer Atem in den Nacken fuhr, ergriff er voller Sorge um ihr Wohlbefinden die ausgestreckte Hand, schwang sich auf den Rücken des Pferdes, zog sie zu sich hinauf und rief dem Tier zu: »Bring uns von hier fort!«

Arian wusste nicht, warum Nephthys ihm damals die Erinnerungen genommen hatte und warum sie nun zurückgekehrt waren. Bedeutete es, dass sie sich von ihm abgewandt hatte, oder glaubte sie, er sei endlich bereit, sich selbst vor *der Finsternis* zu schützen?

Lieber wäre es ihm gewesen, er hätte in diesem Augenblick Juna schützen können, denn es gab eine Verbindung zwischen ihnen, die für Arian schmerzhaft und beglückend zugleich war: Er spürte ihren Schmerz, wusste, wann sie Angst hatte; und wenn sie glücklich war, sah er ihr bezauberndes Lächeln vor sich.

Er machte sich große Sorgen um ihr Wohlergehen, aber es war ihm untersagt worden, sie über seine Mission zu informieren. Juna litt unter ihrer Trennung ebenso wie er, das spürte Arian. Seither hatten ihre Emotionen das Wundmal in seiner Schulter, das Zeichen seines Sturzes, immer wieder von neuem aufbrechen lassen. Auch jetzt musste er nicht die Finger auf sein Gewand legen, um zu wissen, dass es mit Blut getränkt war.

Arian legte die Fingerspitzen an seine Schläfen und beschwor das Feuer. Wie auf einer Lunte rasten die Flammen ihm entgegen. Er wusste, dass es gefährlich war, die in ihrem Inneren schlummernde Energie zu wecken. Juna beherrschte die Kraft längst noch nicht, die Engeln wie Dämonen zu eigen war und verheerende Schäden anrichten konnte, trotz aller Bemühungen. Arians Engelsfeuer allein hätte ausgereicht, um sie zu vernichten, doch er hielt es wie ein wildes Pferd streng unter Kontrolle.

Und dann geschah etwas sehr Beunruhigendes: Noch bevor er herausgefunden hatte, was Juna widerfahren war, explodierte vor seinen Augen ein gewaltiger Feuerball.

Arian fühlte sich einen Augenblick lang orientierungslos.

Auf einmal, fast als habe sie die Flammen zum ersten Mal im Griff, verebbten die heißen Energiewellen allmählich, bis nur noch ein winziges Licht zurückblieb und ihm signalisierte, dass Juna nicht nur am Leben, sondern auch wieder relativ ruhig war.

Der Sache auf den Grund zu gehen, wagte er nicht. Entgegen seiner ursprünglichen Pläne nahm er sich vor, die Nacht hindurch weiterzuwandern. Je eher er seinen Auftrag erledigt hatte, desto besser.

Eine gefühlte Ewigkeit nach ihrer Vollbremsung sah Juna vom Lenkrad auf, ließ die Seitenscheibe herunter und holte tief Luft. Anschließend schaltete sie den Motor aus.

Über die genaue Reihenfolge der Ereignisse hatte sie den Überblick verloren. Sie war ins Schleudern geraten, hatte aber Schlimmeres vermeiden können – danach hatte es einen Schlag gegeben, Finn hatte gejault. Sie war holpernd über unebenen Boden geschlittert und zum Stehen gekommen. »Finn!«

Juna drehte sich nach ihrem Hund um, der offenbar von ihrer Stimme animiert mühsam aus dem Fußraum wieder auf den Rücksitz hinaufstieg. Dort oben angekommen, schüttelte er sich, bevor er sie leicht benommen anblinzelte.

Sie hielt das Lenkrad fest umklammert, sah wieder nach vorn und wagte nicht auszusteigen, um genauer nach Finn zu sehen oder nach dem Menschen, den sie zweifellos gerade überfahren hatte.

»Hallo!«

Juna stieß einen Schrei aus und wich zurück. Finn bellte. Auf ihrem Beifahrersitz saß niemand anderer als der Marquis.

Der Dämon sah sie erwartungsvoll an. »Was ist los? Willst du nicht weiterfahren?«

Das Feuer explodierte geradezu in ihr.

Blitzschnell griff er nach ihren beiden Handgelenken. »Sieh mich an!«

Instinktiv gehorchte sie dem gebellten Befehl. Seiner Macht konnte sie sich nicht lange widersetzen. Sein Blick drang tief in ihre Seele ein, bis sich ihm jedes schmutzige Geheimnis ihres Lebens zu offenbaren schien. *Arian!* Die Flammen erstarben, noch bevor sie größeren Schaden anrichten konnten. Zurück blieben eine schreckliche Leere und der stechende Geruch von angesengtem Gummi.

»Du solltest an dir arbeiten.« Der Dämon lehnte sich in seinem Sitz zurück. »Und nun fahr weiter. Ich kann mich nicht ewig mit dir aufhalten.«

Junas Hände zitterten, als sie den Motor wieder anließ und vorsichtig auf die Straße zurückrollte. Jetzt, da ihr klar war, dass sie niemanden überfahren hatte, aber bei der Vollbremsung mit knapper Not einem Unglück entgangen war, hatte sie keine Angst mehr. Sie ärgerte sich.

»Wie kommst du dazu, einfach mitten auf der Straße aufzutauchen? Es hätte sonst was passieren können, wenn jemand hinter mir gefahren wäre.«

»Da war niemand.«

»Du hast dich vorher vergewissert? Wie vorausschauend!«

Der Marquis drehte sich in seinem Sitz und sah sie prüfend an. »Du verstehst keinen Spaß, oder?«

»Nicht, wenn dabei Menschenleben gefährdet werden.« Plötzlich kam ihr ein Gedanke. »Hältst du das Sprengen von Autos etwa auch für einen Scherz?«

Theatralisch legte er die Hände auf die Brust, genau dort, wo sein zweifellos teerschwarzes Herz schlug. »Du tust mir Unrecht!«

»Natürlich, du hast ja gelobt, mir nichts zuleide zu tun und mich zu beschützen.« Sie warf einen kurzen Blick auf sein Profil, bevor sie sich wieder auf die Straße vor ihnen konzentrierte. »Wer weiß, vielleicht hast du einen Weg gefunden, dein Versprechen zu umgehen?«

Der Marquis lachte laut auf. »Immerhin müssen wir bei deinem Training nicht ganz bei null beginnen. Aber ich kann dich beruhigen. Mit dem Attentat habe ich nichts zu tun.«

»Beschützt hast du mich aber auch nicht gerade.« Juna wollte es genau wissen.

»Ist dir denn etwas zugestoßen?«, fragte er mit sanfter Stimme.

»Wenn man von ein paar tellergroßen Blasen an meinen Füßen absieht … danke der Nachfrage.« Vor ihr fuhr jemand in seinem Kleinwagen fast Schritttempo, aber sobald sie überholen wollte, tauchte Gegenverkehr auf. Nicht nur am Nummernschild, sondern auch an der unsicheren Fahrweise erkannte man den Touristen vom Kontinent.

»Stört er dich?«

»Nein, nein!« Juna hatte das mulmige Gefühl, der Dämon neben ihr hätte gern einfach mit dem Finger geschnippt, um das Auto vor ihnen in den Straßengraben zu befördern.

In seinen Augen glitzerte ein böses Licht.

»Und wer hat die Bombe gezündet?«, fragte sie, um ihn abzulenken.

Er breitete die Arme aus. »Da muss ich passen. Einen Augenblick nur kümmert man sich um seine Geschäfte, da bringst du dich schon in Schwierigkeiten.« Er seufzte theatralisch. »Was habe ich nur getan, um jemanden wie dich verdient zu haben?«

»Das musst du selbst herausfinden.« Juna fand, dass die Unterhaltung allmählich absurde Züge annahm.

»Ich habe Armeen zu führen, weißt du.« Er sprach betont deutlich.

»So?« Hielt er sie für schwer von Begriff? »Und ich hätte geglaubt, dass dir seit kurzem ein erfahrener Krieger dabei hilft.«

»Wie es immer so ist mit den Angestellten.« Er gab vor, ihren Ärger nicht zu bemerken. »Bis man den Nachwuchs angelernt hat, vergehen Jahrhunderte, und kaum versteht einer sein Handwerk, ist er schon auf der Suche nach einer lukrativeren Beschäftigung.« Er beugte sich zu ihr herüber, bis sie seinen Atem zu spüren glaubte. »Man fragt sich, was kann es Schöneres geben, als mir dienen zu dürfen?«

»Ja, in der Tat …« Wäre Ironie flüssig, sie wäre von jedem ihrer Worte herabgetropft. Arian hatte niemals darüber gesprochen, aber sie wusste, dass er die Aussicht, für den Marquis arbeiten zu müssen, verabscheut hatte.

Als er eine Locke ihrer Perücke zwischen den Fingern rieb, zuckte sie so heftig zurück, dass der Wagen schlingerte. Hinter ihr hupte jemand, und Juna fasste das Steuer fester.

Der Marquis lehnte sich in seinem Sitz zurück. »Eine hübsche Idee. Aber diese Verkleidung wird dir auf Dauer nicht helfen. Ich glaube, bevor ich mir einen neuen Gehilfen ausbilde, werde ich mit dir trainieren müssen.«

Juna verbot es sich, erneut zur Seite zu sehen. Meinte er das ernst? »Kein Interesse.«

Der Dämon gab einen Laut von sich, der an das Knurren eines Raubtiers erinnerte. Sofort setzte sich Finn auf, knurrte ebenfalls und hob drohend seine Lefzen.

Der Marquis ignorierte ihn ebenso wie ihren Einwand. »Willst du etwa behaupten, du hättest dein Feuer im Griff?«

»Nein, ich …«

»Und was würdest du tun, wenn dich morgen nicht irgendein Verrückter in die Luft sprengen will, sondern die Gerechten auftauchen?« Als sie etwas entgegnen wollte, hob er die Hand. »Ich habe mein Wort geben müssen, dass dir nichts zustößt. Und ich werde es halten, ob dir das nun passt oder nicht.«

Ärgerlich presste Juna die Lippen zusammen. Sie erinnerte sich sehr genau an den Wortlaut seines Versprechens: *Solange sie lebt, soll niemand von uns ihr ein Leid antun, sofern ich es verhindern kann.* Damals hatte sie gedacht, mit *uns* wären Dämonen gemeint. Was ihn dazu bewogen hatte, sich nun zu ihrem Survivaltrainer aufzuschwingen, darüber mochte sie gar nicht spekulieren. Zumal dies ohnehin müßig sein dürfte. Wer sich sogar über die Gesetze von Gehenna hinwegsetzte, wie der Marquis es getan hatte, der würde sich seine Pläne sicher nicht von ihr ausreden lassen.

Immerhin verzichtete er ebenfalls auf eine weitere Unterhaltung. Nach einer Weile kam ihr sein Schweigen allerdings merkwürdig vor. Juna war nicht sonderlich überrascht, als ein Seitenblick ihr verriet, dass der Dämon verschwunden war.

Die restliche Fahrt gestaltete sich erfreulich ereignislos, und sie entspannte sich allmählich wieder. Obwohl sie Glasgow im dicksten Feierabendverkehr erreichten und eine Weile im Stau standen, hatte sie ihr Zuhause schließlich doch in bemerkenswert kurzer Zeit erreicht.

An der Einfahrt zur Tiefgarage ihres Apartmenthauses war die Schranke verschlossen, und daneben stand ein dunkel gekleideter Mann, der nach ihrer Legitimation fragte. Sie betrachtete ihn von ihrem erhöhten Sitz aus, und dabei entging ihr weder die leichte Ausbeulung in seiner Jacke noch die geradezu militärische Haltung.

»Ich wohne hier«, sagte sie ein bisschen zu arrogant.

»Ihr Name, Miss?« Seine Stimme klang höflich und nahezu neutral, doch ganz konnte er den Londoner Dialekt nicht verbergen.

»MacDonnell. Und jetzt lassen Sie mich bitte durch. Ich habe eine lange Fahrt hinter mir.« Junas Finger schwebte über dem Schalter, um die Seitenscheibe hochfahren zu lassen.

»Und der Vorname, bitte!« Der Mann blätterte in seinen Unterlagen, in denen er zweifellos eine Ms MacDonnell entdeckt haben musste, denn sie konnte das Foto gut erkennen. Das Problem war nur, dass sie derzeit schwarze statt der darauf abgebildeten herbstfarbenen Haare hatte und keineswegs vorhatte, die Perücke in aller Öffentlichkeit abzunehmen. Schließlich fuhr sie doch nicht seit Stunden mit dem Ding auf dem Kopf durch die Gegend, um sich nun zu verraten.

»Ich bin Juna MacDonnell. Und wenn Sie mir nicht glauben, fragen Sie einfach mal Ihren Boss.« Ihr war nicht entgangen, dass zwei neue Überwachungskameras über der Einfahrt hingen, von denen sich eine mit leisem Surren auf sie gerichtet hatte.

Juna konnte nicht widerstehen: Sie streckte dem heimlichen Beobachter der peinlichen Szene die Zunge heraus. Immerhin behielt sie ihre Finger bei sich.

Nicht ganz unerwartet tauchte ein zweiter Mann auf. Sie brauchte seinen Duft gar nicht erst wahrzunehmen, um zu wissen, dass es sich um einen von Cathures persönlichen Mitarbeitern handelte. Er war nicht besonders groß, bewegte sich aber trotz seiner kräftigen Statur mit unübertrefflicher Eleganz. Die Arroganz, die er dem Kollegen gegenüber zeigte, verriet ebenfalls seine Herkunft. Feen hielten nicht viel von den menschlichen Bewohnern der Erde, so viel wusste Juna inzwischen.

Sie sah ihn hochmütig an. »Nun?«

Das entlockte ihm zu ihrem Erstaunen ein Lächeln. »Wir haben schon auf Sie gewartet, Miss MacDonnell.«

Juna nickte, als sei dies ganz normal für sie.

»Ich bin Santandér, meine Nummer finden Sie in Ihrem Handy. Sollten Sie Fragen haben, erreichen Sie mich jederzeit.« Damit überreichte er ihr neue Schlüssel für das Penthouse und eine Codekarte für die Garage. »Es hat ein paar Veränderungen gegeben. Werden Sie heute noch einmal ausgehen?«

Juna hatte Lust, ihn im Ungewissen zu lassen, aber sie war viel zu müde, um noch größere Pläne für den Abend zu haben, als nach einem heißen Bad vor dem Fernseher zu dösen und früh ins Bett zu gehen. »Ich glaube nicht.«

»Gut.« Er blickte durch die Scheibe auf den Rücksitz, wo Finn aufrecht saß und dem Gespräch aufmerksam zu lauschen schien. »Wenn Sie möchten, kann ich mit ihm noch eine Runde drehen.«

Juna wollte widersprechen, aber dann sah sie sich nach Finn um, der mit dem Schwanz wedelte, als gefiele ihm der Vorschlag.

»Du bist einverstanden?«

Als Antwort erhielt sie ein freudiges Bellen.

»Also gut, er scheint nichts dagegen zu haben.«

Santandér öffnete die Tür, Finn sprang hinaus und lief in die Grünanlage.

Juna hob entschuldigend die Schultern. »Wir hatten die Anweisung durchzufahren.«

Santandér lachte und tippte sich dabei an die schwarze

Mütze, bevor er Finn folgte. Die Schranke öffnete sich, und Juna fuhr hinein.

Im Penthouse riss sie sich zuerst die Perücke vom Kopf und lief ins Bad. Als das Telefon klingelte, kam sie gerade mit einem Handtuchturban auf dem Kopf wieder heraus.

Der Wachmann war dran. »Wir sind fertig. Möchten Sie, dass ich Ihnen den Hund hinaufbringe?«

Wenig später läutete es an der Wohnungstür, und als Juna öffnete, stürmte Finn an ihr vorbei in die Küche. Santandér erklärte ihr die neue Alarmanlage. Bevor er wieder gehen konnte, bedankte sich Juna. »Was hat es mit all der Security auf sich?«

Er zuckte mit den Schultern. »Anweisung vom Boss. Meine Leute haben einige zusätzliche Kameras installiert. Garagenzufahrt und Eingang werden rund um die Uhr bewacht.«

»Was sagen die anderen Bewohner dazu?«

»Die sind vermutlich froh, dass sie deshalb keine Mieterhöhung bekommen.«

Er stand schon vor dem Aufzug, als Juna noch einmal aus der Tür schaute. »Sagen Sie … Ihrem Chef vielen Dank. Für alles.«

Santandér drehte sich um. »Sie können sich auf uns verlassen, Miss.«

Als er fort war, aktivierte sie den Alarm, wie er es ihr gezeigt hatte, und folgte Finn in die Küche. Nach einem Imbiss verbrachten sie den restlichen Abend gemeinsam vor dem Fernseher. Vor dem Schlafengehen ließ Juna ihn noch einmal kurz auf den Dachgarten hinaus. Das war natürlich nur eine Notlösung, aber sie hatte versprochen, das Haus heute nicht mehr zu verlassen, und Santandér zu rufen, damit er Finn ums Haus führte, hätte sie als unverschämt empfunden.

Arian fühlte, dass sein Ziel nicht mehr weit war. Er lehnte sich gegen einen Felsen, um den Sonnenaufgang abzuwarten. Unbekanntes Terrain betrat man am besten bei Tageslicht. Doch die Sonne würde sich so bald nicht zeigen, und er schloss kurz die Augen. Nicht nur konnte er so besser in die Nacht hineinfühlen, um zu spüren, was ihn umgab, er war auch müde.

Welche Ironie. Als Engel hatte er keinen Schlaf gebraucht, aber jetzt, da es wichtiger denn je für ihn war, seine Sinne beisammenzuhalten, raubte ihm die Müdigkeit regelmäßig seine Zeit. Arian schlief dennoch längst nicht so viel wie ein Mensch. Nur alle paar Tage fiel er in diesen merkwürdigen Zustand, zum Glück selten länger als eine Stunde. Wenn ihn dieser Kontrollverlust auch stets aufs Neue irritierte, so hatte er es doch genossen, neben Juna zu schlummern, beim Aufwachen den warmen Duft ihres herrlichen Körpers zu genießen. Und sie, die diesen Augenblick jedes Mal zu spüren schien, schmiegte sich an ihn, ließ ihre Hände über seinen Körper gleiten. Anfangs zurückhaltend, tastend, dann frecher und schließlich selbstbewusst und fordernd … so wie er es liebte. Unwillkürlich beschleunigte sich sein Atem.

Verspielt strich Arian über die zarte Haut ihrer Achseln, drückte sanfte Küsse auf die Unterseite ihrer Brüste und wartete auf ihr wohliges Seufzen, das ihn so zuverlässig um seinen Verstand bangen ließ, wie diese Zärtlichkeiten zu einem Hunger wurden, den nur Juna zu stillen vermochte. Er atmete das erregende Aroma ihrer Haut, das ihn an nächtliche Landschaften erinnerte, an brennende Lust und den Rauch würziger Flammen. Ihr Körper war eine Offenbarung.

In einem anderen Leben hatte er viele schöne Frauen gehabt. Jede von ihnen ein herrliches Geschöpf, das sich dem jungen Krieger bereitwillig hingegeben hatte. Doch keine war wie sie gewesen. Der Schwung ihrer Hüften, die in eine schmale Taille mündeten, ihr entzückender Bauchnabel, den sie zu seiner Belustigung mit einer kleinen Engelfigur geschmückt hatte, die in einem silbernen Ring schaukelte, oder ihr herrliches Haar. Alles an ihr war so einzigartig wie das Glück, ihr Herz bewohnen zu dürfen. Ein Herz, das sie ihm furchtlos und ohne zu zögern geschenkt hatte.

Seine Hand umfasste und liebkoste ihre Taille, bis sie den Rücken bog. Mit seiner warmen Zunge spielte er an ihren Brüsten, umtanzte kleine, feste Beeren und sandte damit eindeutige Signale durch ihren glühenden Körper, der bald einen eigenen Rhythmus fand. Jeder ihrer Bewegungen begegnete er mit einer ähnlich leidenschaftlichen Antwort, und sie pressten sich auf der Suche nach noch mehr Nähe aneinander.

Junas Hingabe raubte ihm beinahe die Sinne, er wollte sich in ihrer pulsierenden Wärme verlieren, nur noch sie spüren, wie sie seine Leidenschaft wild und fordernd erwiderte. Sie musste ihn längst nicht mehr anleiten, wie sie es anfangs getan hatte, er kannte ihre Wünsche wie seine eigenen. Seine Hand glitt zwischen ihre Beine, die Berührungen waren nicht mehr sanft, sondern besitzergreifend. Schnell fand er, was er suchte, und während sein Daumen das Instrument ihrer Lust virtuos spielte, drangen seine Finger in sie ein, um zu provozieren, was ihm die größte Lust bereitete: zuzusehen, wie sie sich unter ihm wand, mit gurrenden Lauten mehr verlangte und schließlich in höchster Ekstase seinen Namen rief. Zu wissen, dass er es war, der diese Lust in ihr auslöste, machte ihn stolz wie sonst nichts auf dieser Welt. Seine Geliebte rieb sich an ihm, und es dauerte nicht lange, bis auch er die Grenzen seiner Selbstbeherrschung erreicht hatte.

»Komm!«, lockte sie, und Arian fiel. Fiel jedes Mal aufs Neue, wie der erste seiner Art gefallen war, angesichts der Herrlichkeit, die doch für seinesgleichen nicht existieren durfte. Er versenkte sich tief in ihr und verlor sich im Strudel einer Leidenschaft, die einzig dafür geschaffen schien, dem Leben zu huldigen.

»Arian!« Schlaftrunken griff Juna ins Leere. Erhitzt stieß sie ungeduldig die Bettdecke beiseite.

Niemand antwortete.

Sie setzte sich auf. *Arian?* Und dann begriff sie langsam, wer das einzige Wesen in ihrem Bett war: ein unüberhörbar schnarchender Hund am Fußende.

Großartig! Erotische Träume und eine Libido, die Amok läuft. Vielleicht sollte ich schnellstmöglich zum Arzt gehen, um mir Beruhigungsmittel zu besorgen.

19

Nach einem kurzen Spaziergang durch den Park saß Juna nun an dem großen Tisch und schlug die Zeitung auf. Sie hatte sich noch nicht in der Klinik zurückgemeldet und genoss es, sich mit ihrem Frühstück Zeit zu lassen. Gerade blies sie über die volle Tasse in ihrer Hand, da klopfte es an einer der Fensterscheiben zum Dachgarten.

Juna schrak zusammen. Der Tee schwappte über ihren Toast, und mit einem lautlosen Fluch stellte sie die Tasse zurück auf den Tisch. War ihr Traum prophetisch gewesen und hatte Arians Rückkehr vorausgesagt? Als sie sich erwartungsvoll umdrehte, schlug ihr Herz wie wild.

»Du!«

Vor der Tür stand kein anderer als der Marquis und machte ihr Zeichen, dass er hereinkommen wollte.

»Hau ab!«, rief Juna durch die geschlossene Scheibe. »Kannst du mich nicht in Ruhe lassen?«

Die Raumtemperatur stieg so rasch, dass ihr in Sekundenschnelle der Schweiß auf der Stirn stand. Juna riss sich die Strickjacke herunter, blieb mit einem Armband im Ärmel hängen und zog noch heftiger. Plötzlich gab es einen Donnerschlag im Kamin, wie bei einer Verpuffung, und sie sah entsetzt zu, wie die Flammen herausschossen. Wie böse Ungeheuer versuchten sie, den Steinfußboden zu überspringen, um auf den Teppich zu gelangen. Von dort wäre es nicht mehr weit bis zum Sofa. Die Kerzen flackerten aufgeregt und brannten in unnatürlicher Geschwindigkeit herunter. Verzweifelt versuchte Juna, ihre Nerven zu beruhigen. *Einatmen – ausatmen! Einatmen …*

Doch dann stand der Marquis mitten im Raum, und sie beobachtete fasziniert, wie er – einem Dompteur gleich – die Arme ausbreitete und mit einer Drehung des Handgelenks zuerst das Inferno im Kamin beruhigte und dann die Flammen erstickte, die von den heruntergebrannten Kerzen bereits auf den antiken Sekretär übergesprungen waren.

»O nein!« Sie sprang auf und lief zu dem zierlichen Möbel, einem der wenigen Stücke, die sie aus ihrem Zimmer im Haus des Großvaters mitgenommen hatte. Ein schwarzer Fleck verunstaltete die Tischplatte. Es roch nach verbranntem Holz und Papier. Die Ecke eines zoologischen Lehrbuches, das sie sich kürzlich von einem Kollegen aus der Klinik geliehen hatte, war ebenfalls verkohlt. Als sie es aufschlug, um den Schaden zu begutachten, zerfielen die Seiten zwischen den Buchdeckeln zu Asche.

»Jetzt muss ich es neu kaufen!«

»Seit wann ist es so schlimm?«

Juna fuhr herum. Ihr lag bereits eine giftige Antwort auf der Zunge, da sah sie in seinem Gesicht eine Spur von Mitgefühl.

Als hätte sie ihn bei etwas Ungeheuerlichem ertappt, blickte der Marquis kurz zur Seite. Danach war jegliche Emotion wie fortgewischt.

Sie traute ihm nicht, aber noch weniger traute sie sich selbst. Wie lange würde es noch dauern, bis das Feuer in der Öffentlichkeit die Macht übernahm, bis Menschen zu Schaden kamen?

»Seit er fort ist«, sagte sie, und ihre Stimme klang so schwach wie sie sich fühlte. Seit Arian nicht mehr bei ihr war, hatte sich das Feuer verändert. Es war stärker geworden, als dränge es mit Gewalt aus ihr heraus.

»Das habe ich mir gedacht.« Der Marquis durchquerte den Raum, bis er den großen Esstisch, der beinahe schon eine Tafel war, erreicht hatte. »Komm.«

Als sie zögerte, zog er einen Stuhl vor und setzte sich. »Bitte.« Wie von Geisterhand wurde ein weiterer Stuhl abgerückt.

Juna folgte der einladenden Geste und ließ sich schwer auf den Stuhl fallen. »Telekinese?«, fragte sie.

»Nein, mein Fuß.« Der Marquis zeigte nach unten.

Zuletzt hatte sie dieses koboldhafte Lächeln, das den ganzen Dämon zu verwandeln schien, in Gehenna gesehen. Juna wurde merkwürdig warm, als sie daran dachte, wie sie sich ihm damals fast an den Hals geworfen hatte.

»Wie fühlst du dich?«

»Ausgebrannt.« Sie hatte geantwortet, ohne zu überlegen. Jetzt musste sie fast lachen. Ihr Leben war so unglaublich geworden, dass man es eigentlich nur mit Humor nehmen konnte. »Also gut. Angenommen, du kannst mir helfen, dieses Höllenfeuer zu beherrschen, dann solltest du mir erst einmal erklären, warum es in letzter Zeit so mächtig geworden ist.«

»Nichts leichter als das. Zuerst einmal: Die Quelle ist neutral. Eine Unterscheidung zwischen Engels- und Höllenfeuer gibt es nicht.«

»Also hatte ich doch Recht.« Juna dachte daran, wie sie versucht hatte, Arian von ihrer Theorie zu überzeugen. Doch jetzt war nicht der Zeitpunkt, in Erinnerungen zu versinken, deshalb verdrängte sie ihre aufkeimende Sehnsucht ganz schnell wieder und sah den Marquis erwartungsvoll an.

»Du hast es geahnt? Sehr gut. Diese Tatsache zu akzeptieren, erleichtert den Umgang mit dieser Macht erheblich. Um zu klären, was mit dir passiert, sollte ich wissen, seit wann du Kontakt hast.«

»Mit dem Feuer?« Sie dachte an die brennenden Gardinen in ihrem Kinderzimmer, den unerklärlichen Brand im Klassenzimmer ihrer neuen Schule, nachdem sich ein Mitschüler über ihren schottischen Akzent lustig gemacht hatte. »Seit meiner Kindheit. Genauer gesagt, seit ich nach London umgezogen bin.«

»Und dieser Umzug gefiel dir nicht?«

»Das kann man so sagen.« Juna sah aus dem Fenster und betrachtete die heraufziehenden Wolken. Sie war froh, dass er ihr Zeit ließ. Schließlich sagte sie: »Es war schrecklich. Meine Stiefmutter glaubte, ich würde es mit Absicht machen.« Sie sah ihm direkt ins Gesicht. »Du warst niemals ein Kind, habe ich Recht?«

»Nicht, dass ich mich erinnern könnte.«

»Wie alt …?«

Der Marquis hatte wieder seine undurchdringliche Miene aufgesetzt und einen Blick, der schon mächtige Dämonen in die Knie gezwungen hatte. »Wir reden hier nicht über mich. Ist das klar?«

»Entschuldige.«

Junas schnelles Einlenken schien ihn zu besänftigen. »Du kannst froh sein, so spät Kontakt zur Quelle bekommen zu haben. Es hat schon Kinder gegeben, die das Feuer verzehrt hat, weil sie es nicht beherrschen konnten.«

Juna mochte sich das gar nicht vorstellen. »Was ist die Quelle?«

»Du kannst sie dir wie einen brodelnden Vulkan vorstellen. Offenbar hat sich dir durch den Stress ein Seitenarm, einem Lavafluss gleich, geöffnet. Gefährlich, aber nicht zu vergleichen mit der Quelle selbst. Erst später bekamst du direkten Zugriff. Aber dein Vigilie-Freund hat ihre Macht gefiltert, solange er bei dir war.«

Juna erinnerte sich, wie Arian ihr erklärt hatte, dass er sie mit Hilfe des Feuers in Gehenna gefunden hatte und dass er hoffte, von dort über das Feuer mit ihr Kontakt halten zu können. Es kam nicht selten vor, dass sie meinte, seine Nähe spüren zu können. All dies wies darauf hin, dass der Marquis die Wahrheit sagte.

Aber Juna wollte etwas anderes wissen: »Wieso hatte ich auf einmal unmittelbaren Zugriff? Ich habe doch nichts gemacht …« Arian hatte keine Antwort auf diese Frage gewusst.

»Du erinnerst dich an den kleinen Zwischenfall in Gehenna?«

Hörte sie da etwa Verlegenheit heraus? »Du meinst die Sache mit den Satyrn?« Juna begriff. »Da hast du mir das Feuer genommen und es erst später wieder zurückgegeben! Dabei ist es passiert.«

Er sagte nichts.

Das war auch nicht notwendig. Juna war sicher, dass es daran gelegen haben musste, denn seither fühlte sich ihr Feuer auch anders an. Ursprünglicher, wilder. »Heißt das etwa, dass ich jetzt auch durch dich …« Bei dem Gedanken, eine so enge Verbindung zu einem Dämon zu haben, wurde ihr ein wenig schwindelig. »Kannst du die Situation deshalb so leicht kontrollieren, wenn bei mir mal wieder die Sicherungen durchbrennen?«

»Nein, Juna.«

Seine Stimme umfloss sie wie ein kühler Bergbach. War dies die Macht, die ihn das Feuer mit dieser Leichtigkeit beherrschen ließ? »Ich bin … war ein Engel. Es ist unsere zweite Natur. Wir, die verstoßenen wie die himmlischen Engel, sind Teil dieser Kraft. Du aber bist nur ein Mensch.« Er lehnte sich vor und strich mit den Handknöcheln über ihre Wange. »Wenn auch ein ganz besonders faszinierendes Exemplar.« Dabei schenkte er ihr dieses seltene Lächeln, das sie beinahe vergessen ließ, mit welcher Art von Engel sie an einem Tisch saß.

Juna ängstigte der Hunger, den sie in seinen Augen las. Was wollte er wirklich von ihr? Schnell stand sie auf und sagte das Erstbeste, was ihr einfiel, um die merkwürdige Stille, die sich über den Raum gelegt hatte, zu unterbrechen: »Ich brauche jetzt einen Kaffee. Kann ich dir etwas anbieten?«

Der Marquis war so schnell hinter ihr, dass sie vor Schreck einen Schrei ausstieß. Er umfasste sie, seine Hände lagen flach auf ihrem Bauch und zwangen Juna, sich zurückzulehnen, bis sie seinen Körper spürte.

»Ist es das, was du mir anbieten willst?«

Aus Angst, er könnte es als Einladung missverstehen, wagte Juna es nicht, sich zu bewegen … nicht einmal Luft zu holen, um zu antworten.

»Lektion Nummer eins: Achte genau auf deine Worte, wenn du mit einem Dämon sprichst.«

Seine Lippen berührten dabei fast ihren Hals, und Juna konnte einen Schauder nicht unterdrücken. Sofort ließ er sie frei, und sie floh in die relative Sicherheit hinter den Küchentresen. Dort bemühte sie sich, trotz ihrer zitternden Hände Kaffee zu kochen, auf den sie jetzt gar keine Lust mehr hatte. Ihre Kehle war wie zugeschnürt, aber nicht vor Angst, wie man hätte meinen können. Oh, sie fürchtete sich schon, aber es war die Reaktion auf seine plötzliche Nähe, die sie bis tief ins Mark erschüttert hatte.

Als sie endlich wieder aufsah, stand er immer noch am gleichen Fleck und betrachtete sie nachdenklich. Es war wahrlich keine Schande, ihn attraktiv zu finden. Die Hände lässig in den Taschen vergraben, wirkte er jung und ein bisschen verwegen. Letzteres lag wohl auch daran, dass Haltung und Aussehen besser zu einem nächtlichen Szenegänger gepasst hätten als zu der klassischen Kleidung mit schwarzem Rollkragenpullover, der offenbar zu seinen Lieblingskleidungsstücken gehörte. Die Existenzialistenclique, in deren Gesellschaft sich ihr Großonkel Lord MacDonnell während seines Literaturstudiums in Paris gern hatte ablichten lassen, hätte nicht lässiger aussehen können. Die blonden Haare standen im krassen Gegensatz dazu, sie wirkten immer ein bisschen ungekämmt. Es sah aus, als hätte er im Toten Meer gebadet und anschließend sein Haar frottiert, bis es ein wenig strubbelig wirkte und dank des Salzwassers auch so blieb.

Wäre er kein Dämon gewesen, dann hätte Juna auf einen begabten Trendfriseur getippt. Ganz gleich, ob beabsichtigt oder zufällig, das Ergebnis fand sie in jedem Fall ungewöhnlich und nicht hässlich. Dazu trug sicher auch bei, dass er trotz seiner Blässe eine unglaubliche Energie ausstrahlte, die sie unter normalen Umständen nur als Lebenshunger hätte bezeichnen können. Bei einem Dämon allerdings hatte dieser Begriff einen äußerst unangenehmen Beigeschmack.

Seine nächsten Worte unterbrachen weitere Spekulationen: »Ich empfehle dir, meinen Rat zu befolgen. Bei mir bist du sicher.« Sein Blick unter halb geschlossenen Lidern signalisierte allerdings etwas ganz anderes. Er gestattete ihr einen tiefen Blick in die Hölle: Lust, so roh und fordernd wie die Gier nach Macht, paarte sich in geradezu obszöner Weise mit dem unstillbaren Hunger nach etwas, das dieser dunkle Engel längst vergessen, vielleicht niemals besessen hatte. Emotionen waren ihm einst verboten gewesen, jetzt schien jedem seiner Gefühle – oder dem, der sie zu teilen wagte – die ewige Verdammnis anzuhaften wie zäher, alles verschlingender Teer.

Juna griff sich an den Hals. Sie war unfähig, den Blick abzuwenden. *Wenn man lange in einen Abgrund schaut, schaut der Abgrund auch in einen.* Zum ersten Mal begriff sie Nietzsches Worte wirklich. Etwas Größeres schien durch den blonden Dämon auf sie herabzublicken. Eine Macht, deren Aufmerksamkeit sie unglücklicherweise erregt hatte und die nun wissen zu wollen schien, ob sie die Kraft haben würde, ihr zu widerstehen.

Als habe er schließlich Mitleid, blinzelte der Marquis und brach damit die Verbindung ab. Sie war sicher, dass er genau wusste, was sie gefühlt hatte. Juna konnte nicht anders, sie war ihm in diesem Augenblick unendlich dankbar, dass er sie von dem Bann befreit hatte. Doch sie hatte seine Warnung verstanden und hütete sich, etwas zu sagen.

»Sehr gut. Du lernst schnell, und das ist auch notwendig. Ich weiß nicht, wie viel Zeit wir haben werden.«

Schweigend wartete Juna auf eine Erklärung.

Doch er sagte nur: »Dämonen neigen dazu, die Dinge wörtlich zu nehmen. Und deinem, wie ich annehme, lediglich der Höflichkeit geschuldeten Angebot würde – so gesehen – im falschen Moment nicht einmal ein Heiliger widerstehen können.« Er lachte und ließ seine Stimme dunkel und geschmeidig über ihren Körper gleiten.

Dieses Mal war die Gänsehaut, die ihre Arme hinauflief, keineswegs angenehm.

»Und wie stellst du dir den Unterricht vor?« Ein schnippischer Tonfall sollte ihre Furcht überdecken, doch Juna ahnte, dass er diesen, ebenso wie jeden anderen Versuch, ihn zu täuschen, durchschaute.

»Das Beste wäre, du kämest mit mir nach Gehenna.«

»Haha!« Juna verschränkte die Arme vor der Brust. »Und das Zweitbeste?«

»Die Frage habe ich befürchtet.« Er sah sich um. »In deinem Zuhause jedenfalls nicht.«

Juna folgte seinem Blick. »Und warum nicht hier?«

»Weil jeder Zugriff auf die Quelle irgendwo und von irgendwem bemerkt werden kann. Und weil du ein paar mächtige Feinde hast, die dich liebend gern loswerden wollen.«

Juna wurde blass. »Du meinst die Gerechten?«

»Ja, die auch.«

»Und du behauptest, dass du mich beschützen kannst?«

Er machte einen Schritt auf sie zu. Sofort wich Juna zurück. Der Marquis seufzte theatralisch. Manchmal kam es Juna vor, als sei für ihn alles ein Spiel. Als nähme er nichts ernst, weil er wusste, dass es kaum jemanden gab, der ihn noch überraschen oder ihm gefährlich werden konnte. Es bereitete ihm Vergnügen, sie durch ein Wechselbad der Gefühle zu jagen. Vielleicht hatte er Gefallen an ihr gefunden, weil sie etwas Neues für ihn war und weil er wusste, dass er sie nicht haben konnte.

Zumindest hoffte Juna, dass er dies wusste und seine Versuche, mit ihr zu flirten, nur ein Teil des Spiels waren, das er offensichtlich mit ihr trieb.

»Beschützen? Nein, das kannst du nur selbst. Ich könnte dir natürlich den einen oder anderen Trick zeigen.«

Sein Lachen bestärkte Juna in ihrem Gefühl, es würden ein paar sehr schmutzige Winkelzüge sein, die er in der Hinterhand hatte. Aber der Gerechte war auch nicht fair gewesen, als er den kleinen Straßenjungen ohne Vorwarnung getötet hatte.

Was auch immer dieser dunkle Engel aus Gehenna plante, er gab wenigstens nicht vor, zu den Guten zu gehören. Und er war momentan ihre einzige Hoffnung, das Feuer in den Griff zu bekommen.

Der Dämon reichte ihr die Hand, als erwarte er, dass sie ihre hineinlegen würde. »Vertraust du mir?«

Bevor Juna antworten konnte, tat es jemand anders. »Machst du Witze?«

Unbemerkt war Cathure erschienen und starrte den Marquis feindselig an, der darauf lediglich mit einem amüsierten Lächeln reagierte.

Juna fand das Kommen und Gehen in ihrem Zuhause weniger unterhaltsam. Natürlich, sie stand in Cathures Schuld. Als ihr Vermieter, der keinerlei Miete verlangte, hatte er zwar das Recht, *seine* Wohnung zu betreten, aber auf keinen Fall ohne Voranmeldung. *Möglich*, dachte sie nicht ohne Humor, *dass ein Feenprinz dies anders sieht.*

Sie wandte sich dem Marquis zu. »Ich weiß dein Angebot

480

zu schätzen«, sagte sie mit Nachdruck. »Und nun geh, bitte.«

Cathure stellte sich neben sie. »Also …?«

Auf Juna wirkte er in diesem Augenblick nicht weniger unheimlich als sein höllischer Gegner. Beunruhigt sah sie von einem zum anderen.

Der Marquis verbeugte sich mit unnachahmlicher Eleganz, zwinkerte ihr zu und verschwand. Einfach so. Dieses Mal stank es nach Schwefel.

Sie fächelte sich Luft zu. »Igitt!«

»Was hast du dir dabei gedacht, ihn hereinzulassen?« Cathures Stimme klang wie das Grollen eines Erdbebens.

Finn kam hereingetrottet, setzte sich neben ihn und schien sie ebenfalls vorwurfsvoll zu betrachten.

»Das habe ich überhaupt nicht!« Juna warf beiden einen ärgerlichen Blick zu. »Er stand dort draußen, und ich wurde wütend, weil ich dachte, es ist Arian, und …« Sie zeigte auf den angekohlten Sekretär. »Dann lief alles ein wenig aus dem Ruder.«

Cathure runzelte die Stirn.

»Ich war enttäuscht und sauer. Es ist einfach passiert. Und wäre der Marquis nicht hereingekommen, dann wäre wahrscheinlich das ganze Haus abgebrannt.« Juna ging zum Küchentresen, füllte ein Glas mit Wasser und stürzte es in einem Zug herunter. »Ich habe das Feuer nicht mehr im Griff«, sagte sie schließlich ruhiger. »Er hat mir angeboten, mir zu helfen.«

»Helfen? Du hast doch hoffentlich nicht eingewilligt!«

»Natürlich nicht! Er hat gesagt, dafür müssten wir nach Gehenna.« Juna schlug die Hände vors Gesicht. »Vielleicht hätte ich mitgehen sollen. Arian ist schließlich auch dort.«

Cathure ging nicht darauf ein. »Er ist also hereingekommen, ohne dass du ihn eingeladen hast.«

»Ja. Plötzlich stand er da. Das ist nicht gut, oder?«

»Nein, das ist es nicht. War er früher schon einmal hier?« Cathure trug nun wieder ganz sein kühles Selbst.

Juna hätte es besser gefallen, wenn er nur einmal echtes Gefühl gezeigt hätte. Selbst damals, nachdem der Dämon Nigella zurück in diese Welt gebracht hatte, war ihm nicht anzusehen gewesen, ob er sich über das Wiedersehen freute oder nicht. Doch auch Nigella war der Kiste entstiegen, die Juna zuerst für einen Sarg gehalten hatte, und war an Cathures Arm hinausgegangen, ohne sich noch einmal nach ihnen umzudrehen. Dankbarkeit sah in Junas Augen anders aus, schließlich zahlte nun Arian den Preis für ihre Freiheit.

Sie sah die Szene noch genau vor sich, und eines war klar: Damals hatten weder der Marquis noch seine Gehilfen die Wohnung betreten. Als sie Cathure dies sagte, sah er sie lange prüfend an.

»Ich werde einige Tage nicht in der Stadt sein. Wenn irgendetwas ist, informiere Santandér. Er weiß, wo ich zu finden bin.«

»Okay. Wann brauchst du das Auto zurück?«

»Das kannst du behalten. Es gehört ohnehin Arian.«

Sie glaubte ihm nicht. Woher sollte Arian ein solches Auto haben? Dennoch war sie froh. Ein neues hätte sie sich gar nicht leisten können, aber manchmal mussten die Tierretter auch ihre eigenen Fahrzeuge benutzen, und deshalb war es wichtig, dass sie eines besaß.

Cathure nahm ihr Schweigen als Zustimmung. »Versprich mir, dass du vorsichtig bist.« Damit wandte er sich zum Gehen.

»Natürlich. Und Cathure …« Er drehte sich um und blickte sie ruhig an.

»Danke!«

Dieses eine Wort zauberte ein so kurzes Lächeln auf seine Züge, dass sie es nicht gesehen hätte, wäre ihr Lidschlag eine Nanosekunde eher gekommen.

Als Cathure fort war, strich Juna ihrem Hund über den Kopf. »Du Armer. Hat dich das Feuer erschreckt? Bist du deswegen fortgelaufen? Oder war es der Dämon? Weißt du was, wir fahren in unserem schicken neuen Auto raus aufs Land und machen einen ausgiebigen Spaziergang!«

Finn blickte sie an, als habe er jedes Wort verstanden, dann trabte er zur Tür.

Juna hatte sich für ihren Aufenthalt in Schottland vierzehn Tage lang freigenommen. Erst hatte sie in der Klinik Bescheid geben wollen, dass sie früher als erwartet wieder in der Stadt war. Doch wahrscheinlich hätte sie sich damit nur den Zorn der Sekretärin zugezogen, wenn die abermals die Dienstpläne hätte ändern müssen.

Die Aussicht auf ein paar freie Tage in den eigenen vier Wänden hob ihre Laune. Vielleicht würde sie auch nach Edinburgh fahren, um ins Museum zu gehen oder einfach nur durch die Straßen zu bummeln. Cathure hatte ihr zum Glück nicht verboten, das Haus zu verlassen – vermutlich, weil er wusste, dass es sinnlos war.

Sie würde sich nicht verstecken, egal, wie viele Attentäter hinter ihr her waren. Und in einem hatte der Marquis Recht: Wenn sie das Feuer beherrschte, konnte es ihr nützlich sein. Auch bei der Abwehr eventueller Verfolger.

Eine knappe Stunde später parkte sie ihren Wagen am

Ufer der Carron-Talsperre, schnürte die Wanderstiefel zu und ging los. Finn lief voraus und kam gleich darauf mit einem Stock im Maul zurück, den er so stolz trug, als habe er Höchstleistungen vollbracht, um seine Beute zu erlegen.

Es war kühl, aber nicht kalt. Die Sonne schien, und der Wetterbericht hatte nichts Besonderes vorhergesagt. Mit anderen Worten: Es würde möglicherweise regnen, doch dafür hatte Juna vorgesorgt. Neben einem kleinen Picknick steckten noch ein wasserdichtes Cape und ein Handtuch für Finn in ihrem Rucksack.

Juna hatte sich für einen Weg entschieden, der durch den Wald auf die Ausläufer der Berge führte, die gen Norden höher wurden. Bei klarem Wetter wie heute hatte man von dort einen fantastischen Blick auf den Stausee, hinter dessen Ufer sich weitere Hügel erhoben. Ein Boot glitt über die Wasseroberfläche, und Juna spekulierte, ob es dem Fischer gehörte, der am anderen Ende des Sees im Sommer eine Angelschule betrieb. Als Kind war sie oft mit ihrem Großvater hier herausgefahren. Er hatte sich ein Boot wie dieses geliehen, und sie waren hinausgefahren, hatten den Motor abgestellt und ihre Angeln ausgeworfen. Schweigend hatten sie viele Nachmittage auf diese Weise verbracht, miteinander und der Welt zufrieden. Seite an Seite, Enkelin und Großvater.

Juna machte ein paar Fotos, gönnte Finn ein Stückchen von der mitgebrachten Wurst und machte sich dann an den Abstieg zum Seeufer.

Nachdem damals ihr Interesse an den wochenendlichen Angelausflügen nachgelassen hatte, hatte Juna die Stadt für sich entdeckt. Schmale Gassen, faszinierende Geschäfte, Kinos … Hauptsache, ihre Welt war voller Menschen. Ihre

Begeisterung für das urbane Leben war für sie auch einer der wenigen Pluspunkte ihres Zwangsumzugs nach London gewesen.

Inzwischen fühlte sie sich aber in der Natur wieder sehr viel wohler. Beide Vorlieben waren Extreme, das wusste sie, und entschuldigte ihre neue Begeisterung für die wilde Landschaft Schottlands damit, dass hier draußen niemand Schaden nehmen würde, falls ihr hitziges Temperament wieder einmal mit ihr durchging. Die Waldbrandgefahr war, zumindest im Winter, relativ gering.

Dabei gaukelte ihr dieser sonnige Tag einen nahenden Frühling vor. Vögel zwitscherten, die eigentlich viel weiter südlich ihr Winterquartier hätten nehmen sollen, es duftete nach Nadelhölzern und Erde. Und leider fühlten sich auch ein paar winzige Mücken animiert, sich in die wärmenden Strahlen der Sonne hinauszuwagen. Solange die kleinen Biester nicht über Juna herfielen, genoss sie jedoch ihren Tanz im Licht des Lebens.

Das letzte Stück hinab zum See legten Finn und sie im Wettlauf zurück. Der Hund zeigte sich dabei als Kavalier und verlängerte seine Strecke immer wieder durch Ausflüge nach rechts und links ins Unterholz. Dann rannte er wieder voran, blieb stehen und drehte sich um. Er wartete, bis sie herangekommen war, sprang an ihr hoch und galoppierte schließlich fröhlich bellend das letzte Stück zum See. Juna war es so warm geworden, dass sie es ihm am liebsten nachgemacht hätte, als er in den See stieg, bis die kleinen Wellen fast seinen Bauch berührten, und gierig trank.

Stattdessen setzte sie sich auf einen großen Stein, der von der Sonne sogar ein kleines bisschen warm geworden war. Das Fischerboot war verschwunden, und plötzlich wurde es dunkler und kühl, obwohl keine Wolke am Himmel zu sehen war.

»Finn!« Juna pfiff nach ihm, da hörte sie hinter sich einen Zweig knacken und drehte sich blitzschnell um.

Keine drei Meter entfernt stand der gleiche Engel, der den armen Danny mit nicht mehr Anteilnahme getötet hatte, als hätte er ein lästiges Insekt erschlagen. Die Schwingen halb geöffnet, stand er aufrecht und breitbeinig da und betrachtete sie auf eine beunruhigende Weise, die Junas Herz fast erstarren ließ. Sie taumelte, fasste sich und sah ihm direkt … nicht in die Augen, das wagte sie nicht, aber doch auf einen Punkt zwischen seinen Brauen, von dem manche behaupteten, dahinter befinde sich das erleuchtete Auge des Herzens, mit dem ein jeder die Wahrheit sehen konnte. Aber die Wahrheit, das wusste Juna, war ein recht ungenauer Begriff, und für sie als Ärztin war dieses mystifizierte Organ nichts anderes als das Überbleibsel einer Drüse, die einst bei Wirbeltieren der Wahrnehmung von Helligkeit gedient hatte. Da sie auf keinen Fall den Blick vor diesem kaltherzigen Mörder senken wollte, sah sie dennoch genau dort hin.

Die Gerechten wollen alles auslöschen, was ihrer Meinung nach nicht in das vorherbestimmte Gefüge passt, warnte Arians Stimme in ihrem Kopf.

Und Junas Existenz störte gewaltig in einem *Gefüge*, in dem jeder seine Rolle zu spielen hatte, ohne sie zu hinterfragen.

Neben dem Engel erschien ein zweiter wie aus dem Nichts, und der Uniform nach zu urteilen, die er trug, war auch er ein Gerechter. Ihre Kleidung unterschied sich nur unwesentlich voneinander: Brustpanzer und Beinschienen, wie Krieger der Antike, kombiniert mit einem eher schlichten Gewand der Neuzeit. Sie mochten die Farbe des Friedens tragen, doch das strahlende Weiß der Montur ließ sie nicht weniger bedrohlich erscheinen.

Juna wusste, dass sie keinerlei Chance gegen diese beiden Engel hatte, die älter waren als das Gedächtnis der Menschheit, geschaffen aus dem Nichts am Anfang der Zeit. Aber wenn sie schon sterben sollte, dann wollte sie wenigstens wissen, ob diese Jungs wirklich keine Gefühle besaßen, wie man es ihnen nachsagte. Und vielleicht gelang es ihr, sie so lange abzulenken, dass sich Finn in Sicherheit bringen konnte.

Juna stemmte die Hände in die Hüften und sagte: »Sieh mal an, gleich zwei der Selbstgerechten machen mir heute die Aufwartung!« Sie lachte höhnisch und war überrascht, wie gut ihr dies gelang. Jegliche Selbstzweifel hatte sie verdrängt. Wer dem Tode geweiht war, hatte nichts zu verlieren. »Hast du Sorge, es nicht allein mit mir aufnehmen zu können, dass du einen Kumpel mitgebracht hast? Oder tötet ihr lieber im Duo?«

Der zweite Engel zog ein Schwert, das so lang war, dass sich Juna wunderte, warum es nicht vorher zu sehen gewesen war. Sie tat gut daran, nicht zu vergessen, mit wem sie es zu tun hatte.

Dannys Mörder hob die Hand und gebot ihm Einhalt. »Lass sie plappern. Sie reden sich immer früher oder später um Kopf und Kragen.«

»Soll das heißen, ihr tötet nur, wenn euch jemand einen Grund gibt?«

»Wir reinigen die Welt von Ungeziefer, wie es unser Auftrag ist.«

Juna versuchte sich daran zu erinnern, was Arian ihr über die Gerechten erzählt hatte. Es war wenig genug gewesen.

Er habe sie gemieden, hatte er gesagt.

Sie verstand sehr gut, warum. Außerdem hatten sie beide angenehmere Dinge zu tun gehabt, als sich unentwegt über diese weißen Rachevögel zu unterhalten. Juna schmunzelte bei der Erinnerung daran, wie sie die meisten Tage verbracht hatten. Keine Sekunde wollte sie davon missen, auch wenn sie jetzt jede zusätzliche Information über ihre Gegner gut hätte gebrauchen können.

Die Arme vor der Brust verschränkt, betrachtete sie die Engel forschend. Sie hätten aus Marmor sein können, so wenig gaben sie von sich preis.

»Und ich bin ein solches *Ungeziefer*, weil ich eure Kollegen von der Lebensrettung sehen kann?«

»Sie meint die Schutzengel«, sagte der Kindermörder und zog nun ebenfalls ein Schwert hervor. Dieses Mal sah es weniger gefährlich aus als damals – allerdings nur, sofern man blanken Stahl kochendem Metall vorzog.

»Was wird das hier? Kammerjägern für Einsteiger?« Juna hätte sich zumindest irgendeine Reaktion erhofft. Als die beiden sie weiter ausdruckslos anstarrten, begann sie einzusehen, dass die Gerechten wirklich zu keiner Gefühlsregung fähig waren.

Finn, das sah Juna aus dem Augenwinkel, saß aufrecht am Ufer und betrachtete die beiden mit ebenso starrem Blick.

Doch im Gegensatz zu ihr schien er keinerlei Furcht zu empfinden. Sie hätte ihn gern verscheucht, wagte es aber nicht, die Aufmerksamkeit auf ihn zu lenken. *Er soll erzählen können, wie tapfer ich untergegangen bin*, dachte sie in einem Anflug von Selbstironie. *Klar wird er das. Er redet ja auch sonst wie ein Wasserfall.*

Bevor Juna in weiteren Betrachtungen über Finn versinken konnte, verdrängte sie lieber jegliche Gedanken an ihn. Bei ihrer letzten Begegnung hatte sie den Eindruck gehabt, der Engel hätte ihre Gedanken lesen können – und hätte er geahnt, wie wichtig ihr Finn geworden war, wer weiß, ob der eiskalte Bastard nicht versucht hätte, sich dieses Wissen zu Nutze zu machen. Respekt vor der Kreatur zählte sicherlich nicht zu den herausragenden Eigenschaften dieser sogenannten Gerechten.

Besonders kommunikativ waren sie auch nicht, und Juna zermarterte sich das Gehirn, wie sie das Gespräch am Laufen halten sollte.

»Bist du Michael?«, fragte sie den ersten Engel.

Seine Pupillen weiteten sich. War das Erstaunen, oder schaute er immer so, wenn die Rede von dem Erzengel war, der als der Drahtzieher hinter der selbstgerechten Gruppe von Weltverbesserern galt?

»Ich bin Micaal. Nenn mich, wie es dir gefällt«, entgegnete er schließlich.

»*Spielt jetzt auch keine Rolle mehr,* willst du wohl damit sagen. Dann ist Michael euer Chef, habe ich Recht?« Das Lachen blieb ihr im Hals stecken, denn auf einmal spürte sie sehr deutlich, wie die letzten Sandkörner durch ihre Lebensuhr rannen.

Flammen schlugen aus dem Schwert. Seine Schwingen öffneten sich angriffsbereit. Doch bevor er sich auf sie stürzen konnte, traf ihn eine unsichtbare Macht von der Seite, und er strauchelte.

Verschwinde! Juna war es egal, ob dieser Befehl in ihrem

Kopf erklungen war oder im ganzen Tal. Sie machte einen Hechtsprung zur Seite und zerrte Finn so schnell sie konnte hinter den nächsten großen Felsen. Hier schien sie relativ sicher zu sein.

»Scheiße, ist das der Marquis?«, flüsterte sie Finn ins Ohr und sah sich nach einer Fluchtmöglichkeit um. Aber in welche Richtung sie auch blickte, sie hätte über freies Feld laufen müssen, um den Waldrand zu erreichen.

Gerade als sie es trotzdem erwog, schoss ein Feuerstrahl ins Unterholz. Drei Bäume gingen in Flammen auf und mit ihnen der Assistent des falschen Micaals.

Leider aber nicht vollständig, erkannte sie kurz darauf, als der Engel mit nur unwesentlich angesengten Flügeln aus den Flammen trat und einen Angriff auf ihren Retter starten wollte.

»Kommt überhaupt nicht infrage, mein Freund!« Juna hielt das Bild einer himmlischen Fackel in ihren Gedanken ganz fest und schleuderte allen Ärger sowie eine gehörige Portion Angst hinein. Die Flammen erschienen aus dem Nichts und fraßen sich so schnell durch das Gewand des Engels, dass nicht einmal mehr sein Schrei zu hören war, bevor er verschwand.

Das war ich? Erschrocken legte Juna den Arm noch fester um Finn. *Lass mich jetzt bloß nicht allein.*

Micaal ignorierte die unrühmliche Flucht seines Kollegen. Er schleuderte einen weiteren Feuerball auf den Marquis, der jedoch nur lachte und dem Geschoss elegant wie ein Torero auswich.

»Grüß mir meinen alten Freund Mike!« Er zwang den Feuerball umzukehren, angelte ihn aus der Luft und warf ihn dann ohne Anstrengung, aber blitzschnell zurück.

490

Der Gerechte schaffte es nicht mehr, rechtzeitig auszuweichen. Der Treffer ließ ihn rückwärts straucheln, doch dank seiner Flügel fing er sich schnell wieder. Und dies, obwohl die Spitze des linken Flügels vollständig zerfetzt war. Federn stoben auf, Blut färbte den verbliebenen Teil der verletzten Schwinge rot und zerstörte auf grausame Weise das Trugbild eines reinen, unberührten Himmelsboten. Micaals Gesicht blieb ausdruckslos, während er den Schaden begutachtete. Kein Schmerz, nicht einmal Ärger. »Wir kommen zurück.«

»Ich freue mich darauf!« Sein dämonischer Gegner hob das Schwert wie zum Gruß.

Als fehlte ihm nichts, erhob sich Micaal in die Luft, und kurz darauf beobachtete Juna fasziniert, wie sich seine Konturen vor dem nun wieder blauen Himmel auflösten.

»Hallo Kleines, bist du okay?« Der Marquis stand über ihr. Elegant wie immer, als käme er gerade aus seinem Club und nicht von einem tödlichen Duell. Er reichte Juna die Hand. »Kann man dich nicht eine Sekunde allein lassen, ohne dass du in Schwierigkeiten gerätst?«

Sie ließ sich aufhelfen. Bei ihrer Flucht hatte sie sich den Knöchel verletzt, aber bisher davon nichts bemerkt. Als das Blut in ihren Fuß schoss, brachte es einen Schmerz mit sich, der sie taumeln ließ. Der Marquis reichte ihr den Arm. Juna biss die Zähne zusammen und humpelte an seiner Seite zu einem flacheren Stein, auf den sie sich setzte.

»Das war knapp!«

»Vergiss es. Micaal neigt zu theatralischen Drohungen.« Der Dämon lachte, dann kniete er vor ihr nieder und begann den Schuh aufzuschnüren. »Lass mal sehen …«

Juna war so überrascht, dass sie nichts sagte, sondern nur

fasziniert beobachtete, wie seine schlanken, blassen Finger das bereits leicht geschwollene Bein gründlich abtasteten.

»Vertraust du mir jetzt?«, fragte er und sah zu ihr auf.

Junas Antwort schien ihm wichtig zu sein. Er blickte sie erwartungsvoll an.

»Dass du mir keinen Ziegenfuß anhext?«

»Juna!«

»Ja, ich vertraue dir.« Und sie meinte es ernst, zumindest für den Augenblick.

Er umfasste das Gelenk mit beiden Händen, und ein warmes Licht erschien. Sekunden später war der Schmerz wie fortgeblasen.

»Oh!« Sie wusste erst nichts anderes zu sagen. Als sie den Strumpf über den Fuß rollte und zurück in den Stiefel stieg, konnte sie sich eine Bemerkung nicht verkneifen: »Das war jetzt aber eine gute Tat. Bekommst du da nicht Ärger mit deinem …« Sie zeigte mit ihrem Daumen nach unten. »… mit deinem Chef?«

Er umfasste ihre Taille und stellte sie auf die Füße zurück. »Du bist einzigartig! Ich habe mich seit Ewigkeiten nicht mehr so gut unterhalten.«

»Schön, dass ich dir Freude bereite.« Juna fand es an der Zeit, etwas Abstand zwischen sich und den Dämon zu bringen, und machte einen Schritt zurück. »Und das Glück hat kein Ende, will mir scheinen …«

»Aha?« Nun war er wieder auf der Hut.

»Ich denke, es ist an der Zeit, dass ich lerne, wie man diese hübschen Feuerkugeln fabriziert, und wenn ich es mir genau überlege, dann hätte ich auch gern so ein Schwert, das außer mir offenbar jeder andere in diesem Spiel mit sich herumträgt.«

Er sah sie ernst an. »Weißt du, was du dir da vorgenommen hast? Furcht gehört augenscheinlich nicht zu deinen hervorragenden Eigenschaften.«

Wenn du wüsstest, dachte Juna. Laut sagte sie: »Ich *fürchte*, die kann ich mir in Zukunft nicht mehr leisten.«

»Einverstanden. Beim Feuer sehe ich kein Problem. Das hast du gerade eindrucksvoll bewiesen.« Er sah sie an, als überlegte er, wie hart das Training sein durfte, das er ihr zumuten konnte.

»Es gibt noch eine Bedingung.« Juna erwiderte seinen Blick.

Nun wirkte er belustigt. »Wäre es nicht an mir, die Bedingungen zu stellen?«

»Das kannst du sehen, wie du willst. Ich finde jedenfalls, es ist an der Zeit, dass du mir deinen wahren Namen verrätst. Du weißt schon, den von da oben.«

»Was?« Jetzt wirkte er tatsächlich entsetzt.

»Ach komm«, lockte sie. »Ich kann doch unmöglich weiter *Marquis* zu dir sagen. Das klingt wirklich *zu* albern.«

»Findest du?« In seine Augen glitzerte der Schalk. »Darf ich mich vorstellen?« Er verbeugte sich elegant und ergriff dabei ihre Hand.

Finn bellte.

»My Lady, Luci…« Finn sprang auf und rannte zwei Gänsen hinterher, die tief über dem See einstrichen. »… zu Ihren Diensten.«

Juna erstarrte.

»Bist du enttäuscht? Ich habe den Namen Lucian eigentlich immer recht gern gemocht.«

Da wurde ihr klar, dass er nicht *Luzifer* gesagt hatte. Ein perlendes Lachen stieg in ihr auf, so erleichtert war sie.

Zuerst sah Lucian sie verwirrt an, dann öffneten sich seine Schwingen, und die Sonne selbst schien in seiner Dunkelheit zu versinken.

Juna war verunsichert. Hatte sie ihn beleidigt? Sie wollte schon zu einer Erklärung ansetzen, da stahl sich ein Lächeln in seine Augenwinkel. Dann grinste er verschmitzt, und schließlich lachte Lucian lauthals.

Er hatte ihre Gedanken gelesen. »Zu viel der Ehre, meine Schöne. Ich bin nur ein einfacher Diener des Lichtbringers, er ist mein Chef.« Mit einer ausladenden Handbewegung vertrieb er die Wolken, die seit der Ankunft der Gerechten tief über dem See gehangen hatten. Das Licht kehrte zurück in die Welt, die ganz still wurde, als hätte sie diesen mächtigen Engel der Finsternis noch nie zuvor in einer ähnlichen Stimmung erlebt.

20

*W*as aus Liebe getan wird, geschieht immer jenseits von Gut und Böse.«

Arian schreckte aus seinen Fantasien auf. »Wer sagt das?« Noch hielt ihn Junas Wärme sanft im Arm, doch die Erinnerung schwand ebenso schnell, wie die Gegenwart ihn eingeholt hatte.

»Friedrich Nietzsche.« Gabriel legte seinen Arm um Arians Schulter. »Da hast du es ja doch noch geschafft. Und ich dachte schon, ich müsste mir eine Ausrede für dich einfallen lassen.«

»Was hast du damit zu tun?« Arian runzelte die Stirn. »Ach, sag nichts. Ich hatte von Anfang an das Gefühl, dass ihr unter einer Decke steckt.«

»Pass auf, was du sagst.« Gabriel warf ihm einen merkwürdigen Blick zu.

Beschwichtigend hob Arian die Hände. Er wollte nicht darüber nachdenken, in welchem Verhältnis sein ehemaliger Kampfgefährte und ihre gemeinsame Chefin standen.

Offenbar besänftigt, ließ sich Gabriel zu einer Erklärung herab. »Bevor Nephthys dir den eigentlichen Auftrag übertragen konnte, musste sie zuerst deine Loyalität testen.« Er sah zum Himmel. »Genug davon, wir müssen uns sputen.«

Hoffnung keimte in Arian auf, zart und verletzlich, aber

stark genug, um seinen Puls zu beschleunigen. Sollte er etwa nach Elysium zurückkehren dürfen? *Das muss ich Juna erzählen!* Unnachgiebig wie Nachtfrost senkte sich dieser Gedanke in seine Seele. Eine Rückkehr würde bedeuten, dass er Juna niemals wiedersehen durfte. Ein unerträglicher Gedanke, der ihn erschaudern ließ.

Arian begriff vielleicht erst in diesem Augenblick, wie tief seine Liebe zu Juna tatsächlich war. Plötzlich wusste er, dass es alles geben würde, um bei ihr zu bleiben.

»Kommst du?«

»Nein.« Die Füße fest auf dem Boden, war er auf alles gefasst. Arian öffnete die Schwingen.

Gabriel sah ihn erst verständnislos an, dann erschien ein bitterer Ausdruck auf seinem Gesicht. »Du hast dich für Gehenna entschieden?«

»Bist du verrückt geworden?« Arian flog auf einen Felsen und ging in die Hocke. Von hier aus sah er hinab. »Aber ich werde Juna nicht verlassen!«

Gabriel flog ebenfalls ein Stück höher, und hätte man sie von weitem beobachten können, so hätten sie wie zwei gigantische Vögel ausgesehen, die noch spielerisch, aber selbstbewusst ihr Revier absteckten.

»Das musst du auch nicht.«

Arian erhob sich. »Schwöre es!«

»Reicht dir mein Wort nicht mehr, Arian?« Gabriels Stimme klang verärgert. »Du wirst dich aber damit begnügen müssen. Wenn du Nephthys weiter warten lässt, wirst du dir noch wünschen, tief in Gehenna deine Fronarbeit für den Marquis verrichten zu dürfen.« In einem merkwürdigen Tonfall fügte er hinzu: »Und Lucian wird dir keinen Ausgang zu deinem Mädchen gewähren, das kannst du mir glauben.«

Was immer er auch damit meinte, es konnte nichts Gutes sein. Am liebsten hätte Arian auf dem Absatz kehrtgemacht und wäre zu Juna geflogen.

»Nun komm endlich, je eher wir es hinter uns bringen, desto besser!« Ohne sich umzusehen, vertraute sich Gabriel den Lüften an, und nach kurzem Zögern folgte Arian ihm.

Schnell hatten sie ihr Ziel hoch über den Wolken erreicht. Ein Wallfahrtsort, vor Jahrhunderten von Menschenhand in den Felsen gehauen und heute längst vergessen. Arian war niemals zuvor hier gewesen.

Nachdem sie auf dem Plateau vor dem Tempel gelandet waren, trat Nephthys zwischen hohen Säulen hervor und ging ihnen entgegen. Sie winkte Gabriel an ihre Seite und betrachtete Arian mit den typisch hellen Augen, deren leuchtendes Blau allen Bewohnern Elysiums zu eigen war.

Er erblickte darin sich selbst, die Zeit nach der Verbannung und ein Feuer, aus dem ihm Juna entgegenlächelte. Unwillkürlich lächelte er zurück.

Nephthys' Missbilligung traf nicht nur Arian wie eine Eislawine. Gabriel strauchelte bei dem Versuch, unauffällig größeren Abstand zwischen sich und der verärgerten Herrin der Vigilie herzustellen.

Offenbar war ihr nicht bekannt gewesen, welch tiefe Zuneigung Arian für Juna empfand. Und wenn Nephthys etwas verabscheute, dann war es, ungenügend informiert zu sein. Nephthys sah ihn durchdringend an. »Du hast eine Menge für diese Frau riskiert. Denkst du, sie ist es wert?« Sie hätte in seiner Seele lesen können, dass er alles für Juna tun würde, wollte es aber offenbar von ihm selbst hören.

Arian musste sich beherrschen, um nicht die Fäuste zu ballen. »Ich bin nicht den weiten Weg zu Fuß gekommen, nur um Juna von dir beleidigen zu lassen.«

Nephthys hob die Hand, und er spürte, wie seine Gliedmaßen schwer und unbeweglich wurden. Seine Gedanken blieben zum Glück unbehelligt, und er registrierte automatisch alle Details, wie er es als Wächter immer getan hatte. *Interessant, sie hat immer noch Macht über mich.* Gefallen konnte ihm diese Entdeckung allerdings nicht. »Was soll das? Hast du mich herbestellt, weil du eine neue Dekoration wünschst?« Die steinernen Engelsgestalten, die den Vorplatz des Tempels zierten, waren ihm nicht entgangen.

»Sieh her, Arian!« Nephthys zeichnete einen Kreis in die dünne Luft und öffnete damit einen Blick auf die Welt der Menschen. Widerwillig gehorchte er und erkannte sofort Juna. Sie war nicht allein. Lucian kniete vor ihr, zwischen seinen Händen glomm ein warmes Licht.

Mit zusammengepressten Lippen beobachtete Arian, wie der Dämon seine Heilkräfte anwandte und Juna dabei sacht berührte, wie eine fragile Kostbarkeit.

Das Bild verschwand. »Ich frage dich noch einmal: Hat diese Frau deine Loyalität verdient?«

»Was ist ihr passiert?« Arian fuhr sich durchs Haar. »Warum ist sie verletzt?« Er fühlte Angst in sich aufsteigen.

Gabriels Stimme holte ihn in die Gegenwart zurück. »Beantworte die Frage!«

»Ich würde ihr mein Leben anvertrauen.«

»Das hast du ja wohl schon getan.«

Arians Stimme klang wie ein gefährliches Grollen. »Ich verlange zu wissen, was da geschehen ist!«

»Du hast überhaupt nichts zu verlangen!« Gabriels Flügel

öffneten sich in eine leicht gerundete Form, die ein deutliches Zeichen für seine Angriffsbereitschaft war.

»Es reicht.« Nephthys' melodische Stimme unterbrach den Streit mühelos. »Du weißt, dass ein Dämon wie er nur heilen kann, wenn man ihm vertraut?«

»Natürlich weiß ich das. Aber er wird ihr nichts tun.«

»Du traust dem Marquis?« Gabriel klang fassungslos.

»Er hat noch nie gelogen!« Arian traute Lucian keineswegs, aber vor diesen beiden Engeln würde er sich ganz sicher keine Blöße geben.

Und es stimmte ja. Lucian stand in dem Ruf, sein einmal gegebenes Wort zu halten. Allerdings war auch bekannt, dass er ein so geschickter Advokat war, dass man gut daran tat, jede seiner Formulierungen sorgfältig zu prüfen, bevor man sich auf einen Handel mit ihm einließ.

»Ihr müsstet doch am besten wissen, dass sie in Gefahr ist. Lucian kann sie als Einziger beschützen, solange ich nicht in der Nähe bin. Natürlich hat er Hintergedanken. Er ist ein Dämon! Aber ich vertraue Juna, sie wird nicht auf seine Tricks hereinfallen.«

Arian trat gegen einen großen Kiesel, der über die grauen Steinplatten sprang, und sah ihm nach, bis er in der Tiefe verschwand. »Du hast mich wochenlang durch menschenleere Landschaften marschieren und mich zu Fuß hier heraufsteigen lassen. Sag mir, was ich hätte tun sollen. Bei Juna bleiben und warten, bis du die Gerechten schickst?«

»Ich arbeite nicht mit ihnen zusammen.«

»Ach ja? Micaal hat uns aber bereits seine Aufwartung gemacht.«

»Hast du ihn getötet?«

»Nein. Aber glaube nicht, dass es mir leichtgefallen ist,

ihn zu verschonen.« Wahrscheinlich war es eine Sinnestäuschung, aber Arian glaubte, ganz kurz Erleichterung in Nephthys' Blick zu sehen.

»Du möchtest deinen Auftrag hören?«, fragte sie mit kühler Stimme. »Hier ist er: Du wirst die gefallenen Engel, die den Verlockungen Gehennas widerstanden haben, finden und mir ihre Namen nennen.«

»Das ist ja wohl ein Scherz!« Arian lachte, aber ihm war nicht froh zumute. *Das Wort Humor existiert in ihrem Sprachschatz überhaupt nicht*, dachte er frustriert. *Und Ironie wendet sie an, weil sie versteht, wie sie funktioniert, nicht weil ein irgendwie geartetes Gefühl dahinter steckt.* Warum ihn diese längst bekannte Tatsache plötzlich schmerzte, verstand Arian nicht.

»Wenn du nicht alles vergessen hast, dann wirst du wissen, dass eine solche Behauptung jeglicher Grundlage entbehrt. Ich scherze nicht.«

Manchmal nahm Nephthys die Dinge so wörtlich, dass sie damit glatt jeden Dämon hätte in den Schatten stellen können.

»Was hast du vor?«

Und dann sagte Nephthys etwas ganz Erstaunliches: »Wer nicht auf die Veränderungen des Kosmos reagiert, verliert. Und das solltest du inzwischen wissen: Ich habe noch niemals verloren!« Damit wandte sie sich zum Gehen. »Dir bleibt wenig Zeit. Sobald du die Gefallenen gefunden hast, gibst du Gabriel Bescheid. Er wird mich informieren.«

»Wieso …« Jetzt war Arian wirklich verstört. Wieso durfte Gabriel, der ebenfalls von ihr verstoßen worden war, ihr persönlich Bericht erstatten, er selbst aber nicht? Und wofür brauchte sie die Namen der irdischen Engel?

»Geh!«

Ohne noch etwas zu sagen, verschwand sie zwischen den Säulen wie ein Geist. Gabriel nickte Arian grimmig zu und folgte ihr.

Juna und Lucian waren für den nächsten Tag verabredet. Er hatte vorgeschlagen, dass sie sich wieder am Ufer der Carron-Talsperre treffen sollten. Die Gegend zeigte sich um diese Jahreszeit fast menschenleer. *Ein wichtiges Argument*, fand Juna. Je weniger Zeugen es für ihr Training gab, desto besser war es für den Erfolg ihrer Mission. Sie bildete sich nicht ein, gegen einen Engel gewinnen zu können, aber sie konnte ihn überraschen und damit Zeit gewinnen.

Zeit, hatte Lucian ihr erklärt, war ein wichtiger Faktor, den man bei keiner Auseinandersetzung vernachlässigen sollte. Richtig eingesetzt, würde man sie für sich arbeiten lassen.

Juna hatte nicht genau verstanden, was er meinte, aber sie wusste aus der Vergangenheit, dass gutes Timing in der Tat entscheidend sein konnte.

Am See angekommen, stellte sie ihren Wagen auf dem gleichen Parkplatz ab, verzichtete jedoch auf eine Wanderung und erreichte das Ufer bereits nach fünf Minuten Fußweg. Von Lucian war nichts zu sehen. Juna spielte ein wenig mit Finn, bis ihm langweilig wurde und er schnüffelnd am Wasser entlanglief.

Mittags hatte er gesagt. Mittags wollten sie sich treffen, und Juna war früh losgefahren, denn sie brannte darauf zu erfahren, was er ihr als Erstes beibringen wollte. *Außerdem lässt man einen Marquis doch nicht warten*, hatte sie ihrem Spiegelbild erklärt, das darauf ebenso neutral reagiert hatte wie auf die vorherige Frage: *Was ziehe ich an?*

Vielleicht gab es in Gehenna keine Uhren, oder er konnte sich nicht von einer seiner Orgien losreißen – was Dämonen vormittags halt so taten. Während sie am Ufer entlangspazierte, spekulierte sie über den Alltag in der Hölle.

Bestimmt muss es doch auch dort einen Alltag geben? Sie dachte an Arian und hoffte, dass es ihm gutging.

Er hilft mir nur zu überleben, bis du wieder bei mir bist, Geliebter! Juna wusste, dass es Arian trotzdem nicht gefiele, sie in Gesellschaft des Dämons zu sehen. Und tief in ihrem Inneren warnte ihre seherische Stimme davor, sich mit den Mächten der Dunkelheit einzulassen.

Zwischendurch sah sie zum Himmel, als wollte sie sichergehen, dass von dort oben keinerlei Gefahr drohte. Auch die Wächter des Lichts waren nicht alle ihre Freunde.

Ein Milan kreiste über dem See, und weil ihr dämonischer Trainer immer noch auf sich warten ließ, suchte sie eine Handvoll Steine zusammen, die sie über das Wasser springen ließ. Es zeigte sich, dass sie nichts verlernt hatte. Sie bückte sich, um einen besonders flachen Stein aufzuheben, und als sie wieder aufsah, stand Lucian vor ihr.

»Musst du mich immer so erschrecken?« Ärgerlich gestand sie sich ein, dass es nicht nur der milde Schreck sein konnte, der ihren Puls derartig in die Höhe trieb.

Das obligatorische Schwarz hatte Lucian zwar beibehalten, aber seine Kleidung war legerer als sonst. Natürlich sah er auch heute unverschämt gut und sehr gefährlich aus. Und als wüsste er genau, wie gern sie die glänzenden Federn berührt hätte, breitete Lucian seine Schwingen aus.

»Hast du keine Angst, dass dich jemand sieht?« Juna blickte sich um. Vorhin hatte sie Wanderer beobachtet, die weiter vorn auf einer Landzunge unterwegs waren.

Er faltete die Flügel zusammen, ließ sie hinter seinem Rücken verschwinden und sah nun für den menschlichen Betrachter wie ein ganz normaler Mann aus. »Wer würde schon jemandem glauben, der erzählt, er habe einen schwarzen Engel und ein kleines Mädchen am Carron-See gesehen?«

»Kleines Mädchen?« Juna umfasste den Kieselstein fester.

»Dir fehlt die Schleuder.« Lucian nahm ihr den Stein behutsam aus der Hand, drehte sich und ließ ihn über das Wasser tanzen.

Nach dem zehnten Sprung hörte sie auf mitzuzählen.

»Du spielst nicht fair!«

Er legte den Kopf schräg, in seinen Augen funkelte es. »Natürlich nicht, wo denkst du hin?« Dann bemerkte er ihre nervösen Blicke nach oben. »Keine Sorge, so schnell werden sie nicht wiederkommen. Ich habe ihnen etwas Beschäftigung gegeben.«

Juna wollte nicht wissen, was er getan hatte, um die Gerechten von ihr abzulenken. »Dann können wir ja beginnen.«

Lucian formte einen hellen Ball aus Licht und Energie. Funken sprühten, und was auch im Inneren gefangen sein mochte, es wollte mit aller Macht hinaus. Unbekümmert ließ er das unberechenbare Gebilde auf seiner Handfläche tanzen. »Streck deine Hand aus.«

Nach kurzem Zögern folgte Juna der Anweisung, aber ihre Finger zitterten.

Er blickte ihr tief in die Augen. »Ich weiß, ich verlange viel, aber du musst deine Angst überwinden, sonst funktioniert es nicht.«

Sie nickte und starrte auf den Feuerball, bis kleine Lichter vor ihren Augen tanzten. Die ganze Nacht hatte sie überlegt, ob sie es wagen sollte, sich seiner Führung anzuvertrauen. Und schließlich war es die Einsicht gewesen, dass er ihre beste Chance war, um die Kräfte kennenzulernen, die er so virtuos beherrschte.

»Vertraust du mir?«

Juna erwiderte seinen Blick. »Ja … ja, das tue ich. In dieser Sache und für den Augenblick.«

War da ein Schatten über sein Gesicht gehuscht?

»Damit werde ich mich begnügen müssen. Für den Augenblick.«

Lucians Stimme klang so glatt wie immer. Sie musste sich geirrt haben.

Behutsam ließ er die knisternde und zischende Kugel in ihre Hand gleiten. Sie hatte erwartet, Wärme zu spüren, aber außer einem leichten Kribbeln bemerkte sie nichts. Fragend sah sie ihn an.

»Im Moment bin ich es noch, der sie hält. Ich werde sie jetzt ganz langsam loslassen. Konzentriere dich darauf, die Form nicht aus dem Gedächtnis zu verlieren.«

»Okay!« Sofort verstärkte sich das Kribbeln, die Lichter begannen zu tanzen, und Juna, deren inneres Feuer erwacht war, bekam das mulmige Gefühl, dass es versuchte, die Form, die sie festhielt, aufzubrechen und sich mit ihr zu verbinden.

Der einzelne Ruf einer Krähe reichte aus, um ihre Konzentration zu stören. Hohe Flammen loderten aus dem Ball, und Hitze tropfte wie geschmolzener Kunststoff von ihrer Hand.

»Au!« Erschrocken sprang Juna zurück.

Lucian lachte, berührte dabei jedoch zart ihre Hand. Sofort verschwand der Schmerz. »Das war für den Anfang nicht schlecht. Lass es uns gleich noch einmal probieren.«

Er formte eine neue Kugel, legte sie in ihre Handfläche

504

und ließ ganz langsam los. Dieses Mal konnte Juna sie bereits ein wenig länger halten.

Der Tag verging im Fluge, und kurz bevor die Sonne hinter dem Wald versinken wollte, gelang es Juna, die geballte Energie mehrere Minuten zusammenzuhalten.

Bevor es erneut aufloderte, fing Lucian das Feuer auf, das immer noch sein eigenes war. Wie man die Energiekugeln formte, würde er sie erst lehren, wenn sie mit ihnen Ball spielen könne, hatte er ihr erklärt und dann verkündet: »Genug für heute.«

Nach diesem Tag trafen sie sich regelmäßig, und Juna erkannte bald, dass sie vor allem sich selbst vertrauen musste, wenn sie ihre Kräfte jemals wirklich beherrschen wollte. Lucian war ein geduldiger Lehrer, er lobte viel und korrigierte nur behutsam. Seine aufmunternden Worte taten ihr gut, und Juna wurde immer sicherer. Als sie jedoch ihren Wunsch wiederholte, auch den Schwertkampf zu erlernen, sagte er, dass es dafür noch zu früh sei.

In ruhigen Minuten, vor dem Schlafengehen oder wenn sie abends mit einem Buch allein vor dem Kamin saß, gestand sich Juna ein: In den letzten Wochen war mehr passiert, als gut für ihr Seelenheil sein konnte. Selbstverständlich liebte sie Arian, aber Lucian war zu ihrem täglichen Begleiter geworden und hatte sich ganz unauffällig in ihr Herz geschlichen. Hätte sie die Namen ihrer Freunde aufzählen müssen, seiner wäre ihr zuerst eingefallen.

Und wenn er sie während der Übungsstunden, wenn Juna einmal etwas schiefging, heilen musste, war es nicht nur das Licht, das ein warmes Gefühl der Geborgenheit in ihr auslöste.

Lucian benahm sich überhaupt nicht mehr wie der rücksichtslose Verführer, wie er es während ihrer ersten Begegnungen getan hatte. Sie war sich nicht sicher, ob er einfach nur seine Strategie geändert hatte oder sich ernsthaft über ihre Fortschritte freute. Jedenfalls machte er seither den Eindruck, als sei er mit seiner Rolle als *guter Freund* zufrieden. Früher wäre die passende Umschreibung dafür wahrscheinlich gewesen, er mache ihr respektvoll den Hof.

Sicher durfte sie sich allerdings nicht fühlen, denn manchmal meinte sie, immer noch die frühere Leidenschaft hinter seinen kontrollierten Berührungen zu spüren. Und die täglichen Übungsstunden blieben nicht ohne Wirkung auf ihre eigene Fantasie.

Lucian war darüber hinaus ein gebildeter und humorvoller Unterhalter. Sie lachten über die gleichen Dinge, er verstand viel von Literatur und war sogar erstaunlich gut über aktuelle Trends informiert. Besonders aber beeindruckte sie sein Wissen über die Zusammenhänge in der Natur.

Juna hatte von sich angenommen, einen außergewöhnlichen Instinkt im Umgang mit Tiere zu besitzen, dabei galt ihre Leidenschaft jedoch vor allem den Haustieren. Lucian dagegen bevorzugte wild lebende Tiere, und es war wohl kaum eine Überraschung, dass ihm dabei die Raubtiere am liebsten waren. Finn begegnete er mit freundlicher Zurückhaltung, was dieser allerdings nicht übelzunehmen schien, da er selbst darauf bedacht war, stets einen gewissen Abstand zwischen sich und dem Dämon zu wahren.

Einmal hatte Lucian den Zeigefinger auf seine Lippen gelegt und ihr bedeutet zu warten. Er war zum Waldrand gegangen und kurz darauf mit einem Hasen im Arm zurückgekehrt. Instinktiv hatte Juna nach dem Tier greifen wollen, um zu sehen, was ihm fehlte. Doch Lucian hatte leise gesagt: »Seine Zeit ist gekommen.« Und als er die Hand über die Augen des Tieres legte, ging ein leises Zittern durch den zarten Körper, und Juna wusste, dass dieses Leben vorüber war. Sie fragte sich schon, warum Lucian das Tier nicht einfach in seinem Sterbeversteck gelassen hatte, als er den Hasen in ihre Arme legte, zwei Finger in den Mund steckte und pfiff. Keine Minute später erschien der Rotmilan, den sie schon häufiger beobachtet hatte, wie er auf der Suche nach Futter über dem See und den ihn umgebenden Wäldern gekreist war. Lucian streckte den Arm aus, und zu ihrer großen Überraschung landete der Vogel darauf. Die langen Krallen bohrten sich dabei tief in das Fleisch, doch Lucian schien den Schmerz nicht zu spüren. »Ist er nicht herrlich?«, fragte er leise.

Während ihrer Arbeit als Tierretterin hatte Juna häufig Greifvögel gefangen und in eine der Auffangstationen gebracht. Doch jene Tiere waren krank gewesen oder dem Hungertod nahe. Dieser Vogel blickte sie mit klaren Augen an. Der gebogene Schnabel war ebenso respekteinflößend wie seine Größe. Er mochte gut siebzig Zentimeter hoch sein, die Spannweite – das hatte sie im Anflug gesehen – war deutlich größer als ihre eigene, und das herrliche Gefieder schimmerte rötlich braun.

»Gib ihm den Hasen«, sagte Lucian.

Juna zögerte nicht lange und nahm Augenkontakt mit dem Milan auf. *Das ist für dich, du Schöner!* Damit warf sie das verendete Tier hoch in die Luft, der Vogel stieß einen Schrei aus und hatte den noch warmen Kadaver ergriffen, bevor er wieder zu Boden fallen konnte. Mit seiner Beute in den Fängen strich er über den See, zweifellos, um ungestört und in Sicherheit sein Mahl einzunehmen.

»Du weißt, wie man eine Tierärztin um den Finger wickeln kann«, sagte Juna. Hatte er diese Vorführung nur inszeniert, um sie zu beeindrucken?

»Hat er dir denn nicht gefallen?«

»Doch, natürlich …« Juna dachte an den Hasen und fragte sich einen Augenblick lang, ob das Tier wirklich eines natürlichen Todes gestorben war.

»Na also! Und jetzt zurück an die Arbeit.« Er zeigte auf einen umgefallenen Baum. »Ich frage mich, ob du noch weißt, wie du dein Feuer unmittelbar hinter diesem Stamm platzieren kannst.«

In Sekundenschnelle loderten an der beschriebenen Stelle Flammen auf, und Juna sah ihren Lehrer selbstbewusst an.

»Und jetzt lass sie bis zum Ufer laufen, aber halte sie immer in der gleichen Höhe.«

Auch dies gelang.

Sogar die gefährlichen Feuerbälle konnte sie inzwischen beherrschen und sogar selbst erzeugen. Nur mit dem Werfen hatte sie immer noch Schwierigkeiten.

»Sieh mal, so geht das.« Lucian stellte sich dicht hinter sie, um ihre Hand zu führen. »Du musst nicht nur das Ziel vor Augen haben, sondern dir auch die Flugbahn als gebogene Linie vorstellen, der das Feuer folgen soll. Danach geht alles wie von selbst.« Gemeinsam holten sie aus.

»Jetzt!«

Juna warf so fest sie konnte, und tatsächlich: Mit Lucians Hilfe flog das brennende Geschoss in einem tadellosen Bogen weit über den See, bis es schließlich darin versank. Eine Dampfwolke stieg an der Einschlagstelle auf, als wären plötzlich unterirdische Quellen aufgebrochen, doch Juna hatte keinen Sinn für das Naturschauspiel, denn sie war sich Lucians Nähe auf einmal sehr bewusst. Die Wärme seines athletischen Körpers, sein Begehren, das sich nicht nur durch den beschleunigten Atem deutlich zeigte.

Sie hätte davonlaufen sollen, aber Juna konnte der Versuchung nicht widerstehen. Anstatt zu fliehen, lehnte sie sich leicht zurück, fand Halt an seiner Brust und genoss für einen Augenblick das Gefühl von Geborgenheit.

Er hielt ganz still.

Nachdem sich Juna schließlich aus seiner Umarmung gelöst hatte, wurde ihr kalt, und sie fühlte sich eigenartig orientierungslos. Rasch bemühte sie sich, ihre Gefühle zu verbergen, und wiederholte die Übung dieses Mal allein.

Nach dem erfolgreichen Wurf klatschte Lucian in die Hände. »Ausgezeichnet. Was hältst du davon, wenn wir morgen weitermachen?«

Vielleicht war es nur ihre eigene Leidenschaft, die Juna eine Herausforderung in diesen Worten hören ließ.

»Tut mir leid, aber daraus wird nichts.« Ohne sich umzudrehen, griff sie nach ihrer Tasche und ging.

Lucian hatte es sich zur Gewohnheit gemacht, sie abends nach dem Training zum Parkplatz in der Nähe des Sees zu bringen. Er holte sie ein und ging wortlos neben ihr her, bis sie Junas Wagen erreicht hatten. Dort angekommen, benahm er sich wie ein Gentleman und hielt ihr die Tür auf. Heute küsste er ihr sogar zum Abschied die Hand, und Juna gab vor, den Autoschlüssel in ihrer Handtasche zu suchen, damit er nicht merkte, was diese zarte Berührung in ihr auslöste.

Sie wusste, wenn sie ihn jetzt ansah, würden seine grünen Augen herausfordernd glitzern.

»Lucian …«, begann sie und suchte nach den passenden Worten, um klarzustellen, dass es nur eine vorübergehende Schwäche gewesen war, die nichts zu bedeuten hatte. Doch dann erinnerte sie sich daran, dass es keinen Sinn hatte, einen Dämon belügen zu wollen, der ihre Gedanken jederzeit lesen konnte. »Danke für deine Zeit!«, sagte sie hastig, schloss schnell die Tür und fuhr los.

Als sie im Rückspiegel sah, wie er ihr nachblickte, bevor er in der hereinbrechenden Dunkelheit zwischen den Bäumen verschwand, bildete sich ein Knäuel aus den widersprüchlichsten Gefühlen in ihrem Magen, und sie war froh, dass ihr neuer Dienstplan in der Tierklinik ihnen eine mehrtägige Pause verordnet hatte.

Zu Hause war sie gerade dabei, das Futter für Finn vorzubereiten, als ihr Telefon klingelte und der neue Sicherheitsmann den Besuch einer unbekannten Dame ankündigte, die sich weigerte, ihren Namen zu nennen. Die *Dame* war im Hintergrund deutlich zu hören, auch wenn sie nicht so klang. Sie verlangte, sofort durchgelassen zu werden. Juna sagte hastig: »Sirona Apollini ist meine Freundin. Sie ist immer willkommen.«

»Sehr wohl, Madam.« Der Mann klang erleichtert.

Juna empfing die Freundin an der Tür. Sie hatten sich lange nicht gesehen und umarmten sich herzlich.

»Ich will ja nichts sagen, aber da parkt jemand auf deinem Stellplatz in der Tiefgarage!« Sirona wirbelte herein, zog den Mantel aus und warf sich auf das Sofa.

Juna nahm ihn zusammen mit Schal und Mütze und hängte alles auf einen Bügel. Sie kam nicht umhin, die Labels französischer Designer zu bemerken. Ihre Freundin hatte offenbar wieder einmal das Bedürfnis ausgelebt, ihren ohnehin prallvollen Kleiderschrank weiter zu füllen.

»Das ist mein Auto, jedenfalls habe ich es dort zuletzt abgestellt.«

»Ein Ersatzwagen? Wenn das mal kein Upgrade ist! Ich muss sofort den Namen deiner Werkstatt wissen.« Dann schlug sie die Hand vor den Mund. »Sag nicht, es hat schon wieder jemand versucht, daran herumzumanipulieren!« Sirona klang ernsthaft besorgt, und Juna wusste, dass unter der fein polierten Oberfläche ein mitfühlendes Herz schlug. Aber sie wusste auch, dass ihre Freundin keine Ruhe geben würde, bis sie alle Einzelheiten der Geschichte erfahren hatte. Also berichtete sie von der Explosion und erzählte ihr auch von dem Verdacht, dass der Fremde aus der Pension etwas damit zu tun haben könnte.

»Ein komischer Typ. Irgendwie verklemmt. Vielleicht lag es an den roten Haaren oder an seinen Verbrennungen. Wer weiß, ob nur der Arm so schrecklich vernarbt war oder nicht noch mehr.«

Weitere Einzelheiten erzählte sie jedoch nicht, denn sie hielt es für besser, wenn ihre Freundin nichts von den Gerüchten über ihre Mutter erfuhr. Nur zu schnell konnte sie, die mit den Eigenschaften irdischer Engel bestimmt bestens vertraut war, die falschen Schlüsse ziehen … oder womöglich sogar die richtigen. Juna wusste ja selbst nicht, was sie davon halten sollte. Die letzten Tage waren so ereignisreich gewesen, dass ihr kaum Zeit geblieben war, über das nachzudenken, was Heather ihr über die geheimnisvolle Unbekannte erzählt hatte.

Sie war sich vollkommen sicher, dass diese Frau ihre Mutter war. Doch ob sie dann vor einer Dämonin oder einem der verstoßenen Engel stehen würde, die sich weigerten, den Verlockungen Gehennas zu erliegen, wusste sie nicht.

»Das ist ja ein starkes Stück!« Sirona unterbrach Junas Gedanken. »Weiß die Polizei schon, wer dahintersteckt?« Als Juna verneinte, denn die Ordnungshüter hatten niemals von der Explosion erfahren, plapperte Sirona weiter. »Ich möchte wetten, das waren diese Umweltaktivisten. Ihre Ziele in allen Ehren, aber manchmal gehen sie einfach zu weit. Neulich haben sie drei Tage vor Grianachan demonstriert.«

Juna konnte sich beim besten Willen nicht vorstellen, was Schotten neuerdings gegen die Whiskyproduktion im eigenen Land einzuwenden haben sollten, und wenn sie noch so umweltschädlich wäre – was sie nicht einmal war. Als sie ihre Verwunderung äußerte, lachte Sirona.

»Nun ja, Vater will einen Offshore-Windpark einrichten, und das gefällt ihnen nicht. Ich finde diese Dinger ja auch hässlich, aber immer noch besser als ein neues Sellafield.«

Juna war zwar ihrer Meinung, aber sie dachte auch daran, dass niemand absehen konnte, was die Windräder mit der Vibration ihrer Rotorenblätter anrichten würden. Schon jetzt litten die Meeresbewohner unter dem von Menschen erzeugten Unterwasserlärm.

Das wäre doch ein sinnvolles Betätigungsfeld für die Gerechten: Den Menschen davor zu bewahren, sich und seine Umwelt auszurotten. Vielleicht sollte einmal jemand mit diesem Erzengel Klartext reden. Sie musste über sich selbst lächeln.

Sirona bemerkte das Wechselspiel ihrer Miene zum Glück nicht, weil sie ihre Arme um Junas Schultern geschlungen hatte. Anderenfalls wäre aus dem Mitgefühl schnell eine Inquisition geworden – sie hätte nicht geruht, bis sie auch den winzigsten von Junas Gedanken erfahren hätte. »Ach, du armes Häschen! Ich rede und rede, und du stehst bestimmt noch unter Schock.«

Eigentlich ging es Juna besser als während der langen Wochen nach Arians Abreise. Doch das mochte sie nicht einmal sich selbst eingestehen, denn dann hätte sie sich nach den Gründen dafür fragen müssen. Also gab sie zustimmende Laute von sich und erkundigte sich nach den Reiserlebnissen ihrer Freundin.

»Es war die romantischste Shoppingtour meines Lebens!«

Nur jemand wie Sirona schaffte es, zwei so widersprüchliche Aussagen in einem Satz unterzubringen und dabei ganz selbstverständlich zu klingen. Für Juna jedenfalls waren Romantik und Einkaufen nicht unter einen Hut zu bringen.

Sie erfuhr, dass Sirona von *ihrem Engel* begleitet worden war. Sie hätten sich ein *bescheidenes* Hotel direkt an den Champs-Élysées ausgesucht, erzählte die Freundin und schwärmte von den neuen Frühlingskollektionen und Restaurants, die einfach nur *superb!* gewesen seien.

Nach einem Blick auf Junas Gesicht zog Sirona sie in eine hastige Umarmung. »Armes Häschen! Ich schwärme dir von der Liebe vor, und du bist ganz allein. Ist dein Arian immer noch fort?« Sie lehnte sich zurück und strich ihren Rock glatt. »Aber mein Schatz lebt seine romantischen Stimmungen leider auch viel zu selten aus. Momentan ist er zu Hause und hängt zweifellos wieder vor dem Computer herum. Ehrlich, so oft, wie er plötzlich verschwindet und nur eine Nachricht auf dem Küchentisch hinterlässt, dass er bald wieder zurück sei, könnte man manchmal glauben, dass ich mit einem Geheimagenten zusammenlebe und nicht mit einem harmlosen Seelenklempner.« Sirona lachte. »Sofern man die überhaupt als harmlos bezeichnen kann.«

Juna horchte auf. »Ist es denn ungewöhnlich, wenn *Engel* viel unterwegs sind?«

»O ja! Die meisten – ach was, eigentlich alle – gehen normalen Berufen nach. Ärzte, Feuerwehrleute und eben auch Psychologen … Als wollten sie der Menschheit tatsächlich helfen.«

»Fällt es nicht auf, dass sie niemals altern?«

»Es ist empörend. Dein Engel scheint dir überhaupt nichts beigebracht zu haben.« Sie rang theatralisch ihre Hände. »Was habt ihr beide eigentlich die ganze Zeit getrieben? Nicht, dass mich das etwas anginge. Für solche Fragen bin ich ja nun auch zuständig.« Beruhigend tätschelte sie Junas Schulter. »Sie werden älter. Jedenfalls glauben das die Menschen um sie herum. Und eines Tages … ist es halt vorbei.«

Juna wusste, was sie meinte. Irgendwann starb die Geliebte des Engels, und für viele von ihnen begann dann jedes Mal aufs Neue die kritische Phase der Entscheidung: unter den Menschen weiterleben oder zu ihrem Feind werden? Gehennas Verführer verstanden sich nicht nur darauf, Menschen in das feine Netz ihrer Lügen und Versprechungen zu locken.

Sirona war ein bisschen blass geworden, als sie an ihre Zukunft dachte. Doch nachdenkliche oder gar trübsinnige Stimmungen hielten bei ihr nie lange an. Sie sprang auf. »So, und damit wir unser kurzes, armseliges Leben genießen können, habe ich beschlossen, dass wir heute ausgehen.«

Plötzlich bekam Juna große Lust darauf, einen Abend in der Stadt zu verbringen.

»Wollen wir in das neue Pub in der Nähe der Sauchiehall Street gehen?«

»Im Ernst? Das hat die Welt noch nicht gesehen! Miss MacDonnell geht freiwillig vor die Tür.« Sirona war nicht wenig überrascht, dass sie dieses Mal keine Überredungskünste anwenden musste, und nutzte die Gunst der Stunde. Nicht einmal an Junas Kleidung hatte sie etwas auszusetzen. Wahrscheinlich hatte sie Angst, dass ihre Freundin es sich sonst noch einmal überlegen könnte.

Als sie die rot gestrichene Holztür des Lokals öffneten, kam ihnen ein Schwall warmer Luft und Gelächter entgegen. *Der Geheimtipp hat sich offenbar schon herumgesprochen,* dachte Juna und tauchte unverzüglich in die Atmosphäre dieses typischen Glasgower Pubs ein.

»Da wird was frei!« Sirona navigierte geschickt und ziemlich rücksichtslos zwischen den anderen Gästen hindurch und erreichte *ihren* Tisch um Haaresbreite vor einer anderen Frau, die aus der entgegengesetzten Seite kam und offenbar das gleiche Ziel angesteuert hatte. »Sorry, Mädel. Der gehört uns.« Siegessicher warf sie sich auf die gepolsterte Lederbank und zeigte auf einen weniger attraktiven Tisch. »Da ist auch was frei.«

Juna, die das Manöver beobachtet hatte, schüttelte den Kopf. Insgeheim freute sie sich aber, dass ihre Freundin so schnell reagiert hatte, denn der kleine Tisch, an dem maximal drei Personen Platz fanden, stand leicht erhöht und damit strategisch sehr günstig. Mit etwas Glück würden sie heute Abend etwas zu sehen haben. Juna liebte es, Leute zu beobachten. Eine Unterhaltung würde allerdings schwierig werden, denn der Lärmpegel in dem Pub war beträchtlich, und es strömten immer mehr Gäste herein.

Der Service an der Bar war schnell, und sie erfuhr, dass sie ihr Essen bei einer der jungen Frauen bestellen konnte, die an ihren weißen Blusen und den langen grünen Bistroschürzen zu erkennen waren. Kaum hatte sie die beiden bis zum Rand gefüllten Gläser auf ihrem Tisch abgestellt und sich aus ihrem Mantel geschält, da kam auch schon eine Kellnerin und brachte die Speisekarte.

Sirona schlug sie gar nicht erst auf. Sie wies auf eine Tafel, auf der die Tagesgerichte aufgelistet waren. »Ich nehme einen doppelten Monster-Burger mit Pommes und Salat. Mir ist heute danach.«

Juna gab ihre Karte ebenfalls zurück. »Das klingt wunderbar, für mich auch, bitte.«

Das Essen schmeckte ausgezeichnet, und am Ende lehnte sich Sirona zufrieden zurück und unterdrückte einen leisen Rülpser. »Es geht doch nichts über gutes schottisches Essen.«

Juna wollte ihr gerade zustimmen, als sie erstarrte. Ein Engel betrat das Pub.

Kein Schutzengel, von denen hier einige auf Stuhllehnen oder auf dem Rand der Balustrade hockten, die den unteren Raum von der Empore trennte. Einen hatte Juna vorhin sogar behutsam beiseiteschieben müssen, weil sie nicht durch ihn hindurchsehen konnten und zudem auch gern in Ruhe essen wollte. Er war erschrocken aufgeflattert und kurz darauf verschwunden gewesen. Hatte er jetzt Verstärkung geholt?

Sie beobachtete den Neuankömmling so unauffällig wie möglich. Er war in Menschengestalt, und wie es so ihre Art zu sein schien, sah er großartig aus. Mehr als eine Frau drehte sich nach ihm um, aber auch die Männer betrachteten ihn mit Wohlwollen, was bei einem attraktiven Sterblichen nicht unbedingt der Fall gewesen wäre. Engel lösten bei Menschen positive Gefühle aus, hatte Arian ihr mit einem schiefen Grinsen erklärt, als sie sich einmal darüber beschwert hatte, in der Öffentlichkeit keine fünf Minuten mit ihm allein sein zu können, ohne dass er angesprochen oder zumindest angehimmelt wurde. Hier war nun der Beweis, dass er nicht übertrieben hatte.

Aber auch als einfacher Mann hätte sich der Engel nicht über mangelndes Interesse der Damenwelt beklagen müssen. Er war mittelgroß, seine dunklen Haare fielen ihm wie ein seidiger Schleier glatt ins Gesicht, und die Art, wie er sie ungeduldig zurückschob, wirkte ungeheuer lässig. Er trug einen gut geschnittenen Anzug, was im Gegensatz zum Rest Europas auf den Britischen Inseln überhaupt nicht ungewöhnlich war. Hier jedoch gehörte er ausnahmsweise zu einer Minderheit, denn in diesem Pub verkehrten eher Künstler und Musiker als Banker oder Büroangestellte.

Seine Flügel sah sie zwar nicht, aber Juna spürte dieses typische Flattern in ihrem Inneren, das ein untrügliches Zeichen für die Gegenwart eines Engels zu sein schien. Leider lösten Engel aller Couleur dieses Gefühl aus, so dass der Neuankömmling ohne weiteres ein himmlischer oder irdischer Engel sein konnte ... oder ein Dämon.

Suchend sah er sich um. Ihre Blicke trafen sich, und Juna wusste gleich, dass er nicht zufällig hierhergekommen war.

Sofort beschleunigte sich ihr Puls, Adrenalin würzte ihr

Blut. So unauffällig wie möglich prüfte sie den Raum auf potenzielle Fluchtwege. Welch ein Leichtsinn, dies nicht gleich zu Anfang getan zu haben. Sie entdeckte nur den Gang zu den Toiletten, und die hatten, das wusste sie bereits, so kleine Fenster, dass selbst ein Kind kaum hindurchgepasst hätte. Blieb die Küche. Mit ein bisschen Glück gab es dort einen Hinterausgang.

»Ist dir nicht gut?«, fragte Sirona besorgt. »Mir ist auch ein bisschen übel. Ich fürchte, wir haben uns überfressen.« Sie überlegte. »Das Beste ist, ich hole uns einen Verdauungsdrink.«

Diese kurze Ablenkung hatte ausgereicht. Als Juna wieder an ihr vorbei zum Eingang sah, war der Engel verschwunden. Im selben Augenblick hatte sie das Gefühl, ein mindestens achtbeiniges Wesen würde ihre Wirbelsäule hinaufrennen, gleichzeitig stieß Sirona einen gellenden Schrei aus. Juna sprang auf, ihr Stuhl fiel krachend um. Andere Gäste sahen herüber und lachten, denn ihre Freundin hing wie ein Äffchen im Arm eines Mannes. Der Engel.

Endlich löste sich Sirona und richtete ihre Kleidung. Sie war kein bisschen verlegen – im Gegenteil. Sie grinste, als hätte sie einen Hauptgewinn im Lotto gezogen, und den neidischen Blicken einiger Frauen zufolge teilten die ihre Ansicht.

»Mein *Engel*.« Sirona konnte die Finger nicht von ihm lassen. »Darling, das ist meine Freundin, von der ich dir schon so viel erzählt habe«, stellte sie schließlich auch Juna vor, die gerade dabei war, ihren Stuhl wieder aufzurichten, und ihm deshalb nur ein beiläufiges Nicken gönnte. »Hallo!«

Endlich konnte sie sich wieder hinsetzen und beobachtete nunmehr leicht belustigt, wie ihre Freundin den Mann ihrer Träume auf die schmale Sitzbank schob, die sie zuvor belegt hatte. »Ich werde uns Drinks besorgen, ihr könnt euch derweil ein bisschen beschnuppern.« Sie drohte Juna mit dem Finger wie eine mahnende Gouvernante. »Aber nicht zu viel, hörst du!« Im Nu war sie verschwunden.

»Du bist die Engelseherin«, eröffnete er das Gespräch etwas abrupt.

Da Sirona nichts von ihren Talenten wusste, war Juna erst einmal sprachlos. Wie hatte er das erfahren?

»So etwas spricht sich schnell herum«, sagte er.

Nun war sie auf der Hut. Noch einmal würde er ihre Gedanken nicht lesen können. Auch ohne darüber nachdenken zu müssen, besaß sie inzwischen einen recht ordentlichen Schutz gegen das unbefugte Eindringen in ihre Gedanken, das hatte Lucian ihr erst kürzlich bestätigt.

»Ich habe keinen Bedarf an einer Psychotherapie.« Juna schlug ihm die Tür zu ihrem Inneren vor der Nase zu.

»Die *vielseitig talentierte* Seherin, sollte ich vielleicht sagen.« Er quittierte ihre Reaktion mit einem kühlen Lächeln, das seine Augen nicht erreichte. »Was willst du von Sirona?«

Obwohl die Frage sie verwirrte und seine kaum verhohlene Feindseligkeit sie erschreckte, lehnte sich Juna auf ihrem Stuhl zurück. »Nichts.«

Er wartete.

Schließlich fügte sie hinzu: »Sie ist zu mir gekommen. Wir waren uns sympathisch. Jetzt sind wir Freundinnen.« Sie lehnte sich wieder vor und sah ihm gerade in die Augen. »Freundschaft ist ein Konzept, das deinesgleichen nicht bekannt ist, nehme ich an.« Juna spürte, wie Ärger in ihr aufstieg. Sie atmete zweimal tief durch, um das erwachende

Feuer in Schach zu halten. Er durfte auf keinen Fall davon erfahren.

Es funktionierte. Sie ließ sich ihre Erleichterung darüber nicht anmerken und fuhr im gleichen Ton fort: »Es hilft uns einfachen Sterblichen, wenn wir über die unglaublichen Dinge reden können, die wir für immer geheim halten müssen.«

Er verzog keine Miene. »Dann bist du also auch Mitglied im RFH?« Er spuckte die drei Buchstaben aus, als hätten sie bitter auf seiner Zunge gelegen.

»Eher würde ich ...« Juna vollendete ihren Satz nicht. »Ich bin kein Vereinstyp«, sagte sie stattdessen.

Er runzelte die Stirn, dann sah er sich um. Eine merkwürdige Reaktion auf ihre Antwort. Juna folgte seinem Blick und erwartete, ihre Freundin irgendwo zu sehen, die zweifellos Schwierigkeiten haben würde, drei Drinks durch die inzwischen eng vor der Bar stehende Meute zu tragen. Was sie stattdessen sah, ließ ihr den Atem stocken.

Lucian lehnte lässig an der Bar. In einer Hand ein Whiskyglas, schien er sich bestens mit Sirona zu unterhalten. Gerade warf sie ihren Kopf in den Nacken und lachte herzlich über irgendetwas.

Als spürte er den Blick des wütenden Engels, sah er zu ihnen herüber und hob sein Glas wie zum Gruß.

Ihre Lippen formten lautlos die Frage: *Was soll das?*

Lucian antwortete ihr, indem er Sironas Arm berührte, was dem bisher wie versteinert dasitzenden Engel ein Zischen entlockte, das Juna die Haare zu Berge stehen ließ.

»Er tut ihr nichts«, sagte sie so ruhig wie möglich. *Bloß jetzt keine Keilerei zwischen einem gefallenen Engel und einem Dämon!*

520

»Du kennst ihn.« Keine Frage, ein Vorwurf. Der Engel vor ihr erhob sich halb, und jetzt sah sie auch seine Flügel. Sie waren grau – so grau, wie Arians Schwingen eines nahen Tages ebenfalls sein würden, denn alle irdischen Engel verloren ihr weißes Federkleid. Doch darüber konnte sie ein andermal nachdenken. Es war höchste Zeit, an die Vernunft ihres Gegenübers zu appellieren. »Du kannst hier keinen Streit anfangen.«

»Warum nicht?« Er schien wie von Sinnen.

»Verdammt nochmal, reiß dich zusammen!« Juna hatte die Stimme nur leicht erhoben, aber damit leider auch die Aufmerksamkeit einer Frau auf sich gezogen, die sie missbilligend ansah und *gelobt sei Jesus Christus!* murmelte, als könne sie damit Junas Ausbruch neutralisieren. Glücklicherweise zeigten aber genau diese Worte Wirkung. Sironas Freund schien wieder zu sich zu kommen.

»Was will dieser Dämon von uns?«, fragte er nun wieder ganz sachlich, als hätte niemals die Gefahr bestanden, dass er die Fassung verlieren würde.

Ein schneller Blick zur Bar entlockte Juna einen erleichterten Seufzer. Lucian war fort, und Sirona navigierte mit viel Geschick und den Drinks in der Hand zwischen anderen Gästen hindurch.

»Dann kennst du den Marquis also.« Sie fand diese Unterhaltungen allmählich lästig, bei denen man nicht mal die Namen der Beteiligten nennen durfte. »Wer bist *du* überhaupt? Ich meine, außer dass du ganz offensichtlich Sironas Herz gestohlen hast, weiß ich nichts über dich. Nicht einmal deinen Namen.«

»Ich stehle nicht.«

Juna verdrehte die Augen. »Meinetwegen kannst du es

auch erobert haben, oder gewonnen. Sehr wahrscheinlich hat sie es dir einfach geschenkt.«

»Meinst du?« Plötzlich schwang eine rührende Unsicherheit in seiner Stimme mit.

Verständnislos schüttelte sie den Kopf. Sirona war verrückt nach ihm, und er wusste es nicht? Das sollten die zwei unter sich klären. Sie seufzte, und weil er gerade ihr seine Aufmerksamkeit schenkte statt seiner Freundin, sagte sie: »Ein Herz zu stehlen, das ist so eine Redensart. Man nimmt hier auf der Erde nicht immer alles wörtlich, musst du wissen. Ich meine … die Vorstellung, man würde jemandem das Herz einfach herausreißen und es stehlen, ist doch widerlich!«

Er gab einen merkwürdigen Laut von sich, der irgendwo zwischen Husten und Lachen lag. »In der Tat. Das ist es.«

Juna schlug beide Hände vor den Mund, als ihr klar wurde, was sie gerade gesagt hatte. Sie lachte.

Erstaunlicherweise fiel der Engel ein, und dieses Mal glitzerte Humor in seinen Augen.

»Ihr habt euch angefreundet! Wie schön.« Sirona stellte drei Gläser auf dem Tisch ab und zwängte sich neben ihren Freund auf die schmale Bank.

»Mit wem hast du dich an der Bar unterhalten?« Juna bemühte sich um einen möglichst leichten Ton.

»Mit niemandem, wieso?« Sie sah von einem zum anderen.

Juna wusste nicht so recht, wie sie reagieren sollte. Erst erkannte ihre Freundin Lucian nicht wieder, obwohl sie ihm in London begegnet war, und dann wollte sie sich überhaupt nicht mit ihm unterhalten haben. *Was treibst du für ein Spiel?*

Sie erhielt keine Antwort.

Sirona schien ihre Frage inzwischen vergessen zu haben. Ungeniert turtelte sie mit ihrem Liebsten, so dass sich Juna bald reichlich überflüssig vorkam. Sie stand auf. »Ich bin schrecklich müde. Ich glaube, das war es für heute. Rufst du mich an?«

»Soll ich dich nicht nach Hause bringen?« Das Angebot klang ziemlich halbherzig, und sie winkte ab. »Ich nehme ein Taxi.«

Als Juna durch die schwere Holztür des Pubs nach draußen trat, wo sie eine neblige Nacht erwartete, hatte Sirona sie wahrscheinlich längst vergessen.

Ein Taxi war nicht in Sicht. Sie entschied sich, ihr Glück in der Bath Street zu versuchen. An der St. Stephen's Church kamen ihr vier junge Männer entgegen. Sie bewegten sich, als gehöre ihnen die ganze Straße. Zwei kickten einen leeren Kanister zwischen sich hin und her, während ein dritter etwas entzündete und in einen Mülleimer warf. Seiner Enttäuschung, als die erwartete Explosion ausblieb, machte er durch lautes Geheul Luft. Früher hätte Juna so unauffällig wie möglich den Rückzug angetreten, und auch jetzt überlegte sie umzukehren oder wenigstens die Straßenseite zu wechseln. Aber dafür war es nun zu spät. Der vierte, sicher kaum älter als siebzehn oder achtzehn Jahre, hatte sie bemerkt und rief ihr eine anzügliche Bemerkung zu. Seine Freunde lachten und feuerten ihn an, als er fortfuhr, sich darüber auszulassen, was er mit Juna anzustellen gedachte.

Das Feuer züngelte bereits in ihr, und sie hatte große Lust, den Jungs gründlich einzuheizen.

Schnell versuchte Juna, diesen Impuls zu unterdrücken. Lucian mochte sie den Umgang mit ihren Kräften gelehrt haben, aber von Arian wusste sie, dass die Kräfte gegen Menschen einzusetzen nur im äußersten Notfall gestattet war. Der Dämon nahm es damit naturgemäß nicht sonderlich genau – der beste Beweis war seine Manipulation von Sironas Erinnerungen. Doch Juna würde sich an Arians Ratschläge halten. Momentan wurde sie nur dumm angemacht, und es war nicht das erste Mal, dass ihr so etwas auf dem Heimweg passierte. Bisher hatte sie sich immer recht gut zu wehren gewusst. Jedenfalls, seit Iris mit ihr trainiert hatte.

Der Gedanke an ihre ermordete Freundin ließ sie einen Augenblick lang unaufmerksam werden, und plötzlich stand einer der Jungs – Männer waren sie wirklich noch nicht – vor ihr. Sein Grinsen enthüllte eine dentale Katastrophe, und sie musste sich erneut zusammenreißen, sonst wäre sie stehen geblieben, wie er es wollte. Um ihm auszuweichen, blieb ihr allerdings nur der Weg dicht am Kirchengebäude entlang, denn auf dem restlichen Bürgersteig standen seine Freunde und feixten.

Juna tat, als hätte sie ihn nicht einmal bemerkt, und ging einfach weiter. Doch der Junge war schnell. Er streckte den Arm aus und hatte sie im Nu gegen die Wand gepresst. »Du willst mich doch nicht enttäuschen?« Er war kräftig, und Juna korrigierte sich in der Einschätzung ihres Gegenübers … und der Gefahr, in der sie sich befand. Vermutlich war er älter, als sie gedacht hatte, und wusste genau, was er tat – zumindest beinahe, denn damit, dass Juna ihre Hände auf seine Schulter legen würde, hatte er nicht gerechnet, und ebenso wenig mit dem kräftigen Einsatz ihres Knies. Er ließ sofort von ihr ab und sackte mit einem Schmerzensschrei zusammen.

»Schlampe!«

Juna drehte sich gerade noch rechtzeitig, um dem Angriff ausweichen zu können. Gegen drei Männer hatte sie keine Chance. Also tat sie, was sie vielleicht schon eher hätte tun sollen: Sie rannte so schnell sie konnte davon. Und das war eindeutig schneller als die drei verbliebenen Angreifer. Vermutlich auch durch das eine oder andere Bier gebremst, verloren sie bald die Lust an einem Wettlauf durch Glasgows Straßen. Sie bellten noch ein paar halbherzige Beleidigungen hinter ihr her, dann war Ruhe.

Ein Monster-Burger im Bauch gehörte nicht gerade zu den besten Voraussetzungen für einen Spurt, und Juna wurde langsamer. Aus der Dunkelheit einer Hausdurchfahrt erklang Applaus. »Sehr elegant gelöst«, sagte Lucian und trat in den Schein der Straßenlaternen. »Warum hast du sie nicht einfach geröstet?«

Juna zog eine Grimasse, die teils sein Auftauchen kommentierte, teils von den Seitenstichen herrührte, die ihre Flucht ihr eingebracht hatte. Auch wenn sie sich im Moment über ihn ärgerte, in Lucians Nähe fühlte sie sich sicher. Die Hände auf die Knie gestützt, das Gesicht hinter einem Vorhang langer Haare verborgen, atmete sie noch einige Male tief durch. Schließlich richtete sie sich auf. »Sag nicht, du hast zugesehen!«

»Aber ja. Und ich darf dir sagen, das war ein erstklassiger Tritt. Die Familienplanung dürfte für diesen jungen Herrn abgeschlossen sein. Wahrscheinlich ist das auch besser so.«

Juna konnte es nicht fassen. »Ähm, hallo? Ich war da gerade ein bisschen in Gefahr!«

»Du brauchtest keine Hilfe – oder täusche ich mich etwa?« Lucian legte die Hand wie einen Sonnenschutz über die Augen und tat, als hielte er nach den Angreifern Ausschau. Die Straße war menschenleer. »Siehst du. Es ist niemand da, der dir deine Unschuld rauben will.«

»Da bin ich mir manchmal nicht so sicher«, sagte sie mit grimmiger Stimme und trat einen Schritt zurück. »Aber dafür ist es eh zu spät!«, fügte sie süffisant lächelnd hinzu.

»Das höre ich gern. Ich mag erfahrene Frauen.«

Juna erkannte, dass sie sich auf dünnes Eis gewagt hatte und überging seine Bemerkung. »Du könntest mir ein Taxi besorgen.«

»Schon da.« Ein Luftzug, ein einzigartiges Rauschen, dann stand er mit weit geöffneten Schwingen vor ihr.

Es war wie ein Zwang, Juna musste diese Flügel einfach berühren. Wie fremdbestimmt ging sie auf ihn zu … dann begriff sie. »Ich soll mit dir fliegen?« Sie ließ den Arm sinken. »Niemals.«

»Ach, komm schon. Es geht viel schneller, und ich will dir unbedingt noch etwas zeigen.«

»Und das geht nur beim Fliegen?«, fragte sie misstrauisch, wenn auch interessiert. Lucian kannte ihre Schwächen inzwischen fast zu gut. Neugier gehörte leider dazu.

Er lächelte siegessicher. »Nicht dabei, aber anschließend.«

»Und du versprichst, mich auf direktem Wege nach Hause zu bringen?«

»Selbstverständlich!«

»Also gut. Aber wehe, es ist ein Trick!« Sie ließ sich von ihm in seine Arme ziehen. Der Schreck saß ihr noch in den Knochen, und ihre Knie begannen auf einmal zu zittern. Vorsichtshalber schloss sie schnell die Augen, weil ihr beim Fliegen meist schwindelig wurde. Dann verlor Juna den Boden unter den Füßen.

21

$\mathcal{D}$as Fliegen mit Lucian war anders als alles, was sie zuvor erlebt hatte. Juna ertappte sich bei dem Gedanken, ihn nach seinem Geheimnis zu fragen, damit Arian – und letztlich auch sie – in Zukunft davon profitieren konnten. Sogar die Landung war so weich, dass alles, was sie davon spürte, der feste Boden unter ihren Füßen war.

Erstaunt sah sie sich um. »Wir sind auf meiner Dachterrasse.«

Lucian entließ sie aus seiner Umarmung. »Hattest du etwas anderes erwartet?«

Juna schämte sich ein bisschen, denn sie hatte ihm tatsächlich nicht ganz getraut. »Keineswegs«, sagte sie deshalb forsch. »Und wo ist nun meine Überraschung?«

Bloß keine romantische Stimmung aufkommen lassen!, erhob sie umgehend zu ihrem neuen Mantra. Lucian hatte etwas Verwegenes an sich, das sie so noch nicht von ihm kannte.

»Schließ die Augen.«

»Schon wieder?« Sie hatte keine Lust. Lieber hätte sie ihn weiter angesehen. Seine stets wie vom Wind zerzausten Haare, die schmale, aristokratische Nase, die ihm etwas sehr Britisches gab. Seine helle Haut, die Lippen, die wie geschaffen schienen, sie zu küssen … rasch kniff sie die Augen ganz fest zu und dachte an Arian. Als sie endlich dessen himmelblaue Augen unter dem dunklen Haarschopf heraufbeschworen hatte, fiel alle Furcht von ihr ab. *Ich liebe dich!*, flüsterte sie ihm über die unendliche Ferne, die sie voneinander trennte, zu. Und sie war fast sicher, dass er ihr gleichermaßen zärtlich antwortete. *Mein Stern, halte durch. Ich bin bald wieder bei dir.*

Solcherart gestärkt, streckte sie die Arme mit nach oben gedrehten Handflächen vor, wie Lucian es verlangt hatte, und wartete. Etwas Kaltes berührte ihre Hände. Juna widerstand dem Impuls, sie zurückzuziehen – am liebsten hätte sie sofort nachgesehen, was es war. Ihre Augenlider flatterten.

»Nicht mogeln!«

Sie gehorchte.

»Jetzt!« Lucians sonst so kontrollierte Stimme verriet seine Anspannung.

Juna öffnete ihre Lider und starrte wortlos auf die Waffe in ihren Händen. Sie wusste sofort, was es war, aber ihre Stimme schien den Dienst zu versagen.

»Gefällt es dir nicht?«

»Himmel!« Sie schluckte. »Entschuldige.« Es galt als unhöflich, in Gegenwart höllischer Engel ihre Herkunft zu erwähnen, das hatte sie inzwischen gelernt. »Ist es das, was ich denke?«

»Natürlich. Glaubst du, ich schenke dir ein wertloses Spielzeugschwert?« Lucians Lächeln nahm seinen Worten die Spitze.

»Eine Spatha«, hauchte Juna ehrfürchtig und umfasste den Griff, der sich in ihre Hand schmiegte, als sei er nur für sie geschaffen worden. »Ha! Nimm das, du Lump!« Übermütig sprang sie in Gefechtshaltung vor und erstach imaginäre Feinde. Schließlich gab sie ihr Spiel atemlos auf, senkte die Klinge und fiel Lucian um den Hals. »Danke!« Ihre Augen strahlten vor Freude, als sie ihm einen Kuss auf die Wange drückte. »Darauf müssen wir anstoßen. Ich habe noch eine Flasche Champagner für besondere Anlässe im Kühlschrank.« Sie lief zu dem Blumenkübel, unter dem sie einen Schlüssel für ihre Terrassentür versteckt hatte. Vielleicht ein bisschen leichtsinnig, aber menschliche Einbrecher drangen äußerst selten im zehnten Stock von außen in eine Wohnung ein. Und alle anderen unwillkommenen Besucher ließen sich von einer Glasscheibe sehr wahrscheinlich ohnehin nicht abhalten. Sie fand den Schlüssel und schob die Terrassentür weit auf.

Lucian schwieg so lange, dass sie sich schließlich umdrehte. »Warum stehst du da noch?«

»Du musst mich hereinbitten.«

Juna kicherte. »Wie Graf Dracula? Sag bloß, du kannst meine Türschwelle nicht überschreiten, wenn ich dich nicht dazu einlade.«

Er sah sie nur an.

»Das ist nur ein Witz, oder?« Sie erinnerte sich an seinen Rettungseinsatz, als ihr vor einer gefühlten Ewigkeit das Feuer außer Kontrolle geraten war, und an Cathures Reaktion auf seine Anwesenheit.

»Aber du warst doch schon einmal hier.«

»Ein Notfall. Das zählt nicht.«

»Es ist tatsächlich dein Ernst, oder? Also dann …«

Er unterbrach sie. »Juna, überleg es dir gut. Diese Einladung ist nicht rückgängig zu machen.«

»…und Arian würde durchdrehen, wenn er es wüsste. Willst du das damit sagen?«

Lucian brauchte nicht zu antworten, Juna wusste auch so,

dass sie Recht hatte. »Verheimlichst du mir etwas?« Sie blieb im Türrahmen stehen. »Wo ist Arian wirklich?«

»Das weiß ich nicht.« Es schien ihm nicht leichtzufallen, es zuzugeben.

»Lucian, welches Spiel spielst du mit mir?«

Er gab einen grollenden Laut von sich. »Du weißt nichts über ihn. Ich kann mich nicht erinnern, ihn ein einziges Mal gesehen zu haben, als du in Gefahr warst. Hast du dich schon mal gefragt, warum erst ich kommen musste, um dir bei deinem Problem zu helfen?«

»Welchem Problem?«

Eine knisternde Energiekugel erschien in seiner Hand. »Schon vergessen?«

»Ich bin dir ja auch dankbar, ehrlich. Aber ich dachte, es sei klar. Arian und ich …« Der Lucian, den sie kannte, schien fortgegangen zu sein. An seiner Stelle stand ihr nun wieder der dämonische Marquis gegenüber.

Mit einer einzigen Bewegung ließ er die Kugel verschwinden. »Ich brauche deine Dankbarkeit nicht.«

Juna vergaß alle Vorsicht und trat wieder auf die Terrasse zurück. »Er ist wirklich nicht in Gehenna? Ich hätte nicht gedacht, dass ein mächtiger Dämonenlord wie du es sich gefallen lässt, wenn jemand seinen *Vertrag* nicht erfüllt.«

»Es gibt manchmal übergeordnete Interessen, denen auch ich mich zu beugen habe.« Er zuckte gleichgültig mit den Schultern, doch in seinen Augen flackerte ein Licht, das ihr bewies, wie wenig ihm dies gefiel.

Juna wollte ihn provozieren … die kühle Arroganz, von der sie inzwischen wusste, dass sie nur eine Fassade war, aus seinem Gesicht verschwinden lassen. »Aha. Und diesen *Interessen* unterwirfst du dich natürlich. Einfach so.«

530

»Was weißt du schon.« Er öffnete die Schwingen, bereit zum Aufbruch.

Sie wollte ihn nicht gehen lassen. »Du fragst mich, was ich über Arian weiß? Ich weiß, dass er mich liebt. Ich war dabei, als er alles riskiert hat, um mich in Gehenna zu finden. Schon vergessen?«

»Nichts habe ich vergessen. Auch nicht die willige Kleine, die sich an mir gerieben hat wie eine rollige Katze …«

»Hör auf!« Juna erinnerte sich sehr gut an diese Begegnung, und ihr Verhalten war ihr heute noch peinlich. »Ich war nicht ich selbst. Du hast versucht, mich zu verführen.«

»Glaubst du wirklich? Du scheinst eine sehr geringe Meinung von mir zu haben.« Er drehte sich wieder zu ihr um, die Schwingen immer noch vollständig geöffnet. »Ich muss Frauen nicht manipulieren, damit sie mir gefällig sind. Nein, Juna. Weder deine Befreiung aus Nácars Sklaverei noch meine Magie sind für dein Verhalten verantwortlich. Das bist ganz allein du selbst. Mag sein, dass du glaubst, Arian zu lieben …«

»Ich glaube es nicht, ich weiß es!«

»Meinetwegen. Das interessiert mich nicht. Liebe ist etwas, das in meiner Welt nicht existiert. Aber darum geht es überhaupt nicht. Mach dir nichts vor, du begehrst mich.«

Sie fürchtete, er würde in ihren Augen die Wahrheit lesen, und senkte rasch die Lider, ohne zu ahnen, dass sie dadurch ebenso viel von ihrer inneren Zerrissenheit verriet. Juna hatte schon lange gewusst, was Lucian jetzt aussprach. Aber es war nur Lust, die sie empfand. Und was auch geschah, sie würde ihr nicht nachgeben.

Lucian gab sich verständnisvoll. »Es ist nicht falsch. Wir

sind als sinnliche Wesen geschaffen worden, und glaub mir, ich will dich auch. Vom ersten Augenblick an, als ich dich in Nácars Apartment gesehen habe, wusste ich, dass du viel zu kostbar bist, um einem drittklassigen Dämon zu gehören.«

Er faltete die Flügel wieder zusammen, als habe er beschlossen, dieses Thema ein für alle Mal zu klären.

»Ich erwarte keinerlei Dankbarkeit von dir. Ich bin ein Dämon – wer uns dankbar ist, der hat bereits verloren. Das weiß schließlich jedes Kind.« Er lachte bitter. »Ich erwarte Ehrlichkeit. Nicht mir gegenüber – ich habe schon so viele Lügen gehört, es gibt nicht mehr viel, das mich überraschen könnte oder das ich nicht durchschauen würde. Nein, ich erwarte, dass du dir selbst gegenüber wahrhaftig bleibst. Das, meine Kleine, ist dein kostbarster Besitz.«

Seine Worte berührten Juna tief. Sie sah zu ihm auf und erkannte, dass er ihr in diesem Augenblick mehr von sich preisgab, als sie jemals gedacht hätte. Seinem smaragdgrünen Blick, der sich, wie in jener Nacht in Gehenna, in ihre Seele zu bohren schien, konnte sie auch jetzt nicht lange standhalten.

»Lucian. Bitte!«

Er ergriff ihre zitternden Finger und hielt sie behutsam umfangen, bis sie in der Wärme seiner Hände schließlich ruhig wurden. Nur ihr Herz flatterte immer noch wie ein kleiner Vogel, der verzweifelt versucht, der Gefangenschaft zu entkommen. Juna bekam große Angst, es würde ihm entgegenfliegen, sobald sie auch nur eine Sekunde unaufmerksam wurde. Durfte man zwei so unterschiedliche Männer lieben? Es gab nur eine Antwort auf diese Frage, aber Juna wollte sie jetzt nicht hören.

»Die Liebe ist nichts«, sagte Lucian, der sie aufmerksam betrachtete. »Was am Ende bleibt, sind Vertrauen und Freundschaft.«

Gespenstische Stille breitete sich zwischen ihnen aus. Plötzlich lachte Lucian und zerriss damit den feinen Schleier der Sinnlichkeit, der sie beide eingehüllt hatte. »Und natürlich guter Sex. Nicht zwingend ausschließlich mit ein und derselben Person, wohlgemerkt.«

Seine Flügel öffneten sich erneut. »Ich kann warten. Wenn es sein muss, auch eine Ewigkeit.« Er erhob sich wie ein majestätischer schwarzer Vogel in die Lüfte.

Und morgen wird trainiert. Wir sehen uns nach Sonnenuntergang. Hier.

»Arroganter …« Juna verschluckte den Rest der Beleidigungen, die ihr auf der Zunge lagen, und stürmte in die Wohnung. Die Terrassentür schlug so heftig hinter ihr zu, dass die Scheiben klirrten. Ihr inneres Inferno hob wie ein hässliches Tier den Kopf, doch Juna war dermaßen in Rage, dass sie dem Ungeheuer, ohne weiter darüber nachzudenken, mental einen nassen Lappen um die Ohren schlug. Es zischte und schlug wild mit dem Schwanz, dann zog es sich in seine finstere Höhle zurück.

Überrascht blieb sie stehen. »Das war nicht schlecht!«

Auch Lucian hatte bestätigt, was Arian ihr immer wieder gepredigt hatte: Juna müsse sich nur etwas vorstellen, das sie auch in der Realität anwenden würde, um einen kleinen Brand zu löschen. Sie hatte zu bedenken gegeben, dass ein in Flammen aufgehender Weihnachtsbaum anders zu behandeln sei als brennendes Fett in der Bratpfanne. Beide Männer hatten gleich reagiert: Sie verdrehten die Augen und erklärten Juna ihre Theorie aufs Neue: Eine instinktive

Reaktion verankere sich tief im Unterbewusstsein und sei auch in Stresssituationen immer wieder abrufbar.

»Verdammter Psychokram!« Sie trat gegen eine besonders hässliche Bodenvase, die sofort in Tausende Einzelteile zerfiel. Finn sprang von der Couch und flüchtete mit eingezogenem Schwanz ins Gästezimmer.

Juna ließ sich auf den Teppich sinken, und vorsichtig kehrte er zu ihr zurück. Sie schlang die Arme um seinen Hals. »Ach, kleiner Hund. Was bin ich für ein Scheusal!«

Der warme Körper, das weiche Fell oder vielleicht auch die pelzige Schnauze, mit der er ihren Nacken abschnüffelte, sorgten dafür, dass sie sich schnell wieder fing. Sie wischte sich eine Träne von der Wange und musste gleichzeitig lachen, weil Finns Barthaare an ihrer Wange kitzelten.

»Iris würde jetzt sagen, dass solche Sentimentalitäten an Männer total verschwendet sind.«

Nun lief doch noch eine zweite Träne. *Sieh mich an! Seit du weg bist, bin ich zur Heulsuse geworden!* Ihre verrückte Freundin fehlte ihr sehr, und so lieb sie Sirona auch gewonnen hatte, Iris würde sie niemals ersetzen können.

Um auf andere Gedanken zu kommen, stand sie auf und ging zum Tisch hinüber, auf dem das Schwert lag. Wegen ihres Streits mit Lucian hätte sie es fast vergessen. Doch jetzt schenkte sie ihm ihre gesamte Aufmerksamkeit, strich behutsam mit den Fingerspitzen über das glatte Metall der Klinge und fragte sich, ob es richtig gewesen war, dieses kostbare Geschenk von ihm anzunehmen. Die nächste Frage war weitaus praktischer ausgerichtet: Wie sollte sie es von anderen unbemerkt bei sich tragen?

Nun, das wird er mir erklären müssen. Falls er überhaupt zurückkommt. Doch Juna gelang es nicht, sich selbst zu täuschen. Natürlich würde er wiederkommen. Entweder, um mit ihr zu üben, wie er es versprochen hatte, oder, um sein Geschenk zurückzufordern.

Sie nahm die Spatha in die Hand und probierte mit leichten Fechtbewegungen vor dem Spiegel aus, ob sie sich gut führen ließ. Zu ihrem Erstaunen schien sie, einmal in Bewegung, fast nichts mehr zu wiegen. Dies war anfangs sehr ungewohnt, stellte sich aber bald als Vorteil heraus, denn auf diese Weise schonte sie ihre Kräfte.

Am folgenden Tag, kurz vor Sonnenuntergang, kannte sie ihre Spatha, als gehörte es seit Jahren zu ihr, und sie brannte förmlich darauf, es im Zweikampf auszuprobieren. Als Lucian am frühen Abend wie angekündigt erschien, war sie vorbereitet. Er würde sein blaues Wunder erleben.

Äußerlich ganz ruhig, aber innerlich voller Vorfreude trat sie zu ihm auf die Dachterrasse hinaus. Erst einmal ließ sie sich die Handhabung der Waffe erklären, und während Lucian einige Grundregeln des Kampfes erläuterte und dabei Haltung und Einsatz des Schwerts demonstrierte, fiel die Anspannung von ihr ab. Er hatte den Streit vom Vortag bisher mit keinem Wort erwähnt, und sie war ihm dankbar dafür.

Allmählich kribbelte es in ihren Fingern. Sie wollte sich mit ihm messen, und wenn sie ehrlich zu sich war, wollte sie ihn beeindrucken. Doch zuerst gab es noch einige Fragen zu klären. »Sollten wir nicht Schutzkleidung tragen, während wir üben?«

»Hast du Angst, ich könnte dich verletzen? Das werde ich nicht. Schon vergessen? Ich habe versprochen, dass dir kein Schaden durch jemanden wie mich zugefügt wird.«

»Eigentlich habe ich mir eher Sorgen um dich gemacht.«
Er lachte schallend. »Natürlich. Wie konnte ich das vergessen? Du bist ein mitfühlendes Wesen.«

»Du sagst das, als wäre es ein Makel.«

»Im Kampf ist es das auch.«

Sie verstand, was er meinte. Wer sich scheute, dem Gegner Schmerz zuzufügen, vergab einen wichtigen Vorteil. Leidenschaft und Mitleid hatten in einer Auseinandersetzung um Leben und Tod nichts verloren. Allerdings war für heute ihres Wissens nur eine Übungsstunde angesetzt, und sie traute Lucian zu, dass er vermeiden würde, sie zu verletzen, auch ohne noch Sympathie zu empfinden. Bisher hatte er seine Versprechen jedenfalls immer gehalten.

»Wie du meinst.« Juna lächelte scheinbar harmlos. »Dann hätte ich noch eine praktische Frage. Wie transportiere ich das Schwert? Ich meine, es ist nicht riesig, aber ich würde schon Aufmerksamkeit erregen, wenn ich morgen bewaffnet in die Tierklinik ginge.«

»Das ist in der Tat ein Problem. Ich bin nicht sicher, ob es bei dir funktioniert.« Lucian steckte seine eigene Waffe weg, als trüge er eine Schwertscheide am Gürtel. Sofort war sie verschwunden.

»Toll! Wie hast du das gemacht?« Juna sprang von ihrem Sitz auf und ging einmal um ihn herum. Es war nicht mehr zu sehen. »Darf ich?« Ehe er antworten konnte, tastete sie seine linke Hüfte ab. Nichts. Das konnte doch nicht sein. Allerdings hatte auch Arian niemals bewaffnet ausgesehen und war es doch mindestens bei zwei Gelegenheiten gewesen.

Lucian räusperte sich und hob eine Augenbraue.

Juna sah, dass ihre Hand auf seinem Hintern lag. Schnell

machte sie einen Schritt zurück und murmelte »Nett!«, um nicht allzu prüde zu wirken.

»Möchtest du nicht weitersuchen?« Seine Stimme war eine Spur dunkler geworden.

Juna bemühte sich, das aufgeregte Flattern in ihren Adern zu ignorieren, das zu einem ständigen Begleiter geworden zu sein schien, sobald Lucian in diesem Tonfall mit ihr sprach. »Wenn das ein Engeltrick ist, dann wird es bei mir nicht funktionieren.«

»Ganz im Gegenteil. Ich fühle mich heute durch und durch in meinem Element.« Er machte einen Schritt auf sie zu, und die Spannung zwischen ihnen wurde nahezu greifbar.

»Flirtest du mit mir?« Juna fühlte sich selbst ein bisschen teuflisch und warf ihm einen Blick aus großen, unschuldigen Augen zu.

»Du verbringst zu viel Zeit in schlechter Gesellschaft.« Lucian schüttelte bedauernd den Kopf. Dann schenkte er ihr ein Lächeln, das ihre Knie weich werden ließ, und zeigte auf das Schwert. »Probier es aus. Stell dir einfach vor, dass du eine Schwertscheide trägst.«

Juna riss sich vom Anblick seines verführerischen Mundes los und versuchte ihr Glück. Prompt fiel ihre Waffe klappernd zu Boden.

»Nochmal!« Lucian stellte sich dicht hinter Juna, drückte ihr das Schwert in die Hand und führte ihren Arm. »Konzentrier dich.«

Wie sollte sie das tun, wenn ein Dämon, der keinen Hehl daraus machte, dass er sie verführen wollte, ihr Feuer schon durch seinen Anblick in Ekstase versetzte? Und jetzt loderte es wild auf, rollte wie Lava durch ihren Körper und verlangte danach, sich mit seinem Feuer vereinen zu dürfen.

Juna atmete tief durch, versuchte, alles um sich herum zu vergessen, und flüsterte schließlich: »Jetzt.«

Gemeinsam bewegten sie ihr Schwert, und plötzlich war es verschwunden.

»Ich wusste es!« Lucian hauchte einen Kuss auf ihren Nacken, und ehe sie begriff, was er getan hatte, stand er ihr schon wieder gegenüber. »En garde!«

Ohne nachzudenken, griff Juna nach der Spatha, zog es und stellte sich der Herausforderung.

Anfangs nahm Lucian unübersehbar Rücksicht, und das war auch gut so, denn sie brauchte eine Weile, bis sie zu ihrer alten Form zurückfand. Doch dann wurde der Kampf schneller, und als Juna nach einer Finte Lucian beinahe am Arm verletzte, begann er die Sache ernst zu nehmen.

Sie freute sich, dass ihre Überraschung gelungen war. Augenscheinlich hatte er nicht gewusst, dass sie seit ihrer Jugend im Umgang mit Schwertern, Degen und anderen Blankwaffen geübt war.

Ihr Großonkel besaß eine umfangreiche Sammlung, die er in der Halle des Familienstammsitzes ausstellte, aber auch zu führen verstand. Bei ihm hatte Juna ihre ersten Stunden erhalten. Während des Studiums war sie schließlich in eine Reenactment-Gruppe eingetreten und hatte manches Wochenende auf historischen Märkten oder bei Highland Games verbracht. Das Lagerleben im Zelt gefiel ihr nicht besonders, aber wenn es um Reiten, Fechten oder Bogenschießen ging, konnte man ziemlich sicher sein, Juna MacDonnell mittendrin zu finden. Zu ihrer Gruppe gehörten auch Stuntmen, von denen sie einige gute Tricks gelernt hatte, und sie zögerte nicht, diese auch einzusetzen.

Doch exakt in dem Moment, in dem sie begann, sich sicher zu fühlen, spürte sie den Stahl an ihrer Kehle. Juna erstarrte. Einen Wimpernschlag später verneigte sich Lucian. Er wirkte ungewöhnlich aufgeräumt, und obwohl er vorgab, sich den Schweiß von der Stirn zu wischen, sah er keineswegs erhitzt oder gar angestrengt aus. »Partie ex!« Mit einer eleganten Bewegung steckte er sein Schwert weg.

Juna tat es ihm nach, und ihre Spatha verschwand im Nichts. Sie fühlte sich erschöpft, aber glücklich. Das war besser gewesen als jedes Work-out und vor allem viel befriedigender.

Ihre Augen strahlten. »Darf ich dich heute auf ein Glas zu mir einladen?«

Ihre Einladung mochte spontan klingen, tatsächlich hatte sie die halbe Nacht darüber nachgedacht. Lucian hatte ihr nicht ein einziges Mal einen Grund gegeben, ihm zu misstrauen. Er war fraglos ein gefährlicher Dämon, aber sie war überzeugt, dass er ihr Vertrauen nicht missbrauchen würde, wenn es nur mit reinem Herzen gegeben wurde.

Hätte sie damals Arian nicht vertraut, sie hätte niemals die Liebe ihres Lebens gefunden. Und trotz der Sorge um ihn zweifelte sie auch jetzt nicht daran, dass Arian zu ihr kommen würde, sobald es ihm möglich war. Bis dahin musste sie am Leben bleiben, und dafür brauchte sie mächtige Verbündete wie Cathure oder eben Lucian, den Marquis von Gehenna.

Heute hinterfragte er ihre Einladung nicht. Lucian reichte ihr galant den Arm, und gemeinsam betraten sie ihre Wohnung. Wenn Juna geglaubt hatte, dass dabei irgendetwas geschehen würde, dann wurde ihre Erwartung enttäuscht.

Sie lachte erleichtert, und bald darauf saßen sie sich am

Tisch gegenüber. Finn lag als selbst ernannter Sittenwächter auf Junas Füßen.

»Du hast mich überrascht.« Lucian stellte sein Glas ab. »Deine Kampftechnik ist sehr gut.«

»Wirklich?« Juna konnte ihre Freude nicht verbergen.

»Ich will nicht sagen, dass du nicht noch das eine oder andere zu lernen hättest, aber ein ahnungsloser Herausforderer würde bereits jetzt eine hübsche Überraschung erleben. Es ist das Beste, wir behalten dein Geheimnis so lange wie möglich für uns.«

»Aber war es dann nicht leichtsinnig, vor aller Welt und zumal auf einem Dach zu kämpfen?«

Er erhob sein Glas und prostete ihr zu. »Darüber mach dir keine Sorgen. Die Trainingsstunden bleiben unser Geheimnis.«

Juna hatte sich für Kirschsaft entschieden, von dem sie nun einen kleinen Schluck trank, bevor sie mit einem Finger in die Höhe zeigte. »Auch die da oben nicht?«

»Besonders *die da oben* nicht. Allerdings …« Lucians Nasenflügel bebten, und er zeigte auf ihren angebrannten Sekretär. »War der Brief vorhin schon da?«

Juna sah sich um und entdeckte ein großes Kuvert, das recht auffällig platziert war. Es hätte ihr auffallen müssen, denn sie erinnerte sich gut daran, kurz vor Lucians Eintreffen noch einen Bleistift aus einer der Schreibtischschubladen genommen zu haben, die glücklicherweise von ihrem Feuer verschont geblieben waren. Sie stand auf, um den Brief zu holen. *Vielleicht enthält er eine Nachricht von John?* Überrascht wäre sie nicht gewesen, wenn es ihm gelungen wäre, sich trotz der Feen-Security unbemerkt Zugang zu ihrer Wohnung zu verschaffen. Sie glaubte keinen Augenblick daran, dass er aus den Fehlern der Vergangenheit gelernt hatte. Dennoch war Juna froh, dass ihr Bruder noch einmal mit einem blauen Auge davongekommen und nicht direkt in der Hölle gelandet war.

Wo er sich zurzeit aufhielt, wusste sie nicht. Zwar behauptete ihre Stiefmutter, John hätte sich eine Villa in Florida gekauft, wo er als erfolgreicher Immobilienmakler Karriere gemacht hätte, aber der Rest der Familie glaubte nicht daran.

Schon als sich ihre Fingerspitzen dem Umschlag näherten, ahnte sie, dass die Nachricht nicht von ihrem Bruder stammte.

Lucians Nase kräuselte sich, und Juna musste über diese überaus menschliche Reaktion lachen. Sie roch nun selbst daran, konnte aber nichts Besonderes feststellen. Doch vielleicht hatten Dämonen einen besseren Geruchssinn? Wie Finn etwa, der erwacht war und nun beide Pfoten auf den Tisch stellte und aufgeregt am Papier in ihrer Hand schnüffelte. Sein Schwanz verriet, dass ihm der Duft gefiel.

»Das Beste ist wohl, ich mache ihn auf. Hat jemand Einwände?«

Lucian schüttelte den Kopf, und Finn gab einen Ton von sich, den sie als Zustimmung wertete.

Juna riss den Umschlag auf und zog eine Einladung heraus. Als sie die Karte öffnete, erklang eine eigentümliche Melodie. Lieblich wie zartes Harfenspiel zwar, doch zugleich ertönten traurige Walgesänge und das zarte Läuten von Schneeglöckchen im kühlen Januarwind. Sie konnte sich nicht erinnern, jemals gehört zu haben, dass diese − oder irgendwelche − Blumen überhaupt Geräusche machten.

Verwirrt schüttelte sie den Kopf. Vielleicht war das ja auch nur ein vorübergehendes Ohrklingeln nach ihrem Schwertkampf. Doch die nächste Überraschung ließ nicht lange auf sich warten: Aus der geöffneten Karte erhob sich ein winziges Wesen in gelbem Gewand, rutschte mitten in der Falz hinunter, dass sein Röckchen aufflog. Dabei wirbelte es eine Menge Glitzerstaub auf.

Gleichsam wichtig und ein bisschen steif ging die Gestalt, die kaum mehr als eine Spanne maß und offensichtlich weiblich war, über den Tisch und platzierte sich zwischen Juna und Lucian.

Sie entrollte ein Skriptum und begann mit wichtiger und erstaunlich lauter und dunkler Stimme daraus vorzulesen: »Wir, Prinz Cathure von Britannien …« Sie stockte. »Unfug, du weißt das sowieso nicht zu schätzen.« Sie rollte das Schreiben wieder ein.

Juna runzelte ihre Stirn. »Bitte? Wenn das eine Nachricht von Cathure ist, dann verlange ich, sie auf der Stelle zu hören!«

Die Gestalt sah zu ihr hinauf und fuchtelte mit der Rolle herum. »Werd nicht frech, Mensch!«

Juna hätte ihr gern mit dem Zeigefinger einen Stups versetzt, doch sie gab der Versuchung nicht nach. »Gib mir den Brief!«

»Ha-ha! Du kannst ihn gar nicht lesen!« Das gelbe Mädchen versteckte die Rolle hinter ihrem Rücken.

»Aber ich.« Lucian zeigte weniger Geduld als Juna. Er packte sie hinterrücks am Kleid und hob sie hoch, bis sie auf Augenhöhe vor ihm baumelte. Dabei flog erneut eine Menge Glitzerstaub durch die Luft, und Finn musste niesen.

»Loslassen, du Teufel!«

Vor Lucian schien sie ebenfalls wenig Respekt zu haben. Mit der freien Hand machte sie obszöne Gesten, die eine wahre Schimpftirade begleiteten.

Doch dann begann Finn plötzlich zu knurren, und erschrocken erstarrte sie mitten in der Bewegung. »Oh-Oh!« An Lucian gewandt sagte sie: »Lass mich runter, du Grobian! Ich habe hier eine Einladung zu verkünden.«

Er tat ihr den Gefallen, trommelte jedoch mit den Fingern nicht weit von ihr auf den Tisch. »Wir hören.«

»Gut zu wissen.« Ihre Stimme triefte geradezu vor Sarkasmus. »Womöglich hätte ich noch Zeichensprache anwenden müssen.« Dabei zeigte sie Lucian den Mittelfinger.

Juna hielt die Luft an.

Doch er tat so, als hätte er diese Geste gar nicht bemerkt. »Nun …?«

»Also gut. Die da«, sie zeigte auf Juna, »ist zur Hochzeit des hochehrwürdigen Prinzen von Britannien und seiner Braut, der Seejungfer Nigella, Tochter der Meere zwischen den Lofoten und Cabo de Hornos, eingeladen.«

»Oh! Sie heiraten. Wie schön!« Aufgeregt klatschte Juna in die Hände.

Diese Reaktion schien die Überbringerin der guten Nachrichten merkwürdigerweise milder zu stimmen. »Weil du es vermutlich nicht weißt, will ich dir erklären, wie so etwas vonstatten geht. Erstens brauchst du ein Kleid. Nigella wird es dir am Tag der Hochzeit bringen lassen.«

»Aber ich habe …«

Die kleine Frau hörte gar nicht zu. »Zweitens brauchst du einen Begleiter oder eine Begleiterin. Drittens: Es sind keine Menschen zugelassen.«

»Aber ich bin …«

»Aber, aber, aber … Kennst du kein anderes Wort? Du bist eingeladen. Bringst du einen Menschen mit, kommt ihr nicht rein. Basta!«

Juna zuckte zurück, als sie eine Wolke des Glitzerstaubs traf. »Und wo findet die Feier statt?«

»Im Palast natürlich. Halte dich am Hochzeitstag um Mitternacht bereit. Ich werde dich und deinen Begleiter abholen.«

Sie schnippte mit den Fingern und war fort – natürlich nicht, ohne weitere Glitzerwolken zu hinterlassen.

Lucian räusperte sich. »Verdammte Pixies!« Damit rieb er die Hände aneinander, doch den *Glitzerkram*, wie er es nannte, wurde man offenbar so schnell nicht los.

»Meinst du, ich soll hingehen?«, fragte Juna.

»Es wäre ein Affront, es nicht zu tun. Und wenn ich es richtig verstanden habe, dann wohnst du in Cathures Wohnung, fährst eines seiner Autos …«

»Die Wohnung hat er uns geschenkt, und das Auto gehört Arian.« Juna fand, dass Lucian es so aussehen ließ, als hielte Cathure sie aus.

»Wie auch immer, ich empfehle dir, die Einladung anzunehmen. Warst du schon mal im Feenreich?«

»Sehr witzig. Ich weiß ja nicht einmal, wo es liegt.«

»Das weiß niemand.«

»Du etwa auch nicht?« Juna war erstaunt.

Lucians Gesichtsausdruck wirkte nicht gerade freundlich. »Lass es mich so formulieren: Man geht sich aus dem Weg. Feen gehören ebenso wenig in unsere Welt wie Drachen oder griechische Götter.«

Juna sah ihn verständnislos an. »Willst du damit sagen, dass es Drachen und all dies gibt?«

»Warum nicht? Engel gibt es ja auch, obwohl kaum noch jemand an unsere Existenz glaubt. Du bist eine Seherin, aber käme jetzt jemand zu Besuch, würde er glauben, du säßest allein am Tisch und hieltest Selbstgespräche.«

Damit hatte er natürlich Recht. Juna war inzwischen so sehr an Engel gewöhnt, dass sie nicht mehr darüber nachdachte, ob ihr Gegenüber auch für andere Menschen sichtbar war oder nur für sie selbst. Ihr wurde klar, dass sie sich in der Öffentlichkeit genauer kontrollieren musste, um nicht eines Tages für verrückt erklärt zu werden. Eine Chance, die sich ihre reizende Stiefmutter sicher nicht entgehen lassen würde.

»Feen sind heikel«, unterbrach Lucian ihre Gedanken. »Sie leben nach überaus merkwürdigen Regeln, und als ihr Gast tut man gut daran, sie zu befolgen.«

»Dafür müsste man sie erst einmal kennen.« Juna seufzte. »Warum soll man eigentlich zu zweit dort auftauchen?«

»Es heißt, dass am Tag ihrer Hochzeit keine Feenprinzessin Furcht um ihren Thron haben darf.«

»Ach so. Und wenn Singles anwesend sind, kann man natürlich niemals wissen, was sie anstellen würden, um ihr die Herrschaft in letzter Sekunde noch abzuluchsen. Ein ziemlich misstrauisches Volk.«

Lucian zuckte mit der Schulter. Er schien kein großes Interesse an den Ritualen der Feen zu haben.

Juna dagegen fühlte sich hilflos. »Ich weiß überhaupt nicht, wie ich mich dort verhalten soll. Und woher nehme ich meine Begleitung?« Die Worte hingen noch im Raum, als ein breites Lächeln ihr Gesicht erstrahlen ließ. »Aber natürlich! Du kommst mit.«

»Nein!« Wäre es nicht Lucian gewesen, der ihr gegenübersaß, hätte sie geglaubt, Panik in seiner Stimme zu hören. Abwehrend hob er die Hände. »Auf keinen Fall!«

»O doch. Du sagst, ich kann die Einladung nicht absagen. Das kleine Postfräulein will keine Menschen in ihrem Reich sehen. Du bist kein Mensch. Also …«

»Nein.«

»Och, komm schon. Ich kenne doch sonst niemanden, der in der Nähe ist und mich begleiten könnte. Bitte, Lucian!«

Es stellte sich heraus, dass der Dämon ihrem Flehen, oder vielleicht auch ihrem Augenaufschlag, nicht widerstehen konnte. Er versicherte Juna, am Tag der Hochzeit zur Stelle zu sein, und verabschiedete sich anschließend. »Dafür, meine Kleine, bist du mir einen Gefallen schuldig.«

Sie wünschte sich nicht zum ersten Mal, ihr stünde jemand zur Seite, um sie sicher durch diesen Dschungel aus Fallstricken und gefährlichen Abgründen zu geleiten. »Ihr benehmt euch alle, als würden wir auf dem Basar leben. Also gut. Wenn er nicht gefährlich oder unanständig ist, dann schulde ich dir diesen Gefallen.«

Lucian beugte sich über sie. »Er wird beides sein. Und glaube mir, das ist das Mindeste, was ich an Gegenleistung erwarte.«

Natürlich war er verschwunden, bevor sie etwas erwidern konnte.

»Komm, Finn. Du darfst heute eine letzte Runde auf dem Dachgarten drehen, ich bin hundemüde.«

Finn machte erst einen Buckel, dann streckte er sich.

»Ich wusste, dass du mich verstehst. Warum habe ich eigentlich nicht daran gedacht, dich mitzunehmen? Du bist schließlich auch kein Mensch, das gelbe Pixie-Mädchen schien gehörigen Respekt vor dir zu haben, und den größten Gefallen tut man dir mit einem ausgiebigen Spaziergang und einer Extraportion Futter.«

So unglaublich es klingen mochte, bald darauf war die merkwürdige Einladung beinahe vergessen. Juna hatte ein einsames Weihnachten verbracht und den Notdienst zum Jahreswechsel übernommen. Ein- oder zweimal pro Woche kam Lucian, um ihre Fortschritte im Umgang mit Feuer und Schwert zu begutachten. Er kam ihr niemals zu nahe, aber man konnte die Luft zwischen ihnen geradezu knistern hören, so aufgeladen war sie vor unterdrückter Leidenschaft.

Die Leute von der Tierrettung zeigten sich begeistert von Junas neuem Auto und forderten sie regelmäßig an, wenn es galt, einen großen Hund oder auch einmal ein Reh zu transportieren, denn der einzige für solche Zwecke geeignete Wagen stand schon länger in der Werkstatt, und das Geld für eine Reparatur musste noch gesammelt werden. In der Klinik hatten gleich zwei Ärzte gekündigt, weil sie sich mit einer niedergelassenen Praxis in London selbstständig machen wollten, und ausgerechnet jetzt schienen alle Haustiere Glasgows zu erkranken.

Juna behandelte dreibeinige Hunde, halskranke Kanarienvögel oder, wie heute, ein Riesenkaninchen von geradezu monströsen Ausmaßen, das wegen seiner vermeintlichen Fettleibigkeit vom Besitzer gebracht wurde und sich ausgerechnet in der Sprechstunde entschloss, neun winzige Riesenkaninchen zur Welt zu bringen, die der Welt vorerst noch mit geschlossenen Augen begegneten.

Auch Juna hätte sehr gern einfach die Augen bis zum nächsten Morgen geschlossen, um ihren ersten freien Tag seit Wochen ausgeschlafen genießen zu können. Aber sie hatte Sirona schon so häufig vertröstet, dass ihre Freundin zu mutmaßen begann, es habe etwas mit dem gemeinsamen Abend im Pub zu tun, und Sironas Freund, dessen Name sie immer noch nicht kannte, trüge die Schuld daran.

Juna hatte nach Dienstschluss schnell eingekauft und war spät dran. Als sie aus dem Auto stieg, kam Sirona gerade in die Tiefgarage gefahren und winkte ihr fröhlich zu. Kurz darauf kam sie, ebenfalls mit gefüllten Tüten, zum Aufzug. Gemeinsam fuhren sie in das Penthouse.

»Du sollst doch nichts für mich einkaufen«, sagte Juna und schloss den Kühlschrank, der nun mindestens zwei Wochen gut bestückt sein würde.

Sirona hängte ihren Mantel auf und kehrte in die Küche zurück. »Ich habe nichts gekauft. Meine Eltern waren zu Hogmanay in der Stadt und haben alle möglichen Köstlichkeiten hinterlassen. Was für eine Freundin wäre ich, wenn ich diese Leckereien nicht mit dir teilen würde?«

Juna lachte. »Gib es zu, du willst nur, dass ich kugelrund werde. Irre ich mich, oder habe ich da eine Schüssel mit Mousse au Chocolat gesehen? Du weißt, dass ich nicht widerstehen kann.«

Sirona betrachtete sie prüfend. »Irgendwie siehst du anders aus. Sportlicher. Was machst du?« Sie beeilte sich, hinzuzufügen: »Es steht dir gut! Aber mehr darfst du nicht abnehmen, und ein bisschen Farbe im Gesicht würde dir auch nicht schaden.« Sie versuchte, Juna bei jedem Treffen davon zu überzeugen, ins Solarium zu gehen. Ihre eigene Haut war immer leicht gebräunt, als läge gerade ein erholsamer Strandurlaub hinter ihr. »Du bist zu blass!«

Junas Argument, dass nur ihre Sommersprossen, nicht

aber ihre Haut nachdunkeln würden, ließ sie nicht gelten. Um sie auf andere Gedanken zu bringen, erzählte Juna, dass sie viel mit Finn draußen gewesen sei und auch wieder mit dem Fechten begonnen hätte.

Sirona würde ohnehin früher oder später ihre Übungsfiguren entdecken, denn ihre Freundin liebte es, die Wohnung bei jedem Besuch zu inspizieren. Fast so, als suche sie nach einem heimlichen Liebhaber, der sich unter Junas Bett versteckt hielt. Da es dort und auch anderswo niemanden und nichts zu verbergen gab, ließ Juna sie gewähren, während sie selbst Tee kochte und ein kleines Abendessen zusammenstellte.

Plötzlich erklang ein schriller Schrei aus ihrem Schlafzimmer. »Das ist un-glaub-lich!«

Erschrocken rannte sie zu Sirona, die unentwegt kleine spitze Schreie ausstieß. Im Laufen wischte sie sich die Hände ab, um notfalls ihr Schwert ziehen zu können, das sie seit jenem ersten Übungsabend mit Lucian immer begleitete.

»Was ist …?«, setzte sie an und blieb wie angewurzelt stehen. »Oh!«

Auf einer Schneiderpuppe, die sie noch nie zuvor in ihrer Wohnung gesehen hatte, war ein Kleid drapiert, das ihr ebenfalls fremd war. Und dieses Kleid hätte selbst sie, die sich wenig für luxuriöse Abendroben interessierte, gewiss nicht vergessen. Heute war die Hochzeit!

»Du hast es entdeckt.« Wie sollte sie Sirona die Existenz eines Kleides erklären, das so kostbar aussah, dass es sich vermutlich nicht einmal jede arabische Prinzessin ohne weiteres hätte leisten können?

»Du wolltest es mir doch nicht etwa verheimlichen?«

Sirona betrachtete fachmännisch den Traum aus farbigen Stickereien, die das Kleid bedeckten. »Handarbeit«, sagte sie schließlich ehrfürchtig. »Es muss ein Vermögen wert sein. Ich glaube, die Rubine sind echt.« Sie sah genauer hin. »Wie sind sie nur befestigt?«

Juna war inzwischen näher gekommen und bewunderte die feine Arbeit ebenfalls, die, wie sie ahnte, nicht von Menschenhand gefertigt worden sein konnte. »Es ist wunderschön!«

»Du tust ja so, als ob du es selbst noch nicht gesehen hättest.« Sirona blickte sie misstrauisch an. Dann erhellte plötzliches Begreifen ihr Gesicht. »Du hast es von deinem Engel. Sag schon, ist er zurück?« Sirona drohte ihr mit dem Finger. »Deshalb hattest du keine Zeit für mich.«

»Nein, bestimmt nicht. Er ist nicht zurück. Um ehrlich zu sein, ich bin zu einer Party eingeladen. Es ist ein wenig mysteriös, weil ich nicht weiß, wo sie stattfinden wird.«

»Wie aufregend! Hast du denn gar keine Angst, allein hinzugehen?«

Juna blieb nichts anderes übrig, als so nahe wie möglich an der Wahrheit zu bleiben. »Cathure wird auch dort sein. Er hat mir die Einladung besorgt, vielleicht fand er, dass ich ein bisschen Abwechslung gebrauchen könnte.«

Sirona war zum Glück nicht beleidigt, dass sie selbst nicht eingeladen worden war. Sie drohte spaßhaft mit dem Finger. »So ist das also. Und du hast natürlich Recht, für ein solches Kleid darf man kein Gramm zu viel auf den Hüften haben. Dieses Geglitzer trägt auf.« Dann sah sie Juna prüfend an. »Rot«, sagte sie und begutachtete Junas Frisur. »Dazu passen nur Haare in der gleichen Farbe … oder in Schwarz.«

»Auf keinen Fall färbe ich meine Haare schwarz.«

Sirona ignorierte ihren Einwurf. »Ich möchte wetten, dass sie dir inzwischen bis zur Taille reichen. Zeig mal her!« Kurzerhand öffnete sie Junas Zopf. »Dachte ich es mir doch! Aber wofür hast du eine Freundin?«

Sie lief hinaus und kehrte kurz darauf mit Haarfärbemittel und einer Schere zurück.

»Woher hast du denn das?« Juna betrachtete sie misstrauisch. Hatte Cathure etwa Sirona zu ihr geschickt, weil er befürchtete, sie würde nicht angemessen gekleidet zu seiner Hochzeit erscheinen?

»Nenn es Eingebung!«

O je. Das klingt sehr nach Cathure. Juna war froh, dass ihre Freundin nicht zu ahnen schien, wie häufig ihre Erinnerungen und Wünsche in letzter Zeit manipuliert worden waren. Wieso beschützte ihr *Engel* sie nicht besser? Sie nahm sich vor, mit Lucian darüber zu sprechen.

»Ich möchte sie eigentlich nicht färben. Was ist, wenn es mir nicht gefällt?«, wagte sie einen halbherzigen Protest.

»Kein Schwarz, du hast Recht.« Sirona sah auf. »Was hast du gesagt? Das Rot wird dir gefallen, und außerdem wäscht es sich schnell wieder aus. Es ist also gar kein Risiko dabei.«

»Das sagst du so.« Mit diesen Mittelchen hatte sie schon ganz andere Erfahrungen gemacht. Doch sie war zu müde, um Sironas Überredungskünsten lange zu widerstehen. Nachdem sie sich mit einer Tasse Tee gestärkt und schnell etwas gegessen hatte, wusch sie ihre Haare und überließ sich anschließend in einem bequemen Stuhl, den sie ins Schlafzimmer geschleppt hatten, Sironas Fürsorge.

Nahezu willenlos ließ sich Juna gut zwei Stunden später das Kleid überstreifen und wartete geduldig darauf, dass

Sirona – die sie zum Spiegel führte – ihr gestatten würde, die Augen zu öffnen.

»So, es ist vollbracht! Und ich muss sagen, es sieht noch spektakulärer aus, als ich dachte. Sieh selbst.«

Juna war nicht ganz sicher, ob es wirklich ihr Spiegelbild war oder eine verwunschene Erscheinung, die ihr zublinzelte, als habe sie dieselben Zweifel. Das Kleid schmiegte sich an wie eine zweite Haut, und bei jeder noch so kleinen Bewegung glitzerte es wie ein Feuerwerk aus roten Sternen. Das Oberteil war schräg geschnitten, so dass eine Schulter frei blieb, während über die andere ein elegant geschwungener Träger führte. Dadurch war ihr Dekolleté bedeckt, was Juna angesichts des geplanten Begleiters nur recht war. Ab dem Knie bekam das Kleid etwas mehr Volumen, zudem war es vorn ein wenig kürzer als hinten. Erst als sie einen Schritt machte, bemerkte sie, dass es sehr hoch geschlitzt, aber so geschnitten war, dass man dennoch nicht mehr von ihrem Bein sehen konnte, als sie freiwillig preisgeben wollte. Zumindest würde sie damit ausreichend Bewegungsfreiheit haben. Instinktiv suchte sie nach ihrem Schwert und spürte erleichtert den Griff in ihrer Hand. Blieb nur zu hoffen, dass die Feen diesen besonderen Zauber nicht durchschauten.

Fasziniert fuhr sie mit ihrer Inspektion fort. Sirona hatte ein wahres Kunstwerk aus ihren Haaren geschaffen. Ein Teil davon war locker hochgesteckt und umschmeichelte ihr dezent geschminktes Gesicht, der Rest fiel, dank einer Behandlung mit Schere und Glätteisen, lang und glänzend bis zu ihrer Taille hinunter.

»Du siehst wie eine Feuer-Nixe aus. Falls es so etwas überhaupt gibt.« Sironas Stimme war voller Bewunderung und frei von Neid. Nicht jede Freundin hätte die Größe besessen, ihr einen solchen Auftritt zu gönnen.

Juna umarmte sie spontan. »Das habe ich nur dir zu verdanken. Ich hätte mir wahrscheinlich einen Pferdeschwanz gebunden.«

Sirona lachte. »Ich fürchte, da hast du wohl Recht. Und sieh mal: Zum Kleid gehören eine Abendtasche und ein Tuch.«

Das *Tuch* stellte sich als eine transparente Seidenstola heraus, die an beiden Enden mit einer ähnlichen Stickerei verziert war wie das Kleid. Juna legte es um ihre Schultern und folgte ihrer Freundin, die das Schlafzimmer verließ, um sich, wie sie sagte, *zu stärken*. Auf dem Tresen, der die Küche vom Rest des gut einhundert Quadratmeter großen Wohnraums trennte, standen zwei Gläser Champagner, und obwohl Juna nach dem anstrengenden Tag sicher war, dass sie nichts Alkoholisches trinken sollte, stieß sie mit Sirona an. Finn hielt gebührenden Abstand und gab ein leises Winseln von sich.

»O Gott! Der Hund.« Juna sah Sirona flehend an.

»Schon gut. Ich nehme ihn heute Nacht zu mir. Aber unter einer Bedingung!«

»Und die wäre?« Juna ahnte, was sie sagen würde.

Sirona enttäuschte sie nicht. »Ich will *alles* über diese Party wissen. Versprochen?«

»Einverstanden. Sofern es jugendfrei ist, natürlich nur.«

Die Reaktion fiel wie erwartet aus. »Du glaubst doch nicht im Ernst, dass ich mich mit der FSK-Version zufriedengebe!« Sie lachte und rief nach Finn. »Komm, du schwarzer Teufel. Frauchen hat heute etwas Besseres vor, als mit dir durch den dunklen Park zu streifen.«

Die beiden Frauen verabschiedeten sich an der Wohnungstür, und Juna schloss sicherheitshalber zweimal ab.

»Das Warten hat sich gelohnt.«

Sie fuhr herum. »Lucian, warum musst du mich immer so erschrecken?«

Er lachte. »Lass dich anschauen. Deine Freundin hat Recht, du siehst wirklich bezaubernd aus.« Sanft strich er ihr eine Haarsträhne aus dem Gesicht. »Und diese Haarfarbe! Als hättest du geahnt, dass ich das Spiel mit dem Feuer liebe.«

Juna hatte sich vorgenommen, sich nicht wieder auf einen Flirt mit ihm einzulassen, und musterte Lucian anstelle einer Antwort. Er trug einen eleganten Abendanzug, der, wie konnte es auch anders sein, so makellos saß, dass er zweifellos maßgeschneidert war. Anstatt bloß seriös darin auszusehen, wirkte er jünger und auch ein bisschen verwegen.

»Du scheinst heute Großes vorzuhaben!«

Er quittierte ihre Bemerkung mit einem sinnlichen Blick, der ihr Inneres sofort in Aufruhr versetzte. Vielleicht hätte sie sich doch besser für Finn als Begleiter entschieden. Dafür war es nun zu spät. Die kleine Fee erschien, und Lucian reichte Juna seinen Arm. »Bist du bereit?«

Nach kaum merklichem Zögern legte sie ihre Hand auf seine. »Selbstverständlich.«

22

$\mathcal{D}$ ie Reise ins Feenreich war unspektakulär. Eben noch hatte Juna versucht, ihre Augen vor dem Staub zu schützen, den die Begleiterin aus der Anderwelt ihnen entgegenblies, da stand sie schon am Rand eines geradezu endlosen Saals, der von riesigen Kronleuchtern in weiches Licht getaucht wurde. Unzählige geschliffene Kristalle funkelten mit dem Schmuck der weiblichen Gäste um die Wette.

Juna war erleichtert, Lucian neben sich zu sehen, der gerade vergeblich versuchte, den glitzernden Pixie-Staub von seinem Ärmel zu wischen.

»Sind das alles Feen?«, fragte sie so leise wie möglich.

»Die meisten, nehme ich an.« Er klang weit weniger enthusiastisch als Juna.

Es mussten Hunderte sein, die das Brautpaar zu ihrer Vermählung eingeladen hatte. Einige der Festbesucher sahen allerdings etwas merkwürdig aus. Welcher Mensch wäre schon auf die Idee gekommen, ein Hirschgeweih zu tragen, auch wenn es so hübsch mit Blattwerk und glitzernden Spinnenweben verziert war wie jenes, das auf dem Kopf einer eleganten Fee an ihnen vorüberzog. Auch über einen Hut aus roten Korallen hätten die Klatschblätter in Junas Welt sicherlich noch lange geschrieben, aber vielleicht taten sie es hier ja ebenfalls, und die Frau mit der Medusenfrisur würde den nächsten Titel der *Fairy Claire* zieren.

»Du musst Juna sein! Wir haben schon auf dich gewartet.«

Eine blonde Fee in einem rosafarbenen Kleid kam auf sie zu. An ihrer Seite stand ein junger Mann, der Lucian ein bisschen ängstlich ansah, wie ihr schien. Er verbeugte sich steif und sagte: »Die Jungfern haben einiges zu besprechen, wir treffen sie später im Salon wieder. Wenn Sie mir bitte folgen möchten.«

Lucian sah aus, als wollte er widersprechen, doch dann fügte er sich in sein Schicksal, zwinkerte Juna aufmunternd zu und verschwand mit seinem Begleiter in der Menge.

»Ist dein Freund wirklich ein Dämon?«

»Ein gefallener Engel.« Juna korrigierte sie, ohne darüber nachzudenken, denn das Wort Dämon hinterließ, wenn es ausgesprochen wurde, stets einen unangenehmen Geschmack auf ihrer Zunge. Beinahe, als sei Nácar wiederauferstanden. »Oh, entschuldige. Ich wollte nicht unhöflich klingen.«

Die Fee sah sie mitleidig an. »Ich bin Nala, Nigellas Schwester. Wir wissen alle, was dein Freund«, sie zeigte in die Richtung, in der Lucian verschwunden war, »auf sich genommen hat.«

»Lucian?« Juna sah sie überrascht an. »Er ist nicht mein Freund. Also, er ist es schon irgendwie, aber nicht so ...« Sie errötete leicht. »Lucian begleitet mich heute nur, weil mein Freund derzeit nicht abkömmlich ist.«

»Tatsächlich?« Merkwürdigerweise schien sie diese Erklärung für Juna einzunehmen. Nala zwinkerte ihr vertraulich zu. »Ich verstehe. Wie dem auch sei, jetzt bist du hier, und ich werde dich den anderen vorstellen.«

Unterwegs fragte sie: »Wie hast du mich erkannt?«

Nala öffnete eine Tür, und vier Köpfe wandten sich nach

ihnen um. »Nur wir Brautjungfern tragen die Festgewänder. Nigella hat sie selbst ausgesucht.«

Tatsächlich unterschieden sich die Kleider zwar in Farbe und Schnitt, stellte man aber ihre Trägerinnen in einer Reihe auf, so entstand ein zauberhaftes Farbenspiel, das bei der kleinsten Bewegung glitzerte und funkelte wie der sagenumwobene Schatz, den schon so viele am Fuße des Regenbogens vergeblich zu finden gehofft hatten.

Nala stellte die anderen Brautjungfern vor, und schnell schwirrte Junas Kopf vor exotischen Namen, von denen sie sich keinen einzigen merken konnte. Es gab eine Fee, deren rabenschwarzes Haar wunderbar zu ihrem schilfgrünen Kleid passte, und die nächste trug Schmuck aus cyclamfarbenen Steinen, mit denen auch ihr Kleid bestickt war. Daneben wirkte die lapislazulifarbene Robe der einzigen Brautjungfer, die nicht größer als Juna war, auf den ersten Blick bescheiden, doch diese Fee hatte herrliche weizenblonde Haare und verstand es, sich so einzigartig erotisch zu bewegen, dass Juna ganz fasziniert war. Sie hätte niemals gedacht, dass irgendjemand in Butterblumengelb gut aussehen würde, aber die Fee, die nun den Kopf durch die Tür steckte und ängstlich fragte: »Bin ich zu spät?«, verschwand beinahe unter einer wilden Lockenpracht in Orange und sah so zerbrechlich aus, wie es nur eine Fee konnte. Die letzte Brautjungfer hatte blütenweißes Haar. Ihr perlmuttfarbenes Kleid, das mit Diamanten übersät zu sein schien, war vielleicht nicht die glücklichste Wahl, denn auch sie hatte sehr helle Haut, die den meisten Feen zu eigen zu sein schien. Der Blick, mit dem sie Juna bedachte, war überaus feindselig und rechtfertigte den Namen, den ihr Juna insgeheim gab: *die Eisfee.*

Sie ist ein Mensch. Was hat sich Nigella nur dabei gedacht?
Die Stimme machte ihrem Aussehen ebenfalls alle Ehre.

»Sei still!«, zischte Nala und griff nach Junas Arm.
»Komm, ich werde dir erklären, was als Nächstes geschieht.«
Nala führte sie hinaus und begann mit äußerst detaillier-
ten Schilderungen der Zeremonie. »Und dann kommen die
Feen der vier Winde. Sie treffen sich in der Mitte. Anschlie-
ßend …«

Juna unterbrach sie. »Wie soll ich mir das alles merken?«

»Achte einfach auf mich und die anderen Jungfern.« Aus
der Ferne erklang ein Jagdhorn. »Es geht los. Keine Sorge,
du schaffst das schon!«

Sie hasteten durch lange Gänge und erreichten schließlich einen Thronsaal. Zumindest schloss Juna dies aus der
Tatsache, dass am Ende zwei reich verzierte Sessel auf einem Podest standen, im Moment allerdings noch leer.

Die weiteren Ereignisse erlebte sie wie im Rausch. Feen
kamen und gingen, es wurden Feuer entzündet und wieder gelöscht. Schmetterlinge flogen zu Tausenden durch
den Saal, es regnete Blumen, und irgendwann erschien auch
das Brautpaar. Juna hatte Bedenken gehabt, neben all den
märchenhaften Gestalten fad oder gar plump zu wirken,
doch die interessierten Blicke der männlichen Gäste galten
durchaus auch ihr, als sie gemeinsam mit den anderen
Brautjungfern ihren Auftritt hatte. Hatte sie vorhin die An-
zahl der Festteilnehmer auf mehrere Hundert geschätzt, so
korrigierte sie diese Zahl nun auf mehrere Tausend.

Als die Verbindung des Brautpaares ausgerufen wurde,
schmerzten ihre Füße längst vom Stehen. So unauffällig wie
möglich hielt sie nach Lucian Ausschau, doch er war nirgends zu entdecken. Inzwischen wurden Reden gehalten.

Sie verstand die Feensprache nicht, und die Luft wurde immer schwerer von dem Räucherwerk, das überall in flachen Schalen verbrannt wurde. Exotische Düfte zogen wie feiner Rauch durch den Saal, und als sie den Blick schweifen ließ, beobachtete sie erstaunt, wie viele der Gäste sich einander auf eindeutige Weise näherten. Einige berührten sich verstohlen, andere rieben ihre Körper ganz offen aneinander, und hier und da schlich sich ein Paar so unauffällig wie möglich durch die Menge und verschwand in den Säulengängen, die den Thronsaal begrenzten.

Juna warf Nigellas Schwester einen fragenden Blick zu, und Nala kicherte leise. Sie formte nur ein Wort mit ihren schönen Lippen: *Sex.*

Die haben es gut, signalisierte sie zurück, und Nala bekam einen Hustenanfall, den sie blitzschnell zu unterdrücken verstand. Eine gefühlte Ewigkeit später war der offizielle Teil endlich vorüber, und die Gäste strömten aus dem Saal, um sich in anderen Räumen zu vergnügen oder einen Imbiss zu nehmen.

»Verstehst du nun, warum ich die Nacht viel lieber anderweitig mit dir verbracht hätte?« Lucian gesellte sich zu ihr und legte die Hand auf ihre Taille.

Juna schwankte leicht und fand sich auf einmal eng an ihn geschmiegt wieder. Sie war so erschöpft, dass ihr einfach die Kraft fehlte, den gebührenden Abstand einzuhalten. Lucian schien auf einmal ihr Anker, die Quelle ihrer Energie zu sein. Er führte sie in einen der ruhigeren Seitengänge und reichte ihr ein Getränk.

Durstig leerte Juna das Glas, und Lucian winkte einem der zahllosen Kellner, um von dessen Tablett Nachschub zu nehmen.

»Danke!« Sie trank nun langsamer. »Lecker. Was ist das?«

»Fairy Snow. Es ist mit Vorsicht zu genießen, aber das weißt du sicher.« Anstelle von Lucian antwortete ihr Cathure, der den Dämon an ihrer Seite prüfend betrachtete, bevor er sich Juna zuwandte und sich für ihr Kommen bedankte.

»Es ist mir eine große Ehre. Ich werde dieses Fest niemals vergessen!«, sagte er.

»Wirklich?«, fragte Lucian und sah dabei Cathure an.

Juna fühlte sich noch immer benommen von den exotischen Düften, die ihren Weg bis hierher gefunden hatten. »Apropos Vergessen.« Das Denken fiel ihr ein wenig schwer, aber sie hatte sich vorgenommen, diese Frage zu stellen, also würde sie es jetzt tun. »Da ihr beide so nett zusammensteht, wüsste ich doch gern, wieso ihr glaubt, ihr dürftet einfach so in Sironas Kopf herumspuken.«

»Wie kommst du darauf?« Lucian warf Cathure einen schnellen Blick zu. Der Feenprinz verbeugte sich und ging lautlos davon. Sie waren allein, nur in der Ferne ertönte leise Musik.

Juna stemmte die Hände in die Hüften und verlor dadurch ein wenig an Eleganz. Doch das war ihr im Moment ganz gleich, denn ihr kam ein schrecklicher Verdacht. »Manipulierst du mich etwa auch? Womöglich verführst du mich jede Nacht und raubst mir am nächsten Tag meine Erinnerung.« Zumindest würde dies die erotischen Träume erklären, die sie immer wieder hatte – die nicht weiter schlimm gewesen wären, hätte ausschließlich Arian in ihnen die Hauptrolle gespielt.

Anstelle einer Antwort fuhr Lucian mit der Hand durch ihr Haar, zog es mit einem Ruck nach hinten, um sich über ihr Gesicht zu beugen und den zum Protest geöffneten Mund mit einem harten, fordernden Kuss zu verschließen.

Juna stand sofort in Flammen. Jede Faser ihres Körpers verlangte danach, ihn tief in sich aufzunehmen, sich dem Dämon bedingungslos und sofort hinzugeben. Bevor sie überhaupt begriff, was mit ihr geschah, hatte Lucian sie bereits losgelassen.

»Glaubst du wirklich, einen solchen Kuss könntest du jemals vergessen?«

Er sah aus, als hätte er selbst Schwierigkeiten, die Energie zu begreifen, die zwischen ihren hungrigen Körpern knisterte.

Es ist nur Sex!, lockte ihr lüsterner Zwilling, der sich seit Gehenna nur selten so vehement zu Wort gemeldet hatte. *Tu's schon!*

»Niemand muss davon erfahren.« Lucians Stimme gesellte sich hinzu und flüsterte Dinge, die noch niemals jemand in ihrer Gegenwart auszusprechen gewagt hatte. Er ließ sie genau wissen, wo und wie er sie nehmen würde, bis Juna nicht mehr wusste, ob es ihr zweites Ich oder sie selbst war, die sich in Ekstase unter seinen Händen wand und atemlos nach mehr verlangte. Wann genau ihre Fantasien real wurden, wusste sie nicht. Ihre Hände lagen in Lucians Nacken, um seinen Kopf zu sich herabzuziehen.

Sofort gab er nach und drückte sie gegen die Wand, die sich in ihrem Rücken weich und einladend wie eine Matratze anfühlte.

Erst knabberte sie nur an seinen Lippen, dann biss sie plötzlich hinein, damit er ihr endlich Einlass gewährte. Juna öffnete sich ihm im gleichen Augenblick, als Lucian ihren Kuss mit demselben Hunger erwiderte. Ein ganz besonderes Feuer begann in ihr zu lodern, und sie spürte die Hitze auch in seinem Körper. Wenn sie die Flammen vereinten, würde sie auf ewig ihm gehören.

Auf ewig? *Nein!*

Mit aller Kraft stieß sie Lucian von sich. »Moment mal! Von Besitzansprüchen war nicht die Rede!«

Der Dämon betrachtete sie unter halb geschlossenen Lidern, ein sardonisches Lächeln umspielte seine vom Küssen leicht geschwollenen Lippen. Wenn die Sünde einen Körper besessen hätte, sie hätte seinen gewählt.

»Du hast gesagt, es sei nur Sex. Keine Verpflichtungen, nichts von *ewig Dein!*« Das Entsetzen über den Verrat, den sie beinahe begangen hätte, schnürte ihren Hals so eng, dass sie kaum noch sprechen konnte.

»Und das hast du mir geglaubt? Ich hätte dich für klüger gehalten, als einem Dämon zu vertrauen.«

»Ich muss ihm zustimmen.«

Juna wusste nicht mehr, was Wirklichkeit war und was Wahn. »Arian?« Ihr Körper brannte, sie verzehrte sich nach Erlösung, und in ihrer erhitzten Fantasie gab sie sich wollüstig beiden Engeln hin. Gebettet auf Arians weißen Schwingen, fühlte sie sich sicher. Er küsste und streichelte sie sanft. Derweil beobachteten sie gemeinsam Lucians herrlichen Körper, der zwischen ihren Schenkeln ruhte, bis sich Juna ihm leidenschaftlich entgegenbog. Die Engel liebten sie gemeinsam, bis ihre Kräfte erschöpft waren und sie ihre Schwingen über sich und der Menschenfrau in ihrer Mitte ausbreiteten, um ihre Blöße zu bedecken.

Doch nur einem von ihnen gehörte ihr Herz: »Arian.«

Lucian fluchte in einer ihr unbekannten Sprache, Arian antwortete etwas ebenso Unverständliches. Juna öffnete träge ihre Augen einen Spalt und sah verständnislos zu, wie sich die Gestalt ihres dämonischen Begleiters in der Dunkelheit verlor. Sie fröstelte und schmiegte sich dankbar in Arians Arme. »Bring mich von hier fort, bitte!«

Sie hörte, wie er die Flügel ausbreitete, und spürte einen kurzen Luftzug, dann befanden sie sich in einem merkwürdigen Zustand der Schwerelosigkeit. Juna hatte die Augen weit aufgerissen und sah doch nichts, bis sie festen Boden unter den Füßen hatte. Ein kurzer Blick in sein Gesicht genügte, um zu wissen, dass Arian Mühe hatte, seine Emotionen zu zügeln. Nach dem, was geschehen war, konnte sie es ihm nicht verdenken, dass er sie verachtete. Beschämt sah sie zu Boden.

Arian legte jedoch seinen gekrümmten Zeigefinger unter ihr Kinn und zwang sie, ihn anzusehen. »Wie lange geht das schon?«

Juna hatte noch nie Grund gehabt, sich vor Arian zu fürchten. Jetzt schien der Augenblick gekommen zu sein, in dem sie seine dunklere Seite kennenlernen sollte.

»Ich … wir haben noch nie …« Juna sah ihn flehend an. *Jetzt bloß nicht weinen!* »Er war immer so nett. Natürlich weiß ich, dass man einem Dämon nicht trauen kann.« Sie hustete und sah zur Seite, froh, dass er sie gewähren ließ. »Er hat mir das Leben gerettet und Micaal in die Flucht geschlagen.«

Nicht dass dies ein Grund gewesen wäre, sich Lucian derart schamlos an den Hals zu werfen. Juna wusste, dass sie buchstäblich mit dem Feuer gespielt hatte. Wie naiv war sie gewesen, zu glauben, sie könnte einen Verführer von Lucians Kaliber langfristig auf Distanz halten?

Arian wandte sich von ihr ab, und erst jetzt wurde sich

Juna ihrer Umgebung bewusst. Sie standen auf der Dachterrasse ihres Penthouses. Hieß das, dass er sie noch nicht aufgegeben hatte? Oder war er einfach zu anständig, sie allein im Feenreich zurückzulassen?

Stumm beobachtete Juna, wie er sich ans Geländer stellte, es mit beiden Händen umfasste und über die nächtliche Stadt nach Osten blickte, wo der Horizont langsam heller wurde. Die Spitzen seiner halb geöffneten Flügel zitterten leicht.

Als Juna dies sah, überkam sie schreckliche Furcht. »Geh nicht! Arian, bitte.«

»Sie haben es vorhergesehen!« Er ballte die Hände zu Fäusten.

Juna verstand nicht. »Wer … von wem sprichst du?«

Arian fuhr herum. »Mein Gott, Juna. Du warst zwei Wochen verschwunden. Wie vom Erdboden verschluckt. Ich habe dich überall gesucht. Kannst du dir vorstellen, welche Sorgen ich mir gemacht habe?«

»Das kann nicht sein. Die Sonne geht gerade auf, wir sind vor höchstens acht Stunden von hier aufgebrochen.«

»Hat dir denn niemand gesagt, dass die Zeit im Feenreich anders vergeht?«

»Nein.« Sie fühlte, wie der Ärger über den Betrug in ihr wuchs. »Wer hätte mir dieses wichtige Detail verraten sollen? Cathure etwa? Vielleicht ist dir entgangen, dass dein Freund noch nie eine Information freiwillig und ohne Gegenleistung preisgegeben hat!«

Das entsprach zwar den Tatsachen, aber es war ein bisschen ungerecht von ihr, ausgerechnet auf Cathure herumzuhacken, der ihr während Arians Abwesenheit sehr geholfen hatte. Das Attentat in den Highlands zu vertuschen, war eine Meisterleistung gewesen. Immerhin standen sie gerade auf der Terrasse seines Hauses vor einer Luxuswohnung, von der Juna niemals zu träumen gewagt hätte. Sie wusste seine Unterstützung zu schätzen, und hätte sie ein bisschen nachgedacht, dann hätte sie sich an etwas erinnert, das jedes Kind wusste: In der Feenwelt gingen die Uhren anders.

Arian hatte es gewusst, also garantiert auch Lucian. War dies der Grund dafür gewesen, dass er gezögert hatte, sie zu begleiten? Möglich. Ein Dämon wie er musste es hassen, nicht jedes Detail kontrollieren zu können.

»Aber warum musstest du ausgerechnet Lucian begleiten?« Arian fuhr sich mit einer Hand durchs Haar. Erst jetzt sah sie, dass er dunkle Ringe unter den Augen hatte.

»Du verstehst da etwas falsch. *Er* hat *mich* begleitet. Und begeistert war er nicht davon, das kannst du mir glauben. *Ich* wurde von den Feen eingeladen, und die Ansage war eindeutig: keine Menschen.«

Arian sah auf. »Das wusste ich nicht.«

»Woher auch? Du warst ja nicht da.«

Juna hielt ihr Feuer eisern an der Kandare, auch wenn die Höllentore in ihrem Inneren transparenter wurden und das Feuer freigelassen werden wollte, um sich mit der Quelle zu verbinden.

»Weißt du, wie sehr ich mich um *dich* gesorgt habe?« Sie verschränkte die Arme vor der Brust. »Zumindest, bis ich von Lucian erfuhr, dass du keineswegs in Gehenna Fronarbeit verrichtest, sondern stattdessen frei und ungebunden in der Weltgeschichte herumspazierst. Was glaubst du, wie ich mich dabei gefühlt habe? Es kam kein Lebenszeichen von dir. Und sag nicht, ich hätte nicht an dich geglaubt!«

»So, Lucian hat also versucht, mich schlechtzumachen? Und das überrascht dich?«

Noch nie hatte Arian in diesem Ton mit ihr gesprochen. Juna wäre nicht erstaunt gewesen, wenn sie zu Eis erstarrt wäre, so kalt schnitt seine Stimme in ihre Seele.

»Das hat er keineswegs.« Ihr wurde bewusst, dass sich Lucian darin tatsächlich zurückgehalten hatte. »Aber er war da, als die Gerechten versucht haben, mich zu töten. *Er* hat Micaal in die Flucht geschlagen. Nicht du!«

»Juna, wenn ich gekonnt hätte …«

»Geschenkt!« Ihre schlechtere Hälfte hatte eindeutig Oberhand gewonnen, denn sie freute sich, dass Arian reagierte, als habe sie ihm eine Ohrfeige verpasst. »Du hast ihm schließlich den Auftrag erteilt, mich zu beschützen. Das hat er getan. Und noch viel mehr.« Sie scheute nicht davor zurück, auch diesen Dolchstoß auszuführen: »Er ist ein wunderbarer Lehrer.«

»Was hat er dich gelehrt? Boshaftigkeit und Verrat?«

»Nein.« Sie lächelte kalt. »Dies hier.« Und damit zauberte sie eine vollendet geformte Energiekugel auf ihre ausgestreckte Handfläche.

Arians Augen wurden schmal. »Das kann nicht sein!«

»O doch. Aber keine Sorge.« Mit einer Drehung ihres Handgelenks ließ sie die Kugel wieder verschwinden. »Ich habe es inzwischen recht gut im Griff.«

Ehe sie begriff, was er vorhatte, war er bei ihr und drückte sie an die Hauswand. So aggressiv hatte sie ihn noch nie zuvor erlebt.

Sein Atem ging stoßweise.

Sie versuchte, ihn fortzuschieben. Stattdessen spürte sie seine Erregung nur deutlicher. Arians Feuer loderte heiß, und der Funke sprang sofort über. Jetzt würde sie den Preis dafür bezahlen, dass sie sich nicht mit Lucian verbunden hatte, drohte ihr eine nur zu bekannte Stimme. Ihr lüsternes *Ich* kannte kein Pardon, ihm gefiel diese neue Seite an Arian, und Juna gestand sich ein, dass auch sie nichts dagegen hatte.

Also gab sie dem Drängen ihrer eigenen dunklen Seite schließlich nach und ließ es zu, dass die Flammen ihre Adern erhitzten, gestattete ihnen Zutritt zu Regionen ihres Körpers, die bisher bestenfalls etwas gespürt hatten, das dem Flügelschlag eines Schmetterlings entsprechen mochte. Doch jetzt war es das Rauschen gewaltiger Schwingen, das sie erbeben ließ. Nicht vor Furcht, sondern in Erwartung dessen, was folgen würde.

In vollem Bewusstsein ihrer eigenen Stärke begegnete sie ihm hoch erhobenen Hauptes. Er blieb immer noch ein Engel, ein rätselhaftes Wesen, unendlich mächtig und wunderbar; ein Abgesandter des Himmels, so glorios wie das Leben selbst. Aber sie war bereit, ihm die Stirn zu bieten. Sollte es eine gemeinsame Zukunft für sie beide geben, dann würde sie turbulent werden – Juna ahnte es in diesem Augenblick, als sie seinen Kopf zu sich hinabzog und ihr Feuer in seinen Mund hauchte.

Zuerst reagierte er überrascht, aber aus anfänglicher Unentschlossenheit wurde schnell ein hungriges Verlangen, das sie beide überrollte wie eine Flutwelle nach dem Bruch aller zivilisatorischen Dämme.

Ähnlich wie bei ihrer ersten Begegnung verloren sie jede Kontrolle. Juna wusste nicht mehr, wo sie war, und am Ende hielten sie einander in den Armen, als hinge ihr Überleben davon ab.

Als Juna einige Stunden später erwachte, lag Arian neben ihr. Vage erinnerte sie sich daran, wie er sie ins Schlafzimmer getragen hatte. *Über die Schwelle*, hatte er dabei gemurmelt und sie liebevoll angesehen. Danach musste sie eingeschlafen sein. Die Sonne schien flach durch die Scheiben, es war später Nachmittag, und sie hatte – ganz profan – Hunger. Bevor sie jedoch den Arm beiseiteschob, der über ihrer Taille lag, betrachtete sie den dazugehörigen Mann. *Nein. Engel!*

An Arian war nichts Menschliches, so, wie er neben ihr lag: auf dem Bauch, einen Flügel ganz dicht an den vollendeten Körper geschmiegt, den anderen halb ausgestreckt. Seine zart bronzefarbene Haut, glatt und alterslos, dennoch männlich, stand in merkwürdigem Kontrast zu den perlgrauen Schwingen.

Grau? Juna setzte sich abrupt auf und hielt beide Hände vor den Mund, um einen entsetzten Ausruf zu unterdrücken, der ihr auf den Lippen lag. Doch es war zu spät – Arian drehte sich auf die Seite und schlug die Augen auf.

»Guten Morgen! Träume ich, oder sitzt die schönste Frau des Universums in meinem Bett?« Erst jetzt bemerkte er ihren Gesichtsausdruck. »Was ist los?«

»Die Federn!« Mehr als diese zwei geflüsterten Worte brachte sie nicht über die Lippen.

Arian streckte einen Flügel aus, blickte sich um und sah, was sie meinte. »Verdammt!« Er erstarrte. Sah von seinem Flügel zu Juna und wieder zurück. Plötzlich breitete sich ein Lächeln auf seinem Gesicht aus, wie sie es noch nie bei ihm gesehen hatte. Er sprang aus dem Bett, griff ihre Hände und zog sie auf die Füße.

»Weißt du, was das bedeutet?«

Dass er verrückt geworden war? Juna sah ihn fassungslos

an. Wie konnte er sich darüber freuen, dass seine herrlich weißen Flügel über Nacht grau geworden waren?

»Verrückt? Nein, frei!« Er hob sie hoch, als wäre sie ganz leicht, drehte sich mit ihr im Kreis und lachte glücklich. »Verstehst du nicht? Gefallene Engel bekommen nur graue Flügel, wenn sie endgültig aus Elysium verbannt wurden. Nephthys hat keinerlei Macht mehr über mich. Juna, ich bin endlich frei!«

»Indem du zum Heimatlosen wirst?« Juna war ratlos. »Was heißt das jetzt genau?«

Er setzte sie ab und hauchte einen Kuss auf ihre Nasenspitze. »Ich bin nicht *ziellos durch die Welt gewandert*, wie Lucian dir weismachen wollte. Nephthys hat mich gerufen, und als einer ihrer Engel musste ich gehorchen.«

»Das war es also, was Lucian als *höhere Gewalt* bezeichnet hat, der auch er sich unterordnen muss.«

»Hat er das?« Arian klang zufrieden. »Gut zu wissen.«

Juna erwiderte seinen Kuss, und das Gespräch kam ins Stocken.

Schließlich löste sich Arian von ihr. »Nephthys hat mich verdammt lange im Ungewissen gelassen.«

Juna sah in strafend an. »Fluchen scheint dir neuerdings zu gefallen.«

»Stimmt, es ist verd…« Er korrigierte sich hastig. »*Ziemlich* lange her, seit ich das ungestraft tun konnte. Aber ehrlich gesagt erwarte ich immer noch, dass mich ein Lichtstrahl zu Staub werden lässt, wenn ich das V-Wort ausspreche.«

Juna fing seine Hand ein, die Kreise auf ihren Bauch malte und damit ihre Konzentration erheblich zu stören begann. »Was hat diese Nephthys denn nun gesagt?«

»Nichts, worüber du dir Gedanken machen müsstest. Wichtig ist nur, dass ich plötzlich begriffen habe, wo mein Platz ist. Bis zum Wiedersehen mit dir habe ich geglaubt, es gäbe nichts Erstrebenswerteres für mich, als nach Elysium zurückzukehren. Aber das stimmt nicht. Du bist mein Elysium.« Er fiel vor ihr auf die Knie. »Juna, kannst du dir vorstellen, mir einen Platz in deiner Zukunft einzuräumen?«

Sie befreite sich aus seiner Umarmung und griff nach ihrem Morgenmantel. Entscheidungen dieser Tragweite traf man nicht nackt. Eine riesige Wintersonne versank hinter dem Horizont, und die Wohnung verlor allmählich ihr farbiges Kleid, das sie an solchen Abenden anzulegen pflegte. Schließlich drehte sie sich um. »Ich weiß es nicht. Meine Zeit auf der Erde ist so kurz. Du hast die Ewigkeit auf deiner Seite. Was wird, wenn ich alt bin? Wirst du mich dann immer noch lieben?«

Er war aufgestanden und wollte etwas entgegnen, doch sie hob die Hand.

»Und was viel wichtiger ist: Werde ich dich lieben?« Juna blickte noch einmal zum Fenster hinaus. Sie sah auf die Stadt hinunter, in der die ersten Lichter aufblitzten. »Eine gemeinsame Zukunft bedeutet, dass wir niemals in Sicherheit leben können. Soll ich unserem Kind eines Tages die Warnung mitgeben: *Nimm dich in Acht. Die Engel trachten dir nach deinem Leben?*« Juna schob sich eine rot leuchtende Haarsträhne aus dem Gesicht, die ihr ständig vor die Augen fiel. »Willst du all das wirklich auf dich nehmen?«

»Ein Kind?« Unglauben schwang in der Frage mit.

»Willst du keine Kinder?«

»Doch, schon.« Er sah sie verwirrt an. »Es wäre allerdings nicht der günstigste Zeitpunkt, meinst du nicht auch?«

570

Sie ging nicht weiter darauf ein. »Was wollte Nephthys wirklich von dir?«

Arian zog sich ebenfalls an, und Juna fragte sich nicht zum ersten Mal, wie es sein konnte, dass er ein Hemd überstreifte wie ein ganz normaler Mann, ohne sich dabei die Flügel einzuklemmen. Sie schienen im Moment gar nicht da zu sein, und das Verrückte war: Sollte er sie benötigen, würden sie nicht einmal das Hemd ruinieren. Sie nahm sich vor, ihn demnächst nach diesem Trick zu fragen. Aber wie hatte er so schön gesagt? Jetzt war nicht der günstigste Zeitpunkt dazu.

Juna folgte ihm in die Küche und erfreute sich dabei am Anblick seiner maskulinen Gestalt. Auch ohne Flügel hätte sie ihn für den schönsten Mann des Universums gehalten.

»Kaffee? Mit zwei Stückchen Zucker und ohne Milch?«

Und den liebenswürdigsten. »Du hast es nicht vergessen!«

Sie lächelte und setzte sich an den Tisch, wo er ihr wenig später ihren Kaffee servierte, der seinen Namen kaum verdiente, weil darin etwa so viel Koffein zu finden war wie in einem grünen Apfel. Juna war eigentlich Teetrinkerin, aber es gab Tage, da musste es einfach dieses schwarze Gebräu sein. Sie zeigte auf den zweiten Becher. »Du auch?«

»Es wird Zeit, dass ich mich daran gewöhne.«

Sie hob ihren Kaffeebecher und prostete ihm lächelnd zu. Dann trank sie einen großen Schluck. Die warme Flüssigkeit rann ihre Kehle hinab, und Juna senkte ihre Augenlider. »Köstlich!« Sie stellte den Becher ab. »Also?«

Arian hatte jede ihrer Bewegungen verfolgt, als vollführe sie ein heiliges Ritual. Er schrak zusammen. »Oh, der Auftrag.«

Und dann erzählte er ihr von Nephthys' Wunsch, die gefallenen Engel, die *Grauen*, wie er sie nannte, zu finden.

»Warum? Hast du dir schon einmal überlegt, was sie mit dieser Information anfangen will?«

»Das geht uns nichts an.« Arian klang sehr bestimmt.

»Also hast du sie gefragt.« Juna lächelte. »Und?«

Er zuckte mit den Schultern. »Das Übliche. Kryptische Ansagen. Die Zeiten ändern sich, man müsse darauf reagieren ...«

Das klang vernünftiger, als sie erwartet hatte. »Hat sie dich früher in ihre Pläne eingeweiht?«

»Nephthys ist ... wie soll ich sagen? Sie wird in Elysium nicht nur respektiert. Sie verfügt über eine Macht, von der niemand weiß, wo sie beginnt und wo sie endet. Es heißt, sie verkünde das Schicksal nicht, sie sei es selbst.« Er streichelte Junas Hand.

»Mit anderen Worten: Sie hat dir nie etwas verraten. Vertraust du ihr trotzdem?«

Arian hielt in der Bewegung inne. »Ja. Jeder von uns braucht doch eine Sicherheit, eine zuverlässige Größe. Nephthys war beides für mich, solange ich denken kann.« Er machte eine vage Handbewegung. »Ein Wort von ihr hätte genügt, und die Gerechten hätten mich exekutiert. Das Vertrauen in ihre Aufrichtigkeit ist alles, was mir von meinem Glauben geblieben ist.«

Das klang nicht besonders vielversprechend. Juna verstand, dass es für sie nur zwei Möglichkeiten gab. Entweder sie ging mit Arian, egal was passierte, oder sie verließ ihn – jetzt sofort. Die Entscheidung fiel ihr nicht schwer. »Also gut. Dann suchen wir die irdischen Engel, bevor unsere selbstgerechten Freunde Wind davon bekommen. Aber es gibt eine Bedingung.«

»Sag mir, was du verlangst, ich werde es tun.«

»Nicht so voreilig. Ich verlange rückhaltlose Aufrichtigkeit. Du täuschst mich einmal … und ich bin weg.«

»Ich gebe dir mein Wort.«

»Und dein Herz?«

Arian ergriff ihre Hand. »Das hast du doch schon längst!« Sie lachte lauthals. »Bestenfalls das, was davon übrig ist. Aber ich bin bescheiden. Und ich habe eine Idee!«

»Warum habe ich den Eindruck, dass du ohne Gegenleistung nichts preisgeben wirst?«

»Ich habe euch studiert. Das Spiel gefällt mir nicht, aber ich werde besser darin. *Auge um Auge …*«

»Du willst Vergeltung?«

»Vielleicht.« Junas provozierendes Lächeln sagte etwas ganz anderes.

Arian war im Nu bei ihr.

»Diesen Trick musst du mir eines Tages auch noch beibringen.« Sie hielt ihn auf Armeslänge von sich. »O nein, komm mir nicht damit, nur Engel wären dazu in der Lage!« Juna schnippte mit zwei Fingern, und im Kamin sprang ein Feuer an. »Das kann auch kein *normaler* Mensch. Anderenfalls hätte ich weit weniger Probleme in meinem Leben gehabt, das kannst du mir ruhig glauben!«

»Wenn du darauf bestehst …«

»Aber nein, das ist nicht meine Bedingung. Ich möchte diesen Abend einfach mit dir genießen, als läge nicht die Last der gesamten Welt auf unseren Schultern.«

Ehe sie es sich versah, hatte Arian sie angehoben und über die Schulter geworfen.

573

»Von Neandertalersex war nicht die Rede!«, keuchte Juna.

»So alt bin ich auch noch nicht. Aber ich muss dich warnen – zu meiner Zeit waren Frauen nicht viel mehr als eine hübsche Ware, derer man sich nach Belieben bediente.«

»Sehr witzig. Willst du mir etwa weismachen, dass dies alles ist, woran du dich erinnerst?«

»Die eine oder andere Kleinigkeit weiß ich durchaus noch.« Er betonte es, indem er sie noch fester umfasste und dabei kehlig lachte.

Juna befreite sich dennoch aus seinem Griff und sprang zu Boden. »Dann lass mich dir eine Nachhilfestunde in Sachen Matriarchat geben …«

23

Nach einer kurzen Nacht berichtete Juna über die Ereignisse, die sie während Arians Abwesenheit in Atem gehalten hatten. Er stellte häufig Zwischenfragen und zeigte sich nachdenklich, als er mehr über Lucians Engagement erfuhr.

»Vielleicht habe ich mich in ihm getäuscht«, gab er schließlich zu.

Doch Juna war immer noch entsetzt über Lucians höhnische Worte, nachdem sie ihn zurückgewiesen hatte. »O nein, ich habe mich von ihm täuschen lassen. Dabei war ich gewarnt. Er wollte meine Seele und ein bisschen Spaß noch als Dreingabe!«

Arian war überzeugt, dass mehr dahintersteckte. Er hatte noch nie gehört, dass Lucian eine Frau derart umworben hatte, nur um ihre Seele zu stehlen. Doch diese Überlegungen verriet er Juna nicht.

Juna war froh, das Thema so schnell wieder fallenlassen zu können. »Ich wundere mich, warum Sirona nicht alle Hebel in Bewegung gesetzt hat, um mich zu finden, wenn ich wirklich so lange verschwunden war.«

»Wusste sie denn nicht, wohin du gehen wolltest?«

»Das kann ich mir nicht vorstellen. Andererseits … es

war schon merkwürdig, dass sie ausgerechnet an diesem Abend hier mit Haarfarbe und einer kompletten Visagistenausrüstung aufgetaucht ist. Ich hatte angenommen, dass Cathure sie irgendwie manipuliert hat. So wie Lucian, der ihr die Erinnerung an seinen Auftritt in London komplett genommen hat. Übrigens ohne sie zu küssen. Dabei dachte ich, das wäre der Trick?«

»Das ist die nette Beigabe.« Arian blinzelte sie an. »Im Ernst: Normalerweise funktioniert es so am zuverlässigsten. Ich bin mir aber ziemlich sicher, dass Lucian nicht darauf angewiesen ist. Cathure ohnehin nicht, er gehört zu einer anderen Welt. Allerdings gibt es Menschen, die sehr leicht zu manipulieren sind. Sie würden auch den Einflüsterungen eines unbedeutenden Dämons gehorchen.« Er wirkte nachdenklich. »Wie hast du Sirona kennengelernt?«

»Cathure hat sie zu mir geschickt. Er hatte vermutlich Mitleid, und mit ihr konnte ich wenigstens über Engel sprechen. Sie hat ja selbst einen.« Juna musste lachen. »Entschuldige, das klingt ein bisschen, als würde ich über ein Haustier reden.«

»Und ich hatte schon gedacht, du wolltest mich domestizieren.«

»Ach nein, ich habe dich lieber frei und unberechenbar«, sagte Juna und bewies ihm, dass in ihr ebenfalls eine gehörige Portion Wildheit steckte.

Atemlos wand sie sich schließlich aus seiner Umarmung.

»Ich habe eine Idee! Wenn ich nachher Finn abhole, kommst du mit, und dann werden wir sehen, ob sie sich nicht kooperativ zeigt und uns verrät, wo ihre Freunde aus diesem *Vertriebenenverein* wohnen.«

»Juna, das geht nicht.«

»Warum?«

Arian schüttelte den Kopf. »Sie ist doch deine Freundin.«

»Ja, aber sie war ziemlich scharf darauf, mich mit diesen Leuten bekanntzumachen. Irgendwann hätte ich sowieso von dem einen oder anderen erfahren, wo er wohnt. Meinst du nicht auch?«

Er seufzte und stand auf. »Es ist nicht anständig, sie auszuhorchen.« Als Juna ihm widersprechen wollte, sagte er rasch: »Aber ich komme mit. Und dann sehen wir weiter.«

Arian fuhr gern Auto, und mit einer großzügigen Geste bot sie ihm ihren Platz hinter dem Steuer an. »Lass das aber nicht zur Gewohnheit werden!«

Kurz vor dem Ziel zog Juna ihr Handy aus der Tasche und wählte Sironas Nummer. »Hallo? Ich bin es. Ja, es war toll. Nur ein bisschen länger als erwartet.«

Sie lauschte. »Ah, hat er das? Schön.«

Ein Blick auf Arians Miene bestätigte, dass er hören konnte, was Sirona sagte. Offenbar hatten sie sich nicht getäuscht und Cathure steckte hinter der Sache. Darüber würde später zu sprechen sein. »Du hör mal, wir sind gerade in der Nähe. Kann ich kurz vorbeikommen und dich von dem *schwarzen Teufel* erlösen?« Juna lachte. »Nein, ich meine Finn, nicht deinen Freund! Okay, bis gleich.«

Arian rollte mit den Augen, aber bevor er etwas sagen konnte, versuchte Juna, ihre Schwindelei zu erklären. »Sie hätte sonst bestimmt zu mir kommen wollen. Sirona weiß ja noch nicht, dass du zurück bist, und sie hat diesen Tick mit meinem Kühlschrank.«

Arian hob fragend eine Augenbraue, bevor er in die viktorianische Wohnstraße einbog, an deren Ende Sironas Reihenhaus stand.

Juna lachte verlegen. »Sie hat immer für mich eingekauft, weil sie dachte, ich hätte nicht genug Geld.«

»Aber du hattest doch meine Kreditkarte.«

In diesem Moment erreichten sie ihr Ziel, und Juna verzichtete darauf, ihm zu erklären, dass es ihr schon schwer genug gefallen war, die Wohnung kostenlos zu nutzen, und sie die Kreditkarte deshalb niemals aus dem Safe genommen hatte. Ihr Einkommen hatte für die wichtigsten Dinge ausgereicht, und auf Luxus konnte sie verzichten.

Sirona war da anders gestrickt. Schon die Fassade ihres Hauses verriet, dass hier viel Geld investiert worden war.

»Ich hoffe, ihr Freund ist nicht da.«

Arian öffnete die eiserne Gartenpforte. »Warum?«

Sie erinnerte sich an ihre Begegnung im Pub. »Er ist ein bisschen gruselig.«

»Ich glaube, damit kann ich umgehen.« Arian legte seine Hand auf die schmale Stelle an ihrem Rücken. Eine Geste, die ihr jedes Mal die Sicherheit gab, gut beschützt zu sein.

Dann ging die Tür auf, und Finn sprang ihr so wild entgegen, dass sie Angst bekam, er würde sich auf der Haustreppe überschlagen. Sie ging in die Knie, begrüßte ihn ebenso stürmisch und überließ es Arian und Sirona, sich miteinander bekanntzumachen.

Schließlich hatte sich Finn beruhigt, und Juna folgte Arian, der das Angebot, auf eine Tasse Tee hereinzukommen, auch in ihrem Namen angenommen hatte.

»Man sollte nicht glauben, dass sich dieser vierbeinige Verräter zwei Wochen lang gnadenlos bei mir vollgefressen hat. Erst gestern gab es zweimal Steak und Pommes direkt vom Tisch. Mein *Engel* war ziemlich sauer, kann ich euch sagen.«

Arian lachte kehlig, und Juna sah auf. Flirtete er etwa mit ihrer Freundin?

»Und du bist …« Man hörte ihre Unsicherheit. Sirona wagte es nicht, seinen Namen auszusprechen.

»Er ist *mein* Engel.«

Sirona drehte sich erschrocken um. Ihr war der feindselige Ton in Junas Stimme nicht entgangen.

Arian schnitt hinter Sironas Rücken eine Grimasse und trat dann vor, um ihr die Hand zu geben. »Ich bin Arian. Schön, dass wir uns endlich kennenlernen. Juna hat schon viel von dir erzählt.«

Offenbar war ihm die Regel fremd, dass ein irdischer Engel seinen Namen zu verbergen hatte.

»Hoffentlich nur Gutes.« Sirona lachte nun auch, und es klang, zumindest in Junas Ohren, unehrlich.

Arian ließ sich davon nicht irritieren. »Selbstverständlich. Und ich bin dir sehr dankbar, dass du und deine Freunde ihr durch diese schwere Zeit geholfen habt.« Er legte eine Hand auf Junas Schulter und zog sie an sich.

»Freunde? Oh, du meinst …« Sirona verstummte und sah Juna an, als wollte sie fragen: *Was hast du ihm erzählt?*

Juna war versucht, ihre Freundin ein wenig zappeln zu lassen. Diese künstliche Fröhlichkeit und das schon fast affektierte Gehabe gingen ihr gehörig auf die Nerven. Aber sie erbarmte sich, vielleicht auch, weil Arians Hand auf ihrer Schulter noch ein wenig schwerer zu werden schien. »Er meint die RFH-Mitglieder.« Sie wandte sich zu Arian um. »Du musst da was falsch verstanden haben. Sie wollten mich nicht aufnehmen, weil du nicht für mich bürgen konn-

579

test. Aber das hat sich ja nun geändert, nicht wahr, *mein Engel*?«

»Aber natürlich. Wie wunderbar!« Jetzt war Sironas Begeisterung echt. »Nächste Woche findet ein Regionaltreffen statt. Ich habe dir doch davon erzählt, erinnerst du dich?«

Juna behauptete, davon gewusst zu haben, wenn ihr auch der genaue Termin entfallen sei. Tatsächlich hätte sie schwören können, dass Sirona nichts dergleichen erwähnt hatte.

»Wir treffen uns in Glasgow alle vierzehn Tage. Nächste Woche kommen aber auch Leute aus den Highlands, und jemand aus dem inneren Kreis wird zu uns sprechen. Ich bin so aufgeregt!«

»Wie schön! Ich wäre gern dabei«, bemühte sich Juna um einen möglichst harmlosen Plauderton. »Wie hast du eigentlich von der Gruppe erfahren?«

Sirona fuhr sich durchs Haar. »Ich weiß nicht …« Sie wirkte verunsichert, und Juna lächelte ihr aufmunternd zu.

»Kommt dein Freund auch?«

»Nein, er …« Sirona unterbrach sich. »Er wäre wahnsinnig gern dabei, aber diese Treffen sind nur für uns Angehörige.« Sie nannte Treffpunkt und Uhrzeit und verabschiedete ihre Gäste, ohne die Haushälterin zu beachten, die mit einem überladenen Teetablett in der Tür stand.

Als sie sicher im Auto saßen, sagte Juna: »Da stimmt irgendetwas nicht.«

Arian pflichtete ihr bei. »Sie hat ein ziemliches Chaos im Kopf. Es ist nicht gut, wenn zu häufig in die Erinnerungen eingegriffen wird.« Er hielt vor einer roten Ampel und sah Juna an. »Kannst du mir ihren *Engel* beschreiben?«

Juna war froh, die Ironie in seiner Stimme zu hören. Wie

schrecklich wäre es gewesen, wenn Arian Gefallen an diesem Gesäusel gefunden hätte.

Er griff nach ihrer Hand. »Keine Sorge, ich liebe Herausforderungen. Du gefällst mir so, wie du bist.« Er räusperte sich.

»Ja?«, hakte Juna nach.

»Diese neue Haarfarbe … geht sie bald wieder raus?«, fragte er hoffnungsvoll.

»Ich glaube schon. Und du gehst jetzt bitte aus meinem Kopf.« Juna schlug ihm spielerisch auf seine Hand, die sich ihren Schenkel hinaufgeschlichen hatte. »Grün! Fahr doch.«

»Du stiehlst mir die Konzentration.«

Zehn Minuten später waren sie zu Hause angekommen. Er öffnete ihre Tür. »Willst du zu diesem Treffen gehen?«

»Eigentlich nicht, aber wenn du nicht zufällig ein Adressbuch gefunden hast, dann wird uns nichts anderes übrigbleiben, sofern wir nicht Tag und Nacht vor ihrer Tür auf der Lauer liegen wollen.«

»Ich kann mir nettere Beschäftigungen vorstellen.« Er warf ihr einen vielsagenden Blick zu, riss sich aber schnell zusammen, als Juna ihn frech ansah. »Ähm … ich werde ihr bis dahin etwas auf den Zahn fühlen. Und vielleicht treffe ich dabei auch ihren ominösen *Freund*.«

»Glaubst du, er hat etwas damit zu tun?«

Arian folgte ihr in den Aufzug. »Zumindest kann man es nicht ausschließen.«

Während der Fahrt in ihre Wohnung nutzte er die Gelegenheit, sie zu küssen. Als er seine Hand in ihre Bluse gleiten ließ, schob sie ihn zurück. »Hier wird seit dem Attentat alles mit Kameras überwacht.«

»Und das stört dich?« Er flüsterte in ihr Ohr, wie sehr ihn

diese Vorstellung erregte, verschränkte dann aber die Hände hinter dem Rücken und wartete darauf, dass der Aufzug das Penthouse erreichte.

Während sie die Wohnungstür leise hinter sich schloss, sah sie den Hunger in seinen Augen. Er stand mitten im Raum an den massiven Esstisch gelehnt, die Fußknöchel gekreuzt, Arme verschränkt. Ein Bild ruhiger Erwartung, das durch seine halb geöffneten Schwingen noch lässiger gewirkt hätte, wäre da nicht das leichte Zittern in den Flügelspitzen gewesen. Es war nur eine Nanosekunde zu sehen, reichte aber aus, um ihr ein zufriedenes Gurren zu entlocken. *Meins!*, flüsterte das *andere Ich* tief in ihr, das eine Vorliebe für sexuelle Abenteuer hatte und nun darauf drängte, Arian zu provozieren.

Sie sah zur Seite, biss sich auf die Lippen und befeuchtete sie rasch.

Als sie ihn wieder ansah und dabei den Blick auf einen zerküssten Mund freigab, sog er scharf die Luft ein. Zufrieden über ihren kleinen Trick ging sie mit geschmeidigen Bewegungen auf Arian zu und sah ihn dabei unter langen Wimpern herausfordernd an.

Ihm war anzumerken, dass er ihre Einladung verstanden hatte, langsam erhob er sich.

Bleib, wo du bist!

Der Befehl, hart wie ein Peitschenknall, ließ ihn erstarren. Doch es dauerte nicht lange, und Arian lächelte erwartungsvoll. Folgsam setzte er sich zurück auf die Tischkante und sah sie nun seinerseits aus halb geschlossenen Lidern an. Langsam, ohne den Blick von ihr zu wenden, knöpfte er sein Hemd auf.

Juna schluckte beim Anblick der männlichen Brust –

glatt und in der appetitlichen Farbe frischen Milchkaffees lud sie zum Kosten ein. Ihren Mantel hatte sie bereits fallen lassen, jetzt wollte sie es ihm gleichtun und ihre Seidenbluse öffnen. Mit den Fingern strich sie über den Spitzenrand ihres BHs und stellte sich dabei vor, dass es Arians Berührungen waren, die das Feuer weiter anfachten. Ein Zittern lief durch ihren Körper.

Juna ahnte, dass sie sich nicht mehr lange von Arian fernhalten konnte. Sie war nur noch eine Armeslänge von ihm entfernt, und die Luft zwischen ihnen war so aufgeladen, dass sie beide die sexuelle Energie spürten, die sie umgab. *Du willst spielen? Dann komm!* Plötzlich griff er nach ihr, schob den Stoff über ihre Schultern, bis Junas Arme von den seidigen Fesseln gefangen waren.

Sie legte den Kopf in den Nacken und genoss es, wie Arians Haar ihre Haut federleicht liebkoste, während seine Lippen die Spur ihrer Finger aufnahmen. *Weißt du, was ich jetzt am liebsten tun würde?* Selbst ihre unausgesprochenen Gedanken waren eine einzige sinnliche Verführung.

Arians Antwort ließ sie für einen Augenblick alles vergessen. Er biss in die harte Knospe ihrer linken Brust, und der Schock sandte ein scharfes Sehnen bis tief in die schwelende Hitze zwischen ihren Beinen. Juna wollte sich aus der Fesselung befreien, doch Arian verhinderte es, indem er ihr die schmalen Handgelenke hinter ihrem Rücken mit nur einer Hand zusammendrückte.

Widerstand, sagte er spöttisch, *führt zu weiteren Strafen.*

Ich zittere schon vor Angst! Juna wehrte sich stärker, und sofort presste er sie fest an sich. Die Arme begannen zu schmerzen, aber der harte Beweis seiner Erregung an ihrem Bauch ließ sie alles vergessen, und aufreizend rieb sie sich an ihm. Mit einem zufriedenen Lächeln quittierte sie Arians Stöhnen. Sein Kuss jedoch raubte ihr den Atem. Es war keine Zärtlichkeit in ihm, als seine Zunge in ihren Mund eindrang, sie fast schon wie einen Gegner eroberte, dem man keine Pause gönnte, bis er sich vollständig ergab.

Doch sie hielt dagegen, verlangte ebenfalls Unterwerfung, und schließlich ließ er von ihr ab, atemlos, mit blauen Flammen, die sie zu verbrennen drohten, in seinen strahlenden Augen. Das dunkle Haar fiel ihm wie ein Vorhang über die hohen Wangenknochen. Seine Zurückhaltung verlangte ihm offensichtlich viel ab. Das von der harschen Disziplin gezeichnete, zu anderen Zeiten so makellose Gesicht besaß kaum noch menschliche Züge.

Dunkle Wolken waren draußen aufgezogen, und ihre Schatten zeigten Arian als den gefährlichen Krieger aus einer anderen Welt, der er immer bleiben würde, egal, wie sehr er sich anzupassen versuchte.

Ist das alles? Sie war wie von Sinnen, wollte wissen, wie weit sie gehen konnte und schrie vor Schreck auf, als der gefallene Engel vor ihr seine Schwingen bedrohlich öffnete, sie blitzschnell umdrehte und bäuchlings über die Tischkante warf.

Mit der frei gewordenen Hand versuchte sie sich abzustützen, die andere hielt er immer noch fest auf ihrem Rücken.

Ich nehme dich, wie es mir *gefällt.* Arians Atem strich heiß über ihre Haut.

Sie flüsterte seinen Namen, um ihn zu beschwichtigen, und Arian antwortete, indem er die Hand über ihren Bauch weiter nach unten gleiten ließ, bis er den Rand ihres Rocks erreichte. Mit einem Ruck riss er ihr den Stoff vom Leib.

Der Schmerz war nichts im Vergleich zu der Lust. Ihre Knie gaben nach, und Arians harte Hand war alles, was ihr noch Halt gab. Nun fürchtete sie doch, er könne sich in diesem riskanten Spiel vergessen und zum Dämon werden. Doch anstatt ihn zu besänftigen, spreizte sie mit einem einladenden Laut die Beine ein wenig.

Juna!, warnte er heiser und gab ihren Arm frei, damit sie sich mit beiden Händen aufstützen konnte. Er griff nach ihrem Zopf und zog ihren Kopf so weit hoch, wie sie den Rücken biegen konnte. Mit der flachen Hand strich er über ihre Wirbelsäule, hinab bis zur schmalen Taille. Als sie versuchte, sich umzudrehen, hielt er inne. *Heb die Arme!*

Seine Stimme klang so kalt, dass sie erschrocken gehorchte. Zur Belohnung ließ Arian das Haar los und zog ihr die Bluse aus. Danach gab er ihr einen Stoß, dass sie zurück auf die Hände fiel. Er beugte sich über sie und küsste den freigelegten Nacken, während er mit rauen Händen ihre Brüste knetete, die sich trotz der lauernden Furcht sehnsüchtig spannten. Wo immer er sie berührte, hinterließ er eine fiebrige Spur, bis ihr gesamter Körper glühte.

Er hatte ihr verboten, die Hände vom Tisch zu nehmen, und so blieb wenig Spielraum, um sich zu revanchieren. Juna drückte den Rücken durch und rieb ihr Hinterteil an seinen Lenden. Das Feuer sprang sofort über und verwandelte die Hitze zwischen ihren Schenkeln in flüssige Lava. Kühle Finger versprachen Linderung, doch als erst einer und dann ein zweiter tief in sie hineinglitten, drohte sie zu explodieren. *Arian, komm zu mir!*

Juna sehnte sich nach der Erlösung, die nur er ihr schenken konnte, und sie machte keinen Hehl mehr daraus, dass sie nicht länger warten wollte. Ihr Körper spannte sich wie ein Bogen, bereit zu zerbersten, nur noch ein bisschen mehr …

Geduld, meine Feuerbraut!

Tränen sprangen ihr in die Augen. Sie stieß einen wütenden Schrei aus, wollte sich losreißen, da spürte sie sein Knie zwischen den Schenkeln. Im Nu hatte er ihre Beine weiter auseinandergedrückt.

Juna war mehr als bereit für ihn. *Bitte!*, flehte sie mit brechender Stimme, da erfüllte er endlich ihren Wunsch und stieß rücksichtslos in sie hinein.

Enger umhüllt als je zuvor, verharrte Arian dann jedoch regungslos. Als Juna sicher war, diese köstliche Folter keine Sekunde länger ertragen zu können, widersetzte sie sich schließlich seiner Anordnung, stillzuhalten, und sah über die Schulter. *Worauf wartest du?*

Das war alles, was gefehlt hatte, um den letzten Rest seiner Selbstbeherrschung hinwegzufegen.

Ihre Vereinigung vollzog sich in der ursprünglichsten, erbarmungslosesten Form, die es gab. Arian umfasste Junas Hüften, zog sich langsam nahezu vollständig zurück, bis sie protestierte und ihn mit ihrem Körper zu halten versuchte … dann stieß er mit animalischer Wildheit zu. In dem, was nun folgte, gab es keinen Raum für Zärtlichkeiten. Ihre Lust war primitiv und ungezügelt wie die Paarung einer archaischen Urgewalt. Doch als Junas Schreie in ein leises Weinen übergingen, er sich noch einmal aufbäumte und gleich darauf über ihr zusammenbrach, war das Band zwischen ihnen fester geknüpft als je zuvor.

Arian schloss Juna in die Arme und trug sie ins Bad, wo er sie vollständig entkleidete und unter der Dusche liebevoll wusch, während neben ihnen dampfend Wasser in die riesige Wanne strömte, in der ohne weiteres vier Leute Platz gefunden hätten.

Als er zu ihr stieg, leuchteten die Augen seiner wilden Geliebten voller Interesse, und Arian beugte sich über sie. »Ich werde dich nehmen, bis du nicht mehr laufen kannst!« Jetzt klangen seine Worte warm und verheißungsvoll. Ihr kehliges Lachen war ihm Antwort genug.

Immer wieder diskutierten sie in den darauf folgenden Tagen, ob Juna das Treffen besuchen sollte oder nicht. Arians Versuche, mehr über Sironas Gruppe herauszufinden, blieben erfolglos. Sich uneingeladen in ihre Wohnung einzuschleichen, lehnte er ab. »So etwas würde ihrem Freund womöglich auffallen. Und er ist mein Plan B.«

»Wie meinst du das?«

»Er ist der einzige irdische Engel, den wir bisher ermittelt haben, oder?«

Sie musste ihm Recht geben. Schließlich beschlossen sie, dass Juna das Treffen besuchen und Arian ungesehen über sie wachen sollte.

»Aber aus der Ferne, bitte. Wir wissen nicht, wen wir in der Runde antreffen. Stell dir vor, ein Engelseher sitzt dort und erkennt dich!«

»Glaubst du, dein Bruder hat seine Finger im Spiel?«

»Er ist vielleicht nicht der Einzige.« Juna schämte sich. An John hatte sie seit dem Erhalt der Hochzeitseinladung nicht mehr gedacht. Vielleicht hätten ihre Eltern mehr gewusst, aber auch zu ihnen hatte sie keinen Kontakt mehr. Ihr Vater war vermutlich froh, dass sie ihm keine unangenehmen Fragen über ihre Herkunft mehr stellte, ihre Stiefmutter gab ihr ohnehin die Schuld an Johns Absturz.

»Sollte dir etwas merkwürdig vorkommen, dann verlässt du das Treffen bitte sofort!«

»Ich weiß mich zu wehren, keine Sorge!«

Das Restaurant, in dem sie die RFH-Mitglieder treffen sollte, war mit vielen Antiquitäten eingerichtet und gut besucht. Der Kellner musterte sie von oben bis unten und zeigte schließlich auf eine Treppe. »Im Clubraum. Vor den Toiletten links.«

Das klang nicht sonderlich einladend. Ob er alle allein hereinkommenden Frauen dorthin schickte? Juna fand sein Verhalten beunruhigend, dabei war ihr ohnehin schon mulmig zumute. Arian befand sich zwar in der Nähe, aber sie hatte kein gutes Gefühl. Hätte sie ihm von ihren Ahnungen erzählt, hätte er es nicht zugelassen, dass sie sich in Gefahr begab. Juna wollte ihm jedoch unbedingt helfen, seinen Auftrag so schnell wie möglich zu erledigen.

Sie hatte gerade den Fuß auf die unterste Treppenstufe gesetzt, da wurde sie von hinten angerempelt und beiseitegestoßen. Juna verlor das Gleichgewicht und stieß mit einer älteren Frau zusammen, die ebenfalls ins Taumeln geriet. Aneinandergeklammert, konnten sie sich gerade noch fangen. Juna entschuldigte sich, Finn machte sich ganz klein.

»Sie können doch nichts dafür. Das war dieser Rüpel!« Die Frau beugte sich vor: »Immer tun sie so heilig, und wenn es drauf ankommt, dann haben diese Leute kein Benehmen.«

»Mhm.« Juna lächelte höflich und sah gerade noch ein paar hell bestrumpfte Beine die letzten Stufen der Treppe nehmen. »Heilig?«, fragte sie, unsicher, ob sie richtig verstanden hatte.

»Nichts für ungut!« Die Frau zog ihre Kostümjacke zurecht und eilte dem Ausgang zu.

Nachdenklich stieg Juna die Treppe hinauf. Oben war es nicht besonders hell. Ein langer Gang, den man offenbar zur Aufbewahrung derzeit nicht benötigter Möbel verwendete, erstreckte sich vor ihr. Am Ende wiesen zwei grün erleuchtete Piktogramme den Weg zu den Toiletten. Sie wandte sich nach links, wie es ihr der Kellner gesagt hatte, und entdeckte ein Messingschild, in das mit geschwungenen Buchstaben *Clubraum* eingraviert war. Sie hatte schon die Hand gehoben, um an die Tür zu klopfen, da hörte sie Schritte auf der Treppe. Einem Impuls folgend, duckte sich Juna hinter einem antiken Buffet, das gleich neben der Tür stand. Gerade noch rechtzeitig gelang es ihr, den überraschten Finn an sich zu drücken.

Sie hörte, wie eine Tür geöffnet wurde. Die eindringliche Stimme eines Mannes ertönte. »Wenn Gott gewollt hätte …« Er klang wie einer dieser fanatischen TV-Prediger.

Juna verließ ihr Versteck. Dies war offensichtlich die falsche Veranstaltung. Suchend sah sie sich um und erblickte auf der rechten Seite eine zweite Tür.

Erwartungsvoll drückte sie die Klinke herunter. Nichts. Die Tür war verschlossen. Vielleicht war das Meeting verschoben worden, und Sirona hatte es versäumt, ihr Bescheid zu geben. Oder sie hatte ihnen von Anfang an den falschen Termin genannt – nervös genug war sie bei ihrer letzten Begegnung gewesen.

Juna tastete nach dem Handy, auf dem sie auch ihre Termine gespeichert hatte, konnte es jedoch nicht finden. *Typisch!* Wahrscheinlich lag es wieder einmal zu Hause.

Nachdenklich ging sie die Treppe wieder hinab und begegnete noch einmal dem Kellner, der ihr den Weg gewiesen hatte. Er zwinkerte ihr zu. »Nichts für dich, oder? Habe ich mir schon gedacht.«

Bevor sie nach einer Erklärung fragen konnte, eilte er bereits zum nächsten Gast.

Draußen atmete Juna erst einmal tief durch. Die Luft in dem Lokal war stickig gewesen.

Ihr Auto hatte sie zwei Straßen weiter geparkt und war ganz dankbar dafür, ein paar Schritte an der frischen Luft gehen zu können. Allmählich fiel die Anspannung von ihr ab.

Unterwegs blieb sie vor einem Schuhgeschäft stehen und betrachtete die ausgefallenen Modelle im Fenster. Noch unentschlossen, ob sie hineingehen sollte, bemerkte sie eine Bewegung im Augenwinkel. Es war keineswegs so, dass die Straße menschenleer gewesen wäre. Aber die Person, die nun auftauchte, fesselte sofort ihr Interesse.

Sirona ging schnell und gönnte den Schaufenstern der Boutiquen keinen einzigen Blick. Sie steuerte auf das Restaurant zu, das Juna vor wenigen Minuten verlassen hatte.

Nie ist sie pünktlich. Die Stimme irgendwo weit über ihr klang mürrisch und war weder Arians noch ihre eigene. Irgendjemand stand dort oben auf den Dächern und hielt Selbstgespräche. Das Unheimliche war, dass Juna ihn hören konnte.

Sie blickte sich suchend um. Dann sah sie ihn. Sironas Freund hockte fünf Häuser weiter auf einer Dachkante, natürlich in Engelsgestalt und für den Rest der Welt unsichtbar.

Beobachtete er seine Freundin heimlich? Juna kam sich selbst wie eine Spionin vor. *Der gute alte Schaufenstertrick.*

Sironas Auftauchen bewies, dass Uhrzeit und Lokal gestimmt hatten. Juna sah, wie die Tür des Restaurants zufiel, und als sie wieder zum Dach hinaufblickte, war der Engel verschwunden.

Jetzt hatte sie es ziemlich eilig, zu ihrem Auto zu gelangen. *Arian?*

Ich bin gleich zurück …

Als sie Schritte hinter sich hörte, drehte sich Juna um. »Das ging …« Sie stoppte. »Hallo. Was machst du denn hier?«

Finn knurrte.

Sironas Freund, *der Namenlose*, wie sie ihn insgeheim nannte, erwiderte ihren Gruß nicht. Stattdessen sagte er: »Du gehst in die falsche Richtung!«

»Keineswegs. Mein Auto steht dort vorn.« Juna war froh, in einer Hauptverkehrsstraße geparkt zu haben. Unmittelbar vor einem belebten Supermarkt, weil sie nach dem Meeting noch hatte einkaufen wollen.

Er reagierte verwirrt. »Aber ihr seid doch verabredet.«

Wie sollte sie ihm das erklären? Dass sie nach einem belauschten Halbsatz keine Lust mehr gehabt hatte, das Meeting zu besuchen? Einmal ganz davon abgesehen, dass ihr dieser RFH ohnehin suspekt war, was aber auch daran liegen konnte, dass sie sich in Vereinen noch nie besonders wohlgefühlt hatte.

Sein Gesichtsausdruck veränderte sich nicht, doch sie spürte, wie er gespannt auf ihre Antwort wartete. »Ich habe es mir anders überlegt.«

Nach anfänglicher Überraschung war er nun auf der Hut. Kein Wunder, denn er kannte ihre spezielle Begabung und wusste von Junas Verbindung zu Lucian. Keine güns-

tige Kombination, um das Vertrauen eines verstoßenen
Engels zu erlangen. Sie sah ihn an, als könne sie seine Gedanken immer noch lesen, dabei hatte er sie längst ausge-
sperrt.

»Und warum sitzt du auf dem Dach und beobachtest
deine Freundin?«

»Du hast mich gesehen!« Er kam einen Schritt näher.

Jetzt bleckte Finn die Zähne, und das aufgestellte Na-
ckenfell ließ keinen Zweifel daran, dass er bereit war, sie
auch einzusetzen.

Wahrscheinlich hätte Juna gut daran getan, so schnell wie
möglich vor diesem Engel davonzurennen. Finn hatte zweifellos den richtigen Riecher.

Stattdessen wandte sie sich sehr ruhig von ihm ab. Es
hatte zu regnen begonnen, und wenn er sich mit ihr unterhalten wollte, konnte er sie ebenso gut zum Auto begleiten,
in dem leider auch ihr Schirm lag. »Nun tu mal nicht so, als
wüsstest du nichts davon! Du hast mich doch neulich im
Pub schon deswegen regelrecht beschimpft.«

»Schon, aber …« Er hielt lässig Schritt. »Ich habe noch
nie eine Engelseherin wie dich gesehen.«

»Generell? Oder willst du damit sagen, dass Engelseher
anders sind als ich?«

»Eigentlich *generell*, aber irgendwie habe ich den Verdacht, dass du etwas Besonderes bist.«

»Jemand. Ich bin eine Person. Genau genommen ein
Mensch. Mir geht es allmählich mächtig auf die Nerven,
dass ihr von uns immer in der dritten Person sprecht. Ich
meine, minus Person. Als wären wir lästige Dinger, ohne die
diese Welt besser dran wäre.«

»So habe ich das nicht gemeint.«

Merkwürdigerweise glaubte sie ihm, und mit milderer Stimme sagte sie nach einer Weile: »Vielleicht ist ja was dran. Richtig gelungen ist die Menschheit vermutlich auch nicht. Spionierst du Sirona deshalb hinterher?«

»Darüber kann ich nicht sprechen.«

Frustriert blieb Juna stehen. »Und warum nicht?« Als er sie nur schweigend ansah, blickte sie sich suchend um. Arian hätte schon längst da sein müssen. Plötzlich spürte sie seine Nähe. »Dann wirst du es wohl *ihm* erklären müssen.«

Wie aus dem Nichts erschien Arian, und Juna freute sich darüber, dass der fremde Engel erschrocken zusammen-fuhr. Dass er anscheinend weniger talentiert darin war, seine himmlischen Artgenossen zu erkennen, als sie selbst, gefiel ihr.

»Daniel! Ich hätte dich niemals in dieser Gegend erwar-tet.« Sehr groß schien die Wiedersehensfreude aber nicht zu sein. Arian hatte sich so geschickt platziert, dass Juna nun hinter ihm stand. Wie er das gemacht hatte, war ihr ein Rätsel.

»Ich …« Daniel wirkte, als wollte er sich für seine Anwe-senheit entschuldigen. Dann riss er sich zusammen und sah Arian gerade ins Gesicht.

Der Regen war in Schnee übergegangen, und die Stim-mung zwischen den beiden Engeln schien sich der Außen-temperatur anzupassen.

»Jungs, ich will euer Wiedersehen nicht stören, aber ver-mutlich sind mein Hund und ich die einzigen in dieser netten Runde, die an einer Lungenentzündung sterben können.«

Sofort zog Arian seinen Mantel aus und legte ihn um ihre Schultern. »Du hast Recht.« Er machte eine einladende

Geste. »Ich würde gern etwas mit dir besprechen, möchtest du uns begleiten?«

Daniel legte den Kopf schräg, als ließen sich auf diese Weise seine Gedanken besser ordnen. Stimmlos willigte er schließlich ein und fügte hinzu: »Hier kann ich momentan ohnehin nichts ausrichten.«

»Dann kommt, dort drüben ist ein Pub, das um diese Zeit nicht allzu viele Besucher haben dürfte. Oder schlag du was vor, falls es dir lieber ist.«

»Ein öffentlicher Ort ist für mich okay.«

Die unterschwellige Stimmung blieb Juna nicht verborgen, allerdings verstand sie nicht, was sie zu bedeuten hatte.

Das *Dublin Core* stellte sich als ein klassisches irisches Pub heraus und gefiel Juna auf Anhieb. Bisher waren nur wenige Tische besetzt, und an der Bar stand gar kein Gast. Juna und Daniel setzten sich, da Arian angeboten hatte, die Getränke zu besorgen.

»Ich muss mich entschuldigen.« Bevor Juna eine passende Gesprächseröffnung eingefallen war, hatte er das Wort ergriffen. »Ich habe geglaubt, du und der Dämon …«

»Lucian.« Sie lehnte sich vor. »Warum sind Namen für euch eigentlich so ein Problem?«

»Wer deinen Namen kennt, hat Macht über dich.«

»Und im Umkehrschluss kann niemand diese Macht haben, wenn er nicht alle Namen weiß?«

»Genau!«

Daniel klang ganz ernst. Offenbar glaubte er daran, und Juna hatte es noch nie gefallen, mutwillig Illusionen zu zerstören. »Also, du dachtest, Lucian und ich …? Hat Elsa dir das eingeredet?«

»Wer?«

»Die Vorsitzende dieser *Vertriebenen*. Du kennst sie doch sicher …?«

Er schüttelte den Kopf. »Ich habe mich nicht für den RFH interessiert, bis sich Sirona zu verändern begann. Ursprünglich fand ich die Idee ganz okay. Ich dachte, es würde ihr helfen, besser mit der Situation klarzukommen.«

»Und seit wann hat sie sich verändert?« Juna gab sich selbst die Antwort. »Seit sie mich kennt, wahrscheinlich.«

In diesem Moment stieg Finn neben Juna auf die mit Leder bezogene Bank. Juna zupfte ihn tadelnd am Ohr, als Antwort lehnte er sich gegen ihre Schulter.

Daniel beobachtete beide interessiert. Schließlich fasste er sich ein Herz und gab zu: »Ungefähr. Und dann begann sie immer häufiger von *der Gruppe* zu sprechen. Sie war ganz begeistert …«

Er richtete sich ein wenig auf, und Juna erhaschte einen Blick auf seine Flügel. Schöne Flügel, silbergrau mit einem bläulichen Schimmer.

»Was ist in London passiert?« Daniel platzte mit seiner Frage heraus, und es war ihm sichtlich peinlich, als Arian im selben Moment an den Tisch trat, die Getränke abstellte und sich auf die Bank neben Juna setzte.

Sie warf ihm einen fragenden Blick zu. *Kann ich ihm trauen?* Anstelle einer Antwort drückte er unter dem Tisch unauffällig ihre Hand. Sie nahm es als Zustimmung.

»Sie wollten mich nicht aufnehmen, weil ich nicht verraten habe, wo sich Arian aufhielt. Es war Sironas Idee, am nächsten Tag während des Balls trotzdem in das Hotel zu gehen, um vielleicht Freunde in der Bar zu treffen. Sie wollte mich diesen Leuten offenbar unbedingt vorstellen. Dort ist Lucian plötzlich aufgetaucht, und es gab Ärger mit dieser Elsa, einer der Vorsitzenden. Ich konnte sie gleich nicht leiden.«

Juna erinnerte sich, wie erschöpft Sirona an jenem Tag gewirkt hatte, und noch etwas fiel ihr ein: Nach dem unglücklich verlaufenen Besuch bei ihrem Vater war Sirona unmittelbar nach ihr und ziemlich aufgewühlt ins Hotel gestürmt.

Sie berichtete den beiden Engeln davon und sagte: »Kann es sein, dass diese Elsa sie vor mir gewarnt hat?« Juna erinnerte sich an die beglichene Hotelrechnung. Vielleicht hatte Sirona die Anweisung erhalten, sofort zurückzukehren. »Deshalb könnte sie mir gefolgt sein. Sollte sie gesehen haben, was im Haus meiner Eltern passiert ist …« Juna verstummte und warf Arian einen entschuldigenden Blick zu. »Es ging heiß zu, wenn ich mich richtig erinnere.« Sie erinnerte sich, als sei es gestern gewesen, wollte vor Daniel aber nicht darüber sprechen. Arian blinzelte sie verständnisvoll an.

»Möglich«, sagte Daniel, der davon nichts mitbekommen hatte. »Sie ist gutgläubig … und leider auch ein bisschen neugierig.«

»Wenn deine Frau Juna gefolgt sein sollte, dann ist das mehr als Neugier.«

Daniel reagierte erschrocken. »Wir sind nicht …« Er fiel zurück in seinen Sitz. »Ich meine, natürlich weiß sie, wer … was ich bin.«

»Aber sie kennt deine wahre Gestalt nicht?«

Juna mischte sich ein. »Kann mir mal bitte jemand erklären, wovon hier die Rede ist?«

Die beiden Engel sahen sich an.

»Hallo! Was für eine Gestalt?«

Arian legte einen Arm um ihre Schulter. »Wie du weißt, kann ein Normalsterblicher den Anblick eines Engels selten verkraften. Und auch ein gefallener Engel muss sich seiner Sache schon sehr sicher sein, um sein wahres Gesicht zu offenbaren.«

Sie strich über seine Wange. »Das ist alles Illusion?«

Er drückte ihr einen schnellen Kuss auf die Lippen. »Nein, du hast mich von Anfang an durchschaut.«

»Ach, wirklich?« Sie küsste ihn zurück.

Daniel trank einen Schluck von seinem Bier und hüstelte. Er war überhaupt nicht mehr so arrogant und abweisend wie bei ihrem ersten Treffen. In Arians Gegenwart wirkte er beinahe schüchtern, und Juna fand ihn eigentlich ganz nett. Jedenfalls wesentlich sympathischer als Arians Freund Gabriel. Wenn sie es sich recht überlegte, hatte sie außer Arian und Iris bisher aus der vermeintlich guten Ecke überhaupt nur unsympathische Engel kennengelernt.

»Okay, nehmen wir einmal an, sie hat gesehen, was bei meinen Eltern passiert ist, und am Abend zuvor hat Elsa mich als Dämonen-Schlampe bezeichnet. Dann könnte man nachvollziehen, dass sie mich als Gefahr empfunden hat. Vielleicht wollte sie deshalb nicht, dass wir uns begegnen?« Juna wandte sich direkt an Daniel. »Um dich zu schützen.«

»Mir hat sie gesagt, *du* hättest mich nicht sehen wollen.« Daniel war bleich geworden.

»Im Gegenteil, sie hat so von dir geschwärmt, dass ich ziemlich neugierig auf ihren *Engel* war. Aber sie meinte, du seist viel unterwegs.«

Juna fiel noch etwas ein. »Hab ihr jemals einen gemeinsamen Urlaub in Paris verbracht?«

»Paris?« Er sah sie verständnislos an. »Was hätten wir dort tun sollen?«

»Du bist nicht wirklich ein Romantiker, kann das sein?« Juna lachte, obwohl ihr nicht danach zumute war.

Daniel sah Arian an, der sich bemühte, ein Lächeln zu unterdrücken. »Daniel hat sehr wenig Zeit auf der Erde verbracht, bevor … Was ist eigentlich damals genau passiert?«

Der Engel zuckte zusammen. Die letzten Worte Arians hatten geklungen, als wären sie aus Eis gemeißelt. Hier sprach der hochrangige Wächter aus ihm, der er einmal gewesen war.

Schließlich erzählte er stockend von seiner Verbannung. »Es war mein zweiter Einsatz. Sie sagte, sie hätte den Auftrag, mich zu unterstützen. Es gab keinen Grund, ihr zu misstrauen. Ich hatte auch beim ersten Einsatz mit jemandem zusammenarbeiten müssen. Sie war sehr schön und ich … danach hat sie mir irgendetwas zu trinken gegeben. Als ich wieder erwachte, versuchte sie gerade, mich durch das Portal nach Gehenna zu zerren.«

»Und du bist entkommen?«, fragte Juna erstaunt.

»Knapp.« Mehr wollte er offenbar nicht dazu sagen.

Arian blickte ihn sekundenlang durchdringend an. Dann lehnte er sich zurück. »Ich sehe hier ziemlich klar. Sirona ist unter den Einfluss gefährlicher Kräfte geraten.« Er ließ das Attentat auf Juna unerwähnt. »Und natürlich bist du darauf schon selbst gekommen. Aber was ich nicht verstehe … warum hast du dich nicht einfach unsichtbar in eines ihrer Meetings eingeschlichen?«

»Weil es Gerüchte gibt, dass Engelseher ihr Unwesen treiben.« Daniel sah Juna verlegen an, doch sie lächelte ihm aufmunternd zu. »Ihr habt vielleicht davon gehört, dass im Sommer Schutzengel verschwunden sind? Den Sterblichen, der darin involviert war, haben wir seither genau beobachtet. Er war in Monte Carlo und zuletzt in Las Vegas aktiv. Dort ist er allerdings eines Tages spurlos verschwunden, und es gibt Gerüchte, dass er zurück sein soll.«

»John!«, riefen Arian und Juna wie aus einem Munde.

»Ihr kennt ihn?«

Junas Magen begann zu revoltieren, und sie lehnte sich an Arian, der in seiner unnachahmlichen Art durch eine bloße Berührung wieder Ruhe in ihrer Seele schaffte und zu Daniel sagte: »John ist Junas Bruder. Das ist übrigens, neben Lucians Interesse an seinen Diensten, der einzige Grund, warum er überhaupt noch am Leben ist. Wir hatten die Hoffnung, er würde aus seinen Fehlern lernen.« Er sah Juna an. »Wusstest du, dass er wieder in der Gegend ist?«

»Ich hatte keine Ahnung. Aber das erklärt, warum seine Mutter neuerdings nicht mehr anruft, um mich zu beschimpfen. Was glaubst du, wo er sich versteckt hält?«

»Bei deinem Großvater?«

»Himmel, nein! Sie hassen sich.« Juna überlegte. »Aber wenn er Geld braucht … und Großvater steht nicht gerade auf dich.«

»Mit anderen Worten, wir sollten mal nach dem Rechten sehen.« Arian stand auf. »Möchtest du mit uns kommen?«

»Wenn ich darf.«

Juna fand Daniels bereitwillige Kooperation interessant – er schien Arian regelrecht anzuhimmeln, sofern dies im Zusammenhang mit verstoßenen Engeln ein angemessenes Wort war. Arian, der vor seinem Fall die rechte Hand der einzigartigen Nephthys gewesen war, genoss offenbar einen gewissen Ruf, was für Daniel nicht galt, weil er quasi in der Startphase geradewegs in die Arme seines Schicksals gestürzt war.

Obwohl sie ihn inzwischen ganz in Ordnung fand, nahm sie sich vor, ihn genau zu beobachten. Und vielleicht hatten sie ja Glück, und Daniel war der Schlüssel zu einer Community gefallener Engel. Hatte er nicht auch von *wir* gesprochen, als es um Johns Beobachtung ging?

Am Gartenzaun wies ein neues Schild darauf hin, dass die Praxis heute Notdienst hatte. Juna fand es deprimierend, nun als ungebetener Gast in dieses Haus zurückzukehren, in dem sie einst sehr glücklich gewesen war. Doch Arians Hand an ihrer Taille gab Juna Sicherheit. »Wir sind bei dir!«, flüsterte ihr nun für die Menschheit unsichtbarer Begleiter ihr zu, und sie hatte den Eindruck, als pflichte Daniel ihm bei.

Sie führte Finn an der Leine durch den Vorgarten, was er normalerweise verabscheute, jetzt aber ohne Protest hinnahm.

»Würdest du bitte ein wenig leidender aussehen?«

Sofort ließ er den Kopf hängen.

»Danke.« Juna bemerkte nicht, dass Daniel sie verwirrt ansah, denn im gleichen Augenblick öffnete sich die Tür, und ein müdes Gesicht zeigte sich. »Ja?«

Tierärzte arbeiteten viel. Dieser schien gerade ein Mittagsschläfchen gehalten zu haben, denn wahrscheinlich war er die halbe Nacht über regelmäßig aus dem Bett geklingelt worden. Ihr Mitleid allerdings musste sie sich für später aufheben.

»Mein Hund.« Juna ruckte ein wenig an der Leine, weil Finn mit dem Schwanz wedelte. Sofort erinnerte er sich an seine Rolle und gab einen jammervollen Ton von sich.

»Was fehlt ihm denn?« Der fremde Tierarzt war plötzlich hellwach. Er ging vor Finn in die Hocke und kraulte ihn hinter den Ohren. »Dann kommen Sie mal herein.« Er ging bereits in den Behandlungsraum und bemerkte deshalb nicht, dass die Haustür wie von Geisterhand geschlossen worden war.

Juna setzte Finn, der ihr einen vorwurfsvollen Blick zuwarf, auf den Behandlungstisch, während der Tierarzt nach seinem Stethoskop suchte. Bevor sie jedoch die haarsträubende Krankengeschichte erzählen konnte, die sie sich auf der Fahrt hierher ausgedacht hatte, drehte er sich um.

»Sie sind doch eine Kollegin. Warum behandeln Sie Ihren Hund nicht selbst? Ihm fehlt gar nichts, stimmt's?«

Juna stotterte eine Entschuldigung, vergrub die Hände in Finns Fell. Sie wusste nicht recht, wie sie jetzt weitermachen sollte.

»Steckt Ihr Großvater dahinter? Er hat immer von Ihren Fähigkeiten geschwärmt. Vielleicht möchten Sie auch die Praxis wieder übernehmen, die Sie in der Vergangenheit so vorbildlich geführt haben?«

»Das hat er gesagt?« Juna ging das Herz auf. »Mich hat er vor die Tür gesetzt, weil ich zu emotional war.«

Sie sahen sich verblüfft an. Dann begann der Mann zu grinsen. »Ihre Familie ist ein bisschen merkwürdig, aber das geht mich nichts an.« Nervös streichelte er Finn, der freundlicherweise still hielt. »Ich wäre Ihnen trotzdem dankbar, wenn Sie Ihrem Bruder sagen könnten, dass hier nichts für ihn zu holen ist. Er scheint unter dem Eindruck zu stehen,

Ihr Großvater hätte ein Bankdepot in diesem Hause eingerichtet, an dem er sich nach Belieben bedienen kann.«

Juna fragte nur: »Wie viel?«

»So an die tausend Pfund werden es inzwischen sein.«

Sie schlug eine Hand vor den Mund. »Sie bekommen Ihr Geld zurück, das verspreche ich Ihnen! Nur tun Sie uns allen einen Gefallen und schmeißen Sie John bei seinem nächsten Besuch achtkantig raus.«

Von Arian kam ein Räuspern. Der Arzt sah überrascht ins Leere, und Juna täuschte blitzschnell ein Husten vor.

»Vielleicht sollte ich *Sie* einmal abhören!«

Der arme Kerl hatte ja keine Ahnung, dass mein Freund mit einem beunruhigend neutralen Gesichtsausdruck keinen Meter von ihm entfernt steht, dachte Juna und beobachtete aus dem Augenwinkel, wie Arian die Hände in den Hosentaschen der Jeans vergrub, während Daniel in der Praxis herumwanderte und sich alles genau ansah.

»Ich bin okay.« Juna sprach schnell weiter. »Vielleicht wäre es besser, Sie rufen mich an, sobald John wiederauftaucht. Ich kümmere mich dann darum, dass er Sie nicht mehr belästigt.« Sie bat um Stift und Papier, um ihre Handynummer aufzuschreiben.

»Danke. Es ist nicht ganz einfach, das Haus war nicht eben billig, wissen Sie, und es müsste renoviert werden …«

Juna, die sich schon zum Gehen gewandt hatte, blieb noch einmal stehen. »Mein Großvater hat es Ihnen verkauft?«, fragte sie möglichst beiläufig.

»Er sagte, Glasgow interessiere ihn nicht mehr. Ich glaube, er ist zu seinem Bruder gezogen, irgendwo in die Highlands. Aber das werden Sie besser wissen als ich.«

Juna stellte sich vor, wie die Brüder gemeinsam in dem

Gamekeeper Cottage hausten, das ihr Onkel bezogen hatte, als es immer schwieriger wurde, das *große Haus* bewohnbar zu erhalten. Als Kind hatte sie es genossen, durch die vielen Zimmer zu laufen und mit der Tochter der Haushälterin Verstecken zu spielen, aber später war ihr klargeworden, wie unkomfortabel das Leben in einem so alten Gemäuer sein musste. Im Cottage dagegen gab es eine moderne Heizung, die Elektrik war erneuert und die Küche renoviert worden. Sie hoffte, die beiden Männer würden sich nun im Rentenalter besser verstehen als früher.

Mit einem letzten wehmütigen Blick auf den alten Lehnstuhl, der immer noch in der Praxis stand und so viele Erinnerungen an den letzten Sommer auslöste, verabschiedete sie sich und floh aus dem Zuhause ihrer Kindheit.

Ihre Begleiter warteten schon im Auto auf sie. »Ihr habt ja gehört, was er gesagt hat. John war hier. Und jetzt?«

»… müssen wir ihn aufstöbern, um herauszufinden, ob er etwas mit der RFH zu tun hat. Daniel, du kümmerst dich um Sirona. In ihren Gedanken sieht es reichlich wirr aus. Sie wurde inzwischen schon so häufig manipuliert, dass ich mir ernsthaft Sorgen um sie mache.«

»Das kannst du sehen?« Daniel klang beeindruckt.

»Leider gehört das Gedankenlesen nicht zu meinen Talenten. Ich kann bestenfalls eine Grundstimmung feststellen, und die ist bei ihr nicht gesund.«

Juna war inzwischen losgefahren. *Ach nein! Du kannst also keine Gedanken lesen?* Sie schmunzelte. Dann sah sie in den Rückspiegel. Daniels Gesicht war sehr blass. »Soll ich dich nach Hause fahren?«

»Nein, danke. Ich glaube, ich sehe lieber nach Sirona, damit sie heil nach Hause kommt. Würdest du bitte anhalten?«

Als er schon ausgestiegen war, steckte er noch einmal den Kopf durch die Tür. »Ich sollte es eigentlich nicht weitererzählen, aber vielleicht ist es wichtig. In den letzten Wochen sind zwei gefallene Engel verschwunden. Keine Freaks. Sie lebten in absolut normalen Verhältnissen. Niemand kann glauben, dass sie so plötzlich ins dunkle Lager übergewechselt sein sollen. Dachte, ihr solltet das wissen.« Damit war er verschwunden.

Juna sah Arian an. »Das Gute kommt immer zum Schluss! Warum hat er uns das nicht eher gesagt?«

»Er ist noch sehr jung und unerfahren.«

»Aha.« Juna mochte nicht fragen, was Arian unter *jung* verstand. »Er vertraut dir nicht vollständig, oder irre ich da?«

Er nahm ihre beiden Hände und hielt sie an sein Herz. »Es gibt Gerüchte, ich hätte familiäre Bindungen zur Unterwelt.«

»Du meinst jetzt nicht die Mafia oder so, richtig?« Sie musterte ihn. Neuerdings gefiel es Arian, seine Haare unter einer schwarzen Bandana zu verbergen, die ihm noch mehr das Aussehen eines Piraten verlieh. Ein Pirat allerdings, der anstelle des goldenen Ohrrings eine Sonnenbrille trug, die nur gelegentlich auch auf seiner Nase saß. Jetzt beispielsweise. Sie befreite ihre Hände und nahm ihm die Brille ab.

Er ließ es regungslos geschehen und sah ihr gerade in die Augen. »Willst du die Antwort wirklich wissen?«

Juna wappnete sich gegen das Schlimmste. »Ja!« Ihre Stimmbänder schienen schon Schwierigkeiten mit diesem einen Wort zu haben, sie wagte nicht, mehr zu sagen.

»Dann sieh her!«

24

Arians königsblaue Augen, die seit seiner Rückkehr dunkler geworden waren, glühten plötzlich tiefrot. Juna sah schnell zur Seite. Aber wie der Bergsteiger von der Tiefe, wurde sie vom Abgrund angezogen, der hinter Arians Blick zu lauern schien.

»Was hat das zu bedeuten? Bist du doch in Lucians höllisches Geschäft eingestiegen?«

Arian nahm ihr die Sonnenbrille aus der Hand und setzte sie wieder auf. »Können wir darüber zu Hause sprechen?«

»Wie du meinst.« Juna war über diesen Aufschub ganz froh und versuchte, während der Fahrt ihre Gedanken zu sortieren. Über das, was sie in Arians Augen entdeckt hatte, wollte sie lieber nicht nachdenken. Sirona machte ihr viel größere Sorgen, ganz zu schweigen von der merkwürdigen Gruppe, in die sie geraten war.

»Juna? Willst du nicht aussteigen?«

Sie sah auf und entdeckte, dass sie den Wagen bereits ordentlich in der Tiefgarage geparkt hatte. *Verflixte Routine!*

Sie folgte Arian, und in ihrer Wohnung befreite sie sich erst einmal aus ihrer regennassen Kleidung. »Eine heiße Dusche ist jetzt genau das Richtige.« Anders als sonst schloss sie die Badezimmertür hinter sich ab.

Wahrscheinlich hatte sie noch nie so lange geduscht wie an diesem Tag. Doch irgendwann war ihre Haut schrumpelig, und Juna begann trotz des heißen Wasserstrahls zu frieren. Sehr sauber, eingecremt und gepflegt bis in die Haarspitzen verließ sie am Ende ihre selbst gewählte Zelle. Auf dem Kopf trug sie einen riesigen weißen Frotteeturban, und der dicke Bademantel gaukelte eine Sicherheit vor, die sie in ihrem Inneren nicht fühlte. Da halfen auch die flauschigen Plüschpuschen mit Hasenohren nicht, die Sirona ihr geschenkt hatte.

Arian betrachtete die wohlriechende Erscheinung, und ein amüsiertes Lächeln huschte kurz über sein Gesicht.

»Bist du nun bereit?«

Juna schlurfte zu ihm herüber – eine andere Gangart erlaubten ihre Hausschuhe nicht – und legte die Hände um seinen Nacken. »Nicht ganz. Küss mich!«

Er zog sie näher an sich heran, beugte sich zu ihr herab und küsste sie so zart, dass sie seine Lippen kaum spürte.

Juna stellte sich auf die Zehenspitzen, lehnte sich an seine Brust und erwiderte den Kuss ebenso behutsam, weil sie fürchtete, seine Leidenschaft zu wecken – oder ihre eigene. Schließlich aber ließ sie sich an seinem Körper hinabgleiten, bis sie wieder fest stand, und genoss die vertraute Wärme. Dann zwang sie sich, Abstand zu nehmen, durchquerte den Raum und setzte sich aufs Sofa. Genau genommen auf ihre Hände. Die Knie fest zusammengepresst, sah sie Arian erwartungsvoll an. »Also?«

Er trug seine Sonnenbrille nicht mehr, und sie konnte sich nicht überwinden, ihn direkt anzusehen. Verlegen starrte sie auf ihre Zehen, mit denen sie kleine Kreise auf den Teppich malte.

»Schau mich an.« Arian sprach sehr leise. »Bitte.«

Sie hob den Blick und fixierte sein Kinn.

»Juna, bitte!«

Endlich sah sie ihn an. Das war Arian, der Mann, Engel – was auch immer –, den sie liebte. Juna richtete sich auf. »Was ist mit deiner Familie?«

Arian setzte sich in den Sessel, um ihr so viel Freiraum wie möglich zu lassen, und begann zu reden. Zuerst erzählte er, wie während der Wanderung allmählich seine Erinnerung zurückgekehrt war. Dann sprach er von seinem Leben als Sterblicher und wie ihm eines Tages Nephthys erschienen war. »Sie hat mir eröffnet, ich sei ein Findelkind.«

Juna sah ihn mitleidig an. »Das muss ein Schock für dich gewesen sein.«

»Meine Welt lag in Trümmern. Nephthys sagte, mein Vater sei ein grausamer Herrscher, der erst kürzlich von meiner Existenz erfahren habe. Jetzt sei er auf der Suche nach mir und würde nicht zögern, jeden mit einem schrecklichen Tod zu bestrafen, der in den Kindesentzug, wie sie es nannte, verwickelt war.

Nephthys bot mir einen Ausweg an. Wir wussten nichts von Engeln, aber mit unseren Göttern waren wir vertraut, und mir war klar, dass sie eines Tages eine Gegenleistung für ihre Hilfe verlangen würde. Dennoch flehte ich sie an, meine Familie zu beschützen. Merkwürdigerweise schien sie dies milde zu stimmen, und sie versprach, nicht nur mich vor ihm zu schützen, sondern auch die Menschen, die mich aufgezogen hatten, als wäre ich ihr leiblicher Sohn.«

»Und, hat sie es getan?«

»Meiner Ziehfamilie ist nichts geschehen, obwohl später das Königreich, in dem wir lebten, vernichtet wurde und die Menschen viele Jahrhunderte unter grausamen Herrschern zu leiden hatten. Meinem Vater bin ich niemals begegnet.«

Juna wartete darauf, dass er weitersprach. Als er gedankenverloren schwieg, fragte sie: »Bist du darüber traurig?«

Arian lachte. Es klang bitter. »Keineswegs. Mein Vater, das hat sich später herausgestellt, ist der Lichtbringer.«

Erst begriff sie nicht. Doch dann zeichnete sich ungläubiges Entsetzen auf ihrem Gesicht ab. Arian machte Anstalten aufzustehen, und Juna hielt ihn zurück. Eine Träne lief über ihr Gesicht. »Wie furchtbar! Und du hast es die ganze Zeit gewusst?«

Er nickte. »Ich konnte dir nichts sagen. Es ist schon für mich schwer genug, aber du … Ich hatte nicht den Mut, es dir zu erzählen.« Ein einzigartiges Geständnis für einen Krieger wie ihn.

»Wer weiß noch davon?« Juna erinnerte sich an die erste Begegnung zwischen Arian und dem Marquis. »Lucian, oder irre ich mich?«

»Er ist einer der wenigen. Keiner von uns hatte ein Interesse daran, diese Verwandtschaft publik zu machen. Mein Vater soll getobt haben, als er erfuhr, dass ich in Nephthys' Dienste getreten und ihm auf diese Weise entwischt war. Außer Lucian und Nephthys bist du die einzige nicht unmittelbar Beteiligte, die davon weiß.«

»Nicht einmal Gabriel?«

»Bisher nicht – glaube ich.«

»Und trotzdem hat Nephthys dich zu einem *ordentlichen* Engel gemacht. Jetzt verstehe ich auch, warum du dich ihr so verbunden fühlst. Hat er sich schon mal bei dir gemeldet?«

Arian reagierte entsetzt. »Zum Glück nicht.«

»Möchtest du manchmal … ich meine, bist du nicht neugierig darauf, deinen Vater einmal persönlich kennenzulernen?«

»Viel lieber würde ich meine Mutter fragen, was sie sich dabei gedacht hat, sich mir ihm einzulassen.«

Juna wagte ihren Gedanken kaum auszusprechen. »Vielleicht hatte sie keine andere Wahl.«

»Darüber mag ich gar nicht nachdenken.« Arians Worte waren kaum zu hören.

Juna lehnte sich an seine Schulter. Schlimm genug, wie einst Moses ausgesetzt worden zu sein, aber wie furchtbar musste es für ihre Mütter gewesen sein! Wobei ihre immerhin einen glücklichen Sommer mit Junas Vater verbracht hatte, was von Arians Mutter nicht anzunehmen war. Juna ergriff seine Hand. »Weißt du, eigentlich ist es egal, wer unsere Eltern sind. Wichtig ist, wer *wir* sind.«

Arian wollte etwas entgegnen, als draußen ein Schuss fiel. »Leg dich flach auf den Boden!«

Da war er wieder, der soldatische Ton, der keinen Widerspruch duldete. Er schob Juna vom Sofa und sprang auf. Noch bevor Arian die Terrassentür erreicht hatte, war er für die meisten Sterblichen unsichtbar geworden. Juna dagegen genoss trotz der beängstigenden Situation den Anblick seiner silbernen Schwingen, bevor er über die Balkonbrüstung verschwand.

Sie kam sich inzwischen unter all den Engeln in ihrer Umgebung unvollkommen vor und wünschte sich insgeheim, selbst so wundervolle Flügel zu besitzen – und sei es auch nur für einen kurzen Augenblick.

Draußen heulten Sirenen, ein Krankenwagen kam und hielt irgendwo in unmittelbarer Nähe ihres Hauses.

Das Liegen auf dem harten Boden war unbequem. Juna setzte sich auf, auch, um besser hören zu können. Zum Fenster zu gehen, wagte sie nicht.

Nach kurzer Zeit kehrte Arian lautlos zurück.

Juna erschrak, als er so plötzlich über ihr stand. »Was war da los?«

Er ließ sich neben ihr auf den Boden sinken. »Du tust nie, worum ich dich bitte, oder?«

»Von Bitten kann wohl keine Rede sein!« Aber er hatte es ja gut gemeint. »Ich habe mich so hilflos gefühlt«, sagte sie und hoffte, etwas verbindlicher zu klingen. »Was ist passiert? Wurde jemand angefahren?«

»Angeschossen.«

»Wie schrecklich! Geht das schon wieder los?«

Arian wusste, dass sie an die Schießereien im Sommer dachte, die ganz Glasgow verunsichert hatten. Er stand auf, reichte Juna die Hand und zog sie auf die Füße. »Das war nicht irgendein Irrer. Die Verletzte hatte langes rotes Haar, etwa deine Größe und führte einen schwarzen Hund an der Leine.«

»Wo ist der Hund? Sie haben ihn doch nicht etwa mit ins Krankenhaus genommen?«

»Es ehrt dich, dass du immer zuerst an die Tiere denkst.« Er nahm sie in den Arm. »Nein, der Hund sitzt unverletzt unten beim Wachmann und wartet darauf, abgeholt zu werden.«

»Vielleicht sollten wir ihn bis dahin zu uns heraufholen.«

»Juna! Wir sollten vor allem herausfinden, wer geschossen hat. Der Anschlag war dilettantisch, aber wenn du anstelle dieser Passantin dort entlanggegangen wärest, dann würdest jetzt auch du an ihrer Stelle um dein Leben kämpfen.« Er blickte mit einem bitteren Gesichtsausdruck aus dem Fenster. »Und ich könnte dir nicht helfen.«

Der Nachsatz war es, der sie ganz plötzlich begreifen ließ,

dass ihr tatsächlich jemand nach dem Leben trachtete – und zwar ein Mensch, was ihr besonders verwerflich erschien, weil sie sich nicht erinnern konnte, jemals etwas getan zu haben, für das sie den Tod verdient hätte. Zudem war es in diesem Fall kein höheres Wesen, gegen das sie sich im offenen Kampf immerhin zur Wehr setzen konnte ... um dann hoffentlich wenigstens ehrenhaft abtreten zu können. Nein, es war ein feiger Attentäter, der bereits versucht hatte, sie in die Luft zu sprengen, und sie jetzt auf offener Straße erschießen wollte und dabei eine vollkommen unschuldige Passantin schwer verletzt hatte.

Und noch etwas wurde ihr bewusst: Sie hatte die Pflicht, besser auf ihre Sicherheit zu achten. Arian zuliebe, und weil sie auch von ihm verlangen würde, sich nicht blindlings in ein gefährliches Abenteuer zu stürzen. Natürlich stürzte er sich trotzdem hinein, allerdings wohlüberlegt.

»Hat denn niemand den Attentäter gesehen?« Ihre Frage riss Arian aus seinen ganz eigenen Überlegungen, und sie wusste, dass er lieber dort draußen nach dem Schützen gesucht hätte, als hier bei ihr Händchen zu halten.

»Offenbar nicht. Aber Santandér will sich darum kümmern.«

Plötzlich klopfte es an die Scheibe. Juna sprang vor Schreck beinahe in Arians Arme. Dann sah sie, wer auf der Terrasse stand. »O nein! Lucian.« Ihr persönlicher Dämon. Elegant gekleidet wie immer, trug er heute einen modischen Kurzmantel – natürlich ebenfalls in Schwarz.

Sie öffnete ihm. »Komm herein, draußen wird scharf geschossen.«

»Dachte ich es mir doch, dass ich Blut gerochen habe. Bist du okay?« Die Frage klang so ungewohnt aus seinem

Mund, dass Juna im ersten Augenblick nichts zu sagen wusste. *Er wirkt besorgt*, dachte sie verwundert.

Sie hatten sich seit seinem Verführungsversuch nicht mehr gesehen, und obwohl Juna ihm seine List längst noch nicht verziehen hatte, war sie inzwischen zu der Einsicht gelangt, dass auch sie eine gehörige Portion Schuld an der Situation getragen hatte. Schließlich war er kein Mensch, von dem man verlangen konnte, dass er seine Triebe unter Kontrolle behielt. Er war ein Dämon, ein sehr mächtiger und gefürchteter obendrein. Was hatte sie erwartet? Eine gute Tat etwa, oder Edelmut?

Arian war augenscheinlich ebenso wenig über die Sache hinweggekommen, denn er hatte die Flügel leicht geöffnet und wirkte außerordentlich feindselig.

Die Atmosphäre konnte man ohne zu zögern als angespannt bezeichnen, befand Juna und bemühte sich um einen neutralen Ton: »Ich bin ein bisschen überrascht, dich hier zu sehen.« Während sie sprach, bewegte sie sich so unauffällig wie möglich durch den Raum, bis sie zwischen den beiden Engeln stand.

Lucian musterte sie wohlwollend, bis Arian ein Geräusch von sich gab, das verdächtig nach dem Knurren eines Alphatiers klang.

»Entspann dich!« Lucian griff in seine Manteltasche und zog einen Brief hervor, den er Arian hinhielt. »Nimm schon. Der ist von *Vati*.«

Juna hielt die Luft an, und auch Arian schien eine Spur blasser geworden zu sein.

»Was will er nach all der Zeit von mir?«

»Frag mich nicht.« Lucian sah auf die Uhr. »Ich hole euch um neun Uhr dreiunddreißig hier ab.«

»Was ist das denn für eine Zeitangabe?« Juna sah Lucian unbeabsichtigt an und erkannte das Feuer in seinen Augen. Ihm schien seine Rolle als Postbote nicht zu behagen, oder war es etwas anderes, das sein Blut erhitzte?

Äußerlich war ihm natürlich nichts anzumerken. »42«, sagte er lapidar.

»Sehr witzig.«

Er kam jetzt ganz nahe. »Zieh dir etwas Nettes an. Dein Mann kann jede Unterstützung gebrauchen, und ich würde dich zu gern noch einmal in diesem Feenkleid sehen.« Er hauchte ihr einen Kuss auf den Hals und war verschwunden, ehe Arian einschreiten konnte.

Sei kein Spielverderber!

Sein Lachen hallte noch in ihren Ohren, als sie blitzschnell nach Arians Arm griff, um ihn daran zu hindern, dem unverschämten Dämon zu folgen.

»Bleib. Er will dich doch nur provozieren.« Schnell verbarg sie ihre zitternden Hände.

Arian riss den Umschlag auf und überflog die Zeilen. »Nicht!« Als sie danach greifen wollte, zog er das Papier schnell weg. »Es ist wirklich von ihm!«

»Du meinst, wir müssen tatsächlich …«

Arian schüttelte den Kopf. »Ich gehe allein, das kann er nicht von dir verlangen.«

»Und wenn es eine Falle ist? Jeder würde annehmen, dass du mich aus diesen *Familienangelegenheiten* heraushalten wolltest. Was ist, wenn er uns nur trennen will? Du sitzt gemütlich am Höllenfeuer, und hier ist der Teufel los?«

»Juna, das ist nicht witzig.«

»Wahrscheinlich hast du Recht. Aber mein kleines Menschenhirn steht gerade kurz vor dem Plattencrash. Ich bitte um Nachsicht, dass ich mit einer Einladung in das Allerheiligste des Leibhaftigen nicht so souverän umgehe wie du.«

Arian warf den Brief in den Kamin und ließ ihn mit einer einzigen Handbewegung in Flammen aufgehen. »Es geht schon los!«

»Was meinst du?«

»Sein größtes Vergnügen ist es, Zwietracht und Misstrauen zu säen.«

Juna stemmte die Hände in die Hüften. »Das kann er haben! Dein Daddy wird sein blaues Wunder erleben. Uhrenvergleich.«

Die einzige Uhr in der Nähe hing in der Küche und war funkgesteuert.

»Noch zwei Stunden und dreiundzwanzig Minuten. Let's go!« Juna lief ins Schlafzimmer, und bevor Arian ihr folgen konnte, sperrte sie die Tür ab.

Sie öffnete ihren Schrank und überlegte. Fast alle Kleider, die darin hingen, gehörten Sirona.

Mein Engel ist nicht so für Luxus zu haben, ich parke sie hier nur zwischen. Du hast ja genügend Platz. Damit hatte sie auf die wenigen Kleidungsstücke gezeigt, die Juna hierher mitgebracht hatte, und ihr als *Miete* angeboten, sie könne alles anziehen, *solange mein Engel dich nicht darin sieht.*

Juna hatte jedoch keine Gelegenheit, Abendroben auszuführen. Sogar die Tageskleidung, die Sirona immer mal wieder mitbrachte, weil sie selbst ihre Sachen selten mehr als ein- oder zweimal trug, rührte Juna kaum an. Sie war ihr einfach zu elegant. Eines Nachmittags jedoch war sie der Versuchung erlegen und hatte ihre Leihgaben probiert. Jedes passte, als wäre es für sie maßgeschneidert worden.

Von der Auswahl überwältigt, griff Juna zuerst nach Altbekanntem. Sie zog ihren einzigen Hosenanzug hervor, in dem sie bereits die Abschlussfeier der Uni Edinburgh besucht hatte.

Ich würde dich zu gern noch einmal in diesem Feenkleid sehen! Lucians Worte tanzten in ihrem Kopf herum. Diesen Gefallen würde sie ihm nicht tun, aber vielleicht war das angesichts der Auswahl, die sich ihr bot, auch gar nicht erforderlich.

Juna drehte sich um und sah aus dem Fenster. Hatte Lucian ihr einen wertvollen Tipp gegeben, oder wollte er sie ins Messer laufen lassen? Sie machte sich normalerweise nicht viel aus Mode, was aber keineswegs hieß, dass sie nicht genau zuhörte, wenn Sirona über ihre Erlebnisse bei den Schauen in Paris oder New York berichtete. Juna hatte in ihrer Reenactment-Gruppe nicht nur den Schwertkampf erlernt, sondern verstand sich auch auf den Einsatz wirkungsvoller Kostüme. Sie traf eine Entscheidung und machte sich ans Werk.

Die Haare hatten ihr zu Beginn das größte Kopfzerbrechen bereitet, nun beschloss sie, aus der Not eine Tugend zu machen. Juna toupierte den Ansatz und band sie einfach oben auf dem Kopf zusammen. Anschließend steckte sie einzelne Strähnen locker zu einem Dutt, bändigte damit ihre dunkelrote Mähne aber nur unzureichend. Ihren zerwühlten Schopf fand Arian morgens hinreißend, sie bezweifelte jedoch, dass er sich heute daran erfreuen würde. Das Gleiche galt wohl für den etwas verrutschten dunklen Lidschatten, der ihren Augen etwas Geheimnisvolles gab. Lange, getuschte Wimpern und ein weicher Mund, der nach vielen Küssen aussah, ergänzten ihr Make-up.

Das Kleid fiel ihr regelrecht in die Hand, weil es vom

Bügel rutschte, als sie den Schrank noch einmal öffnete. Es bestand aus fließender Seide und war kaum länger als ein Hemd. Glücklicherweise gehörte eine Art Shorts dazu, so dass sich Juna frei bewegen konnte, ohne mehr preiszugeben, als sie wollte. Darüber zog sie ein knöchellanges Chassuble aus feinstem Tüll, das wie eine Schleppe hinter ihr herwehte, sobald sie sich bewegte, sowie eine Bolerojacke, die nur auf den ersten Blick wie ein zotteliger Pelz aussah, in Wirklichkeit jedoch aus zahllosen hauchzarten Schlaufenbändern bestand. Erst aus der Ferne betrachtet entfaltete sich der gewünschte Effekt leicht geöffneter Flügel, die noch nicht ganz den Kükenflausch verloren hatten.

Das Kleid stammte von einem jungen Designer, der seine erste große Kollektion passenderweise unter dem Motto *Gefallene Engel* vorgestellt hatte. Juna fiel keine bessere Gelegenheit ein, zu der sie es hätte tragen können. Nur die Schuhe gehörten ihr selbst: weiche Bikerboots, die an Junas schlanken Beinen ein bisschen aussahen, als seien sie ihr mindestens eine Nummer zu groß, ganz bestimmt aber zu weit. Nichts davon war der Fall. Sie waren bereits eingelaufen und passten wesentlich besser, als es den Anschein hatte.

Ein Blick in den Spiegel bestätigte ihr, dass sie genau den gewünschten Effekt erzielte. Obwohl sie viel Haut, vor allem Bein, zeigte und ihre Figur unter der schmeichelnden Seide kein Geheimnis blieb, wirkte sie keineswegs vordergründig aufreizend. Der wahre Reiz lag anderswo. Trotz ihrer Größe wirkte sie nun zart und zerbrechlich wie ein ätherischer Schutzengel, bei dessen Anblick selbst ein Dämon zögern würde, bevor er ihn gegen alle Regeln zum Kampf forderte.

Nur Juna wusste, dass sie sich mit einem Handgriff überflüssiger Kleidungsstücke entledigen konnte und damit genügend Bewegungsfreiheit besaß, um sich notfalls auch mit ihrem Schwert zu verteidigen.

Schließlich nahm sie eine Kette aus ihrer Schmuckschatulle und betrachtete den Anhänger, der daran hing.

Ihre Großmutter hatte ihr kurz vor ihrem Tod beides in die Hand gedrückt. *Eines Tages wirst du wissen, dass sie zu dir gehört.*

Sehr häufig hatte Juna das zauberhafte Amulett in Händen gehalten. Vor ihrer letzten Prüfung war sie beinahe sicher gewesen, dass jetzt der richtige Zeitpunkt gekommen war, es zu tragen. Doch immer, wenn Juna sie umlegen wollte, warnte sie eine innere Stimme davor.

Jetzt nahm sie die Kette voller Zuversicht heraus, öffnete den aufwendig verarbeiteten Verschluss und verharrte kurz. Niemand mischte sich heute in ihre Entscheidung ein, selbst dann nicht, als sie ihn kurz darauf im Nacken sorgfältig schloss. Das kostbare Schmuckstück glitt über ihre Haut und fand seinen Platz oberhalb des Dekolletés, als gehöre es genau dorthin.

Sie sah auf die Uhr. Noch eine Minute. Arian rief nicht zum ersten Mal ihren Namen, und nach einem letzten Blick in den Spiegel öffnete sie die Tür. Gerade rechtzeitig, um Zeugin von Lucians Rückkehr zu werden.

Als der Dämon sie erblickte, fehlten ihm zum ersten Mal die Worte. Schließlich quittierte er ihr Erscheinen mit einem sehr ehrlich klingenden Ausruf. »Oh! Ein bisschen anders, als ich es mir vorgestellt hatte, aber …« Er zwinkerte ihr zu. »Er wird beeindruckt sein.«

Arian stöhnte: »Das glaube ich nicht!«

Doch bevor er mehr sagen konnte, drängte Lucian zur Eile. Mit den Worten: »Er hasst Unpünktlichkeit!«, legte er eine Hand um Arians und eine um Junas Taille, breitete seine Schwingen aus und machte sich mit ihnen auf den Weg durch Zeit und Raum.

Die Leere, die Juna bei ihrer ersten Reise in die Unterwelt befallen hatte, versuchte auch jetzt, ihre Gedanken zu lähmen. Gelingen wollte es dieses Mal indes nicht, und dieses Wissen gab ihr Kraft, sich dem Sog des Bösen nicht weiter entgegenzustemmen.

»Sehr tapfer!« Jemand flüsterte diese Worte, und sie war sicher, dass es nicht der Wind, sondern Lucians Lippen waren, die ihren Hals streiften.

Von allem, was danach geschah, blieb ihr eine flüchtige Erinnerung, wie sie es von Träumen kannte, die ihr nach dem Erwachen umso schneller entglitten, je mehr sie sich bemühte, nichts davon zu vergessen.

Doch einige wenige Details wusste sie noch. Es war dunkel gewesen, Lucian hatte mit jemandem gesprochen. Ein steinerner Wächter war plötzlich zum Leben erwacht und hatte sie durch ein Tor geführt, das dem berühmten Sha'ar Shechem zum Verwechseln ähnlich war, aber die Welt dahinter hatte keine Ähnlichkeit mit der historischen Altstadt von Jerusalem gehabt. Sie wirkte wüst und leer, und Juna fröstelte in ihrem dünnen Gewand, bis Lucian sie enger an sich zog und wärmte, während Arian plötzlich von seiner linken Seite verschwunden war.

Juna zwang sich, die Augen zu öffnen, und fand sich in einem geradezu futuristischen Gebäude wieder. Über ihr wölbte sich ein enormes Glasdach, das den Blick auf einen blauen Himmel freigab. Ihre Sohlen versanken in einem weichen Teppich, und es herrschte – wäre der Begriff nicht unpassend gewesen, hätte sie gesagt – himmlische Ruhe. Bis Arian kam.

Er krachte wie ein abgeschossener Vogel auf den Boden und fluchte vernehmlich, während er auf die Füße sprang.

»Mein lieber Freund, welch eine Sprache!« Lucian tat betroffen. »Wie ungeschickt von mir, dich unterwegs zu verlieren. Aber deine Kleine hat mir einfach die Konzentration geraubt.«

»Idiot!« Arian klopfte sich Staub von der Kleidung, der gewiss nicht aus dem Teppich stammte.

Juna befreite sich aus Lucians sicherem Griff und eilte zu Arian hinüber, um sich zu vergewissern, dass ihm nichts fehlte.

In diesem Augenblick öffnete sich eine übergroße Holztür und gab den Blick auf eine weitere, mit rotem Leder gepolsterte Tür frei. Eine Frau kam heraus. »Was ist hier los?«, wollte sie wissen. Dann erkannte sie Lucian, und ihre Miene hellte sich auf. »Ah, du bist pünktlich! Welch nette Abwechslung.«

Wohlwollend lächelte sie auch Arian an. Juna war nicht überrascht, dass sie selbst nur einen kalten Blick erntete. Mehr als alles andere bewies die Reaktion der höllischen Schönheit, dass sie sich für die richtige Garderobe entschieden hatte. Juna zwinkerte ihr zu und zeigte ein strahlendes Lächeln.

Die Dämonin riss sich sichtlich zusammen und schwebte problemlos auf ihren atemberaubend hohen Absätzen über den Teppich, der Juna bei den wenigen Schritten, die sie bisher getan hatte, eher wie eine dicke Matratze als wie Bodenbelag vorgekommen war.

Männer sind doch alle gleich, ob sie Flügel haben oder nicht! Ihre Begleiter hatten beim Anblick der vollendeten Figur in einem fantastisch gutsitzenden Kostüm ganz offensichtlich andere Gedanken als Juna.

Nachdem das Teufelsweib längst um die nächste Ecke verschwunden war, fand Juna es an der Zeit, dem Starren ein Ende zu setzen, und räusperte sich. Sofort wandten sich ihr zwei schuldbewusst blickende Augenpaare zu.

»Wer war das?«

Lucian hatte noch immer diesen verklärten Gesichtsausdruck, als er antwortete: »Das war Signora Tentazione, die den guten Oscar Wilde zu dem Bonmot *Allem kann ich widerstehen, nur der Versuchung nicht* inspiriert hat.«

»Sehr interessant. Und wie geht es jetzt weiter?«

Er grinste. »Bellissima, du hast gefragt. Ich habe geantwortet.«

Die doppelten Bürotüren öffneten sich wie von Geisterhand, Signora Tentazione erschien erneut und wies sie alle drei an, einzutreten. Juna wusste genug über Gehenna, um sich nicht darüber zu wundern, dass die Dämonin zweimal aus dem gleichen Raum gekommen war, ohne zwischendurch wieder dahin zurückzukehren.

Sie sah sich um und staunte. Das Büro eines Erzdämons, oder wie Lucian ihn respektvoll nannte, des Lichtbringers, hatte sie sich anders vorgestellt. Dass sie jedoch in der Schaltzentrale der Macht angelangt waren, war unübersehbar. Ein Eckbüro, natürlich. Fensterscheiben, die von der Decke bis zum Boden reichten. Der dunkle Schreibtisch, exakt ausgerichtet, bildete die Basis dieses ansonsten gläsernen Dreiecks. Eine solide Basis mit den Maßen einer mittelgroßen Banketttafel. Übersichtlich war auch die Ausstattung: ein geschlossenes Notebook, links daneben ein mobiles Telefon. Einen krassen Gegensatz zu dieser aufgeräumten Sachlichkeit stellte die perlweiße Schreibfeder dar, die quer über einer kleinen Porzellanschale lag. Täuschte sie sich, oder hing noch ein Tropfen Blut am Federkiel? Damit also ließ der Hausherr seine Verträge unterzeichnen. *Das schreit ja regelrecht: Klischee!* Juna wollte trotzdem lieber nicht wissen, woher er sein Schreibwerkzeug bezog, und wandte sich schnell ab.

Ihr Blick glitt über eine elegante Sitzgruppe, Lampen im Bauhaus-Design und blieb schließlich an einem geöffneten Triptychon hängen, das, ebenso wie die weiße Feder, nicht so recht in diese kühle Umgebung passen wollte.

Von wem mochte es sein? Sie hatte diese Motive ganz bestimmt schon einmal gesehen, und wäre gern näher gegangen, um sie genauer zu betrachten. Den ersten Schritt hatte Juna bereits getan, als Arian sie am Arm fasste und an seine Seite zwang.

»Bist du verrückt geworden, hier allein herumzuwandern?«

»Ich wollte mir nur das Bild ansehen«, versuchte sie sich zu entschuldigen. Insgeheim war sie ihm allerdings dankbar für sein Eingreifen. Sie fragte sich, warum sie sich dermaßen entspannt fühlte, und gab sich gleich selbst die Antwort: Natürlich war das Teufelswerk. Es gehörte zu seinen Strategien, Menschen in Sicherheit zu wiegen, bis sie mit offenen Augen in seine Falle getappt waren.

»Entschuldige.« Gegen Arian gelehnt, hatte sie ganz leise gesprochen, doch Lucian hatte ihre geflüsterten Worte dennoch gehört.

»Eine Kopie davon hängt im Prado, wir können gern …«

»Vergiss es!« Arians Stimme klang scharf.

»Es heißt *Der Garten der Lüste.*« Wie üblich ignorierte Lucian seinen Einwurf. »*Jheronimus Anthoniszoon van Aken* hat es für den Chef gemalt.«

Jeden einzelnen Namensbestandteil betonte er deutlich, und Juna empfand Mitleid mit dem Künstler. Es hörte sich ganz danach an, als hätte der dunkle Engel seit langer Zeit Macht über ihn.

Arian warf beiläufig ein: »Hieronymus Bosch sagt dir bestimmt mehr.«

Sie öffnete den Mund zu einer Antwort und klappte ihn sofort wieder zu.

Und dann kam *Er* durch eine Tür, die sie bisher nicht bemerkt hatte, und trug einen Anzug, den sie – hätte sich jemand danach erkundigt – als Designerstück von Armani eingeordnet hätte. Flügel sah sich nicht. Dafür Macht.

Er verharrte einen Augenblick lang, als wolle er seinen Gästen Zeit geben, sich an die Vitalität und Intensität zu gewöhnen, die ihn umgaben wie eine unsichtbare Hülle. Juna erschien er wie das Zentrum eines energiegeladenen Universums. War dies Arians Vater, der sogenannte Lichtbringer, der erste aller gefallenen Engel, der mächtigste Erzdämon persönlich?

Sie konnte es kaum glauben, suchte nach Ähnlichkeiten in seinem Gesicht ... und fand sie. Die gerade Linie seines Unterkiefers, die hohen Wangenknochen, das dunkle Haar. Juna war nicht glücklich über das, was sie sah. Die beiden waren sich zweifellos ähnlich, wenn auch ein argloser Betrachter sie für Brüder gehalten hätte. Denn auf den ersten Blick schienen sie höchsten ein paar Jahre auseinander zu sein. Tatsächlich waren es Äonen – und Juna hoffte, auch Welten –, die sie trennten.

Langsam kam er näher. Juna bemerkte auf einmal das feine Gespinst aus Linien, die das jugendliche Gesicht ihres Gegenübers überzogen und an die Risse im Boden eines ausgetrockneten Flussbetts erinnerten, wenn man sie aus der Perspektive eines Adlers betrachtete. Oder eines Engels.

Zu ihrem Entsetzen kam er direkt auf sie zu und streckte schon die Hand aus, um sie zu begrüßen. Juna zitterte nicht einmal, so starr war sie vor Angst. Seine Nähe reichte aus, um ihr das Herz abzudrücken. Sie fühlte sich wie die Taube im Angesicht des Drachen. An Flucht war überhaupt nicht zu denken – er würde sie im Feuer seines Atems bei lebendigem Leibe rösten, sie verschlingen, ohne überhaupt zu bemerken, dass er ein Leben ausgelöscht hatte. Juna war ein Nichts, nicht einmal ein Staubkorn am Wegesrand der Geschichte.

»Was willst du?« Arians Stimme hatte wahrscheinlich noch nie neutraler und gleichzeitig provozierender geklungen als bei diesen drei Worten.

Juna fragte sich, ob er Furcht verspürte. Falls es so war, gelang es ihm jedenfalls meisterhaft, sie zu verbergen.

Der Erzdämon warf ihm einen schnellen Blick zu, den man bei jedem anderen als amüsiert bezeichnet hätte. Er ließ die Hand sinken und musterte Juna anstelle einer Begrüßung gründlich, so dass sie sich wünschte, sie hätte ihm die Hand schütteln können, anstatt betrachtet zu werden wie eine Ware. Doch dann glaubte sie, ein Zucken in seinem rechten Mundwinkel zu sehen, und besann sich ihres Plans. Ungeachtet ihrer Todesangst, setzte sie alles auf eine Karte, hob das Kinn und starrte auf einen Punkt irgendwo hinter dem Dämon. Dabei griff sie nach Arians Hand. *Wir stehen das gemeinsam durch!*

Die Antwort war ein Lächeln, das wie ein warmer Hauch durch ihre Seele schwebte.

»Bezaubernd.« Er warf Arian einen kritischen Blick zu. »Was man von dir nicht behaupten kann.« Der Erzdämon drehte ihnen den Rücken zu und ging zum Fenster. »Komm zu mir, Kleines!«

Arian ließ ihre Hand nicht los.

»Nimm ihr nicht die Freiheit, nach der *du* dich so lange verzehrt hast. Erlaube ihr, eigene Entscheidungen zu treffen!«

Seine Stimme genügte, um bei Juna ein unkontrollierbares Zittern auszulösen. *So viel zu meinem Mut!* Sie bemühte sich, ruhiger zu werden. Nur wer in diesem Spiel einen kühlen Kopf behielt, hatte eine Chance.

»Siehst du, jetzt habe ich sie erschreckt!« Der Dämon drehte sich nicht einmal um. Sein wohldosierter, mitleidsvoller Ton sollte Juna möglicherweise in Sicherheit wiegen, bei Lucian löste er beinahe Panik aus. Er fauchte Arian kaum hörbar an. »Nun mach schon, oder willst du etwa, dass er sie holt?«

Arian wirkte wie versteinert, und als er endlich reagieren wollte, hatte Juna ihm die Entscheidung bereits abgenommen. Sie entzog ihre Hand seinem festen Griff und ging zu dem Dämon, wie er es befohlen hatte.

Er streckte den Arm nach ihr aus, aber Juna widerstand dem Instinkt, bis ans andere Ende der Welt zu fliehen, und blieb still stehen. Der Dämonenfürst rieb ihr Amulett zwischen den Fingerspitzen, bis das Metall plötzlich zu leuchten begann. Erst nur leicht, dann aber hell und einzigartig, wie der Polarstern in einer klaren Winternacht.

Er sah sie direkt an, und dieses Mal gab es kein Entrinnen. »Die Frau Mama und Konsorten haben also ihren Claim schon abgesteckt. Sehr klug.«

Als er Junas ratloses Gesicht bemerkte, ließ er das Amulett los. »Zweifellos bist du klug genug, es nicht abzulegen.« Wie zum Schutz, auch gegen ihn, legte sie ihre Hand darüber.

»Sieh her«, sagte er freundlich, als habe er diese Geste nicht bemerkt, und sah aus dem Fenster. »Dort draußen liegt mein Reich. Schau gut hin, damit du weißt, was es wirklich bedeutet, aus Elysium verstoßen worden zu sein.« Und was eben noch wie eine menschenleere Landschaft gewirkt hatte, wurde zum Purgatorium.

Boote setzten dunkle Gestalten über den breiten Fluss, der in der Ferne wie ein dunkles Band zwischen grünen Hügeln lag. Wie Schafe drängten sich die Reisenden während ihrer Überfahrt zusammen, manchmal versuchte einer, sich durch einen Sprung in die Fluten zu retten, doch jeder der Flüchtigen wurde mit langen Haken herausgeangelt und in einen anderen Nachen gesetzt. Es gab kein Entrinnen. Am diesseitigen Ufer erkannte Juna blutüberströmte Kämpfer, die unentwegt aufeinander einschlugen, ihr Publikum hockte regungslos inmitten von Goldbergen. Feuer fiel auf sie herab.

In einem Tal kopulierten Wollüstige, bis sie von Böen gejagt, getrennt und neu gepaart wurden. Der Fluss, das erkannte sie erst jetzt, speiste sich aus einem blutroten See, dessen kochende Oberfläche immer wieder einzelne Gestalten frei gab, die jedoch sofort von grotesken Teufelsfiguren mit langen Gabeln untergetaucht wurden. Gleich daneben erhob sich ein Gebirge, aus dem pausenlos Lawinen über blau gefrorene Wesen herniedergingen. Höllenhunde hetzten Fliehende über verdorrte Wiesen, Schlangen krochen auf der Suche nach fetter Beute herum. Und aus all diesem Elend wuchs ein Turm in die Höhe, ohne Treppen oder Fenster, aber mit merkwürdigen Balkonen versehen, auf denen sich ebenso schreckliche Szenen abspielten. Paare tanzten eng umschlungen in züngelnden Flammen, anderen wurden die Augen mit groben Stichen vernäht, sie taumelten hilflos umher. Nicht wenige stürzten in die Tiefe.

»Ist es nicht wunderbar? Ich könnte stundenlang zusehen. Schau dir nur diesen kleinen Wicht an. Der mit der violetten Kappe. Er versucht schon seit sechshundert Jahren, dem charmanten Eisblock zu entkommen. Ein schwieriges Unterfangen. Ich weiß, wovon ich rede.«

Er ließ Jalousien herunterschnappen. Danach erinnerte nur noch der rote Widerschein der Feuer an die Hölle dort draußen.

»Die Schöpfung ist gnadenlos in ihrem Hunger nach Veränderung. Nicht der Stärkere überlebt, sondern die am besten angepasste Spezies.« Er legte die Hand auf ihre Schulter, und Juna wunderte sich darüber, wie leicht seine Berührung war. »Du bist ganz nach meinem Geschmack. Ich hätte nicht geglaubt, dass das Schicksal den Humor besitzt, so etwas wie dich zu entwerfen. Das dreifache Tabu in einem Körper, dessen Anblick auch die verwöhntesten Kenner schwach machen könnte.« Er wandte sich an Lucian. »Stimmst du mir nicht zu? Sie ist ihrer Mutter wie aus dem Gesicht geschnitten, beherrscht das Feuer, als wäre es ihr seit Ewigkeiten untertan, und stammt darüber hinaus noch aus einer von mir persönlich überaus geschätzten Dynastie von Engelsehern.« Seine Augen wurden schmal. »Und sie gehört meinem Sohn. Ist das nicht wunderbar?«

Es war Lucian hoch anzurechnen, dass er keine Miene verzog. Was der Lichtbringer damit meinte, wusste er nur zu gut. Sein Versuch, sich Juna gefügig zu machen, war nicht unbemerkt geblieben, und er war gewarnt, nicht noch einmal zu versuchen, auf diese Weise seine Macht zu mehren.

»Du musst ihm verzeihen«, sagte der Dämon zu Juna. »Er ist der lebende Beweis dafür, dass es für unsereins keinen Weg zurück geben kann. Nicht einmal die vielbeschworene Liebe hat ihm den Weg zu den Sternen ebnen können.«

Mit sanftem Druck schob er Juna durch den Raum, bis sie Arian erreichten. »Du solltest eines wissen: Dieses Universum ist wie ein lebendiges Wesen, es ist ständigen Wandlungen unterworfen, erfindet sich täglich neu, zerstört sich, um erneut aufzuerstehen, in einem immerwährenden Kreislauf aus Wachstum und Verfall. Wohin es sich entwickelt? Wer weiß das schon.«

Er sah plötzlich starr zu Lucian hinüber, der sich beeilte, ihm zu soufflieren: *Die Prophezeiung.*

»Ach ja, warum ich euch zu mir gebeten habe … Ihr müsst schon entschuldigen, aber es kommt selten vor, dass ich solch netten Besuch habe. Die meisten kommen aus rein geschäftlichen Gründen.«

Wieder starrte er Lucian wortlos an und blinzelte kurz.

»Wie auch immer, da gibt es eine Prophezeiung, von der eine ganze Menge Leute annehmen, dass sie euch etwas angeht. Ich persönlich halte das für Unfug, aber ich will euch nicht verschweigen, dass Vorhersagen aus dieser Quelle bisher immer auf die eine oder andere Weise eingetroffen sind.«

Arian entfuhr ein Laut, den man nur als Seufzer interpretieren konnte.

Der Lichtbringer verstummte.

Juna rammte Arian ihren Ellbogen in die Seite und schenkte dem Erzdämon ein erwartungsvolles Lächeln.

Zum Glück funktionierte es, und er sprach weiter. »Eine Verbindung aus Luft und Feuer, so heißt es, wird den Untergang einleiten.« Nach dieser Verkündung legte er eine Pause ein und genoss es offensichtlich, dabei zuzusehen, wie die Erkenntnis die beiden Betroffenen erleuchtete.

Arian warf Lucian einen fragenden Blick zu, doch der übte sich in Zurückhaltung und hob die Hände. *Wer bin ich, das Orakel zu deuten?*

»Werd nicht frech!« Doch der Höllenfürst klang erstaunlich aufgeräumt, und wieder einmal stellte Juna fest, dass Dämonen unter starken Stimmungsschwankungen zu leiden schienen. Womöglich waren sie gar nicht immer böse, sondern manchmal einfach nur depressiv?

»Der große Erzengel Michael«, seine Mundwinkel verzogen sich, während er diesen Namen aussprach, der auch bei Juna nicht gerade Glücksgefühle auslöste, »mag einst ein glühender Anhänger der Apokalypse gewesen sein. Doch inzwischen liebt er seine Spielchen viel zu sehr, um das Ende allen Seins ernsthaft herbeiführen zu wollen. Außerdem dürfte auch er mittlerweile begriffen haben, dass es niemals nur eine Wahrheit gibt. Ich bin sicher, er wird versuchen, Schicksal zu spielen und euch umbringen wollen. Und ich wette, beim nächsten Mal wird er nicht nur Micaal schicken, sondern eine seiner selbstgerechten Legionen. Und eines ist klar: Wenn er sie schon auf die Erde lässt und damit riskiert, das kosmische Gefüge in Unordnung zu bringen, wird er es sich nicht nehmen lassen, bei dieser Gelegenheit auch die gefallenen Engel auszulöschen.« Jetzt lachte der Dämon tatsächlich.

Diese Fröhlichkeit trug keineswegs zur Entspannung seiner Zuhörer bei. Juna nagte an ihrer Unterlippe, Arian hob nicht zum ersten Mal die Hand, um eine Haarsträhne zurückzuschieben, die allerdings sicher unter seinem Piratentuch verborgen war. Und Lucian rieb immer wieder mit dem Daumen über seine Fingerspitzen, was ein unangenehmes Geräusch verursachte, das Juna allmählich auf die Nerven ging.

Als wäre sie plötzlich nicht mehr interessant für den obersten Dämonenfürsten, legte er den Arm um Arians Schultern. »Lass uns ein Stück gehen.«

Arian befreite sich aus seinem Griff. »Ich weiß selbst, dass die Gerechten hinter uns her sind. Wenn das alles war, dann gehen wir jetzt.«

»Glaubst du, das könntet ihr? Einfach hier herausspazieren, als wäre nichts gewesen?«

Juna hielt die Luft an, und Lucians Miene schien ihre Gedanken widerzuspiegeln. War Arian verrückt geworden?

»Allerdings. Schließlich willst *du* etwas von uns.«

Er lachte trocken auf. »Das ist mein Sohn. Komm!« Und ehe Arian wusste, wie ihm geschah, hielt der mächtigste Dämon aller Welten sein Gesicht in beiden Händen.

Juna schnappte hörbar nach Luft und fand sich keinen Wimpernschlag später an Lucians Brust wieder, wo er sie in eisernem Griff hielt. Zudem hatte er vorsichtshalber eine Hand über ihren Mund gelegt. *Still!*

Sie wagte kaum hinzusehen. Arian stand regungslos wie eine Statue, die Flügel weit ausgebreitet, mit wachem Blick, als wisse er, was nun kommen würde, und nähme dieses Schicksal an. Vielleicht konnte er sich aber auch einfach nicht bewegen.

»Du bist mein Sohn, vergiss das niemals.« Mit diesen Worten zeichnete der Dämon mit dem Daumen die Konturen merkwürdiger Symbole auf Arians Stirn nach, und plötzlich verfärbten sich Arians Schwingen. Der Effekt war beeindruckend. Als habe man die Federn in schwarze Tinte getaucht, färbten sie sich vom Kiel bis zur Spitze, jede einzelne, bis nur ein zarter grauer Saum übrig blieb, der ihnen ein einzigartiges Aussehen verlieh.

Juna fand sie wunderschön und wusste auf einmal ganz sicher, dass sich mit dieser Veränderung Arians Bestimmung beinahe erfüllt hatte. Sie zweifelte nicht daran, dass er mit ihr auf die Erde zurückkehren würde. Sein Äußeres mochte sich verändert haben, doch tief in ihrer Seele spürte sie, dass er immer noch der Engel war, den sie liebte.

Der Vater legte eine Hand auf die Brust seines Sohnes, dorthin, wo ein unversehrtes Herz schlagen sollte. »Sie haben dir wirklich nicht viel gelassen. Gestatte mir, es dir zurückzugeben.«

Als Arian zurückzuckte, verdunkelten sich seine Gesichtszüge. »Keine Sorge, es wird wie neu sein. Schwarz wird es von ganz allein werden, sobald das Leben beginnt, es zu zeichnen.«

Arian starrte ihn an, als suche er die Wahrheit in den Augen des Tricksers, des Dämons, der als der Beste galt, wenn es um Betrug und Verrat ging. Niemals hatten sich Vater und Sohn ähnlicher gesehen als in dieser Sekunde. Schließlich senkte Arian wie zur Einwilligung den Kopf.

Es schien Juna, als könnte sie den Energiestoß sehen, der sein Herz traf. Er taumelte und ging in die Knie. Atemlos beobachtete sie, wie der Dämon seinen Sohn stützte und ihm wieder auf die Beine half.

»Lucian, nimm die Finger von meiner Schwiegertochter.«
Dabei grinste er so verschmitzt, wie es Arian manchmal tat,
wenn sie unter sich waren. »Und du, mein Sohn, pass gut
auf das Mädchen auf. Ich will sie hier nie wieder sehen,
hörst du!« Er drehte sich um und ging auf die Tür zu, aus
der er vorhin gekommen war.

»Die Audienz ist beendet.« Die atemberaubende Signora
Tentazione schwebte herein, und ihre Worte machten unmissverständlich klar, dass die drei den Raum zu verlassen
hatten. Im Hinausgehen sah sich Juna noch einmal um, und
es geschah, was sie die ganze Zeit hatte vermeiden können:
Sie sah ihm in die Augen. *Er wird zu dir stehen, sorge dich
nicht.*

Woher ...?

Der geheime Durchgang schloss sich hinter ihm, und
Juna folgte Arian wie in Trance. Sie begriff, dass die Frage
noch nicht gestellt gewesen war, auf die er ihr geantwortet
hatte. Doch jetzt wusste sie, dass Arians Loyalität tatsächlich eines Tages ihre größte Sorge werden könnte. Einen
Engel zu lieben, schien schon nahezu unmöglich zu sein,
aber dass jemand wie Arian sie immer lieben würde, war
nach allen Gesetzen der Natur ausgeschlossen. Und doch
hatte der Lichtbringer mit seinem Versprechen ihr Herz auf
eine Weise erwärmt, wie sie es niemals für möglich gehalten hätte.

Lucian räusperte sich. »Kannst du dich nicht trennen?«
An Arian gewandt sagte er: »Du findest allein hinaus,
nehme ich an? Ich habe noch etwas zu erledigen.«

Arian legte einen Arm um Junas Schulter. »Bist du bereit?«

»Ja, aber ... wo will er hin?« Sie sah Lucian erstaunt nach.

»Ich fürchte, er ist der Versuchung erlegen!« Damit schloss er sie in die Arme und ließ Juna erst wieder los, als sie sicher in ihrer Wohnung gelandet waren.

»Dein … ähm, Vater hört sich ziemlich gern reden, kann das sein?«

»Vergiss ihn …« Arian küsste Juna und drängte sie rückwärts an die Wand. »Willst du mich immer noch?«

Als sie antworten wollte, warnte er: »Für was auch immer du dich jetzt entscheidest, es gibt kein Zurück.«

Sie spürte die Wärme seiner Hände durch den dünnen Seidenstoff an ihrem Hinterteil und ließ sich bereitwillig ein wenig höher heben. Dabei rutschte ihr Kleid weit hinauf, der raue Stoff seiner Hose rieb über ihre Schenkel. »Ist das ein Angebot?«

»Nein, ein Ultimatum.« Er presste seine Lippen auf ihren Mund und zwang sie, sich ihm zu öffnen.

Nach einem sehr langen Kuss fragte Juna: »Und was geschieht, wenn ich es nicht annehme?«

»Dann versohle ich dir den Hintern!« Seine Stimme klang wie fernes Donnergrollen.

»Dann will ich's mir lieber noch einmal überlegen.«

25

$\mathscr{A}$rian warf Juna auf das Bett, und sie lachte noch mehr. »Hör mal, wir haben keine Zeit dafür. Wir müssen die Welt retten!«

Er zog ihr das Kleid über den Kopf und warf es achtlos zu Boden.

Juna revanchierte sich, indem sie seinen Gürtel öffnete und mit einem Ruck aus den Schlaufen zog. »Jetzt habe ich eine Waffe, sieh dich vor!«

Er zog sein Schwert hervor, setzte es zwischen ihren Brüsten an, und Junas BH öffnete sich. Das Schwert verschwand wieder.

Juna sah an sich hinab, ihre Haut war unverletzt geblieben. »Hast du ein Glück!« Sie richtete sich auf und zerrte an seinem T-Shirt, doch es wollte nicht nachgeben. »Mist!«

Ungeduldig streifte Arian es sich selbst über den Kopf. Dabei spürte er, wie sie seine Hose aufknöpfte.

»Aha! Kein Wunder, dass du meine Wäsche nicht zu schätzen weißt. Du besitzt ja selbst keine!«

Die Hose flog als Nächstes durch den Raum, ihr folgte Junas Höschen.

»Du wirst immer schöner!« Arian kniete vor ihr und betrachtete sie, als glaubte er wirklich, was er da sagte.

»Zeig mir deine Flügel!« Junas Herz raste, als er umgehend gehorchte und seine neu gefärbten Schwingen ausbreitete. »Komm!«, verlangte sie, und er ließ sich auch jetzt kein zweites Mal bitten.

Juna spreizte die Beine, und beim Anblick ihrer erregten Weiblichkeit fiel er regelrecht über sie her. Juna stützte sich mit den Armen am Kopfteil des Bettes ab, um seine wilde Kraft besser abfangen zu können. Wenn er auf diese Weise weitermachte, würde sie sich nicht lange beherrschen können, aber dieses Mal sollte er zuerst kommen. Sie begleitete jeden seiner Stöße mit einem entzückten Laut und genoss es, ihn damit immer hungriger zu machen. Dann spannte sie die Muskeln an, und Arian stöhnte laut auf, als er den plötzlichen Widerstand spürte. »Jetzt!«, verlangte sie.

Arian rief wieder und wieder ihren Namen, als sie gemeinsam von einer geradezu unendlichen Welle höchster Ekstase fortgerissen wurden.

»Es ist dunkel hier.« Juna schob seinen Flügel zur Seite, der sie vollständig eingehüllt hatte, wobei sie nicht widerstehen konnte, in Höhe der Schulterfedern über die Oberseite zu streichen.

Arian hob das Gesicht aus dem Kissen und sah sie mit einem komisch verzweifelten Gesichtsausdruck an. »Willst du mich umbringen?«

Juna schmunzelte und strich erneut über die glatten Federn. Wer hätte gedacht, dass er hier eine derart feinnervige erogene Zone besaß. Ob alle Engel …?

»Das wirst du nie herausfinden!«, unterbrach Arian ihre Überlegungen und faltete die Flügel zusammen, bis sie für niemanden mehr sichtbar waren, nicht einmal mehr für Juna.

»Welche Tricks hat er dir noch mit auf den Weg gegeben?«, fragte sie ein wenig erschrocken.

»Diesen hier.« Arian öffnete ganz kurz seinen linken Flügel. Er war strahlend weiß. »Und diesen.« Damit beugte er sich vor und küsste Juna.

»Das konntest du vorher aber besser. Nochmal!« In diesem Augenblick klingelte ihr Handy. »Lass es klingeln …!« Aber Arian stand auf. »Du hast dem Tierarzt diese Nummer gegeben, schon vergessen?« Er warf ihr das Handy zu.

Juna fing es so lässig auf, wie sie es sich noch vor wenigen Wochen nicht hätte träumen lassen. Fangen oder gar werfen hatten vor ihrem intensiven Training mit Lucian nicht zu ihren Stärken gezählt. Schuldbewusst nahm sie den Anruf entgegen, denn sie hatte tatsächlich weder an den Tierarzt noch an John gedacht. »Hallo?«

»Woher hast du meine …? Ich verstehe.« Juna machte Arian Zeichen, dass der Anruf wichtig war, während sie weiter zuhörte. »Daniel! Bleib ganz ruhig, wir kommen.« Sie beendete das Gespräch und sprang aus dem Bett.

»Sirona hatte einen Unfall. Sie ist nicht ansprechbar und wird möglicherweise auf die Intensivstation verlegt. Daniel war ganz außer sich.«

So schnell war sie schon lange nicht mehr geduscht und angezogen. Während sie in ihre Stiefel stieg, griff sie bereits nach der Hundeleine. Es war kurz nach Mitternacht und Finns Zeit für den letzten Gang ums Haus. Mit Arian, der bereits aufgebrochen war, hatte sie vereinbart, sich im Krankenhaus zu treffen.

Niemals war ihr der Aufzug langsamer vorgekommen als in dieser Nacht. Ungeduldig drückte sie die Fernbedienung der Zentralverriegelung ihres Autos und zerrte ihren überraschten Hund im Laufschritt hinter sich her. Finn hatte etwas andere Vorstellungen und versuchte, an einer Säule der Tiefgarage das Bein zu heben. »Nun komm schon!«

Juna ahnte, woher das metallische Geräusch kam, als sie unter dem Garagentor hervorschoss. »Die Antenne ist ersetzbar«, versuchte sie sich zu beruhigen und fädelte sich in den Verkehr Richtung Norden ein, wo das Stobhill-Krankenhaus lag. Auf dem Parkplatz stellte sie das Auto unter einer Laterne ab und führte Finn etwas weiter in den Schatten des dichten Gebüschs, damit er dort sein Geschäft verrichten konnte. Sie schämte sich, ihn gleich wieder in den Wagen sperren zu müssen. »Ich bin bald wieder da«, sagte sie. Zum Glück war es wenigstens nicht kalt.

Unterdessen war ein weiterer Wagen auf den ansonsten fast leeren Parkplatz eingebogen. Wer auch immer ihn fuhr, schien es nicht eilig zu haben, ins Krankenhaus zu gelangen. *Vielleicht ein Arzt, der noch ein wenig Ruhe haben will, bevor er seinen Dienst antritt*, dachte Juna.

Nicht weit entfernt hörte sie Krankenwagen heranrasen. Juna lief zum Besuchereingang. Die nächtliche Sparbeleuchtung gab der Halle eine schwer einzuschätzende Tiefe, doch aus einem Türspalt hinter dem Empfang fiel helles Licht, und Juna hörte leise Stimmen, die klangen, als kämen sie aus einem dieser kleinen tragbaren Radios. Kaffeeduft wehte ihr entgegen. Hier hatte sich jemand auf eine lange Nacht eingerichtet.

Sie entdeckte eine Klingel, daneben ein Schild, das Hilfe versprach, sobald man den Knopf drückte. Juna läutete, und in dem Hinterzimmer ertönte ein Summen. Gleich darauf klirrte es, als sei etwas Metallenes zu Boden gefallen, vielleicht ein Kaffeelöffel. Es dauerte noch eine ganz Weile, bis endlich ein Mann aus dem Hinterzimmer kam.

»Die Notaufnahme ist auf der anderen Seite …«

»Ich bin nicht krank, ich möchte jemanden besuchen.« Juna versuchte, ihn zu unterbrechen, aber er vollendete unbeirrt seinen Satz. »… die Schilder sind doch nun wirklich nicht zu übersehen.« Dann erst sah er sie richtig an. »Junges Fräulein, die Besuchszeit ist längst vorbei.«

Juna bemühte sich, weiter freundlich zu bleiben, was ihr nicht ganz leichtfiel. Doch mit Unhöflichkeiten kam man hier nicht weiter, das wusste sie. Eher noch mit einer Lüge. »Ich bin angerufen worden. Meine Schwester … Sirona Apollini wurde eingeliefert.«

»Sagen Sie das doch gleich. In welcher Abteilung ist sie?«

Juna hatte keine Ahnung und gab sich verlegen. »In der Aufregung … ich habe den Zettel zu Hause vergessen.«

Er murmelte etwas Unverständliches, schob seinen Stuhl zurück und setzte sich. Bevor er den Computerbildschirm einschaltete, korrigierte er die Lage von zwei Bleistiften so lange, bis diese genau parallel zur Tastatur lagen.

Juna hätte ihn am liebsten angeschrien.

»Wie war der Name?«

»Apollini.«

»Haben wir nicht.« Er sah sie an, als wollte er sagen: »Wahrscheinlich hast du nicht nur die Abteilung vergessen, sondern bist auch noch im falschen Krankenhaus, Mädchen.«

»Das kann nicht sein!«

Er tippte noch ein wenig herum und begleitete dabei jeden Tastendruck mit unverständlichem Gemurmel. »Nichts. Sage ich doch.« Es klang dermaßen zufrieden, dass Juna nun wirklich versucht war, ihm einen ihrer feurigen Blicke zu schenken.

»Haben Sie es mit zwei *L* versucht?« Sie zwang sich, ruhig zu bleiben.

Er tippte noch einmal Sironas Nachnamen. »Natürlich. Ich weiß doch, wie man … ah! Hier kommt sie. Wird eben aufgenommen.« Er sah sie an, als habe er gerade eine bedeutende Weisheit verkündet, knipste den Bildschirm wieder aus, erhob sich und machte Anstalten, davonzuschlurfen. Im Weggehen zeigte er in die Dunkelheit. »Notaufnahme. Sie können es gar nicht verfehlen.«

»Vielen Dank!« Juna war schon den halben Weg gelaufen, bevor sie sich an ihre Manieren erinnerte. Gleich darauf stieß sie die Türen auf und blieb wie angewurzelt stehen.

Es war ein bisschen, als wäre sie in einer anderen Dimension gelandet. Hier bewegte sich jeder in höchster Eile. Die Ärzte konnte man nur an den andersfarbigen Namensschildern vom Pflegepersonal unterscheiden, sie alle sahen zwar blass und übermüdet aus, jedoch nicht, als befänden sie sich in einer Ausnahmesituation. Jeder Handgriff wirkte überlegt, und Juna hatte den Eindruck, auf eine gut geölte Maschine zu schauen.

Wahrscheinlich war dies ein typischer Freitagabend in der Klinik, aber sie war doch überrascht, als zwei Betten an ihr vorbeigeschoben wurden, in denen Patienten in Straßenkleidung lagen. Sie befanden sich in unterschiedlichen Schockstadien. Während einer blutüberströmt und reglos dalag, jammerte der andere lauthals. Ein Dritter wurde im Rollstuhl in Richtung der drei Aufzüge geschoben, die pausenlos unterwegs zu sein schienen.

»Vorsicht!«

Von hinten näherte sich ein Pfleger im Laufschritt, der ein leeres Bett vor sich herschob.

»Entschuldigung!« Juna sprang beiseite. Sie war ein Stör-
faktor in diesem funktionierenden System. An die Wand gelehnt sah sie ihm nach, bis er weiter hinten um die Ecke bog.

»Kann ich Ihnen helfen?« Eine rundliche Person im Kittel sah sie ungeduldig an.

»Meine Schwester …« Juna suchte nach Worten. »Sie ist
gerade aufgenommen worden.«

»Den Gang lang, bis zum Ende und dann rechts!«

Als sich Juna bedanken wollte, war die Frau schon außer
Hörweite, also folgte sie ihren spärlichen Anweisungen und
landete im Chaos. Gerade schoben Sanitäter eine offenbar
schwer verletzte Frau auf ihrer Trage herein. Während einer
von ihnen der Schwester am Empfang in wenigen Worten
erklärte, was geschehen war – Juna verstand immerhin so
viel, dass es sich um das Opfer eines Autounfalls handelte
und weitere Verletzte auf dem Weg hierher waren – streichelte der andere die Wange der jungen Frau, die immer nur
nach ihrem Kind fragte. Zu zweit hoben sie die Patientin
schließlich in ein bereitstehendes Krankenhausbett. Ein
Baby greinte, von irgendwoher kam das hysterische Lachen
eines Mannes und ging so plötzlich in Wehklagen über, dass
der hektische Betrieb für die Dauer eines halben Wimpern-
schlags einfror, um dann noch schneller voranzulaufen, als
müsse man die kostbare Zeit wieder einholen. Der Helfer
blinzelte und stellte dann die Handtasche der Verletzten auf
das Fußende. Währenddessen meldete sich eine verzerrte
Stimme aus seinem Funkgerät, und statt weiter beruhigende
Worte zu sprechen, lief er mit seinem Kollegen hinaus, um
zu einem neuen Einsatz zu eilen.

Juna entdeckte den Wartebereich und sah Arian dort sitzen, er hatte sie noch nicht gesehen. Anstatt nun ihrem

ersten Impuls zu gehorchen und sofort zu ihm zu laufen, verweigerte sie sich dem pulsierenden Rhythmus, der sie umgab, blieb stehen und nahm die Szene in sich auf: Ein Mann ging nervös auf und ab, dann setzte er sich, stand aber sofort wieder auf, um seine Wanderung fortzusetzen. Ein junges Mädchen hockte auf ihren Fersen, allein in der Ecke, die Finger ineinander verschränkt, händeringend. Zwischendurch warf sie verstohlene Blicke auf Arian, der mit halb geschlossenen Augen auf einem schäbigen Stuhl saß wie auf einem Meditationskissen.

Mit den glitzernden Armreifen und einem Jäckchen aus Goldlamé wirkte der junge Mann im kalten Neonlicht wie ein Wesen aus einer anderen Welt. Auch er betrachtete Arians Tun, als traue er seinen Augen nicht. Ihm gegenüber hielten zwei Frauen einander in den Armen. Ihre ähnlichen, vergrämten Gesichter wiesen sie als Mutter und Tochter aus. Juna fragte sich, wem die Tränen galten, die in ihren Augen glitzerten.

Eine Insel der Verzweifelten inmitten hektischer Betriebsamkeit – nicht unüblich für die Notaufnahme eines großen Klinikums, sollte man meinen. Doch irgendetwas kam Juna merkwürdig vor. Ihr Blick glitt suchend über die Szene, und dann erkannte sie plötzlich, was anders war. Die Wartenden hatten instinktiv Arians Nähe gesucht. Sie scharten sich um diesen Krieger, als ginge von ihm etwas aus, das ihnen in diesem Moment größter Sorge ein wenig Trost versprach. Trotz ihrer eigenen Angst erfüllte sie dieser Anblick mit Freude. Egal, wer sein Vater war, Arian hatte nichts von seiner elysäischen Ausstrahlung verloren.

Juna setzte sich wieder in Bewegung. Arian sah auf, blickte sie mit seinen klaren blauen Augen an, und Junas

Anspannung verflüchtigte sich wie ein schlechter Traum. Sie rannte los und warf sich in seine Arme.

»Wie geht es Sirona? Was ist mit ihr passiert?«

Er legte den Arm um ihre Schulter. »Ich weiß es nicht genau.«

»Und wo ist Daniel?« Suchend sah sich Juna um.

Arian sagte leise: »Sie wollten ihn nicht zu ihr lassen. Aber natürlich hat ihn das nicht abhalten können. Er wacht über sie.«

»Und du?«

»Ich kann nichts tun. Juna, sie hat versucht, sich umzubringen. Da sind mir die Hände gebunden.«

Juna machte sich von ihm los. »Warum sollte sie so etwas machen?«

Er legte warnend die Hand auf ihren Arm, und ihr wurde bewusst, dass sie sehr laut gesprochen haben musste, denn einige Leute sahen bereits neugierig zu ihnen herüber.

»Du hast selbst gesagt, dass sie in letzter Zeit merkwürdig war«, erinnerte er sie.

»Aber weshalb willst du ihr nicht helfen?« Juna bemühte sich, leise zu sprechen. »Und jetzt komm mir nicht damit, dass es eine Sünde ist.«

Er sah sie ernst an. »Das ist es aber, und ich darf …«

»Weißt du was? Ich finde, es wird Zeit, dass du dich von einigen Regeln aus deiner Vergangenheit verabschiedest. Du bist hier in einer anderen Welt. Wir haben alle Gefühle und leben danach. Pass dich gefälligst an.«

»Juna …!«

»*Juna* mich nicht! Und außerdem weißt du nicht einmal, ob es überhaupt stimmt.« Sie war den Tränen nahe. »Bitte! Du musst sie dir ansehen.«

»Ich weiß zwar nicht, was du dir davon versprichst, aber gut: Sobald man zu ihr darf, werde ich sie mir ansehen.«

»Aber dann ist es vielleicht zu spät!« Nach kurzem Überlegen hatte Juna eine Idee. »Wahrscheinlich dürfen nur Angehörige zu ihr. Ich könnte mich als ihre Schwester ausgeben.«

»Und dann?«

»Dann kann ich Schmiere stehen, während du sie heilst.«

»Ich kann nicht …«, wollte Arian erneut erklären, doch Juna unterbrach ihn. »Willst du, dass ich Lucian darum bitte? Ich wette, *er* würde mir sofort helfen!«

»Darüber reden wir noch!« Arian klang jetzt ernsthaft ärgerlich, und all diejenigen, die vorhin noch seine Nähe gesucht hatten, suchten nun nach einem Grund, sich zu entfernen. Schnell war der Wartebereich menschenleer.

Sogar Juna fühlte sich in seiner Gegenwart unwohl und begriff, dass sich in den letzten Stunden eben doch nicht nur die Farbe seiner Flügel geändert hatte. Es war, als wäre er dabei, die Kontrolle zu verlieren. Das Erbe seines Vaters machte sich bemerkbar – sie hatte ihn noch niemals zuvor in einer solchen Stimmung erlebt, nicht einmal, als er sie in Lucians Armen erwischt hatte.

Sie bemühte sich, nicht die Nerven zu verlieren, und gab ihrer Stimme einen bewusst gewählten sachlichen Ton. »Diese Folgeerscheinung unseres heutigen Ausflugs behalten wir aber besser für uns.«

Arian wusste offenbar genau, wovon sie sprach. Er legte die Arme um ihren schmalen Körper, doch dieses Mal war sie es, die ihm Halt gab.

Juna lehnte sich an ihn und versuchte selbst, ihre innere Ruhe wiederzufinden. Sofort legte sich Arians Anspannung spürbar, und bald hatte er zu sich selbst zurückgefunden. Schließlich gab er Juna einen zarten Kuss. »Danke.«

Dabei zwinkerte er über ihren Kopf hinweg einer Schwester zu. Ihrem Gesicht nach zu urteilen, hatte sie Zärtlichkeiten an einem solchen Ort für unangebracht gehalten. Nun jedoch erwiderte sie sein Lächeln.

»Meinetwegen, versuch dein Glück.« Arian begleitete sie bis zum Empfang.

Es dauerte nicht lange, bis sie die Aufmerksamkeit eines Pflegers erregte. »Ich suche nach meiner Schwester. Sirona Apollini.« Sie zeigte auf den Computerbildschirm. »Soweit ich weiß, ist sie bereits in Ihrem System.«

»Stimmt, ich habe sie selbst eingetragen.« Er warf einen schnellen Blick auf eine große Uhr, die hinter ihm an der Wand hing. »Röntgen sollte erledigt sein, eigentlich müsste sie schon auf der Station liegen.« Jetzt tippte er etwas ein und machte gleich darauf eine entschuldigende Geste. »Bei solchen Fällen …« Er sprach nicht weiter, sondern warf ihr einen mitleidigen Blick zu. »Tut mir leid, Sie dürfen erst morgen zu ihr.« Dann senkte er die Stimme. »Da war vorhin so ein Typ, der sagte, er sei ihr Freund.« Er sah sich suchend um. »Jetzt ist er verschwunden. Sind Sie wirklich die Schwester?«

»Halbschwester. Ich bin selbst Ärztin …«

Jemand rief: »Brian, ich brauch dich hier!«

Brian wirkte erleichtert. »Dann kennen Sie ja die Regeln. Entschuldigung, ich muss weiter.« Er wollte sich schon abwenden, überlegte es sich aber überraschend anders und beugte sich weit vor. »Dritter Stock, Zimmer 331. Halten Sie nach diesem Typen Ausschau, er kam mir nicht ganz koscher vor.«

Sie schenkte ihm ein strahlendes Lächeln. »Danke!«

»Das haben Sie aber nicht von mir!« Er drehte sich um und war bald darauf in einer der Behandlungskabinen verschwunden.

Juna eilte zu den Aufzügen. Arian folgte ihr mit langen Schritten. Sie fuhren zusammen mit einer Pflegerin, die in letzter Sekunde noch in den Lift gesprungen war, wortlos hinauf.

Als sie hinaustraten, empfing sie gedämpftes Licht, das einen Frieden vortäuschte, den es in einem Krankenhaus nicht gab. Zwei Gänge lagen vor ihnen. Die Krankenschwester war mit dem Aufzug weitergefahren, andere Menschen waren auf den ersten Blick nicht zu sehen. Doch ein genauerer Blick enthüllte ihnen eine berührende Szene. Im Gang zu ihrer Rechten stand eine alte Frau im geblümten Morgenmantel. Sie konnte sich kaum auf ihren wackligen Beinen halten, knochige Finger klammerten sich am Handlauf fest, um Halt zu finden und zu verschnaufen, bevor sie wenige Schritte weiterschlurfte.

Juna beschlich sofort diese Beklommenheit, die sie schon als Kind in Krankenhäusern empfunden hatte und die sie niemals ganz abschütteln konnte. Ein wichtiger Grund, warum sie lieber Veterinärmedizin studiert hatte.

»Wo ist die 331?« Flüstern gehörte hier zum guten Ton.

Arian zeigte auf ein Hinweisschild. »Dort links entlang. Bis gleich.« Und fort war er.

Als Juna näher kam, sah sie, dass das Zimmer unmittelbar gegenüber der Stationszentrale lag. Von dort fiel helles Licht auf den Gang. Zu allem Überfluss befand sich neben der Zimmertür ein großes Fenster, durch das jeder, der vorbeiging, einen guten Blick auf die Patientin haben würde.

Sicher sehr praktisch für die Pfleger, aber nicht für ihre Pläne.

Juna sah beim Näherkommen Lichtpunkte hinter der Scheibe blitzen, die Zimmerbeleuchtung war aber ausgeschaltet. Sie ging zielstrebig voran und rechnete jeden Augenblick damit, angesprochen zu werden. Zum Glück begegnete ihr jedoch niemand, und sie schaffte es, ungesehen in Sironas Zimmer zu gelangen. Leise schloss sie die Tür hinter sich. Außer der kleinen Person, die blass und regungslos im Bett lag, war niemand zu sehen. Juna wollte sich gerade über sie beugen, da hielt sie erschrocken die Luft an. Zwei Gestalten lösten sich aus den Schatten. Erst nach einigen schrecklichen Sekunden erkannte sie die beiden Engel.

Sie ließ erleichtert die Luft aus den Lungen entweichen. »Ihr habt mich erschreckt!« Dann zeigte Juna auf Sirona. »Was fehlt ihr?«

Bevor Daniel etwas sagen konnte, erhielt sie von Arian eine sachliche Schadensbilanz. »Verschiedene Knochenbrüche, soweit ich es sehen kann, aber glücklicherweise keine nennenswerten inneren Verletzungen. Das wird wieder.«

Juna ging zum Krankenbett zurück und betrachtete ihre Freundin. Die Augen der Kranken waren weit aufgerissen und gaben ihrem Gesicht einen erschrockenen Ausdruck. Sie schien nichts zu hören, und auch als Juna nach ihrer freien Hand griff, reagierte sie nicht.

»Sie ist vollkommen weggetreten. Was haben die ihr gegeben?« Juna versuchte, die Aufschrift auf den Flaschen zu lesen, die in einem Gestell hingen und über Schläuche mit der Patientin verbunden waren.

»Nichts.« Daniels Stimme klang belegt. »In ihrer Akte

steht, dass sie schon in diesem Zustand eingeliefert wurde. Ich kann das gar nicht glauben.«

»Woher wusstest du, dass sie im Krankenhaus ist?« Juna drehte sich um und versuchte, sein Gesicht zu erkennen.

»Ich wollte sie in dem Restaurant abholen, aber als ich dort ankam, war das Treffen schon beendet. Sirona hatte gesagt, dass sie anschließend gleich nach Hause kommen wollte. Aber du kennst sie. Als sie nicht auftauchte, habe ich mir erst nichts dabei gedacht, sondern geglaubt, dass sie noch einkaufen geht. Irgendwann fing ich aber an, mir Sorgen zu machen, weil sie auch nicht ans Handy gegangen ist. Und dann habe ich die Nachrichten in Glasgow TV gesehen. Sie haben über den … Zwischenfall berichtet. Als ich sie dort liegen sah, wusste ich sofort, dass sie es ist.«

Das Zögern war ihr nicht entgangen. Ein versuchter Selbstmord war für die beiden Engel offenbar ein noch größeres Tabu, als Juna anfangs geglaubt hatte. »Und warum hast du danach ausgerechnet uns angerufen? Wir kennen uns doch kaum.«

»Juna, ich glaube nicht, dass solche Fragen uns weiterbringen.« Arian legte eine Hand auf ihre Schulter, als wollte er sie bitten, den verzweifelten Daniel nicht weiter zu quälen.

»Lass sie, Arian. Ich bin sicher, Sironas Unfall hat etwas mit diesen *Refugees from Heaven* zu tun, und ihr seid die Einzigen, die meine Bedenken der Gruppe gegenüber zu teilen scheinen.«

»Heißt das, du hast mit anderen *Gefallenen* darüber gesprochen?« Juna hoffte, dass ihre Frage nicht zu direkt war.

Daniel hustete, und das *Ja*, das Juna zu hören geglaubt hatte, ging darin unter. Schnell fasste er sich wieder und sah

Arian erwartungsvoll an. Offenbar traute er dem Erfahreneren zu, das Geheimnis um Sironas Zustand zu lüften.

Arian zögerte erst, aber dann trat er an ihr Bett und legte ihr die Hand auf ihre Stirn.

Den Wartenden kam es endlos vor, bis er sich endlich wieder zurückzog.

Arian ließ sich Zeit. Er suchte nach Worten, mit denen er Sironas Zustand beschreiben konnte. »Es ist schwierig. Fest steht, dass jemand massiv in ihre Gedanken eingegriffen hat. Der Auslöser für ihren Zustand könnte aber auch ein Schock gewesen sein.«

»Kannst du sie heilen?«

Daniels Frage überraschte Juna, sie hatte geglaubt, alle Engel verfügten über heilerische Kräfte. Schließlich hatte sogar Lucian ihren Fuß damals wieder in Ordnung bringen können. Aber bei genauerer Überlegung wurde ihr klar, dass Daniel in diesem Fall kaum auf ihre Hilfe angewiesen gewesen wäre. Um den Täter zu finden, hätte er sich später immer noch an sie wenden können.

Arian war anzusehen, dass er mit sich rang. Schließlich schien er eine Entscheidung getroffen zu haben. »Ich kann es versuchen. Aber hier ist es ein bisschen zu öffentlich für meinen Geschmack.« Er sah zu dem Fenster, durch das Licht aus der Stationszentrale hereinfiel. »Daniel, du gehst auf den Flur und passt auf, dass niemand kommt.«

»In Ordnung.« Die Konturen von Sironas Freund verschmolzen mit der Dunkelheit, dann war er fort.

Arian wandte sich Sirona zu, die immer noch regungslos in ihrem Bett lag. Nur die regelmäßige Kurve auf dem Monitor hinter ihr bewies, dass sie lebte. »Die Knochenbrüche kann ich nicht heilen, das verstehst du doch? Und ehrlich gesagt, weiß ich auch nicht, ob ich den Rest in Ordnung bringen kann. Mach dir keine zu großen Hoffnungen. Vielleicht wird sie niemals wieder die Sirona sein, die du kennst.«

Juna gefiel Arians distanzierter Ton nicht, aber sie sagte sich, dass er in den langen Jahren seiner Existenz viele Tote und Sterbende gesehen hatte und dies wahrscheinlich seine Art war, sich vor Mitgefühl und Trauer zu schützen. Trotzdem hoffte sie, dass er Sirona helfen würde. »Wenn sie bloß nicht mehr so ...« Sie suchte nach Worten. »... so *todig* daliegt. Wer hat ihr das nur angetan?«

»Ich gedenke es herauszufinden.« Arian klang grimmig, und Juna war froh, dass sich sein Ärger nicht gegen sie richtete.

Er beugte sich über Sirona und legte beide Hände an ihre Schläfen. Anfangs geschah nichts, und Juna dachte schon, es würde nicht funktionieren – da glomm das warme Licht auf, das sie bereits unter Lucians Händen gesehen hatte. Sie hörte, wie Arian in dieser eigenartigen Sprache zu murmeln begann. Vielleicht bildete sie es sich nur ein, aber plötzlich ging es ihr selbst auch besser. Die Anspannung der letzten Stunde ließ allmählich nach. Juna zog einen Stuhl heran und setzte sich.

»Was geht hier vor?«

Erschrocken sprang sie auf. Ein Arzt stand im Raum. Sie sah genauer hin und entdeckte seine Flügel. Sie waren grau, wie die von Daniel.

»Ich hasse es, wenn ihr das tut!«

Erleichtert, dass er kein Mensch war, ließ sie sich wieder auf ihren Stuhl fallen.

»Was denkst du, was wir hier machen? Deinen Job, würde ich sagen.«

Er warf Juna einen giftigen Blick zu. »Sag ihr, sie soll den Mund halten.«

Arian richtete sich langsam auf und drehte sich um. Sein Gesicht lag im Schatten, und Juna konnte nicht erkennen, ob er ärgerlich war. Der Arzt schien mehr zu sehen. Er machte einen Schritt rückwärts und hob die Hände, als wollte er einen Angriff abwehren.

Wenigstens hat er vor ihm Respekt, dachte sie und war nicht wenig stolz darauf, dass *ihr Engel* bereit war, ihre Ehre zu verteidigen, egal, was er selbst über ihr manchmal zu schnelles Mundwerk dachte. Doch dann spürte sie Arians Ärger. Juna wurde klar, dass seine Ritterlichkeit ihn schnell verraten konnte. Der gefallene Engel durfte nicht wissen, wer Arian wirklich war. *Ruhig! Er hat uns nichts getan*, warnte sie ihn lautlos.

Glücklicherweise reagierte Arian sofort. Die aggressive Atmosphäre wich schnell einer heiteren Ruhe, der sich nicht einmal der Arzt entziehen konnte. Bei der nächsten Frage klang seine Stimme viel freundlicher. »Was fehlt ihr?«

Arian agierte jetzt wieder wie gewohnt. Seine neutrale, geradezu unbeteiligt wirkende Art, Fremden gegenüberzutreten, hatte Juna anfangs verunsichert, aber inzwischen wusste sie, dass es ihm nur dadurch gelungen war, die anderen Engel derart lange über seinen *Makel* zu täuschen. »Ich war gerade dabei, es herauszufinden.« Dieser Worte ungeachtet, klang Arian, als interessiere ihn das Ergebnis seiner Untersuchung nicht im Geringsten.

Der andere Engel widersprach. »Das geht nicht. Wir können hier keine Wunderheilungen vollbringen. Was glaubst du, wie schnell sich diese Dinge herumsprechen!«

»Ich will sie nicht heilen. Der Fall steht im Zusammenhang mit meinem Auftrag.«

Der Arzt hatte offenbar längst gelernt, seine Gefühle zu zeigen. Vielleicht sogar ein bisschen zu deutlich, fand Juna, als sie in sein erschrockenes Gesicht blickte. Vergeblich bemühte er sich, seine Furcht zu verbergen. »Du bist …«

»… kein *Gerechter*.« Arian schenkte ihm ein Lächeln, das allerdings seine Augen nicht erreichte. Selbst Juna, die ihn ja nun gut genug kannte, glaubte, die Kälte in der Tiefe seiner Seele spüren zu können, und sie fragte sich, was er damit bezweckte, seinen Status als *Gefallener* vor dem anderen zu verbergen.

Die Tür schwang auf, und Daniel kam herein. »Ich habe Stimmen gehört … oh!« Sofort umgab auch ihn eine unnahbare Aura.

Der Arzt sah irritiert von Daniel zu Arian. »Wie viele seid ihr? Was ist an der Patientin so interessant?«

Juna, die während Arians kurzer emotionaler Krise aufgestanden war, trat an seine Seite. »Sirona ist meine Freundin.«

»Und meine«, fügte Daniel hinzu, ohne zu erkennen zu geben, welche Art Freundschaft er damit meinte.

Der Arzt war das Rätselraten offenbar leid. Er richtete sich ein wenig auf. »Okay, fangen wir von vorne an. Dies ist nicht meine Station, ich bin nur zufällig vorbeigekommen und habe gemerkt, dass einer von uns vor dieser Tür herumlungert.« Er warf Daniel einen kurzen Blick zu. Danach schaute er zu Arian. »Allerdings habe ich dich nicht gespürt. Wer bist du?«

»Arian.« Nur ein Name, keine weitere Erklärung.

Auch Juna stellte er nicht vor, und das war ihr ganz recht.

Je weniger der andere Engel über sie wusste, desto besser fühlte sie sich. Daniel hatte gewusst, dass sie Engelseherin war, und anfangs nicht besonders positiv darauf reagiert. Inzwischen schienen seine Vorurteile jedoch verflogen zu sein, anderenfalls hätte er sie beide sicherlich nicht um Hilfe gebeten.

Daniel stellte sich nun ebenfalls vor und warf einen Blick auf das Namensschild des Arztes. »Dr. Asklepios?« Sein Mundwinkel zuckte. »Irgendwo habe ich den Namen schon mal gehört.«

Juna ebenfalls, und sie fand es ziemlich peinlich, sich nach dem berühmtesten Heiler der griechischen Mythologie zu benennen.

»So heiße ich nun mal. Nicht verwandt oder verschwägert«, sagte er mit einem Seitenblick zu Juna, die sich dafür schalt, dass sie ihre Gedanken offenbar wieder einmal lautstark durch die Gegend gesendet hatte. Sie nahm sich vor, noch intensiver daran zu arbeiten. Solche Fehler durften ihr einfach nicht mehr unterlaufen.

Asklepios beachtete sie nicht weiter und trat an Sironas Bett. »Was fehlt ihr?«

Arian fasste seine bisherigen Erkenntnisse kurz für ihn zusammen.

»Ach, dann ist sie die Selbstmörderin?« Sein Gesichtsausdruck verriet, dass er ihr wenig Sympathie entgegenbrachte.

»Ich glaube nicht, dass sie sich das freiwillig angetan hat. Jemand hat nachgeholfen.«

»Das ist gut.« Asklepios wirkte erleichtert.

Hätte Juna nicht inzwischen gewusst, wie empfindlich Engel auf dieses Thema reagierten, sie hätte ihm für die

Bemerkung die Augen ausgekratzt. Sie war ohnehin von diesem merkwürdigen Arzt, der jetzt auch noch kommentarlos aus der Tür spazierte, alles andere als begeistert.

Durch das Fenster beobachtete sie, wie er den Kopf durch die Tür der Stationszentrale steckte.

Gleich darauf kehrte er zurück und ließ die Jalousien herunter, so dass nun niemand mehr vom Flur aus hereinblicken konnte. Danach sah er Sirona, die nach wie vor nur von einem schwachen Notlicht beleuchtet starr im Bett lag, nachdenklich an. »Ich habe diese Symptome schon einmal gesehen. Es ist noch gar nicht lange her, dass jemand in einem ähnlichen Zustand eingeliefert wurde. Er starb in derselben Nacht, und ich bin nur darauf aufmerksam geworden, weil ich seinen Engel flüchtig kannte.«

Es war eine Eingebung, die Juna fragen ließ: »Wie hat er ausgesehen? Groß, rötliches Haar und Brandnarben auf dem linken Arm?«

»Du kennst ihn?« Asklepios blickte sie misstrauisch an. »Dann gehörst du auch zu dieser RFH-Truppe?«

»Nein.« Arian mischte sich ein, bevor Juna etwas entgegnen konnte, von dem er zu Recht annahm, dass es wenig freundlich geklungen hätte. »Aber es könnte sein, dass dieser Mann ein Attentat verübt hat. Wann genau ist er gestorben?«

»An Lucia, also Mitte Dezember.«

»Das könnte hinkommen. Und er war Mitglied bei den RFHlern, weißt du das ganz genau?«

»Definitiv. Das sind merkwürdige Leute. Vor einiger Zeit hat eine neue Bekannte versucht, meine Frau zu überreden, eines ihrer Treffen zu besuchen. Sie konnte sich aber nicht erinnern, woher diese Person wusste, wer ich bin. Das kam mir merkwürdig vor, und ich habe ihr verboten, dorthin zu gehen.«

Juna verdrehte ihre Augen, enthielt sich aber jeglichen Kommentars zu der Selbstverständlichkeit, mit der er davon sprach, seiner Frau etwas zu verbieten. »Sirona wollte mich der Gruppe ebenfalls vorstellen. Sie hat es gut gemeint, da bin ich ganz sicher. Und an ihrem Auftauchen ist auch nichts Geheimnisvolles.«

Es war Asklepios anzusehen, dass er gern mehr erfahren hätte. Nach einem kurzen Blick auf Arian verzichtete er allerdings darauf, Fragen zu stellen. Juna hätte ohnehin keine weiteren Details preisgegeben, aber Daniel warf ihr einen dankbaren Blick dafür zu, dass sie seine Freundin verteidigt hatte. Er saß auf Sironas Bettkante und streichelte ihre Hand. »Arian, hast du etwas herausfinden können?«

»Bisher noch nicht. Aber wenn du erlaubst, würde ich es gern noch einmal versuchen.«

Wieder pulsierte dieses eigenartige Licht zwischen seinen Händen, das wirkte wie eine sanftere Ausgabe des Engelsfeuers. Vielleicht war es das auch. Zumindest würde es erklären, warum Lucian ebenfalls über heilerische Kräfte verfügte. Die beiden anderen Engel waren vielleicht einfach nicht talentiert genug, um es anzuwenden. Doch es interessierte Juna derzeit ohnehin nicht, warum sie Arian das Heilen derart bereitwillig überließen. Ihr ging es einzig darum, ihre Freundin wiederhergestellt zu sehen.

Und plötzlich geschah das Unglaubliche tatsächlich: Sironas Augenlider flatterten erst und schlossen sich gleich darauf. Daniel flüsterte ihren Namen, und sie öffnete die Augen wieder. Doch dieses Mal war ihr Blick klar und nicht mehr starr wie der einer Toten. Nur ihre Stimme klang rau, als habe sie kürzlich zu viel gesprochen. »Mein Engel.«

Arian entließ sie aus seinem Zauber und stellte sich zu Juna, die diese wundersame Genesung aus dem Halbschatten beobachtet hatte. Die Heilung hatte ihn angestrengt, und ohne darüber nachzudenken, griff er nach Junas Hand. Sofort erhob sich ihr Feuer und züngelte von ihr zu ihm hinüber, als wollte es das Gleichgewicht zwischen ihnen beiden wiederherstellen. Dankbar lächelte Arian sie an, unterbrach jedoch die Verbindung, bevor er sich an Asklepios wandte: »Die Schmerzen werden gleich einsetzen, du solltest ihr etwas dagegen geben, bevor sie unerträglich werden.«

Der Arzt nickte stumm und ging hinaus, um Medikamente zu besorgen.

Daniel strich Sirona immer wieder über die Wange. »Was hast du nur gemacht?«

Kaum hörbar und stockend erzählte sie, wie sie auf der Versammlung ohnmächtig geworden war und erst wieder aufwachte, als sie schon auf dem Dach des Hauses stand, von dem sie sich schließlich gestürzt hatte.

»Es war wie ein Zwang. Ich wollte nicht springen, aber irgendetwas hat von mir Besitz ergriffen, und ich konnte mich einfach nicht dagegen wehren.«

Ihrer Krankenakte, die Asklepios zusammen mit den Medikamenten hereinbrachte, war zu entnehmen, dass sie großes Glück gehabt hatte: Sie war in eine dichte Hecke gestürzt und dennoch sofort gerettet worden, weil ihr jemand zur Seite geeilt war, der sich auf Erste Hilfe verstand. Aber davon wusste sie nichts mehr. Mit dem Sprung riss ihre Erinnerung ab.

Wie vorhergesagt kamen die Schmerzen, und Sirona stöhnte. Rasch ersetzte der Arzt eine Flasche am Infusionstropf.

»So, jetzt wird es dir gleich besser gehen. Nachher werden wir dich ordentlich zusammenschrauben, und im Nu bist du wieder fit. Jetzt ruh dich erst einmal aus.« Er winkte Juna, Daniel und Arian beiseite und sagte leise: »Sie ist die Zweite auf dem OP-Plan. Der Operateur ist einer von uns und versteht sein Handwerk. Aber die Brüche sehen schlimm aus. Ich will also nicht zu viel versprechen.« Er wandte sich an Daniel. »Du kannst hierbleiben. Ich gebe den Schwestern Bescheid. Sollte etwas Ungewöhnliches passieren, komme ich selbstverständlich. Euch beide muss ich nun bitten, mit mir hinaus zu kommen. Heute werden wir sowieso nichts Neues von ihr erfahren.«

Juna ging noch einmal zum Bett, um sich von Sirona zu verabschieden. Als sie wenig später auf den Gang hinaustrat, waren Arian und Asklepios in ein leises Gespräch vertieft. Sie hatte die beiden noch nicht erreicht, da piepste es im Kittel des Arztes, und er kritzelte hastig etwas auf ein Stück Papier, bevor er sich im Laufschritt entfernte.

Arian und Juna verließen das Krankenhaus. Der Wagen, der ihr schon bei ihrer Ankunft aufgefallen war, stand immer noch auf dem Parkplatz, und sie machte Arian darauf aufmerksam.

»Wir gehen ganz normal zum Auto und lassen Finn raus. Dann gehst du mit ihm dort drüben auf die Wiese. Ich kümmere mich um den Rest.«

Sie hielt sich an seine Anweisungen und widerstand sogar der Versuchung, sich nach ihm umzudrehen. Nervös tastete sie nach ihrem Amulett. Es war natürlich noch da und strahlte eine warme Fröhlichkeit aus, sobald Junas Fingerspitzen darüberglitten. Trotzdem konnte sie ihre Nervosität kaum verbergen, während sie mit Finn auf dem Rasenstück im Kreis lief. Dabei hoffte sie, Arian wenigstens aus dem Augenwinkel beobachten zu können. Doch selbst für Juna blieb er unsichtbar.

Endlich kamen die erlösenden Worte: *Du kannst zurückkommen.*

Sofort lief sie los. Finn wunderte sich erst, sprang dann aber erfreut über den kleinen Wettlauf an ihr hoch und bellte. Schnell stiegen sie in den Wagen.

Arian saß bereits auf dem Beifahrersitz. Wie ihm das ohne Türöffner gelungen war, hätte er einem Sterblichen nicht erklären können. Juna schloss daraus, dass er mehr über den heimlichen Beobachter herausgefunden hatte, als er ihr verraten wollte. Immerhin sagte Arian überhaupt etwas: »In dem Auto sitzt eine Sterbliche. Fahr ganz normal los. Ich will wissen, ob sie uns folgt.«

Tatsächlich tauchten kurz darauf Lichter hinter ihnen auf. Arian wirkte zufrieden. »Okay, du rufst diesen Santandér an. Er soll dafür sorgen, dass du mit Finn heil ins Haus kommst. Ich werde mir die Dame einmal näher ansehen.«

Und weg war er.

»Ich hasse es!« Juna hieb mit den Fäusten auf das Lenkrad. Dann aber riss sie sich zusammen und griff nach ihrem Handy, um den Feenchef der Wachleute anzurufen.

Kurz darauf erwartete er sie vor der Tiefgarage und begleitete Juna bis zu ihrer Wohnung, wo er es sich nicht nehmen ließ, jeden Winkel zu untersuchen, bevor er sie eintreten ließ.

26

Es dauerte nicht lange, da landete Arian auf der Dachterrasse. Finn bellte – er hatte sich immer noch nicht an das plötzliche Auftauchen des Engels gewöhnt. Juna öffnete die Tür. »Und, wer war es?«

»Sie heißt Elsa Martins, wird im Juni dreißig Jahre alt und wohnt derzeit im Carlton George Hotel. Wie es aussieht, stammt sie aus London.« Arian zog eine graue Feder aus der Manteltasche. »Aus ihrem Talisman darf man schließen, dass sie mit einem Gefallenen zumindest Kontakt hat.«

»Gruselig.«

»Die Feder?«

»Nein, was du in dieser kurzen Zeit alles herausgefunden hast. Ich konnte auf dem Parkplatz nicht viel erkennen, wie sah die Frau aus?«

»Eifersüchtig? Mach dir keine Gedanken. Ein schlechter Charakter und ausgesprochen kurze Beine. Nicht mein Typ.«

»Gut zu wissen.« Juna sorgte dafür, dass er einen guten Blick auf ihre langen Beine hatte, während er die Frau genauer beschrieb. Schließlich gab es für sie keinen Zweifel mehr. »Elsa Martins kennt euch sehr genau, sie gehört zum Vorstand des RFH.«

Arian wirkte keineswegs überrascht, er hatte diese Verbindung zweifellos selbst längst hergestellt.

»Ist ihr Engel bei ihr?« Ein bisschen schämte sich Juna zwar dafür, aber sie konnte sich beim besten Willen niemanden vorstellen, der sich ausgerechnet in diese Frau verlieben würde.

»Ich bin sicher, dass sie allein reist. Aber das ist gleichgültig. Selbst wenn er im Hotel gewesen wäre, hätte ich auch nicht weniger herausgefunden.«

Darüber musste Juna lächeln. »Herzlichen Glückwunsch zu deinem ausgeprägten Selbstbewusstsein!« Schnell stellte sie sich auf Zehenspitzen und drückte ihm einen Kuss auf die Wange. »Also meine spezielle Freundin Elsa. Ich bin immer noch nicht dahintergekommen, woher sie damals in London gewusst haben mag, wer Lucian ist. Ich traue ihr zu, dass sie bei Sironas *Unfall* die Finger im Spiel hatte.« Ein Gedanke schoss ihr durch den Kopf. »Und ich möchte wetten, dass sie den Mann, der mich in die Luft sprengen sollte, ebenfalls auf dem Gewissen hat.« Sie schlug die Hand vor den Mund. »Himmel! Ich habe Sirona von ihm erzählt und dabei möglicherweise auch die Brandnarben auf seinem Arm erwähnt.«

Arian hob eine Augenbraue.

»Ja, schon gut! Ich weiß, dass ich niemandem vertrauen darf. Aber egal, was Sirona mit der ganzen Angelegenheit zu tun hat, ich glaube nicht, dass sie mir schaden wollte. Daniel muss sie unbedingt rund um die Uhr bewachen.«

»Ich habe bereits mit ihm gesprochen.«

Juna war erleichtert und froh darüber, dass Arian kein weiteres Wort über ihre Schwatzhaftigkeit verloren hatte. Sie nahm sich fest vor, in Zukunft besser auf der Hut zu sein, worüber sie mit anderen sprach. Sie ließ gerade so viel

Ernsthaftigkeit in der Stimme mitklingen, dass er sie beinahe ernst genommen hätte.

»Ach, du bist wunderbar!«

»Ich weiß.« Arian duckte sich, um dem Kissen auszuweichen, das sie nach ihm geworfen hatte. Blitzschnell griff er nach Juna und kitzelte sie.

Atemlos von der Balgerei, warf sie sich schließlich auf das Sofa. »Gnade!«

»Gewährt. Unter einer Voraussetzung.«

»Bedingungen zu stellen, ist aber nicht sehr engelhaft.« Juna liebte es, ihn zu necken.

»Du wolltest doch, dass ich die Erinnerung an meine Vergangenheit über Bord werfe.«

»So habe ich das nicht gemeint. Ich verstehe nur nicht, warum ihr derartig harsch mit Selbstmördern umgeht. Etwas so Schreckliches tut man doch nicht aus Spaß.«

»Wahrscheinlich hast du Recht. Zu häufig übernimmt man einfach Traditionen, ohne sie zu hinterfragen.« Arian schien sich bei diesem Thema nicht wohlzufühlen. Darin unterschied er sich kaum von den meisten Menschen. »Das Leben ist kostbar. Ihr habt doch ohnehin so wenig Zeit, warum will dann jemand die wenigen Jahre auch noch verkürzen?«

»Manchmal wissen Menschen eben keinen anderen Ausweg aus ihrem Leid. So etwas kann man nicht pauschal beurteilen, finde ich.«

»Vielleicht hast du Recht, solche Details werden im universellen Gefüge oft nicht genügend beachtet. Aber diese Unglücklichen wissen ja nicht einmal, was sie danach erwartet.«

»Bestimmt. Weißt du, ich bin einfach zu müde, und so

ein wichtiges Thema diskutiert man nicht in drei Sätzen.«
Juna musste gähnen. »Entschuldige. Und was war nun deine
Bedingung?«

Arian küsste sie. »Schon erledigt.«

Nach einer kurzen Nacht und reichlich Tee zum Frühstück
erwartete Juna eine Überraschung.

Arian hatte sich angeboten, Finn auszuführen. Als sie
zurückkehrten, sauste ihr Hund sofort in seinen Korb, rollte
sich darin zusammen und blickte Juna über den Rand hinweg vorwurfsvoll an.

»Was ist denn mit dir los?« Sie sah Arian fragend an, doch
anstelle einer Antwort legte er ein elegantes Handy auf den
Tisch.

»Ist das Sironas?« Sie streckte die Hand danach aus, hielt
aber mitten in der Bewegung inne. »Woher hast du das? Du
bist doch nicht etwa mit Finn geflogen?«

Arian musste lachen. »Nein. Ich bin schon etwas länger
unterwegs. Ich war kurz im Krankenhaus und habe mit
Daniel gesprochen. Das Handy hat er in ihrer Manteltasche
entdeckt, weil es mitten in der Nacht klingelte.«

»Und wer hat angerufen?«

»Bis er es fand, hatte der Anrufer bereits wieder aufgelegt.
Die Nummer war unterdrückt.«

»Schade, aber zeig trotzdem mal her.« Juna blätterte in
den Adressen und stieß einen Pfiff aus. »Es gibt eine Gruppe
RFH.«

»Ich weiß, und das Beste ist: Die Adressen, die ich bisher
überprüfen konnte, gehören Gefallenen.«

»Hast du heute Nacht überhaupt ein Auge zugetan?«

Arian winkte ab. »Wir müssen nicht schlafen.«

»So kann man sich täuschen. Und ich hätte wetten können, dass neulich eines dieser himmlischen Wesen neben mir lag und schnarchte.«

»Mich kannst du nicht meinen, das war dein Hund.« Arian tat entrüstet, wurde aber schnell wieder ernst. »Bist du bereit? Ich möchte dieser Elsa einen Besuch abstatten.«

»Sehr gern!«

Wenig später landeten sie unbemerkt auf dem Dach des Carlton George Hotels, in dem es im siebten Stock ein Restaurant gab, das praktischerweise ebenfalls eine Dachterrasse besaß. Seit Juna Arian begegnet war, achtete sie auf solche Dinge und war überrascht, wie viel Leben über den Dächern der Städte herrschte.

Alle Türen zum Restaurant standen weit offen, und Juna war dankbar, dass niemand ihre Landung beobachten konnte. So lange, wie Arian unsichtbar blieb und sie dabei festhielt, konnten normale Sterbliche auch sie nicht sehen.

Er ließ ihr keine Zeit, sich zu erholen. Stattdessen behielt er sie einfach im Arm, und sie spazierten ungesehen Seite an Seite zum Aufzug. Innen drückte er den Knopf für die fünfte Etage. Der Aufzug hielt, und nachdem sich Arian vergewissert hatte, dass der Gang menschenleer war, zog er Juna hinter sich her durch das Halbdunkel. Schon fast am Ende angekommen, wandte er sich endlich einer Tür zu und klopfte. »Minibar-Service.«

»Komme!«, rief jemand von innen. Man hörte ein Klappern, und gleich darauf öffnete Elsa. Ihr Gesichtsausdruck wechselte von der Überraschung, dass sie für einen kurzen Moment unerwartet ins Leere blickte, zu blankem

Entsetzen, als sich Arian und Juna plötzlich vor ihr materialisierten.

Bevor sie schreien konnte, hatte Arian ihr eine Hand auf den Mund gepresst und sie ins Zimmer geschoben.

Leise schloss Juna die Tür hinter sich und folgte den beiden weiter in den Raum. Sie machte sich keine Sorgen, dass Arian der Frau etwas antun würde, doch Elsa schien anderer Auffassung zu sein. Ihre Augen waren angstvoll aufgerissen, sie zitterte am ganzen Körper.

»Ich glaube, Elsa kriegt gleich einen Herzschlag. Du solltest sie lieber loslassen.«

Arian beugte sich zu seiner Gefangenen herab und flüsterte ihr etwas ins Ohr. Danach nahm er seine Hand von ihrem Mund.

»Dämon!« Elsa spie das Wort aus und wich bis an die Wand zurück.

Juna fand, dass die Frau in diesem Moment sehr viel mehr Ähnlichkeiten mit einem Dämon hatte als Arian. Ihr Gesicht war unnatürlich rot angelaufen, aus dem Mund lief ein feiner Speichelfaden.

»Interessant.« Er legte den Kopf schräg und betrachtete Elsa, wie man es bei einem merkwürdigen Tier tun würde. Und als Juna seine Augen sah, wäre sie beinahe selbst zurückgeschreckt. Das himmlische Lapislazuli, das sie so sehr liebte, war vollständig verschwunden. Stattdessen blitzte ihr ein neonblaues Engelsfeuer entgegen. Auch ansonsten glich er einem furchterregenden Krieger.

Juna liebte diese Facette ihres gefallenen Engels ebenso sehr wie seine zärtliche, sehr viel menschlichere Seite. *Ich sollte mich ernsthaft fragen, was das über meinen Charakter aussagt.*

Momentan abgelenkt, zuckte sie zusammen, als Arian plötzlich fragte: »Wo ist er?«

Hätte er Juna mit dieser Stimme jemals angesprochen, sie hätte ihm alles gestanden. Vielleicht war dieser Arian doch nicht ganz so begehrenswert, wenn sich seine inquisitorische Aufmerksamkeit auf einen selbst richtete. Mit Leichtigkeit bezwang Juna ihre Lust auf Neues und beschränkte sich vorerst auf die ihr zugedachte Rolle der bescheidenen Zuhörerin.

Aber Elsa war auch nicht aus Pudding gemacht. Sie begriff schnell, dass sie über eine Information verfügte, die für Arian offensichtlich interessant war. Nachdem sie nun nicht mehr unmittelbar um ihr Leben fürchtete, richtete sie sich auf und sagte: »Du wirst es rechtzeitig erfahren, verlass dich drauf.«

Wider Willen bewunderte Juna ihren Mut. Auch wenn Elsa klug genug war, ihm nicht in die Augen zu sehen, und stattdessen Juna hasserfüllt anfauchte, als habe sie den Verstand verloren.

Arian schien mit ihrer Reaktion gerechnet zu haben. »Wie wahr«, lautete sein einziger Kommentar. Dann zog er sein Handy hervor, und die Verbindung kam in erstaunlicher Geschwindigkeit zustande.

»Kannst du etwas für mich verwahren?«

Noch bevor er sein Handy wieder eingesteckt hatte, kochte die Luft wie über der mittäglichen Wüste, und es roch nach Schwefel.

Juna ahnte, wer kommen würde. Und doch mochte sie nicht ernsthaft glauben, dass Arian ausgerechnet diesen *Engel* angerufen hatte, bevor sie Lucian mit eigenen Augen erblickte.

Er sah schrecklich aus. Mächtige Hörner zierten seine Stirn, der athletische Körper glitzerte bis zur Brust blutrot. Von der Taille an abwärts jedoch war er mit einer grünlichen Echsenhaut überzogen, und Juna war froh um den struppigen Pelz, der seine Hüften und Oberschenkel verbarg, obwohl sie dieser Anblick an die Satyrn erinnerte, denen sie in Lucians Palast knapp entkommen war.

Trug er tatsächlich einen Schwanz mit schwarzer Quaste elegant über den linken Arm drapiert, während er den schmutzigen Dreizack mit der Rechten heftig auf den Boden stieß, so dass das Parkett unter ihren Füßen vibrierte?

»Ihr habt gerufen, Meister?«

Juna steckte sich ihren gekrümmten Zeigefinger in den Mund und biss fest zu. Eine Geste, die, wie sie hoffte, ebenso Entsetzen signalisierte wie sie vor einem Lachkrampf bewahrte.

In Arians Mundwinkel zuckte es. »Ähm … ja.« Er zeigte auf Elsa, die wie versteinert an der Wand lehnte und den Blick nicht von der bizarren Erscheinung lösen konnte. »Sie muss sicher gelagert werden.«

Lucian näherte sich ihr mit einem wiegenden Gang, den er vermutlich den gespaltenen Hufen zu verdanken hatte, die anstelle seiner Füße zu sehen waren. Mit einer geschickten Bewegung hatte er Elsa über die Schulter geworfen.

»Mach es nicht kaputt«, warnte Arian.

Lucian gab ein böses Zischen von sich. »Man sieht sich immer zweimal im Leben, meine Schöne.« Seine Stimme ließ Juna nun doch erschaudern. Meinte er das alles womöglich ernst? Doch dann sah sie den Humor in seinen Augen. Er zwinkerte ihr zu und verschwand in einer Wolke widerwärtigster Gerüche.

Es dauerte lange, bis Elsas Schrei endgültig in der Ferne verklungen war.

»Komm. Wir sollten lieber auch gehen. Himmel, wie das stinkt! Dein Freund hat einen übertriebenen Hang zu effektvollen Auftritten.«

Ohne lange zu zögern, fasste Arian Junas Hand, und der Raum um sie verschwand in einem feinen Nebel, bis sie nichts anderes mehr sah als sein Gesicht.

»Sosehr ich deine hübschen Fingernägel liebe, könntest du mich jetzt bitte loslassen?«

Juna starrte auf die blutigen Halbmonde, die ihre Hände an Arians muskulösen Oberarmen hinterlassen hatten. Sie blinzelte verwirrt, und beim nächsten Blick waren nur noch kleinen Narben zu sehen, die sicher auch bald verschwunden sein würden.

»Sag mir, dass ich das alles nur geträumt habe!«

»Ich wünschte, es wäre so. Nephthys dürfte meine Entdeckung interessieren, aber bevor ich mit ihr reden kann, muss ich wissen, warum sie mir den Auftrag erteilt hat, die Verstoßenen ausfindig zu machen. Du hast Recht, es wäre nicht richtig, die Engel einfach auszuliefern, ohne Nephthys' Beweggründe zu kennen. Wenn ich mich nicht vollkommen täusche, dann hat diese saubere Elsa Kontakt zu den Gerechten. Intimen Kontakt, möchte ich sogar behaupten.«

Unfähig, diese Information zu verdauen, stellte Juna einfach die Frage, die sie am meisten beschäftigte: »Und Lucian?« Ihre Stimme zitterte, bevor sie in hysterisches Gelächter ausbrach. Ein Schluckauf gesellte sich hinzu, und dann sprangen die Möbel plötzlich wie toll herum. Schließlich wurde ihr klar, dass Arian sie schüttelte, was auch ihren

Kopfschmerz erklärte. Als sie zu Atem gekommen war, fragte sie ein bisschen ängstlich: »Das hat er doch nicht ernst gemeint?«

Arian wischte ihr eine Träne aus dem Augenwinkel. »Wer kann das sagen? Schließlich ist er ein gefürchteter Dämon.« Junas Gesichtsausdruck veranlasste ihn, eilig zu erklären, dass dies natürlich nicht Lucians wahre Gestalt gewesen sei. »Ich habe keine Ahnung, warum er als *Düvel* aufgetaucht ist. Vielleicht proben sie für Walpurgis?«

Wer immer strebend sich bemüht, den können wir erlösen.

Arian lachte trocken. »Das könnte von Michael sein, ist aber von diesem Goethe, nicht wahr? Ich sollte Lucian wirklich fragen, warum er sich auf den Dichter eingelassen hat. Vermutlich war es Langeweile.«

»Oder er tut, was die Gefallenen auf der Erde auch tun.«

»Und was soll das sein?«

Juna verstand Arians Frage nicht. »Was glaubst du? Das Menschengeschlecht voranbringen beispielsweise?«

Er sah sie erstaunt an. »Meinst du tatsächlich, dass dieses Büchlein die Kraft dazu hat?«

»Ich sehe schon, uns werden die Gesprächsthemen in Zukunft so schnell nicht ausgehen. Vergiss Lucian. Was machen wir als Nächstes?«

Arians Schwingen bebten, und Juna fiel es schwer, sich von dem betörenden Anblick loszureißen. »Ich glaube, Schwarz wird die Farbe meines Herzens.« Sie seufzte.

»Schwarz ist keine Farbe.«

»Du bist *so* romantisch, wenn du in deinen Engelmodus zurückfällst.«

Arian sah Juna verständnislos an.

»Himmel, das war ein Kompliment!«

Als die Sonne in seinem Gesicht aufzugehen schien, begriff Juna endlich, dass er sich ihrer Liebe immer noch nicht sicher war. Der nächste Punkt auf ihrer Liste: Vertrauen stärken. Sie holte tief Luft. »Was nun?«

»Die Gefallenen müssen gewarnt werden. Er hat seine Spuren zwar ziemlich gut verwischt, aber ich ahne, wer sich als Drahtzieher im Hintergrund hält, und mit dieser Macht ist nicht zu spaßen.«

Juna wusste, bloße Ahnungen würde Arian nicht gern mit ihr teilen. Also bezwang sie ihre Neugier und bemühte sich um Sachlichkeit. »Noch kennen wir doch nur wenige dieser irdischen Engel. Wie stellst du dir das vor?«

»Mühsam. Ich kenne allerdings jemanden, der uns vielleicht helfen kann.«

»Aber nicht Lucian, oder? Wann seid ihr beiden eigentlich zu Freunden geworden? Habe ich was verpasst?«

»Mein … der Lichtbringer hat bestimmt, dass Lucian meine Kontaktperson in Gehenna ist. Ich dachte, da kann er sich gleich mal nützlich machen.«

Juna sagte nichts weiter dazu, aber sie war sicher, dass sich Lucian nicht lange von Arian herumkommandieren lassen würde. Er hatte von Anfang an über Arians Herkunft Bescheid gewusst und sich nicht gerade besonders beeindruckt davon gezeigt.

Arian unterbrach Junas Überlegungen. »Keine Sorge, mit Lucian hat es nichts zu tun. Ich möchte einen der Gefallenen treffen. Er hat mir schon früher gelegentlich wertvolle Tipps gegeben. Batarjal ist Schriftsteller und weiß die unglaublichsten Dinge. Ich hätte gleich zu ihm gehen sollen.«

»Und wärst dann noch tiefer in seiner Schuld gestanden.

Ist das übrigens der Grund, warum du Cathure nicht um Hilfe bittest?«

»Nein.« Arians Mund wurde hart. »Er hat dir Sirona vorgestellt. Ich traue ihm nicht mehr.«

Juna hatte sich darüber ebenfalls ihre Gedanken gemacht. Allerdings glaubte sie nicht, dass Cathure ihr hatte schaden wollen. Sie würde es noch herausfinden müssen, aber sie war sich ziemlich sicher, dass Sirona nichts von der Existenz der *Vertriebenen* gewusst hatte, als sie von Cathure geschickt worden war. So schwatzhaft wie sie war, hätte sie bestimmt sofort darüber gesprochen.

Juna erinnerte sich nicht mehr genau an den Wortlaut, aber kurz vor ihrer gemeinsamen Reise nach London hatte Sirona von einer eigentümlichen Begegnung erzählt. Ebenso wie bei der Frau von Asklepios war bei ihr jemand aufgetaucht, der sie auf ihre Beziehung zu Daniel angesprochen hatte. Juna hat dem damals keine große Bedeutung beigemessen, denn Sirona neigte dazu, Leute zu vergessen, die ihrer Meinung nach nicht bedeutend genug waren, um einen festen Platz in ihrem Gedächtnis einzunehmen. Wie auch immer – die Veränderungen im Verhalten ihrer Freundin hatten erst während ihres gemeinsamen London-Besuchs begonnen. Elsa musste der Schlüssel zu allem sein.

Arian öffnete die Terrassentür. »Bist du bereit?«

»Ich glaube, es wäre besser, wir würden dort auf herkömmlichem Wege eintreffen. Dir fällt es vielleicht nicht immer auf, aber wir Normalsterblichen neigen zum Erschrecken, wenn jemand neben uns unerwartet aus dem Nichts auftaucht.« Arian sollte nicht wissen, dass sie immer noch Angst vorm Fliegen hatte, also hatte sie sich bemüht, ihre Anregung möglichst neutral zu formulieren. Leider klang so etwas bei ihr meistens ziemlich gestelzt und war leicht zu durchschauen.

Entsprechend fiel Arians Reaktion aus. Er schloss die Terrassentür, legte Juna einen Arm um die Schulter und nahm sie mit zur Wohnungstür. »Dieses Mal fahre aber ich.« Er liebte es, schnell Auto zu fahren. Fast so sehr wie das Fliegen.

Das Haus des Schriftstellers lag eine gute halbe Stunde von Glasgow entfernt und stellte sich als Torhaus eines Castle in der Nähe von Fintry heraus, einer kleinen Gemeinde unterhalb der Fintry Hills, einer Hügellandschaft vulkanischen Ursprungs. Zumindest behauptete dies der Reiseführer, den Juna während der Fahrt las.

Auf dem Weg dorthin hatte Arian seine Leidenschaft zum Glück nicht ausleben können, weil die Straße zuerst zu stark befahren und dann zu schmal gewesen waren. Trotzdem wirkte er entspannt wie selten in den letzten Tagen, als er an Junas Seite über die Wiesen blickte, die hinter dem Haus lagen.

»Es ist herrlich hier, findest du nicht auch?«

Juna atmete tief ein. Die Sonne hatte den Boden erwärmt, die regensatte Erde roch nach Frühling, und ein Schmetterling tanzte als früher Bote der wärmeren Jahreszeit über dem scheuen Grün eines gepflegten Rasens. Das Haus war kürzlich gestrichen worden, man sah noch die Farbspritzer auf dem Boden rundherum. Ein Spaten steckte im Beet, das den Weg zum Eingang säumte, als habe jemand den Winter endgültig für beendet erklärt und mit der Gartenarbeit begonnen.

Der Zeitpunkt für das, was sie sagen wollte, war möglicherweise nicht optimal, denn vor ihnen lag eine schwierige Aufgabe, aber während Juna die Heckklappe des Wagens öffnete, um Finn herauszulassen, fasste sie sich ein Herz. »Wenn das alles vorbei ist, könntest du dir dann vorstellen, aus Glasgow fortzugehen und irgendwo auf dem Land zu leben?«

Arian drehte sich überrascht zu ihr um. »Würdest du die Stadt verlassen wollen?«

»Ich habe es noch nie richtig ausprobiert, aber für Finn wäre es bestimmt schön. Sieh mal, wie glücklich er ist.«

Und tatsächlich sprang Finn herum wie ein junger Hund und versuchte Juna zu animieren, es ihm gleich zu tun, indem er sie immer wieder anstupste und merkwürdige Geräusche zwischen Knurren und Winseln von sich gab, als wollte er gleich ein Lied anstimmen.

»Es sieht ganz danach aus, als hätte er die Entscheidung bereits getroffen.« Arian blickte über das Tal hinüber zu den Hügeln. »Ich mag Glasgow, sogar Metropolen wie New York oder Shanghai gefallen mir, aber wenn ich in die Natur zurückkehre, merke ich jedes Mal, wie sehr mir die Nähe zur Schöpfung gefehlt hat. Ja, ich könnte es mir sehr gut vorstellen.«

Juna hatte gar nicht bemerkt, dass sie die Luft angehalten hatte. Jetzt entschlüpfte ihr ein Seufzer, und sie legte den Arm um seine Taille. »Dann lass uns die Sache so schnell wie möglich hinter uns bringen.«

Sie gingen den schmalen Kiesweg entlang zum Haus. Arian klopfte, und sie glaubten schon fast, es sei niemand zu Hause, obwohl ein kleines Auto vor der Tür stand. Die Frau, die ihnen öffnete, hatte augenscheinlich geweint. Sie musste über siebzig sein, war schlank, ebenso groß wie Juna und hatte langes graues Haar, das einmal sehr dunkel gewesen sein mochte. Mit dem langen Rock und einem lässigen Pullover, beides schwarz, wirkte sie wie jemand aus einer anderen Zeit, und von weitem hätte man sie für eine junge Frau halten können. Doch ihre Hände zitterten, als sie die Haare nach hinten strich und mit einem Gummiband, von dem zwei weitere ihr schmales Handgelenk schmückten, bändigte.

Juna ließ den Arm sinken. Angesichts der Trauer, die ihr aus dem Gesicht der Frau entgegensah, empfand sie ihr eigenes Glück plötzlich als unangemessen.

»Hallo, was kann ich für Sie tun?«

Sie sah ihre Besucher zum ersten Mal genauer an. »Arian? O mein Gott! Du bist es wirklich.« – »Kommt doch herein.« Sie machte die Tür weiter auf. »Bitte! Ich habe gerade Wasser aufgesetzt.«

Während sie Tee zubereitete, bewunderte Juna die Kücheneinrichtung. Der Kohleherd blitzte, aber er sah aus, als gehörte er ebenso wie der Rest der Einrichtung bereits seit vielen Jahrzehnten in dieses Haus. Dem Küchentisch sah man die Jahre ebenfalls an, obwohl er erst kürzlich mit Sand gescheuert worden sein musste. Die Luft war schwer vom Duft der getrockneten Kräuter, die unter der Decke hingen, und Juna fühlte sich sofort wohl. Jedes Detail, jeder Krug, die Vase mit frischen Zweigen auf dem Tisch – alles wies auf die große Liebe der Bewohner zum Detail hin. Das Haus hatte eine rundherum positive Atmosphäre, als lebten hier die glücklichsten Geschöpfe dieser Erde. Was war also geschehen, das die Hausherrin so traurig gemacht hatte?

Arian räusperte sich schließlich und stellte Juna vor.

Die Frau trocknete ihre Hand und reichte sie Juna. »Ich bin Margrete, Maggie für meine Freunde.« Sie lächelte Arian zu, und es war nicht schwer, sich vorzustellen, wie schön sie gewesen wäre, hätten ihre Augen nicht verweint und rot ausgesehen.

Als jüngere Frau hatte Maggie sicher viele Blicke auf sich gezogen. Sie servierte den Tee und setzte sich.

»Bist du wegen Batarjal gekommen?«

»Ja. Ist er nicht da?«

Die Hoffnung, die in ihrer Stimme mitgeklungen hatte, war vollkommen verschwunden, als sie kaum hörbar antwortete: »Du weißt es also noch gar nicht? Er ist fort.«

Arian wirkte alarmiert. »Wie meinst du das? Batarjal würde niemals einfach so verschwinden!«

Maggie legte den Kopf auf die Arme, und ihr schmaler Körper erbebte, so sehr weinte sie.

Juna warf Arian einen ärgerlichen Blick zu und eilte zu ihr. »Seit wann ist er denn nicht mehr da?«

Wenn es nur ein paar Tage waren, dann ließ sich das Verschwinden des Engels vielleicht ganz einfach erklären. Doch ihre Hoffnungen wurden zerstört, als Maggie sich aufsetzte und leise sagte: »Seit drei Wochen!«

Nun mischte sich Arian ein. »Was genau ist passiert?«

»Er hat einen Anruf bekommen und schien ziemlich aufgeregt. Aber er wollte mir nicht sagen, mit wem er gesprochen hatte. Am Abend sagte er dann, er würde jemanden im Cross Keys treffen. Das ist ein Pub in Kippen. Batarjal hat sich dem Ort immer sehr verbunden gefühlt.« Sie verstummte.

Juna brach das Schweigen als Erste. »Sagt Ihnen *Refugees from Heaven* etwas?«

Erstaunt sah Maggie auf. »Entschuldigt, ich …« Sie wischte sich eine Träne fort. »Was soll das sein?«

Juna erklärte mit wenigen Worten, dass es sich um eine Gruppe von Angehörigen gefallener Engel handelte.

Maggie überlegte. »Ich bin mir nicht sicher«, sagte sie schließlich, »aber Batarjal hat kürzlich von einer Gruppierung gesprochen, von der große Gefahr ausgeht. Könnte es sich dabei um diese Leute handeln?«

Arians grimmiger Blick war Antwort genug.

Maggie stand wortlos auf und ging zum Küchenbuffet, aus dem sie etwas Weißes herausnahm. Nachdem sie sich umgedreht hatte, lag eine gefaltete Serviette in ihrer Hand, deren Ecken sie nun behutsam auseinanderschlug, bis drei lange graue Federn sichtbar wurden. »Als er am nächsten Morgen immer noch nicht zurück war, habe ich zuerst im Pub angerufen. Aber dort ist er angeblich nicht gewesen. Ich habe ihn überall gesucht. Diese drei Federn habe ich schließlich entdeckt. Sie steckten am Zaun neben einer kleinen Brücke, etwa zwei Meilen hinter der Abzweigung zur Craigend Farm. Ich wusste sofort, dass es seine waren.« Sie begann erneut zu weinen, und ihre Hände zitterten.

»Darf ich?« Arian stand plötzlich dicht neben der Unglücklichen.

Maggie zögerte erst, doch dann streckte sie ihm die Hand entgegen, und er nahm die Feder wie jemand, der wusste, dass er etwas sehr Kostbares anvertraut bekam. Arian schloss kurz die Augen, und Juna schreckte zurück, als er kurz darauf seine Visionen mit ihr teilte.

Von Anfang an hatte Juna eine Verbindung zu ihm gespürt, die zuerst allerdings nur in ihrem Unterbewusstsein bestanden hatte. Später hatte sie ihn manches Mal in ihren Gedanken zu Gast gehabt, was ihr bis heute nicht gefiel. Von Lucian hatte sie gelernt, sich vor Zugriffen anderer zu schützen, und diese Kunst ging Juna immer mehr in Fleisch und Blut über. Wenn sie sich darauf konzentrierte, war Arian der Einzige, der stets einen Hintereingang in ihre innere Welt fand … und möglicherweise auch Lucian. Jetzt wünschte sie sich, sie hätte auch diesen Zugang fest verschlossen und die Bilder, die sie von Arian empfing, niemals gesehen.

»Micaal!« Der verhasste Name brannte wie Feuer in ihrer Kehle.

Der selbstgerechte Engel hatte Batarjal aufgelauert und in ein tödliches Gefecht verwickelt. Seine Finte war diabolisch. Juna kannte sie von Lucian, der ihr damit demonstriert hatte, dass Dämonen niemals fair kämpften. Batarjal war buchstäblich ins *offene Messer* gelaufen. Micaal hatte sein Schwert bis zum Heft durch den Solar Plexus des überraschten Gegners gestoßen und damit die einzige Stelle verwundet, die jeden Engel – gleichgültig, ob gefallen, gerecht oder dämonisch – zuverlässig tötete.

Danach hatte er seinem Opfer blitzschnell die drei Federn ausgerissen und an das Tor gesteckt, während die Konturen des Ermordeten langsam verschwommen waren und sich schließlich Tausende kleiner Lichter gen Himmel aufgemacht hatten. Ohne das geringste Zeichen der Anteilnahme oder des Triumphs hatte Micaal seine weißen Schwingen geöffnet und war davongeflogen.

Juna tastete Halt suchend nach der Tischkante. Sie hatte sich immer gewundert, warum Weiß in einigen Kulturen die Farbe des Todes und der Trauer war – inzwischen stellte sich die Frage für sie anders: Wie konnte überhaupt irgendjemand glauben, dass dieses seelenlose Nichts für Reinheit stand?

Maggie nahm Arian die Feder ihres Geliebten wieder aus der Hand und wickelte sie zusammen mit den beiden anderen sorgfältig in das Tuch.

»Maggie, du musst uns alles sagen. Was hat er dir erzählt?« Juna fand Arians Frage in dieser Situation herzlos, doch wusste sie ebenso gut wie er, dass die Zeit drängte. Wenn Batarjal Informationen über die RFH besessen und Micaal mit der Gruppe zu tun hatte, war Maggies Engel vielleicht zur Gefahr für den Gerechten geworden und hatte schon allein deshalb sterben müssen. Die drei Federn waren offenbar als Warnung gedacht gewesen. Ahnte der Mörder, dass sie ihm auf der Spur waren?

Arian schien zu einem ähnlichen Schluss gekommen zu sein. Er war dem Krieger der Gerechten schon einmal mutig entgegengetreten und hätte es jederzeit aufs Neue getan, selbst wenn er nicht über die zusätzlichen Kräfte verfügt hätte, die seit seiner Begegnung mit dem Herrn der Unterwelt allmählich zutage traten.

Es stellte sich heraus, dass Margrete wirklich nichts wusste. Und so war Juna nicht überrascht, als Arian nach dem Arbeitszimmer des von Micaal hingerichteten Engels fragte. Wenn es jemand schaffen konnte, die Gerechten aufzuhalten, dann Arian, davon war sie felsenfest überzeugt.

Maggie zeigte ihnen den Weg in Batarjals Schreibzimmer und ging hinaus, um den versprochenen Tee zu holen.

Arian machte sich an einem überfüllten Schreibtisch auf

die Suche nach Hinweisen, während Juna, die das Laptop entdeckt hatte, systematisch die Dateien durchforstete. Nichts war verschlüsselt, und sie begann sich zu wundern, warum die gefallenen Engel überhaupt so lange unentdeckt geblieben waren, wenn sie sich immer derartig leichtsinnig verhalten hatten. Andererseits hatte sie bisher außer zahlreichen Manuskripten und einer umfangreichen Sammlung geschichtlicher Daten noch keine verwertbaren Hinweise gefunden. Sie nahm einen Schluck aus ihrer Tasse und verzog das Gesicht. Der Tee war längst kalt geworden.

Gerade wollte sie sich nach Arians Fortschritten erkundigen, der inzwischen vor einer enormen Bibliothek stand und Buch für Buch aus den Regalen zog, um es durchzublättern, da entdeckte sie etwas im Cache des Browsers. Der Engel hatte am Tag seines Verschwindens eine Website namens *El Prófugo* besucht. Hieß das nicht so etwas wie *fahnenflüchtig*? Sie rief die Adresse auf, und ein Anmeldeformular öffnete sich. Praktischerweise war der Benutzername bereits eingetragen.

»Bingo!« Juna winkte Arian an ihre Seite, und er setzte sich auf einen zweiten Stuhl. »Hast du irgendeine Idee, was er als Passwort verwendet haben könnte?« Noch während sie sprach, gab sie Maggie ein. Nichts. Margrete funktionierte auch nicht.

Arian überlegte kurz und wollte gerade einen Vorschlag machen, da kam Maggie herein.

Ein Blick auf den Bildschirm genügte ihr. »Versuch es mal mit *Xian-Nue*, das sind die *unsterblichen Mädchen*. So heißt sein erfolgreichstes Buch.«

Juna probierte mehrere Schreibweisen aus, und die vierte

öffnete ihnen tatsächlich das Portal zu einer geheimen Community.

Lautlos zog sich Maggie zurück, während Arian die Mitgliederliste durchging und dabei immer blasser wurde.

»Was ist? Kennst du jemanden davon?« Juna sah ihn besorgt an.

Er lehnte sich auf seinem Stuhl zurück und fuhr sich mit beiden Händen durchs Haar. »Dutzende.« Arian sah sie fassungslos an. »Diese Liste darf auf keinen Fall in die falschen Hände geraten.«

Juna öffnete ein zweites Fenster. »Ich will etwas nachsehen …« Keine Minute später stieß sie einen entsetzten Schrei aus. »Die Website *El Prófugo* ist auf Elsa Martins registriert! Sie kann über die Logins herausfinden, in welchem Ort die Mitglieder leben.«

»Und so hat Micaal auch hierhergefunden.« Arian stand auf.

»Und jetzt weiß er, dass sich jemand unter dem Namen *Batarjal* eingeloggt hat.« Juna starrte auf den Bildschirm. »Vorausgesetzt, er weiß, wie man diese Infos ausliest. Das kann nicht jeder, vielleicht hat Elsa diese *irdischen* Handreichungen für ihn übernommen. Zu ihm passen würde es allemal. Sollen wir es einfach riskieren und sie alle unter Batarjals Namen warnen? So schnell kann Micaal doch bestimmt nicht reagieren.«

»Das wäre nicht recht …«, begann Arian und verstummte, als Juna genervt an die Decke sah. »Ich weiß schon, alte Gewohnheiten und so.«

Er gab sich zerknirscht. »Aber abgesehen davon ist mir das Risiko zu hoch. Falls einer in dieser Community bereits weiß, dass Batarjal getötet wurde, könnte man unsere Warnung für einen Trick halten. Nein, ich werde Daniel anrufen, er soll diesen Arzt und alle Gefallenen, die er kennt, informieren.«

Juna kopierte die Namensliste und schaltete den Computer ab. Maggie gestattete ihnen, das Gerät mitzunehmen. Wenig später begleitete sie beide zur Haustür.

Sie hatten sich bereits verabschiedet, da erklang hinter ihnen eine zaghafte Stimme. »Werde ich ihn wiedersehen?«

Arian kehrte zu ihr zurück, legte die Hände an Maggies tränenfeuchte Wangen, beugte sich herab und küsste sie. Als er sie wieder losließ, war die Ruhe in ihr schönes Gesicht zurückgekehrt. Maggie drehte sich um und ging ins Haus. Die Tür fiel leise hinter ihr ins Schloss.

Erst als sie im Auto saß, gelang es Juna, sich von dem Zauber des Augenblicks zu befreien. »Du hast ihr doch nicht etwa die Erinnerung genommen?«

Arian wählte Daniels Nummer und erzählte ihm von ihrer Entdeckung. Der gefallene Engel versprach, sofort seine Bekannten zu informieren und ihnen ans Herz zu legen, die Warnung weiterzugeben. »Keine Sorge, das klappt schneller als eine Info in diesem Netzwerk. Das Schneeballsystem ist immer noch unschlagbar. Ein Handy hat heute sogar bei uns fast jeder.«

Arian startete wortlos den Motor und fuhr los. An der nächsten Wegbiegung beantwortete er schließlich auch Junas Frage. »Nein, ich habe Maggie die Hoffnung zurückgegeben, dass am Ende ihres Wegs jemand auf sie warten wird.«

»Du meinst Batarjal?«

»Ich wünsche es ihr.«

Wortlos sah Juna aus dem Seitenfenster und dachte daran,

wie unglücklich sie in den langen Wochen ohne Arian an ihrer Seite gewesen war. Der Flirt mit Lucian und die täglichen Trainingsstunden mochten sie abgelenkt haben, doch spätestens wenn sie abends allein in ihrem Bett gelegen hatte, war die Unsicherheit, ob er zurückkommen würde oder nicht, kaum zu ertragen gewesen ... selbst in jenen Nächten, in denen er – oder doch zumindest eine Projektion von ihm – ihren Körper verwöhnt und befriedigt hatte, war es seine Wärme und Liebe gewesen, für die sie sofort auf alles andere in ihrem Leben verzichtet hätte.

Eine raue Zunge leckte über ihre Hand. *Nun, vielleicht nicht auf Finn,* dachte sie und hoffte, sich niemals zwischen ihrem vierbeinigen Begleiter und Arian entscheiden zu müssen.

Juna sah wieder nach vorn. Die Straße war einspurig, und als ihnen ausgerechnet in einer schmalen Kurve ein Kleinlaster entgegenkam, hielt sie sich erschrocken fest, weil Arian die Geschwindigkeit überhaupt nicht verminderte. »Du bist verrückt!«

Der Lastwagenfahrer bremste zum Glück und holperte mit einem Reifen über den Grasstreifen am Rand, so dass seine Ladung, die aus einem Dutzend Schafen bestand, ordentlich durchgeschüttelt wurde. Die Tiere blökten empört, und der Mann zeigte ihnen im Vorbeifahren den Mittelfinger. Juna gab ihm insgeheim recht.

»Sag mal, hier geht es doch nicht nach Glasgow?«, fragte sie zwei Meilen weiter, nachdem sich ihr Puls wieder normalisiert hatte.

»Ich will mir die Stelle ansehen, an der Maggie die Federn gefunden hat.« Kaum waren die Worte ausgesprochen, stieg er mit einem lästerlichen Fluch auf die Bremse.

Juna wollte sich erkundigen, ob er es neuerdings genoss, all diese Dinge zu sagen, die ein Engel nicht einmal denken durfte. »Scheiße! Was macht der hier?«, entfuhr es ihr stattdessen.

Mitten auf der Fahrbahn stand Gabriel, und sie wäre Arian nicht besonders böse gewesen, hätte er Nephthys' zwielichtigen Abgesandten überfahren.

Arian hielt am Straßenrand und sprang aus dem Wagen. »Bitte bleib im Auto!« Seine Worte klangen zwar eher nach einem Befehl und früher hätten sie ganz sicher dafür gesorgt, dass Juna ausgestiegen wäre; doch erstens fehlte es ihr an Energie, sich über Gabriels arrogantes Gehabe zu ärgern, und zweitens tat Arian selten etwas ohne Grund. Wenn er es für besser hielt, dass sie im Auto blieb, dann würde sie erst einmal abwarten.

Die beiden Engel gingen einander auf der einsamen Landstraße entgegen wie zwei geflügelte Revolverhelden. Juna ahnte, dass jetzt kein Mensch das Bedürfnis verspürte, diesen Weg zu benutzen. Sie wusste nicht, wie die Engel es machten, aber es gelang ihnen immer wieder, ihre Begegnungen vor den Menschen geheim zu halten, auch wenn sie derart merkwürdig verliefen wie diese.

Arians Schwingen waren grau. Sie nahm an, dass er den anderen Engel weiter über seine Abstammung im Dunkeln lassen wollte, und fand es interessant, dass Nephthys, die dieses Geheimnis ja schon immer gekannt hatte, ihren Adjutanten Gabriel niemals eingeweiht hatte. Zumindest glaubte sie, dies aus seinem Verhalten lesen zu können, denn er schien nichts Besonderes an Arian zu bemerken, obwohl selbst Juna die neue Dunkelheit in ihm spürte.

Gabriels Flügel allerdings leuchteten in der niedrigen

Nachmittagssonne beinahe golden, und sie fragte sich, ob es wirklich eine optische Täuschung sein konnte. Vielleicht war er einfach zu sehr damit beschäftigt, seine eigenen Geheimnisse zu bewahren, um Arian zu durchschauen.

Das Gespräch zwischen den beiden würde jedenfalls interessant werden. Juna ließ die Fensterscheibe herunter, und tatsächlich hörte sie Gabriel fragen: »Hast du Namen für mich?« Er streckte die Hand aus, als wüsste er, dass sich die kopierten Daten in Arians Hosentasche befanden.

Arian verschränkte die Arme vor der Brust. »Warum will Nephthys eine Liste der Verstoßenen von mir? Sie braucht doch nur ihre eigenen Aufzeichnungen durchzusehen – und die besitzt sie, das weiß ich. Ganz sicher klebt an ihrem Schwert das Blut von sehr vielen dieser armen Hunde.«

Gabriel gab ein Geräusch von sich, das wie das Schnauben eines wütenden Hengstes klang. »Seit wann kennst du so etwas wie Mitleid? Aber das ist auch egal – ein Wächter hat seine Befehle nicht zu hinterfragen!«

»Irrtum. Blinder Gehorsam war gestern.« Arian breitete seine Flügel ein wenig weiter aus. »Ich gehöre dank Nephthys nicht mehr zur Vigilie. Als Verstoßener verfüge ich über einen freien Willen. Das ist es doch, was uns in euren Augen wertlos macht.« Plötzlich waren seine Flügel schneeweiß, und Gabriel hob unwillkürlich einen Arm, um seine Augen vor der plötzlichen Rückkehr des Lichts zu schützen.

Arian lachte, aber es klang nicht fröhlich. »Ein feiner Trick, nicht wahr? Ich wette, du beherrschst ihn ebenfalls.« Als Gabriel nicht antwortete, spuckte er vor dessen Füßen aus. »Täuschungen scheinen zum neuen Stil in Elysium zu gehören. Das macht dich nicht besser als einen von Michaels Handlangern.«

Gabriel zückte sein Schwert. »Wie kannst du es wagen …!«

»Droh mir nicht!«

Seine Schwingen wechselten so schnell die Farbe, dass Juna erschrocken die Luft anhielt. Sie schienen das Licht um ihn herum zu absorbieren, obwohl er sie noch immer nicht vollständig geöffnet hatte.

Gabriel wich unwillkürlich zurück. »Teufel!«

»Ganz genau. Und nun geh zu Nephthys zurück und lass sie wissen, dass sie die Namen von mir erst bekommt, wenn ich weiß, warum sie so interessiert daran ist und was sie damit tun will.«

»Ich komme wieder!« Gabriel steckte sein Schwert zurück und erhob sich in die Luft.

»Das will ich hoffen, denn dies ist mein letzter Job für euch. Danach will ich dich nie wieder sehen.«

Juna war stolz auf ihren Kämpfer, und als er zurück ins Auto stieg, legte sie die Arme um seinen Nacken und küsste ihn. Er mochte ein gefallener Engel sein und seine Qualitäten als Autofahrer ließen zweifellos zu wünschen übrig, aber in ihren Augen hatte Arian mehr Anstand im kleinen Finger als einer der Gerechten in seiner ganzen herzlosen Pracht.

27

Fast hätten sie das Schild übersehen, doch Arian bremste gerade noch rechtzeitig und bog in die schmale Straße ein. Als er sah, dass Juna verkrampft auf ihrem Sitz saß, bewies er, dass er ein Herz hatte, und fuhr langsamer. Sie passierten eine Farm, auf der es nichts Interessantes zu sehen gab. Die Straße war inzwischen nicht mehr als ein asphaltierter Feldweg. Sie führte durch eingezäunte Wiesen, auf denen Schafe in dichtem Winterfell standen und ihnen träge nachsahen. Das Gras war an vielen Stellen noch braun, aber die Tiere, das wusste Juna, waren genügsam und blieben oft das ganze Jahr draußen. Nur die neu geborenen Lämmer wurden von den Farmern allmorgendlich eingesammelt und zusammen mit ihren Müttern für ein paar Tage im Stall untergebracht, bevor sie gesund und vollgefressen wieder hinaus auf die Weiden durften. Knorrige Bäume und kleine Steinmauern säumten nun den Weg. Rechter Hand erhoben sich die Fintry Hills, zur Linken fiel das Land sanft ab.

»Sieh mal, das muss die Brücke sein, von der Maggie gesprochen hat.« Sie hatten gerade ein Wäldchen durchquert, und vor ihnen kreuzte ein Bach ihren Weg, der sich aus dem Hügelland durch die weiten Wiesen und Heideflächen seinen Weg bahnte. Die sorgfältig instand gehaltene Steinbrücke ließ erahnen, dass nach einem kräftigen Regen aus diesem Bach durchaus einmal mehr als nur ein Rinnsal werden konnte.

Arian setzte ein paar Meter zurück und stellte den Wagen auf einem Waldweg ab. Sie stiegen aus und sahen zur Brücke hinüber. »Das Gelände ist ideal«, hörte Juna Arian sagen.

»Ideal wofür?« Doch dann begriff sie. »Für einen Kampf, meinst du.«

Hier war die Natur noch nicht eingezäunt und gebändigt, vom Wind niedrig gehaltenes Buschwerk und freie Flächen wechselten sich ab. Die Landschaft erstreckte sich ungebrochen bis zu den Höhen der Fintry Hills, nur ein merkwürdiges Gebilde aus Steinen erhob sich wie ein mahnender Finger mittendrin. »Was ist das?«

Arian, der eine Steinmauer am Straßenrand nach irgendwelchen Hinweisen abgesucht hatte, sah auf. »Vielleicht ein altes Steingrab.«

Juna hätte sich das gern genauer angesehen, denn sie hatte ein Faible für Steinkreise, Megalithen und andere geheimnisvolle Überbleibsel längst vergangener Kulturen. »Solange du hier nach Spuren suchst, lasse ich Finn laufen. Es ist nicht fair – jetzt sind wir schon mal auf dem Land, und er sitzt entweder im Haus oder im Auto.«

»Mir wäre es lieber, wenn ihr im Auto warten würdet.«

»Ach komm schon. Wenn Micaal auftauchen sollte, sind wir in der Blechbüchse auch nicht sicher. Im Gegenteil, der Wagen könnte gut zum tödlichen Gefängnis werden.« Juna dachte daran, was schon ihr Feuer anrichten konnte. Wie viel stärker mochte da Micaals Engelsfeuer sein? Sie hatte keine Lust, sich bei lebendigem Leibe rösten zu lassen, und immerhin besaß sie Lucians Schwert und wusste sich damit zu verteidigen.

Juna hatte sich bisher immer noch nicht getraut, Arian das kostbare Geschenk Lucians zu zeigen, weil sie einfach nicht wusste, wie er darauf reagieren würde. Ihr gefiel es jedoch immer weniger, ein so großes Geheimnis vor ihm zu haben, und sie nahm sich vor, Arian bei der nächsten Gelegenheit davon zu erzählen. Jetzt allerdings war er mit wichtigeren Dingen beschäftigt, und deshalb versprach sie, vorsichtig zu sein, öffnete den Kofferraum und ließ Finn frei.

Der Hund sprang hinaus, schnüffelte ein wenig und lief dann den Pfad am Waldrand entlang, der vermutlich hinauf zu dem Steingrab am Hang führte.

Na also, dachte Juna erfreut. Damit war die Entscheidung gefallen, und sie folgte ihm.

Nachdem sie die Anhöhe erreicht hatte, bot sich ihr ein herrliches Bild. Die erwachende Frühlingslandschaft lag unter ihr und erstreckte sich bis zum Horizont. Im Westen meinte sie, das Meer zu erahnen, was natürlich nur eine Illusion war, denn so weit konnte ein Mensch nicht sehen. Weiter nördlich erhoben sich die Vorboten der Highlands aus dem einstmals vulkanischen Boden. Sie umrundete den Turm aus aufgeschichteten Steinen, entdeckte aber nichts Besonderes. Sie stellte sich vor, wie einst der Nationalheld Rob Roy mit seinen gestohlenen Rinderherden hier Halt gemacht hatte, um auf weiteres Vieh aus den Bergen zu warten. Vielleicht hatten seine Männer den Haufen aus langer Weile aufgeschichtet. Oder die Bauern sammelten an dieser Stelle einfach Feldsteine, um später eine Mauer daraus zu bauen.

Finn knurrte und riss sie damit aus ihren Überlegungen. Mit schlechtem Gewissen sah sie in den sich verdunkelnden

Himmel – es musste mehr Zeit vergangen sein, als sie gedacht hatte, und es war kühl geworden. Junas Strickjacke bot gegen den merklich auffrischenden Wind wenig Schutz. Wie so häufig in dieser Region änderte sich das Wetter rasch. Der Himmel über ihr war zwar immer noch blau, doch die Sonne schien sich verhüllt zu haben, und die Wiesen unter ihr wirkten eigentümlich fremd. Fast so, als habe sich ein Schleier darüber gelegt. Es wurde Zeit, den Rückweg anzutreten.

Je näher sie dem Wäldchen kam, in dem ihr Auto geparkt war, desto mulmiger wurde ihr. Arian war nicht zu sehen, und sie begann sich Sorgen zu machen. Nicht das Wetter hatte sich verändert – die ganze Welt schien plötzlich in eine angstvolle Starre verfallen zu sein. Kein Schmetterling tanzte mehr über die Wiesen, kein Vogel sang. Außer dem Wind, der beständig zuzunehmen schien, herrschte beklemmende Stille.

Von einer Sekunde auf die andere, als hätte sie einen magischen Schutzschild durchbrochen, erkannte Juna den Grund für dieses Phänomen: Sieben Engel landeten auf der kurzgeschnittenen Wiese, ihnen voran niemand anderer als Micaal. Die weißen Schwingen der Gerechten waren herrlich anzusehen. Arian aber verlieh das glänzende Schwarz seiner Flügel eine bedrohliche und zugleich majestätische Ausstrahlung, die der seiner Gegner in nichts nachstand.

Micaal rief etwas, doch der Wind trug die Worte fort, Juna verstand ihn nicht. Arian antwortete in höhnischem Tonfall. Sie waren in einen Hinterhalt geraten. Während sich die irdischen Engel noch organisierten, waren die Gerechten hier angetreten, um Tatsachen zu schaffen, indem sie ihren stärksten Widersacher auslöschten.

Starr vor Angst stand Juna am Waldrand, unfähig, eine Entscheidung zu treffen.

Ihre Gedanken waren von einer einzigen Frage blockiert. *Was soll ich nur tun?* Sollte sie Arian zu Hilfe eilen und ihn damit womöglich ablenken? Juna wusste, dass er von ihr verlangen würde, sich in Sicherheit zu bringen. Und sei es um den Preis, ihn im Stich zu lassen. Doch das konnte und wollte sie nicht.

Juna tat einen Schritt nach vorn und spürte plötzlich einen heftigen Stoß im Rücken. Gleich darauf fand sie sich am Boden zwischen zwei Tannen wieder. Finn zwängte sich unter den tiefen Ästen hindurch und kroch dicht an Juna heran. Er legte seine Schnauze auf ihre Hand, als wollte er sie davor warnen, das mit Blättern und Tannennadeln ausgepolsterte Versteck zu verlassen. Sie fühlte sich wie ein Reh, in dessen nächtlichem Schlafplatz sie sehr wahrscheinlich gelandet waren. Der Wald bot ihr seine Freundschaft an. Irgendjemand hatte ihr die schwere Entscheidung abgenommen, und vorläufig vertraute Juna sich dem Schutz der Natur an. Das Amulett an ihrem Hals hielt sie vorsichtshalber fest umklammert.

Aus ihrem Versteck beobachtete sie das weitere Geschehen. Micaal und seine Mitstreiter waren, ebenso wie bei ihrer letzten Begegnung, wie Krieger der Antike gekleidet. Mit Brustpanzer und Beinschienen, dazu ein schlichtes weißes Gewand, unterschieden sie sich von Arian nur farblich.

Weiß gegen Schwarz, die Figuren in diesem tödlichen Spiel standen einander kampfbereit gegenüber, und bei dieser Übermacht schien klar zu sein, wer gewinnen würde. Doch noch war die Partie offen.

Juna hoffte auf ein Wunder. Was hätte ihr Leben noch für einen Sinn, wenn er bei dem Versuch, sie zu schützen, stürbe? Und noch viel mehr stand auf dem Spiel. Die Freiheit all jener Engel, die zwar aus Elysium ausgeschlossen worden waren, aber den Versuchungen der Hölle widerstanden hatten, und von denen jeder Einzelne mehr für die Menschheit tat als diese seelenlosen, selbstgerechten Verfechter des reinen Wegs.

Ihre stillen Gebete wurden erhört. Wie aus dem Nichts tauchte Daniel neben Arian auf, und mit ihm ein gutes Dutzend kampfbereiter Mitstreiter in mehr oder weniger geeigneter Ausrüstung. Ihre Schwerter waren in Ordnung, aber eine anständige Rüstung sah anders aus. Hatten sie das Recht verloren, das Kampfgewand der Engel und Dämonen zu tragen?

Juna staunte über ihren Mut. Einer hatte sich lediglich einen Motorradhelm zu Jeans und T-Shirt aufgesetzt, gleich zwei waren im blau-weißen Trikot ihres heimischen Rugby-Vereins erschienen. Immerhin sah sie auch vier oder fünf von ihnen in der Kampfuniform der Special Forces, die zumindest etwas Schutz bieten würde.

»Wo ist sie?« Als hätten die Worte ihr gegolten, konnte sie Micaal nun verstehen. Seine Stimme klang so unbeteiligt wie immer.

Arian starrte ihn nur an. Es war alles gesagt, er würde Juna niemals ausliefern.

»Deine Freunde«, der Engel machte eine Handbewegung in Richtung der irdischen Engel, deren Flügel allesamt grau schimmerten. »Sie werden sterben. Willst du das?«

»Nein.«

»Du machst es mir nicht leicht …« Er verstummte, und

seine Augen wurden schmal. Alle Kombattanten hoben gleichzeitig die Köpfe und lauschten.

Ein fürchterlicher Sturm raste heran, ein Brausen und Heulen, als öffneten sich die Pforten der Hölle. Juna legte schützend die Hände über den Kopf und hoffte, die Bäume um sie herum würden dem Wind standhalten und sie nicht unter sich begraben. Erst wirbelte Staub auf, Blätter, Zweige brachen ... dann kam der Regen. Er schlug alles Leben nieder, prasselte herunter wie eine entfesselte Macht. Kraftvolle Böen trieben ihn vor sich her, bis er zu nadelspitzen Eiskristallen gefror, die sich bald in faustdicke Hagelkörner verwandelten. Sie begruben das Land schließlich unter einer dicken Eisschicht.

Ebenso plötzlich, wie es gekommen war, verstummte das Inferno wieder. Ein Portal öffnete sich, dessen Ränder von Flammen gesäumt waren. Lucian trat heraus, wie ein übergroßer Racheengel, der er vor seinem Sturz auch gewesen war. Er trug die Finsternis wie einen Mantel, öffnete die Arme und entließ eine ganze Legion schwarzer Engel in die Welt. Die dämonischen Kämpfer übertrafen Junas finsterste Fantasie. Sie erschienen diszipliniert wie ein römisches Heer und doch zugleich so blutrünstig wie eine Meute wilder Hunde, die nur Lucians Macht daran hindern würde, die Welt zu überschwemmen und zu vernichten. Juna war sicher: Würde der mächtige Marquis in diesem Gefecht fallen und sie nicht wieder in die Unterwelt zurückbringen können, wäre die Menschheit für immer verloren. Sie war starr vor Angst.

Micaal indes wirkte vollkommen unbeeindruckt. Er hob sein Schwert, und zahllose weitere seiner Krieger erschienen aus dem Nichts und stellten sich hinter ihm auf. Als er den

Arm sinken ließ, folgten sie wie ein Mann seinem Zeichen zum Angriff.

Weiß erhob sich gegen Schwarz in einem Wirbel aus Schwertern, Flügeln und blitzender Energie. Juna hatte große Mühe, Arian im Auge zu behalten. Er rang mit einem Gerechten, bis dieser sich plötzlich in einen Sternenschauer auflöste. Noch bevor sein Gegner im Nichts verschwunden war, griffen ihn bereits zwei neue an, einer allerdings hatte den Arm kaum erhoben, als ihn ein blutiges Schwert zwischen den Schulterblättern traf und zu Boden streckte. Ein Dämon erschien, und Juna hätte schwören können, dass er lachte, während er die Klinge genüsslich im sterbenden Fleisch umdrehte. Die Konturen des Engels lösten sich auf. Zurück blieb lediglich eine Blutlache, die das schmelzende Eis am Boden rosa färbte.

Derweil hatte sich Arian seines anderen Angreifers entledigt und Micaal entdeckt, der sich dem Waldrand näherte. Im Nu war er bei ihm.

»Mach diesem Wahnsinn ein Ende!«

Die tödliche Klinge am Hals, erstarrte der Gerechte für einen Augenblick, dann explodierte er. Einer Supernova gleich löste sich sein Körper in Abermillionen zischende Lichtblitze auf.

Arian hielt sich schützend den Arm vor die Augen und sah deshalb nicht, wie Micaal hinter ihm, einem Geist ähnlich, erschien und in Sekundenschnelle in seine menschenähnliche Form zurückfand.

Der Gerechte umfasste sein Schwert mit beiden Händen und holte aus, um es Arian rücklings in die Brust zu stoßen – was ihm auch gelungen wäre, hätte ihn in diesem Augenblick nicht eine weiß glühende Kugel am Kopf getroffen.

Juna war nicht mehr zu halten. Nach ihrem Wurf zog sie ihr eigenes Schwert und stürzte sich auf Micaal.

Erstaunt drehte er sich um, der Feuerball schien kaum mehr als eine unwillkommene Störung zu sein.

Arian warnte: »Juna, nein!«

Doch sie war bereit, ihre Klinge mit dem Erzfeind zu kreuzen, um hier und ein für alle Mal die Verfolgung zu beenden.

Micaal dachte offenbar, er könne Juna mit einem lässigen Schwertschlag enthaupten.

Sie duckte sich blitzschnell, sprang nach links und stieß gleichzeitig vor. Ihm gelang es zwar ohne Anstrengung, rechtzeitig auszuweichen, dennoch färbte ein blutiger Streifen seinen Arm rot.

Aus dem Augenwinkel sah sie, dass von Arian keine Hilfe zu erwarten war. Die Gerechten hielten ihn in Schach.

Juna machte nicht den Fehler, Micaal noch einmal anzugreifen. Sie blieb sprungbereit stehen. Mit lockerem Handgelenk hielt sie das Schwert und wartete.

In den Augen des Gegners war keine Emotion zu lesen, und sie hatte auch nichts anderes erwartet. Hier galt es mehr mit Instinkt als mit Beobachtungsgabe zu agieren. Sie rief sich noch einmal alle Ermahnungen in Erinnerung, die Lucian ihr während des Trainings gegeben hatte. Es sei wichtig, den Gegner so lange wie möglich darüber im Dunkeln zu lassen, wie stark man wirklich war, hatte er ihr empfohlen.

Trotz aller Konzentration kam der Angriff des Gerechten so überraschend, dass sie erschrocken zurückwich. Siegessicher drängte er nach, bis ihn eine Feuerwand aufhielt, die aus dem Nichts zwischen ihnen emporloderte.

»Wieder mal in Schwierigkeiten, Kleines?« Lucian erschien neben ihr und schob sie hinter sich.

Daniel tauchte ebenfalls auf. »Wir müssen ihm den Rücken freihalten«, war alles, was er sagte.

Danach blieb ihnen gerade noch genügend Atem, um sich der Angreifer zu erwehren. Juna schlug sich tapfer, auch wenn sie aus mehreren Wunden blutete und ihre Kräfte merklich nachließen. Sie war eben doch nur eine Sterbliche.

Als sich eine Chance ergab, versuchte sie, sich allmählich aus dem Kampf zurückzuziehen. Ein fremder Engel, dessen Flügel so grau glänzten wie die Irische See an einem stürmischen Tag, deckte ihren Rückzug, und zwei Dämonen assistierten ihm dabei.

Sie hatte es fast geschafft, als ein Gerechter am Waldrand erschien, größer und strahlender als jeder Engel, den sie zuvor gesehen hatte.

Der Engel zögerte nicht und hielt sich nicht mit Reden auf. Er stieß sein flammendes Schwert in Junas Körper, bis es am anderen Ende hervortrat. Sachlich, fast so, als wollte er die Klinge damit von ihrem Blut reinigen, drehte er sie um neunzig Grad und zog sie wieder aus ihrer Brust. Juna fiel vor ihm auf die Knie. Das Splittern ihre Kniescheibe bemerkte sie nicht. Ihr Blick war auf sein überirdisch leuchtendes Gesicht geheftet, als suchte sie darin Antworten.

In der Ferne rief jemand ihren Namen. Sie versuchte zu antworten, doch statt der Worte quoll Blut aus ihrem Mund.

Arian, ich liebe dich! Mit diesem letzten Bekenntnis wich das Leben aus ihrem Körper, und eine Wolke feinsten Sternenstaubs tanzte zum Himmel.

Vielleicht hatte er etwas anderes erwartet, denn der Engel hielt kurz inne und sah Junas davonwehender Seele nach, bis sie zwischen den Wolken verschwunden war. Danach setzte er sich wieder in Bewegung und durchquerte das Heer der Kämpfenden, als sei ihr Schlachtfeld für ihn nichts anderes als eine Sommerwiese vor der Mahd.

»Mörder!« Arians Stimme ließ alle erstarren. »Dafür wirst du mir büßen, Michael. Es ist noch nicht vorbei!«

Der Erzengel blieb stehen. Ganz langsam wandte er sich um und sah Arian über die große Entfernung hinweg an. »O doch, das ist es.« Er machte Micaal ein Zeichen, ihm zu folgen, und öffnete seine Schwingen, deren Farbe die Summe allen Lichts verkörperte.

Die Dämonen zischten und versuchten, ihre Augen vor dem himmlischen Leuchten zu schützen. Er beachtete sie nicht, stieg auf in die Höhe, immer weiter, bis er mit dem Blau des Himmels verschmolz.

Arian wollte ihm folgen, ihn für das Unfassbare stellen und zur Rechenschaft ziehen. Doch Lucian und Daniel eilten an seine Seite und hielten ihn mit aller Kraft zurück.

Arian schrie seinen Hass hinaus, bis der Boden unter ihnen zu beben begann.

Lucian befand, dass es Zeit war, der drohenden Zerstörung Einhalt zu gebieten. Er streckte die Hand aus und zwang Arian damit aufzusehen. »Du willst wissen, wohin sie gegangen ist?«

Arian war wie von Sinnen, doch Lucian wiederholte seine Frage, und schließlich hatte er die Aufmerksamkeit des Untröstlichen.

»Wo ist Juna?« Arian befreite sich aus dem Griff seiner Mitstreiter, sprang auf und hob sein Schwert, bis die Spitze auf Lucians Hals zeigte. »Sag es mir!«

Lucian nahm den tödlichen Stahl zwischen Zeigefinger

und Daumen und schob die Klinge beiseite. »Du würdest dein Leben für sie geben, habe ich Recht?«

»Wo. Ist. Juna?«

»Dort, wo wir alle einmal enden.«

Und ehe Arian begriff, was diese Worte bedeuteten, hatte Lucian ihm die Klinge seines Schwerts bis zum Heft in den Solarplexus gestoßen.

Mit einer Drehung zog er es langsam wieder heraus. »Gute Reise, mein Freund!«

Am Ende ihres Wegs wartete ein Engel auf Juna. Sosehr sie sich auch bemühte, die Farbe der Flügel konnte sie nicht erkennen. Eben strahlten sie weiß wie ihre Umgebung und das helle Gewand, das sie nun trug. Dann wieder glaubte sie, das typische Silbergrau der Verstoßenen zu sehen. Als sie näher kam, sah sie, dass es ein weiblicher Engel war, der sie mit ausgestreckten Armen willkommen hieß. Ein Engel, der bei näherem Hinsehen erschreckende Ähnlichkeit mit ihr selbst zeigte.

Juna blieb stehen. Unwillkürlich tastete sie nach ihrem Amulett, doch es war fort. Jetzt erinnerte sie sich daran, wie es mitten auf dem Schlachtfeld plötzlich hinabgeglitten war. Der Verschluss musste sich während des Kampfes geöffnet haben.

»Juna, Kind! Fürchte dich nicht, komm zu mir.«

»Mutter?«

Der Engel kam ihr entgegen und schloss sie in die Arme. »Es tut mir so leid!«

»Was tut dir leid?« Juna legte die Hand auf ihren Bauch, der glatt und unversehrt war, als hätte niemals ein Schwertstreich ihr Leben ausgelöscht. »Etwa, dass du mich ausgesetzt und mit meinen Problemen alleingelassen hast? Oder dass dieser Irre mich umgebracht hat?«

»Pst! So darfst du nicht sprechen. Wenn Michael uns hört, dann …«

»*Das* war der *Erzengel* Michael? Der Kerl, der die Gerechten gegen uns aufhetzt?« Juna schwankte leicht und wäre gestürzt, hätte ihre Mutter sie nicht gehalten.

»Scheiße!«, flüsterte sie. Und noch einmal: »Scheiße!« Sie straffte die Schultern.

Ihrer Mutter war anzusehen, dass sie Junas Wortwahl missbilligte. Offenbar hatten sie beide sich ihr Wiedersehen anders vorgestellt.

Du solltest mich mal richtig fluchen hören! Doch die Worte wollten ihr nicht über die Lippen kommen. Juna tat sich schwer damit, dieses himmlische Wesen als ihre Mutter anzuerkennen. Theoretisch mochte sie gewusst haben, dass Engelsblut in ihren Adern floss, aber es war eindeutig etwas anderes, dem wahrhaftigen Beweis gegenüberzustehen. Sie hatte so viele Fragen, aber es gab im Augenblick andere Dinge zu bedenken. Irgendetwas fehlte ihr, und damit meinte sie nicht ihr Leben. Das war weg. Aber es gab etwas anderes, noch wichtigeres, das sie unbedingt wiederfinden musste. Juna war nicht komplett …

Wenn ich mich doch bloß erinnern könnte! Sie sah sich um. »Wo sind wir überhaupt?«

Ihre Mutter griff nach Junas Hand. »Komm jetzt, mir bleibt nicht mehr viel Zeit. Du wirst das alles später begreifen.«

»Sie bleibt hier!«

Zwei weitere Engel manifestierten sich aus dem Nichts. Blütenweiß von Kopf bis Fuß, einschließlich seines Gefieders, stand auf einmal Gabriel da. Von dem Silbergrau, das er bei ihren vorherigen Begegnungen zur Schau getragen hatte, war keine Spur mehr zu sehen. Es stimmte also – er verstand sich darauf, die Farbe seiner Flügel dem Anlass entsprechend zu ändern. Nun hob er sich kaum von dem allgegenwärtigen Weiß ihrer Umgebung ab, aber der missmutige Zug um seinen Mund war der gleiche geblieben. Neben ihm stand eine Frau, die trotz einer zierlichen Gestalt in ihrer hoheitsvollen Ausstrahlung dem mörderischen Erzengel Michael in nichts nachstand. Sie war die anmutigste und exquisiteste Erscheinung, der Juna jemals begegnet war, und ein Blick in das vollendete Gesicht ließ sie ahnen, dass sie dem frostigsten unter den herzlosen Engeln gegenüberstand: »Nephthys!«

»Siehst du, er verleugnet mich keineswegs. Sie kennt sogar meinen Namen.« Nephthys legte ihre Hand auf Gabriels Arm. Dann wandte sie sich an Junas Mutter, und das Blau ihrer Augen, das Juna so vertraut vorkam, wurde gletscherfarben.

»Rachiel!«

Juna registrierte den Namen ihrer Mutter. *Rachiel.* Er gefiel ihr. *Rachiel.*

Nephthys zeigte auf sie und fragte kühl: »Was hat *sie* hier verloren?«

Juna reagierte allergisch darauf, wenn jemand über sie sprach, als sei sie nicht anwesend. Eine Eigenart, die ihre Stiefmutter mit diesen Engeln gemein hatte. Die einzige vermutlich.

Von ihr hatte sie sich früher einschüchtern lassen, jetzt jedoch war sie daran gewöhnt, Engeln oder Dämonen zu begegnen, und öffnete gerade den Mund, um denselben Respekt für sich einzufordern, den sie auch diesen Wesen entgegenbrachte, da tauchte plötzlich ein vierter Engel auf. Jemand, der nicht mehr an diesen Ort gehörte. Jemand, der die Dunkelheit mit sich brachte, in der all das lichte Weiß zu verschwinden drohte.

»Arian!« Juna schrie auf. Wie hatte sie nur ihre Liebe vergessen können? Sie riss sich von Rachiel los, die weiter ihre Hand gehalten hatte, und stürzte ihm entgegen. Doch dann sah sie die klaffende Wunde in seinem Bauch und blieb wie angewurzelt stehen.

»Nein!«

Der Schrei der Verzweiflung verhallte ungehört in dem entsetzlichen Sturm, der nun ausbrach und Juna zweifellos hinweggefegt hätte, wäre sie nicht unmittelbar in Arians Arme geschleudert worden, der sie festhielt und so gut es ging zu schützen versuchte.

»Schluss jetzt!« Seine Stimme durchdrang das Inferno mühelos, und so schnell, wie es gekommen war, verschwand es auch wieder.

Einzig Nephthys, die in ihrem Schock über Arians tödliche Verletzung für einen kurzen Augenblick die Gewalt über die Elemente verloren zu haben schien, stand immer noch so hoheitlich und unversehrt da wie zuvor. Rachiel war gestürzt, Gabriel sah ziemlich gerupft aus, und Arians dunkles Haar hing ihm wild ins Gesicht, bis er es mit dieser für ihn so typischen Handbewegung beiseiteschob.

Wie hatte sie ihn nur für eine Sekunde vergessen können? Juna verbarg ihr Gesicht vor Scham an seiner Schulter. Da hörte sie eine bekannte Stimme.

»Um Himmels willen, was ist denn hier los? Unter einer stürmischen Vereinigung habe ich mir etwas anderes vorgestellt.«

Noch bevor sie aufsah, war ihr klar, dass sie nur einen kannte, der diesen spöttischen Tonfall derartig kultiviert hatte: Lucian. Dennoch traute sie ihren Augen kaum, als sie ihn leibhaftig dort stehen sah. Seine bleiche Hand lag im Nacken eines weißen Engels, der sich nicht zu rühren wagte und in den zerfetzten Kleidern, die ihm vom Körper hingen, erbarmungswürdig aussah.

»Husch, husch!« Lucian gab ihm einen Stoß, und der Engel stolperte auf Nephthys zu.

Gabriel trat hastig vor und fing den armen Tropf rechtzeitig auf, bevor der das Gewand der himmlischen Fürstin besudeln konnte. Danach hielt er ihn seinerseits am Schlafittchen fest. »Was soll das?« Seine Stimme verriet nur eine Emotion: Ärger.

Lucian war nicht so leicht zu beeindrucken. »Das Vögelchen war meine Eintrittskarte in diese *heiligen Hallen*. Was sonst?« Er wischte sich die Hände an der Kleidung ab, als hätte er etwas besonders Unsauberes berührt. »Ich brauche es nicht mehr. Du kannst es entsorgen.«

Gabriel wollte auffahren, doch eine kaum sichtbare Handbewegung von Nephthys ließ in verstummen.

»Geh. Bring ihn fort.«

Er gehorchte wortlos.

Lucian hob eine Augenbraue. »Dein neues Schoßhündchen?« Bevor sie etwas antworten konnte, hob er beschwichtigend beide Hände. »Ich kann nicht lange bleiben. Also: Frieden! Okay?«

Arian hatte sich ein wenig gefangen, ärgerlich sah er zu Lucian hinüber. »Warum hast du mich umgebracht, wenn man auch so hier hereinkommt?«

»Weil du viel zu edel bist, um einen ehemaligen Kollegen

derart zu missbrauchen.« Er zuckte mit den Schultern. »Und außerdem war es eilig.« Sein Tonfall war heiter, als sei es ganz normal für ihn, am Eingang zu Elysium über Mord und Geiselnahme zu parlieren. »Und? Wie fühlst du dich, jetzt, da du Vater *und* Mutter kennst?«

»Lucian, nicht!« Nephthys' Stimme war dunkler als gewöhnlich.

Ungläubig blickte Arian von ihr zu Rachiel, die gerade Lucians Hand ergriff, um sich von ihm aufhelfen zu lassen. »Du bist meine Mutter?«

Juna befreite sich aus seinen Armen. »Hast du keine Augen im Kopf? Sie hat die gleiche Haarfarbe wie ich, wir sind gleich groß ... Rachiel ist ganz offensichtlich *meine* Mutter!« Sie zeigte auf Nephthys. »Deine steht dort drüben!«

Lucian applaudierte ihr. »Ich hätte es nicht besser erklären können.«

Juna fuhr herum. »Ach, du! Sei lieber still.« Wissend blickte sie zwischen Lucian und Rachiel hin und her. Er hatte den Arm um ihre Schultern gelegt, und ihr schien diese Berührung keineswegs unangenehm zu sein. »Ein Blinder kann sehen, dass ihr zwei eine gemeinsame Geschichte habt.«

Als ihr klar wurde, dass der Marquis mit seinen Avancen niemals wirklich sie gemeint hatte, hätte sie verletzt sein müssen. Doch stattdessen fühlte sie unendliche Erleichterung darüber, dass sie der Versuchung niemals erlegen war. Lucian war eben ein Dämon – er nahm, was er kriegen konnte, offenbar auch in der Liebe.

Rachiel sah schuldbewusst zu Boden, aber Lucian erlaubte nicht, dass sie sich aus seinem festen Griff befreite.

»Du bleibst hier, mein Täubchen. Wir klären unsere *gemeinsame Geschichte* heute ein für alle Mal.«

Als Juna sah, dass Arian immer noch fassungslos Nephthys anschaute, die ein kleines bisschen weniger furchteinflößend wirkte, sagte sie hilflos zu ihrem höllischen Verbündeten: »Ich wäre dir dankbar, wenn du zuvor *mein* Problem klären könntest. Du hättest doch Arian nicht erstochen, wenn es keine Heilung für ihn gäbe.«

Sie hoffte, dass es so war. Arian musste zurück auf die Erde und weiter für die Sache der dort lebenden Engel eintreten.

Lucian schien glücklicherweise der gleichen Meinung zu sein. Seine Mahnung war nun bar jeglicher Leichtigkeit. »Nephthys, die Zeit der beiden läuft ab. Willst du nichts unternehmen?«

Nephthys schien aus ihrer Erstarrung zu erwachen und ging langsam auf Arian zu.

Zum ersten Mal seit vielen Tausend Jahren hätte ein aufmerksamer Beobachter ein Zögern, eine leichte Unsicherheit aus ihren Bewegungen lesen können.

Nephthys hob die Hand, um sie an seine Wange zu legen.

Er schrak zurück, als habe er einen Schlag ins Gesicht erwartet.

In einer unglaublich hilflosen Geste ließ sie den Arm sinken. »Ich darf das nicht. Es wäre gegen alle Regeln!«

»Es war auch gegen alle Regeln, dass sich Michael eingemischt hat. Die Gerechten waren so gut wie besiegt und Juna beinahe in Sicherheit.« Verärgert machte Lucian einen Schritt auf sie zu. »Hätte ich zu seinem Vater gehen und ihn um Hilfe bitten sollen? Dann, meine Liebe, wäre dein Plan nicht mehr aufgegangen.«

Nephthys sah ihn kaum an, immer wieder glitt ihr Blick

zu Arian. Ihre Augen glitzerten, und Juna dachte schon, sie würde sich abwenden und ebenso lautlos verschwinden, wie sie gekommen war. Doch die geheimnisvolle Puppenspielerin, die hinter all den Ereignissen stand, die Juna und Arian in den letzten Monaten in Atem gehalten hatten, war auch jetzt für eine Überraschung gut. Sie hob die Hand und öffnete ein Fenster in die Vergangenheit. Bevor Juna hindurchsehen konnte, erwachte Arian endlich aus seiner Starre, zog sie an sich und hielt ihr die Augen zu.

So blieb es Juna erspart, noch einmal die schrecklichen Sekunden zu erleben, bevor der Erzengel ihr das Leben genommen hatte. Jeden normalen Menschen hätte, da war sie ganz sicher, bereits bei seinem majestätisch-übersinnlichen Anblick der Schlag getroffen.

»Michael, mein Freund. Du hast einen Fehler gemacht!« Nephthys machte aus ihrer Genugtuung kein Geheimnis, und Juna begriff überrascht, dass auch sie Gefühle hatte. *Eine ziemlich emotionale Situation, wenn man bedenkt, dass keiner von euch ein Herz besitzen sollte.*

Nephthys hatte zweifellos *gehört*, was Juna dachte, dennoch lächelte sie ihr zu. »Komm!«

Sie schaffte es nicht, sich ihr zu verweigern, folgte der Aufforderung erst zögerlich, dann aber freiwillig und voller Zuversicht.

Nephthys legte beinahe freundschaftlich einen Arm um ihre Schulter, und Juna stellte kaum hörbar die Frage, die sie am meisten beschäftigte: »Wird Arian leben?«

Nephthys nahm ihren Kopf in beide Hände und küsste sie. Zuerst wollte sie sich gegen diese unerwünschte Intimität wehren, aber dann ließ Juna es geschehen und gab sich der Welle aus Emotionen hin, die sie überrollten, bis sie die

Kraft fand, obenauf mitzusurfen. Zu groß war ihre Hoffnung, dieser Engel, der ihrer aller Schicksal in seinen zarten Händen zu halten schien, könnte sie wieder zum Leben erwecken. Sie spürte eine Hand auf ihrer Stirn und gleich darauf einen stechenden Schmerz in der Brust.

Hab keine Angst!

Und plötzlich begann ihr Herz wieder zu schlagen, und Juna wusste: Es war nicht beschädigt. Das Blut rauschte durch ihre Adern, ein Brausen erhob sich in ihren Ohren, und sie wurde von einer unerwarteten Leichtigkeit erfasst. Rachiel lächelte mild, Arian streckte die Hand nach ihr aus, und das Letzte, was sie sah, war Lucians aufmunterndes Zwinkern. Nein, halt ... Arians liebevoller Blick begleitete sie sicher in ein körperloses Nichts.

Unruhig wälzte sie sich im Bett hin und her. Wenn Juna schlecht schlief, legte sie sich am liebsten auf den Rücken, faltete die Hände über dem Bauch und versuchte, die Aufgaben des kommenden Tages zu ordnen. Eine großartigere Methode, um einzuschlafen, gab es gar nicht. Regelmäßig erstellte sie ein erstklassiges Pflichtenheft für den nächsten Tag ... das am folgenden Morgen vergessen war.

Dieses Mal gelang ihr nicht einmal das. Sobald sie versuchte, sich auf den Rücken zu drehen, war irgendetwas im Wege. Vermutlich hätte sie die Betten sorgfältiger beziehen sollen, oder sie lag wieder einmal auf einer Nachthemdwurst. Als sie Arian das Phänomen der zu einem Knäuel werdenden Nachtbekleidung zu erklären versucht hatte, musste er so sehr lachen, dass sich einige seiner Federn aus den Schwingen gelöst hatten und zu Boden geschwebt waren. »Warum trägst du diese *Nachthemden* überhaupt? Wenn du frierst … da weiß ich eine zuverlässige Methode, dem vorzubeugen.«

Juna war dieser *Trick* keineswegs unbekannt. Leider führte er zu heftigem Schlafentzug, den sie sich als Tierärztin auf Dauer nicht leisten konnte.

Da sie Arians wahre Gestalt kannte, war es für sie nicht weiter verwunderlich, dass er mit Vorliebe nackt und meistens auf dem Bauch schlief, weil seine Flügel im Wege waren. Jedes himmlische Wesen beherrschte die einfache Magie, die es ermöglichte, die Flügel spurlos verschwinden zu lassen … nur eben nicht im Schlaf. Einem Luxus, den sich Engel aber ohnehin selten gönnten.

Bisher hatte sie gegen Arians Schlafgewohnheiten nichts einzuwenden gehabt. Übernehmen wollte sie diese allerdings auch nicht. Nach einem anscheinend aussichtslosen Kampf gegen Hemd und Bettzeug schlief sie schließlich doch wieder ein … auf dem Bauch. Und bald darauf begann der Traum:

»Komm!«

Nicht Juna war gemeint, sondern Arian.

Er gehorchte. Schließlich stand er vor Nephthys, und sie legte beide Hände über die Wunde in seinem Körper. Die eiskalte Engelkönigin schloss die Augen und hub zu einem merkwürdigen Singsang an. Arian wirkte wie verzaubert. Er schwankte leicht, und Juna wollte zu ihm eilen, um ihn zu stützen, doch Lucian hielt sie zurück. »Sieh genau hin. Es ist ein Wunder!«

Und tatsächlich konnte sie beobachten, wie sich Arians tödliche Wunde langsam schloss. Was die Frage aufwarf, warum Juna ihrer Mutter körperlich unversehrt begegnet war. Lucian flüsterte ihr zu, dass dies bei Menschen, die auf ihrem Weg ins Friedland die Vorhallen von Elysium erreichten, eben so sei. Entgegen ihrer Natur gab sie sich damit zufrieden, registrierte, dass ihre Frage *Wo bin ich?* nebenbei beantwortet worden war, und konzentrierte sich nun auf die Geschehnisse in ihrem Traum, die freundlicherweise darauf gewartet zu haben schienen, dass sie ihnen wieder ihre volle Aufmerksamkeit schenkte.

Nephthys küsste die Stirn ihres Sohns. Jeder der Augenzeugen wusste, dass sie ihn, wie schon zuvor der mächtige Fürst der Unterwelt, damit offiziell anerkannt hatte. Auch Juna hegte keinen Zweifel daran, obwohl sie sich eine Liaison zwischen den beiden beim besten Willen nicht vorstellen konnte.

Sie richtete sich auf, griff nach dem Wasserglas, das immer an ihrem Bett stand, und trank durstig daraus, bis der letzte Tropfen ihre Kehle benetzt hatte.

Juna?

Ich komme schon! Mit schlechtem Gewissen kehrte sie in ihren Traum zurück.

Arian brauchte nicht zu fragen, warum sich Nephthys ihm nicht früher offenbart hatte, und auch Juna kannte die Antwort.

Noch vor kurzem hätte es in dieser Welt keinen Platz für jemanden mit seiner Abstammung gegeben, und er wäre gezwungen gewesen, in Gehenna unter dem Einfluss seines Vaters zu existieren. Sie hatte ihn jedoch zu sich genommen, ausgebildet und es ihm damit ermöglicht, sich frei zwischen einem Dasein im Licht und der Welt der Schatten zu entscheiden. Äußerlich inzwischen mit den Attributen eines dämonischen Engels ausgestattet, hatte er sich unter ihrer Führung eine reine Seele bewahrt.

»Und nun komm du zu mir!« Nephthys winkte Juna herbei.

Verschlafen erhob sie sich aus ihrem Bett und ging auf bloßen Füßen über den weichen Boden. Als sie neben Arian stand, ergriff er ihre Hand. *Hab keine Angst.*

Nephthys sah zu Rachiel und Lucian, die Seite an Seite das Geschehen beobachteten. »Das muss eben ausreichen«, sagte sie wie zu sich selbst und machte ihnen ebenfalls ein Zeichen, näher zu kommen.

Als folgten sie einer geheimen Choreografie, stellte sich Lucian neben Arian, während Rachiel ihrer Tochter zur Seite stand.

»Juna, Arian. Kniet nieder!«

Juna hatte das merkwürdige Gefühl, Zuschauerin und Handelnde in einer Person zu sein. Der Traum erschien ihr ungewöhnlich realistisch und absurd zugleich. Sie kniete nieder und spürte Nephthys' Hand auf ihrem Kopf.

»Arian, geboren im Zeichen des Windes, und Juna, Hüterin des Feuers, ich verbinde euch mit dem heutigen Tag zu einer unauflöslichen Einheit. Mögen eure Kräfte sich befruchten und gegenseitig kontrollieren.« Sie bedeutete ihnen, sich zu erheben. »Von diesem Tag an werdet ihr Boten zwischen den Welten sein.«

Ihre Stimme klang fast so unbeteiligt wie immer, als sie ihnen anschließend ihren Plan erläuterte. Arian, dem als legitimer Sohn des Höllenfürsten freie Passage nach Gehenna und in alle anderen Welten der Finsternis gewährt worden war, würde zwar Elysium und selbst dessen Vorräume von nun an niemals wieder auf legalem Wege betreten können, aber dafür wurde Juna gestattet, Nephthys zukünftig aufzusuchen, wann immer es erforderlich werden sollte.

»Und ihr zwei«, Nephthys nickte Rachiel und Lucian zu, »werdet die ehrenvolle Aufgabe haben, die wunderbare Nachricht in die Welt zu tragen, dass vom heutigen Tag an die gefallenen Engel, die sich für ein irdisches Dasein entschieden haben, dies in Frieden erleben sollen.«

Die beiden senkten gehorsam die Köpfe. Lucian konnte allerdings nicht widerstehen und zwinkerte Juna zu, bevor blondes Haar sein Gesicht vor allen Blicken verbarg.

Nephthys sah auf. Sie lauschte in die Ferne, und auf ihrem Gesicht erschien ein schwer zu deutender Ausdruck. Lächelte sie, oder war es gar Triumph, der in ihren Augen funkelte? »Ah, Michael! Du kommst gerade recht!«

Als Juna den Erzengel sah, legte sie unwillkürlich schützend eine Hand auf die Stelle, an der sein Schwert sie durchbohrt hatte.

»Wie ich höre, hast du ein bisschen getrickst.« Nephthys drohte ihm spaßhaft mit dem Zeigefinger, doch die Zeichen von guter Laune waren ebenso schnell verschwunden, wie sie gekommen waren.

Michaels Nasenflügel blähten sich. »Du willst es wirklich tun? Die Verstoßenen legalisieren, auf dass sie die Menschheit weiter verderben!«

Wie nicht anders erwartet, sah Juna keine Emotion in seinem Gesicht.

»Genau das Gegenteil ist der Fall. Die irdischen Engel helfen den Menschen, wo sie können. Verstehst du nicht? Nur weil sie selbstbestimmt leben wollen, sind sie nicht unbedingt schlechter als deine herzlosen Legionen.«

Er schien größer zu werden. »Diese Bande ist unkontrollierbar, hast du das schon vergessen? Ich dagegen habe meine Leute im Griff.«

Nephthys richtete sich ebenfalls auf. Die zarte Frau schaffte es, mit Michael auf Augenhöhe zu sein, obwohl sie deutlich kleiner war.

»Micaal hat alle Grenzen überschritten, als er diesen Club gründete. Er hat sich mit einer von ihnen eingelassen, um ihr Vertrauen zu erschleichen! Menschen zu instrumentalisieren, war immer gegen die Vereinbarung. Willst du etwa sagen, du hättest davon gewusst und es ihm durchgehen lassen?«

Juna hatte den Verdacht, dass Michael zum ersten Mal von Micaals Machenschaften hörte. Sein oberster Heerführer würde ganz bestimmt ein Problem bekommen. Sie freute sich schon darauf, ihn in der Gemeinde der irdischen Engel begrüßen zu dürfen und schämte sich nur ein klein wenig für diesen rachsüchtigen Gedanken.

Der Erzengel blinzelte einmal, doch ansonsten änderte sich nichts an seiner beklemmenden Präsenz. »Bist du dir auch über die Folgen im Klaren? Sie werden sich mit den Erdentöchtern paaren und alles mit ihren Bastarden überschwemmen. Das hatten wir schon einmal. Kannst du dich nicht mehr erinnern, was dann geschah?« Auf Nephthys' Vorwürfe ging er nicht ein.

Nephthys hob eine Augenbraue, als sei seine Frage absurd. »Natürlich erinnere ich mich. Aber anders als du, bin ich in der Lage, aus der Geschichte zu lernen. Und glaube mir, sie werden genau dies nicht tun, denn Unfruchtbarkeit ist der Preis für ihre Freiheit.«

Michael sah sie lange schweigend an. »Einverstanden.« Damit drehte er sich um und ging fort, ohne noch einmal zurückzuschauen.

»Er sieht nicht aus, als würde er einfach so klein beigeben!« Juna spürte vier Augenpaare auf sich. »Was ist, habe ich etwas Falsches gesagt?«

Schließlich antwortete Nephthys: »Du hast Recht, ich werde ihn im Auge behalten müssen.«

Damit drehte auch sie sich um und ging in die andere Richtung davon, bis sich ihre Konturen in dem endlosen Weiß verloren.

28

Jetzt darfst du hinsehen!« Arian zog das Tuch fort, und Juna sah ... nichts. Sie blinzelte, und allmählich kehrte Farbe in die Welt um sie herum zurück. Noch einmal kniff sie die Augen zu, spürte dem salzigen Aroma des nahen Meeres nach, lauschte dem Vogelgezwitscher und dem Wind, der ihr ein *Willkommen* zuflüsterte, während er den warmen Duft wilder Gräser und Bäume herbeitrug.

Und dann sah sie es: Ihr Traumhaus am Meer. Weiß gestrichen duckte es sich in eine hügelige Küstenlandschaft. Obstbäume blühten rechts und links, rundherum sauber geschnittene Hecken und eine Steinmauer, der man ansah, dass sie kürzlich repariert worden war, umgab das Anwesen. Eine Hummel summte vorbei und ließ sich auf den weißen Blüten entlang des Wegs nieder. Sosehr Juna auch den Hals reckte, weitere Häuser waren nicht zu sehen.

Sie umarmte Arian. »Ferien in Cornwall? Eine wunderbare Idee!«

Er erwiderte ihren Kuss liebevoll und fasste sie dann an der Hand. »Komm!«

Das Gartentor quietschte ein bisschen, aber Juna hatte nur Augen für das Haus. Finn sauste an ihnen vorbei, froh, nach der langen Autofahrt endlich die Glieder strecken zu können.

Langsam folgten sie ihm ums Haus herum. Die Sprossenfenster der Terrassentüren auf der Rückseite blinkten im Sonnenlicht, und Juna brannte darauf, das Innere zu erkunden. Doch Arian hatte augenscheinlich andere Pläne. Er zog sie durch den Garten, der zwar verwildert war, dem man aber noch ansah, dass er einst wunderschön gewesen sein musste. Auch jetzt hatte er einen verwunschenen Charme, dem Juna sich nicht entziehen konnte, obwohl sie alles andere als eine passionierte Gärtnerin war. Am Ende schützte nur ein altersschwacher Lattenzaun vor dem Sturz in die Tiefe. Anstelle einer Pforte hatte jemand ein Seil gespannt, das allerdings auch schon bessere Tage gesehen hatte. Juna trat an Arians Seite bis an den Rand und blickte gut vier Meter in eine kleine Bucht hinab.

Die Reste einer Treppe waren noch zu erkennen. Sie hatte einst zu dem weißesten Strand, den man sich wünschen konnte, hinabgeführt.

Juna lachte übermütig. Sie brauchte ja nur ihre neuen Flügel auszubreiten und hinunterzusegeln. Leider fehlte es ihr bisher an Übung, und dies war auch Arians Argument gewesen, als er ihr die Reise in den Süden der Insel vorgeschlagen hatte. »Dort kannst du dich in Ruhe mit deinen neuen Fähigkeiten vertraut machen.«

Sie hatte zugestimmt und dabei gedacht, dass sie sich bei der Gelegenheit auch gleich nach einer neuen Bleibe umsehen würde.

Juna drehte sich einmal um sich selbst und lachte glücklich.

Arian fiel ein und nahm sie bei der Hand. »Zum Haus!«

Nebeneinander liefen sie bis zur Terrasse, und er stieß eine der Türen auf.

»Traumhaft!« Juna stand in der unteren Etage des Hauses

und bewunderte den riesigen offenen Kamin im großzügigen Wohnbereich. Die angeschlossene Bibliothek – leider ohne ein einziges Buch in den dunklen Regalen – und ein Arbeitszimmer hatte sie schon besichtigt.

Jetzt ging sie in die große Küche, aus der ebenfalls Terrassentüren in den Garten führten und an die ein Wirtschaftsbereich mit separatem Eingang angeschlossen war. Von hier sah man unmittelbar auf einen ehemaligen Gemüsegarten.

»Wie praktisch. Würden wir hier wohnen, könntest du nach der Gartenarbeit gleich mit dem Kochen beginnen!« Sie dachte an Arians erste Versuche, ein Essen zuzubereiten, und kicherte.

»Und ich hatte gedacht, es würde dir gefallen, dass du die Wäsche nicht durchs ganze Haus tragen musst, um sie aufzuhängen.« Arian zeigte auf die Pfähle, zwischen denen einstmals eine Wäscheleine gespannt gewesen sein musste. Als Juna ihm anstelle einer Antwort den Zeigefinger in den Bauch piekste, hob er sie einfach in seine Arme und lief mit ihr die Holztreppe hinauf in ein lichtes Schlafzimmer. Leider war es unmöbliert und ziemlich luftig, denn eine der Balkontüren stand weit offen und erlaubte nicht nur den freien Blick über das Meer, sondern ließ auch Wind und Sonne herein. Ihre Elemente.

Junas Flügel öffneten sich, und die voller Erwartung zitternden Spitzen trafen mit Arians größeren schwarzen Schwingen zusammen.

Obwohl sein höllisches Erbe anderswo das Licht absorbierte und den Tag schwächte, bot es in ihrer Gegenwart eine geradezu jenseitige Bühne für Junas himmlische Energie. Arians Feuer loderte heiß, der Funke sprang schnell über. Ihr hatte sein entfesselter, geradezu elementarer Hunger schon immer gefallen, doch seit sie in dieses neue Leben zurückgekehrt war, glich jede ihrer Begegnungen einem Vulkanausbruch. Sein männliches Lachen jagte neue, bisher unbekannte lustvolle Wellen durch ihren Körper.

Juna ergab sich den urtümlichen Mächten, die aus dem Beginn der Zeit zu stammen schienen, widerstandslos. Sie genoss das Gefühl von ungezügelter Leidenschaft, die wie ein Feuersturm durch ihre Adern raste.

Mit fliegenden Fingern entkleideten sie sich gegenseitig. Juna wurde nicht müde, seinen Körper zu berühren. Wie häufig hatte sie die scheinbare Perfektion griechischer Statuen bewundert, nicht ahnend, dass das Vorbild für all diese Kunstwerke eines Tages leibhaftig vor ihr stehen würde.

Waren es seine Hände oder nur die sinnlichen Gedanken, die sie teilten, die jede ihrer Kurven berührten wie ein kostbares Kleinod? Juna hungerte danach, Arians Feuer zu atmen und ihre Energien miteinander zu verbinden. *Lass mich nicht länger warten!*, beschwor sie das Höllenfeuer heiser.

Als hätte er nur darauf gewartet, reagierte Arian sofort. Er drängte sie an die Wand, hob sie hoch und rieb sich an ihr, bis Juna glaubte, vor Lust verbrennen zu müssen.

»Bitte!« Sie versuchte es mit diesem zittrigen Flehen, das ihren geliebten Engel bisher immer um den Verstand gebracht hatte.

Doch heute ließ sich Arian Zeit. Er hielt ihre Hände fest und lächelte wissend. Dann beugte er sich langsam herab, streifte ihren Hals, ihre Lider und schließlich ihren Mundwinkel mit seinen weichen Lippen. Gnadenlos erstickte er den ungeduldigen Schrei aus Junas Kehle mit seinen

Küssen, trank die züngelnden Flammen und eroberte ihren Mund mit seiner Zunge, während ihre Seufzer sein neu gewonnenes Herz mit Liebe erfüllten.

Auch in den folgenden Wochen fehlte ihnen ihr Bett nicht, denn sie schliefen kaum. Doch für erotische Eskapaden blieb leider wenig Zeit.

Arian erzählte Juna, was er über Rachiel herausgefunden hatte. »Sie besitzt überall Häuser, nicht nur auf Skye, wie du anfangs dachtest. Warum, kann ich dir auch nicht sagen.« Ratlos sah er Juna an.

»Ich fürchte, meine … Rachiel«, korrigierte sie sich, »hat sich niemals dazu durchringen können zu *altern*, so wie andere es tun, um unter den Menschen nicht aufzufallen.«

»Das kann sein. Lucian glaubt, sie hätte wohl die Hoffnung gehabt, er würde eines Tages zu ihr zurückkehren. Das sind seine Originalworte: *während ich Esel in Gehenna auf sie gewartet habe.*«

Arian bestätigte, was Juna längst geahnt hatte. Lucian und ihre Mutter waren einst so sehr ineinander verliebt gewesen, dass der damals schon überaus mächtige Dämon sogar versucht hatte, für sie nach Elysium zurückzukehren. Rachiel war verstoßen worden. Doch statt zu Lucian nach Gehenna zu gehen, beschloss sie, ein Märtyrerdasein auf der Erde zu fristen.

»Was ich immer noch nicht begreife: Woher wusste sie von meinem Tod? Und wie hat sie es geschafft, am Eingang zu Elysium auf mich zu warten?«

»Rachiel ist ebenso alt wie mein Vater.« Arian hatte inzwischen gelernt, seine Herkunft zu akzeptieren. »Sie verfügt über Talente, die uns verborgen bleiben. Allerdings gibt es Gerüchte, dass sie einen Deal mit einem Schutzengel gemacht hat, um so schnell zur Stelle sein zu können.«

»Sag mal, kann es sein, dass die himmlischen Sitten auch nicht mehr das sind, was sie einmal waren?«

»Möglich. Was fragst du mich? Du hast sie gehört, ich bin nur eine *Feder im Wind* und deiner nicht würdig.«

Juna verdrehte die Augen. Mutter und Tochter würden niemals ein inniges Verhältnis zueinander entwickeln, das stand für sie fest. Immerhin aber hatte Rachiel ihnen dieses wunderbare Haus überlassen. Und während Arian die Handwerker beaufsichtigte, hatte sich Juna nach einem Job umgesehen und schließlich genau das Richtige im nahe gelegenen Nationalpark entdeckt, in dem man eine Greifvogelstation aufbauen wollte. Ihr Gehalt war nicht üppig, aber sie würden über die Runden kommen.

Arian hatte schnell feststellen müssen, dass seine Kreditkarten nun nicht mehr das Plastik wert waren, aus dem sie bestanden.

Doch eines Tages fanden sie einen Scheck in der Post, der auf ihn ausgestellt war. Im Umschlag steckte ein Zettel, auf dem Gabriel in antiquierter Schrift notiert hatte: *Hier dein Honorar. Willkommen in der Realität! G.*

»Was hat er eigentlich gegen dich?« Juna drehte die Nachricht zwischen den Fingern hin und her.

Arian zuckte mit den Schultern. »Ich glaube, er hätte selbst gern weiter auf der Erde gelebt. Für Nephthys zu arbeiten kann ganz schön anstrengend sein.«

»Läuft da was zwischen den beiden?« Juna erinnerte sich daran, dass Lucian eine entsprechende Bemerkung gemacht hatte.

Arian sah sie dermaßen entgeistert an, dass sie die Frage

schnell unter den Tisch fallenließ und stattdessen die sechsstellige Summe auf dem Papier betrachtete. »Das wird bestimmt nicht für die Ewigkeit reichen, selbst wenn du es klug investierst. Ich schätze, früher oder später brauchst du einen Job.«

Dieser Meinung war auch Cathure, der ihnen zur *Vermählung*, wie er es nannte, sogar persönlich gratulierte und dabei etwas ganz Ungeheueres tat, er entschuldigte sich. Sie saßen auf ihrer neuen Terrasse und blickten in den Sonnenuntergang, als er plötzlich sagte: »Wenn ich gewusst hätte, dass Sirona in die Hände von Extremisten fallen würde, hätte ich sie dir niemals vorgestellt.«

Juna hatte von Anfang an nicht glauben wollen, dass Cathure ein falsches Spiel mit ihnen spielte. »Woher wusstest du von ihrer Verbindung zu einem verstoßenen Engel?«

Cathure seufzte. »In ihren Adern fließt Feenblut, und deshalb war ich natürlich für sie verantwortlich. Aber die Hochzeit …« Er machte eine entschuldigende Handbewegung. »Ich hätte besser auf sie Acht geben müssen.«

Arian legte seine Hand auf Cathures Arm, dem dieses Eingeständnis sichtlich schwergefallen war. »Eine normale Sterbliche hätte all dies nicht überlebt. Ihr Erbe hat sie stark gemacht, und Daniel wird dafür sorgen, dass sie bald auch mental wieder auf die Beine kommt.«

»Er täte gut daran, denn sie ist nach deiner *Spontanheilung* unsterblich.«

Arian seufzte. »Es tut mir leid, davon habe ich damals nichts gewusst.«

»Mach dir keine Vorwürfe, das kriegen wir wieder hin.« Cathure sah Juna an. »Aber dein Bruder …«

»Was hat er jetzt schon wieder angestellt?«

»Ich fürchte, er hat sich nun endgültig für seinen Weg entschieden.« Cathure schien sich bei diesem Thema unwohl zu fühlen.

Juna schwieg. Sie arbeitete hart daran, ebenfalls eine *Engelsgeduld* zu entwickeln, wie sie Arian besaß. Nie war es ihr so bewusst gewesen, dass es ihre Emotionen, ihre Fähigkeit zur Empathie waren, die ihr Leben tatsächlich erst lebenswert machten. Und nach ihrer Rückkehr waren all diese Empfindungen auch noch deutlich schärfer. Diese Flut an Gefühlen und Stimmungen zu kontrollieren, fiel Juna noch schwer. Sie wartete darauf, dass Cathure weitersprach, ließ sich ihre Ungeduld aber nicht anmerken. Arian warf ihr einen anerkennenden Blick zu, und beinahe hätte sie Cathures Worte überhört.

»Er investiert in Menschenhandel. Lucian hat bereits vor Wochen ein Ultimatum gestellt.«

»Du schützt ihn vor Lucian? Warum spricht der verdammte Marquis nicht mehr mit mir?« Juna war verärgert, und all ihr Training konnte nicht verhindern, dass sich dies auch in ihrer Stimme niederschlug.

Ein trockener Wind fuhr durch das Haus, und die zarten, überlangen Gardinen, die Juna erst gestern aufgehängt hatte, flatterten aufgeregt. »Weil ich deinem Mann«, Lucian war aus dem Nichts erschienen und zeigte auf Arian, »versprechen musste, eure Flitterwochen um keinen Preis zu stören.«

»Stimmt das?«

Junas Flügelspitzen waren ein zuverlässiger Indikator für ihre Stimmungslagen, und Arian sah sie verlegen an. »Nun ja …«

Sie hob eine Augenbraue und wandte sich wieder Lucian zu. »Von mir aus kannst du John haben.« Doch schneller, als selbst Lucian reagieren konnte, hatte sie ihre Hand an seiner Gurgel. »Aber wenn ich dahinterkomme, dass du nicht alles tust, um ihn zu läutern, bevor er ins Fegefeuer kommt, dann …« Juna lächelte und zeigte eine Reihe Zähne. »Dann komme ich selbst, um nach dem Rechten zu sehen.«

»Du bist mir immer willkommen!« Lucian machte eine Verbeugung.

»Nimmst du eigentlich irgendetwas ernst?«

Er sah sie schweigend an, und Juna verstand seine Botschaft.

»Du musst dir unbedingt unseren Strand ansehen.« Sie entführte ihn in den Garten, bis sie sicher sein konnte, dass sie beide außerhalb der Hörweite ihres Feengastes und vor allem Arians waren. »Du weißt, dass ich dir vertraue, so verrückt es auch klingen mag. Aber wir werden niemals mehr als Freunde sein. Und dies auch nur unter einer Bedingung: Ich will nicht, dass du Arian provozierst, hast du mich verstanden?«

Lucian lächelte und beugte sich ganz nahe an ihr Ohr. »Natürlich nicht, meine Kleine. Aber es gibt nichts umsonst.«

»Und?« Sie bemühte sich um einen kühlen Ton. Ihr Blut allerdings hatte zu kochen begonnen, sobald sie Lucians Atem an ihrem Nacken gespürt hatte.

»Wenn du ihn irgendwann einmal satthaben solltest, oder wenn dich Sorgen quälen, die du nicht mit ihm teilen willst, dann kommst du zuerst zu mir.«

Juna fiel es nicht schwer, in diese Bedingungen einzuwilligen, denn sie war überzeugt, mit Arian den Engel ihrer Träume gefunden zu haben.

Lucians Reaktion allerdings brachte sie ins Schleudern.

Er warf den Kopf in den Nacken und lachte, wie sie ihn noch nie zuvor hatte lachen hören. »Mein Herz, ich sage es nicht zum ersten Mal. *Ich* kann warten. Wenn es sein muss, auch eine Ewigkeit.«

Damit verschwand er.

Glücklicherweise ohne eine Schwefelwolke zu hinterlassen.

Juna kehrte auf die Terrasse zurück. Cathure erhob sich und sah in den immer noch recht vernachlässigten Garten. Sie wollte sich schon rechtfertigen, ihm erklären, dass die Renovierungsarbeiten im Haus ihre ganze Aufmerksamkeit gekostet hatten, da sah sie, wie Cathures Gesichtszüge weich wurden, und folgte seinem Blick. Am Rande der neu gebauten Treppe zum Strand tauchte Nigella auf. Die Fee lief durch das kniehohe Gras und warf sich in Cathures Arme. Nach einer innigen Begrüßung sah jedoch auch sie sich kritisch um. »Feuer und Luft sind nicht die geeigneten Elemente für einen solchen Garten.« Nigella stemmte die Hände in die Taille. »Darling …?«

Cathure lächelte, und plötzlich schienen der Rasen noch grüner, die Farben der Blumen noch kräftiger zu sein. »Natürlich. Ich wollte auf dich warten, bevor ich es ihnen sage.«

»Darf ich?« Sie wartete seine Zustimmung gar nicht erst ab. »Wir haben uns überlegt, ein paar gute Feen zu schicken, die dafür sorgen werden, dass ihr euch in Zukunft – ganz gleich, wo ihr wohnt – niemals mehr Gedanken um den Garten machen müsst.«

»Jetzt sind wir bald wieder in ihrer Schuld, nicht wahr?« Juna hatte sehr leise gesprochen, aber Cathure warf ihr dennoch einen belustigten Blick zu.

»Wir nehmen das Angebot natürlich gern an.«

Juna kraulte ihren eineinhalbohrigen Hund, bis er zufrieden schnaufte. Sie war unfassbar glücklich gewesen, als sie nach ihrer Rückkehr in diese Welt entdeckte, dass Finn seinen Weg irgendwie nach Glasgow zurückgefunden hatte und sie bereits in der Obhut des Sicherheitschefs erwartete. Ganz im Gegensatz zu ihrem Auto, das sie erst aus seinem Versteck in dem Wäldchen neben dem Schlachtfeld abholen mussten. Nur das in der Schlacht verlorengegangene Amulett hatten sie nicht wiedergefunden.

Nigella und Cathure wechselten einen langen Blick. »Du möchtest wissen, wer Finn wirklich ist, nicht wahr?«

Juna blickte auf und wartete gespannt. »Er taucht immer wieder mal irgendwo auf … seit *sehr* vielen Jahren«, sagte Cathure schließlich vage. »Es gibt Erzählungen, nach denen er einst ein bedeutender Magier war und heute die Gestalt eines Hundes annehmen kann. Manchmal erscheint er auch als Hirsch.«

Nigella strich über Finns schwarz glänzendes Fell. »Jener Finn hat allerdings – zumindest in zweibeiniger Gestalt – die gleiche Haarfarbe wie mein Cathure.«

»Da haben wir drei ja etwas gemeinsam.« Juna zog ihre Mütze vom Kopf. Der Tod durch Michaels Hand hatte sie auch äußerlich verändert. Ihre herrliche Mähne war weiß geworden und widerstand seither jedem Versuch, sie zu färben. Sie trug das Haar inzwischen kinnlang und meist versteckt unter großen Kappen oder Mützen, um neugierige oder mitleidige Blicke zu vermeiden. Ihren Wunsch nach einem unauffälligen Leben in dieser Welt erschwerte nicht nur dieser unverwechselbare Schopf, sondern auch die einzigartige Färbung ihrer Flügel. Dank ihrer Wiedererweckung im Zeichen des Lichts schimmerten diese in den

Farben der Morgenröte. Welchem Engel sie auch begegnete, er würde sofort wissen, wer sie war.

Die Feen reagierten zum Glück entspannt, obwohl weißes Haar in Cathures Reich dem Adel vorbehalten war.

Kurz darauf verabschiedeten sich ihre Gäste mit dem Versprechen, bald wiederzukommen.

»Für ein einsam gelegenes Haus ist hier eine Menge los.« Arian wandte sich zu Juna um, und Sekunden später küssten sie sich, als gäbe es kein Morgen mehr. Schließlich löste er sich von ihr und sah sie unter halb geschlossenen Lidern an. Juna war so sehr in die Betrachtung seiner langen, geschwungenen Wimpern versunken, dass sie seine Frage zuerst gar nicht hörte.

Geduldig wiederholte er die Worte. »Ich weiß, dass Nephthys uns auf immer verbunden hat. Trotzdem muss ich dich das fragen: Möchtest du auch in Zukunft mit mir zusammenleben, mein Engel?«

Sie gab einen entzückten Laut von sich, und ihre Schwingen öffneten sich wie von selbst. Als Juna sah, dass Arian ungeduldig auf eine Reaktion wartete, zog sie seinen Kopf zu sich herab und hauchte ihre Antwort als zärtlichen Kuss auf seine Lippen.

»Bist du bereit?«, flüsterte er in ihr Ohr. Er wartete die Antwort nicht einmal ab, sondern ergriff ihre Hand und führte sie auf die Terrasse hinaus. Dort öffnete er seine Schwingen vollständig, und Juna tat es ihm nach. Gemeinsam flogen sie in die Abendsonne, bis schließlich zarte Wolken den Blick auf das ungleiche Paar verschleierten.